KB047391

먼 북소리

먼 북소리

무라카미 하루키 지음　윤성원 옮김

문학사상

그리스

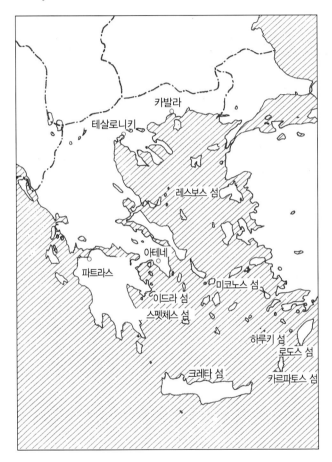

카발라

테살로니키

레스보스 섬

아테네

파트라스

미코노스 섬

이드라 섬

스펫체스 섬

하루키 섬

로도스 섬

크레타 섬

카르파토스 섬

이탈리아

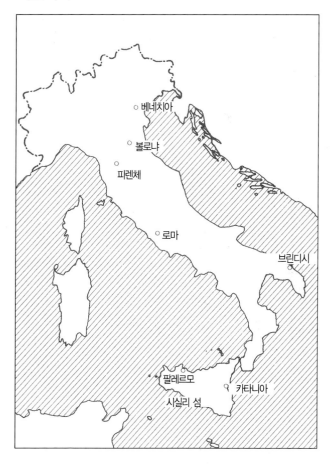

베네치아

볼로냐

피렌체

로마

브린디시

팔레르모   카타니아

시실리 섬

《먼 북소리》의 여로에서…

미코노스. 연립주택의 베란다에서 아침에 잡은 문어를 말리고 있다.

▼ 미코노스 섬의 주택에서 반젤리스의 풍로로 전갱이를 굽는 필자.

미코노스의 연립주택 단지 관리실 앞에서 필자에게 오징어 잡는 요령을 가르쳐주는 반젤리스. 미코노스 섬.

레스보스 섬의 세오피로스 미술관 앞에서. 안내인과 그의 친구와 필자.

▲ 로마 카스테로 산탄젤로의 고양이. 좀처럼 싸우지 않는다.

▲ 스펫체스 섬의 셋집에서 번역 중인 필자의 등에 올라탄 고양이 이오르고.

◀ 차장이 치즈를 자르고 운전사가 포도주을 손님에게 권한다. 크레타 섬 버스에서 술잔치.

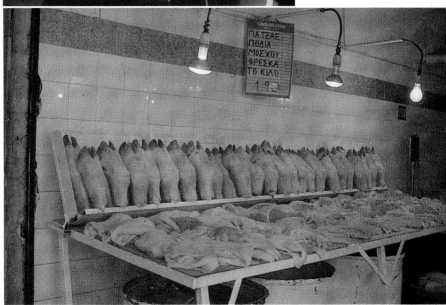

▲ 피레에프스 정육점 앞에 깨끗하게 진열되어 있는 돼지족발과 내장.

▶ 로도스의 어시장. 미코노스와 달리 생선의 종류가 다양하고 양도 많다.

멀리서 들려오는 북소리에 이끌려
나는 긴 여행을 떠났다.
낡은 외투를 입고
모든 것을 뒤로한 채…

　　　　　　　　　　　　—터키의 옛 노래

차례

즐거운 여행 스케치

그 3년 동안 나는 일본을 떠나 외국에서 살고 있었다.

그렇다고 해서 3년간 전혀 일본에 돌아온 적이 없었다는 말은 아니다. 업무상 필요도 있고 해서 몇 차례 귀국하기도 했다. 외국에 있는 동안 써두었던 원고를 출판사에 넘겨주고, 또 몇 권의 책을 출판할 준비를 하기 위해 최소한 1년에 한 번 정도는 일본으로 돌아와야 했다. 하지만 그 외에는 대부분의 기간을 나는 유럽에서 지냈다. 그리고 당연한 일이지만 그동안에 세 살 더 나이를 먹었다. 구체적으로 말하면 서른일곱 살에서 마흔 살이 된 것이다.

마흔 살이라는 나이는 우리의 인생살이에서 꽤 중요한 의미를 지니는 인생의 고비가 아닐까 하고, 나는 오래전부터(라고는 해도 서른 살이 지난 후부터이지만) 줄곧 생각해 왔다. 특별히 뭔가 실제로 근거가 있어서 그렇게 생각한 건 아니다.

또는 마흔 살을 맞이한다는 것이 구체적으로 어떤 일인지 미리미리 예측하고 있던 것도 아니다. 하지만 나는 마흔 살이란 하나의 큰 전환점이어서, 무엇인가를 선택하고 무엇인가를 뒤에 남겨두고 가는 때가 아닐까, 하고 생각했다. 그리고 일단 그런 정신적인 탈바꿈이 이루어지고 난 후에는 좋든 싫든 다시 돌이킬 수 없다. 시험해 보았지만 여전히 마음에 들지 않으니 다시 이전의 상태로 돌아갑니다, 라고 할 수는 없는 일이다. 세월이란 앞으로만 나아가는 톱니바퀴라고 나는 막연히 그렇게 느끼고 있었다.

정신적인 탈바꿈이란 어쩌면 이런 것이 아닐까, 하고 나는 생각했다. 마흔 살이란 분수령을 넘음으로써, 다시 말해서 한 단계 더 나이를 먹음으로써, 그 이전까지 불가능했던 일들이 가능하게 될지도 모른다. 물론 그것은 그 나름대로 멋진 일이다. 하지만 동시에 이렇게도 생각했다. 새로운 것을 얻는 대신에 그때까지 비교적 쉽게 할 수 있었던 일을 앞으로 할 수 없게 되어버리는 것은 아닐까 하고.

그것은 예감과 같은 것이었다. 그러나 30대 중반을 지날 무렵부터 그 예감은 나의 몸속에서 조금씩 부풀어갔다. 그렇기 때문에 그런 변화가 오기 전에, 즉 내 자신 속에서 정신적인 탈바꿈이 이루어지기 전에 뭔가 한 가지 보람 있는 일을 남기고 싶었다. 아마도 나는 이제 더 이상 이런 종류의 소설은 쓰지 않을 것이다(쓸 수 없을 것이다), 라고 할 만한 작품을 써놓고 싶었다. 나이를 먹는 것은 그다지 두렵지 않았다. 나이를 먹는 것은 내 책임이 아니다. 누구나 나이는 먹는다. 그건 어쩔 수 없는 일이다. 내가 두려웠던 것은 어느 한 시기에 달성해야 할 무엇인가를 달성하지 않은 채로 세월을 헛되이 보내는 것이었다. 그건 어쩔 수 없는 일이 아니다.

그것도 내가 외국으로 나가려고 생각한 이유 중 하나였다. 일본에 그대로 있다가는 일상생활에 얽매여서 그냥 속절없이 나이만 먹어버릴 것 같았다. 그리고 그러는 동안에 무엇인가를 잃어버릴 것만 같은 생각이 들었다. 나는 말하자면 정말로 생생하게 살아 있음을 실감할 수 있는 시간을 갖고 싶었지만, 그런 생활은 일본에서는 불가능할 것처럼 느껴졌던 것이다.

*

물론 사람은 어디에 있든 한 살 한 살 나이를 먹어가게 마련이다. 그것은 일본에 있든 유럽에 있든 어디서나 마찬가지다. 나이를 먹는다는 것은 그런 것이다. 반대로 말하자면 일상생활에 얽매여 그럭저럭 나이를 먹을 수 있기 때문에 사람들은 그나마 제정신을 유지할 수 있는 것이다. 나도 이미 마흔이 되어버린 지금은 그렇게 생각한다. 하지만 3년 전만 해도 나는 그렇게 생각하지 않았다.

지금 이렇게 일본으로 돌아와 책상 앞에 앉아서 유럽에서 지낸 3년 동안의 일을 생각해 보면 무척 신기하게 느껴진다. 돌이켜보면 거기에는 묘하게 뭔가 빠진 듯한 느낌이 든다. 질감이 있는 공백. 일종의 부유감浮遊感 혹은 유동감流動感. 그 3년간의 기억은 부유력浮遊力과 중력重力 사이의 골짜기를 흐르며 방황하고 있다. 그 세월은 어떤 의미에서는 잃어버린 것이다. 하지만 어떤 의미에서는 그것은 내 내부의 현실 속에 단단하게 매달려 있다. 나는 그 기억의 존재를 분명하게 몸 어딘가에서 계속 느끼고 있다. 기억의 긴 손이 비현실의 어둠 속 어딘가에서 뻗어 나와 현실의 나를 움켜잡고 있다. 나는 그 질감의 의미를 누군가에게 전하고 싶다. 그렇지만 나는 그런 기억의 질감을 전할 만한 적당한 언어를 알지 못한다. 그것은 어떤 종류의 마음가짐이 그렇듯이, 아마도 비유적인 총체로서 나타낼 수밖에 없는 것이다.

*

마흔이 되려 한다는 것, 그것도 내가 긴 여행을 하게 된 이유 중하나이다. 하지만 일본을 떠나려고 생각한 데에는 그 밖에도 몇가지 이유가 있었다. 긍정적인 이유도 있었고 부정적인 이유도 있었다. 실제적인 이유도 있었고 형이상학적인 이유도 있었다. 그러나 그런 일에 대해서는 별로 말하고 싶지 않다. 지금에 와서는 아무래도 상관없는 일이 되어버렸기 때문이다. 내게도 그렇고, 아마 독자들에게도 별로 의미 없는 일일 것이다. 설령 어떤 이유가 나를 여행으로 내몰았다 하더라도, 결론적으로 말하자면 그 긴 여행을 하게 한 근본적인 원인은 어디론가 사라졌기 때문이다.

그렇다. **나는 어느 날 문득 긴 여행을 떠나고 싶어졌던 것이다.**

그것은 여행을 떠날 이유로는 이상적인 것이었다고 생각된다. 간단하면서도 충분한 설득력이 있다. 그리고 어떤 일도 일반화하지는 않았다. 어느 날 아침 눈을 뜨고 귀를 기울여 들어보니 어디선가 멀리서 북소리가 들려왔다. 아득히 먼 곳에서, 아득히 먼 시간 속에서 그 북소리는 울려왔다. 아주 가냘프게. 그리고 그 소리를 듣고 있는 동안, 나는 왠지 긴 여행을 떠나야만 할 것 같은 생각이 들었다.

이것으로 충분하지 않은가. 먼 곳에서 북소리가 들려온 것이다. 이제 와서 돌이켜보면 그것이 나로 하여금 서둘러 여행을 떠나게 만든 유일한 진짜 이유처럼 생각된다.

*

  유럽에서 지낸 3년 동안 나는 두 권의 장편소설을 썼다. 하나는
《상실의 시대》이고 다른 하나는 《댄스 댄스 댄스》이다. 그리고
《TV 피플》이란 단편집도 완성했다. 그 밖에 번역도 몇 권 했다.
하지만 이 두 권의 장편소설이 내가 3년 동안의 해외생활을 통해
남긴 것 중 가장 소중한 작품이었다. 소설 후기에도 썼듯이 나는
《상실의 시대》를 그리스에서 쓰기 시작하여 시칠리아를 거친 후
로마에서 완성했다. 《댄스 댄스 댄스》는 대부분을 로마에서 쓰고
런던에서 완성했다.

  나는 원래 장편소설을 쓸 때 다른 일은 전부 제쳐두고 철저히
그것 하나에 집중하기 때문에 일하는 속도가 상당히 빠른 편이다.
특히 유럽에 있을 때는 어느 누구의 방해도 받지 않고 일할 수 있
었기 때문에 그 어느 때보다도 빠른 속도로 완성시킬 수 있었다.
이 책에서도 썼지만 말 그대로 아침부터 밤까지 소설 쓰는 일에
푹 빠져 있었다. 소설 이외에는 거의 아무것도 생각하지 않았다.
마치 깊은 우물 속에 책상을 놓아두고 소설을 쓰는 것 같은 기분
이었다.

  그래서인지 내게는 이 두 권의 소설에는 숙명적으로 이국의 잔
영이 배어들어 있는 것처럼 느껴진다. 그 이국적인 마을에서 우리
(즉, 나와 아내)는 철저하게 고독했다. 아는 사람이라고는 거의 없
었고 우리가 말할 수 있는 언어는 친구를 만들거나 사람을 사귀기
에는 부족한 것이었다.

  게다가 우리의 입장은 모든 의미에서 매우 어중간했다. 우리는

그곳에서 볼 것만 보고 그대로 지나쳐가는 관광객이 아니었다. 그렇다고 그곳에 뿌리를 내리고 생활의 터전을 일구어갈 사람도 아니었다. 또한 우리는 어떤 회사나 단체에도 소속되어 있지 않았다. 우리는 굳이 표현하자면 상주하는 여행자였다. 본거지로서 로마에 주소를 두고 있었지만, 마음에 드는 곳이 있으면 그곳에서 부엌이 있는 아파트를 빌려 몇 개월간 생활하고, 또 다른 곳으로 가고 싶으면 장소를 옮기는 것—그것이 우리의 생활이었다.

그렇게 고립된 이국생활(결국은 스스로 원했던 것이었지만) 속에서 나는 묵묵히 소설을 써나갔다.

만약 일본에 있었더라도 시간은 좀더 걸렸을지 모르지만 나는 역시 이 소설들을 썼을 것이다. 나에게 《상실의 시대》와 《댄스 댄스 댄스》는 결과적으로 써야 했기 때문에 썼던 소설들이다. 그러나 만약 이 두 작품을 일본에서 썼다면 아마도 지금과는 상당히 다른 색채를 띠게 되었을 것이라는 생각이 든다. 정확하게 말하자면 나는 이만큼 수직적으로 깊게 '파고들지'는 못했을 것이다. 좋은 측면에서건 나쁜 측면에서건.

어떤 독자들은 이렇게 파고드는 방식을 생리적으로 좋아하지 않을지도 모른다. 그러나 결국, 나는 그런 세계로 들어가고 싶었던 것이다. 이질적인 문화에 둘러싸인 고립된 생활 속에서 할 수 있는 데까지 나의 근원을 캐내어 보고 싶었던(혹은 파고들 수 있는 곳까지 파 들어가 보고 싶었던) 것이리라. 분명 그런 갈망이 있었다.

《상실의 시대》가 베스트셀러가 되고 난 후, 나는 여러 사람에게

서 같은 질문을 받았다. '당신은 그 책이 왜 그렇게 잘 팔린다고 생각합니까?' 라는 질문이었다.

물론 나는 그 이유를 모른다. 내 일은 단 하나, 소설을 완성시키는 것뿐이다. 내가 왜 그런 소설을 썼는지조차 나는 잘 모른다. 여하튼 그때는 그것밖에 쓸 수 없었다. 좋든 싫든 나로서는 그렇게 쓸 수밖에 없었던 것이다. 오직 한 가지, 그 소설에 관해서 내가 확실하게 말할 수 있는 것은, 거기에는 이국의 그림자 같은 것이 숙명적으로 배어 있다는 사실뿐이다.

소설을 쓰지 않을 때에는 주로 번역을 했다. 그리고 그것과 병행해서 다양한 여행 스케치를 일정량씩 써나갔다. 여기에 수록된 글들이 바로 그 스케치이다. 나는 그때그때의 기분에 따라 여러 가지 문체로 글을 썼다. 개인적인 즐거움을 위해 쓴 것도 있고 어쩔 수 없는 독백도 있다. 문장연습을 목적으로 썼던 것도 있고 잡지에 게재했던 단편도 몇 개 있다. 그러나 기본적으로 이 글들은 친한 사람들에게 편지를 쓰는 기분으로 썼다. 그렇기 때문에 전체적으로 일관된 시점이나 주제가 있는 것은 아니다. 상주하는 여행자의 시점에서, 하루하루 생활하면서 어떤 일이 있었고 어떤 곳에 갔고 어떤 사람을 만났다는 식으로 마음 내키는 대로 썼다.

20년 전이라면 몰라도 연간 몇 백만 명의 일본 사람이 외국에 나가는 이 시대에 새삼스레 유럽 여행기 어쩌고 하는 것도 우습다고 생각한다. 그래서 여기에는 계몽적인 요소도 거의 없고 유익한 비교문화론 같은 것도 없다. 내가 이런 글을 쓰기 시작한 본래의 목적은, 한편으로는 외국에 있으면서 자기도 모르게 둔화될 것 같은 내 의식을 일정한 문장 수준에서 크게 벗어나지 않도록 붙잡아 놓는 데 있었다. 자기 눈으로 본 것을 자기 눈으로 본 것처럼 쓴다, 이것이 기본적인 자세이다. 자신이 느낀 것을 되도록 있는 그대로 쓰는 것이다. 안이한 감동이나 일반화된 논점에서 벗어나, 되도록 간단하고 사실적으로 쓸 것. 다양하게 변해 가는 정경情景 속에서 자신을 어떻게든 계속 상대화할 것. 물론 쉬운 일은 아니다. 마음먹은 대로 잘 써질 수도 있고 잘 안 써질 수도 있다. 그러나 무엇보다 중요한 것은 글을 쓰는 작업을 자기 존재의 수준기水準器로 사용하는 것이며 또한 계속 그렇게 **사용해 나가는** 것이다.

나는 처음에는 일기를 쓰는 것처럼 무슨 일이 있어도 일정한 속도를 유지하며 이런 스케치를 일주일에 한 편은 하려고 계획했지만 좀처럼 뜻대로 되지 않았다. 장편소설을 쓰고 있을 때에는 소설 이외의 글을 쓸 만한 여유가 없었기 때문이다. 그래서 중간중간 몇 달씩 완전한 공백이 생겼다. 구체적으로 말하면 소설을 썼던 미코노스와 시실리에 관해서는 거의 아무것도 쓰지 못했다. 매일 간단한 메모는 해두었기 때문에 나중에 기억을 더듬어서 쓰기는 했지만 엄밀하게 말하면 실시간으로 쓴 것이 아니며 양도 얼마 되지 않는다. 그런 의미에서는 이 책을 여행기라 부르기는 어려울 것 같다.

여기에 엮은 글들은 원칙적으로는 단순한 스케치를 모은 것이다. 그 단편적인 글 하나하나에 특별한 의미는 없을지도 모른다. 그러나 독자 여러분에게 이해를 바라고 싶은 것은, 나로서는 아무튼 이 글을 계속 써왔다는 자체에, 도중에 이어지지 않는 부분이 있기는 하지만 계속 쓴다는 행위 그 자체에 의미를 두고 있다는 점이다. 유럽을 방랑하던 나와 방랑하기 이전의 나는 이 일본어 글을 매개체로 하여 마음이 이어지고 있었다.

그렇게 해서 나는 자신을 유지하기 위해서 계속 문장을 써나가는 상주적 여행자였다.

로마

어디를 가든 마찬가지야, 하고 그들은 내게 말한다.
아무리 멀리 가도 소용없어, 붕붕붕붕. 어디로 가든 우리는 끝까지 따라갈 거야.
그러니까 당신은 결국 아무것도 할 수 없어.
당신은 아무것도 하지 못한 채 마흔을 맞이하게 될 거야.
아니, 그렇지 않아! 하고 나는 말한다. 나는 이제부터 제대로 소설을 쓸 거야.
사라지는 것은 너희들이야.

로마

로마

로마는 이번 장기 여행의 출발점인 동시에 해외에 체류할 때의 내 기본적인 주소지이기도 했다. 우리가 여러모로 생각한 끝에 로마를 근거지로 선택한 데에는 몇 가지 이유가 있다. 우선 첫째로 기후가 온화하다는 것. 모처럼 한가롭게 남유럽에서 살기로 정한 만큼 추운 겨울은 피하고 싶었다. 그런 점에서 로마는 아주 이상적인 도시다.

로마를 선택한 또 한 가지 이유는 거기에 옛 친구가 한 명 살고 있기 때문이다. 나는 어디에서건 비교적 배짱 좋게 잘 적응하며 사는 편이지만, 오랫동안 유럽에서 지내려면 한 사람 정도는 의지할 만한 사람이 필요하기도 했다.

그런 이유에서 우리는 로마를 본거지로 정했다. 우리는 그때까지 로마에 한 번도 가본 적이 없었지만, 뭐 그렇게 살기 힘든 곳은 아니겠지, 하고 생각했다. 게다가 영화에서 보면 꽤 아름다운 도시 같기도 했기 때문이다. 그러나 이렇게 생각한 데 대해서는 나중에 여러 가지로 후회하게 된다.

우리는 이사를 하는 기분으로 일본을 떠났다. 앞으로 몇 년간 일본을 떠나 있을 계획이었으므로 그때까지 살고 있던 집도 아는 사람에게 빌려주었다. 외국생활에 필요한 물건을 모조리 트렁크에 채워 넣었다. 아무튼 짐을 꾸리는 일은 꽤나 힘든 작업이었다. 그도 그럴 것이 수년간 남유럽에서 생활하는 데 뭐가 얼마나 필요한지 보통 사람이 쉽게 알 리가 없지 않은가. 필요하다고 생각하면 뭐든 다 필요할 것 같았고, 필요하지 않다고 생각하면 이것저것 다 필요 없을 것 같았다.

진행 중이던 일은 일괄해서 정리하고 연재도 그럭저럭 매듭 지었다. 어떤 잡지를 위해서는(무슨 일이 있어도 그렇게 해달라고 부탁했기 때문에) 여섯 달치 분량의 에세이를 한꺼번에 써주었다. 만나야 할 사람을 만나서 작별인사를 했다. 우리가 일본을 떠나 있을 동안 잡무를 맡아서 처리해 줄 사람도 구했다. 할 일이 산더미처럼 많아서 해도 해도 끝이 없었다. 나중에는 나 자신이 앞으로 가고 있는지 뒤로 물러서고 있는지조차 알 수 없을 지경이었다. 트렁크에 뭐가 들어 있는지 대체 트렁크를 몇 개나 들고 왔는지, 그것마저도 기억이 나지 않았다.

그러다 보니 로마의 레오나르도 다빈치 공항에 첫발을 내디뎠을 때 우리는 말도 잘 안 나올 정도로 지쳐 있었다. 온몸의 틈새란 틈새엔 치과의사가 치아 땜질용으로 사용하는 시멘트가 꽉 들어차 있는 듯한 기분이었다. 어디까지가 육체적 피로이고 어디까지가 시차에서 오는 피로이고 어디까지가 정신적 소모인지, 나는 도무지 분간을 할 수가 없었다. 우리 여행은 그렇게 시작되었다. 피폐, 망연자실, 소모.

우리는 열흘간 그 도시에 머물며 일단 심신을 가다듬은 후 아테네로 떠났다.

*

로마에 있을 때에 쓴 글을 지금 다시 읽어보면, 그 무렵 나 자신이 얼마나 지쳐 있었는지를 생생하게 느낄 수 있다. 내 일기에 따르면 그 엄청난 피로는 이주일 동안이나 계속되다가 어느 날 갑자기 사라졌다. 소리도 없이. 홀연히.

벌 조르지오와 카를로 1986년 10월 4일

이 부분은 극도로 지쳤던 당시의 내 상황을 조금이라도 정확하게 묘사하려는 글일 뿐, 여행과 직접적인 관계는 없다. 따라서 타인의 피폐, 즉 남의 몸과 마음이 얼마나 지쳤는지에 대해 관심이 없는 사람은 건너뛰고 읽어도 좋다.

*

아직도 내 머릿속에서는 벌 두 마리가 붕붕 날아다니고 있다. 나는 호텔 침대에 드러누워 이미 싫증이 날 정도로 많이 보아온 성 베드로 사원의 둥근 지붕을 바라보면서—창문으로 성 베드로 사원이 잘 내다보이는 점이 이 호텔의 유일한 자랑거리다—어차피 줄곧 머릿속에서 떠나지 않을 바에는 이 벌들에게 이름을 붙여주기로 마음먹었다. 그런데 아무리 생각해도 그럴듯한 이름이 떠오르지 않는다. 나는 침대에 누워 벌써 15분 동안이나 생각했지만 전혀 떠오르는 이름이 없었다. 하긴 이것도 다 벌 때문이다. 그린 호넷(라디오·만화·영화 등에 등장하는 정의파. 녹색 말벌 모양의 마스크를 쓰고 있음—역주)을 연상시키는 벌 두 마리가 쉴 새 없이 내 머릿속을 붕붕거리며 날아다니고 있었던 것이다. 그 소리가 짜증스러워서 제대로 생각할 수가 없었다.

결국 나는 생각하기를 포기하고 벌들의 이름을 대충 '조르지오'와 '카를로'라고 짓기로 했다.

조르지오와 카를로에 특별한 의미는 없다. 그러나 어딘가 이탈리아의 분위기가 느껴지는 이름이기는 하다.

잔에 담긴 적포도주를 들이켜고 넉 잔째 술을 따른다. 향기가 강한 토스카나의 포도주로 호텔 근처의 술가게에서 사왔는데, 그리 비싸지 않으면서도 맛이 나쁘지 않다. 라벨에는 처음 보는 새의 그림이 있다. 일본의 꿩과 비슷한데 색이 훨씬 화려하다. 나는 반쯤 남은 포도주 병을 손에 들고 아무런 의미도 목적도 없이 병 모양과 라벨의 새 그림을 오래도록 바라본다. 병의 목 부분을 손에 쥔 채, 병 바닥을 배에 올려놓고는 특별한 감정 없이 그냥 지그시 응시한다. 푹 삶은 시금치처럼 완전히 지친 날이면 나는 이렇게 뭔가를 줄곧 바라보곤 한다. 무엇이든 눈앞에 있는 것을 물끄러미 보는 것이다.

나는 지금 포도주 병을 보고 있다. 꽤 오랫동안 바라보고 있는데도 아직 아무런 결론에 도달하지 못했다.

감정? 감정이라면 아직 조금은 남아 있다.

지금 나는 몹시 늙어버린 듯한 기분이다. 모든 것이 아득히 먼 곳에 있는 것만 같다. 조르지오와 카를로는 여전히 붕붕거리며 내 머릿속을 날아다니고 있다. 내 심신의 피폐야말로 그들의 더할 나위 없는 양분인 것이다.

붕붕붕붕.

*

도쿄에 있을 때 조르지오와 카를로는 내 뇌수를 찔러 퉁퉁 붓게 하여 감각을 둔화시켰다. 물론 그때 그들은 아직 이름도 없었고 둘로 분리되지도 않은 상태였다. 그리고 그 부어오른 뇌수 주변을 쉴 새 없이 날아다녔다. 나는 몹시 지쳐 마침내 일본을 떠나기로 한다. 우리(나와 아내)는 고양이 두 마리를 아는 사람에게 맡기고 집을 세놓은 다음, 로마행 비행기에 올랐다. 어디에 살지 무엇을 할지 구체적인 계획은 아무것도 없었지만 어떻게든 해결될 것으로 생각했다. 적어도 도쿄에서 벌의 날갯짓 소리를 계속 듣는 것보다는 나으리라.

그러나 로마에 도착한 후에도 벌은 여전히 내 머릿속에 있었다. 뿐만 아니라 조르지오와 카를로로 분리되어 전보다 더 귀에 거슬리는 소리를 내며 날아다녔다. 그리고 그 소리는 어느새 로마의 소리와 하나가 되었다. 로마 특유의 지겹고 이해할 수 없는 소음, 마치 벌罰이라도 받는 듯한 소음 속에 융화되었다. 내 내면의 피폐는 한 도시의 외적인 특질로 장대한 전환을 이룩한 것이다.

주변에 세계지도가 있다면 펼쳐놓고 유럽에서 로마 시를 찾아보기 바란다. 그것은 바꿔 말하면 나의 피폐이자 벌 조르지오이며 벌 카를로이며 색다를 것 없는 적포도주 병이며 양파처럼 생긴 성 베드로 사원의 둥그런 지붕이다. 조르지오와 카를로가 둔하게 날 갯짓 소리를 내면, 마치 인디언의 봉기처럼 로마 시의 소음이 거기에 호응한다.

이런저런 일들을 겪는 동안 나는 갑자기 나이를 먹은 듯한 기분이 들었다. 어제는 아내의 생일이었다. 우리는 아내의 생일날 일본을 떠난 것이다. 시차 관계로 아내는 긴 생일을 보냈다. 아주 긴 서른여덟 번째 생일을. 아내와 나는 동갑으로 열여덟 살 때 처음 만났다. 한번 술을 마시기 시작하면 어김없이 코가 삐뚤어질 때까지 취해야 직성이 풀리던 그 시절이 엊그제 같은데 어느새 20년의 세월이 흘렀다.

그러나 내가 나이를 먹었다고 느낀 것은 20년의 세월 때문이 아니다. 조르지오와 카를로 때문이다.

내 사고는 아까부터 같은 곳을 빙글빙글 맴돌고 있다. 내가 예전에 즐겨 듣던 비치보이스의 싱글판(〈굿 바이브레이션〉)처럼 한가운데에서 언제나 더 이상 앞으로 나아가지 못해서, 바늘을 안쪽으로 밀어주어야 하는 것이다.

(휴익)

나는 왜 이런 글을 쓰는 것일까? 무슨 목적으로, 누구를 위해? 이 세상에 나의 피폐에 대해 조금이라도 관심을 갖는 독자가 과연 존재할까? 만약 존재한다면 어떤 사람일까?

물론 나는 알 수 없다. 나는 내 소설을 읽은(또는 읽었다고 주장하는) 사람을 수십, 수백 명이나 만났지만 결국 독자란 무엇인지 점점 더 알 수 없게 되었을 뿐이다. 그들 중 몇 명이나 나의 피폐에 대해 관심을 가질지 전혀 알 수 없었다.

하기야 나는 나 자신을 위해 이 글을 쓰고 있으므로 그런 것은 상관없다. 처음부터 그럴 심산이었다. 무언가를 쓰고 싶다고 생각하고 있을 뿐이다. 그저 책상 앞에 앉아 펜을 움직여 뭔가를 쓰고 싶을 뿐이다. 여러 가지 말과 여러 가지 표현과 여러 가지 비유를 검증하고 싶을 뿐이다. 무엇에 관해 쓸 것인가는 중요하지 않다, 적어도 지금은 대수로운 문제가 아니다. 적어도 지금은.

(휘익)

나는 포도주를 한 모금 마신다. 창밖에서 재잘대는 아이들 소리가 들려온다. 호텔 건너편에 있는 유치원 뜰에서 수녀들이 뛰노는 아이들을 돌보고 있다. 나는 포도주를 또 한 모금 마신다. 안개가 낀 것처럼 뿌연 로마의 하늘을 보며 잠을 자고 싶지만 잘 수가 없다. 벌이 붕붕 시끄럽게 날아다니고 있고 가끔은 레코드 바늘도 안쪽으로 밀어주어야 한다.

(휘익)

조르지오와 카를로, 도대체 언제까지 내 머릿속에서 요란스럽게 날아다닐 작정이지? 그래 봐야 좋은 일도 없어. 나는 곧 다시 일어설 테고 그렇게 되면 자네들이 있을 곳은 없다구.

좋아. 날고 싶으면 실컷 날아봐. 붕붕붕붕붕붕붕붕.

그건 그렇고 이 호텔방은 어쩌면 이리도 멋대가리가 없단 말인가.

벌은 날다 1986년 10월 6일 일요일 오후 맑음

미안하지만 이것도 피폐를 다룬 글에 이어지는 내용이다. 단짝 벌인 조르지오와 카를로가 계속 등장한다. 그리고 애초에 그들이 어떻게 생겨나게 되었는지에 대해서 일요일 오후의 보르게제 공원에 대한 묘사와 더불어 이야기한다. 아울러 저자 자신에 대한 약간의 고찰도 해본다.

*

조르지오와 카를로는 아직도 내 머릿속을 날아다니고 있다. 하지만 그들의 일은 되도록 생각하지 않기로 한다. 가능한 한 다른 일을 생각하도록 노력해야지. 왜냐하면 오늘은 일요일이고 게다가 날씨가 무척 좋으니까.

나는 보르게제 공원의 잔디 위에 앉아서 일광욕을 하고 있다. 노점에서 파는 오렌지 주스를 마시며 혼자서 멍하니 하늘을 쳐다보기도 하고 주위 사람들의 모습을 바라보기도 한다. 이미 10월인데도 마치 여름이 다시 찾아온 것처럼 더웠다. 사람들은 선글라스를 끼고 이마의 땀을 닦으며 아이스크림을 먹고 있다. 벤치에 나란히 앉아 있는 커플이 있다. 셔츠를 벗고 상반신을 드러낸 채 누워서 일광욕을 즐기고 있는 청년도 있다. 개를 줄에서 풀어주고 자신은 나무 그늘에 앉아 혼자 조용히 쉬고 있는 노인도 있다. 수녀 두 사람이 분수대 앞에 앉아서 꽤 오랫동안 이야기를 나누고 있다. 대체 무슨 이야기를 하는 것일까? 전투복 같은 제복 셔츠의 소매를 걷어붙인 경관인지 헌병인지가, 전혀 장소와 어울리지 않는 라이플총을 어깨에 메고 내 옆을 지나쳐간다. 19세기 인상파 화가가 그

림의 소재로 삼을 듯한 평화롭고 친밀하고 순수한 일요일의 광경
이다.

열넷이나 열다섯 살쯤 되어 보이는 빨간 승마모자를 쓴 아름다
운 소녀가 말을 끌며 승마장 쪽으로 가고 있다. 그녀의 발걸음은
내게 어쩔 수 없이 시간의 존재를 연상케 한다. 세상에는 간혹 그
런 식으로 걷는 사람이 있다. 그들은 마치 시간 그 자체와 함께 걷
는 것 같다. 지금부터 11시 · 35분 · 40초를 알려드리겠습니다. 삐
— 지금부터 · 11시 · 35분 · 50초를— 그들은 그렇게 걷는 것이
다. 턱을 안으로 당기고 허리를 곧게 펴고 걷는 행위에 의식을 집
중시킨다. 하지만 결코 몸이 긴장하고 있는 것은 아니다. 그녀는
매우 기분 좋은 듯이 시간 그 자체처럼 유연하게 공원 안쪽의 길
을, 승마장을 향해 걷고 있는 것이다. 광장에서는 한 무리의 사람
들이 대형 열기구를 띄우려 하고 있었는데, 무슨 이유에서인지 잘
되지 않는 모양이다. 세 명만이 바쁘게 뛰어다니며 기계를 조정하
고 있고 나머지 사람들은 조금 따분해하는 것 같다. 열기구를 이
렇게 가까이서 본 것은 처음이지만 특별히 매력을 느낄 만한 물건
은 아니다. 적어도 지상에 머무르고 있는 동안은 상당히 지루한
물건이다. 기구는 사람들이 열심히 노력한 보람도 없이 좀처럼 부
풀어 오르지 않는다. 한창 자고 있는 중에 억지로 일어나서 옷을
입을 수밖에 없는 뚱뚱한 중년부인처럼 기분 나쁜 듯 찌그러져 있
다. 때때로 귀찮은 듯이 칠칠치 못하게 몸을 비튼다.

그 옆을 큰 개가 스쳐 지나간다. 개는 갑자기 멈춰 서서 잠시 기
구를 바라본다. 개는 이것이 무엇일까, 하는 굉장히 흥미진진한

표정으로 기구를 바라보았지만, 아무도 가르쳐주는 사람이 없고 또한 아무런 진전도 없자 그대로 지나가 버린다.

내 자리에서 조금 떨어진 곳에서는 젊은 남녀가 껴안고 입을 맞추고 있다. 무척 길고도 진지한 입맞춤이다. 그들이 입을 맞추는 모습을 별생각 없이 보고 있으려니, 마치 나 자신이 입맞춤을 하고 있는 듯한 기분이 든다. 질식하지 않을까 걱정될 정도로 긴 입맞춤이다. 여러 각도에서, 격렬하게, 다양한 자세로 그들은 입맞춤을 계속했다. 아주 잘 편집된 학술적 기록영화처럼 그들은 자세를 바꿔가면서 여러 가지 방식의 입맞춤을 의욕적으로 전개해 간다. 그들은 행복할까, 하고 나는 문득 생각한다. 만약 행복하다면, 저 정도의 입맞춤을 남에게 요구하는 행복이란 도대체 어떤 모양과 특징을 가지고 있는 것일까?

*

가장 큰 문제는 내가 너무 지쳐 있다는 것이다. 내가 왜 이토록 지쳐버린 것일까? 여하튼 나는 지쳐 있다. 적어도 소설을 쓰기에는 너무 지쳐 있다. 그것이 내가 안고 있는 가장 큰 문제다.

나는 마흔이 되기 전에 소설을 두 편 썼으면 하고 생각한다. 아니 생각한다기보다는 써야 할 필요가 있는 것이다. 그건 매우 분명한 사실이다. 그러나 나는 아직 그 일에 착수하지 못하고 있다. 무엇을 쓰면 좋을지 어떻게 써야 할지는 대강 알고 있다. 그런데도 시작할 수가 없는 것이다. 불행하게도. 이대로 영원히 쓸 수 없는 것은 아닐까 하는 생각마저 든다. 그리고 머릿속을 벌이 붕붕 거리며 날아다닌다. 그 소리가 너무 시끄러워서 나는 뭔가를 생각할 수조차 없다.

내 머릿속에서는 아직도 전화벨이 울리고 있다. 이것도 벌들이 내는 소리의 일부다. 전화다. 전화벨이 울리고 있다. **따르릉따르릉 따르릉.** 그들은 나에게 여러 가지 일을 요구한다. 워드 프로세서 인지 뭔지의 광고에 나가라고 한다. 어느 여자대학에서 강연을 하라고 한다. 잡지에 싣기 위한 나만의 자신 있는 요리를 선보이라고 한다. 아무개 씨와 대담을 하라고 한다. 성 차별이며 환경오염이며 죽은 음악가며 미니스커트의 부활이며 담배 끊는 법 등에 대해서 이야기하라고 한다. 무슨 무슨 대회의 심사위원이 되라고 한다. 다음 달 20일까지 〈도시 소설〉을 30매 써달라고 한다(그런데 〈도시 소설〉이란 도대체 어떤 것일까?).

나는 화가 나 있는 게 아니다. 물론 화는 내지 않는다. 왜냐하면 이것들은 이미 결정된 사항이기 때문이다. 나는 단지 거기에 포함되어 있을 뿐이다. 누가 잘못한 것도 아니고 누가 틀린 것도 아니다. 그것은 알고 있다. 나도 어떤 의미에서는 그런 상황에 가담하고 있는 한 사람인 것이다. 꽤 한참 동안 그 의미를 생각해 보아야 하지만, 어쨌든 나도 확실히 거기에 가담하고 있다. 그렇기 때문에 내게는 그런 일에 대해서 화를 낼 권리 따위는 없다. 아마도 없을 것이다. 내게 전화를 거는 사람은 나 자신이기도 한 것이다. **어떤 의미에서는** 말이다.

그런 이중성이 나를 짜증나게 한다. 그리고 무력감을 느끼게 한다.

무력감—아마도 이 무력감에서 피폐가 솟아나고 있을 것이다.

거기서는 출구가 입구이고 입구가 출구이다. 아무도 거기서 빠져 나올 수 없다. 그곳은 차갑고 희미한 어둠에 싸여 있다. 밤이라고 하기에는 지나치게 밝고 낮이라고 하기에는 지나치게 어둡다. 그런 희미한 어둠에 휩싸일 때 나는 올바른 방향과 시간을 잃어버린다. 또한 나는 과연 무엇이 옳고 무엇이 그른 일인지를 알 수 없게 된다.

그리고 전화벨은 여전히 계속 울려대고 있다. **따르릉따르릉.** 이윽고 한 마리의 벌이 내 머릿속으로 날아 들어온다. 벌들은 무엇보다도 피폐의 냄새를 좋아해서, 금방 냄새가 나는 곳을 찾아내는 것이다. 쿵—쿵— 여기 알맞게 지친 머리가 있군, 하고. 그리고 바늘로 찔러서 퉁퉁 부어 둔하게 만들어버린다.

그래서 나는 일본을 떠나왔지만(떠날 수밖에 없었다고 나는 새삼스럽게 확인한다) 이곳 로마에서도 나의 피폐함은 계속되고 있다. 여덟 시간의 시차와 북극권을 넘어서 아직도 계속되고 있는 것이다. 그리고 벌은 두 개로 분열하여 조르지오와 카를로가 되었다. 피폐함은 비지땀처럼 피부를 축축하게 적시고 있다. 어디를 가든 마찬가지야, 하고 그들은 내게 말한다. 아무리 멀리 가도 소용없어, **붕붕붕붕.** 어디로 가든 우리는 끝까지 따라갈 거야. 그러니까 당신은 결국 아무것도 할 수 없어. 당신은 아무것도 하지 못한 채 마흔을 맞이하게 될 거야. 그리고 그렇게 나이만 먹어갈 거야. 아무도 당신을 좋아하지 않을 테고, 그건 날이 가면 갈수록 더 심해질 거야. 아니, 그렇지 않아! 하고 나는 말한다. 나는 이제부터 제대로 소설을 쓸 거야. 사라지는 것은 너희들이야.

가령 당신의 말이 옳다고 해도, 하고 조르지오인지 카를로인지가 말한다. 우리는 언젠가 또다시 당신에게 돌아올 거야. 왜냐하면 그게 우리의 임무니까. 천천히 하지 뭐. 아직도 갈 길이 창창하니까. 아무도 당신 같은 사람을 좋아하지는 않아. 모두가 당신을 싫어하게 될 거야. 소설 같은 걸 써봐야 아무 소용 없다구.

붕붕붕붕붕붕붕붕붕.

*

로마.

여름처럼 선명한 햇빛을 받고 있는 오후의 로마. 나는 잔디 위에 벌렁 누워, 말이며 사람이며 구름의 완만한 움직임을 한가롭게 바라보면서, 앞으로 2천 년 뒤에 지금의 로마가 폼페이처럼 그대로 완전한 유적이 되어 남아 있다면 참 멋질 텐데, 하고 문득 생각한다. 여러분, 저것이 트루사르디의 유적, 이쪽은 발렌티노의 유적, 그쪽의 쇼케이스 안에 있는 것은 아메리칸 익스프레스 골드카드입니다. 이런 식으로 말이다.

소녀는 아직도 말을 끌며 걸어가고 있다. 그녀는 저렇게 시간의 안개 속으로 사라져버릴 것처럼 보인다. 아까와는 다른 제복을 입은 경관 두 사람이 아이스크림을 먹으며 지나쳐간다. 그들은 열기구에는 전혀 관심을 보이지 않는다. 분수의 물이 높이 솟아올라, 꼭대기 부근에서 구슬 같은 아름다운 물보라가 되어 눈부시게 빛나고 있다.

열기구는 아직도 떠오르지 않는다. 세 명의 참가자는 아직도 분주하게 뛰어다니며 무슨 나사를 조정하기도 하고 미터기를 점검하기도 한다. 그러나 아무리 보아도 그것은 전혀 떠오를 것 같은 분위기가 아니다. 기구로 하늘을 날기에는 딱 좋은 날씨인데.

오후 1시 4분. 해가 지려면 아직도 한참 있어야 하는 시간이다.

아테네

나는 자동차가 거의 다니지 않는다는
발렌티나의 말에 상당히 매력을 느꼈다.
아주 이상적인 그리스 생활이 되겠다고 생각했다.
아름다운 해변, 자동차가 없는 섬, 조용한 나날…….

아테네

아테네

아테네에 온 것은 이번이 세 번째인가 네 번째이다.

아테네는 인구 300만이 살고 있는 그리스에서 제일 큰 도시(그리스 총인구의 3분의 1에 가깝다)지만, 일반적으로 관광객이 다니는 곳만 보면 그리 큰 도시는 아니다. 역사적 유물은 대부분 걸어서 돌아볼 수 있는 거리에 있고, 일정을 아주 여유 있게 잡아도 사흘 정도면 웬만한 곳은 거의 돌아볼 수 있다. 아테네는 먼 옛날 폴리스 주변에, 마치 자석에 철가루가 달라붙듯 무질서하게 근교 주택지가 생겨났다가 그것이 그대로 발전한 도시라서, 관광객이 관심을 가질 만한 곳은 중심부에만 몰려 있다.

근교 주택지에 가봐야 볼 것도 없으므로(가령 당신이 도쿄에 온 외국인 관광객이라면 히바리가오카[ひばりヶ丘]나 다마多摩 플라자, 니시 고쿠분지[西國分寺] 같은 곳에 관광하러 가겠습니까?) 보통 사람들은 아크로폴리스에 올라가 프라카에서 레치나를 마시고 무사카를 먹고, 거리를 어슬렁거리다 기념품 가게를 기웃거리고,

신타그마 광장에서 차를 마시고, 리카비토스 산에서 아테네 야경을 구경한다. 그리고 시간과 관심이 있는 사람은 국립 고고학 박물관을 견학하면 끝이다.

다시 말해 이번이 세 번째라면 더 이상 볼 것도 없고 가야 할 장소도 없다.

우리는 아테네에서는 그랜드 브르타뉴 호텔에 묵었다. 그리고 거기서 우리에게 집을 소개해 주기로 되어 있는 발렌티나라는 여성을 만났다.

발렌티나

발렌티나는 우리에게 섬에 있는 셋집을 소개해 준다.

"별로 넓지는 않지만 아주 비유우우우우우티플한 집이에요."

그녀는 아주아주 감동한 듯한 표정으로 내 무릎을 탁탁 치며 말한다. 나와 그녀는 그랜드 브르타뉴 호텔 로비의 소파에 나란히 앉아 있다. 우리는 영어로 이야기하는데, 그녀는 어떤 일에 감동하거나 뭔가를 강조할 때는 단어 한가운데의 모음을 기이이이이이이이일게(길게) 끄는 버릇이 있다. 이 버릇은 전염성이 있는지 어느새 나도 모르게 따라하게 된다.

우리가 얘기를 나누고 있자니, 조금 거만해 보이는 호텔 보이가 다가와서 뭘 마시겠는지 물었다. 그러자 발렌티나는 즉시 "노!"라고 대답한다. 이런 때, 그녀의 모음 발음은 아주 간결하고 명쾌하다.

"그리고 그 집 근처에는 또 비유우우우우우티플한 해변이 있답니다. 아 참, 수영복은 가지고 왔겠죠?"

"예, 그야 물론……."

"당신도, 트으으으을림없이(틀림없이) 그 집이 마음에 들 거예요."

발렌티나는 겉모습만 봐서는 쉽게 나이를 짐작하기가 어렵다. 하지만 스무 살이나 되는 아들이 있다니까 아마 제법 나이가 들었을 것이다. 그리스의 중년여성치고는 드물게 야위었고, 그리고 야윈 여성이 대부분 그렇듯이 괴에에엥장히 에너지가 넘친다. 화장도 옷차림도 그 에너지를 흡수했는지 상당히 화려한 편이다.

나는 그녀와 그날 처음 만났다.

"드미트리에게 듣자니까 당신은 일본에서 꽤 유명한 작가라고 하던데 정말이에요?" 하고 발렌티나가 내게 물었다. 간단한 인사와 날씨에 대한 의례적인 대화를 주고받은 후, 조금 의심스럽다는 듯 그녀가 말을 꺼낸 것이다. 드미트리는 내게 그녀를 소개해 준 도쿄에 사는 그리스 사람이다. 드미트리가 그녀에게 전한 정보에 아무래도 오해나 정서적인 혼란이 있었는지, 그녀는 나를 마치 타니자키[谷崎]나 미시마[三島] 같은 반고전적인 문호라고 생각했던 것 같다. 그런데 내가 색이 바랜 티셔츠에 낡은 진바지 차림으로 나타나자, 그녀는 조금 맥이 빠진 듯했다. 그 점에 대해서는 나로서도—딱히 내 탓은 아니지만—정말 미안하게 생각한다.

가끔 생각하는 일이지만 아무래도 나한테는 작가로서의(혹은 예술가로서의) 독특한 분위기 같은 것이 약간 부족한 것 같다. 일본에 있을 때도 빵집이나 슈퍼마켓의 점원으로 오해받는 경우가 많앗다. 한창 물건을 고르고 있는 중에 다른 손님에게서 "이봐요, 고춧가루 어디 있죠?"라는 질문을 받곤 했다(그럴 경우 나는 어디에 있다고 가르쳐주기도 한다). 이런 일을 겪는 것은 꼭 복장 때문만은 아닌 것 같다. 어쩌다 검정 양복에 넥타이까지 매고 호텔 로비에 서 있으면, 낯모르는 아저씨가 다가와 "이보게, 커피숍은 어디 있나?" 하고 묻는다. 이렇다 보니 나는 발렌티나를 탓할 수가 없다. 이른바 작가 특유의 분위기라고 하는 것은, 그것이 현실적으로 어떤 도움을 주는지 나는 잘 모르겠지만 온천이나 유전처럼 있는 곳에는 늘 있고 없는 곳에는 전혀 없는 것이다.

"예, 그렇습니다. 작가 맞아요." 나는 변명하듯 말한다. "유명한지 어떤지는 잘 모르지만요. 그런데 드미트리가 내 얘기를 좀 과장되게 한 것 같군요. 글을 쓰기는 하지만 그리 대단한 작가는 아닙니다."

"그래요?" 그녀는 다시 한 번 내 복장을 보며 묻는다. "그래도 전업작가는 맞죠?"

"예, 맞아요. 풀타임 작가입니다." 나는 대답한다.

어쨌든 그건 그렇고.

"글을 쓰기 위해서 그리스에 왔어요."

"실은 나도 시를 쓰거든요" 하고 발렌티나가 말한다.

"그래요? 몰랐습니다. 드미트리가 그런 말은 안 하던데요."

"당신은 시는 안 쓰나요?"

"써본 적이 없습니다. 유감스럽게도."

그녀는 고개를 끄덕였다.

"그리스는 시가 아주 발달된 나라예요. 소설보다 시를 더 활발하게 쓰죠. 그리스에서 시는 역사적인 것이니까요. 아 참, 그리스 사람이 노벨 문학상을 두 번이나 탄 건 알고 있어요?"

"아니요, 몰랐는데요" 하고 나는 겸연쩍게 말한다.

발렌티나는 다시 한 번 내게 '당신 정말 작가 맞아?'라는 시선을 힐끗 보낸다. 그래 봐야 내가 알 리가 없지 않은가. 나는 일본인 작가가 몇 명이나 노벨상을 탔는지조차 모르니 말이다.

"시의 문제점은, 시만 써서는 도저히 먹고살 수 없다는 것이죠. 시인은 직업이 될 수 없어요." 발렌티나는 말한다. "그래서 나 역시 다른 일도 하고 있죠. 드미트리는 당신에게 내가 뭐 하는 사람이라고 말하던가요?"

"유감스럽게도 나하고 드미트리는 길이 어긋났어요. 지난달에는 그가 그리스에 돌아와 있었고, 이번 달에 내가 이렇게 그리스로 오자, 그는 다시 일본으로 가버렸으니까요. 그래서 그와 제대로 얘기할 기회가 없었습니다. 아테네에 도착하면 일단 당신에게 전화하라고, 이미 다 얘기해 놓았으니까 도와줄 거라고, 그 말만 했습니다. 더 이상 자세한 이야기는 아무것도 듣지 못했어요."

"어머, 그랬어요? 아무튼 당신을 만나서 기뻐요. 웰 아임 해애애애애애피 투 미이이이이이이이잇츄."

그러면서 그녀는 또 내 무릎을 탁탁 친다.

이 여자는 내가 아는 누군가와 아주 닮았다, 라는 생각이 내 머리를 스쳤다. 그것도 어느 특정한 사람이 아니고 복수의 사람과 닮았다. 뭐라고 잘 설명할 수는 없지만, 특정한 사람이 특정한 경우에 취하는 특정한 행동을 서너 가지 합친 다음, 그것을 조금씩 여러 각도에서 보여주고 있는 듯한 그런 느낌이다. 기묘하게 사실적이면서도, 기묘하게 멀리 떨어진 곳에서 그것을 보고 있는 듯한, 그런 느낌이다. 하지만 결코 불쾌한 인상은 아니다. 그녀와 얘기하고 있으려니까 어떤 정겨움까지 느껴진다. 아하, 그러고 보면 세계는 정말 좁구나, 하는 식으로.

"드미트리는 헤어진 남편의 동생이에요" 하고 그녀는 말한다. "이혼은 했지만 내가 아직 재혼하지 않아서 우린 지금도 성이 같답니다. 드미트리에 대해서는 어렸을 때부터 보아왔기 때문에 자아아아아아아알 알고 있죠. 아 참, 집 얘기를 해야죠. 당신은 집을 구한다면서요?"

"예, 집을 구하고 있어요."

간신히 얘기가 본론으로 들어간다. 그렇다. 나와 아내는 그리스에서 우리가 살 집을 찾고 있는 것이다.

나는 내가 원하는 집의 조건을 대충 제시한다.

(1) 방 두 개.

(2) 부엌과 목욕탕이 있을 것.

(3) 가구가 딸려 있을 것.

(4) 조용할 것—일을 해야 하므로.

대략 이런 정도이다.

"음 글쎄……" 하고 발렌티나는 잠시 생각에 젖는다. 손에 든 볼펜을 빙글빙글 돌리고 있다. "조용하고 방이 두 개 있고…… 아, 그렇군, 스펫체스 섬이 좋겠어요. 스펫체스에 내가 아는 사람의 서머 하우스가 있는데, 스펫체스 섬이라고 알아요?"

스펫체스라면 알고는 있다. 실제로 가본 적은 없지만 이드라에서 가까운 섬이다. 이드라에는 몇 번 가본 적이 있다. 크기도 적당하고 피레에프스에서 배편도 편리하다. 더구나 이드라처럼 매시간 크루즈 선이 오가지 않는 것으로 보아 관광객들이 많이 찾는곳은 아닐 것이다. 아테네에 사는 그리스인이 서머 하우스를 두고여름 주말에 잠깐 놀러 가는 그런 섬이다. 분위기도 나쁘지는 않을 것 같다.

"어떤 집이죠?"

"나도 몇 번 그 집에 묵은 적이 있는데 별로 넓지는 않지만 정말비유우우우우우우티플한 집이에요" 하고 발렌티나가 말한 것은바로 이때다. "그리고 그 집 근처에는 비유우우우우우우티플한……" 운운.

발렌티나는 가방에서 메모 용지를 꺼내더니 볼펜으로 지도를그린다. 먼저 그리스 전체의 지도를 그렸는데 매우 기묘하게 생긴지도였다. 나는 지금까지 살아오면서 여성이 그린 지도를 볼 기회가 몇 번 있었지만, 유감스럽게도 지도를 정확하게 그리는 여성을한 번도 만나지 못했다. 발렌티나도 역시 부정확한 지도를 세상에뿌리고 다니는 사람 중 하나였다. 아니, 내가 보기에 이 사람은 그중에서도 상당히 정도가 심한 부류라고 할 수 있다. 그녀가 그린지도대로라면, 그리스 본토(즉 마케도니아에서 스니온 곳에 이르는 부분)는 축 늘어진 유방 같은, 아니면 구운 찹쌀떡을 잡고 힘껏잡아당긴 것 같은 원추형 모양이었다. 펠레폰네소스 반도는 그 왼쪽에 비틀린 장갑 같은 모양으로 무참하게 버려져 있다. 그리고 그 양쪽을 가르고 있는 코린토스 운하는 도버 해협만큼 폭이 넓었다(실제로는 100미터나 200미터 정도다). 이것이 발렌티나의 눈에 비친 그리스이다.

"이게 그리스예요." 발렌티나는 그 서툴기 짝이 없는 지도를 내 쪽으로 보인다. "알겠어요?"

"예, 알겠습니다." 나는 할 수 없이 동의한다. 모른다고 해봐야 아무 소용이 없을 테니까.

"여기가 바로 스펫체스예요" 하고 말하며 그녀는 바다 위에 조그만 원을 그린다. 그리고 다음 페이지에 섬의 지도를 그린다. 섬은—그녀가 그린 지도대로라면—양송이 버섯을 세로로 잘라놓은 것 같은 모양이다. 바로 이렇게.

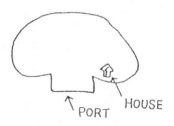

그런데 다음 날 지도를 사서 보니, 섬은 실제로는 이런 모양이었다.

보다시피 섬은 모양도 전혀 다르고 항구의 위치도 남북이 완전히 반대이다. 왜 이렇게 큰 차이가 나게 됐는가 하면—내 생각에

─그녀는 섬 생활에서 항구의 중요성을 지형적인 중요성에 오버랩시키다 보니, 항구의 규모가 상대적으로 점점 커진 것이다. 그리고 어처구니없게도 그녀는 상하좌우 동서남북이라는 절대적인 위치 관계도 전혀 인식하지 못하고 있다. 말하자면 그녀를 비롯한 많은 여성들에게, 지리적인 전체상은 그다지 중요하지 않은 것이다. 그녀들이 무엇보다 중요하게 여기는 것은 눈에 보이는 다양한 세부적인 것으로, 세부적인 인상이 강하면 강할수록 지형적인 중요성도 정비례하여 팽창한다.

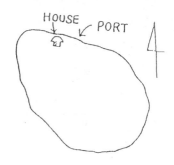

그녀는 지도를 다 그리고 나서 거기에도 화룡점정이라도 되는 듯 집을 그려 넣더니, 사뭇 만족스럽다는 표정으로 고개를 끄덕인다. 그리고 "나는 이 섬을 아아아아아주 좋아해요" 하고 흥분된 목소리로 말하며 지도 위에 입을 맞추고는 내게 지도를 건네준다. 지도 위에는 그녀의 립스틱 색깔이 확연히 찍혀 있다.

　바로 이렇게.

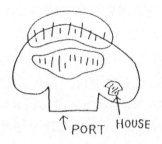

↑ PORT   HOUSE

이처럼 편견과 몰이해로 인해 모습이 변형된 섬은 립스틱으로 멋들어지게 봉인되었다. 그녀가 그 정열적인 입맞춤에 대해 내가 어떤 식으로 반응해 주기를 기대했는지, 그때 나는 전혀 알 수 없었으므로(지금도 모른다) 좌우지간 "예, 고맙습니다" 하고 말하며 지도를 받아 힐끗 보고는 주머니에 쑤셔 넣었다. 그리고 더 이상 지도에 관해서는 생각하지 않기로 했다.

그녀는 항구에 도착한 후의 일들에 대해 설명한다.

"항구에서 이 집까지는 걸어서 약 15분쯤 걸려요" 하고 발렌티나는 말한다.

"경치 좋은 바다를 끼고 있는 길이라서 걸으면 기분도 상쾌하고 좋지만 짐이 많으면 택시를 타는 편이 편리할 거예요. 하지만 섬에는 택시가 한 대밖에 없으니까 만약 그 택시가 바로 오지 않으면 마차를 타세요. 아니면 수상 택시를 이용해도 되고."

"한적한 곳인 것 같군요."

"그야 무우우우우우우울론, 한적한 곳이죠" 하고 발렌티나는 강조한다. "아무튼 자동차 같은 것이 거의 다니지 않으니까, 일을 하기에는 최상의 조건 아니겠어요?"

나는 자동차가 거의 다니지 않는다는 발렌티나의 말에 상당히 매력을 느꼈다. 아주 이상적인 그리스 생활이 되겠다고 생각했다. 아름다운 해변, 자동차가 없는 섬, 조용한 나날(그런데 나중에 정작 그 섬에 가보고는 그 시끌벅적함에 진저리를 치고 말았다. 자동차는 정말 다니지 않았다. 문제는 오토바이였다. 너무 많은 데다가 대부분 소음 방지기도 달려 있지 않은 무식한 오토바이였기 때문이다. 그런 오토바이들이 아침부터 밤까지 부릉부릉부릉거리며 달린다. 어린아이가 양철지붕을 막대기로 힘껏 두들기며 장난치는 것처럼 요란스런 소리를 내며 온 섬을 돌아다니는 것이다. 그 소리는 솔직히 말해서, 어떤 의미에서는 산겐자야(三軒茶屋) 네거리에 서 있는 것보다 더 신경에 거슬렸다. 사방이 조용하다 보니 그 소음이 더어어어어어욱 거슬리는 것이다. 그러나 발렌티나의 말을 들을 때는 자동차가 없다는 말에 좋아했을 뿐, 그런 오토바이가 있으리라고 누가 상상이나 했겠는가).

발렌티나는 계속해서 다음 장에 집 주변의 약도를 그려준다.

"슈퍼마켓이나 우체국, 전화국 같은 생활에 필요한 곳은 항구에 가면 다 있고, 음식점도 즐비하니까 생활하는 데는 아무런 불편이 없을 거예요. 만약 15분씩 걷는 것이 귀찮으면 집 주변에도 가게는 많아요. 여기에 조그만 슈퍼마켓이 있고(아나르기로스 경영) 여기에 생선요리를 전문으로 하는 주점이 있고(파토라리스 경영) 그리고 여기에 카페니온이 있어요(판델레스 경영). 생선가게는 없지만 카페니온에는 늘 어부들이 모여 있으니까, 직접 교섭해서 신선한 생선을 사면 되구요."

"아주 좋은 곳인 것 같군요." 정말 나쁘지 않아 보였다.

"그건 그렇고, 이게 바로 그 집이에요." 그녀는 집을 그림으로 그리며 설명한다. "이런 식으로 집이 두 채 이어져 있는데 옆집에는 주인인 타키스 씨의 매제 해리스 씨가 살고 있죠. 해리스 씨는 아테네에 집과 가족이 있고, 혼자만 이곳에 살며 전화국에서 근무하기 때문에 주말이면 아테네로 돌아가요. 그는 영어를 할 줄 아니까 무슨 일이 생기면 도움이 될 거예요."

"그렇겠군요" 하고 나는 동의한다.

마지막으로 그녀는 그 집의 내부구조에 대해 설명하는데, 집의 외관이나 근처의 지리에 관해 자세하게 알고 있는 데 비해 집의 내부에 관한 그녀의 지식은 애매모호해서 믿음이 가지 않는다. 그녀가 그린 지도도 이제는 빛을 잃어 더 이상 참고가 되지 않는다. 화단에 핀 꽃이 문보다 클 정도니(앞에서도 말했듯이 자기가 좋아하는 것을 필요 이상으로 크게 그리는 것이 이런 부류 사람의 특징이다) 각 방의 크기 비율도 정확하지 않을 것이 뻔했다. 그녀가 어째서 집 주변에 관해서는 그렇게 자세하게 알고 있으면서, 집 내부에 관해서는 잘 모르는지 이유는 알 수 없다. 그러나 그런 것은 내가 관여할 문제가 아니다. 나는 좋은 장소에 있는 좋은 집을 타당한 가격에 빌릴 수 있으면 그만인 것이다.

그녀의 설명을 요약하면 대충 다음과 같다.

1층에는 거실과 부엌과 욕실 그리고 자그마한 아이 방이 있다.

2층은 절반이 침실이고 나머지 부분은 탁 트여서 정원으로 꾸며져 있다. 물론 몇 가지 문제점은 있다. 첫째, 내가 일할 수 있는 독립된 방이 없는 점(아이 방에는 안 쓰는 가구로 가득 들어차 있다). 둘째, 욕조가 없는 점(서머 하우스라 그런 것은 없다고 그녀는 말한다). 셋째, 전화가 없는 점(전화국에 가면 된다고 발렌티나는 주장한다). 넷째, 그런 여건에 비해 집세가 결코 싸지 않은 점(그들은 8만 드라크마를 요구하지만 그리스에서 8만 드라크마면 적지 않은 돈이다).

그러나 발렌티나와 섬에 대해 이야기를 하는 동안 나는 점점 그곳에서 살고 싶어졌다. 게다가 이제부터 다시 다른 집을 찾는다는 것도 귀찮았다. 그리스에서 집을 구하기는 꽤 어렵다. 일단은 아쉬운 대로 그곳에서 살아볼까 하는 생각이 점점 강해졌다. 자동차도 다니지 않는 조용한 섬이라니까.

나는 그 집으로 정하겠다고 발렌티나에게 말하고는 한 달치 집세를 수표로 선불한다. 절차는 아주 간단해서 그것으로 끝이었다. 드디어 그리스에서 우리가 살 집이 정해진 것이다.

헤어지기 전에 발렌티나는 근처에 있는 책방으로 나를 데려가, 영어로 번역된 그리스 현대 작가의 소설을 몇 권 골라주었다(그런데 하나같이 별로 재미가 없어서 그녀에게는 미안했지만 도중에 읽다가 말았다). 책방 앞에서 그녀는 군밤 파는 아저씨한테서 군밤을 한 봉지 산다. 10월이 되면 아테네 거리는 군밤 파는 포장마차가 즐비하고 거리는 군밤의 고소한 냄새로 가득 찬다. 발렌티나는 그 아저씨와 아는 사이인지 뭔가 얘기를 하고 있다. 그녀가 웃자 아저씨도 따라 웃는다.

"이걸 가지고 아들에게 점심을 만들어줄 거예요." 발렌티나가
내게 말한다.

군밤을 가지고 도대체 어떤 점심을 만드는지 나는 무척 궁금했
지만, 유감스럽게도 그녀가 서두르는 기색이라서 묻지 못했다. 점
심시간이 머지않은 것이다. 아들을 배고프게 하는 것은, 그녀에게
무엇보다도 괴로운 일인 것 같았다. 우리는 거기서 헤어진다.

"시이이이이이일컷 즐겁게 지내고 오세요" 하고 발렌티나가 말
한다. "정말 아아아아아아아주 아름다운 곳이니까요."

"여러 가지로 고맙습니다." 나는 정중하게 인사했다.

발렌티나는 원색 나비처럼 화려한 색상의 치맛자락을 팔랑이며
아테네 거리의 인파 속으로 사라져갔다. 그 후 발렌티나와는 전화
로 딱 한 번 이야기를 나누었을 뿐, 한 번도 만나지는 못했다.

스펫체스 섬

돌담은 블록 담과 비교하면 하늘과 땅 차이다.
큰 비만 오지 않는다면 그것은 사람들의 시선을 끄는 정말 멋진 담이다.
"몇 년 뒤에 다시 큰 비가 오면 또 무너지겠지."
"무너지면, 또 다시 쌓겠지" 하고 아내가 말한다.
그렇다, 그들은 벌써 몇 천 년이나 그 일을 반복하고 있는 것이다.
나는 역시 그리스인은 될 수 없을 것 같다.

스펫체스 섬

스펫체스 섬에 도착하다

빠르기로 말하면 피레에프스에서 스펫체스까지는 수중익선水中翼船을 타고 가는 것이 가장 빠르다. 일반 페리보트를 타는 시간의 약 반 정도면 목적지에 도착한다. 대신에 운임이 보통 배보다 두 배나 비싸다. 그리고 무엇보다도 정서가 결여되어 있다. 유난히 소리가 요란하고 갑판에 나가 일광욕을 할 수도 없으며 배 모양도 형편없다. 옛날에 본 영화 〈해저 이만리〉에 나오는 노틸러스 호처럼 시대에 뒤떨어진 전위적인 스타일에다, 성깔 있는 수생 동물처럼 다리를 삐죽 내밀고 바다 위를 질주하는 광경은 기분 나쁘기까지 하다. 적어도 여정을 즐기기에는 거리가 먼 배이다.

이 멋없는 수중익선이 스펫체스 섬 항구에 도착했을 때 선착장 주변에는 하얀 현수막이 빽빽하게 걸려 있었다. 집 베란다며 호텔 창문, 레스토랑 입구에도 현수막과 삼각형의 조그만 깃발이 걸려 있다. 배가 점차 해안으로 다가가자 현수막에 쓰인 ΠΑΣΟΚ라든가, NΔ라는 그리스 글자가 눈에 들어온다. 언뜻 보기에는 깃발을 세운 채 떠들썩하게 가을 축제를 벌이고 있는 마을의 풍경이다. 그러나 우리는 그 현수막이 무엇을 뜻하는지 전혀 알 수가 없다. 지금까지 그리스의 여러 곳을 다녀보았지만 이런 광경을 보는 것은 처음이다.

"저기 뭐라고 씌어 있어?" 하고 아내가 내게 묻는다.

"글쎄 뭘까, 음. 파숏쿠, 니 데르타, 네아 키닌…… 그 다음은 사람 이름 같은데."

"무슨 선전 아닐까?"

"아니, 그건 아닐 거야. 선전을 저렇게 대대적으로 하지는 않겠지."

둘이서 여러 가지로 머리를 짜보았지만 그럴듯한 설명이 떠오르지 않는다. 무슨 지역 축제 같은 것이 아니겠느냐는 정도에서 이야기는 일단락된다. 어쨌든 스펫체스 섬에 무사히 도착했고, 싫든 좋든 적어도 지금부터 한 달간은 여기에서 자리 잡고 살아야 한다.

섬의 첫인상은 그리 나쁘지 않다. 움푹 들어간 해안 안쪽으로 아담한 항구가 있고 그 뒤편으로 역시 아담한 마을이 자리하고 있다. 마을 뒤로는 나지막한 언덕과 산이 있고 산 위에는 하얀 교회가 있다. 그리스의 섬치고는 드물게, 산은 소나무와 삼나무 그리고 올리브 같은 다양한 톤의 초록으로 뒤덮여 있다. 바다는 짙은 감색으로 물들어 있고, 넓고 파란 하늘에는 하얀 구름이 떠 있다. 그 하늘을 갈매기 한 마리가 비행을 즐기듯이 우아하게 가로지르고 있다. 수중익선이 엔진을 멈추자 뱃머리가 물살을 가르는 소리

만이 들릴 뿐이다. 발렌티나 식으로 말하면 '비유우우우우우우티
플' 한 광경이다.

*

스펫체스 섬에서는 제법 많은 사람들이 배에서 내렸다. 커다란
가방을 짊어진 외국인 관광객의 모습도 얼핏얼핏 보이지만, 이미
시즌이 거의 끝났기 때문인지 그 수는 그리 많지 않다. 승객 대부
분이 그리스인이다. 그리고 그리스인은 대충 두 부류로 나뉜다.
(1)다른 곳에서 이 섬을 찾아온 그리스인과 (2)어딘가 다른 곳에
갔다가 돌아오는 그리스인이다.

(1)의 사람들은 대개 옷차림이 세련되고 커플이나 가족 단위이
다. 아마도 주말을 서머 하우스에서 보내기 위해 찾아온 것이리
라. 그들은 모두 손에 책을 들고 있다. 내 앞좌석에 앉은 부인은
조그만 몸집의 예절 바른 개를 데리고, 그리스어로 번역된 아서
헤일리의 《호텔》을 읽고 있었다. 옆 자리의 미니스커트를 입은 귀
여운 아가씨는 뜨거운 우유를 마시면서(배 안에서는 승무원이 마
실 것을 가져다준다) 그리스어판 《엘르》 같은 패션 잡지를 읽고
있었다. 그런 사람들에게서는 중상류층 도회지 사람들 특유의 차
분한 분위기가 느껴진다. 며칠간 머무를 간단한 가방과 선글라스,
금팔찌, 베네통 스웨터와 소니 워크맨.

여기에 비하면 (2)의 사람들은 모두 수수한 옷차림에다 아주 건
강해 보였다. '그리스인 조르바' 같은 느낌의 아저씨와 혈색 좋은
아줌마들이 피레에프스나 아테네에서 샀음 직한 짐을 잔뜩 끌어안
고, 요란하게 떠들어대면서 부두로 내려온다. 그들은 명실상부한

서민이다. 나는 그들을 '조르바계 그리스인' 이라고 부른다.

　계속해서 검고 치렁치렁한 승복('라소' 라고 한다)을 입고 수염을 길게 기른, 매우 근엄해 보이는 승려의 모습도 보인다. 그 승려도 뭘 샀는지 두 팔로 꽤 무거워 보이는 상자를 들고 있다. 마흔살 정도의 아주머니가 배의 출구에서 마중 나온(아마 아들이겠지) 작은 남자아이를 꼭 끌어안고 키스하고 있다. 이 아주머니가 출구를 막고 서 있는 바람에 다음 승객이 배에서 내리지 못하고 주춤거리고 있다. 그러자 승무원이 "아줌마, 한쪽으로 비켜주세요!" 하고 큰 소리로 외친다. 배 위에서 조르바계 아저씨가 부두에 있는 또 다른 조르바계 아저씨를 향해 깜짝 놀랄 만큼 큰 소리로 고함치고 있다. **"어이 코스타, 잘 있었나!"**

　호객 행위를 하는 사람도 있다. 호객꾼처럼은 보이지 않는 인텔리풍의 사나이다. 우디 앨런 같은 인상의 호리호리한 이 중년남자는 라코스테 폴로 셔츠를 입고, 여피족 같은 검은 안경을 끼고 있다. 그런데 셔츠도 안경도 그리고 본인도 어쩌 후줄근해 보인다. 그는 여행자로 보이는 외국인을 한 명 한 명 붙잡고 "오늘 묵을 곳은 정했어요?"라고 영어나 독일어로 묻고 있다. 항구 광장에는 마차가 여섯 대 줄지어 서 있고(발렌티나가 말한 대로 정말 마차가 존재했다) 마부가 "헬로, 예스, 플리즈"라고 사람들에게 소리치고 있다. 광장 주변에는 카페들이 들어서 있고 사람들은 그곳에서 맥주를 마시거나, 신문을 펼치며 배에서 내리는 사람들을 바라보고 있다.

　그리고 개가 있다. 의자 다리 밑에 다갈색 개가 두 마리 납죽하게 엎드린 채 털끝 하나 까딱하지 않고 있다. 살았는지 죽었는지, 도무지 분간을 할 수가 없다. 이것은 스펫체스 섬뿐만 아니라 그리스 어디에서나 일상적으로 볼 수 있는 현상이다. 나는 이것을 '죽은 개 현상'이라 부르는데, 그리스에서는 뜨거운 오후만 되면 개들이 이렇게 축 늘어져 돌처럼 꼼짝 않고 잠을 자는 것이다. 정말 말 그대로 털끝 하나 움직이지 않는다. 숨조차 쉬지 않는다(그렇게 보인다).

이렇게 '누워 있는 개'의 생사를 분간하기란 그리스인들에게도 어려운 일인 듯, 여러 명이 축 늘어져 있는 개의 주위를 둘러싸고 죽었는지 살았는지에 대해 진지하게 토론하는 광경을 몇 번 본 적이 있다. 막대기 같은 것으로 쿡 찔러보면 금방 알 수 있을 텐데 잠들어 있는 개를 깨우기가 미안한지, 아니면 개를 깨웠다가 물릴까봐 두려운지 그런 행동을 하는 사람은 없었다. 그저 빤히 보면서, 살았다, 죽었다라고 서로 주장할 뿐이다. 개도 한가하지만 인간도 꽤나 한가한 것 같다.

호객꾼 라코스테 사나이(아마도 어느 펜션의 주인이겠지)가 내게 다가와 "오늘 묵을 곳은 있나요?" 하고 묻는다.

"예, 있어요."

"어느 호텔이죠?"

"호텔이 아니고 쿠누피차의 다므디로프로스 집에 머물기로 되어 있습니다."

"쿠누피차의 다므디로프로스 집이라고요?" 하고 그는 고개를 갸우뚱한다. "당신 그 집이 어디에 있는지는 알아요?"

"모르는데요."(발렌티나는 그 집 주소를 가르쳐주지 않았다. 왜냐하면 이 섬에는 주소란 것이 존재하지 않기 때문이다. "가면 알게 되요" 하고 그녀는 말했다.)

"그럼 누군가 그 집을 아는 사람이 있는지 물어봐 드리죠" 하고 라코스테 남자는 말한다. 아주 친절한 사람이다.

"어이, 어이, 이야니! 쿠누피차의 다므디로프로스네 집이 어딘지 알아?"

이야니라고 불린, 사냥모자를 쓴 조르바가 다가온다(그리스 남자 이름의 절반 가량은 이야니나 코스타, 이오르고스 중 하나다). 그도 역시 고개를 갸우뚱한다. "쿠누피차의 다므디로프로스네 집이라, 나도 잘 모르겠는데." 그는 미안하다는 듯 말한다.

그러자 옆에 있던 활달해 보이는 아줌마가 끼어든다. "어디? 누구네 집이라고? 쿠누피차의 다므디로프로스 집이라고?" 하지만 그녀도 그 집을 모르기는 마찬가지인 모양이다. 이번에는 그 옆에 있던 조르바가 나섰다. 이런 식으로 이야기가 꼬리에 꼬리를 물고 번져갔다. 그러면 모두 "쿠누피차의 다므디로프로스 집이라고?" "들어본 적이 없는데." "혹시 그 집을 말하는 게 아닐까?" "그 사람한테 물으면 알지 않을까?" 등등 각각 한마디씩 거든다. 이런 일에 다들 꽤나 흥분한다. 여유 있다고나 할까? 정말 한가로운 곳에 왔다는 것을 실감한다.

그러나 이렇듯 저마다 의견이 분분했음에도 불구하고, 끝내 쿠누피차의 다므디로프로스 집이 어딘지 알 수 없었다. 라코스테 사나이가 내게 말한다. "쿠누피차의 다므디로프로스 집이 어딘지는 모르지만, 여하튼 쿠누피차로 가서 물어보면 될 겁니다. 거기까지 가면 누군가 아는 사람이 있겠지요."

나는 그렇게 하겠다고 말한다. 사실 처음부터 그럴 생각이었다.

그는 마차를 타고 가라고 권하며 자신이 직접 마차를 한 대 잡아주었다. 친절한 사나이다. "200드라크마 이상은 내지 말아요. 그게 마차의 규정 요금이니까" 하고 그가 가르쳐준다. 나는 고맙다는 말을 하고 마차에 오른다.

그러나 쿠누피차에 도착했을 때 나는 400드라크마를 지불해야만 했다. 짐이 너무 무거웠다며 마부가 특별 요금을 요구한 것이다. 라코스테 아저씨가 일러준 대로 무슨 말도 안 되는 소리냐고 화를 낼 수도 있었지만, 사실 짐이 무겁기도 했고 말이 언덕길에서 하아하아 하고 힘겹게 숨을 내쉰 데다(연기인지도 모르지만), 마부가 집까지 찾아주었기 때문에 눈 딱 감고 400드라크마를 지불한다. 그래 봐야 200엔 정도의 차이밖에 나지 않으니까.

우리가 처음 항구에 도착했을 때 선착장 주변 건물의 벽면을 가득 메우고 있던 현수막의 정체가 밝혀진 것은 그날 저녁나절의 일이다. 그날은 일요일이라 식료품점의 문이 모두 닫혀 있었다. 그래서 우리는 저녁식사를 하기 위해 항구 근처에 있는 타베르나로 가서 메뉴를 펼치고, 그날의 생선요리와 콩조림 그리고 쓴맛이 나는 백포도주를 주문했다.

"죄송하지만 오늘은 포도주를 대접할 수가 없군요" 하고 주인 여자가 몹시 미안하다는 듯 말한다.

나는 그 말을 듣고 정말이지 깜짝 놀랐다. 어이가 없어 말도 나오지 않았다. 포도주가 없다? 그리스의 타베르나에 포도주가 없다고? 그건 일본 장어구이 집에서 '죄송합니다만 오늘은 간장이 다 떨어져서요' 라는 말을 듣는 것과 마찬가지다.

"포도주가 다 떨어졌나요?" 나는 볼멘 목소리로 되물었다.

"그게 아니라 오늘은 저 날이잖아요." 그녀는 현수막을 손가락으로 가리킨다. "그래서 드릴 수가 없는 거예요."

느닷없이 저 날이라니? 나는 도무지 뭐가 뭔지 알 수가 없었다.

"무슨 날인데요?" 나는 다시 물었다.

"오늘은 전국 통일 지방선거가 있는 날이잖아요. 그래서 전국 어느 곳에서나 알코올류를 팔아서는 안 되게끔 되어 있어요. 포도주, 맥주, 위스키, 브랜디, 우조 할 것 없이 전부요. 법으로 그렇게 정해져 있거든요."

아하, 그러니까 그 현수막은 모두 선거 운동을 위한 것이었군. 그러고 보니 머지않아 선거가 있다는 기사를 신문에서 읽은 적이 있다. 그런데 선거하고 술을 마시는 것하고 무슨 관계가 있단 말인가.

나는 거기에 대해서 그녀에게 물어보았다.

그리스 사람들은 선거에 대해서는 아아아아아주 흥분을 잘해요. 관심이 많거든요. 그렇지 않아도 모두 열을 올리고 있는데, 거기에 술까지 들어가면 살인 사건인들 일어나지 않는단 보장이 없잖아요. 그래서 알코올류는 판매가 금지되어 있는 거예요. 한 방울도 팔면 안 돼요.

가게가 한가하기 때문인지 그녀는 친절하고 자상하게 설명해

준다.

"그렇지만 우리는 외국인이고 오늘 선거와는 아무 상관 없잖아요. 우리가 술을 마신다고 해서 경찰이 뭐라고 할 것 같지는 않은데요."

"그렇긴 하네요." 그녀가 말한다. "모처럼 그리스까지 왔는데 포도주를 마실 수 없다는 건 좀 안됐군요. 좋아요, 섬의 경찰에 전화해서 물어보죠. 잠깐 기다려보세요."

그러나 결국 우리는 그날 포도주를 마실 수 없었다. 경찰의 대답은 외국인에게든 화성인에게든 오늘은 절대 술을 팔아서는 안 된다는 것이었다. 어느 나라를 가든 경찰은 융통성이 없는 모양이다. 포도주가 없는 저녁식사가 얼마나 맛없는지는, 그리스에 와보지 않고는 모를 것이다.

우리는 스펫체스 섬에서 첫날을 이렇게 보냈다. 포도주가 없는 저녁식사. 앞으로 어떤 일이 우리를 기다리고 있을는지.

비수기의 섬에서

우리가 이 섬에 온 것은 10월 중순의 주말이었다. 바꾸어 말하면 관광 시즌의 마지막 주말이다. '물이 차갑기는 하지만 참고 바다에 들어가 수영을 할 수 있는' 한계가 대충 이 무렵까지다. 실제로 바다에 들어가서 수영하는 사람을 내가 본 것도 이 주말이 마지막이었다.

항구의 바로 옆에 있는 그리 넓지 않은 해변으로 가자, 서른 명쯤 되는 관광객이 수영복 차림으로 해변에 누워 있고 몇 명의 아이들이 바닷물에 들어가 수영하거나 물놀이를 하고 있었다. 햇살은 따스했지만 바람이 차서 바다에 들어가고 싶은 마음은 생기지 않는지, 모두 해변에 누워 조용히 일광욕을 즐기고 있을 뿐이다. 남자들은 손바닥만 한 수영 팬티를 입고 있고 여자들은 70퍼센트 정도가 가슴을 드러낸 채, 겨울이 오기 전에 조금이라도 더 햇볕을 흡수하려고 애쓰고 있다. 모두들 매우 진지한 얼굴이다. 일광욕 같은 건 좀더 느긋한 기분으로 하면 좋으련만 이 사람들(대개 북유럽에서 일부러 그리스의 햇살을 찾아온 사람들로 추측된다)은 햇빛에 관련해서는 매우 진지하다. 마치 태양 전지식 전기면도기가 한곳에 모여 충전을 겸한 신앙 고백 집회라도 열고 있는 듯한 분위기다.

그 옆을 본토박이 조르바계 그리스 사람들이 삼삼오오 지나간다. 마을로 나 있는 도로가 해변 바로 옆을 지나고 있기 때문이다. 그들은 초가을 태양을 향해 젖꼭지를 내밀고 있는 여성의 모습을 무례할 정도로 빤히 바라보면서 지나간다.

재미있는 것은, 여자가 해변에서 수영복의 윗부분을 벗고 유방을 훌딱—또는 **날름**이랄까 **낼름,** 어쨌든 이 행위에 관해서는 나도 적당한 표현이 떠오르지 않는다—드러내놓고 있어도 관광객들끼리는 서로 그런 모습을 빤히 바라보지 않는다. 힐끗힐끗 곁눈질을 하는 일도 없다. 그런 행동은 예의에서 상당히 벗어난다는 인식이 관광객들 사이에 존재하는 것이다. 사진을 찍는 일은 말할 것도 없다. 그래서 옆에서 여자가 유방을 훤히 드러내놓고 있어도 남자는 전혀 관심 없다는 표정으로 있다. 나는 이것을 개인적으로 '에게 해 규칙'이라 부른다. 무슨 말인가 하면 에게 해에 온 이상은 (a) 여자는 '에게 해니까 이런 것쯤 당연한 일이지 뭐'라며 익숙한 손놀림으로 유방을 노출하고, (b) 남자도 '에게 해에 왔으니 그런 것쯤 자연스러운 일이지'라는 식으로 의젓하게 대처하며 보고도 못 본 척한다. 물론 가끔은 곁눈질할 때도 있다. 하지만 그런 때도 그들은, 흔히 보는 익숙한 광경이라는 식의 정신적인 여유를 느끼게 한다. 그것이 기본적인 규칙으로서, 바로 이 여유가 중요한 것이다. 더구나 그리스에 오래 있다 보면 유방을 드러낸 모습쯤은 흔히 볼 수 있으며 거기에 익숙해지면 봐도 아무렇지도 않게 된다. 딱히 자랑하는 건 아니지만.

여자들뿐만 아니라, 섬 안쪽의 인적 드문 해변에 가면 수영 팬티를 벗어 던지고 하반신을 그대로 드러낸 채 일광욕을 즐기는 남자들도 쉽게 볼 수 있다. 알몸으로 있는 여자도 있다. 나도 한번 그렇게 해본 적이 있는데 상당히 기분 좋은 경험이었다. 세상에는 '음부'라는 말이 있지만, 햇빛 아래 내놓고 나면 그것은 더 이상 '음부'가 아니라 그냥 몸의 일부라는 생각이 든다.

어찌되었건 '에게 해 규칙'에 따라, 그리스 섬의 해변가에는 유방을 드러내놓고 있는 여자들이 도처에 있다. 그리고 남자들은 그 주위에서 짐짓 관심 없는 척 책을 읽거나 한다. 그러나 당연한 일이지만 그런 규칙이나 불문율은 조르바계 그리스인과는 전혀 관계없다. 그들이 "그리스는 아주 좋은 곳이죠. 해변에서 유방을 드러내놓고 있어도 아무도 뭐라고 하지 않으니까요" 하고 권유한 것도 아니며, 그렇다고 그들의 아내나 딸이 일상적으로 유방을 드러 내놓고 생활하는 것도 아니다. 아니, 그리스 시골 사람들은 신앙심 이 깊고 그런 면에서는 매우 보수적이다. 미국이나 북유럽 사람들 이 떼로 몰려와, 말하자면 아무런 양해도 구하지 않고 제멋대로 사 람들 앞에서 알몸이 되거나 유방을 드러내는 것뿐이다. 사실 '에 게 해 규칙' 따위는 조르바들이 알 바 아니다. 가슴을 내놓는 것이 자유라면 드러난 가슴을 보는 것도 자유다.

그래서 조르바들은 지나가면서 관광객들의 드러난 가슴을 꽤 노골적으로 바라본다. 그렇지만 그 시선에 성적인 색채가 포함되 어 있는 것 같지는 않다. 나는 그것은 오히려 순수한 호기심(과학 적인 호기심이라고까지는 할 수 없지만)에서 유발된 것이라고 생 각한다. 굳이 조르바들을 변호할 생각은 없지만 도처에서 드러내 놓고 있는 유방을 보지 않고 그냥 지나가기에는, 그들의 호기심이 너무도 강렬한 것이다. 우리들이 길을 지나가다가 사람들이 모여 있으면 무슨 일인지 궁금해서 목을 길게 빼고 들여다보는 것과 근 본적으로 같은 심리이다. 그래서 여자들도 자신의 유방 위로 거침 없이 쏟아지는 시선을 느껴 얼굴을 들었다가도, 상대가 조르바이 면 "아휴, 또 조르바야. 볼 테면 보라지" 하는 정도로 호들갑 떨지 않고 조용히 넘어간다.

내가 지중해 특유의 그런 광경을 목격한 것은 아주 짧은 기간이 었다. 그 주말(시즌의 마지막을 장식하기에 딱 어울리는 이상적인 지중해식 날씨였다)이 지나고 10월도 후반에 접어들자, 해변에는 눈에 띄게 인적이 줄어들고 배에서 내리는 관광객의 모습도 한결

뜸해졌다. 타베르나의 테이블도 한산해지기 시작했다. 그렇게 섬은 본격적인 비수기에 돌입했다. 말하자면 남들은 돌아가는 시기에 우리는 굳이 이 섬을 찾아온 것이다.

*

섬의 비수기는 근처 해변에 즐비하게 늘어섰던 야외 타베르나가 문을 닫으면서 시작된다. 산으로 둘러싸인 고장에서 눈 녹는 소리와 함께 봄이 시작되는 것처럼, 섬의 가을은 야외 타베르나의 의자 접는 소리에서 시작된다. 먼저 마을에서 멀리 떨어진 해변에서부터 철수하기 시작하여 1945년 베를린 포위전 때처럼 그 전선이 차츰차츰 중심부로 범위를 좁혀온다. 그리고 어느 날 드디어 깨끗하게 사라지는 것이다. 다음에는 '니코스 타베르나'나 '돌핀 타베르나' 같은 간판과 창문에 판자를 대고 못을 박은 오두막 또는 갈대를 엮어 만든 차양만이 남는다. 그러고는 풀이 죽어 보이는 초라한 개가―그러나 그리스의 섬에 초라하지 않은 개가 있기나 한가?―여름의 기억에 매달려, 지금은 사라지고 없는 상상 속의 테이블 주변을 어슬렁어슬렁 배회하면서, 코를 벌름거리며 음식물 냄새를 허망하게 좇고 있을 뿐이다. 기름기 흐르는 고깃살과 생선 대가리를 던져주던 친절하고 마음씨 좋은 관광객들은 다 어디로 갔는지 궁금해하며. 모두 휴가가 끝나서 집으로 돌아갔단다, 하고 나는 그 개들에게 가르쳐준다. 지금은 다들 아침 일찍 일어나 회사나 학교에 다니고 있다고. 하지만 개들은 물론 그런 것을 알 턱이 없다. 개가 어렴풋이나마 이해할 수 있는 것은, 이제 좋은 시절은 다 끝난 모양이다, 라는 것 정도이다.

야외 타베르나가 철수하고 나면, 여름 내내 섬 곳곳의 해변으로 손님을 실어 나르던 고물 버스도(섬에 한 대밖에 없다) 운행을 중지한다. 한창 손님이 많을 때는 열 대나 영업을 하던 마차도 10월 말에는 두 대로 줄어들었다. 버스는 가을과 겨울 동안에는 섬에 두어봐야 아무 쓸모가 없으므로 페리에 실어 본토로 운반한다.

비수기 동안에는 본토에서 열심히 통근 버스로 일하다가 봄이 되면 다시 섬으로 돌아오는 것이다. 나는 이 버스가 페리에 실려 본토로 운반되는 모습을 우연히 보게 되었는데, 왠지 서글픈 광경이었다.

가끔씩 마을 어귀를 산책할 때면 농가 뜰 앞에 세워둔 마차를 목격하곤 한다. 마차를 끌고 다녔을 것으로 보이는 말은, 근처 나무에 묶인 채 온화한 눈길로 한가로이 마른 풀을 뜯고 있었다. 이제 당분간 쉴 수 있겠다는 듯이 안도하는 모습이었다. 마부는— 나한테 400드라크마를 갈취한 사나이 — 본래의 직업인 농부로 돌아가, 산등성이 밭에서 올리브와 토마토, 가지를 재배하고 있을 것이다.

그 다음에는 외국인 관광객을 상대로 장사하던 세련된 가게(물론 **비교적** 세련된, 이라는 의미)들이 서서히 주변 상황을 살피며 문을 닫기 시작한다. 바와 분위기 있는 레스토랑, 패스트푸드점 그리고 디스코텍(존 트래볼타의 생령이 떠돌고 있는 듯한 곳)이 하나 둘씩 모습을 감춘다.

이 무렵이 되면 주변에는 '자, 끝났다 끝났어, 이제 좀 느긋하게 지내야지' 라는 분위기가 감돌기 시작한다. 하기야 성수기 동안에는 낮잠은커녕 주말도 없이 죽도록 일만 했으므로 특별히 미련 같은 건 없다. 그들은 여름에 열심히 일하고 겨울에는 실컷 노는 것이다. 호텔도 문을 닫는다. 한때는 열 군데 가까이 영업하던 호텔들이 마치 썰물 빠져나가듯 잇따라 서둘러 문을 닫는다. 이렇게 해서 11월이 될 때쯤이면 작은 호텔 한 군데만이 남아, 그것도 거의 개점휴업 상태로 문을 열고 있다.

바다 건너 불어오는 눅눅한 북풍이 전깃줄을 흔들며 불길한 검은 구름을 멀리 크레타 쪽으로 보낸다. 내 마음속 깊은 곳에 어두운 의혹이 솟아나는 것은 바로 이 무렵이다. 혹시나 잘못된 판단을 내린 건 아닐까, 어딘가 다른 곳으로 갔어야 하지 않았을까, 라는 생각이 고개를 드는 것이다.

그러나 그런 심각한 상황에 직면하는 것은 11월에 들어서부터이고 10월 후반까지는 아직 조금은 생활에 여유가 있다. 떠들썩하고 활기찬 성수기 때의 여운이나 흔적을 여전히 즐길 수 있다. 가게나 레스토랑도 필요한 만큼은 아직 영업을 하고 있고, 바람이 없는 따스한 날이면 해변에서 햇볕을 쬘 수도 있다. 관광객도 거의 없고 그야말로 한가롭다. 만약 그리스 섬에서 딱 한 달만 살고 싶은 사람이 있다면, 나는 9월 중순부터 10월 중순까지의 한 달을 권하고 싶다. 그보다 앞서면 하라주쿠의 다케시타 거리처럼 북적거리고, 그보다 늦어지면 관광을 목적으로 그리스를 방문하는 의미가 거의 없어진다. 겨울철에 이런 곳을 일부러 찾는 사람이 있다면 퍽이나 유별난 사람이거나, 아니면 값싼 비수기 요금을 노리고 오는(싸기는 정말 싸다) 소설가 정도일 것이다.

*

그리스의 섬은 대부분 영화 〈세브린느〉에서의 카트린느 드뇌브처럼 전혀 다른 두 개의 얼굴을 갖고 있다. 하나는 부활절부터 10월 중순에 걸친 여름휴가 시즌 중의 외국인 관광객에게 보이는 대외적인 얼굴이고, 또 하나는 그 나머지 기간, 즉 비수기에 자신들만 있을 때의 진짜 얼굴이다. 이 두 얼굴은 극과 극이라고 해도 좋을 만큼 현저하게 다르다. 너무나 달라서, 어느 쪽이든 한쪽만 본 사람이 나머지 한쪽의 얼굴을 상상하기는 불가능할 것 같다는 생각이 들 정도이다.

우선 첫째로 기후가 다르다. 존 바우만이란 사람이 쓴 《에게 해의 섬들》이란 가이드북에서 그 기후에 대한 부분을 인용한다.

나는 다음 사항을 독자에게 강조하고 싶다. (1)에게 해의 섬은 열대의 섬이 아니며, (2)자주 세찬 바람이 분다. 1년 중 6개월에서 8개월 정도는 화창한 날씨가 계속되므로 많은 사람들이 이곳을 1년 내내 여름 날씨인 낙원 같은 곳으로 잘못 생각하기 쉽다. 그러나 별표(* 연간기온표)를 자세히 보면 섬에 따라 약간의 차이는 있지만 이것만은 분명하게 말할 수 있다. 적어도 10월에서 4월에 걸쳐 사람들은 에게 해에서는 해수욕을 하지 않고, 11월에서 3월까지 섬에서 휴일을 지내려는 사람은 없다.

간결하면서도 핵심을 잘 기술한 내용이라, 섬의 기후에 대해 더이상 덧붙일 것이 없다. 섬의 기후에 대한 이야기가 길어져서 집요한 인상을 줄지 모르지만, 실제로 비수기에 그리스의 섬에 와본 적이 없는 사람은 비수기의 이 애달프고 싸늘한 분위기를 아마 이해하지 못할 것이다. 납득하는 것과 이해하는 것은 다르다.

나만 해도 가을과 겨울의 그리스 섬의 기후가 여름 같지 않다는 정도는 알고 있었다. 평균기온까지 조사하여 스웨터와 코트도 준비하는 등 나름대로 각오는 하고 왔다. 그러나 가을의 해변에서 처음 북풍을 맞았을 때, 그리고 10월 25일에 덜덜 떨면서 난로에 처음으로 불을 지폈을 때, 나는 이렇게 생각하지 않을 수 없었다. "이게 뭐야, 무슨 그리스 날씨가 이 모양이야?"라고.

나는 지금까지 늘 여름에 그리스에 왔었다. 여름의 그리스밖에 경험하지 못한 사람은, 겨울의 그리스는 상상도 할 수 없다. 그리고 상상도 하지 못했던 현실에 부딪쳤을 때, 우리는 실제 이상으로 강렬하게 추위를 느끼게 된다. 눈에 띄는 모든 것이 우리의 몸과 마음을 싸늘하게 만든다. 눈에 띄는 모든 것이 우리의 존재를 불안하게 한다. 해변에 쌓여 있는 윈드서핑용 보트는 거대한 해파리의 뼈를 연상시킨다. 인기척 없는 언덕 위에서는 '블루베리 힐 승마 클럽'이라고 써져 있는 커다란 간판이 덜컹덜컹 바람에 흔들리고, 지금은 아무 쓸모도 없는 버스 정류장 팻말이 쓰러진 패잔병처럼 길가에 나동그라져 있으며 초콜릿 포장지가 바스락바스락 메마른 소리를 내며 바람에 날아간다.

인구도 눈에 띄게 줄어든다. 원래 지역주민은 대충 3천 명 정도이지만 여름이 되면 별장족과 관광객들이 몰려와서 인구는 약 두 배로 늘어난다. 그리고 여름이 가고 휴가 시즌이 끝나면, 섬은 눈 깜짝할 사이에 다시 본래 모습대로 한산해진다. 산책을 하다 보면 한눈에 사람이 살지 않음을 알 수 있는 집이 꽤 눈에 들어온다. 해변가 근처에는 고스트 타운이 출현한다.

나는 아침이면 대개 해안선을 따라 조깅을 하는데, 어쩌다 마을 밖으로 나가게 되면(얼마 안 걸린다) 사람 모습을 볼 수가 없다. 아무리 달려도 소나무 숲과 숨이 멎을 듯이 아름다운 해변—그렇지만 매일 보다 보면 얼마 안 가서 숨이 멎을 듯한 느낌은 들지 않게 되지만—이 끝없이 펼쳐져 있을 뿐이다.

가끔 소나무 숲에서 사냥꾼을 만나기도 한다. 사냥꾼이라지만 전문적인 사람은 아니고, 그냥 근처에 사는 아저씨가 어깨에 총을 둘러메고 사냥을 하고 있을 뿐이다. 귀를 축 늘어뜨린 개가 그 옆을 졸졸 따라다닌다. 그런 사람들은 내 얼굴을 보면 먼저 의아스럽다는 듯 입을 딱 벌리고(왜 동양인이 이런 계절에 아침 일찍부터 산속을 달리고 있을까?) 곧 우렁찬 목소리로 "카리메라!(안녕하시오)" 하고 인사를 한다. 전 세계에서 그리스인만큼 씩씩하게 인사하는 민족은 별로 없을 것이다. 활기차게 인사하는 점에 한해서는 그리스인이 최고다.

사냥꾼 외에 전기톱으로 소나무를 자르는 사람들을 가끔 볼 수 있다. 이들도 전문가는 아니다. 마을 사람들이 겨울에 대비해 땔나무를 장만하는 것이다. 모르긴 해도 이렇게 나무를 베는 행위는 법으로 금지되어 있을 것이다. 그도 그럴 것이 너 나 할 것 없이 모두 산의 나무를 베어간다면 산은 금방 민둥산이 되고 말 테니까. 그런데도 모두들 산에서 나무를 베어간다. 경트럭을 가져와 전기톱으로 나무를 베어 싣고 간다. 여기저기서 들들들들들 하는 전기톱 특유의 요란한 소리가 메아리 친다. 그렇다, 겨울이 코앞으로 다가온 것이다.

한참을 달리다 보면 저 아래로 자그마한 동네가 보인다. 푸른 소나무 숲과 파란 바다 사이로 하얀 벽의 아담한 집이 몇 채 어깨 동무를 하듯 나란히 들어서 있다. 하얀 모래사장이 있고 간이 선착장이 있고 타베르나가 있고 그 앞쪽으로는 둥그런 지붕의 교회도 보인다. 아름다운 광경이지만 알고 보면 버려진 동네이다. 집들은 서머 하우스이고, 타베르나는 바닷가에 수영하러 오는 관광객용이라서 휴가철이 끝나면 모두 문을 닫는다. 서머 하우스의 창문에는 튼튼한 쇠창살이 달려 있고 타베르나에는 간판조차 없다. 아마도 도난을 당하지 않도록 경영자가 집으로 가져갔을 것이다. 입구에 다리가 부러진 의자가 하나 버려져 있다. 에게 해와 같은 파란색 페인트가 칠해진 의자이다. 칠이 군데군데 벗겨진 그 의자만이 희미하게 여름의 여운을 느끼게 하고 있다.

이런 여름용 소집락(리조트 콜로니)이 마을 주변에 마치 소혹성처럼 산재해 있는데, 가을이 찾아오면 일제히 고스트 타운으로 변한다. 그리고 섬의 인구는 다시 마을에 집중된다. 섬 반대쪽에 딱 한 군데 어부가 사는 조그만 동네가 있고, 산속에도 양치기가 몇 명 살고는 있지만 그 수는 아주 적다. 마을 중심부에서 어떤 방향으로든지 15분 정도만 걷다 보면 인가는 자취를 감춘다. 그러고는 소나무 숲과 황무지가 펼쳐질 뿐이다. 가시투성이의 키 작은 나무가 자라고 있는, 바위가 많은 곳에는 양이 방목되어 있다. 이런 곳에 먹을 게 있을까 걱정될 정도로 황폐한 땅이다. 그런데도 양들은 쇠방울 소리를 짤랑짤랑 울리며 허옇게 말라비틀어진 식물을 찾아, 이 바위에서 저 바위 사이로 쉴 새 없이 이동한다. 양 떼 중에는 아주 멋진 뿔을 가진 시커먼 얼굴의 수컷이 있어, 위협적인 눈초리로 주변을 둘러본다. 그 수컷이 양 떼를 통솔하고 지키는 것이다. 내가 가까이 가면 그 양은 고개를 번쩍 들고 뿔을 두세 번 흔들며, 내게 돌진할 태세를 취한다. 더 이상 접근하면 가만두지 않겠어, 라고 엄포라도 놓는 듯하다. 암컷들은 풀을 뜯다 말고 그 수컷 뒤로 슬그머니 몸을 숨긴다.

군데군데 다 쓰러져가는 초라한 오두막집이 보인다. 양치기의 집일 텐데 사람이 살고 있는 듯한 느낌이 전혀 들지 않는다.

다시 조금 걸어가면 온통 바위투성이의 벌판 꼭대기에 교회가 또 하나 있다. 아주 작고 보잘것없는 교회다. 버스 한 대 정도의 크기밖에 되지 않는다. 나는 대체 누가 이렇게 황폐한 산꼭대기에 있는 교회까지 찾아오는지 궁금하다.

그 산을 넘어 좀더 나아가면 규모가 큰 수도원이 있다. 수도원은 사방이 높고 하얀 벽으로 둘러싸여 있다. 삼나무 가로수 사이로 난, 긴 언덕길을 올라가면 아름다운 모자이크가 붙어 있는 커다란 문이 나오는데 문은 굳게 닫혀 있다. 모자이크화에는 몇몇 성인의 모습이 비잔틴 화풍으로 그려져 있다. 문 주위에는 선명한 빛깔의 부겐빌레아 꽃이 흐드러지게 피어 있고 안에서는 아무 소리도 들리지 않는다. 시험 삼아 검은 나무로 된 그 문을 똑똑 두드려본다. 아무런 반응이 없다. 그런데 내가 포기하고 돌아서려는 참에 얼굴을 숄 같은 것으로 가린 수녀가 나와 내게 소곤소곤 뭐라고 말하더니 살랑살랑 손을 흔든다. 그러고는 햇님처럼 평화로운 미소를 보이며 곧 다시 문을 닫는다. 아마도 견학은 허락할 수 없다는 말을 하고 싶었던 것이리라.

할 수 없이 나는 문 옆에 있는 돌 위에 걸터앉아 눈을 감고 귀를 기울여본다. 조용한 정적 속에서도 조금은 세계가 움직이는 소리가 희미하게나마 들려온다. 아주 작은 소리들의 집적이다. 우선 양들의 목에서 딸랑거리는 쇠방울 소리, 그리고 소 울음소리—아무래도 수도원 안에서 기르는 소인 것 같다. 멀리서 모페드의 클랙슨 소리도 들린다. 어딘가 교회에서 종을 울리고 있다. 동방의 교회는 때때로 매우 이해하기 어려운 시간에 아주 묘한 식으로 종을 울린다. 개가 뭔가를 보고 컹컹 짖고 있다. 누군가가 엽총을 쏘았다. 1시 30분 페리가 입항 기적을 울린다. 그리고 나는 새삼스럽게 이국에 있음을 깨닫고, 내가 이질적인 사람들의 생활 속에 들어와 있음을 느끼게 된다. 나는 외국을 방문하면 종종 소리를 통해 가장 첨예하게 그 이국성을 인식하곤 한다. 시각이며 미각, 취각 또는 피부 감각이 채 감지하지 못하는 무언가를, 소리를 통해서는 알 수 있을 것 같다. 어딘가에 앉아서 내 몸을 조용히 가라앉히고, 귓속으로 주위의 소리를 빨아들인다. 그러면 그들—어쩌면 나 자신의—이국성이 부드러운 거품처럼 둥실 떠오르는 것이다.

언덕 위에서 내려다보면 뾰족한 사이프러스 사이로 페리가 보인다. 선명한 가을 햇살을 받아 집들의 기와지붕이 반짝반짝 빛나고, 폐쇄된 포시도니언 호텔의 유난히 높은 둥그런 지붕 위에 새하얀 비둘기가 두 마리 같은 방향을 바라보며 앉아 있다. 아주 평온한 오후이다. 오늘따라 바람도 한 점 없다.

마을에서는 사람들이 계속 월동준비를 하고 있다. 하지만 무얼 어떻게 해야 겨울을 넘길 수 있는지 나는(이국인인 나는) 짐작조차 할 수 없다. 돌아가는 길에, 카페에 들러 맥주라도 마실까 했으나 결국 문을 연 곳은 아무 데도 없었다.

올드 하버

눈을 떠보니 창밖에는 오랜만에 맑은 하늘이 파랗게 펼쳐져 있었다. 밤새 내린 듯한 비의 흔적이 옆집 지붕 위에서 반짝이고 있다. 하늘에는 마치 여름이 다시 찾아온 것처럼 흰 구름이 떠 있고, 앞뜰 수국 위로는 벌이 나른한 날갯짓 소리를 내며 날아다니고 있다. 담 너머로 근처 아주머니들이 아침인사를 나누고 있는 소리가 들려온다. 어디에선가 닭이 울고, 또 어딘가에서 개가 짖고 있다. 상쾌한 아침이다. 이렇게 따뜻한 태양을 본 것이 며칠 만인가? 더구나 오늘은 토요일이다.

하기야 토요일, 일요일이라 해도 우리와는 거의 관계가 없다. 일본에 있을 때도 그다지 관계가 없었지만 그리스 섬에 오고 나니 더더욱 상관없는 일이 되어버렸다. 화요일이 수요일이 되든 목요일이 월요일이 되든 아무 상관이 없는 것이다. 굳이 우리와 관계가 있다면 주말에는 은행이 쉬기 때문에 여행자 수표를 현금으로 바꿀 수 없다는 것 정도이다.

이 시점에서 갑자기 무언가가 내 주의력의 벽을 두드린다. 뭐지?

여행자 수표!

"큰일났네" 하고 나는 아내에게 말한다. "오늘은 토요일이야. 그럼 월요일까지 돈을 바꿀 수가 없다는 말이잖아."

우리의 테이블 위에 놓인, 방금 아침식사를 마친 그릇을 치우고 지갑 속의 돈을 꺼내 세어본다. 내가 가진 돈은 1천5백 드라크마, 아내는 2천5백 드라크마. 여기저기 걸려 있는 옷들의 주머니를 뒤집어서 나온 잔돈까지 다 합쳐도 일본 돈으로 4천 엔 정도밖에 안 된다. 미국 달러며 독일 마르크며 이탈리아 리라까지 하면 상당한 액수가 있지만 섬에 있는 상점에서는 그런 돈은 받아주지 않는 데다, 여기서는 신용카드도 한낱 플라스틱 조각에 불과하다. 그러니 가지고 있는 돈으로 어떻게든 토요일과 일요일을 지내야만 한다.

하지만 이것은 비극적인 상황이라고 할 정도의 일은 아니다. 왜냐하면 3천 드라크마만 있으면 충분히 이틀 동안의 식료품과 포도주 두 병과 맥주 반 상자를 사고도 돈이 남기 때문이다. 생각해보면 우리는 지금까지 훨씬 더 힘든 상황을 몇 번이나 경험해 왔다. 나만 해도 젊었을 때는 거의 무일푼으로 여행했다. 거기에 비하면 이런 일쯤은 아무것도 아니다.

그러나 아내는 그렇게 생각하지 않는다.

"그런 문제가 아니야" 하고 아내는 굳은 표정으로 말한다. 아내가 문제로 삼는 것은 말하자면 원칙적인 것이다.

"알고 있어" 하고 나는 대답한다.

"무엇을 어떻게 알고 있어?"

"그러니까 당신이 문제 삼는 것은 원칙이란 말이지? 말하자면……."

"내가 문제라고 하는 것은," 하고 아내는 내가 넘겨짚어서 하는 말을 뿌리치듯 말한다. "당신의 바로 그런 부주의한 성격이야. 금요일이면 어김없이 돈을 바꿔야 한다는 것은 원칙이잖아. 하지만 그런 일들을 **당신은 쉽게 잊어버리지.** 왜 다른 남자들처럼 그런 일을 제때에 처리하지 못하는 거야?"

나는 그 점에 대해서는 굳이 뭐라고 말하지 않는다. 다른 보통 남자들이 모두 그렇게 정확하고 주의 깊은 인생을 살고 있다고는 도저히 생각할 수 없으며, 주말이 되는 것을 미처 알지 못한 책임의 반(혹은 30퍼센트 또는 백 보 양보해서 20퍼센트)은 아내에게도 있다고 생각하기 때문이다. 그러나 뭐라고 대꾸를 하면 이야기가 점점 길어지기 때문에 나는 잠자코 있다. 내가 결혼생활에서 배운 인생의 비결은 이런 것이다. 아직 모르는 분은 잘 기억해 두기 바란다. **여성은 화를 내고 싶은 일이 있어서 화를 내는 것이 아니라 화내고 싶으니까 화를 내는 것이다. 그래서 화내고 싶을 때 제대로 화를 내게 하지 않으면, 나중에 더 골치 아픈 일이 생기게 된다.**

우리의 결혼생활에서—아마 다른 사람의 결혼생활도 많든 적든 대개는 비슷할 것으로 생각하지만—말다툼의 패턴은 항상 정해져 있다. 시작은 달라도 끝나는 방식은 항상 같다. 그런 의미에서 부부의 말다툼이란 시리즈 영화와 비슷하다고 할 수 있을 것 같다. 예를 들면 실베스타 스탤론의 〈록키〉와 같다. 설정도 다르고 내용도 다르고 장소도 상대도 다르다. 싸우는 동기도 전술도 다르다. 그러나 마지막 장면은 늘 같고 배경음악은 항상 같은 곡이 흐른다.

우리의 말다툼의 유형은 대체로 다음과 같다.

(A) 나는 일상생활에서는 대체로 야무지지 못하고 뭐든 적당히 하는 성격이다. 그 때문에 뭔가 불편을 겪어도 '뭐, 어떻게든 되겠지' 하고 생각한다. 어떻게든 되지 않을 때는, 그건 어쩔 수 없는 일이라고 생각한다.

(B) 아내는 일상생활에서는 신경질적이고 조금만 뭐가 흐트러져 있어도 신경을 쓰는 편이다. 앞으로 일어날 가능성이 있는 일을 생각하고 사전에 준비해 두지 않으면 마음이 놓이지 않는 성격이다.

(C) A와 B의 차이가 너무나 커서 그 중간에 때때로 정신적 무인지대 같은 것이 생겨난다.

그 토요일 아침, 환전 때문에 일어난 우리의 말다툼도(사실 말다툼이라고 할 수도 없는 것이지만) 처음부터 끝까지 이 패턴대로 진행되었다. 인생관과 세계관의 차이가 너무나도 분명해서, 거기에는 이미 몇 천 대의 불도저를 동원해도 메울 수 없는 숙명적인 갭이 존재하고 있는 것이다. 내 뒤에는 그리스 비극의 합창대 같은 역할을 하는 사람들이 있어서 '인생이란 다 그런 것, 어쩔 수 없잖아요' 라고 노래 부르고, 아내 뒤의 합창대는 '아니오, 숙명에 맞서 싸우는 것이 인간의 본성이오' 라고 노래 부르고 있다. 그리고 언제나 내 합창대가 아내의 합창대에 비해서 얼마쯤 소리도 작고 열의도 부족하다.

*

하지만 대개 점심식사 때쯤이면 아내의 기분은 풀어진다. 날씨가 좋은 날에는 기분이 상한 채 오래 있게 되지 않는 것이다. 우리는 점심식사로 토마토 소스 스파게티와 양배추 샐러드를 먹고 올드 하버까지 산책하러 나갔다. 집에서 올드 하버까지는 걸어서 약 30분 정도로, 날씨가 맑은 오후에 산책하기 딱 좋은 거리였다. 마을을 빠져나가 언덕을 하나 넘으면 거기에는 후사면이 조용히 펼쳐져 있다. 시간의 흐름에서 뒤처진 채로 꾸벅꾸벅 잠들어버린 듯한 곳이다. 여기가 스펫체스 섬의 올드 하버인데 그 이름대로 예전에는 이곳이 섬의 중심 항구로서 번화했었지만, 기선汽船이 다니기 시작하고부터는 수심이 얕고 규모가 협소한 탓으로 그 자리를 새로운 항구에게 넘겨주고, 지금은 요트 정박지로서 근근이 명맥을 유지하고 있다.

올드 하버는 상당히 멋진 곳이다. 나는 이곳 올드 하버로 산책 나오는 것을 좋아한다. 사람이 없는 조용하고 후미진 곳에 5,60척 정도의 크고 작은 요트가 정박하여, 그 돛대들이 덜컹덜컹 마른 소리를 내며 산통의 산가지처럼 불규칙적으로 흔들리고 있다. 햇볕에 그을린 선원이 근처 상점에서 사온 식료품 봉지를 배에 싣고 있다. 암벽 양지 쪽에서는 검은 고양이가 몸을 둥글게 웅크리고 깊이 잠들어 있다. 요트 꼬리에는 각각 배의 국적을 나타내는 깃발이 펄럭이고 있다. 청색 바탕에 하얀 십자 무늬가 있는 그리스 국기가 물론 제일 많다. 그리고 이탈리아 국기를 비롯해 영국, 독일, 스위스 등의 국기도 보인다.

항구를 따라서 활처럼 굽은 도로에는 레스토랑이며 카페가 늘어서 있다. 모두 꽤 괜찮아 보이는 상점들인데 유감스럽게도 전부 닫혀 있다. 요트를 타고 오는 관광객을 대상으로 하는 상점들이므로 여름이 지나면 완전히 문을 닫아버리는 것이다. 저만치 앞에 있는 곳의 돌출부에는 새하얀 등대가 보인다. 등대 바로 밑에는 암초에 걸린 채 버려진 듯한 화물선이 불안정한 모습으로 떠 있다. 과감하게 녹색 물감을 흠뻑 풀어놓은 듯한 선명한 푸른 수면에, 짙은 감색의 화물선 선체와 하얀 구름이 비치고 있다. 하지만 사람의 모습은 보이지 않는다. 식료품을 전부 실은 요트가 닻을 올리고 항구를 빠져나가면 근처에는 정말 아무도 없게 된다.

쭈욱 앞으로 걸어가면 등대가 있는 곳 언저리에 몇 군데 조선소가 보인다. 조선소라고는 하지만 그리 규모가 크지는 않다. 두세 명의 직원이 손으로 탕탕 두들겨서 목조선을 만드는 수준인 것이다. 대부분 그 지방 어부가 잠시 앞바다에 나가서 그물을 치는 데 사용하는 작은 배지만, 그중에는 10미터가 족히 넘는 대형 선박도 있고 지붕이 있는 20인승 관광용 배 같은 것도 있다.

그들이 배를 만드는 과정을 보고 있으면 매우 재미있다. 잘 보면 작은 배나 큰 배나 만드는 절차는 똑같다. 쉽게 말하자면 종이학을 접는 것과 같아서 큰 종이학이든 작은 종이학이든 접는 순서는 마찬가지인 것이다. 먼저 배의 척추라고 할 밑부분의 탄탄한 기둥을 만들고, 거기에 늑골을 둘러치고 안과 밖 양쪽에서 판자를 부려 늑골을 고정시켜 나간다. 그리고 그 둘레에 굵은 테두리를 친다. 원리는 매우 단순하지만 단순한 대로 설득력이 있기 때문에 보면서 저절로 고개를 끄덕이게 된다. 아아, 배가 본래 이렇게 생겼구나, 하고 알게 된다. 만드는 과정에서 배는 모두 독특한 오렌지색으로 칠하고 그 뱃머리에는 십자가를 꽂는다. 척추와 늑골뿐인 모습으로 받침대 위에 올려져 있는 배는 이상하게 편안한 인상을 준다.

우리는 간신히 영업하고 있는 카페를 발견하고 바깥 의자에 앉아서 생맥주와 아이스크림을 주문한다. 그리고 햇볕을 쬐면서 하늘에 떠다니는 구름을 바라보기도 하고 지나가는 개와 장난을 치기도 한다. 한동안 그리스에서 생활하다 보면 오랫동안 멍하니 뭔가 바라보면서도 지루해하지 않을 수 있는 능력이 생긴다. 왜냐하면 그 외에 아무것도 할 일이 없기 때문이다.

"이 주변에는 조선소가 많네" 하고 아이스크림을 먹으면서 아내는 말한다.

"이 섬에서는 목재가 채취되기 때문에 예로부터 조선업이 성행했었어. 17, 8세기에는 조선업 덕분에 이 섬은 그리스에서도 손꼽히는 풍요로운 섬이었지" 하고 나는 설명한다. 물론 이것은 안내 책자에서 읽은 내용을 그대로 말한 것이다. 나는 어딘가에 가면 그곳에 관한 안내책자를 열심히 읽는다. "그 당시에는 이 올드 하버 주변에 커다란 조선소가 즐비하게 늘어서서 큰 배들을 척척 만들었지."

"큰 배라면 얼마나 큰 선박을 만들었을까?"

"글쎄, 상선대商船隊를 만들어 미국과 그리스를 왕복했다고 하니까 상당히 크지 않았을까? 이 섬에는 그런 상선대 소유주가 몇 명 살면서, 서로 부와 번영을 다투었대. 지금으로 말하자면 오나시스나 니올코스 같은 거지. 당시 이 섬은 교역의 중계점이었는데 위치상으로도 중요했고 좋은 항구도 있어서 천하무적의 느낌이었다는군. 피레에프스는 그때는 아직 시골 바닷가 마을에 지나지 않았지."

등대 위로 돌고래 모양을 한 구름이 흘러가는 것이 보인다. 화물선은 가만히 한곳에 멈춘 채 전 세계의 시간과 소리를 흡수하려는 것처럼 보인다.

"그런데 왜 이렇게 초라해진 걸까?"

"이야기가 길어질 텐데" 하고 나는 일단 말을 멈추지만, 물론 그런 일은 문제가 되지 않는다. 여기서는 시간은 남아돌 정도로 충분하다. "말하자면 이 섬의 상선대는 단순한 상선대에 머물러 있지 않았던 거야. 왜냐하면 당시 지중해에는 해적이 득실거리고 있었고 전쟁이 끊이지 않아 배가 자유롭게 항해하는 데에 지장을 주는 일이 많았거든. 가령, 나폴레옹 시대에는 영국이 해상을 봉쇄하기도 했지. 그래서 거기에 대항하기 위해 상선대는 배에 무기를 싣고 자기방위를 하게 된 거야. 그러니까 개인 소유의 해군 같은 거지. 그 당시 이 스펫체스 섬의 상선대는 거친 봉쇄를 뚫고 용맹을 떨쳤어. 그리고 1821년에 오스만투르크 제국에 대해 그리스가 독립전쟁을 일으키자 이 함대는 대 투르크 해상전에서 매우 큰 역할을 담당하게 되었지. 바로 저 앞바다에서……" 하고 나는 등대가 있는 곳의 돌출된 부분을 가리키며 말을 이었다. "투르크 함대와 섬의 함대가 일대 결전을 벌인 거야. 펠로폰네소스 반도에서 반란이 시작되어 나프플리온의 투르크군 수비대가 그리스군에게 포위되자 투르크군은 그들을 구출하려고 했지. 하지만 코린토스에서 육로를 타고 나프플리온으로 향하던 군대는 알고스 근처에서 진로가 막혀버렸어."

"알고스라면 전에 간 적이 있는 그 지저분하고 어둠침침한 마을?"

"아무튼 그 근처에서 투르크군은 전쟁에 패해서 더 이상 진격할 수 없게 되었어. 그렇게 되면 남은 것은 해로밖에 없거든. 그래서 투르크인들은 전투함이 80척이나 되는 대함대를 알고스 만으로 향하게 했어. 섬의 함대는 그걸 저지하려고 여기서 기다리고 있었고. 그리고 1822년 9월 아침에 두 함대는 정면으로 마주친 거야. 바로 저쪽 해협에서."

나는 맥주를 한 잔 더 주문하고 맥주가 올 때까지 암초에 걸린 화물선을 다시 한동안 바라본다.

"그래서 어느 쪽이 이겼어?"

"사실은 전투는 거의 하지 않았어" 하고 나는 새로 가져온 맥주를 한 모금 마시고는 대답한다. "투르크 함대가 저쪽 모퉁이를 돌아서 모습을 보이자마자 잔뜩 벼르고 있던 섬 함대가 기세 좋게 덮치는 바람에 투르크인들은 당황해서 도망가버렸지. 투르크 전투함이 한 척 가라앉은 게 전부야. 사실 그리스군 사령관은 투르크 함대를 전부 끌어들여 단번에 전멸시킬 속셈이었지. 그런데 섬에 남겨두고 온 가족을 학살당한 선원들이 그만 참지 못하고 습격했던 것. 투르크군은 본때를 보이기 위해 도중에 들른 인근 섬의 아이와 여자들을 닥치는 대로 죽여버렸거든."

"그런데 투르크군은 왜 싸우지도 않고 도망가버렸을까? 굉장한 대함대였다면서?"

"수적으로는 그렇지" 하고 나는 말한다. "하지만 원래 투르크 제국은 육군이 중심인 나라여서 해전에는 약했던 거야. 거기에 비해서 그리스인들은 바다에서는 굉장히 강했지. 게다가 이 섬의 선원은 당시 용감무쌍하기로 유명했거든. 예를 들면 당시 전법 중에 '화공선火功船'이라는 것이 있었어. 어떤 건가 하면 좁은 데서도 회전이 자유롭고 빠른 선박에 화약을 잔뜩 싣고, 그것을 적함 옆에 바짝 대는 거야. 그런 후에 불을 붙이고 바다 속으로 뛰어들어 도망치는 거지. 그러면 배는 적함과 함께 폭발하는데 그것이 이 섬 해군의 특기 전술이었다는군. 그런 위험천만한 일을 스펫체스 선원들은 늘 하고 있었던 거야. 투르크인들도 그런 사실을 잘 알고 있었기 때문에 모습만 보고도 공포에 질려 도망가버린 거지. 어쨌든 이 스펫체스 앞바다의 승리는 모든 그리스인에게 용기를 주었고, 이윽고 그리스는 독립을 쟁취하게 되었어. 그때까지가 이 섬의 전성시대라고 할 수 있지."

"다시 처음 질문으로 되돌아가는데" 하고 아내가 말한다. "그런 섬이 어쩌다 이렇게 쇠락한 걸까?"

"섬이 급격하게 쇠락한 이유 중의 하나는 지금 말한 것처럼 섬 사람들이 독립전쟁을 벌이는 데 지나칠 정도로 열중했기 때문이지. 그들은 그때까지 축적한 자본과 부를 거의 모두 전쟁에 쏟아부었는데 그 손실을 다시 만회하지 못했던 거야."

"그건 너무 허무하잖아? 그럼 정의고 뭐고도 없게?"

"그게 현실이야" 하고 나는 말한다."그게 역사고."

"대단하군" 하고 아내는 분개해서 말한다.《소공녀》같은 이야기가 아내의 취향인 것이다.

"하지만 그것만이 이유는 아니야." 나는 말한다. "두 번째 이유는 그 후 증기선 시대가 되어서 이 섬에서 생산하던 목조선이 그 존재 가치를 잃어버리게 된 거지. 그 때문에 섬의 조선소도 상선대도 점점 시대에 뒤처지게 되었고. 세 번째 이유로 증기선은 목조선에 비해 항해 거리가 엄청나게 길기 때문에 교역 루트도 바뀌게 되어 이 섬이 가진 중계점으로서의 가치가 사라진 점을 들 수 있어. 대신에 피레에프스와 시로스 방면이 번영하게 되었지."

10월의 마지막 토요일 오후에 올드 하버의 인적 없는 카페에서 맥주를 마시면서 달그락거리는 돛대 소리에 귀를 기울이고 있노라면, 일찍이 이곳이 그리스 상선대의 본거지였고 바로 저쪽 등대 앞에 오스만투르크의 대함대가 모습을 나타냈다는 사실이 나에게는 믿겨지지 않는다. 카페의 구석 자리에 누워서 졸린 듯이 파리를 쫓으며 타블로이드 신문을 읽고 있는 웨이터도 역시 상상이 되지 않기는 마찬가지일 것이다.

티타니아 극장의 밤은 깊어

올드 하버에서 마을로 돌아와, 채소가게와 슈퍼마켓에 들러 오늘과 내일 이틀치 시장을 보았다. 그리고 자, 이제 집으로 돌아갈까 하는 참에, 아내가 티타니아 극장의 포스터에 눈길을 고정시키고는 "어머, 브루스 리가 나오는 영화를 하는데"라고 반가운 얼굴로 말했다. 아내는 브루스 리의 열렬한 팬이다.

"이봐, 또 브루스 리야" 하고 나는 말한다.

"뭐 어때? 가끔 보는 건데. 더구나 특별히 할 일도 없잖아. 우리 영화라도 보러 가."

듣고 보니 아내의 말이 맞다. 달리 할 일도 없는 데다 브루스 리가 나오는 영화라면 줄거리를 몰라도 그다지 답답하지는 않을 것이다.

우리는 집으로 돌아가 저녁을 지어 먹고 6시 30분에 시작되는 영화를 보러 가기로 한다.

마을에는 극장이 둘 있는데, 하나는 가을이면 폐관을 하고 또하나는 1년 내내 영업을 한다. 폐관하는 극장 이름은 '시네 마리나', 열려 있는 극장은 '티타니아'라는 이름이다. 두 곳 다 마을 외곽에 있고, 극장 같은 모습은 갖추고 있지 않다. 그럼 어떤 모습이냐고 물어도 대답하기는 곤란하다. 딱 잘라 말해, 아무런 모습도 갖추고 있지 않기 때문이다. 군이 표현하자면 어떤 상점가에나 하나쯤은 있기 마련인 '뭘 팔고 있는지 도무지 알 수 없는 가게' 같은 분위기다. 극장이라고 하기에는 너무 정면의 폭이 좁고, 문도 아주 평범한 잡화점 같은 느낌이다. 입구 옆에 붙어 있는 영화

포스터만이 이곳이 극장임을 나타내주고 있다. 포스터는 두 장 붙어 있는데, 한 장에는 'ΣΗΜΕΡΑ(시메라:오늘)', 또 한 장에는 'AYPIO(아브리오:내일)'라는 종이표찰이 붙어 있다. 이쪽은 오늘 상영하는 영화이고, 이쪽은 내일 상영하는 영화입니다, 라는 뜻일 텐데, 그리스에서 대부분의 내일이 그렇듯 믿을 만한 것이 못 된다. 막상 가서 보니 어제와 똑같은 영화를 상영하는 일도 있고, 예고와는 전혀 무관한 작품을 상영하는 경우도 물론 있다. 그러니까 이런 예고는 '일종의 대략적인 가설' 정도로 생각하는 게 현명하다. 그건 그렇고, 정말이지 멋대가리 없는 문이다.

멋대가리가 없기는 마찬가지라도 일본의 지방 소도시에 있는 극장 모습은 여기와는 조금 느낌이 다르다. 일본의 극장은 아무리 보잘것없고 다 쓰러져가고 오줌 냄새가 나더라도, 일단은 여기가 극장입니다, 란 모양새를 갖추고 있다. 건물의 분위기도 주위 건물과는 약간 다르며, 거기에는 정도의 차이는 있을지언정 축제적이라고 할 수 있는 분위기가 감돌고 있다. 그런데 이 섬의 극장에는 그런 꾸밈이 전혀 없다. 한 장은 오늘, 또 한 장은 내일이라는 포스터가 두 장 붙어 있는 것이 전부다. 어차피 조그만 섬의 작은 마을이니, 일일이 여기가 극장입니다, 하고 간판까지 내걸어가며 알릴 필요가 없는 것이리라.

'시네 마리나'는 문을 닫았기 때문에 마지막 날 상영한 영화의 포스터가 그대로 붙어 있다. 마지막 날 상영한 영화는 클린트 이스트우드가 주연한 〈마카로니 웨스턴〉이다. 일본에서는 어떤 제목이었는지 기억나지 않는다(〈황야의 무법자〉〈속 황야의 무법자〉

〈신 황야의 무법자〉, 뭐 대충 이런 제목이었을 테니 누가 구별할 수 있으랴). 그 옆에는 '여러분의 사랑을 받아왔던 본 극장도 예년처럼 오늘부터 봄까지 휴관하게 되었습니다. 여러분도 멋진 겨울을 보내십시오. 이러쿵저러쿵'이라고 쓴 종이가 붙어 있다. 클린트 이스트우드는 여전히 잎담배를 입에 꽉 물고 양미간에 냉소적인 주름을 모으고 어깨에는 모포를 걸치고 권총을 허공으로 향하게 하고 있다. 불쌍하게도 그는 ΣHMEPA란 딱지를 붙인 채 한겨울을 지내야 하는 것이다. 끝나버린 영화 포스터 같은 건 뜯어버리면 좋을 텐데, 포스터는 마치 여기가 극장이라는 존재 증명서 같은 모습으로 남겨져 있다.

'티타니아'는 문을 열고 있고, 매일 프로그램이 바뀌니까 포스터도 날마다 바뀐다. 그러나 앞에서도 말했듯이 같은 영화를 이틀 동안 연달아 상영하는 일도 있지만, 매일 바꾸는 것을 원칙으로 하고 있다. 상영 개시 시간은 저녁 6시나 6시 30분, 한 영화를 하룻밤에 세 번 상영하는 것이 기본이다. 요금은 영화 길이에 따라 달라진다. 가령 90분짜리 영화가 150드라크마라고 하면, 120분짜리 영화는 180드라크마라는 식으로, 합리적이라고 하면 과연 합리적인 것 같기도 하다. 일본 엔으로 환산하면 150엔에서 200엔 사이 정도로 싸기는 싸다.

*

극장의 문을 열자 안으로 네 평 정도 넓이의 홀이 있다. 별로 신통치 않은 분위기의 홀이다. 정확하게 말하면 홀이라기보다는 토방에 가깝다. 그 토방 오른쪽에 카운터처럼 생긴 매표소가 있고,

검정색 미망인 옷을 입은 할머니가 앉아 있다. 그녀의 모습은 불행만을 예고하는 손금 보는 점쟁이를 연상시킨다. 턱을 바싹 잡아당기고 있는, 무척이나 고집스러워 보이는 할머니다. 그 안쪽에는 음료수를 넣어두는 아이스박스가 있고, 그 옆에는 코카콜라 상자가 몇 개 쌓여 있다. 바닥은 꺼끌꺼끌한 콘크리트이고, 천장 형광등은 지르르르…… 파딱, 지르르르…… 파딱 하고 불길한 소리를 내고 있다. 벽에는 색 바랜 영화 포스터가 덕지덕지 붙어 있다. 암만 둘러보아도 내가 모르는 삼류 영화뿐이다.

"에카톤 에크사코시스!"라고 우리를 향해 검정옷 할머니가 선고하듯 말한다.

"160(에카톤 에크사코시스)드라크마입니까?"라고 나는 한 번 확인한다.

"네!(그렇다)"라고 할머니가 말한다. 어째 목구멍 저 깊은 곳에 오래 갇혀 있어 수분이 다 없어진 공기를 혀로 억지로 끄집어내는 듯한 "네!"이다.

나는 주머니에서 두 사람분 입장료 320드라크마를 주섬주섬 끄집어내다가 불현듯 걱정이 되어 "오늘 밤은 브루스 리 맞죠?"라고 확인한다.

"오히(아니야)!"라고 할머니는 가차 없이 부정한다. 그리고 5개년 계획을 진두지휘하는 스탈린처럼 손가락으로 허공을 찌른다. "오늘 밤은 저거야!"

대체 뭔가 싶어 그녀가 가리키는 입구의 포스터로 시선을 돌리자 거기에는 틀림없이 〈브루스 리의 전설〉이라는 제목이 인쇄되어 있고, 브루스 리의 얼굴이 떡하니 찍혀 있었다.

"아니 할머니, 저건 브루스 리잖아요."

"오히! 브루스 리, 아니야 저거!"

서로 밀리지 않고 자기 말만 하는 막상막하의 대화를 계속하고 있자니, 안쪽 문이 삐걱 하고 열리며, 머리가 벗겨진 아저씨가 나와서 우리에게 손짓한다. 그러고는 영어로 "오케이, 이츠 올 라이트, 브루스 리 투나이트"라고 말한다. 뭐가 어떻게 돌아가는 건지 영문을 알 수 없어, 뒤에 서 있는 아내를 돌아다보니 "무슨 말인지 잘 모르겠지만 아무러면 어때"라는 표정이기에 나도 그래 일단 들어가보자, 라고 생각하고 카운터에 있는 할머니에게 320드라크마를 지불했다. 그래도 할머니는 여전히 "오히!"라고 말하고 싶은 얼굴이다. 알 수 없는 극장이다. 조끼를 입은 토끼가 회중시계를 보면서 우리 옆을 지나갔다고 해도, 나는 별로 놀라지 않았을 것이다.

"당신들 어디에서 왔소?"라고 이츠 올 라이트 아저씨가 묻는다.

"이마스테 아포 틴 야포니아(우리는 일본에서 왔습니다)"라고 나는 준비해 간 아라키 히데요[荒木英世]가 쓴 익스프레스 현대 그리스어 22페이지에 있는 용례대로 대답한다.

그러자 아저씨는 "요코하마[橫浜], 무로란[室蘭], 센다이[仙台], 고베[神戸]"라고 무표정한 얼굴로 열거하다가 "그 다음은?"이라고 묻기라도 하듯 내 얼굴을 빤히 본다.

"하하하, 잘 아시네요"라고 나는 대답한다. 일반적으로 그리스인이 일본에 대해 아는 것은 거의가 항구 이름이나 회사 이름뿐이다. 그러므로 아저씨의 대사에 계속될 말로는 "소니, 가시오, 야마하, 세이코, 닷선" 정도가 될 것이다.

"음, 자네 그리스 말을 할 줄 아나?"

"예, 아주 조금요."

"브라보, 브라보(훌륭해, 훌륭해)"라고 말하며 아저씨는 안쪽 문으로 모습을 감춘다. 아이구.

*

매표소 옆에 문이 하나 있는데, 아무래도 그 안이 영화관인 듯하다. 그래 봐야 후지샤와 미유키자[藤澤みゆき座]쯤 되는 작은 영화관일 것으로 얕잡아보고 문을 열었더니, 이런 이런, 뜻밖에도 황량할 정도로 넓다. 좌석이 즐비하게 들어차 있고 천장은 높고 통로도 널찍하다. 벽 쪽은 기둥이 길게 늘어선 회랑처럼 되어 있다. 결코 아름답다거나 호화스럽다거나 혹은 느낌이 좋다거나 분위기가 있다고 할 수 있는 내부는 아니지만, 아무튼 넓기는 무지하게 넓다. 일일이 세어보지는 않아서 정확한 숫자는 알 수 없지만, 좌석 수가 한 600석쯤은 되지 않을까. 섬 인구가 3천 명인 점을 생각하면 파격적인 숫자다. 그러나 불평을 털어놓을 처지는 아닐지 모르겠지만 아무튼 전면과 입구의 홀이 협소한 데 비해 내부가 이렇게 넓은 것은 너무 균형이 맞지 않는다. 어쩐지 속은 듯한 기분마저 들 정도이다.

"당신, 위를 좀 봐요, 천장이 열려 있어." 아내가 말한다.

올려다보니, 과연 천장의 4분의 1 정도가 자동차의 선루프처럼 뻥 뚫려 있고, 그 사이로 틀림없는 오리온좌가 보인다.

"비가 오면 닫겠지."

"그렇겠지. 그냥 열어둔 채 안 닫으면 좌석이 물바다가 될 테니까."(실제로 두 번째 갔을 때는 닫혀 있었다.)

"어떻게 닫을까."

"글쎄, 어떻게 닫을까?"

그런 얘기를 두서없이 나누는 사이에 하나 둘 손님이 들어온다. 오늘 밤 프로가 쿵후물인 데다 시간대가 일러서인지 손님의 절반이 아이들이다. 초등학교 3학년에서 6학년 정도의 기가 질릴 만큼 버릇없는 아이들 스물다섯 명쯤이 제일 앞좌석에 몰려 앉아, 에콰도르 고지대에 사는 거미원숭이 떼처럼 꺅꺅 소란을 피우고 있다. 도무지 시끄러워서 견딜 수가 없다. 쿵후 흉내를 내며 서로 발로 차는 놈이며, 시트 위에서 쿵쿵 뛰는 놈이며, 휘익휘익 휘파람을 불어대는 놈이며, '불룩 튀어나온 니네 엄마 배꼽'을 스무 번은 되풀이하며 친구를 골려대는 놈이며, 아수라장이 따로 없다. 이런 놈들은 모두 붙잡아 한 이틀 정도 아무것도 먹이지 않고 창고 대들보에다 거꾸로 매달아놓으면 좋으련만 하고 생각한다.

한동안 그런 아수라장이 계속된 후, 아까의 무로란 센다이 아저씨가 이제 더 이상은 참을 수 없다는 듯 씩씩거리며 등장해서는, "야, 이놈들, 더 이상 소란을 피우면 귀를 잡아서 밖으로 내던져버릴 테다. 알겠냐? 이 한심한 녀석들아!"라고 큰 소리로 고함친다. 그리고 두세 명의 머리를 콩콩 쥐어박고 간다. 아저씨가 돌아가자 아이들은 잠시 조용해졌다. 그러나 조금 지나자 언제 야단을 맞았냐는 듯 새까맣게 잊어버리고(그런 점도 원숭이와 같다)

다시 우당탕탕 야단법석을 떨기 시작한다. "시작해, 빨리 시작하라고!"라고 절규하는 녀석, 아까보다 더 큰 소리로 휘익휘익 휘파람을 부는 녀석(어린 녀석이 폐활량은 엄청 크다), 덩치가 작은 애들을 돌아가며 걷어차 울리는 녀석, 벗겨진 시트를 들어 올려 장외 난투극으로 접어들려는 녀석, 난장판도 이런 난장판이 없다. 브뢰겔이 이 광경을 보았다면, 그 자리에서 당장 대작을 그려냈을 것이다.

그러고 있는 동안 무로란 센다이가 다시 나타나서, 휘파람과 걷어차기의 목덜미를 두 손으로 각각 덥석 잡더니 다짜고짜로 뒤쪽으로 데려간다. 나는 고소하게 생각했다. 아무튼 이것으로—희생자의 피를 바로 눈앞에서 목격한 덕분에—원숭이들은 간신히 얌전해진다. 아이구, 골치야.

결국 영화가 시작되기 전에 들어온 손님은 약 마흔 명 정도였다. 어찌된 셈인지 아이들은 앞줄에 몰려 있고 어른들은 뒷줄에 몰려 있다. 나와 아내만 한가운데에 덩그러니 앉아 있다. 어째 이상한 기분이다. 마치 꿈속의 광경 같다. "아무튼 이상한 꿈입니다. 나와 아내는 널따란 극장 안에 있는데, 앞쪽 좌석은 아이들뿐이고 뒤쪽 좌석은 어른들뿐입니다. 그리고 천장이 열려 있고 별이 보입니다."

영화관 자체가 워낙 넓어서 어느 정도 손님이 들어도 휑한 인상에는 거의 변함이 없다. 그 휑한 느낌은 일본 학교에 흔히 있는 체육관 강당을 연상케 한다. 앞쪽에 넓은 무대가 있고(아마도 이곳은 마을의 다목적 홀의 기능도 겸하고 있을 것이다) 스크린이 있고 그 앞에 시대에 뒤떨어진 중형 스피커가 한 개 덜렁 놓여 있다. 그리고 유난히 초라해 보이는 궁핍한 조화가 장식되어 있다. 참으로 관객을 난감하게 만드는 영화관이다. 중학교 보건시간에 자주 1학년 여학생들만 강당에 모아놓고 슬라이드를 보여주며 '생리에 대해' 란 강연을 하곤 했는데, 그런 것이 시작될 것 같은 분위기가 이 영화관에는 있는 것이다. 어째 으스스하다.

드디어 6시 30분이 되자 조명이 꺼지고 '생리에 대해' 가 아니고 (당연하다) 〈브루스 리의 전설〉이 시작된다. 그런데 이게 또 몹시 황당한 영화로, 일단 브루스 리가 등장하지 않는 것이다. 브루스 리하고 무척 닮은 배우가 나와, 브루스 리의 생애를 연기하는데 분명히 말해 도저히 봐주기 힘든 영화다. 하지만 일단 들어왔으니까 끝까지 보기로 한다.

도중에 스크린 앞으로 고양이가 한 마리 유유자적 지나간다. 거대한 검정고양이다. 그 고양이가 브루스 리의 이른 죽음을 암시라도 하듯 천천히 오른쪽에서 왼쪽으로 무대를 가로지르는 것이다. 그리고 20초 후에는 다시 같은 속도로 왼쪽에서 오른쪽으로 가로질러 갔다.

"저 고양이는 대체 뭐야?" 나는 아연실색하여 말했다.

"고양이잖아." 아내가 대답한다.

"그러니까 고양이가 왜 영화관 안에 있냐구?"

그런데 고양이가 영화관 안에 들어와 스크린 앞을 지나가는 것이 이 섬에서는 그리 드문 일은 아닌 듯 아무도 놀라지 않는다. 소란을 피우는 것이 장기인 아이들조차도 반응이 없다. 아마 말이나 당나귀 정도가 아니면 놀라지 않는 모양이다.

그건 그렇고 영화가 시작되자 아이들은 모두 영화에 집중하느라 아주 조용해졌는데, 이번에는 뒷좌석에 있던 어른들이 떠들어대기 시작했다. 도중에 들어온 관객이 아는 사람을 발견하고 "어이" 하고 인사를 하는 것이다. 그런데 그 인사가 끊임없이 계속된다. 이렇게 어두운 데서 용케도 상대방의 얼굴을 알아본다 싶어 나는 그저 감탄만 할 뿐이다. 그리스 사람들은 유난히 시력이 좋은 듯 (실제로 노인을 제외하면 그리스 사람들 중에는 안경을 쓴 사람이 극히 적다) 여기저기서 "어이" 하는 소리가 들리는 것이다.

"어이, 코스타 아냐?"

"이게 누구야, 이야니스잖아. 이쪽으로 와. 앉아, 앉으라구. 그런데 잘 지냈나?"

"그럼 잘 지내고말고. 자네는 어때?"

"나도 잘 지내지만, 실은 어머니가 말이야……."

"왜 어머니가 건강이 안 좋으신가?"

"아니, 그게 아니고 어머니의 어머니가, 왜 거 있잖아 코린토스에 혼자 사는 우리 외할머니 말이야, 엊그제부터 병원에 입원해 계셔."

"그거 안됐군. 그래서 어머니가 코린토스에 가셨군."

뒤에서 이런 얘기를(내용은 내 일방적인 상상이다) 지칠 줄 모르고 하고 있다. 그것도 꽤 큰 목소리로. 마음 같아서는 뒤를 돌아보며 "시끄러워, 그런 얘기는 밖에 나가서 해!"라고 고함이라도 치고 싶지만, 여기는 남의 나라이고 다행인지 불행인지 영화도 시시해서 그냥 참는다. 그런데 다른 손님들은 그런 데에 전혀 개의치 않는 것 같다. 모두들 조용히 영화를 보고 있다. 불평을 터뜨리는 사람도 없다. 쿵후 영화라서 그런가 하고 생각했는데, 그 다음에 로베르 앙리코(아, 그리운 이름이다)의 〈사랑하는 사람의 이름에 대해〉라는 영화(제법 잘 만들어진 좋은 영화다)를 보러 갔을 때에도 대충 이런 분위기였으므로, 이것은 단순한 지역적인 특성 같다. 만약 도쿄의 시내 세존에서 이렇게 했다가는 엄청난 봉변을 당할 것이다.

그리스의 영화는 도중에 반드시 한두 번은 필름이 뚝 끊어진다. 그러고는 10분쯤 장내가 밝아진다. 첫 번째 필름이 끝나고 두 번째(혹은 두 번째가 끝나고 세 번째) 필름을 세트하는 것이다. 이것은 그리스뿐만 아니라 이탈리아에서도 마찬가지다. 하기야 휴식시간이라고 생각하면 되지만, 그래도 휴식시간치고는 너무나 갑자기 필름이 끊어지는 바람에 흥이 깨지는 경우가 허다하다. 영사기를 두 대 사면 해결될 일인데 이쪽 사람들은 특별히 불편하게는 생각하지 않는 모양이다. 모두 그동안 화장실에 가거나 초콜릿을 먹거나 전반부의 줄거리를 종합하면서 씩씩하게 후반부에 대비한다. 아이들은 좌석 등받이에 대고 "아초, 아초"라고 외치며 쿵후 연습에 열을 올리고 있다. 누군가가 큰 소리로 휘파람을 분다. 무로란 센다이가 즉시 달려온다. 티타니아 영화관의 밤은 이렇게 소란스럽게 깊어만 간다.

네덜란드인한테서 온 편지·섬 고양이

스펫체스 섬에 도착하자 청소 아주머니가 우리를 기다리고 있다가 집 열쇠를 건네주었다. 그렇게 하도록 발렌티나가 조치를 취해 준 것이다. 아주머니가 우리를 위해 집을 깨끗하게 청소해 놓고 거기서 생활하는 데 필요한 정보를 자세히 알려줄 거라고 발렌티나는 말했었다. 그런 배려는 무척 고맙지만, 정작 그 아주머니는 영어를 한마디도 못했다. 그녀의 아들이 곁에 있기는 했지만 그도 아직 초등학생이라 영어로는 거의 말이 통하지 않았다. 할 수 없이 나는 서툰 그리스어로 얘기를 해보지만, 내 어학 실력으로 "이 온수 히터는 스위치를 켠 후 얼마나 시간이 지나야 따뜻한 물이 나오는가?" 또는 "튀김요리를 하고 나서 기름은 어디다 버려야 하나?"와 같은 자세한 일들을 질문하는 것은 사실상 불가능하다. 손짓 발짓으로 해결할 수 있는 일은 손짓 발짓으로 해결하지만, 그 나머지는 어떻게 되겠지 하고 적당히 포기하는 수밖에 없다.

"어떻게 되겠지 뭐." 내가 말한다.

"당신 그동안 쭉 그리스어 공부했잖아? 왜 말이 안 통해?" 아내가 기가 차다는 듯이 말한다. 나는 그리스에 살려고 1년 동안 일주일에 한 번씩 메이지가쿠인[明治學院] 대학의 그리스어 강좌에 다녔던 것이다.

"이봐, 온수 히터니 도마니 표백제니 하는 특수한 단어들이 교과서에 나올 리가 없잖아? 당신은 어학에서 너무 실용적인 것을 원해."

"당신은 너무 실용적인 것엔 관심이 없는 것 같아. 프랑스어를 배웠을 때도 그랬잖아. 〈이방인〉은 읽으면서도 길은 제대로 못 물어보고 말이야."

"어쩔 수 없잖아, 본래 그런 성격인걸. 말주변도 없고. 그게 싫으면 나한테 의지하지 말고 당신이 공부해서 말하면 되잖아?"

우리 부부가 말다툼하는 모습을 아주머니와 아들이 '이 사람들은 지금 무슨 말을 하는 걸까' 라는 표정으로 싱글거리며 바라보고 있다.

"알았어, 그건 됐으니까 쓰레기 버리는 일에 대해서나 물어봐. 무슨 요일에 버리면 되는지. 아주 중요한 일이니까" 하고 아내가 말한다.

나는 쓰레기통을 가리킨다. "무슨 요일에? 이것을? 가지고? 갈 수 있습니까?" 아주머니가 빙그레 웃는다. 말이 통한 것이다.

"월? 수? 금요일 아침. 그러니까 전날 밤에 내놓으면 돼요."

"알겠습니다."

"브라보, 브라보(훌륭해, 훌륭해)."

"어디로? 가지고 가면? 됩니까?"

"지금 같이 가봐요."

그녀는 나를 쓰레기 버리는 곳으로 안내한다. 쓰레기 버리는 곳은 집에서 약 30미터 정도 떨어진 곳에 있었는데, 거기에는 높이 약 120센티미터 정도의 갈색 플라스틱 통이 두 개 놓여 있다. 그런데 쓰레기통에는 독일어로 커다랗게 '쓰레기통' 이라고 씌어 있다. 왜 그리스의 쓰레기통에 독일어로 쓰레기통이라고 써 있느냐하면, 그 쓰레기통이 독일제이기 때문이다. 쓰레기통쯤은 자기 나라에서 만들어도 좋지 않은가. 그다지 복잡한 구조를 가진 물건도 아닌데, 라고 나는 생각하지만 아무튼 독일제이다.

"이 안에다 휙 던지면 돼요, 알았죠?"

"알았습니다."

"브라보, 브라보."

*

이렇게 해서 우리는—실질적으로는 내가 다 버렸지만—아주머니가 처음에 일러준 대로 일요일, 화요일, 목요일 밤에 쓰레기를 내다 버렸는데, 얼마 지나지 않아 이 섬의 쓰레기 수거 시스템이 상상을 초월할 정도로 불가사의하다는 것을 알게 되었다. 누군가가 쓰레기를 수거하러 오는 것만은 확실해서, 내다 버린 쓰레기는 어느 틈엔가 깨끗이 사라지고 없었는데, 언제, 누가, 어떤 식으로 수거해 가는지를 전혀 알 수가 없었다. 도무지 나는 쓰레기 수거차나 수거원의 모습을 한 번도 본 적이 없는 것이다. 이렇게 작은, 자동차라곤 거의 없는 작은 섬의 작은 마을에 한 달이나 살았는데도 말이다. 이것이 수수께끼 중 하나이다.

또 하나의 수수께끼는 수거해 가는 요일이다. 언제 수거해 가는지가 확실하지 않다. 월요일 아침 일찍 버린 쓰레기가 수요일 낮에는 없어져 있다고 하자. 그럼 늘 수요일 아침에 수거해 가느냐 하면 그렇지가 않아서, 다음 주 화요일 밤에 버린 쓰레기가 목요일 아침까지 남아 있는 경우도 있다. 아침에 없어질 때가 있는가 하면 오후에 없어질 때도 있다. 통 알 수가 없다.

그럼 나도 이웃 사람들이 쓰레기를 버리는 시간에 맞추어 내다 버릴까 하는 생각도 했는데(가나가와[神奈川] 현에 있는 우리 동네는 쓰레기 버리는 시간이나 날짜에 대해 몹시 예민해서 쓰레기 버리는 일에 신경을 쓰는 것이 습관이 되어버렸다) 그것도 알 수가 없다. 어느 날은 오전 8시에 왕창 버려져 있는가 하면, 어떤 날에는 오후 4시에 가득 쌓여 있다. 어쩌면 거기에는 뭔가 굉장히 복잡한 규칙성이 있는지도 모르지만, 적어도 나는 그것을 이해할 수가 없다. 그보다는 여러 가지 주변상황을 종합하여 추측하건대, 버리는 사람은 자기가 버리고 싶은 시간에 마음대로 버리고, 수거해 가는 사람은 또한 자기가 원하는 시간에 수거해 간다고 생각하는 게 타당하지 않을까.

그리하여 나는 결국 포기하고, 버리고 싶을 때 버리고 싶은 만큼 양껏 쓰레기를 내다 버리기로 했다. 조르바나이제이션(조르바화)의 첫걸음이다.

그러나 독자 여러분들은 이렇게 생각할지도 모르겠다. 그렇게 멋대로 쓰레기를 버렸다가는 동네의 미관을 해칠 테고 냄새도 날 테고 개나 고양이가 쓰레기봉투를 찢고 내용물을 마구 흩어 놓아 파리가 생길 테고, 이거야 난리가 아니겠는가, 라고. 그렇다. 실제로 그렇다. 두 개의 독일제 쓰레기통에 채 들어가지 못한 쓰레기봉투가(잘 들어가지 않는다) 그 주변에 여기저기 널려 있고 개와 고양이가 그 내용물을 사방에 흩뜨려 놓고 파리가 붕붕 날아다니고 냄새는 또 얼마나 지독한지. 정말이지 어떻게 손을 쓸 도리가 없다. 관광객이 이렇게 많이 오는 나라이니만큼 좀더 위생에 신경을 써야 하지 않을까 싶다.

쓰레기 때문에 기가 막힌 것은 나뿐만이 아니다. 《디 에시니언》이란 영자 월간지 칼럼에 이런 편지가 실렸다. 네덜란드 사람이 그리스 관광객에게 보낸 감사의 편지라는 형식을 취하고는 있지만, 뭐 그건 농담일 것이다. 만약 농담이라면 아주 멋진 농담이라서 인용해 본다.

*

그것은 최근에 러시아에서 이주일간 휴가를 보낸 네덜란드 쓰레기 수거원이 보낸 편지였다.

"먼저 말씀드리고 싶은 건 제가 일하고 있는 네덜란드는 아주 작은 나라라는 점입니다. 우리나라에서는 모든 것이 아담하고 깨끗하게 정돈되어 있습니다. 그렇게 하지 않으면 파멸적인 상황이 초래되기 때문입니다. 쓰레기 수거에 대한 규칙도 매우 엄격해서 쓰레기 수거원으로 봉직한 25년간 저는 이 규칙을 엄수하며 충실히 직무를 수행해 왔습니다. 그것이 제게 주어진 임무였습니다. 그렇기 때문에 제가 아름다운 귀국을 방문하여 쓰레기가 여기저기 흩어져 있는 광경을 보았을 때의 경악과 환희가 어느 정도였을지 짐작해 주시길 바랍니다. 길가에 협곡에 해변에 혹은 비를 맞고 있는 쓰레기 하치장에 쓰레기가 마구 흩어져 있으며, 내용물은 밖으로 튀어나와 그 모습을 무참히 드러낸 채 귀국의 강렬한 햇살을 받고 있고, 때로는 그 인상적인 광경에 화룡점정이라도 찍듯이 까마귀나 갈매기 떼가 모여 있습니다. 지금까지의 인생을 밀폐식 쓰레기통이나 쓰레기봉투를 봉한 채 처리할 수 있는 설비 등에 둘러싸여 살아온 저는, 당당하게 몇 시간씩 흩어져 있는 폐기물—이것이야말로 4반세기에 걸쳐 제 생활의 양식이었습니다—을 보는 것은 실로 가슴 뛰는 경험이었습니다. 이렇게 아름답고도 영광에 넘치는 모습으로 마구 버려져 있는 쓰레기를 보는 것은 처음이었습니다. 멋진 경험을 할 수 있게 해주셔서 저로서는 뭐라고 감사의 말씀을 드려야 할지 모르겠습니다."

*

이런 혼돈상황에 감사의 말을 하는 것은 비단 네덜란드에서 온 쓰레기 수거원만이 아니다. 그렇다, 이렇게 마구 버려져 있는 쓰레기야말로 섬에 사는 대다수 고양이의 귀중한 영양 공급원이며 생명을 유지하게 하는 최후의 보루인 것이다. 만약 그리스의 쓰레기 수거원이 시간을 정확하게 지키고 또 그리스의 주부가 쓰레기 버리는 시간에 주의를 기울인다면, 섬의 고양이 숫자는 눈 깜짝할 사이에 3분의 1로 격감하고 말 것이다. 그러나 현실적으로는 그런 상황은 생기지 않으므로 그리스에는 고양이들로 넘쳐나고 있다. 어느 동네를 걸어도, 어느 골목길을 지나도, 어느 계단을 올려다보아도, 어느 타베르나에 들어가도, 어느 모퉁이를 돌아도, 고양이의 모습이 눈에 띄지 않는 경우는 거의 없다. 한마디로 말해 온통 고양이투성이다. 옛날에 학교에서 "자, 이 그림을 20초 동안 잘 보세요. 이제 책을 덮고 대답해 보세요. 그림 속에 고양이가 몇 마리 있었나요?"라는 테스트를 한 적이 있는데, 그것과 아주 흡사하다. 실로 다양한 장소에, 다양한 모습으로, 다양한 고양이가 있다.

그리스의 섬에 고양이가 많은 데에는 몇 가지 이유가 있다. 우선 첫째로 앞에서도 썼듯이 쓰레기가 집 밖에 널려 있는 점, 둘째 겨울을 제외하면 기후가 그리 혹독하지 않은 점, 셋째 사람들이 1년의 반은 야외에서 식사를 하므로 남은 음식 찌꺼기를 심심치 않게 얻어먹을 수 있는 점, 대충 이 세 가지이다. 고양이로서는 비교적 살기 좋은 나라이다.

그러나 그것도 기후가 좋을 때의 일이고, 가을이 오고 관광객이 급격하게 줄고 나면 타베르나도 문을 닫고 고양이들이 식량을 얻을 수 있는 기회도 거기에 비례하여 줄어든다. 그리고 살아남기 위한 고양이들의 격렬한 전쟁이 시작된다. 내가 사는 집은 삼색 얼룩고양이 일가의 영역으로, 나도 그들을 보면 곧잘 남은 음식을 주었는데, 가을이 깊어가자 일가의 수가 점점 줄어들었다. 엄마 삼색 얼룩고양이, 아빠 삼색 얼룩고양이, 하얀 새끼 고양이, 얼룩 새끼 고양이, 이렇게 네 식구였던 것이, 제일 먼저 눈치코치 없어 보이는 대식가 아빠의 모습이 보이지 않게 된다. 엄마 고양이가 "당신, 어디가서 혼자 살다가 와요, 난 아이들 돌보는 것만으로도 힘드니까"라며 매정하게 영역 밖으로 쫓아내는 게 아닌가 싶다. 그로부터 이주일 정도 지나고 한동안 비가 계속 내린 후 꽤 추워질 무렵 하얀 새끼 고양이의 모습이 사라졌다. 틀림없이 처분된 것이리라.

비수기의 이 섬의 형편으로 보아 엄마 고양이가 기를 수 있는 새끼 고양이는 기껏해야 한 마리 정도이다. 그러니까 가장 힘세고 가장 비전이 있을 성싶은 새끼를 고르고 나머지는 버린다.

사람들은 시즌이 끝나면 가게 문을 닫고 어디 다른 곳으로 일하

러 갈 수도 있다. 또는 운이 좋으면 여름 한철 장사해서 번 돈으로
느긋하게 겨울을 보낼 수도 있다. 그러나 고양이는 그럴 수가 없
다. 그들이 할 수 있는 것이라고는 얼마 남지 않은 파이 조각을 힘
으로 쟁탈하는 것뿐이다.

　어디까지나 원칙적으로—그렇다는 것인데, 그리스인들은 고양
이에게 꽤 관대하며 때로는 친절하기까지 하다. 우리 집 앞에는
자그마한 공터가 있어 근처 고양이들의 집회장 같은 역할을 하는
데, 거기에 종종 사람들이 먹다 남은 음식물을 두고 간다. 그러면
고양이들이 모여들어 아주 소중한 음식이라는 듯 우물우물 먹는
다. 동네 사람들이 일부러 거기까지 음식 찌꺼기를 가지고 와서
신문지 위에다 펼쳐놓고 가는 것이다. 생선이며, 고기며, 스튜며,
뭐가 뭔지 알 수 없는 음식들을 마치 연말의 구세군 냄비처럼 그
곳으로 가져온다.

　처음에 그 광경은 내게 아주 기묘한 느낌을 주었다. 왜냐하면
일본에서는 이런 일은 절대로 있을 수 없기 때문이다. 행여라도
이런 짓을 했다가는 "저 집 부인은 들고양이한테 먹이를 주고 있
어요. 민폐라구요. 그런 짓을 하는 사람이 있으니까 동네에 들고
양이가 점점 늘어나서, 어쩌고저쩌고"라고 손가락질을 받든가 잔
소리를 들을 게 뻔하다. 대신에 자기 집에서 기르는 고양이는 끔
찍이 아낀다. 그러나 그리스 사람들은 그렇지 않다. 그들은 특수
한 고양이를 제외하면 애완동물로서 고양이를 별로 좋아하지 않
는다. 내가 본 바로는 딱히 괴롭히지는 않지만 그렇다고 특별히
귀여워하지도 않는다. 그들은 고양이를 그저 단순히 거기에 존재

하는, 거기에 살고 있는 것으로밖에는 보지 않고 있다. 새나 꽃이나 풀이나 벌과 마찬가지로, 고양이 또한 '세계'를 형성하는 한 존재인 것이다. 그들의 '세계'는 그런 식으로 매우 너그럽게 성립되어 있는 것처럼 느껴지는데, 그리스의 시골에 고양이가 많은 진짜 이유는 그들의 세계관 때문이 아닐까 하는 생각도 든다.

*

그런데 한마디로 그리스 섬의 고양이라고는 해도 섬에 따라 거기에 사는 고양이의 도민성(島民性,이란 용어를 쓰겠습니다)은 조금씩 다르다. 예를 들어 미코노스와 로도스, 파로스의 고양이는 각기 다르다. 어디가 어떻게 다른지 구체적으로 자세하게 설명하라고 하면 대답하기 곤란하지만, 아무튼 '어딘가 모르게' 다른 것이다. 눈초리도 다르고 털도 다르고 생활방식도 다르고 사람을 대하는 방법도 다르고 행동도 다르다. 인간에게도 조금씩 도민성이 있듯이 고양이도 각각 도민성이 있는 것이다. 그리고—이것은 어디까지나 내 개인적인 의견이지만—인간의 도민성과 고양이의 도민성은 어느 면에서는 상당히 비슷하다. 적어도 부분적, 경향적으로 공통점을 갖고 있다.

내가 살고 있는 스펫체스 섬 근처에 이드라라는 섬이 있다. 이드라는 원 데이 크루즈 선이 매일 몇 척씩 오가며 관광객을 우르르 내려놓는 아주 인기 있는 섬이다. 이 섬에도 역시 고양이가 많다. 그런데 이 이드라의 고양이들과 스펫체스의 고양이를 비교해보면, 그 성격이나 생활상이 하늘과 땅만큼 차이가 난다.

우선, 한눈에 알 수 있는 사항인데, 이드라의 고양이는 아름답다. 털도 매끈매끈 윤기가 흐르고, 상처 입은 고양이도 거의 볼 수 없다. 사람을 잘 따르며 겁을 내지도 않고, 그렇다고 별로 뻔뻔스럽지도 않다. 항구 근처의 타베르나에서 식사를 하고 있으면 테이블 주위로 고양이가 대여섯 마리 모여든다. "저, 혹시 괜찮으시다면 남은 음식을 조금만 주세요. 조금이면 된답니다"라는 분위기로 얌전히 기다리고 있다. 부르면 꼬리를 세우고 다가오고, 쓰다듬어 주면 크릉크릉거린다. 매우 느낌이 좋다. 아마도 관광객이 많기 때문에 그들의 사랑을 받기 위해 고양이가 진화한 것이 아닌가 싶다.

반면에 스펫체스 섬의 고양이는 불러도 다가오지 않고, 쓰다듬어주려 하면 후다닥 도망간다. 화를 내면 할퀴려 드는 놈도 있다. 의심이 많다기보다 인간과의 의사소통에 익숙하지 않은 것이리라. 게다가 이곳의 고양이는 상처가 없는 고양이를 찾아보기 어려울 정도로 상처투성이다. 그리고 십중팔구는 코에 상처가 나 있다. 아무래도 이 섬의 고양이는 싸움을 할 때면 먼저 발톱으로 상대의 콧대를 노리는 모양이다. 그러니까 이놈 저놈 할 것 없이 숯으로 칠을 한 것처럼 코 주위가 새까만 게 볼품없기 짝이 없다. 고양이를 좋아하는 나도 스펫체스 섬의 고양이에게는 두 손 들었다. 좌우지간 사방에 희극배우 오미야 덴스케[大宮デンスケ](고리타분한 군) 같은 얼굴을 한 고양이가 어슬렁거리고 있는 것이다.

나는 지금까지 그리스의 섬이나 도시, 시골을 여러 군데 돌아다녀 봤지만 그 지역의 고양이란 고양이가 모두 코에 상처를 입고 있는 곳은 한 번도 본 적이 없다. 왜 이 섬의 고양이들만 이렇듯 집요하게 코를 공격하는 전법을 고집해야 하는지 그 이유를 알 수

가 없다. 그렇게 싸워봐야 서로가 꼴사납게 되어 '오미야 덴스케'
화되는 것은 불을 보듯 뻔한데 말이다. 인간이 생물병기나 독가스
사용을 금지한 것처럼 고양이들이 코 공격을 금지하는 협정을 맺
어야 할 시기에 이른 건 아닐까. 그러나 물론 고양이에게는 그런
기지가 없으므로 코를 공격하는 전법은 언제까지나 계속될 것이
고, 다윈이 말하는 일정방향 진화처럼, 앞으로 점점 더 가속화할
지도 모른다. 그 결과 1만 7천 년 후에는 스펫체스 섬의 고양이들
은 모두 강철처럼 딱딱한 코를 갖게 될지도 모르겠다.

물론 코 주위에만 상처가 있는 것은 아니다. 눈을 다친 놈도 있
고 귀를 다친 놈도 있다. 아예 온몸이 상처투성이인 놈도 있다. 나
는 한번은 두 귀가 거의 찢겨나간 거대한 검정고양이를 해변에서
본 적이 있는데, 솔직히 말해 그놈은 이미 고양이로는 보이지 않았
다. 썩은 고기를 찾아 바다에서 나온 개펄에 사는 불길한 다리 달
린 물고기처럼 보였다. 이건 좀 극단적인 예이지만, 아무튼 스펫체
스 섬의 고양이들은 대개 이런 상황에 놓여 있다. 고양이의 마음은
알 수 없지만 그리 살기 편한 곳은 아닌 것 같다. 만약 고양이로 다
시 태어난다면 나는 이드라 섬의 고양이로 태어나고 싶다.

스펫체스 섬에서 보내는 소설가의 하루

철 지난 그리스 섬에서 보내는 소설가의 생활이 어떤 것인지 하
루 일과를 간추려서 써보려고 한다.

기상은 아침 7시경. 그 무렵이면 주변이 밝아지므로 자연히 눈

이 떠진다. 혹시 그때를 지나치더라도 7시 30분에는 근처의 교회에서 심술이라도 부리듯이 땡땡 종을 쳐대기 때문에 싫어도 일어나게 된다. 아내는 아침에 일어나기 힘들어 하기 때문에 아침식사는 항상 내가 준비한다.

아침식사 자리에서 아내는 대개 꿈 이야기를 한다.

아무개가 꿈에 나타나서 이렇게 저렇게 했다는 식이다. 때때로 나도 등장하는데 실수를 저지르기도 하고 건물 옥상에서 떨어지기도 한단다. 그러나 어차피 그건 남의 꿈이므로 내가 알 바 아니다. "저런…… 그래…… 정말?" 하고 맞장구쳐 주는 동안 식사가 끝난다. 아침식사를 마치면 근처를 한 바퀴 달린다. 짧게는 40분에서 길게는 100분 정도. 돌아와서 샤워를 하고 일하기 시작한다. 이번 여행 중에 끝마치려고 생각하는 일은 번역 두 편과 여행 스케치(지금 쓰고 있는 것과 같은 글)와 새로운 장편소설이다. 그래서 전혀 한가하지가 않다. 내 원고를 한참 쓰다가 싫증이 나면 번역을 한다. 그러다가 번역 작업에 싫증이 나면 이번에는 다시 내 원고를 쓴다. 비 오는 날에 노천에서 하는 온천욕과 같다. 현기증이 나면 탕에서 나오고 몸이 식으면 다시 탕으로 들어가는 것처럼 이런 반복 작업이 언제까지나 계속된다.

11시경까지 일을 하고 난 후 산책을 겸해 아내와 둘이서 마을로 쇼핑하러 간다. 마을 중심까지는 해안을 따라 어슬렁어슬렁 걸어도 15분 거리다. 길 왼편은 바다이고 오른편에는 19세기에 세워진 오래된 집들이 길게 늘어서 있다. 바람만 강하지 않으면 상당히 기분 좋게 걸을 수 있는 코스이다. 갈매기가 우아하게 하늘을 날고 낮은 파도가 후미에 떠 있는 보트를 부드럽게 흔들고, 고양이가 방파제에 앉아서 햇볕을 쬐고 있다. 어떤 책에 따르면 옛날에는 이 해변가의 길은 없었고 오른편에 들어선 집들은 베니스처럼 직접 바다에 면해 있어, 각각 전용 선착장을 가지고 있었다고 한다. 이 도로가 생긴 것은 20세기에 들어선 후의 일이다. 도로를 따라서 스낵바며 선물의 집이며 카페가 드문드문 있지만 이 계절에는 모두 문이 닫혀 있다. 격자창을 통해 선물의 집의 어두운 안쪽을 들여다보면 인형이며 벽걸이, 복제 그릇 등과 같이 어디서나볼 수 있는 선물들과 함께 기묘한 모양의 가늘고 긴 병이 몇 개 보인다. 병 속에는 마치 뱀술처럼 뱀이 담겨 있다. 뱀은 입을 딱 벌린 채로 죽어 있다. 그것이 도대체 무엇인지는 모르지만 문을 닫은 선물의 집의 어두운 상점 안에 진열되어 있는 독사의 시체가, 마치 트루먼 카포티의 단편소설에 나오는 광경처럼 요염하며 고딕적이다.

이 코스에서 상점이 열려 있는 곳은 매점 한 군데뿐인데 까만 뿔테 안경을 쓴 아저씨가 온종일 그 상점을 지키고 앉아 있다. 이사람은 하쿠호도[博報堂]의 다카하시[高橋] 씨와 얼굴 생김새가 닮아서 우리는 그를 일단 다카하시 씨라고 부르기로 했다. 다카하시씨는 참 재미있는 사람이다. 우선 이 사람의 얼굴에는 표정이 일체 없다. 웃지도 않고 곤란한 표정을 짓지도 않고⋯⋯ 아무튼 언제 어느 때 보아도 항상 같은 얼굴이다. 아직 의욕이 넘치는데도부하의 실수 때문에 실각한 총리대신처럼 분을 풀 길이 없는 듯한얼굴로 잠자코 바다를 바라보고 있다. 머지않아 누군가가 배를 타고 좋은 소식을 가져다줄 것이라고 믿는 사람처럼 항상 바다 쪽을 노려보고 있다. 이 사람이 바로 매점의 다카하시 씨이다. 다카하시 씨와는 매일 한 번씩은 만나기 때문에 나도 눈이 마주치면 '카리메—라(안녕하세요)' 하고 인사를 건네보지만, 다카하시 씨는 맥 빠진 소리로 '메라(카리메—라의 줄임말)' 라고 하든지 아니면 그냥 '응늣' 하고 고개를 까딱할 뿐이다. 그 무엇도 이 사람의 얼어붙은 마음을 풀 수는 없을 것 같아 보인다. 러시아의 옛날이야기에 나오는 할아버지의 역할을 맡으면 딱 어울릴 것 같다.

다카하시 씨의 매점에는 담배며 껌이며 그림엽서 등이 진열되어 있지만 나는 누군가가 이곳에서 뭔가를 사는 모습을 본 적이 없다. 또 누군가가 다카하시 씨와 잡담을 하는 모습도 본 적이 없다. 다카하시 씨는 항상 거기에 홀로 앉아 분개한 듯한 얼굴로 바다를 노려보고 있을 뿐이다. 장소도 너무 안 좋고 게다가 친절한 맛이라고는 전혀 없다. 나는 언젠가 한번 뭔가를 팔아주려고 물건을 골라보았지만 그림엽서는 햇볕에 바래서 색이 허옇게 변하고 끝이 말려 있어 도저히 사용할 수 있는 상태가 아니었다. 담배는 금연 중이라 안 되고 껌도 씹지 말라는 치과의사의 당부가 있었기 때문에 팔아줄 만한 것이 하나도 없었다. 미안한 생각이 들지만 하는 수 없다. 다카하시 씨의 매점은 그런 곳이었다.

매점을 지나쳐 조금 더 가면 제과점이 있는데, 나는 항상 거기서 빵을 산다.

제과점을 지나고 지방사무소를 지나 조금만 가면 면직공장이었던 공터가 있다. 아니, 공터라기보다 완전한 폐허다. 공장이 제대로 돌아가고 있던 당시에는 꽤나 멋진 모습이었을 것으로 추측되는 당당한 모습의 공장—공장치고는 지나치게 당당한 건축물—인데, 지금은 그 당당함 때문에 한층 더 살풍경한 인상을 준다. 세상에는 종종 그런 것들이 있다. 동기가 뚜렷하고 외관이 훌륭한 만큼 실패했을 경우에는 더욱 비참해 보이는 것들이. 유리가 모두 없어진 창틀은 페인트가 완전히 벗겨져서 변색되었으며, 벽은 여기저기 허물어졌고 철문은 빨갛게 녹이 슬었고 돌벽에는 낙서가 가득했다. 우리는 이 앞을 지나칠 때마다 건물 전체가 갑자기 와르르 무너져 우리를 덮치는 것이 아닌가 하는 공포에 사로잡히곤 했는데, 그것이 결코 지나친 염려가 아니었다는 사실이 후에 판명되었다. 폭풍이 불어왔던 다음 날 공장에 가보니 실제로 그 벽의 일부가 크게 무너져 내려 길을 막아버렸던 것이다. 폭풍우에 이 정도이니 큰 지진이라도 일어나면 어떤 일이 벌어질지 걱정이다.

이 면직공장은 금세기 초의 조선업 불황을 맞은 이후, 만성적으로 악화되기만 하는 스펫체스 섬의 경제를 부흥시키기 위해 어느 자산가가 1920년에 세운 것인데 결국 망해서 폐쇄되었다. 생선을 출하하기 위한 보존용 얼음 생산과 소규모 발전發電에 사용되었지만, 이미 십 몇 년 전에 그 역할도 끝이 나고, 이후 계속 방치되고 있다. 그리스에는 엄청난 수의 폐허가 있지만 이 공장 폐허는 내가 본 폐허들 가운데서도 가장 황량한 것 중의 하나였다. 담 구석에 'ΠΟΛΙΤΑΙ(매물)'이라고 하얀 페인트로 써져 있었는데 도무지 살 사람이 나서지 않는 모양이었다. 그도 그럴 것이 이런 건물을 살 사람은 웬만해서는 없을 테니까.

공장에서 조금 더 가면 이번에는 포시도니언이란 훌륭한 호텔이 있다. 이 호텔은 1914년에 세워진 호텔로, 그리스 관광지에서 흔히 볼 수 있는 급히 지은 외견만 고급스런 호텔이 아니라, 제대로 정성을 들여 세운 품격 있는 본격적인 호텔이다. 그러나 유감스럽게도 모든 의미에서 현대적인 감각이 아니어서 실용성이라고는 손톱만큼도 찾아볼 수 없다. 천장은 엄청나게 높아서 3층 건물인데도 일본 프린스호텔로 치면 족히 6층 정도의 높이는 된다. 홀도 너무 넓어서 썰렁하다. 널찍하다기보다 큰 덩치를 주체하지 못한다는 느낌이다. 그래서 청소하기 무척 힘들겠다는 쓸데없는 걱정이 절로 든다.

어떤 책에 따르면 이 호텔은 제1, 2차 세계대전 동안에는 유럽 각국의 사교계 사람들과 그리스 상류계급 사람들로 붐볐다고 한다. 항구 밖에는 영국 함대가 정박하고 정장한 사관들이 상륙하여 이 호텔의 큰 홀에서 개최되는 호화로운 리셉션에 참석했다는데 지금은 모두 지나간 옛이야기다. 호텔은 지금도 여전히 영업을 하고는 있지만, 자세히 보면 여기저기에 억지로 맞춘 듯한 분위기를 엿볼 수 있다. 오래된 것은 멋진 일임에는 틀림없지만 그만큼 분명하게 낡았다. 그와 반대로 새롭게 추가한 것은 분명히 새것이긴 하지만 오래된 것에 비하면 확실히 질이 떨어진다. 그 균형의 부조화가 어쩐지 썰렁해 보인다.

텅 빈 홀 깊숙한 곳에 있는 프런트에는 한 여자가 무료한 듯한 얼굴로 앉아 있다. 내가 객실료를 물어보자 얼굴을 들고 "예? 객실료요? 그러니까…… 4천 드라크마" 하고 매우 귀찮은 듯이 대답하고는 다시 고개를 숙였다. 손님인 듯한 사람의 모습은 전혀 찾아볼 수 없었으며, 3층 발코니에는 욕실용 매트가 널려 있을 뿐이었다. 한번쯤 이 호텔에 묵고 싶었는데, 10월 28일 국경일을 마지막으로 이 호텔은 마침내 문을 닫아버렸다. 이 호텔 앞에서 오른쪽으로 꺾어지면 항구가 있고 마을의 중심가가 나온다.

따뜻한 날이면 항구에 있는 카페에 앉아 커피를 마시면서 《헤럴드 트리뷴》을 읽는다. 이 섬에서 제대로 된 영자지는 《헤럴드 트리뷴》 정도밖에 없기 때문이다. 대략적인 세계정세를 파악하기 위해서도, 달러=엔[円]의 환율을 파악하기 위해서도 이 신문은 필수적이다. 내가 이 섬에 있는 동안 《트리뷴》지에서는 나카소네 수상의 "아메리카 지식수준 발언"이 매우 크게 다뤄지고 있었다. 대체로 비판적인 논조였는데, 어느 날 투서란에 일본에 정통한 한 미국인의 투서가 게재되었다. 그의 의견에 따르면 일본어에서 말하는 '지식수준'과 '지능수준'은 다른 것으로서 일본어의 '지식'은 '지능'보다 훨씬 의미가 넓기 때문에, 미스터 나카소네의 발언은 매우 경솔하고 또한 어리석은 것이긴 하지만, 엄밀히 말하면 '지식수준이 낮다'는 것은 흑인이나 남미계열이 멍청하다는 말은 아니다, 라는 것이었다. 알듯 모를 듯한 말이다. 솔직히 나는 그렇게 단어의 사소한 의미 차이를 왈가왈부하기보다는 나카소네 야스히로 씨의 정치가로서의 '지능수준'의 무신경함에 대해서 고찰하는 편이 훨씬 알아듣기 쉽다고 생각한다.

집에 돌아와서 점심식사를 만들어 먹는다. 마이다노라는 그리스에서만 볼 수 있는 향초를 써서 '그리스식 스파게티 마이다노'란 요리를 만든다. 점심식사 후에는 대개 일을 한다. 낚시를 하러 가는 때도 있다. 낚시라고 해봐야 아주 간단한 것이다. 오래된 페타치즈와 빵에 약간의 우유를 넣고 버무려 경단을 만들고, 그것을 미끼로 방파제에 앉아서 낚싯줄을 드리우면 10센티미터 정도의 물고기가 한 시간에 네댓 마리 정도 잡힌다. 잡히는 것은 대개 클라우스 킨스키처럼 불길한 얼굴의 별로 신통치 않은 검은 물고기로, 이것은 영 먹을 기분이 나지 않기 때문에 가끔 우리 집에 오는 삼색 얼룩 고양이 일가에게 주는데, 고양이들은 이 검은 생선을 무척이나 좋아해서 와작와작 씹어 먹는다. 그렇게 정신없이 먹는 걸 보면 어쩌면 의외로 맛이 있을지도 모르겠다. 그리스는 바다로 둘러싸여 있는 나라치고는 생각보다 낚시가 잘 안 되는 곳으로, 어지간한 낚시꾼이 아닌 이상 웬만한 물고기를 낚아 올리기란 불가능하다. 그러나 한 가지 즐거움은 물이 너무나 투명해서 낚싯바늘 근처를 오가는 물고기가 선명하게 보인다는 점이다. 위에서 보고 있노라면 물고기가 의외로 머리가 좋다는 생각이 든다. 많은 물고기들이 먹이를 곁눈질(이라고 생각한다)하며 "흥!" 하고 콧방귀를 뀌듯이 그대로 지나쳐간다. 그걸 보면 낚싯바늘에 물고기가 걸리는 것은 정말로 예외적인 일이라는 사실을 알게 된다. 워크맨으로 닐 영이나 제시 윈체스터(Jesse Winchester) 등을 들으면서 그런 모습을 우두커니 바라보고 있노라면 시간은 구름이 흘러가는 속도에 맞추듯 유유히 흘러간다.

저녁식사는 대개 6시경이고 대부분의 경우 아내가 준비한다.

비프스테이크일 때도 있고 정어리 튀김일 때도 있고 도미밥인 경우도 있고 야채 스튜일 때도 있고 전갱이 소금구이인 경우도 있다. 그때그때 손에 넣을 수 있는 재료를 사용해서 요리한다. 겨울철에 그리스의 시골구석에서 구할 수 있는 식료품 종류는 매일 철저하게 바뀌기 때문이다. 그뿐 아니라 거의 아무것도 사지 못하는 경우조차 있다. 고기잡이는 바다 사정에 영향을 받기 때문에 궂은 날씨가 계속되면 일주일 정도 전혀 물고기를 살 수 없을 때도 있다. 게다가 정육점에서 고기를 파는 날은 일주일에 하루뿐이기 때문에 그날을 놓치면 신선한 고기도 살 수가 없다. 바다가 사나우면 육지에서 야채를 운반해 오는 배도 운행을 정지한다(섬에서 나는 야채는 맛은 있지만 유감스럽게도 종류가 한정되어 있다). 그래서 그리스에서 식사를 준비할 때는 임기응변이 굉장히 중요하다. 요리방법에 구애받으면 아무것도 만들 수 없다.

너무 재료가 없거나 혹은 요리를 하기가 번거로운 밤에는 근처 파트라리스의 식당에 가서 식사를 한다. 파트라리스 식당은 마을 중심에서 떨어져 있는 탓도 있어서 비수기 때에는 완전히 마을 사람들(로코)이 모이는 장소가 된다. 창가 테이블에는 언제나 대여섯 명의 아저씨들이 모여앉아 그리스 전통 술인 우조나 포도주를 마시면서 왁자지껄 떠들거나 TV 뉴스를 보기도 하는데, 이 사람들은 안주나 요리를 시키는 일이 없다. 우리들처럼 제대로 된 식사를 시키는 손님은 시간이 이르기 때문인지(평균적으로 그리스인들은 9시경에 저녁식사를 한다) 거의 본 적이 없다. 우리가 테이블에 앉으면, 다른 사람들하고 왁자지껄 떠들고 있던 파트라리

스 ①이 '손님이군. 어이구 귀찮아. 이렇게 이른 시간에' 하는 느
낌으로 메뉴를 가지고 온다. 파트라리스의 식당에는 두 명의 아저
씨와 한 명의 아주머니(이 사람은 적어도 비수기에는 거의 일하지
않는다)가 일을 하고 있는데, 나는 어느 쪽 아저씨가 파트라리스
본인인지 결국 끝까지 알 수 없었으므로, 편의적으로 껄렁껄렁한
쪽을 파트라리스 ①, 성실한 쪽을 파트라리스 ②로 부르기로 한
다. 파트라리스 ①은 좋게 말하면 사교적이고 나쁘게 말하면 적당
주의 타입인데 그리스인의 한 전형이라고 말해도 좋을 것이다. 열
심히 이야기하고 있을 때에는 내가 테이블에서 손을 들고 불러도
전혀 알아차리지 못하며 "여기 포도주 좀 주십시오" 하고 말해도
"알았어요"라는 대답만 하고는 꿈쩍도 하지 않는다. 도대체 무엇
을 하고 있나, 하고 보면 두 명의 영국 여자들이 있는 저쪽 테이블
에 눌러앉아 열심히 그리스어를 가르치고 있는 등, 조금 황당한
타입의 남자다. 손님이 없는 비수기니까 그러려니 하는 생각도 들
지만, 도대체 근로 의욕이라고는 찾아볼 수가 없다. 그에 비하면
파트라리스 ②는 언제나 주방에서 조용히 혼자 재료를 다듬고 있
다. 내가 주방으로 생선을 보러 가면 오늘은 이것이 좋아요, 하고
친절하게 설명해 준다. 파트라리스 ①이 없을 때에는 식당에 나와
서 주문을 받기도 하는데, 시간이 날 때에는 구석에 있는 의자에
혼자 앉아서 한숨을 돌린다. 이 사람도 전형적인 그리스인의 하나
라고 할 수 있을 것이다. 어느 나라나 마찬가지지만 여러 가지 유
형의 사람들이 모여서 사회가 형성되는 것이다.

아주머니는 항상 식당 구석 테이블에 앉아서 무엇인가를 쓰기

도 하고 흘낏흘낏 식당 안을 둘러보기도 한다. 어쩌면 파트라리스 ①의 일하는 모습이 걱정이 돼서 그러는 건지도 모르겠다. 푸근한 인상의 전형적인 그리스 어머니의 모습으로, 나도 몇 번인가 길에서 만나 인사하기도 하고 잠깐 이야기를 나눈 적도 있는데, 상당히 좋은 사람인 것 같다. 하지만 그녀가 어느 쪽 파트라리스의 부인인지는 끝까지 알 수 없었다. 구석 테이블에 파트라리스 ②와 둘이서 앉아 조용히 이야기하고 있을 때는 파트라리스 ②의 부인이구나, 하는 생각이 들다가도 아무리 기다려도 주문을 받으러 오지 않아 결국 손님이 그냥 가버린 후 파트라리스 ①에게 "뭐 하는 거예요, 당신! 일 좀 똑똑히 하란 말이에요!" 하고 꾸짖는 모습을 보면 파트라리스 ①의 부인이구나 하는 생각도 든다. 모르겠다.

"누구 부인 같아?" 하고 아내가 묻는다.

"글쎄" 하고 나는 마리자 튀김을 안주 삼아 백포도주를 마시면서 상상의 날개를 편다. "불량배 같은 파트라리스 ①이 진짜 파트라리스고 저 아주머니 남편일 거야. 파트라리스 ①은 원래가 뱃사람으로 젊은 시절부터 온 세계를 돌아다니며 여자를 즐기기도 하면서 자유롭게 살았는데, 해운업에 불황이 닥치자 실직하고 하는 수 없이 처갓집이 있는 이 섬으로 돌아와서 타베르나를 시작한 거야. 부인은 비교적 야무진 사람이어서 식당을 시작하기 위해 조금씩 돈을 저축한 데다 친정에서 조금 빌리기도 했지. 그런데 파트라리스 ①은 원래가 흥청망청한 성격이라서 좀처럼 일에 힘을 쏟지 않는 거야. 바쁠 때도 어딘가에 휙 놀러 가버리기도 하고 말이야. 그래서 속이 상한 부인이 친정 오빠 집에 가서 '오빠, 야단 좀

쳐주세요. 내가 아무리 말해도 듣지를 않아요' 하고 부탁한 거지. 오빠도 '내가 어떻게 좀 해볼까' 하는 생각으로 여기에 왔지만 이 사람도 너무 사람이 좋아서 파트라리스 ①이 '형님, 그러지 말고 조금 거들어주세요. 지금 무척 바쁘니까요' 라고 부탁하자 '그럼, 잠깐 도와줄까' 하고 생각한 것이 얼떨결에 눌러 앉아서 6년이 지나가 버린 게 아닐까?"

"글쎄" 하고 아내는 의심스러운 듯이 말한다. 내 상상력에 그다지 감명을 받은 것 같지는 않다.

이날은 백포도주 한 병에 마리자 튀김을 큰 접시에 가득, 그리고 그리스식 샐러드와 카라마리(오징어) 튀김, 작은 도미 네 마리와 콩 삶은 것까지 먹었는데 계산은 약 1천 5백 엔. 그들 세 명이 어떤 관계이든 간에 일단은 싸고 맛있는 음식점이다. 이 식당 뒤쪽에는 바다에 접한 뜰이 있어, 따뜻한 계절에는 문밖에서 바다 냄새를 맡으면서 신선한 생선요리를 즐길 수 있다.

이왕 말이 나온 김에 그 근방 이야기를 좀더 하자면, '파트라리스의 식당' 옆에는 아나르기로스의 미니 슈퍼마켓이 있다. 미니 슈퍼마켓이라고는 해도 일본의 구멍가게 정도 규모인데, 그 좁은 가게 안에 양배추에서부터 오렌지, 햄, 치즈, 우유, 맥주, 봉투, 생리대에 이르기까지 갖가지 상품이 가득 쌓여 있다. 꼭 어느 회사 상품이어야 한다는 취향까지 만족시킬 수는 없지만 생활에 필요한 최소한의 물건들은 일단 여기서 마련할 수 있다. 그중에는 물론 지미 카터가 대통령을 하던 시절부터 팔던 것이 아닌가, 의심이 갈 정도로 오래된 재고도 있어서 물건을 살 때 이것만큼은 신경을 써야 한다. 가령, 생수를 두 병 샀는데 두 병 다 바닥에 이끼가 끼어 있던 적이 있었다. 나는 식물학에 정통하지 않아 자세한 것은 잘 모르지만 밀봉된 생수병 속에서 푸른 이끼가 번식하려면 상당히 오랜 시간이 걸리는 것만은 확실하다. 게다가 아무리 가게 안이 어둡다고 해도 그것을 알아차리지 못하고 판 쪽도 잘못이다. 내가 따지러 갔더니 아나르기로스는 미안해하며 바로 새 물건으로 교환해 주고, 내 어깨에 손을 올리며 "미안해요. 나도 몰랐어요. 용서해요. 내 잘못이에요" 하고 굉장히 미안한 듯 사과했다.

"그럴 수도 있죠, 뭐" 하고 내가 말하자 아나르기로스는 "당신 발렌티나 알죠? 내 친구예요" 하고 말하며 싱글벙글 웃는다. 발렌티나는 아마 누구하고나 곧 친구가 되는 모양이다.

푸른 이끼 사건 이후 아나르기로스와 나는 굉장히 친해졌다. 페타치즈로 물고기 밥을 만드는 방법을 가르쳐준 것도 그였고 정전이나 기상정보도 대개는 그가 가르쳐주었다. 그는 몹시 형편없는 영어를 하고 나는 몹시 형편없는 그리스어를 한다. 따라서 우리들의 회화는 상태가 좋지 않은 장거리 전화 같은 양상을 보일 수밖에 없었는데, 그럼에도 나는 아나르기로스에게 호의를 느끼고 있었고 그도 나에 대해서 여러 가지로 친절하게 대해 주었다. 솔직히 말해서 그 섬에서 지낸 한 달 동안에 개인적으로 친하게 지낸 사람은 이 아나르기로스 한 사람뿐이었다. 그렇다고 이 섬 사람들이 우리에게 냉담하게 대했다는 말은 아니다. 길에서 만나면 싱긋 웃으며 인사하기도 하고, 기회가 있으면 나름대로 친절히 대해 주었다. 하지만 이 섬은 끊임없이 외국인 관광객이 몰려오는 인기 있는 섬은 아니었기 때문에, 사람들은 외국인을 상대하는 일에 그다지 익숙하지 않았고 영어에도 별로 자신 없어 했다. 그러다 보니 자연히 수줍음을 타게 된 것이다. 레스토랑에서 일하는 사람들도 사업상 필요한 최소한의 영어는 구사할 수 있어도, 그 분야에서 조금만 화제가 벗어나면 따라가지 못해 어깨를 움츠리고 입을 다물어버린다. 내가 조금 유창하게 그리스어를 할 수 있으면 좋겠지만, 그렇지 못하므로 개인적으로 친분을 맺는 데까지는 발전하지 못한다. 게다가—아내에게도 자주 지적당하는 것이지만—나는 개인적으로 사람들과 친해지는 일을 본능적으로 피하려는 경향이 있어, 그것이 상황을 더 악화시킨 것이다.

그런데 이 아나르기로스에 대해서는 나도 비교적 솔직히 대할 수 있었다. 아나르기로스는 마흔 살 전후의 몸집이 작은 남자다. 언제나 무엇인가를 꿈꾸고 있는 듯한 표정을 짓고 있고 말할 때는 힘없는 미소를 짓는다. 그리스인치고는 드물게 목소리가 작고 천천히 정중하게 말하는 편이다. 상당히 근면해서 오전 8시부터 오후 2시경까지 가게를 열고 저녁 무렵에도 또 세 시간 정도 여는데, 언제나 혼자서 일하고 있다. 아마 독신일 것이다. 가게 안은 항상 어두워서 아니르기로스는 한가할 때는 가게 앞의 돌담에 앉아서 파트라리스 ②나 동네 아줌마들과 세상 돌아가는 이야기를 한다. 그리고 손님이 오면 미소 지으며 도로를 가로질러 가게로 돌아온다. 가게 안에서는 때때로 고양이가 자고 있다. 이 고양이는 아나르기로스를 보호자로 생각하는지 언제나 골판지 상자 위에 웅크리고 새큰새큰 자고 있다.

내가 살 물건의 목록을 소리내서 읽으면 아나르기로스는 조용하게 그것을 복창한다.

"달걀 열 개."—"데카 아브가."

"맥주 여섯 병."—"에쿠시 비레스."

"물 한 병."—"에나 네로."

"마늘."—"스콜돈."

하는 식이다. 그는 물건을 한 개씩 비닐봉지에 넣을 때마다 메모 용지에 그 가격을 쓰며 "42, 26의 6, 2 올라가고……" 하며 계산하여, "전부 합쳐서 572드라크마군요. 펜타코시에스. 에브죠민다. 디오. 이것이 달걀이고 이것이 맥주……" 하며 하나하나의 가격을 나에게 가르쳐준다. 자상해서 알기 쉽다.

섬을 떠날 때 기념사진을 찍어주었더니 카메라에 흥미가 있는지 "그 카메라 좋은데요. 응, 미놀타구만. 신제품인가요?" 하고 여러 가지 질문을 해왔다. 일본에서 사면 얼마나 하는지 묻길래 가격을 가르쳐주었더니 "으음, 그리스는 그런 물건의 세금이 비싸기 때문에 여기서 사면 두 배 정도로 가격이 뛰죠. 나 같은 사람은 도저히 살 수가 없어요" 하는 것이었다. 카메라가 무척 갖고 싶은 모양이었지만 나도 일할 때 사용하는 것이라서 줄 수는 없었다. 게다가 여행자가 그리스 국내에 가지고 들어온 기계류를 팔거나 선물하는 것은 위법이다.

아나르기로스 상점을 지나쳐 조금 더 걸어가면 바닷가가 나온다. 바닷가 앞에는 사람 없는 작은 교회와 윈드서핑 대여점 건물의 잔해가 있을 뿐이다. 바닷가 앞에는 큰 기숙사제 학교가 있다. 학교는 사람의 키보다 조금 높은 긴 담으로 빙 둘러져 있는데, 안은 쥐 죽은 듯이 조용하다. 몇 번이나 그 앞을 지나쳐보았지만 담 저편에서 인기척이라고는 도저히 느낄 수 없었다. 하지만 입구에는 위엄 있는 수위실이 있고 수위의 모습도 보이는 것으로 보아 폐쇄되지는 않은 모양이다. 담 안쪽에서는 학생들이 수업을 하고 있을 것이다.

이 학교는 영국 퍼블릭 스쿨(영국에 있는 대학진학을 위한 사립 중학교) 제도에 감명을 받은 어느 그리스인 부호富豪가 그 제도를 그리스에도 정착시키기 위해서 전쟁 전에 창립한 학교로, 그리스 엘리트들의 자녀가 도시를 떠나 이곳에서 영국식 교육을 받고 있다, 라고 섬의 안내책자에는 써져 있다. 교사도 외국인이 많고 젊은 날의 존 파울즈(《콜렉터》의 저자)도 여기서 영어 선생을 한 적이 있다. 그는 《마법사》라는 소설에서 이 그리스판 퍼블릭 스쿨의 그럴듯하게 포장된 속물근성을 매우 냉소적으로 비웃고 있다. 관심 있는 분은 읽어보시기를. 스펫체스 섬을 무대로 하여 이 섬의 내력도 소설의 중요한 배경이 되어 있다. 소설의 주인공 중 한 명으로 등장하는, 섬의 반을 소유하는 정체불명의 부자는 실존인물을 모델로 했다. 소설 자체도 상당히 재미있게 구성되어 있는데 허와 실이 두세 번씩 반전하는 스토리 전개 기술이 대단하다. 단, 파울즈의 소설이 대부분 그렇듯이 다소 전체의 균형이 좋지 않고 곳곳에서 트릭이 심한 것이 독자를 좀 질리게 한다.

그 파울즈의 소설이 영향을 미치고 있는지 어떤지는 잘 모르겠지만 이 섬으로 관광하러 오는 사람들은 대부분 영국인이다.

저녁식사를 끝내면 밖은 이미 새까맣게 어두워져 있다. 나는 거실에서 음악을 들으며 책을 읽고 아내는 친구에게 편지를 쓰거나 일기를 쓰고 또는 가계부를 정리하거나, "아, 나이 좀 안 먹을 수 없을까"라는 등 영문을 알 수 없는 푸념을 하기도 한다. 추운 밤에는 난로에 불을 지핀다. 난롯불을 멍하니 바라보고 있으면 시간은 조용히, 그리고 기분 좋게 지나간다. 전화도 걸려오지 않고 마감 날도 없고 텔레비전도 없다. 아무것도 없다. 눈앞에서 타닥타닥하고 불꽃이 튈 뿐이다. 기분 좋은 침묵이 사방에 가득하다. 포도주를 한 병 비우고 위스키를 한 잔 스트레이트로 마시면 슬슬 잠이 온다. 시계를 보니 이제 10시다. 그대로 포근하게 잠 속으로 빠져든다. 뭔가를 열심히 했던 하루 같기도 하고 아무 일도 하지 않은 하루 같기도 하다.

폭풍우

가이드북에 따르면 스펫체스 섬의 연평균 강우량은 약 400밀리미터로 1년 365일 중 300일은 비가 오지 않으며 주로 11월에서 4월에 걸쳐 비가 내린다고 한다. 그러나 이 수치는 가이드북에도 부연설명되어 있듯이, approximation(근사치)이자 statistics(평균 통계치)로서 it depends(때와 경우에 따라 다름)이다. 그러나 아무리 it depends라고 해도 스펫체스 섬의 10월 하순 날씨는 너무 혹독했다. 아직 그렇게 많은 비가 내릴 시기가 아닌 10월 중순에서 하순에 걸쳐 줄곧 비가 내렸는데, 더구나 그중 나흘 동안은 폭풍우에 가까운 날씨였다. 강우량은 어림으로도 200밀리미터는 족히 됐을 것이다. 이건 좀 심하다는 생각이 들었다. 이런 폭풍우가 몰아칠 것을 예상하면서 그리스의 섬에 오는 사람이 어디 있단 말인가.

에게 해에 폭풍우가 있다는 사실은 나도 물론 잘 알고 있다. 사실 나는 이 섬으로 오는 수중익선 속에서 에우리피데스의 《트로이의 여인》을 막 읽은 참이었다.

아테나 "······먼저 제우스가, 하늘에 구름을 몰아오는 회오리바람을 일으키고, 지축도 떠내려 보낼 수 있을 만큼의 비와 싸락눈을 뿌리겠죠. 제우스의 번갯불을 빌려 그리스 배를 불태울 약속도 해두었어요. 그리고 그 다음은 포세이돈, 당신이 아이게우스(에게) 해를 성나게 하여 소용돌이 치게 해주세요······."

포세이돈 "알았다. 내가 힘을 빌려주기로 약속했으니, 더 이상의 의논은 필요 없다. 아이게우스 바다를 들끓게 하여 미코노스의 해변, 델로스의 바위 그리고 또 스큐로스, 렘노스의 섬들, 카페레우스 곶 주변을 죽은 자의 잔해로 가득 차게 해주지······."

—《에우리피데스》 상

이렇게 먼 옛날까지 거슬러 올라갈 것 없이 영화 〈나바론 요새〉에도 폭풍우는 등장한다. 영화 〈그리스인 조르바〉의 첫 장면도 억수같이 비가 쏟아지는 피레에프스였다고 기억한다. 그렇다, 그리스에도 폭풍우는 어김없이 찾아온다. 그러나 솔직히 말해 설마 내가 에게 해에서 폭풍우를 만나리라고는 상상도 하지 못했다. 비를 피할 수 있는 도구라고는 일본을 떠날 때 가끔은 비가 오는 날도 있을 테니, 하고 가져온 고장 나기 직전의 작은 우산 하나뿐이었는데, 그나마 잃어버리고 없었다. 그런데—우산 하나 없는 우리들 머리 위로—그야말로 마른 하늘에 날벼락처럼 거센 폭풍우가 몰아닥친 것이다.

폭풍우가 닥쳐오리란 것을 우리는 전혀 몰랐다. 만약 알았다면 우리도 나름대로 준비를 했을 것이다. 비상용 식료품을 사들이고 초를 준비하고 우산을 점검하여 잃어버린 것도 미리 알았을 것이다. 그러나 우리 집에는 텔레비전도 없고 신문도 보지 않으니, 아무 정보도 얻을 수 없었다. 단지 그 전날 옆집에 사는 해리스 씨가 찾아와 영어로 "미스터 무라카미, 내일 비가 온답니다"라고 전해준 일은 기억하고 있다. 그러나 그 무렵에는 계속 비가 내렸으므로 '비가 자주 오네'라는 정도로 가볍게 생각했다. 그 후 친절하고 붙임성 좋은 미망인 아줌마를 길에서 만났는데 그녀도 한껏 두 팔을 들어 올려 "사 브레쿠사 아비리오, 사 브레쿠사(내일 비가 온대요, 비)" 하고 가르쳐주었다. 하지만 그때도 나는 "오늘은 어째 다들 날씨 얘기를 많이 하는군"이라고만 생각했을 뿐이다. 사람들이 이렇게까지 가르쳐주었는데도 관심을 갖지 않은 것은 내가 부주의했기 때문인지도 모른다. 어딘가 사람들 분위기가 이상하다고 눈치 챘어야 했는지도 모른다. 반면에 나는 또 이렇게 생각하기도 한다. '폭우'라고 한마디만 해주었어도 좋지 않았는가, 라고. 단지 내일 비가 온다는 말을 들은 정도로, 설마 폭풍우가 몰아닥치리라고 누가 상상이나 할 수 있겠는가.

비는, 그런 충고를 들은 날(10월 27일) 오후부터 내리기 시작했다. 폭풍우의 전초전처럼 간결하고 세찬 비였다. 불운이란 반드시 전조를 보인다더니, 지금 생각하면 그 비가 전조였던 것 같다. 낮잠을 자고 있는데 갑자기 비가 마구 쏟아지더니 정신을 차렸을 때는 이미 집 안 바닥에 물이 들어와 있었다. 세찬 비가 쏟아지면 집 안이 물바다가 되는 이유는, 집 안 바닥과 바깥 발코니가 같은 높이이고 게다가 그 사이에 문턱이 없기 때문이다. 그래서 조금만 비가 많이 내리면 집 안이 온통 물바다가 된다. 이상할 것 없는.지극히 당연한 결과다. 그렇다면 왜 문턱을 만들지 않느냐고 묻지는 마라. 나도 이유를 모르기는 마찬가지니까.

아무튼 우리는 투덜투덜 불만을 터뜨리며 걸레와 낡은《헤럴드 트리뷴》지 따위로 바닥의 물을 닦아냈다. 한 시간 정도 지나자 비는 싹 개고 하늘은 맑아졌다. 그러니 설마 그 비가 폭우의 전조라고는 전혀 생각지 못했던 것이다. 사실 이것도 불운의 전조의 특징이다. 나중에서야 '아아, 그게 그거였구나' 하고 깨달았을 때는 이미 한발 늦은 것이다.

저녁나절에 우리는 마을로 나가 패스트푸드점에서 샌드위치를 먹고 맥주를 마신 다음 티타니아 극장으로 로베르 앙리코의 영화를 보러 갔다. 온갖 불운을 다 겪는 어떤 유태인의 이야기를 그린 음울한 영화였다. 영화가 끝나고는 집으로 돌아가 백포도주를 마시고 잤다.

본격적인 폭풍우가 우리를 덮친 것은 바로 그 이튿날인 28일 새벽이었다. 이 10월 28일은 '오히 데이(거부의 날)'라는 날로 그리스인에게는 상당히 중요한 의미를 지니는 축일이다. 아마도 그리스가 나치 독일의 요구를 거부하고 제2차 세계대전에 참전한 날이나 뭐, 그 비슷한 날인 것 같은데 자세한 내용은 잘 모르겠다. 좌우지간 축일인 것만은 확실해서 여러 가지 행사와 퍼레이드가 벌어진다. 그래서 우리는 북적대는 사람들과 행사에 관련된 사진을 찍으려고 기대하고 있었는데, 그런 가슴 부푼 기대는 이른 아침 천둥소리와 함께 몽땅 날아가 버리고 말았다. 그만큼 굉장한 천둥 번개였다. 나는 그리스가 혹시 제3차 세계대전에 참전한 것은 아닌가 하고 생각했을 정도였다. 우르르릉 쾅 쾅 하는 굉음이 마치 함포사격처럼 계속되었고, 그것이 점점 우리 쪽으로 다가오더니 찌지찌직 하고 공기를 가르며 마치 세계의 종말을 고하는 불기둥처럼 번개가 사방에서 번쩍였다. 이렇게 격렬한 번개를 보는 것은 실로 오랜만이다. 머리맡에 있는 시곗바늘은 6시 조금 전을 가리키고 있다. 밖은 아직 어둡고 천둥 번개 소리에 섞여 세찬 빗소리가 들린다. 할 수 없이 일어나서 문과 창틀에 《헤럴드 트리뷴》지를 끼워 넣어 물이 안으로 들어오지 못하게 한다. 그 작업이 끝나자 커피를 끓여 아내와 함께 마셨다. 2,3초 간격으로 쾅쾅거리는 천둥소리가 들리고 섬광이 방 안을 창백하게 물들인다. 가끔씩 거대한 손이 지표를 짓뜯어내는 듯한 빠지직빠지직 하는 소리도 들린다. 섬광이 번쩍일 때마다 우리는 창문 쪽으로 눈길을 돌린다.

"이건 마치 폭풍우로군" 하고 나는 말한다. 그리고 커피를 홀짝이며 일기에 이렇게 적는다.

'오전 6시 전에 기상, 천둥과 번개, 거의 폭풍우에 가까운 날씨'라고. 한심하게도 나는 그런 상황에서도 그게 폭풍우라는 걸 몰랐던 것이다.

그 천둥과 번개가 어느 정도 오래 계속되었는지, 일기를 다시 읽어봐도 정확한 기록은 없다. 도무지 확실한 것이 없는 대충대충적은 일기다. 다만 이런 생각을 했던 기억이 난다. '세상에 이렇게 많은 수의 번개가 존재할 수 있는 것일까' 라고. 그러니까 꽤 오랜 기간 계속된 것만은 틀림없다. 예전에 니시노미야 구장에서 '4대 드라마—세기의 대결' 이란 게 있었는데, 소란함과 집요함에서는 그에 못지않을 정도의 천둥과 번개였다.

천둥 번개가 그친 후에도 비는 여전히 내렸다. 우산이 없는 신세라 한 발짝도 집 밖으로 나갈 수가 없었다. 하지만 식료품은 웬만큼 있었기 때문에 까짓 될 대로 되라는 식으로 체념하고 단념한 후 하루 종일 책상 앞에 앉아 일만 했다. 아직 어두워지기 전인 저녁나절에 집 뒤편에서 뭔가 무너져 내리는 듯 콰르르르릉 하는 소리가 났다. 사람들의 비명 소리도 들렸다. 무슨 일인가 싶어 덧문을 열어보니, 뒷집의 과수원 돌담이 칼로 도려낸 것처럼 송두리째 무너져 있었고 그 주위에서 노란 비옷을 입은 사람들이 저마다 뭐라고 소리치고 있었다. 아무리 폭풍우라도 돌담이 그렇게 쉽게 무너지다니 믿기 어려웠다. 이윽고 폭풍우가 찾아온 이틀째 날이 저

물고 다시 천둥이 우르릉 쾅쾅 울리기 시작한다. 집 안에 있는 모든 것이 눅눅하고 차갑다.

그 다음 날 아침에도 천둥 번개는 그치지 않았다. 아니, 전날보다 훨씬 심해졌다. 단순히 천둥이 울린다는 말로 표현할 수 있는 정도가 아니다. 그것은 우리들이 사는 대지에 꽂혀 산을 뒤흔들고 거목을 뽑아 던지며 천공을 갈갈이 찢고 있었다. 마치 제우스 자신이 나서서 굵은 번개 화살을 대지에 쏘아대고 있는 듯한 박력이다. 아하, 그리스 연극은 직접 그리스에 와보지 않으면 실감할 수 없는 부분이 있구나,라는 감탄이 절로 나왔지만 감탄이나 하고 있을 여유가 없었다. 바닥으로 물이 다시 밀려 들어오기 시작한 것이다. 문 아래 끼워두었던 신문지는 이미 더 이상 물을 빨아들일 수 없을 정도로 푹 젖었지만 갈아 끼울 신문지가 없다. 그런데도 비는 도무지 그칠 기미를 보이지 않는다. 10월 29일 오전 5시, 이 시점에서야 나는 이것이 폭풍우라는 사실을 깨달았다. 하필이면 내가 이 섬에 있을 때 폭풍우가 불어닥친단 말인가? 우산도 먹을 것도 변변히 없는데. 집에 남아 있는 식품은 쌀 조금에다 스파게티 한 끼분, 토마토, 오이, 양파, 양송이버섯 통조림, 커피 정도이다. 오늘은 그럭저럭 견딜 수 있지만 내일까지 비가 그치지 않는다면 조금 불안하다. 더구나 정전이 되거나 단수가 되면 절망적이다. 쌀도 스파게티도 날것을 씹어 먹을 수는 없는 데다 생수도 한 병밖에 없다.

"먹을 게 이것밖에 없는데 괜찮을까?" 아내가 걱정하며 말한다.

"걱정 마, 괜찮을 거야." 나는 아내를 안심시킨다. "아무리 심한 폭풍우라도 도중에 반짝 비가 그치는 때가 있기 마련이니까. 휴식 시간처럼 말이야. 그때 잽싸게 아나르기로스의 가게에 뛰어가서 식료품을 사오면 돼. 그한테서 폭풍우에 관한 정보도 얻을 수 있을 테고."

"정말 그렇게 비가 그칠 때가 있을까?"

"틀림없이 그친다니까. 나는 간사이[關西]지방에서 자라서 태풍에 대해서는 잘 알거든."

"만약 일본 폭풍우와 그리스 폭풍우의 성격이 같다면 당신 말이 맞겠지." 그녀는 의심스럽다는 표정이다. 아내는 세속적인 영역에 대한 내 능력을 별로 신용하지 않는다.

그러나 내가 예언한 대로 점심때가 되기 전에 갑자기 비가 그쳤다. 지금까지 쏟아졌던 폭우가 거짓말인 양 바람도 자고 구름도 싹 걷혔다. 펠로폰네소스 반도 쪽에서 이따금 나직한 천둥소리가 들릴 뿐이다. 태풍의 눈에 들어간 것이다.

나는 여기저기 물웅덩이가 생겨 있는 길을 달려 아나르기로스의 가게로 갔다. 여느 때 걷던 지름길은 강으로 변해 있었다. 아나르기로스의 가게에서 나는 크래커 두 봉지와 양배추, 감자 그리고 생수 두 병과 포도주를 샀다. 아나르기로스는 태풍에는 별 관심 없다는 듯 평소와 다름없는 얼굴로 종이에 숫자를 적으며 느릿느릿 계산을 한다.

"폭풍우죠." 내가 말을 걸었다.

"음, 비가 많이 내렸죠." 아나르기로스는 말한다.

"내일도 비가 올까요?"

"글쎄…… 올지도 모르고 안 올지도 모르고……." 아나르기로스는 싱글싱글 웃으며 말한다.

그리스인들은 가끔씩 이렇게 아주 철학적인 발언을 한다. 하지만 거기에 일일이 감탄하고 있을 수만은 없다. 다시 비가 내리기 전에 집에 도착해야 했다. 구름 모양을 보니 빵집까지 갈 여유는 없을 성싶었다. 집으로 돌아가는 길에 주변을 둘러보니 여기저기에 돌담이 우르르 무너져 있다. 7,8미터쯤이 완전히 사라진 곳도 있다. 너무 심한 상황이다. 많은 양의 비가 내린 것은 사실이지만 그렇다고 이 정도의 비에 온 마을의 담이 남아나지 않는 것이 이해가 되지 않았으나 가까이 가보고서야 비로소 이유를 알 수 있었다. 벽을 쌓은 방식이 좋게 말하면 간단하고 나쁘게 말하면 허술하기 짝이 없었다. 먼저 돌을 척척 쌓아 올리고 그 사이사이에 진흙을 발라서 고정시킨 후 겉에 두껍게 회칠을 한다. 그것으로 끝이다. 그러니까 겉으로 보기에는 무척 예쁘지만 빗물이 대량으로 스며들면 돌 사이의 결합력이 약해져 일시에 무너져 내리는 것이다. 건축공학에 아무 지식이 없는 나도 이 정도는 알 수 있었다. 집으로 돌아가 그런 돌담 이야기를 했더니, 아내는 "비가 그치면 모두 힘을 합해 또 같은 식으로 담을 쌓을 거야" 하고 웃으면서 말했다. "하지만 비에 약하다는 걸 안 이상은 다른 방법을 생각해야 하지 않을까?" "당신은 그리스라는 나라를 아직 잘 모르는 것 같아. 그런 나라야, 좋고 나쁘고 옳고 그르고를 떠나서."

"흐음, 그런가."

"비가 그치면 알게 될걸."

10분쯤 지나자 다시 비가 쏟아지기 시작했다. 나는 포도주를 홀짝거리며 일을 했다. 3시에 한바탕 천둥 번개가 지나가고 5시에도 또 한차례 지나갔다. 나는 걸레란 걸레, 신문이란 신문을 모조리 동원해서 문 아래에 끼워 간신히 침수는 면할 수 있었다. 그런 일을 하면서 인간은 왜 전쟁을 하는 걸까, 라는 생각을 했다. 태풍이나 홍수, 지진, 분화, 해일, 기근, 암, 치질, 누진과세, 신경통 등 인생에는 수많은 재난이 도사리고 있는데 거기에다 왜 전쟁까지 보태야 하는가, 하고.

비는 다음 날인 10월 30일 정오가 지나서야 간신히 그쳤다. '아, 너무 지쳤어. 이제 끝내야지' 라는 식으로 시원하게 싹 그쳤다. 하늘을 덮고 있던 검은 구름이 세포분열이라도 하듯 탁탁 갈라지고 북쪽에서 불어온 바람이 그 구름들을 힘차게 날려 보내자, 그 틈으로 언뜻언뜻 파란 하늘이 얼굴을 내밀기 시작했다. 그러나 펠로폰네소스 반도 쪽에는 여전히 묵직한 시커먼 구름이 잔뜩 몰려 있는 채로 아직 안심해서는 안 된다는 듯 위협하고 있었다.

아무튼 비가 개었을 때 마을로 가서 우산을 사와야겠다며 나는 혼자 밖으로 나와 해안을 따라 마을 쪽으로 걸어갔다. 그런데 산에서 흘러내린 토사 때문에 면직공장 앞으로는 지나갈 수가 없었다. 할 수 없이 온 길을 조금 되돌아가 산 쪽 길을 걷기로 했다. 태풍으로 입은 피해는 생각보다 심각했다. 군데군데 도로가 푹 패어 있고 나무들은 옆으로 쓰러져 있었다. 돌담도 성한 곳이 없이 무너져 내려 있었다. 길에는 인형이며 쓰레기통, 망가진 의자들이 마치 바자

회가 끝난 뒤처럼 여기저기 널려 있었다. 그리고 뿌리째 떠내려 온 분꽃이 강줄기를 따라 산더미처럼 쌓여 있었다. 아무래도 이 분꽃이 다리 밑에 걸려 강을 막고 마을로 탁류를 역류시킨 장본인인 듯했다. 비가 오기 전에 분꽃은 바싹 마른 강바닥의 모래땅을 뒤덮을 듯 흐드러지게 피어 있었던 것이다.

강가에 있는 집에서는 사람들이 집 안에 고인 물을 대야로 퍼내고 빗자루로 쓸어내느라 정신없었다. 검은 옷을 입은 아담한 체구의 아주머니가 허공을 향해 두 팔을 내저으며 지나가는 사람에게 흥분한 얼굴로 자기 집의 피해상황을 설명하고 있다. "어젯밤에 갑자기 물이 밀려 들어와서는 이 모양이 되었지 뭐야. 하느님도 참 무심하시지." 한창 자고 있다가 일을 당했는지 가구며 카펫이 온통 진흙투성이였다. 그런 가재도구들을 밖으로 내놓고 호스로 물을 끼얹으며 씻어내는 사람도 있다. 아주머니는 아무리 얘기해도 아직 성에 차지 않는지 다른 지나가는 사람을 붙들고 하늘을 가리키며 같은 말을 되풀이했다. 참 딱한 일이다. 그런데 이런 광경과는 관계없이 강어귀에 수북이 쌓여 있는 무수한 분꽃의 잔해가 묘하게 생생하고 아름답다. 이렇게 많은 분꽃을 보는 것은 아마 이번이 처음이자 마지막일 것이다.

2시가 지나 태양이 기세등등하게 환한 모습을 드러내자, 주변의 모든 것이 반짝반짝 빛나기 시작했다. 구름은 길가의 물 고인 웅덩이에 또렷하게 비치고 있고, 형형색색 여러 종류의 새들이 아직도 물방울을 뚝뚝 떨어뜨리는 나뭇가지 사이를 오가며 지저귀고, 갈매기 두 마리가 포시도니아 호텔의 첨탑 양쪽에 나란히 앉아 있다. 비를 피해 어딘가에 몸을 숨기고 있던 고양이들도 허기진 모습으로 나타났다. 낡은 우산을 몇 개 옆구리에 낀 우산 고치는 아저씨가 "우산 고쳐요, 우산 고쳐요!" 하고 노래하듯 외치며 거리를 지나가고 있다. 폭풍우는 완전히 물러간 모양이다.

이틀 뒤 사람들은 무너져 내린 돌담을 수리하기 시작했다. 물론
—아내가 예언한 대로—공법은 이전과 똑같았다. 우리는 인부들이 적당히 돌을 쌓아 올리고 그 사이의 틈을 진흙 같은 것으로(어쩌면 진흙이 아닌지도 모른다. 그러나 시멘트는 분명 아니다) 척척 메워나가는 광경을 길가에서 한참이나 지켜보았다. 그들은 아주 행복한 표정으로 돌담을 쌓고 있었고, 나름대로 정성 들여 꼼꼼히 일했다. 돌을 쌓는 솜씨는 가히 예술적이라 해도 좋을 정도였다. 그렇게 작업하는 모습은 하루 종일 보아도 질리지 않을 만큼 재미있다. 게다가 마무리한 후의 모습은 누가 봐도 아름답다. 블록 담과 비교하면 하늘과 땅 차이다. 큰 비만 오지 않는다면 그것은 사람들의 시선을 끄는 정말 멋진 담이다.

"몇 년 뒤에 다시 큰 비가 오면 또 무너지겠지."

"무너지면, 또 다시 쌓겠지" 하고 아내가 말한다.

그렇다, 그들은 벌써 몇 천 년이나 그 일을 반복하고 있는 것이다. 나는 역시 그리스인은 될 수 없을 것 같다.

미코노스

이 한 달 반이라는 기간은 나에게 도대체 어떤 의미가 있었을까 하고.
이 철 지난 에게 해의 섬에서 나는 대체 무엇을 했던 것일까.
잠시 동안 거기에 대해 아무 생각이 나지 않는다. 진짜로 생각이 나지 않는 것이다.
내 머리에는 군데군데 구슬 같은 공백이 생겨 있다.

미코노스

미코노스

　미코노스 섬에서 지내게 될 줄은 꿈에도 몰랐다. 나는 전에 두 번 미코노스에 온 적이 있다. 아름다운 섬이다. 하지만 솔직히 말해서 미코노스는 지나치게 관광지다워서 생활하기보다는 찾아가서 즐기기에 적합한 곳이며, 일을 하려면 더 조용하고 차분한 섬을 찾아야겠다는 인상을 받았다.

　그런데 결국 나는 미코노스에서 한 달 반이나 머무르게 되었다. 그 후에 시실리에 가려고 결정하지 않았다면 더 오래 머물렀을지도 모른다.

　미코노스의 연립주택을 나에게 소개해 준 사람은 아테네 여행사에 근무하는 잉게라는 이름의 미국인 아가씨였다. 스무 살가량의 비교적 귀여운 아가씨. 나는 그녀가 일하는 사무실에 가서 어딘가 조용한 섬에서 가구가 딸린 월세 아파트를 빌리고 싶다고 상담했다. 스펫체스의 집도 괜찮기는 했지만 워낙에 여름 피서용 별장으로 만들어진 집이기 때문에 겨울을 나기에는 너무 추웠다.

매일 추위에 떨며 지내고 있었다. 난방시설이라고는 장작을 지피는 난로밖에 없는 것이다. 장작을 모으는 것도 피곤했고 더구나 비라도 내리면 장작에 곰팡이까지 피어 불이 잘 붙지 않았다. 좀더 따뜻한 집에서 살고 싶었다. 이런 집에 있다가는 너무 추워서 도저히 일을 할 수 없을 것 같았다.

그런데 만족할 만한 좋은 장소가 좀처럼 나타나지 않았다. 나는 성수기가 아니기 때문에 아파트쯤이야 금세 찾을 수 있을 것으로 예상했지만 그렇게 쉬운 문제가 아니었다. 성수기가 아닐 때는 섬에 있는 관광객용 단기 대여 아파트는 대부분 영업을 쉰다. 손님이 오지 않는데 아파트를 내놓아 봐야 집주인만 번거로울 뿐이다. 수요가 없으니까 공급도 없다. 나는 난처한 입장이 되어버렸다. 잉게도 딱하다고 생각하여 알 만한 장소를 몇 군덴가 알아봐 주었지만 집주인조차 만나볼 수 없었다. 모두 1년치의 일을 마치고는 휴우— 하고 한숨 돌리며 어디론가 놀러 가버린 것이다.

그런데 마지막에 잉게가 "아, 맞다. 거기가 괜찮겠어요. 거기라면 관리인이 1년 내내 있고" 하고 말했다. 그리고 나에게 "저기, 미코노스는 어떠세요? 그곳이라면 빌릴 만한 곳이 한 군데 있는데."

미코노스라? 할 수 없지. 셋집이 있는 것만으로도 감사해야 할 형편이니까. 잉게는 곧 전화를 해서 확인해 주었다. OK. 방 두 개와 거실과 부엌과 욕실, 넓은 베란다에 전망도 매우 좋단다. 집세는 7만 드라크마. 나쁘지 않다. 그곳으로 결정하고 우선 한 달 동안 살기로 한다.

"아마, 마음에 꼭 드실 거예요" 하고 잉게는 말했다. "저도 거기에 일주일 정도 머무른 적이 있어요. 조용하고 굉장히 좋은 곳이죠."

*

미코노스 섬도 역시 비수기라서 상점의 3분의 2가 닫혀 있었다. 그러나 이것은 바꿔 말하면 3분의 1은 열려 있는 것이다. 이 점이 스펫체스와 다르다. 아무리 비수기라도 미코노스에는 관광객이 조금은 찾아오는 것이다. 따라서 선물의 집도 레스토랑도 호텔도 몇 군데는 영업을 하고 있다. 여름에는 하루에 여섯 척씩 오가던 관광선도 이틀에 한 척 정도로 줄어들지만 어쨌든 관광객이 오기는 하니까 그 사람들을 상대로 장사는 한다.

가을과 겨울에 미코노스에 오는 사람은 비수기의 낮은 요금을 이용하여 여행하려는 북유럽의 연금생활 노인들이거나(이 사람들은 저렴한 가격에 느긋하게 조용히 여행하고 싶다는 대전제가 있기 때문에 일부러 이 계절을 선택한다) 일본인 단체손님(신혼부부가 많다)이다. 그러나 비수기에 미코노스에 와서 과연 즐거울까, 하면 나로서는 고개를 갸웃거리지 않을 수가 없다. 그 후에 온 것까지 합치면 나는 봄, 여름, 가을, 겨울 모든 계절에 한 번씩은 미코노스에 왔었는데, 굳이 돈을 들여 겨울에 미코노스에 올 필요는 없을 것 같다. 물론 이것은 어디까지나 내 개인적인 의견이고 모든 일에는 각자의 취향이 있게 마련이다. 나는 겨울철에 미코노스에 와서 깊이 감동했습니다, 라고 하는 사람이 있다면 나로서는 할 말이 없다. 하지만 미코노스의 주민들에게 나는 여러 번 질문을 받았다. 왜 일본 사람들은 모두 11월, 12월, 1월의 차갑고 바람이 사납게 부는 때에 미코노스에 오는 것이죠? 그런 때에 와봐야 볼 것도 없잖아요, 라고 말이다.

그럴 때마다 나는 그들에게 이렇게 설명하기로 했다. 가을은 일본에서 결혼식을 올리기에 가장 좋은 계절이다. 그래서 신혼여행을 오는 사람이 많은 것이다. 신혼이라 조금 추워도 괜찮다. 아니, 이 정도가 오히려 딱 좋다, 라고 말이다. 그렇게 설명하면 대개는 납득한다. 그리고 일본 사람들은 설날에도 여행을 즐겨 해서 '설날 특선 남유럽과 에게 해 무슨 무슨 투어' 같은 것이 많다. 어감부터가 어쩐지 따뜻할 것 같은 느낌이다.

하지만 분명히 말하건대 이것은 커다란 오해이다. 에게 해는 앞에서도 말했듯이 괌이나 하와이처럼 사시사철 봄과 여름 기후인 섬이 아니다. 일본 사람들은 대개 에게 해의 섬이 적도 부근에 있다고 생각하고 있는 것 같은데 지리적으로 말하면 미코노스 섬과 동경은 거의 같은 위도상에 존재한다. 요컨대 누가 뭐라고 말하건 겨울에는 역시 추운 것이다. 그리고 미코노스는 매우 바람이 강한 곳이다. 땅 위에 있는 모든 사물을 떨쳐버리려는 것처럼 심하게 바람이 분다. 차고 습한 바람이다. 한번 불기 시작하면 강풍은 적어도 사흘은 계속된다. 아침부터 밤까지 바람은 한순간도 쉬지 않고 계속 불어댄다. 밤새 미친 듯이 불어대며 관목을 쓰러뜨리고 창문을 덜컹덜컹 흔든다. 날씨도 나쁘고 계속 비가 온다. 때로는 눈까지 내린다. 마을은 텅 비어 있다. 물론 수영도 할 수 없다. 맛있는 레스토랑은 모두 문을 닫고 영업을 쉬며 호텔의 종업원은 의욕이 없다. 일부러 찾아와 봐야 썰렁할 뿐이다. 그러다 보니 실망한 사람도 많을 것이다. 따라서 이곳을 여행한다면 누가 뭐래도 역시 여름이 좋다. 너무 사람이 많아 호텔이 만원이고 물가가 비싸고 주민이 친절하지 않아도, 근처의 디스코텍이 시끄러워서 잠을 잘 수 없어도 여름의 미코노스는 굉장히 즐겁다. 그것은 일종의 축제인 것이다.

그러나 결과적으로 말해서 이런 심한 날씨에도 불구하고, 아니 심한 날씨이기 때문에 오히려 비수기의 미코노스는 내가 조용히 일을 하기에는 정말로 안성맞춤인 환경이었다. 집이 아늑한 데다 달리 할 일이 없기 때문에 집중해서 일을 할 수 있었다. 나는 여기서 C.D.B.브라이언의 《위대한 데스리프》란 소설의 번역을 끝마쳤다. 상당히 긴 소설이었는데 이야기도 재미있고 여하튼 이것을 빨리 완성해 놓고 내 소설을 쓸 생각에 매일 꾸준히 번역을 계속했다. 이 무렵에는 아직 워드 프로세서를 사용하고 있지 않았으므로 대학노트 가득 만년필로 글자를 채워나갔다.

《위대한 데스리프》를 완성한 후, 스펫체스 섬에서의 생활에 대해서 설명한 간략한 글을 몇 편 쓴 다음(여기에 수록된 것들의 원형이다) 학수고대하던 소설을 시작했다. 그때는 소설이 쓰고 싶어서 몸이 근질근질했다. 내 몸은 말을 찾아서 바짝바짝 타고 있었다. 거기까지 내 몸을 '끌고 가는' 것이 가장 중요하다. 장편소설은 그 정도로 자신을 몰아세우지 않으면 쓸 수가 없다. 마라톤처럼 거기에 다다르기까지 페이스 조절에 실패하면 막상 버텨야 할 때 숨이 차서 쓰러지게 되는 것이다.

이 소설은 나중에《상실의 시대(원제:노르웨이의 숲)》가 되는데 당시에는 아직 제목도 붙이지 않은 상태였다. 400자 원고지로 300매에서 350매 정도의 산뜻한 소설로 해야겠다는 가벼운 마음으로 쓰기 시작했지만 100매 정도 쓰고 난 다음에야 '안 되겠다, 도저히 300~400매로는 끝나지 않겠다'는 것을 알았다. 이후 다음 해(1987년) 4월까지 시실리, 로마로 옮기면서 소설에 푹 빠져서 생활하게 되었다. 결국 완성된 소설은 900매였다.

*

미코노스의 생활에서 가장 기억에 남는 것은 밤에 바(BAR)에 가던 일이다. 나와 아내는 종종 날이 저물면 밖으로 한잔 하러 나갔다. 미코노스에는 바가 많이 있었다. 나는 낮에는 대개 혼자서 방에 틀어박혀 일을 했다. 그동안 아내는 책을 읽기도 하고 이탈리아어 공부를 하기도 하고 양지바른 곳에서 고양이와 놀기도 한다. 대화하는 일은 별로 없다. 그래서 날이 저물면 바에 가서 둘이서 술을 마시면서 여러 가지 이야기를 했다. 나도 편한 기분으로 술을 마시며 낮 동안의 긴장을 풀어둘 필요가 있었다.

미코노스의 바는 꽤 괜찮았다. 그다지 촌스럽지도 않고 그렇다고 지나치게 멋을 내지도 않았다. 가격도 그럭저럭 저렴한 편이었다. 휴가철에는 외국인 관광객을 겨냥해서 비교적 비싼 요금을 받겠지만 비수기 때는 거의 그 고장 사람들이 손님이므로 가격은 당연히 조절된다. 둘이서 그런대로 괜찮은 칵테일을 세 잔씩 마시고 가벼운 안주를 먹으면 대개 1천 엔 정도였다고 기억한다. 그냥 술만 마시는 게 아니라 그곳에서 가게주인과 이런저런 세상 돌아가는 이야기를 하며 지역정보를 얻는 것도 우리의 몇 안 되는 즐거움 중 하나였다.

내가 잘 가던 곳은 '모니카 바'와 '미노타우로스 바'와 '소머스 바'였다. 미코노스의 바들은 지나친 경쟁 때문에 수시로 모습을 바꾸므로 이 바들도 지금은 이미 사라지고 없을지도 모르겠다. '모니카 바'에서 일하던 프랑스 여인(이름은 잊어버렸다)과도 자주 이야기했다. 몸집이 작고 표정이 풍부한 사람이었는데 대충 나와 비슷한 세대인 것 같았다. 벌써 십 몇 년을 미코노스에서 살고 있어요, 하고 그녀는 말했다. 젊었을 때 이 섬에 왔다가 매료되어 이후 아무 데도 갈 수 없게 되었다고 그녀는 말했다. 미코노스에는 이 세대의 유럽인이 많다. 제2차 세계대전 직후에 태어난 세대이다. 그들은 히피를 흉내 내다 서구사회에서 떨어져 나와서 그대로 섬에 눌러앉아 버린 것이다. 그리스 섬에서는 당시의 코뮌이 몰락한 것 같은 모습을 종종 볼 수 있다. 왜 그런지 당시 히피족들은 섬을 굉장히 좋아했다.

그녀는 미코노스에 홀린 것이다. 그녀는 근처에 있는 섬에도 가본 적이 없다고 한다. 그녀는 로도스에도 산토리니에도 간 적이 없다. "내게는 미코노스가 있어요. 그런데 왜 다른 섬에 가야 하죠?"

'모니카 바'는 모니카라는 독일인 여성이 경영하는 바인데 밤이 되면 미코노스에 주재하는 외국인의 집합장소 같은 느낌이 들 때가 많았다. 모두들 외롭다 보니 밤만 되면 특별한 일이 없어도 그냥 여기에 모여서 떠드는 것이다. 그렇기 때문에 때때로 지나치게 소란스러운 것이 이 가게의 결점이었다(그리고 화장실의 물이 잘 내려가지 않는 것도). 하지만 독일인이 경영하는 곳으로 특히 독일식 가정요리가 맛이 있어, 우리는 추운 날에는 곧잘 그곳에 가서 뜨거운 독일식 수프를 먹고 콩조림과 삶은 소시지를 먹었다.

'미노타우로스 바'의 주인은 영국인 여성과 결혼한 그리스인이다. 그는 재즈 음악을 좋아해서 와타나베 사다오(일본의 세계적인 재즈 음악가)의 레코드도 몇 장 가지고 있었는데 내가 갈 때마다 틀어주곤 했다. 그는 비수기에는 언제나 런던에 가서 지낸다고 했다. 그렇지만 올 여름에는 장사가 잘 안 돼서 겨울에도 문을 열고 있어요. 여하튼 그 테러 소동 때문에 미국인들이 오지 않았거든요.

그는 나에게 매일 조금씩 그리스어를 가르쳐주었다. 조용한 남자였으며 칵테일도 이 바의 것이 가장 맛있었다. 그는 생과일을 사용하여 정성껏 칵테일을 만들었다. 안주는 간단한 것밖에 없었지만 맛은 좋았다. 가게도 그의 성격처럼 비교적 조용했다. 그리고 언제나 적절한 음량으로 부드러운 재즈 음악을 틀어놓고 있었다. "여름에는 확실히 벌이가 되지요." 그는 조용하게 말한다. "하지만 나는 여름이 싫어요. 특히 미코노스의 여름은요. 여름에는 무엇이든 엉망진창이 되어버리죠. 7월과 8월은 죽을 맛이에요. 앞으로 며칠이 지나야 이번 시즌이 끝나는지 날짜를 세면서 일하고 있어요. 모두 마찬가지예요. 다들 정말 싫어해요. 진절머리를 내면서도 어쩔 수 없기 때문에 하는 것이죠. 이런 계절이 훨씬 좋아요. 이것이 진정한 생활이에요." 이렇게 말하며 그는 머리를 흔든다. 그의 말에는 관광업을 하며 살아갈 수밖에 없는 그리스 사람들의 고충이 고스란히 배어 있었다.

'소머스 바'는 상당히 독특한 바였다. 소머스는 투르크 태생이지만, 키프로스(지중해 동부의 섬으로 된 공화국—역주) 분쟁 때에 이스탄불에서 쫓겨나(투르크 정부가 그리스계 주민들을 강제로 이송시켰다) 거의 무일푼으로 그리스에 이주했다. 그리고 그런 사람들이 대개 그렇듯이 그는 정부에 대해서 굉장히 냉소적이고 개인주의적이었다. 키는 크지 않지만 공격적인 얼굴이었다. 젊었을 때 온 세계를 돌아다녀서 6개 국어를 할 수 있다. 여기저기의 바나 호텔에서 일해서 모은 돈으로 작년에 미코노스에 바를 샀다. '제트세트 바'라는 이름의 바였다. "하지만 이제 곧 '소머스 바'라는 이름으로 바꿀 겁니다. 1월에 아테네에 가서 잔금을 치르면 완전히 내 것이 되니까요. 새로운 간판도 주문해 놓았죠"하고 그는 말했다. 그는 그 돈을 벌기 위해 비수기에도 가게 문을 열고 있는 것이다. 그는 일본어도 공부했다. 아마 최근에 점점 늘어나는 일본인 관광객들을 겨냥하고 있는 모양이다(물론 스펫체스 섬에서 일본인은 한 사람도 볼 수 없었다). 그의 일본어 교과서를 잠깐 보았는데 정말 형편없는 것이었다. 내가 히라가나와 가타카나를 어떻게 구별해서 쓰는지 가르쳐주었더니 답례로 브랜디를 대접해 주었다.

소머스는 어딘지 모르게 인상이 어두운 남자였다. 약간 삐딱한 면이 있었다. 아무것도 믿지 않는다는 듯한 분위기가 느껴졌다. 하지만 우리는 곧잘 그곳에 가서 술을 마셨다. 소머스에게는 미워할 수 없는 구석이 있었고 이야기도 매우 재미있었기 때문이다.

한번은 선거 이야기를 하게 되었다. 선거철에는 술을 팔면 안 된다면서요? 그러면 장사가 안 되지 않나요? 하고 물어보았다. 그러자 그는 태연한 얼굴로 홍차 컵에 브랜디를 담아 홍차라며 내놓는다고 하는 게 아닌가. 근처 가게에서는 그렇게 해서 브랜디를 두 상자나 팔아치웠다는군요. 경찰관도 그걸 마시러 와요. 홍차를 달라면서 말이죠. 물론 돈은 낼 리가 없죠, 하고 그는 웃으며 말했다. 이를테면 묵인해 주는 값이죠. "그리스인들은 정치에 대해서 아무것도 몰라요. 그냥 흥분할 뿐이에요. 아무것도 모르면서 말이죠." 그리고 그는 무척 냉소적으로 웃었다.

"경찰관 이야기가 나왔으니 말인데요" 하고 소머스는 말했다. "미코노스에서 이런 상점을 하려면 면허가 필요한데 한 번도 면허를 보자고 한 적이 없어요. 그들은 상점에 불쑥 들러서 공짜 술을 마시고 돌아갈 뿐이에요. 술만 마시게 해주면 아무도 뭐라고 하지 않아요. 모두 다 알면서도 모른 체하는 거죠."

하지만 자신의 고향인 이스탄불에 대해서 이야기할 때만은 그는 매우 순수한 얼굴이 되었다. 이스탄불의 생선이 얼마나 맛이 있는지 그곳에서 사는 것이 얼마나 기분 좋은 일인지 그곳에서 쫓겨났을 때 얼마나 비통했는지.

*

소머스 가게에서 한번은 일본에서 오래 살았다는 그리스인 아저씨를 만났다. 그는 카운터에서 소머스와 이야기를 하며 맥주를 마시고 있었다. 키가 크고 등이 약간 굽은 데다 머리가 조금 벗겨져 있었다. 그는 나에게 일본인이냐고 물었다. 내가 그렇다고 대답하자 그 아저씨는 술잔을 손에 들고 장황한 이야기를 시작했다.

그는 일찍이 선박회사의 사원으로 일본에 주재하고 있었다. 1960년대 초반의 일이었다. 그는 카마쿠라 대불상을 보러 가는 도중에 버스에서 만난 여자와 사랑에 빠졌다. 첫눈에 반했지요, 하고 그는 말했다. 그는 참을 수 없어서 그녀에게 말을 걸었다. 대불상을 보러 가고 싶은데 어떻게 가면 좋을까요? 그러자 그녀는 친절하게 길을 안내해 주었다. 두 사람은 그것이 인연이 되어 데이트를 했고 진지하게 결혼까지 생각하게 되었다, 고 했다. 그는 지금 50대 후반인데 얼굴 생김새는 나쁘지 않다.

그러나 결국 결혼은 하지 못했어요, 하고 그는 말했다. 상대편 부모하고도 만나서 서로 이야기를 나누었어요. 좋은 분들이었지요. 하지만 결혼하려면 현실적으로 여러 가지 어려운 문제가 있었고 내가 어떻게 할 수 없는 일이었지요. 그때는 정말 괴로웠어요. 당시는 나도 젊었으니까요. 결국 가슴에 상처를 안은 채 일본을 떠나게 되었지요.

지금은 회사를 그만두었어요. 해운업이 불황에 빠졌으니까요. 그래서 고향인 미코노스로 돌아와서 일을 하고 있는 겁니다. 뭐니 뭐니 해도 자기가 태어난 고향이 제일 좋으니까요.

그런데 여름은 싫어요. 최악이에요. 여하튼 여름만 되면 섬의 인구가 겨울철의 다섯 배로 늘어나는 거예요. 다섯 배나요. 인구가 증가하면 그만큼 뭐든 부족할 수밖에 없지요. 전기며 식료품, 물까지도요. 할 수 없이 근처 섬에서 물을 사오죠. 탱크에 물을 채워 날라오는 거예요. 그러면 당연히 물가가 오르지요. 여름이 되면 모든 물건이 비싸져요. 관광으로 먹고 사는 사람이야 어쩔 수 없겠지만 관계없는 주민은 모두 화가 나 있어요. 외국인 관광객들에게 정말 넌더리를 내고 있죠. 그러는 게 당연해요. 겨울이요? 겨울은 좋지요. 조용하니까요. 대부분의 주민은 여름 동안에 벌어둔 돈으로 미코노스 교외에 큰 집을 짓고 겨울 동안은 거기서 비디오나 보면서 한가하게 지내죠. 모두 돈이 있으니까요.

*

미코노스에서도 일본에 있었다는 사람을 몇 명 만났다. 대개는 화물선 선원이었다. 그리고 한국전쟁 당시에 일본에 갔다는 사람도 몇 명 있었다(그리스는 UN군의 일원으로 한반도에 파병했던 것이다). 옛 선원들은 일본의 작은 항구에 대해 잘 알고 있었다. 그들 모두 상당히 나이가 들었음에도 몸이 탄탄했을 뿐 아니라 햇볕에 잘 그을어 있기까지 했다. 그들은 자주 나를 붙잡고 일본 이야기를 했다. 해운 불황의 여파로 그들은 배 타는 일을 그만두고 버스 차장을 하기도 하고, 레스토랑의 주인이 되기도 하고 작은 잡화점을 열기도 했다. 그리고 마치 잃어버린 청춘을 아쉬워하듯이 일찍이 배 위에서 지낸 나날의 일들을 소중하게 이야기했다. 그들의 말을 듣고 있노라면 나도 모르게 그때가 매우 좋은 시절이었던 것처럼 생각된다. 배를 타고 어디든지 가고 싶은 곳으로 갈 수 있었던 시절. 원하기만 하면 그런 일이 어디에나 널려 있던 시절.

하지만 그런 시절은 이제 지나가 버렸다. 저 스펫체스 섬의 상선대가, 증기기선 시대가 도래하면서 점차 몰락해 간 것처럼 말이다.

항구와 반젤리스

매일 아침 눈을 뜨면 우리는 제일 먼저 창문을 열고 바다를 보았다. 운 좋게도 침실 창문에서는 바다가 한눈에 내려다보였다. 바다가 잔잔하여 하얀 파도가 일지 않는 날은 항구까지 생선을 사러 갔다. 바다가 거칠면 배는 대부분 바다로 나가지 않기 때문에 물고기도 잡히지 않는다. 다시 말해 날씨가 좋은 날에만 생선을 먹을 수 있는 것이다. 그래서 우리의 식생활은 자연히 날씨에 의해 좌우되었다. 그만큼 날씨가 큰 비중을 차지했다.

날씨가 좋은 날이면 이른 아침에 출어한 배들이 9시 전에는 거의 돌아와 항구 앞에서 막 잡아들인 생선을 늘어놓고 판매한다. 항구 한쪽에 대리석으로 만든(이 주변에는 대리석이 많이 나서 사소한 물건도 대리석으로 만든다) 생선 진열대가 있는데 거기에 색깔과 크기가 각기 다른 생선을 가득 쌓는다. 그러면 마을 사람들은 물론, 관광객과 개, 고양이들까지 일시에 그 주위로 몰려든다. 신선해서 맛은 있지만 가격은 결코 싸지 않다. 지중해 연안은 어디나 마찬가지지만 육류에 비해 생선이 월등하게 비싸다. 크고 좋은 생선은 레스토랑의 주인인 듯이 보이는 사람이 영업용으로 한꺼번에 사가고 마을의 아주머니들은 반찬용으로 작은 생선을 사간다. 그렇게 해서 항구에 쌓여 있던 생선은 눈 깜짝할 사이에 다 팔리고 만다. 너무 작아서 팔 수 없는 잡어의 경우, 어부들이 항구에 어슬렁거리는 펠리컨이나 고양이에게 던져준다. 펠리컨은 소리를 지르며 고양이를 위협한다.

마을에는 생선가게가 한 집도 없다. 냉동 생선을 파는 가게가 한 곳 있기는 하지만 그 집은 정확하게 말해서 냉동가게이지 생선 가게라고는 할 수 없다. 항구에서는 어부들이 자신이 직접 잡은 생선을 판매하는데 이때를 놓치면 방법이 없다. 다시 말해 이 2,30분 정도의 '생선 파는 시간'을 놓치면 그날은 생선을 먹을 수 없다. 우리도 처음에는 생선 사는 요령을 잘 몰라서 빈손으로 돌아갈 때도 많았다.

우리는 이 시장에서 종종 오징어(카라마리라고 한다. 몽고 오징어는 스피아)를 샀다. 이곳 오징어는 부드럽고 입 안에서 살살 녹을 듯이 맛있다. 그리스 사람들은 대개 오징어를 구워서 먹지만 우리는 아까워서 도저히 그럴 수가 없었다. 물론 회를 친다. 때로는 생선초밥을 만들어서 먹기도 했다. 그날그날 다르지만 오징어 가격은 1킬로그램에 대략 700엔 정도 했는데 그리스의 물가에 비하면 꽤 비싼 편이다. 그리고 전갱이와 비슷하게 생긴 생선(사브리지라고 한다)을 사서 식초에 절이거나 구워서 먹었다. 생긴 모습은 커다란 전갱이와 비슷하고 맛은 고등어와 비슷한 조금 특이한 생선인데 많이 잡히지는 않는다고 한다. 소형 도미는(시나그리자, 또는 리스리니) 조리거나 아니면 양파와 함께 살짝 구워 먹는다. 그 밖에도 아나고며 갈치, 넙치, 꼬치고기 등 실로 다양한 생선이 있었다. 그런데 어찌된 일인지 꼬치고기는 아오야마의 기노쿠니야만큼이나 비쌌다. 그 외에 생전 처음 보는 생선도 있고 뭐가 뭔지 알 수 없는 생선도 있었다. 스콜피오라는 이름의 가시가 잔뜩 돋은 기분 나쁘게 생긴 생선을 잡탕식으로 끓이면 맛있다는 말을 듣고 시도해 보았는데 듣던 대로 무척 맛있었다. 단지 복어처럼 혀끝에 약간 찌르르한 느낌이 있었는데 아니나 다를까 나중에 배탈이 났다.

일주일에 나흘 정도는 바다가 거칠었다. 창문으로 보면 높은 파도가 곳의 툭 튀어나온 바위에 부딪쳐 약 10미터 정도는 위쪽으로 물방울을 튀겼다. 바다는 온통 하얀 파도로 뒤덮여 있다. 그리고 J.G.발라드처럼 폭력적인 바람이 휘몰아친다. 물론 어선은 출항하지 않는다. 창문에서 보면 배는 항구에 묶인 채 돛대가 파도에 흔들리고 있고, 갈매기들만 기분 좋은 듯이 바람을 가르며 날아다니고 있다.

그런 날이 사나흘 계속된 후에는(때로는 일주일씩 계속되기도 한다) 날씨가 싹 바뀌어 고요한 아침이 찾아왔다. 해면은 거울처럼 평평하고 파도 하나 일지 않았다. 이런 아침이면 우리는 서둘러 세수를 하고 아침식사를 한 다음, 시장바구니를 들고 항구로 달려간다. 그리고 며칠 동안 먹을 생선을 산다. 아주머니와 레스토랑 주인들 사이에 섞여 이것저것 값을 묻고 너무 비싸다며 싸게 해달라는 둥 큰 소리로 흥정했다. 항구에 진열된 생선 중에 좋은 것이 없으면 새로 들어오는 배를 기다렸다가 제일 먼저 어부와 교섭하여 사기도 했다. 전체적으로 볼 때 내 그리스어 실력은 여행 중에 그다지 늘지는 않았지만 생선을 사는 데 필요한 그리스어만큼은 실질적인 연습 덕분에 많이 늘었다.

우리는 두 사람 다 육류를 별로 좋아하지 않으므로 생선이 중요한 단백질 공급원이었다. 그리스 요리는 꽤 맛있고 나도 좋아하기는 하지만, 그래도 우리 일본 사람이 장기적으로 먹기에는 체질적으로 한계가 있었다. 기름기가 많은 데다 향신료를 많이 사용하기 때문에 자극적이며 오랜 기간 먹으면 알게 모르게 몸에 지방이 쌓인다. 몸에 지방이 쌓이면 경험이 없는 사람은 잘 모르겠지만 몹시 거북하다. 내가 경험한 바로는(과학적인 근거는 없다) 일본인은 많은 양의 지방을 섭취하고 분해할 수 있는 체질이 아닌 것 같다. 그래서 미처 분해하지 못한 지방이 체내에 쌓인다. 지방이 쌓이면 몸이 무겁고 근육이 말을 잘 듣지 않으며 식욕이 감퇴한다. 뿐만 아니라 피부도 거칠어지고 머리카락은 끈적끈적해지며 땀 냄새도 변한다.

이런 지경이 되면 사나흘 지방제거 작전에 돌입한다. 기름기 있는 음식을 일절 먹지 않는다. 외식을 자제하고 하루 두 끼만 먹는다. 밥과 된장국 그리고 식초에 절인 음식을 듬뿍 먹는다. 단백질은 생선을 먹어서 섭취하는데 구워서 살짝 레몬을 뿌리고 간장에 찍어 먹는다. 생선을 구울 때는 집의 관리인인 반젤리스에게서 빌린 풍로와 석쇠를 사용한다. 나는 그때까지 유럽인들이 풍로를 사용하여 생선을 굽는다는 사실을 전혀 몰랐다. 그런데 어느 날 반젤리스가 관리인실 앞에서 풍로에 석쇠를 올려놓고 오래된 빵을 굽는 모습을 보고 "그걸로 생선도 구울 수 있느냐" 하고 물어보았다. 그는 "물론 구울 수 있다"고 대답했다. 그래서 나는 그에게 풍로(그리스어로는 스카라라고 한다)를 빌려 테라스에서 전갱이를 구워보았다. 부엌 레인지는 전열식이라서 이것이 있어야만 생선을 구울 수 있다. 비록 연료는 숯이 아니라 나뭇조각이지만, 그래도 오랜만에 먹는 전갱이 소금구이는 눈물이 날 정도로 맛있었다.

특히 냄새가 좋았다. 연기가 콧구멍을 통해 뇌 속으로 찡하게 전달되는 것을 느낄 수 있다. 온몸의 세포가 요동을 친다.

생선을 굽고 있자니 반젤리스가 다가와 말했다. "역시 생선은 이렇게 굽는 게 가장 맛있죠. 독일 사람이나 프랑스 사람은 생선 먹을 줄을 모른다니까." 근처의 고양이들도 냄새를 맡았는지 하나 둘씩 모여들었다. 생선을 좋아하는 사람과 고양이들은 모두 구운 생선을 좋아한다. 그러고 보니 예전에 와세다 아나하치만 언덕 아래에 생선구이 정식집이 있어, 그 앞을 지날 때마다 늘 이런 냄새가 나던 기억이 떠올랐다.

그리고 우리는 종종 마리자라는 것을 먹었다. 생선 중에서도 가장 싼 부류에 속하는 것으로 대개 4센티미터에서 6센티미터 정도의 크기인데 100엔이면 한 사발 가득 살 수 있다. 깨끗하게 씻은 뒤 기름에 튀겨서 머리까지 아삭아삭 씹어 먹는다. 잔뼈가 많아 조심해서 먹어야 하는 것이 흠이라면 흠이지만 칼슘도 풍부하고(유럽에 있으면 칼슘이 부족하기 쉽다) 그런대로 소박한 맛이 있는 요리이다. 우리는 이걸 레티나 와인의 안주로 즐겨 먹었다. 전형적인 서민 요리라서 이 요리를 먹을 수 있는 곳은 그 지방 사람을 대상으로 하는 레스토랑뿐이다. 관광객이 주로 가는 레스토랑의 메뉴에서는 볼 수 없다.

너무 생선에 관한 이야기만 하는 것 같아 뭣하지만 우리는 문어도 자주 먹었다. 지중해에서 잡히는 문어는 꽤 맛이 있다. 문어는 잡은 지 얼마 안 되었을 때는 딱딱하므로 처마 밑에 매달아 말린다. 그러면 다음 날쯤에는 심이 빠져 맛있게 먹을 수 있다. 그리스 사람들은 문어를 이런 식으로 먹는다. 어부는 문어를 잡으면 산 채로 다리를 잡고 콘크리트에 탁탁 내리쳐서는 부드럽게 만든다. 문어로서는 고통스러운 일이겠지만 그것이 문어의 운명이니 어쩔 수 없는 일이다. 그런 다음 그 문어를 빨랫줄 같은 것에 걸어 하루 종일 말린다. 이런 두 단계를 거쳐야 비로소 문어는 인간이 먹기에 적당한 상태가 된다. 우리는 그렇게 말린 문어를 풍로에 구워 레몬을 뿌리고 간장에 찍어 먹는데 아주 맛있다. 문어를 말리고 있으면 냄새를 맡은 동네 고양이들이 여러 마리 모여들어 높이 매달려 있는 문어를 원망스러운 듯 하염없이 올려다본다. 그리고 닿을 리가 만무한데도 폴짝폴짝 뛰어올라 보기도 한다. 고양이들도 배가 고픈 것이다. 보기 딱한 광경이다. 파리도 꼬인다. 처음에는 파리들이 몹시 신경에 거슬렸지만 얼마 지나지 않아 그래, 꼬여들고 싶으면 얼마든지 꼬여들어 봐라 하는 배짱이 생긴다. 어차피 구워 먹을 테고 파리가 꼬인다고 맛이 달라질 리도 없으니 말이다.

*

항구에서는 반젤리스와 자주 마주쳤다. 반젤리스는 아침나절에 항구를 어슬렁거리는 것을 좋아한다. 무슨 특별한 볼일이 있어서가 아니라 그냥 여기저기 기웃거리다 카페에서 커피를 마시거나 그와 마찬가지로 할 일 없이 어슬렁대는 친구와 인사를 하거나 생선 파는 곳에서 구경을 하거나 아니면 펠리컨을 쫓을 뿐이다. 항구는 말하자면 섬 사람들의 사교장 같은 곳이다. 우리가 생선을 사면 그는 "내게 맡겨요, 하루키"라고 말하며 그 자리에서 내장을 빼주기도 했다.

바다에 들어가 군용 나이프를 사용하여 솜씨 좋게 생선의 아가미와 배를 가르고 내장을 빼낸 후 바닷물에 씻는다. 그리고 비늘까지 깨끗하게 벗겨주며, 이 생선은 이러이러하게 조리하는 게 맛있어요, 라고 친절하게 가르쳐주었다. 반젤리스는 요리를 즐겨 했다. 또 가끔은 나와 아내에게 카페에서 커피를 사주기도 했다.

*

반젤리스는 벌써 예순에 가까운 조르바계 그리스인으로 영어는 전혀 할 줄 모른다. 덩치가 크며 턱수염을 멋들어지게 기르고 있는데 워낙 붙임성이 좋고 친절한 사람이라 우리는 금방 그와 친해졌다. 우리 외에는 섬에 머무는 사람이 아무도 없어 사실은 반젤리스도 몹시 따분한 것이다.

우리가 생활한 곳은 담으로 둘러싸인 이른바 연립주택 단지이다. 넓은 부지에 2층짜리 아름다운 흰색 건물이 스물에서 서른 동 정도 들어서 있다. 한 동에는 메조네트 타입의 아파트가 두 가구 들어 있다. 그 건물을 사들인 사람이 각기 자기가 쓰든지 빌려주든지 하는 것이다. 부지 내에는 좁은 계단이 많고 도처에 원색의 아름다운 꽃이 흐드러지게 피어 있다. 전체적인 구성은 미코노스 거리를 모방한 미로식이고 통로도 구불구불 굽어 있다. 아주 꼼꼼하게 설계되어 있고 그리스에서 볼 수 있는 이런 종류의 건축물치고는 예외적으로 세세한 부분까지 정교하게 만들어져 있다. 지붕에는 조그만 비둘기 집을 모방한 미코노스 특유의 장식품이 붙어 있다. 바람이 세서 조깅할 수 없는 날에는(맞바람이 너무 강해 제대로 달릴 수가 없다, 정말로) 나는 이 연립주택 단지 내의 부지를 달렸다. 그만큼 부지가 넓을뿐더러 계단이 많아서 오르내리기 연습에 많은 도움이 되었다.

현관 옆에는 관리실이 있다. 반젤리스는 대개 카나리아 두 마리와 함께 이 관리실에 있다. 여기에 없을 때는 풀장을 청소하거나 꽃을 손질하거나 쓰레기를 치운다. 관리실에 딸린 조그마한 부엌에 있다가 내 모습을 발견하면 "어이, 하루키, 커피 마시고 가요"라고 소리치며, 손잡이가 달린 작은 냄비에 물을 끓여 예의 끈적하고 달착지근한 그리스 커피를 만들어주곤 했다. 그러고는 커피를 마시며 사전을 들춰가면서 여러 가지 얘기를 한다. 반젤리스는 전쟁 전에는 피레에프스에서 빵집을 경영했다고 한다. 그 후 선원이 되어 여러 곳을 돌아다녔고 배를 떠나서 다른 일을 하기도 했는데, 여기에 온 것은 T 씨가 권했기 때문이라고 한다. T 씨는 이 주택 단지를 설계한 건축가이자 이 주택 단지의 총괄적인 오너이기도 하다. 그가 반젤리스에게 이곳의 관리인을 맡아달라고 제안했고 반젤리스는 그 제안을 받아들여 가족을 데리고 이곳으로 이사했다. 7년 전 일이다.

여름 동안은 반젤리스도 물론 바쁘다. 본인 말에 따르면 바쁘다는 정도로 표현할 수 있는 게 아니라고 한다. 말뿐만 아니라 얼굴까지 잔뜩 찡그리며 여름은 정말 싫다는 표정을 짓는다. 여름에는 딸이 와서 도와줘요, 다행히 딸은 영어를 할 줄 알아서 외국인 손님을 상대하죠. 나는 바보같이 영어도 독일어도 못하니까.

그러나 반젤리스는 결코 바보 같은 사람이 아니다. 학교 교육도 제대로 받지 못한 일개 조르바에 불과하지만 재치도 있고 감정도 풍부하다. 반젤리스에게는 자식이 둘 있다. 아들은 미코노스 발전소에서 기사로 근무하고 있고(이 발전소가 걸핏하면 정전 사고를 일으킨다) 딸은 미용사이다. 손자도 둘 있는데 손자 중 한 명은 그의 이름을 물려받았다. 즉 반젤리스가 두 명 있는 셈인데 손자 쪽은 미크로 반젤리스라 불린다. 영어로 하면 리틀 반젤리스다. 그의 책상 위에는 손자의 사진이 놓여 있다. 자식도 손자도 모두 미코노스에서 살고 있다. "반젤리스 집안은 가난하지만 그래도 모두 건강해"라고 그는 말한다. 그리스 사람들은 가족을 아주 소중하게 여기며 가족의 행복이 곧 자신의 행복이라고 생각한다. 가난하더라도 모두 건강하게 잘 살면 그것이 곧 행복인 것이다.

그는 처음에 내게 "하루키, 아이는 있나요?" 하고 물었다. 내가 없다, 고 대답하자 아주 안됐다는 듯이 슬픈 표정을 지었다. 아이가 없다는 건 그들에게 매우 큰 슬픔인 것이다.

반젤리스는 내년 봄이면 예순이 된다. 예순이 되면 연금이 나오므로 일하지 않고 편하게 지낼 수 있다며 그는 기쁜 얼굴로 말한다. 그리고 나도 이제 늙어서 일하는 게 너무 힘들어. 60년 동안이나 일했으니 이제 쉴 때도 되었지, 하고 덧붙인다. 하지만 나는 반젤리스는 아직 건강하니까 더 일해도 되지 않느냐고 말한다. 일본에서는 예순 정도면 아직 한창 일할 나이다. 반젤리스는 그렇지 않다며 고개를 젓는다. 예순은 일할 나이가 아니다. 나도 나이를 먹어 기운이 없다며 반젤리스는 과장되게 고개를 푹 떨군다. 지칠대로 지쳤다는 듯이.

그러나 겉으로 보기에 반젤리스는 아주 건강하다. 한가할 때면 관리실에서 여러 가지 일을 한다. 오징어잡이 도구를 손질하기도 하고 그물을 꿰매기도 한다. 더러는 요리를 하거나 손쉬운 목공 일을 할 때도 있다. 그러면서 연금 탈 날을 손꼽아 기다리고 있다.

반젤리스는 일을 할 때는 술을 마시지 않는다. 하지만 크리스마스에는 한 벌뿐인 신사복을 쫙 빼입고 관리실에서 술에 취해 있었다. 크리스마스는 일본으로 치면 설날 같은 날이다. 반젤리스는 술에 취하면 얼굴이 빨개지고 평소보다 쾌활해지며 목소리가 커진다. 그리고 내게 위스키를 권한다. 조니워커의 레드 라벨을 술잔에 철철 넘치게 따라준다. 그는 조니워커를 마시는 것이 매우 자랑스러운 듯했다. 틀림없이 크리스마스용으로 소중하게 아껴두었던 술이리라. 여느 때는 늘 싸구려 포도주를 마시니까. 그는 우조는 마시지 않는다. 예전에 우조를 마시고 취했다가 뭔가 안 좋은 일이 있었기 때문인지도 모르겠다. 내가 아무리 권해도 반젤리스는 절대로 우조는 입에 대지 않는다. "우조, 나쁜 술. 머리 나빠져요. 하루키도 조심하는 게 좋아요. 포도주를 마셔요"라고 우울한 얼굴로 고개를 설레설레 내저었다.

때때로 그는 그 지역 사람들이 모이는 카페니온(그리스식 카페)에 우리를 데리고 갔다. 그것은 그가 우리에게 할 수 있는 최고의 대접이었다. 그 지역 사람들이 모이는 카페니온은 외국 관광객이 오는 것을 반가워하지 않기 때문이다. 그곳은 그들에게는 성역이었다. 더구나 나는 아내까지 함께 가는데 그들은 카페니온에 여자가 오는 것도 좋아하지 않는다. 카페니온이란 서로 마음이 맞는 사나이들끼리 모여 일이 끝난 후의 여유 있는 시간을 즐기기 위한 장소인 것이다. 따라서 모두 나와 반젤리스를 냉담한 눈길로 바라본다. 그런 때 반젤리스는 우리를 그들에게 소개해 주었다. 이 두 사람은 내 친구야. 외국인(쿠세니)이지만 그리스 말도 조금 할 줄 알고 지금도 계속 공부하는 중이야. 이것 봐, 이렇게 단어장까지 가지고 다니잖아.

그리고 그는 우리에게 포도주를 권하며 맛있는 요리를 추천해 주었다. 비교적 싼 요리지만 반젤리스의 월급을 생각하면 조금 부담스런 대접이다. 하지만 그 나름대로 우정의 표현이므로 고맙게 받는다. 그러는 동안 주변에 있던 조르바들도 차차 우리 존재에 익숙해진다. 반젤리스가 데려온 사람이니까 어쩔 수 없다고 인정하는 분위기다. 이런 따뜻한 마음은 그리스인에게서만 볼 수 있는 것 같다.

*

12월 3일, 설계사 T 씨가 우리 집으로 찾아왔다. 반젤리스로부터 내일 T 씨가 온다는 말을 듣고 만나보고 싶다고 미리 말해 두었기 때문이다. T 씨는 지식인답게 정확하고 품위 있는 영어를 구사한다. 런던이나 뉴욕을 오가는 국제인이다. 같은 그리스인이라도 반젤리스와는 많이 다르다. 비조르바계 그리스인이다. 내가 집이 아주 잘 지어졌다고 칭찬하자 그는 매우 기뻐하며 단지 전체를 안내해 주었다. "난 이 건물들을 짓는 데 12년의 세월을 바쳤습니다. 12년씩이나요" 하고 그는 말했다. "하루키 씨는 그리스의 관공서에 대해 잘 모를 테지만 관공서를 상대하기가 굉장히 힘들 거든요. 교섭에 교섭을 거듭해야 해요. 계획서와 설계도를 내고 또 무슨 무슨 도면을 갖다 내고…… 그런 일들에 지겨울 정도로 시간이 걸립니다. 규제는 많은데 일 처리는 느리고 도무지 한심하기 짝이 없어요. 끔찍한 나라죠. 드디어 완공되었을 때는 지쳐서 거의 쓰러질 지경이었죠. 다시는 못할 것 같아요. 하고 싶지도 않고요. 하지만 내 스스로도 잘 만들었다고 생각하는 회심의 역작입니다. 나는 12년 동안 온통 이 일에만 매달렸어요. 매일 감독하러 나와서 돌 쌓는 법 하나까지 인부들에게 지시했지요. 그렇게 하지 않으면 게으름을 부리고 적당히 해놓거든요. 정말 사소한 부분까지 내가 직접 지시하여 만들었습니다. 그래서 이 연립주택 단지는 내게는 자식과 마찬가지예요. 쉰셋 호를 지었는데 그중 마흔아홉 호가 팔렸습니다. 해마다 판매할 호 수를 정해 놓고 팔고 있어요. 그렇게 하지 않으면 관리에 제대로 신경 쓰지 못해 건물이 망가지거든요. 천천히 짓고, 사려는 사람을 봐가며 천천히 파는 거죠. 어때요 미스터 무라카미, 당신도 한 채 사지 않겠어요? 미코노스에서 이보다 좋은 건물을 찾기는 힘들 겁니다. 위치도 좋을뿐더러 사람들로 북적이는 여름에도 이곳만은 조용하니까요. 사서 임대를 해도 만족할 만한 가격을 받을 수 있으니까 절대로 손해는 안 볼 겁니다. 좋은 기회죠. 가격은 미국 달러로 15만 달러인데 내년이면 10퍼센트는 오를 거예요. 수수료와 제반 경비 등에 8퍼센트, 연간 관리비와 경비가 8만 드라크마(약 8만 엔) 정도 듭니다.

그러나 물론 우리는 사지 않았다. 꽤 잘 만들어진 리조트 하우스이고 가격이 비싸긴 해도 나름대로 타당한 선인 데다, 관리인 반젤리스도 마음에 들긴 했다. 하지만 당시 우리에게는 그럴 만한 여유가 없었고(우리는 경제적으로는 불안한 마음으로 일본을 떠나왔다) 게다가 그리스와 일본은 너무 거리가 멀다. 여유 있는 시간이 생겨도 괌에 가는 것처럼 가벼운 마음으로 올 수 있는 곳이 아니다. 이런 곳에 리조트 하우스를 갖고 있어 봐야 시간과 노력이 들 뿐이다.

그래서 T 씨에게는 "잘 알겠습니다. 생각해 보죠"라고만 대답했다. 그는 내 어깨를 툭툭 치며 말했다. 천천히 생각해 보십시오. 미코노스는 좋은 곳이니까요. 일본 사람들이 좀더 많이 왔으면 좋겠어요. T 씨는 아침에 왔다가 저녁 비행기 편으로 아테네로 돌아갔다. 남미에서 건축가 회의가 있다고 했다. 그는 무척 바쁜 사람이다.

*

반젤리스와 둘이서 아침 거리를 걸은 적이 있다. 그때 새삼스럽게 그리스 사람들이 인사하기를 매우 좋아한다는 사실을 알았다. 일본인이 예의를 갖추기를 좋아하고 애매한 미소 짓기를 즐기는 것처럼, 미국인이 악수와 소송하기를 좋아하는 것처럼, 프랑스인이 포도주와 하워드 혹스의 영화를 좋아하는 것처럼, 그리스 사람들은 인사하기를 좋아한다. 아침에 장을 보는 시간이나 저녁 무렵의 커피 마시는 시간에 길을 걷다 보면 쉽게 알 수 있다. 그야말로 인사의 홍수이다.

시장에 가는 두 주부(예를 들어 카테리나와 마리아)가 길에서 마주쳤다고 하자. 두 사람은 아마 이런 대화를 나눌 것이다.

"카리 메라, 카테리나, 티 카니스(어머, 카테리나 잘 지냈어)?"

"미아 하라, 마리아, 에프하리스트, 에시(잘 지냈어, 고마워, 마리아는 어때)?"

"미아 하라, 키 에고, 야 스(나도 물론 잘 지내지, 그럼 또 만나)."

"야 스(그럼, 안녕)."

회화책에 나오는 대화 같지만 실제로 이런 인사말을 주고받는다. 그것도 서로 스쳐 지나가면서 말이다. 이런 장면을 옆에서 보고 있으면 그야말로 '신의 솜씨'라고밖에는 달리 표현할 방법이 없다. 먼저 두 사람은 각각 맞은편에서 걸어오는 상대방의 모습을 발견한다. 그러고는 '이쯤이면 됐을까' 싶은 거리를 가늠하여, 어느 쪽이 먼저랄 것도 없이 '카리 메라'가 시작되며 빠른 말투로 일련의 대화를 주고받은 후, 가볍게 살짝 뒤돌아보는 느낌으로 '야 스'라고 말하며 헤어지는 것이다. 나는 도저히 흉내도 낼 수 없었다. 이쯤 되면 인사를 좋아하는 정도가 아니라 인사의 달인이라 해도 좋을 것 같다.

조그만 마을에 사는 그리스의 보통 사람들이 길에서 마주치는 사람 중 몇 퍼센트와 서로 인사를 나누는지, 그리고 하루에 몇 차례나 인사를 하는지는, 그리스에 있는 동안 내가 줄곧 궁금하게 생각했던 점이다. 그래서 반젤리스와 길을 걸을 때 주의 깊게 세어보았다. 그러나 너무 바빠서 정확하게 세지는 못했지만 반젤리스는 대략 만나는 사람의 3분의 1 정도와 인사를 했다고 본다. 꽤 많은 수이다. 반젤리스는 예순 살이니까 그가 인사를 나누는 상대는 대부분 중년 이상이다. 남녀 비율은 대략 4대 1 정도이다.

먼저 항구에서 어슬렁거리고 있는 남자 일고여덟 명과 잇달아 인사를 나눈다. "어이, 반젤리" "잘 있었나, 반젤리" "안녕하쇼" "여어, 반젤리" 하고 인사를 나누기는 하지만 걸음을 멈추지는 않는다. 아무래도 인사할 때 걸음을 멈추지 않는 것이 그리스 사람들의 일반적인 습관인 모양이다. 하기야 인사할 때마다 멈추어 섰다가는 아무 데도 가지 못할 것이다. 그리고 한번 멈춰 서면 끝없이 긴 얘기에 말려들 위험이 있다. 그래서 모두들 나비처럼 걸으면서 벌처럼 인사를 나눈다. 마을의 골목길로 접어들자 가게 입구에 멍하니 서 있던 이발소 아저씨가 "어이, 반젤리" 하고 말을 건다. 채소가게 아저씨와 "어이", 슈퍼마켓 아저씨와 "안녕하쇼", 야채장수와 "이봐, 어이", 검은 옷을 입은 아주머니와 스쳐 지나며 "잘 지내요? 반젤리?", 서서 이야기를 하고 있던 세 사람이 "어이, 자네 아냐" "잘 지냈나?" "요즘 어때?", 전파사 아저씨가 "어─이 반젤리, 어쩌고저쩌고." 보는 것만으로도 바빠서 도무지 숫자를 세고 있을 여유가 없다. 이거야 완전히 비디오 게임이다. 눈앞에 휙휙 나타나는 사람들을 순간적으로 (1) '인사할 상대'와 (2) '인사하지 않아도 좋은 상대'로 나눈다. 그리고 같은 (1)에 속하는 사람이라도 상대에 따라 인사의 급을 정하고(보고 있으면 꽤 세세하게 급이 나뉘어 있음을 알 수 있다), 게다가 어지간한 상대가 아니면 걸음을 멈추지 않는다는 기본적인 규칙을 엄수해야 한다. 그러나 반젤리스는 그런 일쯤은 아무것도 아니라는 듯이 가볍게 인사를 나누며 거리를 미끄러지듯 걸어갔다. 인사를 나눈 상대가 5분간 대략 마흔 명은 될 것 같다. 대단하다. 달인이다. 나는 도저히 그리스 사람은 될 수 없을 것 같다.

미코노스 철수

이 글은 미코노스를 떠난 직후 어떤 문예지에 싣기 위해 쓴 것이다. 다른 글과 중복되지 않도록 나중에 조금 수정을 했지만 기본적으로는 원문을 그대로 사용했다. 지금 다시 읽어보면 당시 내 마음이 상당히 얼어붙어 있었다는 것을 알 수 있다. 글을 쓸 당시에는 그런 사실을 느끼지 못했지만 말이다.

글에는 많든 적든 그런 경향이 나타난다. 쓰고 있을 때에는 너무나도 자연스럽고 당연하기 때문에(왜냐하면 원칙적으로 우리들은 그때의 자신의 마음 상태에 맞게 글을 쓰므로) 자신이 쓴 글의 온도나 색채나 명암을 그 자리에서 객관적으로 확인하기란 거의 불가능하다.

그러나 나는 사람의 마음이란 때때로 어쩔 수 없을 정도로 얼어붙을 수도 있다고 생각한다. 특히 소설을 쓰고 있을 때에는.

*

1986년 12월 28일 일요일. 비.

나는 오늘 이 섬을 떠나려고 한다.

6시 30분에 일어나서 책상에 앉아 한 시간 정도 소설을 쓴 후, 일단락 짓고는 원고 뭉치를 큰 봉투에 넣는다. 그리고 구겨지지 않도록 단단한 여행용 가방의 제일 아래쪽에 챙겨 넣는다. 오늘로 미코노스에서의 생활도 끝이다. 그런데 생각해 보면 여기서 지낸

한 달 반 동안은 정말 날씨가 좋지 않았다. 일주일에 하루나 이틀 정도만 활짝 갠 아름다운 날씨이고 나머지는 영 형편없다. 비가 오든가 바람이 불든가 아니면 비도 오고 바람도 분다. 그리고 하늘은 대개 잔뜩 흐려서 어둡다. 이렇게 아름다운 해안에 둘러싸여 있으면서도 실제로 바다에 들어가서 수영할 수 있었던 것은 단 한 번뿐이었다.

결국 마지막 날까지도 비가 온다. 소리 없이 가랑비가 내리고 바람도 불고 있다.

우리가 빌린 집 바로 뒤쪽에는 자그마한 양 방목지(라기보다는 단지 빈 터처럼 보이지만)가 있었는데 약 서른 마리에서 마흔 마리 정도의 양들이 방목되어 있었다. 때때로 성질이 고약하게 생긴 양치기 부부가 와서(디킨즈의 소설에 나올 듯한 외모의 커플) 말을 듣지 않는 양들에게 천하게 욕설을 퍼부으며 지팡이로 힘껏 때리곤 했다. 책상 앞의 창문을 통해 그 방목지가 잘 보였다. 나는 일하는 틈틈이 고개를 들어 창문으로 어미 양과 새끼 양이 같이 있는 모습을 바라보기를 좋아했다. 겨울이 깊어가고 점점 풀이 없어지자, 양들은 열흘쯤 전에 한 마리도 남김없이 어딘가 다른 방목지로 보내졌고, 지금은 궁상스런 갈색 땅만 창 아래로 횡하니 펼쳐지고 있을 뿐이다. 이제는 어미 양의 다리에 필사적으로 매달려 있는 새끼 양들의 모습도 볼 수 없고 자로 잰 것처럼 억양이 없는 단조로운 울음소리도 들리지 않는다. 텅 빈 방목지를 보고 있으면 계절이 그 몫을 확실히 채어가 버렸다는 것을 잘 알 수 있다.

방목지 너머에는 산으로 향하는 비탈길이 있어 낡은 트럭이 건

축재 같은 것을 신고 비틀비틀 산을 올라간다. 아침에 내리는 가랑비는 땅 위의 모든 것을 차갑게 적시고 있다. 나는 멍하니 밖을 바라보며 아까 끝마친 글을 생각한다. 비 오는 날 아침에 글을 쓰면, 왜 그런지 비 오는 아침과 같은 느낌의 글이 되어버린다. 나중에 아무리 손을 봐도 그 글에서 아침 비의 내음을 지우기는 어렵다. 양들이 모조리 사라진 쓸쓸한 방목지에 소리 없이 내리는 비의 내음. 산을 넘어가는 낡은 트럭을 적시는 비의 내음. 내 글은 그런 비 오는 날 아침의 내음으로 가득 차 있다. 반은 숙명적으로.

나는 아래층으로 내려가 부엌에서 물을 끓여 커피를 만든다. 이윽고 아내가 일어나서 프라이팬을 달구어 팬케이크를 굽는다. 오늘이 이곳에서 보내는 마지막 날이므로 냉장고 안에 남아 있는 것을 하나하나 요령 있게 처분해야 한다. 냉장고 안에는 약간의 팬케이크 가루와 우유와 달걀이 남아 있다. 따라서 당연히 아침 메뉴는 팬케이크가 된 것이다. 가루와 달걀과 우유의 비율이 조금 맞지 않지만 남은 음식을 치우려면 어쩔 수 없는 일이다. 나는 '남은 음식'이라고 해야 할 그 팬케이크를 작게 잘라 먹으면서 문득 나폴레옹의 군대가 러시아에서 철수할 때의 일을 생각해 보았다. 너무나도 힘들고 얻는 것이 아무것도 없는 철수전. 눈 덮인 벌판을 이리저리 날뛰는 코사크 병사. 눈보라. 포성.

토마토 먹을래요? 하고 아내가 묻는다.

토마토가 잔뜩 남아 있어. 나는 먹겠다고 말한다. 토마토를 잘라서 소금과 레몬즙을 끼얹고 향초를 잘게 썰어 그 위에 뿌린다. 커피와 팬케이크와 토마토 샐러드, 병사들은 얼어붙은 강을 건너

곱은 손으로 다리를 불태워 떨어뜨린다. 그들은 고향에서 너무 멀리 떠나와 있다.

냉장고에 아직도 뭐가 남아 있어? 하고 나는 묻는다.

스파게티하고 토마토 캔, 마늘, 올리브 기름, 달걀, 포도주 반병, 참치 통조림 그리고 쌀이 조금 있어.

그러면 점심은 생각할 것도 없이 참치 토마토 소스 스파게티가 된다. 결국 철수전이란 그런 것이다. 괜찮다. 점심식사가 끝나면 우리는 여기를 떠나는 것이다. 점심식사에 무엇을 먹는가 따위는 대단한 문제가 아니다. 로라 니로의 오래된 카세트테이프를 들으면서 팬케이크를 다 먹고는 짐을 꾸린다. 그리고 짐을 정리하면서 문득 생각한다. 이 한 달 반이라는 기간은 나에게 도대체 어떤 의미가 있었을까 하고. 이 철 지난 에게 해의 섬에서 나는 대체 무엇을 했던 것일까. 잠시 동안 거기에 대해 아무 생각이 나지 않는다. 진짜로 생각이 나지 않는 것이다. 내 머리에는 군데군데 구슬 같은 공백이 생겨 있다.

어휴 도대체 무엇을 했더라?

어떤 의미에서 나는 갈 곳을 잃었다. 끝없는 러시아의 설원을 터벅터벅 계속 걸어가는 피폐한 병사처럼.

그러나 물론 잠시 후 나는 생각해 낸다. 내가 이곳에서 지금까지 했던 일들을. 나는 여행 스케치 같은 글을 몇 편 썼다. 번역도 끝냈다. 장편소설도 처음 몇 장을 썼다. 나쁘지 않은 성과라고 생각한다. 그럼에도 불구하고 어떤 의미에서는 나는 방황하고 있다. 내 자신이 몹시 방황하고 있다고 느낄 때 나는 있는 힘껏 돌벽을 걷어차기도 한다. 말하자면 어찌할 바를 모르는 것이다. 그리고 그렇게 걷어차 버린 후에야 그래 봐야 발만 아플 뿐이라는 사실을 깨닫는다. 백스물다섯 번째쯤 해서.

그렇다, 내 소설에는 어두운 비의 냄새와 한밤중의 격렬한 바람 소리가 배어 있다. 러시아 전선만큼은 아니더라도 그건 그 나름대로 상당히 치열한 전투였던 것이다. 이봐, 그게 아니야. 자네가 파내고 있는 것은 내 시체가 아니란 말이야. 나와 닮았지만 그것은 내가 아니야. 자네는 나에 대해 조금 오해하고 있어. 얼어붙은 시체는 모두 똑같이 보일는지 모르지만.

내가 방황하는 것은 내가 고향을 멀리 떠나왔기 때문이 아니다. 내가 방황하는 것은 내가 내 자신에게서 멀리 떨어져 있기 때문이다. 그리고 오늘 나는 멀리 내 자신으로부터 떨어진 장소에서 또다시 조금 이동하려 하고 있다. 무한無限 빼기 약간 또는 무한 더하기 약간. 어느 쪽이라도 좋다. 어느 쪽이든 마찬가지인 것이다.

2시 35분에 아테네행 비행기가 뜬다. 나는 심한 중력에 시달리고 있다. 그렇게 보이지 않을지 모르지만 정말이다. 나는 간신히 무언가 손잡이 같은 것에 매달려 있을 뿐이다. 그래서 나는 아까부터 나폴레옹의 러시아 철수전에 대해 쭉 생각하고 있다. 그 이미지를 떨쳐버릴 수가 없는 것이다. 그건 그렇고 비는 왜 이렇게 많이 내리는 걸까?

*

11시 15분에 존이 온다.

존은 벨기에 사람이다. 이 남자의 본명은 새까맣게 잊어버렸다.

귀에 익숙하지 않은 매우 까다로운 이름이었다. 이 남자도 아주
오래전에 그리스에 와서 그대로 눌러앉아 버렸다. 그는 매우 유창
한 영어와 독일어와 프랑스어와 그리스어를 구사한다. 나이는 아
마 마흔 전후일 것이다. 앞머리는 한참 뒤까지 벗겨져 있고 언제
나 실밥이 풀린 스웨터를 입고 있다. 아마 결혼은 했을 것이다. 그
리스인 여성과 그녀의 어머니임 직한 부인과 함께 있는 모습을 언
젠가 한번 언뜻 본 적이 있다. 하지만 에게 해에 살고 있는 사람치
고는 얼굴색이 창백하다. 그리고 입술은 언제나 6밀리미터 정도
비뚤어져 있다. 앤트워프(벨기에의 항구로 유럽 4대 무역항 중 하나—
역주) 쪽을 향해 비뚤어져 있는 것이다. 그는 대부분의 그리스인들
을 증오하고 있고 반대로 대부분의 그리스인들 또한 그를 무시하
거나 업신여기고 있다. 내가 작가라고 하자, 그는 내게 매우 관심
을 보였다.

"이봐요, 미스터 무라카미, 당신과 나는 지식인이지만 여기에
있는 다른 놈들은 모두 바보요. 바보에다 야만인이오" 하고 존은
말한다. 그는 미코노스에 살고 있는 다른 유럽인들의 지능 상태도
무시하고 있다.

그는 여행사에 근무하며 내가 빌린 방의 현지 업무도 겸하고 있
다. 나는 그에게 집세를 지불하고 불만이 있으면(몇 가지 있다) 말
한다. 존은 오늘, 전기요금을 정산하기 위해 왔다. 그는 계기의 숫
자를 수첩에 적고 금액을 계산한다. 나는 그에게 5천 엔 정도의
전기요금을 지불한다. 그는 들어가도 좋은지 물어보지도 않고 비
옷을 벗으면서 방으로 들어온다. 그리고 신경질적인 얼굴로 소파

에 앉아 30분 정도 나와 이야기를 나눈다.

"미스터 무라카미, 나는 옛날에 편집자가 되려고 했었어요" 하고 그는 말한다. "그러나 결국 뜻대로 되지 못했지요. 어째서인지 아시오?"

나는 모르겠다고 대답한다. 내가 무슨 수로 그 이유를 알겠는가.

"실망했기 때문이오" 하고 그는 입술을 8밀리미터 정도 앤트워프 방향으로 삐죽거리며 말한다. "출판계 본연의 자세에 대해서 말이오. 무슨 소린지 알겠어요?"

나는 잘 모르겠다, 고 대답한다.

"내가 참을 수 없는 것은 저 대량 생산 시스템이라오. 이안 플레밍의 저서 007이 어쩌구저쩌구, 시리즈 제18번, 제36번은 마치 햄버거 가게의 체인점 같은 것이오. 자본이 있는 출판사는 그런 식으로 시시한 책을 내서 더욱더 돈을 벌어요. 자꾸 비대해지는 거죠. 그리고 뜻 있는 사람은 마지막까지 짓밟히는 것이오. 이것이 현재의 출판상황이라오. 나는 그런 상황을 참기 힘들었어요. 참기 힘든 건 지금도 마찬가지지만. 알겠어요, 미스터 무라카미?"

흐음 흐음.

"그래서 나는 벨기에를 떠나왔다오. 미련 없이. 그리고 그리스로 왔소. 왜 그리스를 선택했냐구요? 그것은 그리스가 유럽의 끝이기 때문이오. 유럽을 떠나서 살 자신은 없어서 끝까지 온 것이오. 그리스는 좋은 곳이오. 그리스인을 제외하면 말이오. 솔직히 말해서 그들은 구제불능이오. 반젤리스만 해도 그렇소. 그는 영어조차 할 줄 몰라요. 게다가 꾸물대고 눈치도 없고 게으름뱅이오.

도대체 장점이라곤 없어요. 그걸 보고 있으면 때때로 진절머리가 나서 벨기에로 돌아가 버리고 싶어진다오. 설령 속임수 문화라고 할지라도 적어도 그곳에는 문화라는 것이 있으니 말이오."

벨기에판 단카이[団塊] 세대(제2차 세계대전 직후 몇 년간의 베이붐 때 태어난 세대—역주)쯤 될 것이다. 어휴, 세계 어디를 가든 우리들 세대는 건재해 있다. 조금 지치고 퇴색되긴 했지만. 나는 아무 말도 하지 않는다. 사실 나는 존보다도 꾸물거리는 반젤리스를 훨씬 좋아한다. 스무 배 정도쯤. 그러나 그런 말을 할 수는 없는 일이다.

"나는 미시마(미시마 유키오)와 오에(오에 겐자부로)를 좋아해요." 벨기에인 존은 말한다. "당신은 그들을 만나본 적이 있소?"

아니오, 하고 나는 대답한다.

존은 고개를 몇 번 흔든다. 무척 유감스럽군, 하는 식으로. "그런데 당신은 어떤 소설을 쓰나요, 미스터 무라카미?"

그것을 설명하는 것은 매우 어렵다, 라고 나는 말한다.

"전위적인 것이오?"

조금은 전위적이라고 할 수 있을지도 몰라요, 하고 나는 대답한다. 그럴까?

그는 또 고개를 흔든다. 고개를 흔드는 것이 마치 인생의 중요한 일이기라도 한 것처럼. 나는 무릎 위에서 손을 비빈다. 나에게도 인생의 중요한 일부는 있다는 듯이.

그리고 잠시 동안 우리는 소설 이야기를 한다. 이윽고 그는 소파에서 일어나서 비옷을 입고 나에게 손을 내민다. "당신을 만나서 반가웠소, 미스터 무라카미. 아무튼 이 섬에는 문화라고는 거의 없으니까 말이오."

존, 나도 당신을 만나서 반가웠어요. 언젠가 또 만납시다.

"야— 비가 그친 것 같군요." 그는 하늘을 쳐다보며 말한다. "이 정도면 괜찮겠군. 비행기가 뜨겠어요. 좋은 여행이 되길 바랄게요."

고마워요, 하고 나는 말한다.

우리들은 다시 한 번 악수를 하고 헤어진다. 그리고 나는 다시 나폴레옹의 철수에 대해 생각한다. 대머리가 되어가는 까다로운 이름의 벨기에 사람 존이 어딘지 모르게 보기 싫은 하얀 숨을 내쉬면서 큰 도끼로 다리를 찍어서 떨어뜨리고 있는 광경이 떠오른다. 여기에는 문화라는 것이 없어요, 하고 그는 고개를 설레설레 흔들면서 말한다. 어째서 이런 곳에 왔을까. 이럴 바엔 차라리 벨기에에 있는 게 나았을 텐데. 이봐요, 존, 벨기에에 대해서는 잊어버리라구. 어차피 일어난 일은 이미 돌이킬 수 없으니까. 자네 기분을 모르는 것은 아니지만 60년대는 저 뒤로 지나가 버렸어요. 아주 아주 머나먼 저편으로.

존이 돌아가고 난 후에도 방 안에는 그의 초조함이 한동안 남아 있다. 마치 미세한 먼지처럼 그의 문학적 자아가 감돌고 있다. 6밀리미터나 7밀리미터쯤 비뚤어진 입술이 남아 있다. 죽은 사람의 유품처럼.

나는 존을 보다 보면 역사상 충족되지 못한 죽음이 떠오른다. 누군가 존의 전기傳記를 써야 하지 않을까, 라는 생각이 든다. 누군가가, 피폐, 벗겨진 머리, 실밥이 나간 스웨터, 그리스인 장모, 미시마, 오에에 이르는 그의 인생을 정밀하게 묘사해야 하는 것이다. 그것도 세실 B. 데밀의 〈십계〉처럼 굉장하고 어마어마하게 말이다. 나는 소파에 앉아 방 안에 떠도는 존의 초조함을 느끼면서 그런 생각을 한다.

그리고 나는 반젤리스에게 간다. 반젤리스는 어두운 방 안에서 돋보기를 끼고 어망 깁는 일을 하고 있다. 그는 혼자 있을 때에는 거의 방 안의 전등을 켜지 않는다. 아마 전기요금을 절약하기 위해서일 것이다. 어둠 속에 혼자 있으면 반젤리스는 평소보다 더 나이가 들어 보인다.

내가 노크를 하고 안으로 들어가자 반젤리스는 전등을 켜고 어망을 밑에 내려놓으며 나에게 의자를 권한다. 천천히 안경을 벗고 성냥을 그어 냄새가 심한 그리스 담배에 불을 붙인다. 그리고 가벼운 기침을 한다. 커피 마실래요, 그가 묻는 말에 나는 고맙다며 마시겠다고 한다.

"이봐요 하루키, 앞으로 6개월이오." 그는 윙크하면서 말한다. "6개월만 있으면 연금이 나온단 말이오." 그는 정말로 연금 탈 날을 고대하고 있는 것이다.

"하루키는 오늘 섬을 떠나죠? 당신이 없으면 쓸쓸할 거요. 당신이 가버리면 또 이 반젤리스 혼자만 남을 테니까."

"하지만 아직 저 독일인 영화감독이 있잖아요" 하고 나는 말한다.

"아니, 그도 오늘 돌아가 버린다오. 여기 남는 것은 반젤리스와 카나리아뿐이오."

"또 올게요, 반젤리스. 여기 일을 그만두고 나서도 어차피 항구 카페에서 빈둥빈둥하고 있을 게 아닌가요?"

우리는 반젤리스가 소중히 간직해 두었던 브랜디를 두 잔씩 마시고(때가 때이니만큼 조금은 마셔도 괜찮을 것이다) 악수를 하고 그리스식으로 서로 껴안고는 헤어졌다. 그리고 여행용 가방을 들고 올림픽 항공의 사무실까지 걸어가서 그곳에서 공항으로 가는 마이크로버스를 기다렸다.

한 달 반 동안 그 넓은 단지에는 우리밖에 살지 않았다. 우리와 반젤리스와 그의 카나리아들뿐이었다. 우리가 나가기 일주일 전에 수줍고 과묵한 독일인 영화감독(이름은 잊어버렸다)이 런던에서 왔다. 반젤리스에 따르면 그 사람은 언제나 여기에 틀어박혀서 시나리오를 쓴다고 한다. 분명 독일인은 혼자서 조용히 시나리오를 쓰고 있는 것 같았다. 나는 그의 모습을 거의 보지 못했으니까. 그리고 나도 계속 소설을 썼다. 존은 그의 벨기에산 초조함을 온 섬에 뿌리고 다녔다. 반젤리스는 어망을 계속 꿰맸고 오징어 낚싯바늘 다발을 풀었다. 항구 가까이에 있는 신문 판매점의 소녀는 내가 《아테네 뉴스》를 사러 갈 때마다 나를 향해 밉살스럽게 그것을 집어 던졌다. 그렇지만 나는 끝까지 그녀에게 호의를 갖고 있었다. 열네 살에서 열다섯 살 정도로 보이는 그녀의 코 밑에는 이미 엷게 수염이 나 있었지만 보기에 그렇게 나쁜 아이 같지는 않았다. 그녀는 다만 짜증이 조금 나 있을 뿐이다. 다른 많은 사람들과 마찬가지로.

바람이 계속 불었고 비가 자주 내렸다. 겨울이 완전히 섬을 뒤덮고 있었다. 우리가 세탁물을 가지고 갈 때마다 세탁소 여주인은 고개를 살짝 흔들었다. 아니 당신들 아직도 여기에 있었어요? 하고 말하고 싶은 듯이. 12월 중순경에 그녀는 내게 물었다. "당신들 혹시 여기서 겨울을 보낼 작정인가요?" 하고. 아니오, 연말에는 이곳을 떠나 로마로 갑니다, 내가 대답하자 그녀는 다소 안심이 되는 모양이었다. 맞아, 이곳은 관광객이 겨울을 지낼 곳은 못되지. 나도 옛날에 일본에 간 적이 있었다오, 하고 다리미질을 하던 주인이 나직한 목소리로 말했다. 그는 옛날에는 배를 탔다고 한다. 그러나 지금은 미코노스의 세탁소에서 묵묵히 다림질을 하고 있다.

그리고 지금 1986년 연말에 나는 이 섬을 떠나려 하고 있다. 나는 공기가 후텁지근한 올림픽 항공의 사무실에서 공항행 버스를 기다리고 있다. 밖에는 또 바람이 심하게 불고 있다. 비행기가 뜰까? 느슨한 문고리가 달그락달그락 소리를 내고 있다. 심하게 낡은 문고리이다. 마치 몰락한 리어왕 같다.

잘 있거라 미코노스 섬.

나는 소설 원고를 넣은 여행용 가방으로 잠시 시선을 돌렸다. 그리고는 창문 너머로 하얀 파도가 일고 있는 항구를 멍하니 바라본다. 갈매기가 어두운 하늘을 가르듯이 곧장 날아간다. 누군가가 티켓 때문에 담당 여직원에게 불평을 하고 있다. 컴퓨터 키보드를 치는 톡톡톡 하는 소리가 끊임없이 들린다. 젊은 군인 두 명이 무료한 듯이 스포츠 신문을 읽고 있다. 그리고 캐나다인 부자가 있다. 그들의 등산용 배낭에는 대개의 캐나다인이 그렇듯이 캐나다 국기를 붙여놓았다. 그리고 역시 대개의 캐나다인이 그렇듯이 따분한 표정을 짓고 있다. 마치 우리들은 무료함에 관해서는 상당한 권위자입니다, 라고 말하기라도 하듯이.

나는 어딘가에서 어딘가로 이동해 간다. 시간과 장소. 때때로 그것이 내 마음속에서 무게를 더해 간다. 나 자신과 시간과 장소라는 세 가지 존재의 균형이 무너진다.

이봐요 벨기에인 존, 자네는 제대로 자신의 다리를 떨어뜨리고 있는가? 떨어뜨리지 못하면 아무 곳으로도 갈 수 없게 된다구.

2시 35분에 아테네로 가는 비행기에 탑승하실 승객 여러분……하고 담당 직원이 소리친다. 드디어 비행기가 뜨는 것이다. 나는 다리에 석유를 뿌리고 바람에 불이 꺼지지 않도록 주의하면서 성냥불을 켠다. 문고리가 달그락달그락 소리를 내며 살짝 흔들린다. 깊은 어둠 속에서 또 한 가지 색이 덧칠해진다. 나는 눈 속에서 큰 소리로 외친다. 이봐 틀렸다니까, 그건 내 시체가 아니야. 닮긴 했지만 내가 아니란 말이오.

시실리에서 로마로

낯선 도시에 가면 반드시 대중 술집에 가는 사람이 있듯이,
낯선 도시에 가면 반드시 여자와 자는 사람이 있듯이
나는 낯선 도시에 가면 반드시 달린다. 달릴 때의 느낌을 통해서야 비로소
이해할 수 있는 일도 세상에는 있기 때문이다.

시실리에서 로마로

시실리

섣달그믐날 아침에 아테네를 출발하여 로마에 도착했더니 카포 단노(신년 축하)로 한창 야단법석이었다. 이탈리아에서는 그믐날부터 설날에 걸쳐 꽤 많은 사람들이 죽는다. 술을 너무 많이 마셔서 죽는 사람이 있는가 하면 소란을 떨다가 촛불을 뒤집어엎어 불이 나서 타 죽는 사람도 있다. 또 총알에 맞아 죽는 사람도 있다. 술에 취해서 불꽃놀이 대신에 창밖으로 엽총을 쏘는 놈이 있는 것이다. 그리고 이탈리아인 사이에 섣달그믐날이면 하는 행사로서, 밤 12시가 되면 필요 없게 된 물건을 창밖으로 휙휙 집어 던지는 게 있는데, 이때 날아온 물건에 맞아 죽는 운 나쁜 사람도 가끔 있다. 설날의 신문 지면에서는 이런 웃을래야 웃을 수 없는 사망 사고 뉴스가 넘친다. 기가 막히는 이야기다. 그러나 흥겨운가 아닌가라는 관점에서 말하자면 흥겹기는 하다. 그 점은 100퍼센트 보증할 수 있다.

그믐날 밤에는 우리도 로마 사람들을 따라서, 운이 좋아진다는 알콩을 먹고 샴페인을 터뜨리며 신년을 맞는다. FM 바티칸은 밤 새도록 경쾌한 비엔나 왈츠를 틀고 있다. 1987년이다. 새해 복 많 이 받으세요. 우리들은 로마를 뒤로하고 다음 목적지인 시실리로 향했다. 팔레르모에 한 달 정도 아파트를 빌려서 지낼 예정이다. 왜 굳이 팔레르모인가 하면, 어떤 항공사 기내지에 시실리에 관한 기사를 쓰기로 되어 있었기 때문이다. 그 기사만 끝내면 나머지 시간에는 마음껏 내 소설을 쓸 수 있다. 괜찮은 조건이다. 한번 시 실리에 가보고 싶기도 했고. 그러나 팔레르모 거리에 도착하자마 자 나는 깨달았다. 팔레르모는 모든 의미에서 관광객이 한 달씩이 나 머물 만한 곳이 아니라는 사실을. 우선 도시가 지저분하다. 모 든 것이 초라하게 퇴색되고 더러워져 있다. 도시를 구성하는 건물 의 대부분은 한마디로 말하자면 추악하다. 그리고 거리를 지나가 는 사람들은 무표정하고 어딘지 모르게 어둡다. 차가 지나치게 많 고 소음도 심하며 도시 기능은 보기에도 빈약하다. 그리고 이것은 나중에 안 사실이지만 거리에는 폭력범죄가 넘치고 사람들은 의 심이 많고 타지 사람에 대해서 굉장히 냉정하다.

만약 약속한 일이 없었다면, 그리고 한 달치 집세를 선불하지 않았다면, 나는 아마도 이 변변치 않은 도시를 도착한 그 다음 날 로 미련 없이 떠났을 것이다. 그러나 사정이 이렇다 보니 예정을 바꿀 수는 없었다. 그리고 지내는 동안에 이것은 나쁘지 않구나 하고 생각되는 일도 물론 몇 가지 있었다. 그렇지만 그런 몇 가지 예외를 제외하면 나는 이 팔레르모라는 도시의 생활방식에 대체 로 짜증이 났다.

팔레르모에 관한 안내책자를 몇 권 읽어보아도 이 도시의 나쁜 점에 대해 써놓은 부분은 도무지 찾아볼 수 없다. 적당히 좋은 점만 써놓은 것이다. 물론 안내책자라는 것은 본래 사람들의 여행 의욕을 부추길 목적으로 만들어진 책이니까 너무 부정적인 내용을 쓸 필요는 없을 것이다. 영어판 《블루 가이드》가 그나마 가장 정확했는데 다음과 같은 내용이 실려 있었다.

"팔레르모. 인구 67만 명. 시실리 주의 주도로서 가장 흥미 있는 마을. 북해안의 아름다운 만에 면해 있고 콘카도르(황금의 분지)의 끄트머리에 위치한다. 석회암 산으로 둘러싸인, 자그마하고 아담한 분지에서는 오렌지와 레몬, 메뚜기콩(이것이 어떤 건지는 나도 모른다)이 자라고 있다. 쇠퇴한 항만과 어떻게 손을 쓸 수 없는 상태의 슬럼가, 길거리에서의 살상 사건, 지독한 교통체증에도 불구하고 팔레르모는 그래도 방문할 만한 가치가 있는 매력적인 마을이다. 기후는 더할 나위 없이 좋다."

대체 팔레르모의 어떤 점이 '방문할 가치가 있는 것'인지 나는 잘 이해할 수 없지만('흥미 있다'는 말은 인정해도 좋다) 세상에는 여러 가지 시각이 존재하니까. 간결하고 요점이 분명한 서술이긴 하지만 보기 흉한 거리에 대한 묘사가 없는 점이 아쉽다.

택시를 타고 푼다 라이지 공항에서 팔레르모로 향하는 도중에 우선 우리 눈에 들어오는 것은 엄청나게 많은 자동차 수리공장과, 어떤 관점에서 보아도 시적이라고는 말하기 어려운 교외 아파트 단지의 모습이다. 그것을 지나서 도시로 들어오면 이번에는 팔레르모의 명물인 교통체증에 휘말린다. 배기가스 때문에 모든 건물이 거무스름하게 더러워져 있다. 더러울 뿐만 아니라 건물 자체도 싸구려 티가 나고 보기 흉하다. 그런 광경을 보고 있으면 점점 기분이 우울해진다. 유럽의 거리는 대체로 통일감이 있어 보는 것만으로도 즐거운데, 그런 의미에서 보면 이곳은 유럽 같지가 않다. 만약 여기에 어떤 통일감이 있다면 그것은 추악함과 빈곤함이다. 인구가 늘어나자 어쩔 수 없이 즉흥적으로 집합주택을 급하게 세웠다는 느낌이다. 형태가 좋지 않을뿐더러 색도 안 좋다. 더럽고 낡아서 슬럼 같은 인상을 준다. 그런 건물을 보면 도시 자체가 건강한 활기를 잃고 몰락해 가는 것을 알 수 있다.

그리고 가는 곳마다 경찰들의 모습이 보인다. 모두 방탄조끼를 입고 자동소총을 가지고 있다. 로마에 비하면 경찰들의 눈초리가 훨씬 날카롭다. 우리가 팔레르모에 갔을 때는 마침 마피아 보스의 재판이 있어서 그 보복을 위한 대량 살인 사건이 계속 일어나던 때였다. 팔레르모 거리 어디를 가도 마피아의 그림자를 느낄 수 있었다. 우리에게 아파트를 구해 준 산드라라는 여자는 우리가 팔레르모에 도착하기 얼마 전에 마피아 때문에 남자친구를 잃었다고 했다. 그가 무슨 일을 했던 것이 아니라 그의 아버지가 마피아 간부였기 때문이다. 단지 그 이유만으로 그 청년은 팔레르모 거리를 걷다가 자동소총에 맞아 온몸이 벌집처럼 되었다.

"여기서는 그런 건 드문 일이 아니에요." 산드라는 어깨를 움츠리며 무표정하게 말했다.

거리는 어두운 공기로 싸여 있다. 특별히 무엇이 어둡다고 꼬집어 말할 수는 없지만 어디를 가도 어렴풋하게 막이 쳐져 있는 것 같은 어둠이 느껴졌다. 레스토랑에서 식사를 해도, 편지를 부치러 우체국에 들러도, 야채가게에서 과일을 사도 혹은 거리를 그냥 산책해도, 어딘지 모르게 예외 없이 그런 어둠이 배어 있는 느낌이었다. 그리고 외국인이고 국외자인 우리들조차도 오래 머물다 보면 그런 어두운 느낌에 완전히 말려들어 버린다. 우리가 팔레르모에서 사는 동안에 가장 싫었던 것은 바로 그런 어쩔 수 없는 어두움이었다. 그 어두움은, 아무리 발버둥 쳐도 출구를 찾을 수 없는 절망의 그림자인 것이다. 통계숫자를 보면 확실히 알 수 있지만 시실리의 경제는 이미 회복이 불가능할 정도로 침체되어 있었다. 사람들은 가난하고 급여는 적고 실업률은 높다. 호황을 누리는 이탈리아 경제의 혜택도 이 남쪽 섬까지는 미치지 않고 있다. 북이탈리아에서 볼 수 있는 풍요로움과 활력은 시실리의 어느 곳에서도 찾아볼 수 없다. 중부 이탈리아의 여유롭고 밝은 모습도 여기에는 없다. 시실리에서 활기가 있는 것은 마피아가 꽉 쥐고 있는 지하경제뿐이다.

몇 십 명이나 되는 시민들이 보고 있는 앞에서 사람이 사살된다. 그러나 경찰은 목격자를 한 명도 확보하지 못한다. 이상하게도 아무도 보고 있지 않았던 것이다. 총소리가 들리는 순간에는 모두 어딘가 다른 방향을 보고 있던 중이다. 신문에는 매일같이 그런 기사가 실리고 있다. 많은 경찰관들이 마피아에게 매수되어 있는 건 다 아는 사실이고 매수에 응하지 않았던 경찰관이나 판사는 종종 사살된다. 동료를 배신하고 경찰에게 증언한 후 미국으로 도피한 마피아 간부의 경우, 시실리에 남겨진 일가족 전원이 살해

되었다. 그렇기 때문에 사람들은 쓸데없는 말은 일절 하지 않는
다. 입을 꽉 다물고 눈을 질끈 감는다. 그런데도 거리의 분위기가
어둡지 않다면 그게 오히려 이상하다.

그러나 마피아 이상으로 우리가 조심해야 하는 것은 자동차이
다. 팔레르모의 길은 좁은데, 차는 많고 운전은 난폭하게 한다. 그
래서 자동차의 90퍼센트 정도는 흠집투성이다. 팔레르모에서 흠
집 없는 차를 보는 것은 일본에서 찌그러진 메르세데스벤츠를 보
는 것보다 어려울지도 모른다. 여기저기에서 쾅쾅 소리를 내며 부
딪친다. 본래 신호등 수가 적은 데다 보행자는 거의 신호를 지키지
않는다. 인도는 대부분 주차한 차로 막혀 있다. 이런 교통 사정은
이탈리아 전국 어디를 가나 비슷하지만 팔레르모는 그중에서도
최악의 부류에 속한다. 나는 산책을 무척 좋아하는 사람이지만 이
팔레르모에서는 밖에 나가고 싶은 마음이 거의 들지 않았다. 차의
홍수를 생각만 해도 아무것도 할 기분이 생기지 않는 것이다.

그리고 끊임없는 소음.

내가 살던 아파트는 비교적 넓은 곳으로 팔레르모에서는 살기
좋은 편이었지만, 그래도 하루 종일 차의 소음이 지독해서 머리가
아팠다. 특히 밤중이면 더욱 심했다. 웽웽 하고 소리를 내면서 순
찰차인지 구급차인지가 거리를 질주한다. 차는 수시로 끼이익 하
고 급브레이크를 밟는다. 차에 장착된 도난방지 경보기는 조금만
닿아도 요란한 소리를 낸다. 두 줄로 주차되어 차를 뺄 수 없게 된
운전자는 빠아아앙 하고 200번 정도 경적을 울린다. 이런 상황이
대체로 밤 3시 정도까지 계속된다. 비수기의 조용한 미코노스에

있다가 갑자기 이렇게 소란스러운 곳으로 왔으니 이거야말로 지옥이 따로 없다. 도스토예프스키는 좀 다른 종류의 내성적인 지옥의 존재를 시사하고 있지만 나는 이 정도로도 충분히 지옥이다.

*

이런 도시에서 한 달을 살았다. 그리고 그동안 계속《상실의 시대》를 썼다. 대략 60퍼센트 정도까지는 여기서 썼다. 미코노스와는 달리 날이 어두워지면 밖으로 산책하러 나가지 못하는 것이 고통이라면 고통이었다. 자, 이제부터 기분전환을 해야지, 생각해도 잘 되지 않는다. 그래서 두 번 정도 팔레르모를 떠나서 짧은 여행에 나섰다. 한 번은 타올미나에 또 한 번은 마르타 섬에 갔다. 그리고 팔레르모에 돌아와서는 또 방에 처박혀 일을 했다.

매일 계속해서 소설을 쓰는 일은 고통스러웠다. 때때로 자신의 뼈를 깎고 근육을 씹어 먹는 것 같은 기분조차 들었다(그렇게 대단한 소설은 아니지 않은가, 라고 생각하는 사람도 있을 것이다. 하지만 쓰는 쪽에서는 이런 느낌을 갖게 된다). 그렇지만 쓰지 않는 것은 더 고통스러웠다. 글을 쓰는 것은 어려운 일이지만 글은 써지기를 원하고 있다. 그럴 때 가장 중요한 것은 집중력이다. 그 세계에 자신을 몰입시키는 집중력, 그리고 그 집중력을 가능한 한 길게 지속시키는 힘이다. 그렇게 하면 어느 시점에서 그 고통은 극복할 수 있다. 그리고 자신을 믿는 것. 나는 이것을 완성시킬 능력을 갖고 있다고 믿는 것이 중요하다.

매일 머리가 만성적으로 멍했다. 문득 정신을 차리면 종종 머리로 피가 몰린 듯 의식이 가물가물했다. 뇌가 증기를 쐰 것처럼 부

어 있었다. 그것은 소설을 쓰는 작업에 너무 집중했던 탓도 있었
다. 지나치게 집중하고 나면 머리에 산소가 부족한 듯한 느낌이 들
때가 있다. 그러나 그 때문만은 아니다. 팔레르모의 겨울은 너무
따뜻했다. 1월이었는데도 팔레르모의 거리는 포근했다. 낮에 밖으
로 나갈 때는 반소매를 입어도 좋을 정도였다. 반소매까지는 아니
더라도 스웨터를 입는 일은 별로 없었다. 주위에는 아름다운 아몬
드 꽃이 피어 있고 공원의 야자나무 잎은 아프리카에서 불어오는
따뜻한 남풍에 흔들렸다. 꽃을 파는 길가 노점에서는 갯버들 가지
를 내놓고 있었다. 차가운 바람이 사납게 부는 미코노스에 비하면
마치 낙원과 같은 기후이다. 하지만 유감스럽게도 내게는 이상적
인 기후라고는 말할 수 없었다. 때때로 머리가 멍해진다. 봄이 따
뜻한 것은 괜찮다. 여름이 더운 것도 괜찮다. 가을이 선선한 것도
상관없다. 그런 기후마다 나름대로 필연성이 있고 어지간한 일이
없는 한 나는 어느 계절에나 일할 수 있다. 그렇지만 팔레르모의
따뜻한 겨울만은 참기 어려웠다. 그것은 뭐랄까, 자동차 에어컨이
고장 나서 엉뚱하게 따뜻한 바람이 나오고 있는데 어떻게 해야 그
바람을 멈출 수 있는지 모를 때와 같은, 조금은 곤란한 따뜻함이
다. 따뜻한 겨울을 보내기 위해 왔으므로 불평할 입장은 아니지만,
겨울이란 본래 추운 계절이므로 춥게 보내는 것이 좋다는 사실을
나는 그때 절실히 느꼈다.

나는 별로 꿈을 꾸지 않는 편인데 그때는 자주 이상한 꿈을 꾸
었다.

포도주 병에 새끼 고양이 시체가 들어 있는 꿈을 꾸었다. 어린

고양이가 눈을 뜬 채로 기다란 병 속에서 익사해 있는 것이다. 어떤 방법으로 병 속에 새끼 고양이를 집어넣었는지 나는 도저히 이해할 수 없었다. 그리고 판다 카레의 꿈도 꾸었다. 일반적인 카레 위에 작은 판다가 통째로 얹혀져 있는 꿈이다. 그것을 포크로 찍어서 먹는다. 오도독오도독 소리가 나는 딱딱한 고기다. 한입 먹었을 때 확 잠에서 깼다. 지금 생각해도 기분 나쁜 꿈이다.

옆방에 묵고 있는 여성 오페라 가수는, 아리아 연습을 자주 했다. 발성연습이나 음계연습을 할 때도 있었다. 소리도 음정도 정확했다. 아마 팔레르모 오페라 극장에 출연하는 가수가 여기에 묵고 있는 모양이다. 그 옆방 사람은 예쁜 샴고양이를 길렀는데 그 고양이가 가끔 우리 방에 놀러 왔다. 호기심이 강한 반면 겁이 많은 고양이였다.

청소는 하루에 한 번씩 청소부가 와서 했다. 청소부가 오면 우리는 방을 나와 근처로 쇼핑하러 갔다. 청소부는 언제나 두 명이 한 조로 왔는데, 그때마다 멤버는 달랐지만 그중에는 깜짝 놀랄 만한 미인도 있었다. 청소를 해주는 것은 좋은데 때로는 냉장고에 넣어둔 초콜릿이 반쯤 없어지기도 하고 내 위스키가 조금씩 줄어들기도 했다. 변기 속에 담배꽁초가 버려져 있는 날도 자주 있었다. 하지만 특별히 중요한 물건이 없어지는 일은 없었다. 책상 위에 놔두었던 돈도 그대로 있었다. 어쩌다 먹을 것이 조금 줄어들 뿐이다. 이탈리아 사람 중에는 먹을 것 앞에서 자제력을 잃어버리는 사람이 있는 것 같다.

날이 저물어 일을 마치고 식사도 끝내고 나면, 더 이상 할 일도 없어 우리는 방에서 와인을 마시면서 TV를 보았다. 덕분에 상당히 많은 영화를 보았다. 전부 이탈리아어로 녹음된 것이었다. 그렇다 보니 〈아라비아의 로렌스〉에 나오는 피터 오툴의 대사도 물론 정확한 이탈리아어였다. 내 개인적인 감상을 말하자면 피터 오툴만큼 이탈리아어가 어울리지 않는 사람도 없다. 폴 뉴먼 등은 그럭저럭 잘 맞는다. 도호[東寶] 영화사의 〈노스트라다무스의 대예언〉까지 이탈리아어로 녹음된 걸 보았다. 코미디도 보았고 쇼 프로도 보았고 뉴스도 보았으며 드라마도 보았다. 이렇게 열심히 TV를 본 것은 난생 처음이었다. 그 밖에는 달리 할 일이 없기 때문에 별수 없었다. 나중에는 TV를 보는 데도 지쳤지만 그래도 여전히 TV를 보았다. 소파에 앉아서 술을 마시면서 화면이 움직이는 것을 보고 있을 뿐이다. 그래도 기분전환에 도움은 되었다.

*

몇 번인가 밤에 오페라를 보러 갔다. 팔레르모에는 오페라 극장이 두 개 있다. 맛시모와 포리테아마 두 곳이지만 맛시모는 지나치게 거대해서 보통은 주로 포리테아마에서 오페라 공연을 한다. 밖에서 보면 지저분한 건물이지만 안으로 들어가면 그리 나쁘지 않다. 오래된 건물이어서 그런대로 분위기 있는 꽤 훌륭한 극장이다. 천장이 시원하게 높고 박스석이 빙 둘러 있으며 금색과 붉은색으로 통일되어서, 19세기부터 금세기 초반까지 화려했던 지역문화를 실감하게 한다. 입구에는 고풍스런 제복을 입은 안내원이 열 명 정도 일렬로 늘어서 있다. 나는 여기서 레스피기(Respighi, Ottorino)의 〈세미라마〉라는 흔치 않은 오페라와 로시니의 〈탕크레디〉를 보았다. 〈세미라마〉는 앞에서 두 번째 자리로 2만 리라 (대략 2천 엔)였다. 객석은 거의 꽉 차 있었다. 팔레르모는 오락이 적은 곳이라 오페라 공연이 있으면 사람들은 화려하게 치장을 하고 극장으로 가서 "어이구, 오래간만입니다" 하고 인사를 주고받는다. 이런 따뜻한 날씨에도 부인들은 땀을 흘리면서까지 모피 코트를 입고 온다. 물론 남에게 과시하기 위해서이다. 말하자면 오페라 극장은 화려한 도시의 사교장인 것이다.

〈세미라마〉는 음악적으로 약간 지루한 오페라였다. 나는 줄거리도 잘 몰랐기 때문에(팸플릿은 전부 이탈리아어) 매우 난감했다. 상당히 복잡한 줄거리인 데다 모두 똑같이 하얀 옷을 입고 있어서 인물이 잘 구별되지 않았던 것이다. 팸플릿을 어찌어찌 해석해 보니 이 〈세미라마〉는 1910년에 딱 한 번 공연되었을 뿐인 오페라인 모양인데 그럴 만도 했다. 그런데 오케스트라가 레스피기의 음을 제대로 내고 있는 것에는 감탄했다. 이렇게 음에 철저한 점은 이탈리아답다(시실리 오케스트라가 연주하는 라흐마니노프의 곡을 들었는데, 전혀 라흐마니노프처럼 들리지 않았다).

〈탕크레디〉는 마리린 혼이 나온다는 이유로 초만원이었다. 평판도 좋았다. 우리는 한번쯤 이런 사치도 해보자는 생각으로 과감하게 박스석 티켓을 샀다. 박스석에 앉아서 가지고 온 와인을 홀짝홀짝 마시면서 오페라를 보는 건 매우 기분 좋은 경험이었다. 요금은 두 명에 1만 엔이 조금 넘었다. 〈탕크레디〉는 꽤 재미있었고 관객들도 아주 좋아했지만, 내 솔직한 감상을 말하자면 푹 빠져들게 만들 정도는 아니었다. 어쩌면 마리린 혼의 그날 컨디션이 별로 좋지 않았는지도 모르겠다.

카타냐의 오페라 하우스에도 갔다. 베를리니 극장이라는 이곳도 상당히 훌륭한 극장이다(베를리니는 이곳 카타냐 출신이다). 나는 이곳에서 베르디의 〈에르나니〉를 공짜로 보았다. 우리가 오페라를 보러 일부러 카타냐까지 왔다고 하자 매표소 아저씨가 말없이 무료 초대권을 주었던 것이다. 싱긋 윙크하면서. 이것은 시실리에서 있었던 드물게 기분 좋은 일 중의 하나였다. 시실리에서는 일본인을 볼 일이 거의 없다.

티켓을 공짜로 받았기 때문에 하는 말은 아니지만, 이 〈에르나니〉는 매우 힘이 있었고 시실리에서 본 세 편의 오페라 중에서 제일 좋았다. 시골 연극처럼 거친 맛이 있는 베르디의 오페라로, 공연히 얌전 빼지도 않아 '모두 함께 즐겁게 하룻밤을 보냅시다' 라는 민중적인 활력이 강하게 느껴졌다. 그런 적극적인 현세적 열렬함은 어쩌면 이탈리아 지방도시에서만 느낄 수 있는 것이 아닐까 하는 생각이 든다. 오케스트라도 배역도 밀라노에 비하면 어느 정도 떨어질지 모르지만(하지만 이날의 에르나니 역은 히야시 야스코[林康子]씨였다) 그만큼 객석에서 '우리 마을의 오페라를 성공시켜 보자'는 따뜻하고 친밀한 분위기가 느껴지는 점이 매우 재미있었다. 근처에 앉은 아저씨는 귤을 까 먹으면서 가수와 함께 아리아를 부르기도 했다.

*

시실리에서 인상에 남는 것은 뭐니 뭐니 해도 음식이다. 하지만 《미쉐린》에 나와 있는 별이 몇 개씩 붙은 유명한 음식점이 특별히 맛있었던 건 아니다. 나는 그런 음식점에도 몇 군데 가보았지만 의외로 고개를 갸우뚱거리게 되는 경우가 많았다(《미쉐린》은 일반적으로 빈틈없는 요리를 하는 음식점을 높이 평가하는 경향이 있어, 그런 의미에서 이탈리아 요리의 맛과 힘을 정당하게 평가하지 못한다는 생각이 든다). 나는 시실리에서는 빈틈없는 요리보다는 '빈틈 있는 요리'가 맛있다고 생각한다. 오페라의 경우처럼 다소 거칠더라도 힘이 있는 쪽이 시실리의 풍토에 맞지 않을까. 그런 의미에서는 우연히 들어간 마을 음식점에서 뜻밖에도 아주 감탄할 만한 요리를 만나기도 한다. 물론 상당히 심한 것을 먹기도 했지만.

우리는 팔레르모에서 외식할 때는 대개 점심을 먹기로 했다. 저녁에는 밖에 나가는 것이 귀찮기도 했지만 무엇보다도 양이 너무 많아서 밤중(다시 말해서 이탈리아의 저녁시간)에 먹으면 배가 너무 불러 잠을 잘 수 없기 때문이다.

팔레르모에서 유명하다는 레스토랑을 전부 돌아본 것도 아니고 또 너무 비싼 음식점은 가지 않았기 때문에 이곳이 팔레르모에서 가장 맛있는 음식점이라고 단언할 수는 없지만, 그래도 나는 개인적으로 그라나테리 가에 있는 '아 쿠카냐'가 제일 마음에 들었다. 나는 그곳에 세 번 갔다. 줄곧 이탈리아에서 지내면서 두 번 간 레스토랑은 꽤 많지만 세 번이나 갔던 곳은 별로 없다. 그걸 보더라도 맛이 있었던 것만은 분명하다. 물론 이탈리아 레스토랑은 워낙 요리사가 자주 이동하여 1년 후에 가보면 맛이 완전히 변해 있는 경우가 있으므로 지금도 그곳의 요리가 맛이 있을지 어떨지는 자신 없지만.

'아 쿠카냐'는 우선 뷔페 형식의 안티파스토가 맛있다. 이탈리아 레스토랑의 안티파스토는 보기에는 맛있을 것 같아도 막상 먹어보면 기름기가 많아서 질리는 경우가 많은데, 여기 것은 담백해서 가정요리 같은 느낌이다. 안티파스토와 함께 맛있는 시실리 백포도주를 마신다. 그리고 프리모로 추천하고 싶은 것은 시실리의 명물인 파스타 콘 사르데(정어리 파스타)와 오징어 먹물 링귀니이다. 이 두 가지는 우열을 가리기 어려울 정도로 맛이 있다. 정어리 파스타는 파스타에 정어리와 솔방울과 펜넬과 건포도를 섞은 매우 향기로운 요리로 테이블에 가져다 놓을 때의 냄새가 정말 좋다. 내용물의 배합이 조금 기묘하게 느껴질지 모르지만 실제로 먹어보면 상당히 맛이 부드럽다. 시실리 이외의 곳에서는 좀처럼 먹어볼 수 없는 음식이므로 만약 시실리에 가게 된다면 꼭 먹어보라고 권하고 싶다.

또 한 가지 오징어 먹물 링귀니도 빠뜨릴 수 없다. 오징어 먹물 파스타 같은 건 흔하다고 생각할지 모르지만 이건 보통 오징어 먹물 링귀니가 아니다. 접시에 수북한 링귀니에 오징어 먹물 소스가 듬뿍 얹어 있는 것이다. 이것을 처음에 보았을 때는 '한 사람이 이렇게 많은 오징어 먹물을 다 먹을 수 있을까' 하고 조금 질렸다. 그렇지만 다 먹을 수 있었다. 먹어보니 정말 쉽게 넘어갔다. 다 먹었을 때 냅킨이 새까맣게 되는 것이 문제라면 문제지만 이 박력감도 함께 맛보기 바란다. 나는 아카사카[赤坂]의 '그라나타'의 오징어 먹물 파스타도 좋아하지만 '아 쿠카냐'의 파스타와 비교하면 오징어 먹물이 한 차원 다르다는 느낌이 든다.

이 음식점은 대체로 요리 하나하나가 양이 많기 때문에 안티파스토와 파스타를 먹으면 벌써 배가 불러온다. 그래서 우리는 가벼운 세컨드 피아트(메인 메뉴)를 한 가지 주문해서 둘이 나누어 먹기로 했다. 사실은 안티파스토와 파스타만으로도 충분하지만, 만약 세컨드를 거절하면 웨이터는 '오늘 저녁 6시로서 세계는 종말을 고합니다' 라는 말을 듣기라도 한 것 같은 표정을 짓는다. 가능하면 그런 표정은 보고 싶지 않기 때문에 일단 두 번째 요리를 주문한다. 여기의 두 번째 요리로는 생선이 맛있다. 신선한 생선을 담백하게 양념하여 그릴에 구워준다. 트루먼 카포티처럼 생긴 수석 웨이터가 생선을 가져와서 나이프와 포크로 솜씨 좋게 재빨리 뼈와 살을 발라준다. 식사 후에 나는 에스프레소 커피를 마시고 아내는 케이크를 먹는다. 여자들은 후식용으로 작은 예비 위장을 가지고 태어난 것이 아닐까.

가격은 전부 합쳐서 5만 리라(5천 엔 정도)이다. 이렇게 먹으면 다음 날 아침까지 배가 고프지 않기 때문에 비교적 싸다고 할 수도 있다. 생선은 꽤 비싼 편이므로 세컨드 피아트를 고기로 시키면 가격은 더 싸진다.

그리고 레스토랑의 요리는 아니지만 시실리의 아이스크림은 매우 맛이 있다. 재료의 과일 맛이 살아 있어 정말 상큼하다. 겨울에도 햇볕이 따뜻해서 거리에 나오면 노점상에서 곧잘 아이스크림을 사 먹었다. 아이스크림을 사면 "콘으로 할까요, 빵으로 할까요" 하고 묻는다. 처음에는 무슨 말인가 전혀 이해할 수 없었다.

빵이라니 대체 무슨 소린가? 하고 주위를 둘러보니, 햄버거 빵 사이에 아이스크림을 넣어서 우물우물 먹고 있는 사람이 제법 있었다. 내가 알고 있는 한 아무리 세상이 넓다고는 해도 이런 식으로 아이스크림을 먹는 것은 시실리 사람뿐이다. 각자의 기호니까 일일이 트집 잡을 생각은 없지만.

시실리의 음식 맛을 보기 위해 일부러 레스토랑까지 갈 필요는 없다. 자취하는 사람에게도 시실리는 행복이 가득한 곳이다. 여하튼 시장에 가면 생선가게가 즐비하다. 그리고 갓 잡힌 가다랑어며 고등어, 도미, 오징어, 새우, 조개 같은 신선한 생선류가 한곳에 모여 있다. 생선뿐만이 아니라 야채와 과일도 풍부하며 와인도 매우 맛있고 싸다. 팔레르모라는 도시에 진절머리를 냈던 나조차도 이곳에서 나는 음식물만큼은 훌륭하다고 인정하지 않을 수 없었다. 모든 조건을 다 갖춘 멋진 곳은 좀처럼 없으니까.

남유럽 조깅 사정

남유럽에 장기간 체류하면서 가장 불편했던 건 매일 조깅을 하기가 어려웠던 점이다. 남유럽 사람들에게는 조깅하는 습관이 거의 없으며 달리는 사람을 본 적도 별로 없다. 거리를 달리는 사람은 도망치는 날치기꾼이거나(이런 사람이 정말 있다) 아니면 하루에 두 번밖에 운행하지 않는 버스를 놓칠까봐 허둥대는 배낭족 정도이다. 내가 천천히 거리를 달리고 있으면 길 가던 사람들이 모두 이상한 눈초리로 본다. 뭐 하는 건가 하는 의아한 시선으로 한

참을 바라본다. 멈춰 서서 입을 헤벌리고 넋을 잃고 보는 사람도 있다. 이런 경향은 시골로 갈수록 심해진다. 조깅이나 체력단련 같은 습관 또는 개념은 원래 도시 문명의 산물이므로 모르는 사람이 정말 있는 것이다.

미코노스에서 지내던 때는 대개 호라 항구에서 산을 하나 넘어 (이 산을 넘기가 꽤 힘들다) 섬의 반대편 해변까지 달렸는데 휴가철이 지난 겨울이라 거의 사람을 볼 수 없었다. 지나가는 사람이라고는 당나귀를 타고 채소를 팔러 가는 아주머니나 농부들뿐이었다. 미코노스는 겨울에 바람이 어찌나 센지 언덕길을 오르다 보면 뒤로 되밀려 내려갈 것 같은 때도 있다. 또 한창 달리고 있는 도중에 불러 세우는 사람이 더러 있다. 그들은 왜 일부러 뛰어서 산을 넘는지 이해할 수가 없는 것이다. 그래서 불러 세우고는 "이봐요, 왜 그렇게 힘들게 뛰는 거죠?"라고 묻는다. 그리스 사람들은 한가할 때는 참으로 호기심이 왕성하다.

그날 나를 불러 세운 사람은 검은 옷을 입은 할머니 두 사람과 쉰 살 전후의 모자를 쓴 남자 한 명이었는데 남자는 당나귀를 끌고 있었다. 세 사람 다 농부인 듯 얼굴은 햇볕에 타서 거뭇거뭇하고 팔다리가 굵다. 세 사람은 농가의 현관에 서서 얘기를 나누다가 내가 지나가자 갑자기 조용해지더니 눈을 동그랗게 뜨고 입을 벌린 채 나를 바라보았다. 그래서 '귀찮게 생겼군' 하고 생각했더니 아니나 다를까 부르는 소리가 들렸다. 그것도 50미터쯤 앞으로 달린 후에야 "어이 젊은이, 이리 좀 와봐요" 하는 게 아닌가. 서툰 영어지만 그래도 영어는 영어다. 내가 무슨 젊은이야, 라고 투덜

거리며 그들에게 되돌아간다.

"안녕하십니까" 하고 내가 인사를 한다.

"안녕하쇼" 하고 남자도 인사를 한다.

"안녕하세요" "안녕하세요"라고 두 할머니도 따라서 인사를 한다. 한 사람은 도수가 높은 안경을 끼고 있고 한 사람은 코끼리처럼 뚱뚱하다. 두 사람 다 어딘가 조심스러운 시선으로 내가 신고 있는 조깅화며 입고 있는 티셔츠를 빤히 보고 있다. 쉽게 마음을 열지 않을 분위기다.

"왜 이 길을 달리는 게요?" 남자가 묻는다. 아무래도 이 남자가 대변인 역할을 맡은 듯하다.

"달리기를 좋아해서요." 대부분 똑같은 질문을 하므로 나도 대답할 말은 거의 정해져 있다.

"그 말은," 남자가 턱수염을 만지작거리며 계속해서 질문한다. "무슨 볼일이 있어 달리는 건 아니라는 뜻이군?"

"볼일은 없습니다."

그러자 세 사람은 서로 얼굴을 마주 보며 내가 한 말에 대해 한바탕 의견을 주고받는다. 그러는 동안 나는 땀을 닦든가 주변의 경치를 바라보며 시간을 보낸다. 바람도 차가운데 땀까지 식으면 감기에 걸릴 수도 있으므로 어서 달리고 싶지만 얘기가 아직 안 끝났으니 기다릴 수밖에 없다.

"어디까지 달릴 생각이오?" 남자가 다시 묻는다.

"슈퍼 파라다이스 비치까지요." 나는 대답한다.

"거기까지는 꽤 먼데."

"예, 그렇죠."

"쭉 달려가는 거요?"

"예, 달리기를 좋아하니까요."

"왜 해변까지 달려야 하죠?" 뚱뚱한 할머니가 옆에서 묻는다. 내 그리스어가 서툰 탓인지도 모르지만 전혀 얘기가 통하지 않는다.

"달리기를 좋아한다니까요, 할머니." 나는 집요하게 같은 말을 되풀이한다.

"달리기는 몸에 안 좋아요." 안경을 낀 할머니가 말한다.

"암, 그렇고말고." 뚱뚱한 할머니가 맞장구친다.

달리기가 몸에 안 좋다니 처음 듣는 말이지만 두 할머니는 꽤나 진지하게 그렇게 믿고 있는 듯 양미간을 잔뜩 찌푸리고 있다.

"괜찮습니다. 이것 보세요. 이렇게 힘이 세다니까요." 나는 거의 체념하며 알통을 만들어 보인다. 어휴, 내가 지금 여기서 무엇을 하는 건가, 하는 생각에 한심해진다.

우리는 잠시 서로 의사를 전달하려고 노력했지만 도무지 제대로 되지 않는다. 바람이 강하게 부는 날 계곡을 가운데 두고 서로 이야기하는 느낌이다. 접점이란 게 없다. 남자는 무슨 말인지 잘 모르겠다는 듯 두 팔을 벌리고 어깨를 으쓱한다. 두 할머니는 자리가 비좁은 기린처럼 목을 좌우로 흔들고 있다. 잠시 침묵하는 동안 당나귀가 부르르 몸을 떤다.

"우리 집에 들러 우조라도 마시고 가요." 뚱뚱한 할머니가 말한다. 정말 농담도 심하게 하시네요. 조깅하는 도중에 그렇게 독한 술을 어떻게 마신단 말인가. 정말 몰라도 너무 모른다.

"감사합니다만 시간이 없어서요." 나는 웃으며 부드럽게 거절한다.

"우조는 몸에 좋은 술이에요." 이번에는 안경을 쓴 할머니가 말한다.

상대를 하자면 끝이 없을 것 같아 적당히 얘기를 마무리하고 다시 달리기 시작한다. 한참 달리다가 뒤를 돌아다보니 아직도 세 사람은 내 쪽을 물끄러미 바라보고 있다.

남유럽에서 달리기를 할 때 겪는 두 번째 문제점은 다름 아닌 개다. 길에 내놓고 키우는 개가 정말 많다. 게다가 개도 사람과 마찬가지로 조깅하는 사람을 거의 보지 못했으므로 내가 달리고 있으면 신기한지 뒤쫓아온다. 인간의 경우는 좀 귀찮기는 해도 이야기하면 알아듣기도 하지만 개는 그렇지가 않다. 말로 이해시킬 수 있는 상황이 아니다. 즉 상식이 통하지 않는다. 이건 자칫하면 목숨이 걸린 문제다.

한번은 동네 외곽에서 커다란 검정 개한테 꽤 심각하게 몰린 적이 있다. 주위를 둘러봐도 지나가는 사람 한 명 없어 이제 끝인가 보다 하던 차에, 마침 지나가던 택시가 나와 개 사이에 차를 들이밀어 구해 준 덕분에 간신히 위기를 모면할 수 있었다.

시실리의 팔레르모에 살았을 때에도 개 때문에 여러 가지로 고생이 많았다. 팔레르모 경마장 옆에 매우 훌륭한 조깅용 코스가 있었는데 거기까지 가는 것이 문제였다. 당시 내가 살던 집에서 거기까지는 달려서 15분 정도 걸렸는데 가는 도중에 개가 여러 마리 있는 것이다. 다른 사람들은 어떻게 하나 살펴보았더니 아무 문제가 없다. 다들 차를 타고 거기까지 갔다가 달린 후에는 다시 차를 타고 돌아오는 것이다. 하지만 나는 차가 없으므로 거기까지 달려가는 것 외에 다른 방법이 없었다. 주유소 옆집의 커다란 백구가 특히 악질이었다. 내가 지나가면 만사 제쳐놓고 멍멍거리며 내 뒤를 쫓아왔다. 언제나 같은 장소에 대기하고 있다가 어김없이 쫓아온다. 개 주인도 대개 그 주변에 있는데 개가 내 뒤를 쫓아와도 말리지도 않고 그저 멍하니 바라보고만 있을 뿐이다. 내가 서툰 손짓 발짓 섞어가며 그리스 말로 불평을 해도 그는 상대도 않는다. 시실리 사람들은 그런 일에 대해서는 대부분 불친절하고 고집스럽다. 다른 곳에서 온 놈들은 모두 개한테 물려버려라, 그렇게 생각하는 건 아닐까 의심스러울 정도이다.

할 수 없이 처음 몇 주일은 호신용 몽둥이를 들고 달렸는데 이게 또 문제였다. 왜냐하면 당시 마피아의 간부와 관련해서 꽤 큰 규모의 재판이 진행 중이었기 때문이다. 마피아 쪽에서도 거기에 관계된 공무원 몇 명을 거리에서 사살하는 등, 아무튼 온 동네가 엄중한 경계 태세 속에 있었고 도처에 경찰이 깔려 있었다. 모두 방탄조끼를 입고 자동소총을 멘 채 팽팽하게 긴장이 감도는 얼굴이었다. 그런 분위기 속에서 어지간한 강심장이 아닌 한 몽둥이를 들고 달리기는 어렵다. 개도 무섭지만 경찰도 무서우니까.

이렇게 되면 달리기를 포기하든가 개와 정면으로 대결하든가 둘 중의 하나를 택할 수밖에 없다. 물론 나는 후자를 택했다. 개나 문예평론가를 무서워해서야 어떻게 소설을 쓰겠는가, 라고 하면 조금 과장이지만 아무튼 개 따위에 질 수는 없다고 생각했다.

그래서 어느 날 나는 내가 먼저 개한테로 성큼성큼 다가갔다. 나는 개와 정면으로 서서 서로를 노려보았다. 내가 몸을 구부리고 '요놈의 자식' 하는 눈초리로 쏘아보자, 개도 '붙어볼래' 하듯이 크르르릉 하고 낮은 신음 소리를 내며 나를 노려보았다. 나도 이렇게 진지하게 그것도 의식적으로 개와 싸우기는 처음이라 조금 걱정스러웠지만, 곧 이 싸움은 내가 이긴다고 확신하게 되었다. 개의 눈 속에서 당황한 기색을 발견했기 때문이다. 내가 먼저 개를 향해 도전을 한 것이므로 개는 개대로 당황한 것이다. 이렇게 되면 문제는 간단하다. 아니나 다를까, 서로 5,6분 정도 쏘아보았을 때 순간 개가 시선을 돌렸다. 나는 그때를 놓치지 않고 10센티미터 정도 거리까지 근접해 들어가 개의 코끝을 향해 있는 힘을 다하여(물론 일본어로) 소리쳤다.

바보 같은 자식, 까불지 말아!

이렇게 냅다 고함을 친 이후 그 백구는 다시는 나를 쫓아오지 않았다. 가끔씩 내가 장난 삼아 뒤쫓아가면 오히려 달아나게 되었다. 아마도 겁을 집어먹은 것이리라. 그런데 한번 해보니 개 뒤를 쫓는 것도 꽤 재미있는 일이었다.

이탈리아에도 많지는 않지만 조깅을 하는 사람은 있다. 하지만 이탈리아의 조깅족은 미국이나 독일의 조깅족과는 분위기가 사뭇 다르다. 일본의 조깅족과도 물론 다르다. 나는 여러 나라의 여러 동네를 달려보았지만 이탈리아의 조깅족은 선진국치고는 꽤 특수한 부류에 속하는 것 같다.

첫째 멋을 많이 부린다. 나 같은 사람은 그저 달리기에 편하면 된다는 생각으로 시작하지만 이탈리아 사람들은 아무래도 그렇지가 않은 모양이다. 그들은 먼저 옷부터 멋있게 갖춰 입는다. 이런 현상은 남녀노소 마찬가지로 어떻게 하면 멋있게 보일지 궁리하고 돈도 들인다. 그렇게 차린 모습이 보기 좋기는 하다. 거기에 실력까지 따라주면 더할 나위 없을 텐데, 그것까지는 확인하지 못했다. 하지만 발렌티노 상하의에 미소니의 타월을 걸치고 뛰니 그럴 듯해 보이기는 하다.

이탈리아 조깅족의 두 번째 특징은 혼자서 달리는 사람이 거의 드물다는 것이다. 대개 몇 명이 어울려 함께 달린다. 혼자 뭔가를 하는 데 익숙하지 않은지 국민성이 특히 외로움을 많이 타는지, 아니면 혼자서는 떠들 수 없으니 그것을 못 참는 건지 나로서는 판단하기 어렵다. 처음 한동안은 이런 현상이 신기해서 견딜 수가 없었다. 달리기는 고독한 스포츠다, 라고 잘난 체할 생각도 없고 여러 사람과 함께 달린다고 문제될 것도 없지만, 어쨌든 혼자 달리는 사람이 극히 적다. 다른 나라에서는 대충 80퍼센트 정도가 혼자서 달리고 나머지 20퍼센트가 단체 혹은 여럿이 달리는데, 이탈리아에서는 이 비율이 완전히 역전되어 있다. 모두 함께 생글생글, 재잘재잘 수다를 떨어가며 아주 즐겁게 달린다. 한 사람이 근처 수풀 속으로 들어가 서서 소변을 보는 동안 나머지 사람들은 그 자리에서 제자리 뛰기를 하며 그가 돌아오기를 기다린다. 남의 일에 이러쿵저러쿵 할 수도 없고 본인들이 즐거워하므로 상관할 일 아니지 않느냐고 하면 할 말 없지만 굳이 소변 보는 사람까지 기다릴 건 없다는 생각이 든다. 그래서야 어린애와 다를 바 없지 않은가. 미국 사람이라면 기다리지 않을 것이다. 같은 러닝, 조깅이라도 나라에 따라 그 모습은 많이 다르다. 이탈리아 사람이 달리는 모습을 보고 있으면 이 나라 사람들은 전쟁에 나가도 절대로 이기고 돌아오지 못하리란 생각이 절로 든다.

제2차 세계대전의 격전지 몰타를 방문했을 때도 몰타인들에게서 비슷한 이야기를 들었다. 몰타는 대전 중에 이탈리아로부터 여러 차례 공격을 당했는데도 몰타 사람들은 이탈리아 사람들에게 나쁜 감정은 전혀, 라고 해도 좋을 만큼 갖고 있지 않았다. 거의 피해를 입지 않았기 때문이다. "저 말이죠, 이탈리아 사람들은, 먹고 떠들고 여자 꼬시는 일을 제외하면 열심히 하는 일이 별로 없거든요" 하고 어떤 몰타 사람이 가르쳐주었다. "몰타를 폭격했을 때도 고도를 낮추면 고사포에 맞을까봐 두려워서, 아주 높은 곳에서 폭탄을 우수수 떨어뜨리고는 그냥 돌아갔어요. 그러니 공격이 제대로 될 리가 없지요. 바다에 떨어지든가 벌판에 떨어지든가 하겠죠. 하지만 그들은 그걸로 만족해요. 폭탄을 떨어뜨리라는 명령을 받았으니까 떨어뜨릴 뿐이죠. 그래서 몰타는 무솔리니가 제아무리 난리를 쳐대도 끝내 함락되지 않았던 거예요. 이탈리아가 물러간 후 독일 공군이 공격해 왔는데 정말 굉장하더군요. 폭격기가 지면에 닿을 정도로 급강하해서는 전부 부숴버렸어요. 온 동네가 초토화되고 말았죠. 그런 면에서 이탈리아는 좋은 나라입니다."

나도 정말 그렇게 생각한다. 그런 의미에서 이탈리아는 좋은 나라다. 그리고 그런 나라 사람들은 특별한 의미 없이는 달리지 않는 것이다.

독일에서는 창부들도 매일 아침 조깅을 한다. 무라카미 류의 《뉴욕 시티 마라톤》 같은 이야기지만 나는 실제로 함부르크에서 그런 창부와 얘기를 나눈 적이 있다. 그녀는 매일 올스타 호 주변을 한 바퀴 돈다고 했다. 나도 같은 코스를 달리던 터라 시험 삼아 주행시간을 물어보았더니 꽤 빠른 속도였다. 굉장하군요, 하고 내가 칭찬하자 그녀는 어깨를 으쓱하며, 몸이 자본이잖아요, 라고 대답했다. 그렇다, 창부나 소설가나 몸이 자본이긴 마찬가지다.

"당신 혼자서 달리나요?" 내가 물어보았다.

"당연하죠." 그녀는 말했다.

어이, 이탈리아인, 들었나? 독일에서는 창부도 매일 달리고 있다고, 그것도 혼자서 말이야.

가끔은 혼자 달리는 사람을 보기도 한다. 묵묵히 달리는 사람도 있다. 그러나 혼자서 달리는 것이 곧 묵묵히 달리는 것은 아니다. 내가 달리고 있으면 옆으로 다가와 "얼마나 뜁니까?"라거나 "같이 뜁시다"라고 말을 거는 성가신 녀석이 있다. 시끄러워서 견딜 수가 없다. 내가 이탈리아 말을 거의 모른다고 해도 아랑곳하지 않고 옆에서 나란히 달리며 조잘조잘 떠들어댄다. 처음에는 혹시 호모 아닌가, 하는 생각도 했지만 그런 느낌은 없다. 단지 입을 놀리지 않으면 심심해서 견디지 못하는 것이다.

정말 난감한 일이다.

남유럽 중에서도 가장 달리기 힘든 도시, 그곳은 뭐니 뭐니 해도 로마이다. 달릴 장소가 없는 건 아니다. 달릴 장소는 분명히 있다. 예를 들어 보르게제 공원 같은 곳은 달리기에 더할 나위 없이 좋은 장소다. 널찍하고 경치도 좋다. 테베레 강가의 길도 무척 좋다. 문제는 거기까지 가는 일이다. 거기까지 가는 길이 웬만한 지옥 버금간다. 무엇보다 인도란 인도는 모두 주차되어 있는 자동차로 꽉 막혀 있고 거리는 온통 개똥투성이다. 자동차는 핑핑 속력을 내며 달리고 공기는 나쁘며 인간들은 또 얼마나 많은지, 공원에 도착하기도 전에 지쳐버린다. 센트럴파크에 도착하기까지의 뉴욕 거리도 대단하지만 로마의 혼란에 비하면 고상한 편이다.

또 한 가지 로마에서 달릴 때 진저리를 치게 되는 것은 길거리에 우글거리는 질 나쁜 10대들이다. 브롱크스의 고교생처럼 헤로인을 마시고 거리로 뛰쳐나와 나이프를 휘두르는 대담한 불량배는 아니지만 지나치게 경박하고 시끄럽다. 그리고 철저하게 버릇이 없다. 성적으로도 조숙해서, 신문의 조사에 따르면 대부분 열다섯 살 정도에 첫 경험을 한다고 한다. 그런 일에는 열심인 것이다. 이탈리아의 학교 제도가 어떻게 되어 있는지는 잘 모르지만 배낭을 어깨에 멘 중·고등학생들이 대낮부터 길거리에서 한가롭게 어슬렁거리며 담배를 피우고, 애인과 낯 뜨거운 장면을 연출하고 있다. 아무튼 시간과 기운은 남아도는데 돈은 없는 패거리들이니, 어쩌다 내가 그 앞을 지나가기라도 하면 시간 죽이기에 좋은 밥이 왔다는 식으로 꺄아 꺄아 소리를 질러댄다. 그 소란스러움과 집요함이라니.

"어이, 일본 사람, 더 빨리 달려!"

"어이, 일본 사람, 달리기는 그만두고 쿵후나 하라고, 쿵후."

"하나, 둘, 셋, 넷."

각자 한마디씩 내뱉으며 나를 따라서 달리는 흉내를 내는 녀석이 있는가 하면, 쿵후 흉내를 내는 녀석도 있고 그저 깡충깡충 제자리 뛰기를 하는 놈도 있다. 예전의 타잔 영화에 나왔던 버릇없는 원숭이하고 다를 바 없다. 그나마 악의가 없다는 것을 아니까 화는 별로 안 나지만 시끄럽고 성가신 것만은 사실이다. 〈록키〉의 주제가를 합창하는 녀석들도 있다. 일본의 고등학생은 적어도 이렇게 한심한 짓은 안 한다. 나는 일본의 중·고등학생을 볼 때마다 입시전쟁을 비롯해 각종 규제, 서클 활동, 신경질적인 선생에게 시달리는 것이 불쌍해서, 가능하면 그런 소모적인 상황에서 해방시켜 주고 싶다고 생각해 왔다. 그런데 그런 나조차도 이탈리아의 청소년들을 보고 있노라면 목덜미를 낚아채고 "이놈들아, 그런 한심한 짓거리는 이제 그만두고 학교에 가서 공부 좀 해라. 세상이 어떻게 돌아가고 있는지 좀 배우란 말이다"라고 외치고 싶어진다.

그러나 그런 녀석들을 일일이 상대하는 것도 바보스럽고 한심한 짓인 것 같아 못 들은 척하고 되도록 빨리 그 자리를 지나간다.

로마는 한마디로 거대한 시골 동네 같은 곳이다. 도시로서의 정보량을 보아도 뉴욕이나 도쿄에 비해(아니, 밀라노에 비해서도) 현저하게 뒤져 있다. 대신에 로마의 어린아이들은 생명력이 넘치고 활기에 차 있는 느낌이다. 버릇 나쁜 애송이들 때문에 때로는 짜증스럽기도 하지만(두세 놈 목을 졸라버리고 싶을 때도 있다). 그래도 그들의 눈은 다케시타 거리를 걷고 있는 많은 보통 일본 아이들의 눈빛에 비하면 움직임이 민첩하고 빛나는 것을 느낄 수 있다. 영화에 비유하자면 장면전환이 빠르고 정확하다고 할까. 무언가를 열심히 보고 있는 느낌이다. 거기에 비하면 도쿄의 아이들 눈빛은 대체로 '그러니까~ 그래서~'라고 말을 길게 끌거나 신경질적으로—리모컨으로 텔레비전 채널을 이리저리 돌리는 것처럼—조급하게 서두르거나 둘 중 하나이다.

그들은 도시의 정보량에 미처 따라가지 못하거나, 아니면 따라가려고 필사적으로 노력한다. 그 중간에 속하는 부류는 찾아보기 어렵다. 적어도 내가 보기에는 그렇다. 그런 점에서 로마의 애송이들은 아주 편하다. 쫓아가야 할 것이 거의 없는 반면 재미있는 일은 꽤 많기 때문이다. 근처에 있는 공원에 누워 뒹굴거리다가 지나가는 사람을 향해 "이봐요, 아저씨, 요즘 어때요?"라고 놀리고만 있어도 재미있으니까.

여행지에서 그 동네의 길을 달리는 일은 즐겁다. 주변 풍경을 보며 달리기에는 시속 10킬로미터 전후가 이상적인 속도이다. 자동차는 너무 빨라서 작은 것을 놓치기 쉽고 걷기에는 시간이 너무 많이 걸린다. 동네마다 각기 다른 공기가 있고 달릴 때의 기분도 각각 다르다. 다양한 사람들이 다양한 반응을 보인다. 길모퉁이의 모습, 발자국 소리, 보도의 폭, 쓰레기 버리는 습관 등도 모두 다르다. 정말 재미있을 정도로 다르다. 나는 동네의 그런 정경을 바라보며 느긋하게 달리는 것을 좋아한다. 마라톤을 완주하는 것도 재미있지만 이렇게 달리는 것도 나쁘지 않다. 나도 살아 있고 다른 사람들도 살아 있음을 실감할 수 있다. 자주 잊어버린 채 살고 있지만.

낯선 도시에 가면 반드시 대중 술집에 가는 사람이 있듯이, 낯선 도시에 가면 반드시 여자와 자는 사람이 있듯이 나는 낯선 도시에 가면 반드시 달린다. 달릴 때의 느낌을 통해서야 비로소 이해할 수 있는 일도 세상에는 있기 때문이다.

로마

메타의 바르에는 마을의 남자들이 모두 모여 있다.
일요일 오후에 남자들은 집 안에 있으면 안 되는 것이다.
일요일 오후에는 여자들에게 바느질 같은 것을 시켜놓고 남자들은 바르에 모여
맥주를 마시거나 카드 놀이를 하거나 이런저런 남자들만의 얘기를 나눈다.
오랜 옛날부터 내려오는 습관이라고 한다. 세상에는 참 여러 가지 습관이 있다.
나처럼 일요일 오후에 집에서 느긋하게 업다이크의
새로 나온 소설을 읽는 것을 좋아하는 사람은,
남성다움을 과시하는 이탈리아에서는 살아갈 수 없다.

로마

빌라 토레코리

다시 로마에 돌아왔다. 시실리에서 돌아온 후 한동안은 번잡스런 로마조차 비교적 온화하고 평화로운 도시로 보이니 신기하기만 하다. 우리는 친구의 도움을 받아 로마 교외의 '빌라 토레코리'라는 주거용 호텔에 거처를 정했다. 교외라고는 해도 도심에서 버스로 10분 정도밖에 걸리지 않는다. 물론 버스가 제대로 다닐 경우의 이야기지만. 집은 그리 넓지는 않다. 거실과 침실 그리고 작은 부엌과 목욕탕이 있을 뿐이다. 이곳에 정착한 후, 한동안 특별히 하는 일 없이 멍하게 며칠을 보냈다. 여행의 피로가 슬슬 밖으로 드러날 시기다. 생각해 보니 이곳저곳 옮겨 다니는 사이에 일본을 떠난 지도 어느새 넉 달이 지났다. 기후와 음식이 급격히 변한 탓에 몸에 이상이 나타나기 시작하는 것 같다. 머리칼은 푸석푸석하고 몸이 전체적으로 나른하다. 눈은 움푹 들어가고 얼굴은 약간 부어 있다.

'빌라 토레코리'는 그 이름이 뜻하는 대로 오래된 빌라(저택)를 호텔로 개조한 것인데, 꽤 멋지고 넓은 정원이 있다. 그리고 언덕 위에 있어(토레코리란 '세 개의 언덕'이란 뜻이다) 전망도 아주 좋다. 로마 거리가 한눈에 내려다보인다. 방의 창문에서는 외무성과 테베레 강과 축구장이 있는 포로 올림피코가 보인다. 축구 시합이 있는 날에는 우우우우 하는 함성이 끊이지 않고 그 위편 하늘로는 보라색 담배연기가 뭉게뭉게 피어오른다. 처음 그 연기를 보았을 때는 이 세상에 뭔가 대이변이 일어났나 하고 생각했을 정도다.

겨울의 끝 무렵에서 초봄에 걸쳐 로마의 풍경은 대단히 인상적이다. 로마의 거리는 마치 어린애가 칭얼거리듯이 붙들고 늘어지는 겨울을 떨쳐내려 하고 있다. 이때의 로마 풍경은 다른 계절과는 달랐다. 야릇한 모양의 구름이 맹렬한 속도로 흘러가는가 하면, 언덕 기슭을 구불구불 흐르는 테베레 강이 갑자기 기묘한 색으로 빛나기도 했다. 나는 창문 앞에 책상을 놓고 일하다가 피곤해지면 그런 풍경을 멍하니 바라보았다. 내 몸도, 문장을 지어내기 위해 로마 거리와 마찬가지로 칭얼대고 있는 것이다. 그 계절에는 비가 자주 내렸다. 때로는 우박까지 내렸다(덕분에 베란다에 내놓았던 바실리코 화분이 다 죽고 말았다). 비가 그치면 옛날 스펙터클 영화에서처럼 구름이 웅장하게 갈라지고 그 사이로 그야말로 로마를 느끼게 하는 강렬한 태양이 기다렸다는 듯 얼굴을 내밀며 거리를 황금빛으로 물들였다. 봄이 바로 곁에 와 있음을 실감하게 하는 때이다.

그러나 이런 멋들어진 전망과 정취 있는 정원에 비해 건물은 그다지 훌륭하다고는 하기 어려웠다. 솔직히 말해 너무 낡았고 설비도 조잡스러웠다. 벽지도 색이 바랜 데다 군데군데 벗겨져 있고 엘리베이터는 폐병 환자처럼 헉헉거렸으며, 부엌의 환기구는 고장이 나서 아예 작동조차 하지 않았다. 창문은 문짝이 맞지 않았고 온수도 나오다 안 나오다 했다. 바닥도 삐거덕삐거덕 소리를 냈다. 본래는 제대로 된 건물이었다는 것은(품위도 있었을지 모른다) 봐서 알 수 있지만 지금은 모든 것이 영락하여 황폐해졌다. 이런 오래된 저택을 본래 모습대로 보존하는 데 필요한 보수를 하지 않은 것이다. 들리는 말에 따르면 걸핏하면 건물 관리회사가 바뀌는 탓에 제대로 관리가 되고 있지 않다고 한다. 그러나 특별히 욕심만 내지 않는다면 보통 사람들 정도의 생활은 할 수 있다. 이 빌라의 가장 큰 장점은 뭐니 뭐니 해도 조용하다는 것이다. 특히 나에게는 무척 고마운 일이었다. 어찌되었건 이제야 간신히 조용한 환경에서 자리 잡고 소설을 쓸 수 있게 된 것이다.

소설 제1고는 3월 7일에 완성했다. 3월 7일은 무척 추운 토요일이었다. 로마 사람들은 3월을 미치광이 달이라고 부른다. 날씨와 기온의 변화가 너무 심하기 때문이다. 전날은 따뜻하여 봄날 같더니 하룻밤 자고 나면 다시 한겨울로 돌아가는 식이다. 이날은 오전 5시 30분에 일어나 정원에서 가볍게 조깅을 하고, 그 후부터 쉬지 않고 열일곱 시간을 써 내려갔다. 한밤중에 소설이 완성되었다. 일기를 보니 몹시 지쳐 있었던 듯 딱 한마디, '아주 좋다'라고만 써져 있다.

고단샤[講談社]의 기노시타 요코 씨에게 전화를 걸어 소설이 완성되었음을 알렸다. 그러자 4월 초순에 볼로냐에서 북페어가 있는데, 국제부 직원이 참가하기로 되어 있으니 거기서 직접 원고를 전해 주면 고맙겠다고 한다. 내가 꽤 재미있는 소설이라고 말하자 "그래요? 900매나 된다구요? 정말 재미있어요?"라며 믿지 못하겠다는 듯 묻는다. 정말 무척 의심이 많은 사람이다.

이튿날부터 바로 제2고에 착수한다. 노트며 편지지에 쓴 원고를 전부 처음부터 다시 고쳐 쓰는 것이다. 400자 원고지 900매분의 원고를 볼펜으로 다시 쓰는 일은, 자랑은 아니지만 체력이 없으면 도저히 불가능한 일이다. 제2고는 3월 26일에 완성되었다. 볼로냐 북페어 때까지 완성하려고 어찌나 서둘렀는지 완성될 무렵에는 오른손이 저려서 거의 움직이지도 못할 정도였다. 다행히 나는 어깨가 결리지 않는 체질이라 어깨는 괜찮았는데 팔이 너무 아팠다. 그래서 틈만 나면 방바닥에서 열심히 팔굽혀펴기를 했다. 장편소설을 쓰는 것은 보통 사람들이 생각하는 것보다 훨씬 격렬한 육체노동이다. 지금은 워드 프로세서를 이용하는 덕분에 무척 편해졌지만, 전에는 이만저만 힘든 일이 아니었다.

그리고 쉴 틈도 없이 다시 제2고를 빨간 볼펜으로 수정하는 작업에 들어간다. 결국 완전히 끝내고 《노르웨이의 숲(상실의 시대)》이란 제목을 붙인 것은 볼로냐로 가기 이틀 전이었다.

이 '빌라 토레코리'에서 소설을 쓰는 동안 나는 소설 이외에 다른 글을 전혀 쓰지 않았다. 편지를 쓸 기력도 없었고 일기도 제대로 쓸 수 없었다. 다음 글은 조금 시간이 흐른 후 어떤 문예지에 실기 위해 이 무렵의 일을 쓴 것이다. 그 글은 에세이라기보다는 오히려 독백에 가까울지도 모르겠다.

오전 3시 50분의 작은 죽음

장편소설을 쓰는 것은 내 경우 매우 특수한 행위라고 할 수 있다. 어떠한 의미에서도 그것을 일상적인 행위라고 할 수는 없다. 예를 들면 깊은 산림 속에 혼자 들어가는 것과 같다. 수목은 벽처럼 빽빽하게 들어서 있고 거대한 가지는 겹겹이 뻗어 하늘을 가리고 있다. 거기에 어떤 동물이 서식하고 있을지도 모른다.

그래서 나는 장편소설을 쓸 때면 항상 머릿속 어디에선가 죽음에 대해 생각한다.

평상시에는 그런 생각은 거의 하지 않는다. 죽음을 절박한 가능성으로서 일상적으로 받아들이는 것은—30대 후반의 건강한 남성의 대부분이 그렇듯이—극히 드문 일이다. 그러나 일단 장편소설에 매달리면 내 머릿속에는 어쩔 수 없이 죽음의 이미지가 형성된다. 그리고 그 이미지는 두뇌 주변의 피부에 착 달라붙어 버리는 것이다. 나는 그 근질근질하고 기분 나쁜 날카로운 손톱의 감촉을 항상 느끼게 된다. 그리고 그 감촉은 소설의 마지막 한 줄을 끝내는 순간까지 절대로 사라지지 않는다.

언제나 그렇다. 언제나 같다. 소설을 쓰면서 **나는 죽고 싶지 않다. 죽고 싶지 않다. 죽고 싶지 않다**라고 계속 생각한다. 적어도 그 소설을 무사히 끝마칠 때까지는 절대로 죽고 싶지 않다. 이 소설을 완성하지 않은 채 도중에 죽게 되는 것을 생각하면 나는 눈물이 나올 정도로 분하다. 어쩌면 이것은 문학사에 남을 훌륭한 작품은 되지 않을지도 모른다. 하지만 적어도 **이것은 나 자신이다.** 좀더 극단적으로 말하면 그 소설을 완성시키지 않으면 내 인생은 정확하게는 이미 내 인생이 아닌 것이다—장편소설을 쓸 때마다 나는 많든 적든 그런 생각을 하며, 그 생각은 내가 나이를 먹고 소설가로서 경력을 쌓아감에 따라 더욱 강렬해지는 것 같다. 나는 때때로 침대 위에 누워서 숨을 죽인 채 눈을 감고 자신이 죽어가는 모습을 상상하기도 한다. 죽어간다는 것은 어떤 것일까 하고 상상해 본다. 그리고 이렇게 생각한다. 안 돼, 그건 도저히 참을 수 없어, 라고.

아침에 눈을 뜨면 우선 주방으로 가서 주전자에 물을 붓고 전기 히터 스위치를 켠다. 커피를 만들기 위해서다. 그리고 물이 끓기를 기다리면서 나는 이렇게 기도한다. "원컨대, 저를 조금만 더 살려주십시오. 저에게는 시간이 조금 더 필요합니다" 하고. 하지만—그렇다—나는 대체 누구에게 기도해야 하는 것일까? 신에게 기도하기에는 나는 지금까지의 인생을 너무 내 멋대로 살아왔다. 운명을 향해 기도하기에는 나는 너무 나 자신에게 의지하고 있다. 아무래도 좋다. 누구에게 기도하든 계속 기도하다 보면 언젠가는 그 어딘가의 누군가에게 가 닿을지도 모른다. 언젠가 어딘가의 우주인에게 감지될 것을 기대하며 산 위에서 여러 방향으로 마구 메시지 전파를 보내고 있는 과학자처럼. 어쨌든 나로서는 기도하는 것 외에는 방법이 없는 것이다. 이 불확실하고 폭력적이며 불완전한 세계에 살고 있는 우리 주변에는 실제로 여러 형태의 죽음이 넘쳐나고 있으므로. 냉정하게 생각해 보면 지금까지 무사히 살아올 수 있었던 것이 오히려 이상할 정도다.

그래서 나는 정말 기도를 많이 한다. 옆을 보고 운전하던 피아트 운전자가 횡단보도에서 나를 들이받지 않도록. 경찰이 길모퉁이에 서서 이야기하며 무심코 앞뒤로 흔들고 있는 자동소총이 나를 향해서 발사되지 않도록. 아파트의 5층 베란다 난간에 위태롭게 진열된 화분이 내 머리 위로 떨어지지 않도록. 정신이상자나 마약중독자 같은 사람이 갑자기 착란을 일으켜 내 등에 푹 하고 칼을 찌르지 않도록 말이다.

피아체 카브르에 접해 있는 카페에 앉아 에스프레소 커피를 마시며 주위 풍경을 바라보다가 나는 문득 신기하다는 생각이 든다. 지금 여기를 걷고 있는 사람들이 100년 후에는 한 사람도 존재하지 않는 것이다. 내 앞을 걸어서 지나가는 젊은 여인도 버스를 타려고 서 있는 초등학생도 영화관의 간판을 보고 있는 젊은이도 그리고 나도. 모두 100년 후에는 그냥 먼지로 변해 버리는 것이다. 100년 후에도 지금과 같은 빛이 이 마을을 비추고 지금과 같이 바람이 이 길을 지나가겠지만 여기에 있는 어느 누구도 이미 이 지상에는 존재하지 않는 것이다.

아니, 그런 건 아무래도 그것으로 상관없다. 만약 100년 후에 내 소설이 죽은 지렁이처럼 말라비틀어져 사라진다 해도 그것은 어쩔 수 없는 일이라고 생각한다. 그것은 별문제가 아니다. 내가 원하는 것은 영원한 삶도 아니고 불멸의 걸작도 아니다. 내가 원하는 것은 바로 지금 현재의 일이다. 이 소설을 다 쓸 때까지 어떻게 든 살아 있게만 해달라는 것뿐이다.

1987년 3월 18일 수요일. 새벽 3시 50분.

물론 밖은 아직 어둡다. 새벽이 되려면 아직 한 시간 정도 남아 있다. 영어에서 말하는 '스몰 아워즈(small hours)', 스콧 피츠제럴 드가 '영혼의 어둠'이라고 부른 시각이다. 그러고 보니 스콧 피츠 제럴드도 소설을 쓰는 도중에 죽었다. 그러나 그는 어쩌면 행운아 였을지도 모른다. 왜냐하면 발작을 일으켜서 쓰러진 채로 눈 깜짝 할 사이에 숨을 거둬버렸으니까. 아마도 미처 다 쓰지 못한 소설 에 대해서는 생각할 틈도 없었을 것이다. 아니, 바닥에 쓰러진 순 간에 미완의 《최후의 대군》이 그의 뇌리를 스쳤을지도 모른다. 인 간은 그렇게 쉽게 눈 깜짝할 사이에 죽지는 않을 테니까. 그런 일 을 당하면 몹시 억울할 것이다. 그의 머릿속에서 그 소설은 이미 완성되어 있었던 것이다. 그는 그것을 소설이라는 눈에 보이는 형 태로 만들기만 하면 되었다. 그러나 그 전에 그가 죽어버리면 모 든 것이 사라져버린다. 소멸되어 제로가 되어버린다. 그리고 이제 아무도 그것을 되돌려놓을 수는 없다.

나는 창밖의 어둠을 응시하며 잠시 스콧 피츠제럴드를 생각한 다. 언덕 산기슭에 가로등 행렬이 보인다. 가로등 행렬은 테베레 강을 따라 완만하게 구부러져 멀리까지 계속되고 있다. 때때로 자 동차 불빛이 곡선을 그리면서 어딘가로 사라져간다. 아무런 소리 도 들리지 않는다. 조용하고 시선이 미치는 모든 곳이 캄캄하다.

마치 깊은 수렁 밑에 빠진 것처럼. 하늘에는 별도 달도 없다. 하늘은 덮개로 덮인 것처럼 잔뜩 흐려 있다. 나는 소파에 몸을 파묻고 브랜디를 한 모금 핥듯이 마신다. 술을 마시기에는 너무 늦고 커피를 마시기에는 너무 이른 시간이다. 하지만 브랜디 한 모금 정도는 괜찮을 것이다. 음악을 듣고 싶었지만 아내가 깰 것 같아 단념한다. 더구나 이렇게 깊고 조용한 새벽시간에 대체 어떤 음악을 들을 수 있단 말인가?

나는 가만히 침묵 속에 잠긴다.

내가 3시 30분에 눈을 뜬 것은 기묘한 꿈을 꾸었기 때문이다. 너무나 기묘해서 저절로 눈이 떠진 것이다. 내가 어떤 꿈을 꾸고 그 꿈 때문에 잠에서 깼다니 이건 정말 보기 드문 일이다. 나는 꿈이라고는 거의 꾸지 않으며 꾸어도 곧 잊어버린다.

그래서 나는 잊어버리기 전에 그 내용을 적어두려고 한다. 이렇게 명확하고 선명한 꿈을 꾸는 것은 그리 자주 있는 일이 아니므로. 그렇다, 그 꿈은 어떤 의미에서는 현실보다도 더욱 명확하고 선명한 것이었다.

텅 빈 커다란 건물에 대한 꿈이었다. 천장이 높아서 마치 비행기 격납고 같은 건물이었다. 안에는 아무도 없다. 내 주변에는 피 냄새가 감돌고 있다. 무겁고 끈끈한 냄새가 확실한 비중을 가지고 단층斷層처럼 무겁게 공중에 떠 있다. 공기가 천천히 소용돌이 치면 그 냄새도 같이 움직인다. 그리고 그 냄새는 내 입속에까지 들어온다. 그것을 피할 수는 없다. 싫어도 호흡할 때마다 들어오는 것이다. 나는 혀끝으로 냄새의 움직임을 느낄 수 있다. 냄새는 목 구멍을 넘어가 내 몸 구석구석까지 스며든다. 나라는 존재는 피의 점액 속에 어쩔 수 없이 동화되어 간다.

방 오른쪽에는 머리가 잘린 소의 몸통이, 그리고 왼쪽에는 잘린 머리가 바닥에 놓여 있다. 목이 잘린 지 얼마 되지 않은 듯 머리와 몸통에서는 아직 피가 줄줄 흐르고 있다. 머리와 몸통 모두 보기 좋게 아주 가지런히 정리되어 있다. 그래서 두 동강 난 소들은 매우 조용하게 보인다. 마치 깊이 잠들어 있는 동안에 미처 고통을 느낄 틈도 없이, 보리라도 베듯 재빨리 머리를 잘라낸 것이 아닐까 하는 느낌이 들 정도이다. 하지만 적어도 소의 머리는 자신들이 몸통에서 잘렸다는 사실을 알고 있는 것 같았다. 그들의 눈을 보면 안다. 그렇지만 안다고 해서 뾰족한 수가 있는 것은 아니다. 거기에 놓인 채로 그저 피를 흘리고 있을 수밖에 도리가 없다.

5백 개 정도 있는 소의 머리는 모두 같은 방향을 향해 놓여 있다. 왜 일부러 그런 귀찮은 일을 했는지 나는 그 이유를 모른다. 누가 했는지는 모르지만 아무튼 무척 힘이 들었을 것만은 틀림없다.

방의 바닥에는 마치 잎의 맥脈처럼 무수하게 가는 도랑이 거미줄처럼 뻗어 있다. 그리고 그 가느다란 도랑은 소들의 피를 모아 방 가운데에 흐르고 있는 한 개의 큰 도랑으로 보내고 있다. 그 큰 도랑은 모은 피를 바다로 흘려보낸다. 건물 바로 밖에는 벼랑이 있고 그 아래는 바다이다. 바다는 이미 소들의 피 색깔로 물들어 있다.

창밖에는 갈매기가 날고 있다. 엄청난 수의 갈매기이다. 마치

날벌레처럼 많다. 그들은 소의 피를 먹으려고 여기에 모여든 것이다. 그들은 도랑에서 흘러나온 피를 후루룩 마시고 간혹 피 속에 섞여 있는 작은 고깃덩이를 걸신들린 듯이 먹는다. 하지만 물론 그것만으로는 충분하지 않기 때문에 갈매기들은 하늘을 날면서 유심히 창문 안쪽을 엿보고 있다. 그들은 더 큰 고기 조각을 원하는 것이다. 머리와 몸통이 잘려진 소들을. 그리고 나를. 참을성 있게 하늘을 날면서 그들은 천천히 기회를 노리고 있다.

소들도 나를 물끄러미 보고 있다. 바닥에 질서정연하게 정렬된 소들의 머리는 품종개량된 신기한 야채처럼 보인다. 나는 그들의 시선을 분명히 느낄 수 있다. 그들은 나를 보면서 이렇게 말하고 있다. 아직 죽지 않았소, 아직 죽지 않았소, 하고. 갈매기들은 이렇게 말하고 있다. 이제 곧 죽게 돼, 이제 곧 죽게 돼, 하고.

나는 눈을 뜨고 곧 시계를 보았다. 나는 진땀을 흘리고 있다. 기분 탓인지 손바닥까지 축축해져 있다. 마치 피가 달라붙어 있는 것처럼. 나는 아무것도 걸치지 않은 채 주방으로 가서 냉장고에서 생수를 꺼내 컵에 따라 마신다. 세 잔인가 네 잔을 연거푸 마신다.

그리고 지금 이렇게 소파에 앉아 창밖의 어둠을 바라보고 있다. 시계는 3시 50분을 가리키고 있다.

죽고 싶지 않다, 고 나는 생각한다.

나는 눈을 감고 내가 죽어가는 모습을 상상해 본다. 육체의 모든 기능이 정지하고 마지막 숨이 훅 하고 폐에서 빠져나간다. 마지막 숨은 생각했던 것보다 훨씬 단단하다. 마치 연식정구 공을 목구멍에서 내뱉는 것과 같은 느낌이다. 그래도 막히지 않고 잘 빠져나간다. 그리고 죽음이 온다. 천천히 그러나 확실하게. 시야가 무거움을 더해 가고 색이 흔들린다. 마치 수영장 바닥에서 자고 있는 것 같은 기분이다. 누군가가 뛰어들었는지, 물이 파도치며 빛을 뒤흔든다. 그러나 이윽고 그 빛도 사라진다.

　로마는 무수히 많은 죽음을 흡수한 도시이다. 로마는 모든 시대의 모든 형태의 죽음에서 가득 차 있다. 시저의 죽음에서 검투사의 죽음까지. 영웅의 죽음에서 순교자의 죽음까지. 로마사는 죽음에 대한 묘사로 넘쳐나고 있다. 원로원 의원은 명예로운 죽음을 선고받으면 우선 자기 집에서 성대한 술잔치를 벌였다. 그리고 친구들과 함께 실컷 먹고 마시고 난 후 천천히 혈관을 가르고 철학을 논하면서 죽어갔다. 가난하고 이름 없는 백성들의 시체는 테베레 강에 던져졌다. 칼리굴라는 철학자라는 철학자를 모조리 처형했고 네로는 그리스도 교도를 사자의 먹이로 만들었다.

　아침이 찾아오기 전의 이 짧은 시각에 나는 이처럼 죽음의 기운이 고조됨을 느낀다. 죽음의 기운이 먼 파도 소리처럼 내 몸을 떨게 하는 것이다. 장편소설을 쓰고 있으면 종종 이런 일이 생긴다. 나는 소설을 쓰는 행위를 통해서 조금씩 생의 깊숙한 곳을 향해 내려간다. 작은 사다리를 타고 나는 한 걸음 또 한 걸음 내려간다. 그러나 그렇게 해서 생의 중심으로 다가가면 다가갈수록 나는 분명하게 느끼게 된다. 그 바로 앞의 어둠 속에서 죽음도 또한 동시에 심하게 고조되고 있다는 것을.

메타 마을에 이르는 길 1987년 4월

볼로냐에서 출판사 사람을 만나 탈고한 원고도 전했고 이제 당분간은 느긋하게 몸과 마음을 쉬기로 한다. 기분이 매우 상쾌하다. 등에 짊어지고 있던 무거운 짐을 한꺼번에 내려놓은 듯한 기분이다.

4월 12일 일요일. 팜 선데이. 우비 씨 부부와 우리 부부는 메타마을로 놀러 갔다. 메타 마을은 로마에서 북서쪽에 위치한, 자동차로 가면 두세 시간 정도의 거리에 있는 아주 조그만 마을이다. 워낙 작은 마을이라서 꽤 상세한 지도에도 나와 있지 않은 곳이고 큰길에서 멀리 떨어진 산꼭대기에 있기 때문에 일부러 찾아가는 여행자도 없다. 인구는 1천 명 정도이며 마을 한가운데에 바르가 있어 거기서 간단한 식료품 같은 것을 팔고 있다. 그 외에 가게라고 할 수 있는 곳은 한 군데도 없다. 온 마을 사람들이 농사를 지으며 웬만한 것은 전부 자급자족하므로 특별히 뭔가를 살 필요가 거의 없는 것이다. 우리가 이런 외진 마을에 굳이 찾아가는 이유는 거기가 우비 씨가 태어난 고향이기 때문이다. 그는 열여섯 살까지 메타 마을에서 자랐다. 양친은 건재하며 아직도 그곳에서 살고 있다.

"무엇보다도 집세가 무척 싸니까." 우비 씨가 말한다.

"1년 집세가 3천7백 리라이니 말 다했지 뭐."

3천7백 리라라면 약 400엔이다.

잘못 들은 게 아닌가 싶어 다시 확인해 보지만 역시 400엔이란다.

"아버지가 내내 읍사무소에 근무했었거든. 벌써 오래전에 퇴직했지만 그 후에도 줄곧 공무원 사택에서 살고 있지. 죽을 때까지 살 수 있거든. 그런 점에서 이 나라는 꽤 풍요로워. 그렇게 생각하지 않나?"

"그런 것 같군" 하고 나는 말한다.

"아버지 연금이 내 기본급보다 많은걸. 너무 심하지 않아? 그러니 늘 재정이 적자지. 국민이 나랏돈을 강탈하고 있는 거나 마찬가지야."

"일본과는 정반대로군, 그런 점은."

"그래 맞아, 정반대야"라며 우비 씨가 고개를 끄덕거린다. "그러고 보면 일본 사람들은 불쌍해. 일본은 나라는 부자지만 국민들의 생활은 그에 비하면 그다지 풍요롭다고 할 수 없으니 말이야. 휴가 기간도 적고 땅값은 비싸고 세금도 역시 비싸고. 자랑은 아니지만 이탈리아 사람들은 세금 같은 건 거의 내지 않아. 제대로 세금을 내는 사람은 우리 같은 공무원뿐일 거야(그는 외무성에 근무하고 있다). 나머지는 그야말로 제멋대로지. 이탈리아 경제의 반 이상은 지하경제야. 나라가 파악하고 있는 돈의 흐름은 아마 전체의 절반에도 못 미칠걸. 이탈리아 사람들은 실제로는 통계상의 수치보다 더 많은 돈을 갖고 있지. 세금을 안 내니까. 지난번에 내 여동생 마리아 루치아를 만났잖아? 그 애가 밀라노 세무서에 근무하는데 이야기를 들어보면 정말 심각해. 미납 고지서를 보내도 누구 하나 밀린 세금을 내는 사람이 없다는 거야. 아예 낼 생각이 없는 거지. 오히려 자기네가 얼마나 어렵게 살고 있는데 세금까지 낼 수 있겠느냐며 울면서 호소를 한대. 이탈리아 사람들은 그런 것 하나는 끝내주니까. 마리아는 마음이 약해서 사람들이 눈물로 호소하면 자기가 세금을 대신 내주기도 한대. 세무서 직원이 남의 세금이나 대신 내고 있으니, 원. 내 동생이지만 애가 좀 남달라."(*1년 후에 마리아 루치아는 노이로제로 입원했다)

"정말 그렇군." 나도 동의한다. "그 지하경제라는 것은, 예를 들면 어떤 거야?"

"규모가 큰 것은 물론 마피아지." 우비 씨는 설명한다. "그런 크고 작은 조직이 이탈리아 전역에 쫙 깔려 있어. 그리고 이 나라 사람들은 한 사람이 여러 가지 직업을 갖는 경우가 많거든. 낮에 외무성에 근무하는 사람이 밤에는 테베레 강가의 재즈 클럽에서 색소폰을 분다든가 하는 식으로 말이야. 사실 낮에 외무성에서는 잠만 자겠지만, 하하하. 그런 사람들은 부업으로 번 수입은 전혀 신고하지 않아. 사회가 그렇게 구성되어 있어. 그런 사회구조를 바로잡으려는 정치가가 나오면 그 내각은 다음 날로 당장 무너지고 말 거야. 그래서 아무도 손을 못 대지. 국민들은 모두 자기 하고 싶은 대로 하고 있어. 자네도 봐서 알다시피 모두 여름이나 크리스마스, 부활절에는 삼주일씩이나 휴가를 다녀오잖아. 매번 비싼 레스토랑에서 온 가족이 식사를 하고 아르마니나 발렌티노 같은 쓸데없이 비싼 옷만 입고 다니고…… 일본 샐러리맨에 비하면 풍족해 보이지 않나? 월급만으로는 도저히 그런 생활은 할 수 없지."

"좋은 나라로군." 나도 탄복하며 말한다.

"국가는 파산할 듯하면서도 좀처럼 파산하지 않나 봐." 우비 씨는 남의 일처럼 말한다.

이야기하는 도중에 유료 도로로 진입했다. 그런데 요금 징수소에 사람이 보이지 않는다. 우리는 요금을 지불하지 않고 그대로 통과했다.

"요금 징수원들이 파업 중이야." 우비 씨는 말한다. "종종 이런 일이 있지."

이런 종류의 파업은 고맙다. 일본 같으면 관리직에 있는 사람이 나와서라도 요금을 징수할 것이다.

"무솔리니는 대담하게 나라의 구조를 바꾸는 데 성공한 유일한 정치가였어." 우비 씨는 말한다. "그는 국민들이 찍소리 못하게 만들었지. 그 정도로 강하게 나오지 않으면 이탈리아 사람을 상대로 정치하기 힘들어. 무솔리니는 마피아까지 꼼짝 못하게 했지. 다만 그의 유일한 실수는 이탈리아 사람들의 전쟁 능력을 과대평가한 점이야. 이탈리아 사람에게 전쟁을 시켰다가는 끝장이라는 걸 몰랐거든."

그 후 우리는 한참 동안 이탈리아 사람의 사무처리 능력과 노동 의욕에 관해 이야기한다.

"하루키 씨, 이탈리아 지옥하고 독일 지옥 얘기 알아?"

"모르는데" 하고 나는 말한다.

"지옥 입구에 있는 접수원이 죽은 사람에게 묻는 거야. 이탈리아 지옥이 좋으냐, 독일 지옥이 좋으냐 하고. 어떻게 다르냐 하면 내용은 똑같은데, 꽁꽁 묶여 공중에 매달려 있다가 하루에 세 번씩

똥통에 푹 잠기는 거야, 머리 꼭대기까지. 이탈리아 지옥에서는 이탈리아 사람이 로프를 조작하고 독일 지옥에서는 독일 사람이 로프를 조작하지. 하루키 씨라면 어느 쪽을 선택하겠어?"

생각해 봤지만 잘 모르겠다.

"단연 이탈리아 지옥이 낫지. 하루에 두 번은 로프 조작하는 걸 잊어버릴 테니까, 하하하"라며 우비 씨는 웃는다. 이 사람은 이탈리아 험담을 할 때가 제일 신이 나는 모양이다. 누이동생만 남다른 게 아닌 것 같다.

"하루키 씨, 폴크스바겐 한 대에 독일 사람 네 명과 유대인 여덟 명을 태우는 법 알아?"

"글쎄……."

"앞뒤 좌석에 독일 사람을 두 명씩 태우고 유대인 여덟 명은 재떨이에 태우는 거야. 하하하."

"하하하."

우리가 탄 피아트 우노는 공짜로 통과한 유료 도로를 북서쪽으로 달린다. 내 아내와 우비의 아내 우사코는 뒷좌석에서 열심히 여자끼리 이야기꽃을 피우고 있다.

몇 년 동안 도쿄에 주재원으로 있다가 오랜만에 로마로 돌아온 우비 씨는 역逆 컬처 쇼크 때문인지 로마에 대해 불만이 많다.

"만약 노이로제에 걸리고 싶은 사람이 있다면 로마에 오는 게 좋을 거야. 나는 이 도시에서 목숨을 갉아먹으며 살고 있는 셈이야. 여긴 지옥이라구. 인간이 살 곳이 못 돼. 나는 로마 이외의 곳이라면 어디든지 가겠어. 수단이든 아프가니스탄이든 온두라스든 이르쿠츠크든. 하루 빨리 로마에서 도망치고 싶어. 일본은 정말 좋았지. 여자들한테 인기도 많았고(힐끗 뒤쪽을 본다)."

"음식도 맛있었고 롯폰기의 '시골집'이 그립군. 값은 비쌌지만."

"'북쪽의 가족'은 어때?"

"맞아, 거기는 쌌지. 그래 거기도 괜찮아." 그는 고개를 끄덕인다. "한번은 이탈리아 대사가 아자부의 '……'(꽤 유명한 이탈리아 레스토랑)에 식사하러 가서 우선 포도주부터 주문했어. 그랬더니 웨이터가 이렇게 말하는 거야. 손님 죄송합니다만 지금 프랑스산 포도주가 마침 떨어져서요. 이탈리아산은 있습니다만 이탈리아 포도주라도 괜찮으시겠습니까, 하고 말이야. 대사는 벌컥 화를 냈지. 하하하. 왜 안 그렇겠어. 그러고는 명함을 내밀며 실은 나 이런 사람이오, 라고 한 거야. 웨이터는 그만 놀라서 자빠질 뻔했지. 한바탕 소동이 벌어졌고 매니저가 와서 정중하게 사과한 후에야 일이 수습되었어. 한동안 그 일 때문에 대사관 사람들이 배꼽을 잡았지."

이탈리아 공무원은 하루 종일 농담만 하는 건 아닐까 싶은 생각마저 든다.

"그다지 즐겁지도 않지만 다들 별로 일하지 않는 것만은 분명해. 거의 일을 안 하지. 믿을 수 없을 정도로. 생각하는 거라고는 휴가하고 먹을 것밖에 없다니까. 게다가 무신경하기도 하지." 우비 씨는 불쾌한 듯이 말한다.

"얼마 전에 내가 감기에 걸려 하루 쉰 적이 있는데 그 다음 날

출근해서 컴퓨터에서 자료를 찾았더니 글쎄, 전부 사라지고 없는 거야. 나 참 기가 막혀서. 누가 내 컴퓨터를 멋대로 사용하다가 키를 잘못 누르는 바람에 싹 지워진 거지. 어떻게 그런 무책임한 일이 있을 수 있어? 명색이 외무성이란 곳에서 말이야."

점점 감정적이 되어간다.

"여보, 진정해요." 뒤에서 우사코가 한마디 한다. "당신은 너무 일을 많이 해요. 일본 사람처럼."

"그뿐만이 아니야. 모두 도둑놈이라고."

"도둑놈?" 내가 되묻는다.

"그래요. 외무성에서 직원들끼리 파티를 하면 사소한 것들이 얼마나 많이 없어지는 줄 알아? 은식기니 꽃병이니 재떨이 같은 것들이. 믿을 수가 없어. 정말 믿을 수가 없다니까(이 말은 일본어). 하기야 로마는 2천 년 동안이나 부패해 온 곳이니까. 부패에도 이력이 붙은 거지."

"이 사람은 가끔씩 이렇게 흥분을 해요. 로마와 직장 때문에." 우사코가 말한다.

"그렇다고 로마가 싫다는 말은 아니야." 우비 씨는 감정이 격해졌는지 핸들에서 손을 떼고 허공에 휘두르며(이탈리아 사람들은 자주 이런 행동을 하는데 볼 때마다 간담이 서늘하다) 말한다.

"로마 자체는 좋아해. 아름답기도 하고. 싫은 것은 거기 살고 있는 사람들이야. 무례하고 저질이고 무식하고, 짐승하고 다를 게 없잖아."

"좀 진정하게." 나도 그를 달랜다.

"죄다 바보들이야" 하고 그는 계속해서 말한다. "나는 로마에 있으면서 기분 좋았던 적이 단 한 번도 없어. 옛날에 한 몇 년 경찰생활을 했거든. 그때 가끔 경찰차를 타고 매춘 단속을 나가기도 했는데 경찰한테는 반값만 받더군." 이렇게 말하고는 힐끗 뒤를 돌아다본다(기분 좋은 일이 전혀 없었던 것만은 아니지 않는가). "아무튼 그 무렵 나는 고독했어."

"경찰을 했었어?" 내가 되묻는다. 이 사람의 반생은 참으로 파란만장하다. 얘기를 하다 보면 끝없이 새로운 사실이 밝혀진다. 정말 특이한 사람이다.

"그전에는 로마의 재벌 집에서 하우스보이 같은 것을 했었지."

"……그리고 지금은 외무성 직원이라……."

"음, 여러 가지로 사연이 많았지. 좌우지간 나는 로마에 있을 때는 늘 고독했어. 로마에 있으면 안정이 안 돼. 어차피 나는 촌놈이야. 볼차노에서 6년간 헌병군(군대에 속한 경찰)으로 주둔했을 때는 행복했지. 사람들은 인정이 많았고 여자들은 상냥하고(얘기만 했다 하면 곧 여자 얘기로 옮아가는 점은 영락없는 이탈리아 사람이다). 그거, 알아? 볼차노의 여자들은 데이트 할 때 남자 주머니 사정을 생각해서 싼 것만 주문하는데 로마 여자들은 단박에 시바스 리갈을 주문하거든."

"응, 알지. 일본에서는 그런 여자들을 '한심한 여자'라고 해."

"한심한 여자라" 하고 우비 씨가 복창을 한다. "아무튼 볼차노에서 로마로 돌아오게 되었을 때 눈물이 나더군. 하도 괴로워서. 도쿄에서 로마로 돌아왔을 때도 괴로웠지만."

(*후에 나는 볼차노에 가보았는데 오스트리아와 국경을 이룬 근처에 위치한 아주 좋은 곳이었다. 포도주와 케이크가 맛있었다.)

"빨리 로마를 떠날 수 있길 바라겠네."

*

메타 마을 이야기.

메타 마을은 11세기까지 역사를 거슬러 올라갈 수 있는 오래된 마을이다. 처음에는 정말로 산꼭대기에 있었는데 1915년에 일어난 대지진으로 집들이 대부분 붕괴되어 마을 전체가 100미터 정도 아래쪽으로 옮겨오게 되었다. 그래서 산꼭대기에는 붕괴한 마을의 흔적이 옛 모습 그대로 남아 있다. 전형적인 산골 마을의 모습이다.

"이곳은 완전히 고립된 마을이라서 옛날에는 사람들이 거의 마을 밖으로 나가지 않았지." 우비 씨가 말한다. "우리 어머니는 전쟁 중에 소금을 구하기 위해 당나귀를 타고 로마까지 갔다 왔는데 그 후 40년 동안 내내 그 이야기를 하셨어. 40년 동안이나."

"나도 여섯 번이나 들었어요." 우사코가 거든다.

"제2차 세계대전 때 얘기를, 바로 일주일 전 얘기처럼 하는 거야." 우비 씨가 이야기를 계속한다. "전쟁 중에 나치 군대가 마을로 들어와서 레지스탕스라는 이유로 마을 청년 두 사람을 끌고 간 일이 있는데, 그들은 결국 다시 돌아오지 않았어. 불쌍하게도. 그런데 사람들은 지금까지도 아주 심각한 얼굴로 그 이야기를 해. 대단하지. 그리고 난 말이야, 열여섯 살이 될 때까지 이탈리아에 스파게티라는 음식이 있다는 걸 몰랐어. 왜냐하면 메타 마을에는 스파게티가 없었으니까. 모두들 집에서 어머니가 만들어주는 파스타만 먹었으니 알 리가 없지. 덕분에 살은 별로 찌지 않았지만, 믿기 어려운 일이지."

흥미 있는 마을이다. 점점 기대가 된다.

메타 마을

유료 도로를 공짜로 빠져나와 한참을 더 달리다가 철로를 지나 산길로 접어든다. 작은 마을을 몇 개 지나면서 보니까 길을 걷는 사람들이 모두 손에 올리브 가지를 들고 있다. 팜 선데이이기 때문이다. 왜 팜 선데이에 올리브 가지를 들고 다니는지는 나도 모른다. 산 위쪽으로 조그만 마을이 보인다. 저게 메타 마을인가? 하고 우비 씨에게 물어본다.

"아니, 저건 페스키에라는 조그마한 마을이야. 메타 사람들은 저곳을 중국(키노)이라고 부르지. 문명이 발달되지 않은 데다, 사람들이 좀 이상하게 걷거든."

"문명? 이상하게 걷는다고?"

"으음. 페스키에라에 비하면 메타는 큰 마을이야. 그리고 페스키에라 사람들은 걷는 모습이 특이해서 세계 어디를 가도 그곳 출신이라는 걸 금방 알 수 있어. 이렇게 아장아장 걷는 듯한 조금 이상한 걸음걸이야. 다리가 휘어 있거든."

"왜 그렇게 걸음걸이가 다르지? 메타 마을하고 그리 멀리 떨어져 있지도 않은데."

"1킬로미터도 채 안 떨어져 있지" 하고 그는 말한다. "하지만 고도도 다르고 지형도 달라. 그러니까 오랜 세월 그 지형에 적응하느라 다리가 휘어서 걷는 모습도 전혀 달라지게 된 거야. 아무튼 전혀 달라, 보면 금방 알 수 있으니까."

나는 정말 그럴까 하는 생각이 들었지만 우비 씨는 진지한 얼굴로 그렇게 주장한다. 아마 그의 말이 맞을 것이다.

"그럼 페스키에라 마을 위쪽이 메타 마을인가?"

"아니야, 그 위에 조그마한 마을이 하나 더 있어. 산 사비노라는 마을인데 거기도 메타에 비하면 비문명적이지. 인구는 3백 명 정도 될까. 메타하고 200미터밖에 떨어져 있지 않은데도 말이야."

"물론 걷는 모습도 다르겠지?"

"물론 다르지." 당연하다는 얼굴로 그는 말한다. "메타 마을 사람들은 모두 산 사비노 사람들의 걷는 모습을 흉내 내며 웃지. 복장도 다르고 말투도 다르고 사고방식도 세계관도 전혀 달라."

솔직히 말해 점점 머리가 아파온다.

"거짓말이 아냐"라고 우비 씨는 말한다. "마리아 루치아한테 물어봐. 틀림없이 그렇다는 걸 증명해 줄 테니까."

우비 씨의 아버지는 이 산 사비노 출신이고 어머니는 메타 출신이다. 서로 200미터밖에 떨어져 있지 않은데도 산 사비노 출신과 메타 출신이 결혼하는 일은 매우 드물다고 한다. 결혼한 지 40년이 넘는데도 양가 친척들끼리 교류도 거의 없고 양가 부모들도 여전히 상대 쪽 마을을 몹시도 싫어한다는 것이다. 이탈리아라는 나라는 정말이지 복잡한 나라다.

"우리 아버지는 아직도 산 사비노에 자기 밭과 먹고 자고 할 수 있는 오두막을 갖고 있는데, 걸핏하면 그곳에 가서 잘 돌아오지도 않아."

"그런 두 사람이 어떻게 결혼을 했지?"

"그건 나도 잘 모르겠어"라고 우비 씨는 고개를 저으며 말한다. "결혼하기 전까지 두 사람은 서로 싫어했다는데 말이야. 하기야 메타 사람과 산 사비노 사람이니까 당연하지만. 그런데 어찌된 일인지 증오가 사랑으로 변한 거야."

"마치 로미오와 줄리엣 같은 이야기로군."

"그렇지. 1939년 일이야. 두 사람 사이에 사랑이 움튼 거지. 그런데 전쟁이 일어난 거야. 아버지는 당시 파시스트 당원이라ー그 무렵에는 공무원은 대개 파시스트 당원이었지만ー즉시 전선으로 보내졌어. 스물다섯 살 때까지. 먼저 그리스에서 전투에 참가하고 알바니아를 거쳐 유고로 갔대. 1943년까지 줄곧 전선을 이리저리 옮겨 다니며 싸운 거야. 1943년에 바드리오 내각이 독일에 선전포고를 하여 전쟁이 시작되자 독일군에게 붙잡혀서 엣센 수용소에서 반년쯤 있었지. 그리고 다시 어디 탄광으로 보내져서 강제 노동을 하다가, 연합군 덕분에 해방되어 이탈리아로 돌아온 것은 1946년이래."

"고생이 많으셨겠군."

"그런데 그게 그렇지도 않았던 모양이야"라고 우비 씨는 말한다. "아버지 말로는 수용소가 꽤 마음에 들었다는 거야. 먹을 것은 조금밖에 주지 않았지만 아버지는 원래가 소식가라서 그다지 고통스럽지도 않았고, 게다가 독일 사람들은 매사에 정확한 사람들이라서 제법 즐겁게 지낸 모양이야. 메타 마을보다 훨씬 좋았다고 늘 얘기하는걸. 하하하. 지금도 이따금 당시의 수용소 생활을 그리워해."

포로수용소가 마음에 드는 사람이 있다니. "조금 특이한 분인 것 같은데." 나는 슬쩍 질문해 본다.

"맞아, 분명 좀 유별난 데가 있지. 산 사비노 사람들은 모두 어딘가 조금 이상해."

으음, 정말 그런 것 같다.

"결국 7년 동안이나 돌아오지 않으니까 마을 사람들은 전부 아버지를 죽은 사람 취급했는데, 어머니는 그래도 포기하지 않고 기다리셨대."

"사랑하셨나 보군."

"그건 잘 모르겠지만. 아버지는 지금도 그 일로 화를 내셔. 안기다려도 되는데 기다렸다면서 말이야. 전쟁에 나가서 신나게 지내다 왔는데 성가시게 기다리고 있어서 결혼할 수밖에 없었다고, 40년 내내 그 일을 가지고 투덜투덜 불평이야. 아마 본래 성격이 삐딱해서 그럴 거야. 어머니는 어머니대로 화를 내지. 기껏 기다렸더니 전쟁터에 나가기 전보다 더 이상한 사람이 되어 돌아왔다고 말이야. 메타 출신 사람들은 비교적 성실하고 신앙심도 깊고 정직하고 예의도 바른데, 거기에 비해 산 사비노 출신은 조금은 냉소적이고 회의적이고 입이 거칠어."

"이 사람은 그런 면에서 꼭 아버님을 닮았어요." 우사코가 말한다. 어딘가 모르게 기묘한 일가족이다.

먼저 산 사비노에 들른다. 마을이라기보다는 부락에 가깝다. 밭과 집이 있을 뿐 그 밖에는 아무것도 없다. 우비 씨 아버지의 '오두막'이 보인다. 포도주 창고에 간이침대를 펴놓은 간단한 오두막이다. 그런데 아버지는 안 계신다. 다만 사람이 먹고 자고 한 흔적이 있기는 하다. 집에서 만든 포도주를 담은 통이 가득 쌓여 있다. 갑자기 어디선가 커다란 흰 개가 전속력으로 달려와 우비 씨에게 안긴다. 내가 손을 내밀자 어리광을 피운다.

"그 개는 사람만 보면 무조건 물어뜯는데." 우비 씨가 말한다. "산 사비노의 개라서 성격이 아버지를 닮긴 했지만 그래도 상대방을 제대로 볼 줄 아니까, 다이조부(괜찮아). 걱정할 것 없어."

오두막 주변에는 포도를 쌓아두는 작은 선반들과 밭과 가축우리가 있다. 흰 개 토피아는 우비 씨의 아버지가 없을 때 그곳을 지킨다. 개집 앞에는 밥그릇이 놓여 있고 그 안에는 리가토니(마카로니 중에서 좀 큰 것) 토마토 소스가 들어 있다. 이탈리아의 개는 리가토니를 먹는 것이다.

가축우리 안에는 토끼와 닭과 거위가 있다. 돌로 만든 우리인데 창문이 없어 안이 캄캄했다. 어둠 속에서 모두 잠잠하다. 토끼가 새끼를 보듬으며 주의 깊게 우리 쪽을 살피고 있다. 거위가 꽤액 꽤액 소리를 내며 날개를 파닥인다. 닭은 졸린지 꼼짝 않고 웅크리고 있다. 물론 전부 식용이다.

"가끔씩 토끼를 잡아먹죠." 우사코가 말한다. "어머니가 꽉 목졸라 죽여요. 그리고 껍질을 벗겨서 요리를 하죠. 부엌 조리대에 눈알이 떨어져 있을 때도 있어요. 난 그런 걸 보면 못 참겠어요. 어제까지 함께 놀던 토끼가 식탁에 올라와 있는 걸요. 하지만 어머니는 토끼랑 놀다니 어떻게 그런 일이 있을 수 있냐며 이해할 수 없대요. 이탈리아 사람들은 절대로 토끼랑 놀지 않는다나요."

산 사비노에서 200미터 정도 비탈길을 올라 메타로 간다. 정말 200미터 정도밖에 떨어져 있지 않다. 그런데 사람들의 세계관과 복장과 걸음걸이와 사고방식이 다르다고?

아무튼 그 세계관을 갈라놓고 있는 200미터를 걸어 올라간다.

메타 마을은 과연 산 사비노나 페스키에라에 비하면 규모도 크고 번듯한 마을이다. 적어도 여기에는 거리라는 것이 형성되어 있다. 교회도 있고 게시판도 있고 광장도 있고 앞에서 말했듯이 바르도 있다.

"큰 도시죠." 싱긋 웃으며 우비 씨가 말한다.

우비 씨의 어머니가 집 앞에 나와서 기다리고 있다.

"어머니는 아까부터 저기에 저렇게 서서 우리가 오기를 기다리고 있었을 거예요." 우사코가 말한다.

"줄곧?"

"네, 이탈리아의 어머니들은 전부 그래요."

우비 씨의 어머니와 우사코는 키스를 하고 우비 씨는 가만히 그 모습을 보고만 있다. "난 저렇게 아무 의미도 없이 껴안거나 키스하는 것을 별로 좋아하지 않아. 이탈리아 사람들은 허구한 날 저런 짓거리만 하니까 나날이 퇴보하는 거라고. 난 포옹이나 키스는 일절 하지 않아." 역시 약간 독특한 사람이다.

우비 씨의 어머니는 몸집은 작지만 한눈에도 강직해 보이는 전형적인 이탈리아 어머니 같은 인상의 아주머니다. 우리들을 집 안으로 안내하더니 곧 점심식사 준비를 시작한다. 메뉴는 토마토 소스 토르텔리니와 야채 샐러드, 브로콜리, 아티초크, 야채 감자조림 그리고 두 종류의 고기요리였다. 전부 직접 재배한 재료로 손수 만든 음식인데 무척 맛있다. 요리가 다 만들어질 무렵 아버지 파티스타가 돌아온다. 이 사람은 완전히 술주정뱅이로 밥도 제대로 먹지도 않고 아침부터 밤까지 포도주를 마셔댄다. 코가 산타클로스 할아버지처럼 빨갛다.

"아까 그 오두막에 있는 포도주를 우리 아버지 혼자서 다 마셔. 그러니 몸이 무차쿠차지(엉망이지). 얼마 못 살 거야."

"자네들 내 흉을 보는 거지." 파티스타가 말한다. 영어는 못 알아들어도 자기 얘기를 하는지는 눈치로 아는 것이다.

"아니오, 토피아 얘기를 하고 있었어요." 우비 씨가 얼버무린다. "토피아가 벌써 이 사람들이랑 사이가 좋아졌어요."

"지난주에 일본 사람을 두 명이나 물었으니까, 싫증 나서 아마 당분간은 일본 사람은 거들떠도 안 볼걸." 아들도 보통이 아니지만 아버지도 그에 못지않다.

파티스타는 연신 포도주를 꿀꺽꿀꺽 마셔대고 있다. 정말 잘도 마신다. 내가 술을 따라주면 그때만 기분 좋게 싱긋 웃어 보이고는 이내 무뚝뚝한 얼굴로 되돌아간다. 자신이 직접 따라 마시지는 않는다. 얼마 전에 뇌졸중으로 쓰러졌었기 때문에 사실은 마시면 안 되는 것이다.

그건 그렇고 정말 맛있는 포도주였다. 깊은 맛은 없지만 아주 상큼하고 향기롭다. 금방 빚어서 내놓은 것 같다. 나도 꽤 많이 마셨다. 난로에서는 장작불이 파닥파닥 소리를 내며 타고 있다. 4월이지만 산속이라 그런지 제법 춥다.

식사가 끝나자 우비 씨가 바르에 가자고 한다. 이탈리아 시골에 있는 바르는 대충 카페니온이나 퍼브와 같은 역할을 하고 있다. 메타의 바르에는 마을의 남자들이 모두 모여 있다. 일요일 오후에 남자들은 집 안에 있으면 안 되는 것이다. 일요일 오후에는 여자들에게 바느질 같은 것을 시켜놓고 남자들은 바르에 모여 맥주를 마시거나 카드 놀이를 하거나 이런저런 남자들만의 얘기를 나눈다. 오랜 옛날부터 내려오는 습관이라고 한다. 세상에는 참 여러 가지 습관이 있다. 나처럼 일요일 오후에 집에서 느긋하게 업다이크의 새로 나온 소설을 읽는 것을 좋아하는 사람은, 남성다움을 과시하는 이탈리아에서는 살아갈 수 없다. 물론 바르에는 여자 손님은 한 명도 없다. 완전한 남자들만의 세계다. 바 카운터가 있고 텔레비전 게임기가 있고 안쪽으로 테이블 좌석이 있다. 이따금 아이들이 동전을 들고 과자를 사러 온다. 무슨 볼일이 생겼는지 아버지를 부르러 오는 아이도 있다.

우리는 그곳에서 우비 씨의 두 형님을 만났다. 큰형 필리포는 체격이 크고 박력이 있어 그야말로 장남다운 느낌이 드는 사람이다. 단, 눈매가 약간 신경질적이다. 그는 무역상으로 성공하여 굉장한 부자가 됐다고 한다. 큼직한 메르세데스벤츠를 타고 다닌다. 말하자면 출세한 사람이다. 작은형 로베르토는 마른 타입으로 필리포와는 전혀 분위기가 다르다. 이 사람은 지방의회의 의원인데 얼마 전 메타 마을 광장에 멋진 분수를 만들었다고 한다. "믿기 어렵지?" 하고 우비 씨가 말한다. "이런 데다 분수를 만들어서 뭘 어쩌겠다는 건지. 그런데도 마을 사람들은 꽤나 기뻐했으니 정말 이상한 사람들이야. 난 도무지 이해를 못하겠어."

아무튼 우비 씨의 형님들도 다 메타 마을 근처에 살고 있다. 메타 마을에서 멀리 떠나질 못하는 것이다.

"두 사람 다 메타 마을에서 멀리 있으면 있을수록 기운이 없어져. 태어나고 자라난 마을이 제일 좋고 어머니가 만들어주는 파스타가 제일 맛있다는, 전형적인 이탈리아인이지." 우비 씨가 말한다.

"내가 일본에 있을 때 마침 일이 있어서 필리포 형이 일본에 왔었는데, 일본에 머문 사흘 동안 맥주와 샌드위치 외에는 아무것도 먹지 않더군. 일본에 와서 맥주와 샌드위치라니, 그것도 사흘 동안 내내 말이야. 정말 이해할 수 없어."

우비 씨는 이해할 수 없는 일이 많은 사람이다.

바르에서 나와 우비 씨 어머니의 생가에 가본다. 돌로 만든 웅장한 집이다. 현관에 들어서니 천장의 대들보에 커다란 햄이 여러 개 매달려 있다. 이 집에는 독신인 큰어머니가 두 분 살고 있다. 넓고 낡은 시골집이다. 이 집에는 작은 비밀의 방이 있다. 감춰진 문을 열면 커다란 벽장만 한 공간이 있다.

"전쟁 중에 불시착한 영국군 조종사를 여기에 숨겨주었어." 우비 씨는 말한다. "어머니 가족들이 보살폈는데 나치가 수색하러 왔지만 발견되지 않았지. 그러자 놈들은 대신 마을 청년을 두 명

연행해 갔어."

"그 조종사는 결국 어떻게 되었는데?"

"전쟁이 끝나자 무사히 영국으로 돌아갔는데, 그 후론 소식이 끊겼어. 사람들이 하도 그 사람 안부를 걱정하길래 내가 몇 년 전에 런던에 갔을 때 수소문해서 간신히 그를 만났어. 그는 나와 이야기를 나누면서 눈물을 뚝뚝 흘리더군. 메타 마을에서의 추억을 생각하면서 말이야."

"하지만 그 사람은 메타 마을을 다시 찾고 싶지는 않았나 보지?"

"그랬던 모양이야. 이유는 잘 모르지만."

인간에게는 역시 여러 가지 아픈 기억이 있는 것이다.

*

해가 기울어 저녁시간이 다가오자 메타 마을은 점점 더 추워졌다. 우비 씨 부부와 그의 어머니 그리고 나와 아내는 산꼭대기에 있는 옛 마을을 찾아보기로 한다(파티스타는 술에 취해 산 사비노에 있는 자신의 은신처로 가버렸다). 시야에 잡히는 것은 사방이 온통 산이다. 마치 〈사운드 오브 뮤직〉에 나오는 광경 같다. 보이는 것이라곤 오직 산뿐이다. 그리고 그 산의 여기저기에 메타 마을 같은(그러나 세계관과 걸음걸이가 다른) 조그마한 마을이 착 달라붙어 산재해 있다. 폐옥들 사이로 싸늘한 바람이 휘이익 하고 불고 지나간다. 이런 외딴 산골 마을까지 찾아왔다니 독일군도 대단하다 싶다. 정말 감탄스럽다. 독일 사람들은 정말 꼼꼼하고 성실한 인종인 모양이다.

"저기 산이 보이지?" 하고 우비 씨가 손가락으로 가리키며 말한다. "나는 어렸을 때 저기가 세상의 끝이라고 생각했어. 사실 아무도 저 산 너머의 일을 몰랐어. 가르쳐주는 사람도 없었고, 그러니까 나한테는 저기가 세계의 끝이었던 거지. 그리고 이 메타 마을이 세계의 중심이었고."

그가 바람 속에서 담배에 불을 붙인다.

"믿기 어렵지" 하고 말하며 그가 웃는다.

봄의 그리스로

그리스에 있다 보면 자연스럽게 체념이란 것을 배우게 된다.
전혀 해수욕을 할 수 없어도 목욕탕에 온수가 나오지 않아도 호텔 주인이
전혀 반성의 기미를 보이지 않아도, 어떻게 할 도리가 없으므로 체념하는 수밖에 없다.

봄의 그리스로

파트라스에서 보낸 부활절 주말과 벽장 학살 1987년 4월

부활절이 낀 주말에 그리스로 여행을 가기로 했다. 한동안 이탈리아에 있다 보니 그리스가 무척 그리워졌기 때문이다.

*

그리스에는 참으로 다양한 나라에서 배낭족이 찾아온다. 많이 오는 나라부터 정리해 보면 독일인(세계에서 여행을 가장 좋아한다), 캐나다인(세계에서 가장 한가하다), 오스트레일리아인(캐나다인에 이어 세계에서 두 번째로 한가하다), 미국인(최근에는 많이 줄었다), 영국인(대개는 얼굴색이 나쁘다), 북유럽 3국, 프랑스, 네덜란드, 벨기에 그리고 일본인 정도이다. 일일이 자세하게 조사하거나 통계를 내보지는 않았지만 대략 이런 순서가 아닐까 싶다. 독일 사람은 얼굴을 보면 알 수 있는 데다 가장 터프한 장비를 갖추고 있다. 캐나다 사람과 오스트레일리아 사람들은 배낭에 국기를 붙이고 있으므로 금방 알 수 있다. 북유럽 사람들은 독일 사람한테서 터프함을 뺀 느낌으로 어딘가 공상에 잠겨 있는 듯한 얼굴이다. 행동이 민첩할 것 같고 어딘지 모르게 냉소적인 인상을 주는 얼굴은 프랑스 사람이고, 그러면서도 약간 붙임성이 있을 것 같으면 네덜란드나 벨기에 사람이다. 그런 사람들 사이에서 약간 불편해(본인은 즐겁겠지만) 보이는 것은 영국 사람이다. 이것은 어디까지나 일반적인 인상으로 얼마든지 예외가 있을 수 있다. 그러나 오랜 기간 유럽을 여행하다 보면 상대방이 어느 나라 사람인지 대충 짐작할 수 있게 된다.

그런데 어찌된 셈인지 이탈리아 배낭족들은 거의 볼 수가 없다. 한 번도 만난 적이 없다. 기묘한 일이다. 나는 폴란드 배낭족도 보았고 한국인 배낭족과도 만났고 탄자니아 배낭족도 보았지만 이탈리아 배낭족은 전혀 본 적이 없다.

아마도 내가 운이 안 좋았던 것이리라. 이탈리아 사람도 배낭여행은 할 테니까. 지금까지 그들과 만나지 못한 것은 우연히도 이탈리아 사람과 내가 늘 길이 엇갈렸기 때문일 것이다. 내가 어딘가로 가면 그들은 그때까지 거기에 있다가 내가 막 떠나온 곳으로 가는 식으로.

그러나 그런 우연을 충분히 고려하더라도 이탈리아 사람이 배낭여행을 별로 좋아하지 않는 것만은 사실이라고 생각한다. 왜 그런지 이유는 알 수 없지만 그들은 그런 형태의 여행을 좋아하지 않는 모양이다. 혼자서 무거운 배낭을 메고 터벅터벅 길을 걷고 어떤 때에는 빵과 사과와 치즈만으로 일주일을 버텨야 하고 온수가 나오지 않는 호텔에서 덜컹거리는 문소리를 들으며 잠을 자는 그런 여행은, 내가 보기에 이탈리아 사람들보다는 북유럽 사람들에게 훨씬 잘 어울린다.

　북유럽 사람들은 곤경과 빈곤과 고행을 추구하며 여행한다. 거짓말이 아니다. 그들은 여행에서 정말 그런 것을 찾는다. 마치 중세에 각국을 돌아다니며 고행을 한 승려처럼. 그들은 그런 여행을 통해서 경험하는 일들이 인격 형성에 많은 도움이 된다고 믿는 것같다. 그들은 거의 돈을 쓰지 않는다. 레스토랑에도 잘 들어가지 않는다. 200엔 하는 싼 호텔을 찾아 두 시간이나 거리를 헤매고 다닌다. 그들은 경제적인 효율성을 중요시하는 것에서 자부심을 느낀다. 자동차 연비와 마찬가지다. **얼마나 적은 비용으로 얼마나 멀리까지 갈 수 있는가.** 그들은 그런 고행과도 같은 여행을 마치고 고국에 돌아가 대학을 졸업하고 사회로 진출한다. 그리고—예를 들면—주식 중개자로 성공한다. 결혼하여 가정을 갖고 아이도 낳아 기른다. 차고에는 메르세데스벤츠와 볼보와 스테이션 웨곤이 들어 있다. 이때쯤이면 그들은 전과는 전혀 반대되는 경제적인 효율을 찾아 여행을 떠난다. **얼마나 풍족한 비용으로 얼마나 여유 있게 여행을 즐기는가,** 이것이 그들이 생각하는 새로운 경제적 효율이다.

　이것이 그들이 목표로 하는 인생이며 삶의 방식이다.

　그런데 이탈리아 사람들은 그렇지 않다. 그들은 그렇게 생각하지 않는다. 그런 삶은 그들이 원하는 방식의 삶이 아니다. 그들은 오후의 파스타와 미소니 셔츠와 검정 타이츠스커트를 입고 계단을 올라가는 여자와 신형 알파로메오의 기어 전환 장치 같은 것을 생각하느라 바빠서 고행이나 하고 있을 여유가 없는 것이다. 농담이 아니라 정말 그렇다.

　서두가 몹시 길어졌는데 내가 처음으로 이탈리아인 배낭족을 발견한 것은, 이탈리아 남해안의 항구 브린디시를 출발해서 그리스의 파트라스로 가는 페리 선상에서였다. 때는 마침 부활절이 끼어 있는 주말이라서 배는 그리스로 여행을 떠나는 젊은이들로 꽉 차 있었다. 여러 나라에서 온 각양각색의 배낭족들이 갑판 위에 모여 있었다. 그중에 제법 많은 이탈리아인이 있었다. 선상에 있는 이탈리아인 배낭족들은 막 일을 끝낸 광부의 줄에 잘못 끼어든 발레리나처럼 한눈에 알아볼 수가 있었다. 다음 네 가지 점 때문이다.

　(1) 목소리가 크다.

　(2) 버릇이 없다.

　(3) 복장이 화려하다.

　(4) 잘 먹고 잘 마신다.

　아무튼 눈에 잘 띈다. 다른 나라의 배낭족들은 지쳤거나 아니면 앞으로 다가올 피로에 대비해 조금이라도 에너지를 축적해 두려고 얌전히 있는 데 반해(전체적으로 배낭족만큼 조용한 여행자들도 없다) 이탈리아 사람들만이 소란스럽게 떠든다. 하지만 그들도 배낭족이기는 하다. 배낭을 둘러메고 조깅화를 신고 있는 그들을 보며, 나는 이탈리아에도 배낭족이 있기는 한 모양이라고 생각했다.

　그러나 파트라스 항에 도착하여 알게 된 사실이지만 그들은 단지 배낭을 둘러메고 있었을 뿐, 전혀 배낭족이 아니었다. 그들은 배에서 내리자 모두들 시끄럽게 떠들며 단체로 관광버스를 타고 어디론가 잽싸게 사라졌다. 물론 배낭족들은 단체로 버스를 타거나 하지는 않는다.

우리가 파트라스에 도착한 것은 4월 18일 토요일로 부활제가 있는 주말이었다. 항구 근처에 있는 아도니스라는 호텔에 묵기로 했는데 딱히 파트라스에서 묵고 싶어 그곳에 숙소를 정한 것은 아니다. 시간 관계상 그날 안으로 아테네까지 이동하기가 어려웠기 때문에 할 수 없이 파트라스에서 하룻밤 자기로 한 것이다. 파트라스는 서글플 정도로 아무 재미도 없는 도시다. 항구와 역이 덩그렇게 있고 그 옆으로 볼품없는 건물이 다닥다닥 붙어 있을 뿐이다. 개마저도 표정이 어둡다. 레스토랑은 우에노 역 주변과 비슷하게 서비스가 엉망이며 음식도 맛이 없다. 거리를 걷고 있으면 기분이 점점 가라앉는다. 조국에서 추방당한 이류 솔제니친 같은 타입의 작가가 이러쿵저러쿵 불평을 터뜨리며 살고 있을 것 같은 분위기다. 마침 이 도시에서는 영화제가 열리고 있었는데, 무심코 포스터를 보니 오시마 나기사(大島渚) 감독의 영화 특집이 있고 그가 참가하는 심포지엄이 열린다고 써져 있었다. 좀 반갑기는 했지만 이런 데까지 와서 오시마 감독의 영화를 볼 것까지는 없을 것 같아 영화 관람은 그만두기로 한다.

파트라스에서 몇 가지 사건이 있었다.

첫 번째로 벽장 열쇠가 부러졌다. 호텔 방을 나설 때 카메라 등을 넣고 벽장 문을 잠갔는데(이탈리아 생활의 후유증으로 열쇠로 잠그는 버릇이 생겼다) 돌아와서 열려고 할 때 부러진 것이다. 특별히 힘을 주어 열쇠를 돌린 것도 아니다. 방에 들어와 주머니에서 열쇠를 꺼내서는 하나, 둘, 셋 하는 식으로 무심코 돌렸는데 그만 열쇠가 똑 부러졌다. 바에서 안주로 나오는 **빼빼로** 과자처럼 그야말로 깨끗하게 똑 부러진 것이다. 아무런 전조 증상도 아무런 갈등도 없이. 결국 검고 빈약한 열쇠의 반은 내 손에 남고 나머지 반은 열쇠구멍 안에 남았다.

호텔 프런트에 가서 사정을 설명했다. 프런트에는 20대 후반쯤 되는 여성이 앉아 있다. 친절하지만 불행해 보이는 얼굴에다 불행한 듯한 목소리를 냈다. 내가 열쇠가 부러졌다고 말하자 그녀는 불행이 한 가지 더 추가된 듯했다. 정말 그런 표정을 지었다. 나는 몹시 꺼림칙했다. '내 잘못이 아니야'라고 나는 〈이방인〉의 뫼르소처럼 중얼중얼 스스로에게 말한다. 내 탓이 아니야. 열쇠가 제멋대로 부러진 거라고.

"잠깐 기다리세요. 곧바로 담당 직원을 보낼 테니까요." 불행하게 들리는 목소리로 그녀가 말한다. 그리고 담당 직원을 불렀는데 그 담당 직원이란 사람이 어이없게도 메이드 아주머니다. 그녀가 우리 방문을 노크한다. 노크 소리가 힘차다. 문을 열자 키가 작고 터프해 보이는 아주머니가 복도에 우뚝 서 있다. 예외 없이 그녀도 그리스 말밖에 할 줄 모른다. 나는 부러진 열쇠를 그녀에게 보여준다. "열쇠, 안 돼, 안 열려" 하고 나는 말한다. 그녀는 힘껏 벽장 문을 잡아당겨 보기도 하고 발로 걷어차기도 하고 몸으로 쾅쾅 부딪쳐보기도 한다. 벽장문이 덜컹덜컹 흔들린다. 그 안에 있는 카메라가 무사할지 걱정이 된다. 그래도 문은 열리지 않는다.

"도구를 가져와야겠군요." 그녀가 말한다. 나는 그 말을 듣고서
야 안심이 된다. 그래, 애초부터 도구를 가져왔으면 좋았잖아. 그
런데 그녀가 가지고 온 도구란 것이 다름 아닌 돌멩이다. 그레이
프프루트 크기의 돌멩이. 열쇠구멍을 때려 부수려는 것이다. 엄청
나게 큰 소리가 난다. 돌멩이로 벽장 열쇠구멍을 두드려 부수는
일은 몹시 시끄러운 작업이라는 것을 나는 그때 처음 알았다. 호
텔의 다른 방에 있던 투숙객들이 무슨 일인지 궁금해서 기웃거릴
정도로 시끄럽다. "에잇"이나 "젠장" 같은 말을 내뱉으며 그녀는
돌로 벽장문을 열심히 두드리고 있다. 그러다가 돌이 그만 둘로
쪼개진다. 벽장문의 금속 부분과 열쇠구멍이 엉망으로 찌그러져
있다. 그래도 아직 문은 열리지 않는다. 마치 책에서 읽은 고대문
명의 학살 장면을 연상시킨다. 카르타고의 말살과 잉카인들의 학
살, 사마르칸드의 함락 등을.

"사태가 점점 나빠지는 것 아닌가?" 아내가 걱정스러운 듯이 말
한다.

"그런 것 같기도 해." 내가 대답한다.

"차라리 전문가를 부르는 게 낫지 않을까?"

"부활절 주말에 올 리가 없지." 부활절 주말에 열쇠 수리공이
전화 한 통으로 달려올 턱이 없지 않은가. 아무 일 없는 날에도 올
지 안 올지 의문인데.

뭐라 뭐라고 혼자 중얼거리던 아주머니가 새로운 돌멩이를 가
지고 온다. 이번에는 단단한 대리석 조각이다. 언뜻 보기에도 꽤

강력한 힘을 발휘할 것 같다. 아주머니는 그 돌을 우리에게 보이며 이번에는 문제없을 것이라는 듯 싱긋 웃는다. 도리 없이 우리도 따라 웃는다. 달리 무슨 방법이 있겠는가?

아주머니는 기세등등하게 벽장문 학살에 착수한다. 텔레비전에서 볼 수 있는 〈배트맨〉의 클라이맥스 장면처럼 CRASH! BOOM! BLITZ! 하며 돌로 쾅쾅 두드린다. 돌 조각이 사방으로 튄다. 드디어 문에 커다란 구멍이 뚫리고 우리는 간신히 카메라를 꺼낸다. 아주 간단하다. 앞으로 이 방에 묵는 사람들은 벽장에 뚫린 이 커다란 구멍을 보고 대체 무슨 생각을 할까, 하는 생각이 문득 든다. 그러고 보니 다른 호텔에서도 이런 구멍을 본 기억이 난다.

그 아주머니는 밤 12시에 다시 우리 방문을 쾅쾅 두드렸다. 나는 자다가 깜짝 놀라 일어나서 비틀거리며 문 쪽으로 다가갔다. 그녀는 이번에는 대리석 대신에 부활절 달걀이 들어 있는 빵을 들고 있었다. "부활절, 축하해요"라고 말하며 그녀는 내게 빵을 주었다. 바로 그때 항구에 정박해 있던 배들이 일제히 부우우우웅 하고 기적을 울렸다. "부활절, 축하합니다"라고.

부활절에 그리스에서는 수만 마리의 양이 목숨을 잃고 구이가 된다. 양 한 마리를 송두리째 꼬치에 끼워 불 위에다 걸어놓고 빙글빙글 돌려가며 굽는다. 사람들은 정원에 함께 모여 가련한 양을 굽는다. 기름방울이 뚝뚝 떨어진다. 그러고 나면 그리스에 봄이 찾아온다.

우리는 이 집 저 집 마당에서 양을 굽는 모습을 보며 버스를 타고 아테네로 향했다. 일요일 아침이다. 날씨가 아주 좋다. 양을 굽기에는 더없이 좋은 날씨다.

코린토스 운하 부근에서 버스가 멈춰 섰다. 승객들이 버스에서 내려 15분간 휴식을 취한다. 우리는 운하를 바라보면서 전날 밤 호텔에서 아주머니한테 받은 부활절 빵을 먹었다. 빵 한가운데에 빨갛게 칠한 삶은 달걀이 들어 있다. 우물우물 빵을 먹고 달걀을 나눠 먹는다. 햇살이 따뜻하여 마치 소풍 나와 밥을 먹고 있는 기분이다. 버스 승객은 전부 그리스 사람들로, 외국인이라고는 우리 외에 혼자 여행을 하는 자그마한 몸집의 영국인 여자 한 명뿐이다. 독일에 있는 아는 사람 집에 갔다가 거기서부터 기차를 타고 햇볕이 따뜻한 곳을 찾아왔다고 한다. 하지만 이제 휴가도 끝나서 오늘 오후 비행기로 런던으로 돌아가요. 런던에서는 음습한 날씨와 대학수업이 기다리고 있을 뿐이죠. 그녀는 휴우 하고 한숨을 내쉬며 웃는다. 우리는 다시 버스를 탄다.

양지바른 나라, 그리스.

그리고 걸핏하면 뭔가가 고장 나는 나라, 그리스.

우리가 탄 버스는 아테네를 15킬로미터 남겨둔 지점에서 죽었다. 말 그대로 푹 쓰러져 죽은 것이다. 운전사와 차장은 갑자기 길바닥에 쓰러져 그대로 숨이 끊어지고 만 늙은 말을 바라보는 마부처럼, 팔짱을 낀 채 조용히 침묵하는 엔진을 물끄러미 보고 있을 뿐이다. 아무 대책도 세우지 않는다. 그저 바라보고만 있다. "우리는 어떻게 해야 하나요?" 나는 차장한테 물어본다.

"모르겠습니다." 차장이 어두운 얼굴로 대답하며 천천히 고개를 두 번 흔든다. 영국 여자와 우리는 버스에 미련을 버리고 택시를 잡는다. 우리는 한가하게 엔진의 죽음을 슬퍼할 여유가 없다. 더구나 영국인 여자는 오후 비행기를 타야만 한다. 우리가 택시를 잡아타고 사라질 때까지도 운전사와 차장은 물끄러미 엔진만 바라보고 있을 뿐이다.

1987년 부활절 주말에는 여러 가지가 죽었다.

수만 마리의 양과 아도니스 호텔의 벽장문과 아테네행 버스의 엔진. 하지만 내 탓은 아니다.

미코노스에서 크레타 섬으로 가다 · 욕조를 둘러싼 공방 · 술잔치를 벌인 101번 버스의 빛과 그림자

부활절을 맞은 아테네는 반바지와 티셔츠 차림이 딱 알맞을 정도로 따뜻했다. 느긋하게 공원을 산책한 후 달리 할 일이 없어 오모니아 광장 근처에 있는 극장에서 〈플래툰〉을 본다(뒷자리에 앉은 덩치 큰 흑인이 흥분하여 '팍, 시트, 팍' 하고 연신 소리를 질러대는 바람에 시끄러워서 도무지 영화를 감상할 상황이 아니었다). 신문을 보니 부자만 골라서 살해하고 재산을 약탈한 전문 살인단이 아테네에서 체포되었다는 기사가 실려 있다. 그들은 지금까지 벌써 일곱 명이나 되는 부자를 죽였다고 한다. 그런데 그중 한 사람은 오모니아 광장에서 동냥을 하는 맹인 거지였다. 몇 십 년 동안 거지 노릇을 하여 부자가 되었다는 것이다. 대단한 사람이다. 도시에서는 여러 가지 일들이 일어난다. 또 그 신문에는 나카소네 수상이 레이건 대통령과 회견하기 위해 미국으로 출발했다는 기사도 있었다. 요즈음 환율은 1달러당 137엔이다.

부활절이라 아테네 거리는 텅 비어 있다. 모두들 고향으로 돌아갔던가, 여행을 떠난 것이다. 상점들은 대부분 셔터를 내렸고 거리는 활기를 잃었으며 웨이터들은 어딘가 슬픈 표정으로 일하고 있었다. 늘 가던 저렴한 레스토랑이 문을 닫았기에 프라카 근처에 있는 외국인 대상의 레스토랑에서 식사를 했다. 맛은 제법 있었는데 계산서를 보니 '도론'이란 항목으로 요금이 가산되어 있다. 지금까지 그런 항목을 본 일이 없는지라 웨이터에게 물어보니, 부활절 기간에만 붙는 공인된 특별 요금이라고 한다. 일본으로 치면 설날 요금 같은 것이다. 그게 7퍼센트나 붙는다. 레스토랑뿐만 아니라 택시에도 이 '도론'이 붙는다. 공정하게 붙은 특별 요금이라니 이의를 제기할 수도 없다.

아테네에서 2, 3일 휴가를 보내고 다시 양철깡통 같은 비행기를 타고 미코노스로 향한다. 오랜만에 반젤리스도 만나보고 싶었고 따뜻해진 봄날의 미코노스에도 가보고 싶었기 때문이다. 반젤리스는 여전히 한가롭게 일하고 있었다. 관리실의 카나리아는 그새 새끼를 낳았다. 우리 집에 곧잘 놀러 오던 암고양이도 새끼를 네 마리나 낳았다고 한다. 내가 손자에게 주라며 이탈리아에서 산 어린아이 구두를 선물로 주자 반젤리스는 굉장히 좋아했다. "하루키, 난 드디어 연금을 받게 되었어." 반젤리스는 내 어깨를 톡톡 치며 아주 기쁜 듯이 말했다. "연금을 받게 되었으니 이제 일하지 않아도 돼. 이번 여름까지만 일하고 가을부터는 그만둘 거야. 앞으로는 여유 있게 살아야지."

그것 잘 됐군요, 라고 나는 맞장구쳤다. 반젤리스는 전처럼 짙은 그리스풍의 커피를 만들어주었다. 아내 마리아가 싸준 점심 도시락까지 나누어주었는데 아주 맛있었다.

*

그런데 어처구니없게도 우리가 도착한 다음 날부터 미코노스는 다시 겨울 날씨로 돌아가고 말았다. 나는 해수욕을 할 셈으로 수영복까지 준비해 왔는데 바람이 불고 날이 추워서 도저히 엄두를 낼수가 없다. 일광욕도 못할 것 같다. 아테네에서 따뜻하게 보냈던 것이 거짓말처럼 느껴질 정도로 추웠다. 미코노스 사람들도 "어제까지 이상할 정도로 따뜻하더니"라며 모두 덜덜 떨고 있다. 할 수 없이 방에서 책을 읽거나 스콧 피츠제럴드의 《리치 보이》를 번역하며 시간을 보냈다. 결국 미코노스에는 한 열흘 정도 있었다.

오랜만에 카잔차키스의 《그리스인 조르바》를 읽다 보니 갑자기 무척 크레타 섬에 가고 싶어졌다. 《그리스인 조르바》는 크레타 섬이 무대다. 카잔차키스는 크레타 섬에서 태어난 사람으로 그 섬의 풍토나 사람들에 대해 깊은 애정(때로는 굴절된 증오심으로 변하기도 하지만)을 가지고 묘사하고 있다. 미코노스에서 크레타까지는 비행기를 타면 금방이니까 생각난 김에 크레타 섬에나 다녀오기로 한다. 내가 하는 일은 이렇듯 결정하는 단계까지는 늘 빨리 진행된다.

그런데 그 다음이 생각처럼 쉽게 해결되지 않았다. 악명 높은 미코노스의 강풍(J.G.발라드적, 종말적, 은유적, 신경질적인 강풍)이 거의 쉴 새 없이 불어댔기 때문이다. 좌우지간 아침부터 밤까지 한시도 쉬지 않고 바람이 불었다. 비행기는커녕 배도 운항하지 않는다. 섬으로 들어오는 배도 없고 섬 밖으로 나가는 배도 없다. 말하자면 섬 전체가 고립되는 것이다. 바람만이 거침없이 휘이익휘이익 하고 매정하게 불어댄다. 어느 정도 이상의 무게를 갖지 않는 것은 모두 땅 끝까지 날아가고 초목은 뭉크의 그림처럼 뒤틀린다. 하늘은 음울한 색으로 물들고 회색 구름이 불길한 소식을 알리는 사자처럼 엄청나게 빠른 속도로 몰려왔다가 물러간다. 눈에 보이는 한, 바다는 온통 하얀 거품으로 덮여 있고 어선은 항구에 묶인 채 돛대만 덜컹덜컹 흔들리고 있다. 거리에는 사람의 모습이 거의 보이지 않는다. 사람들은 모두 어딘가 신비한 하얀 케이크 상자 같은 모습을 한 집 안에 틀어박혀 문을 꼭꼭 걸어 잠그고 있다. 그들이 안에서 무엇을 하는지는 나도 알 수 없지만 대충 뜨개질을 하든가 책을 읽든가 비디오를 보고 있든가, 아마 그러고 있을 것이다. 아무튼 거의 밖으로 나오지 않는다. 개와 갈매기만이 바람에도 아랑곳하지 않고 땅 위와 하늘이 온통 제 것인 양 활개 치고 다닌다.

달리 뾰족한 수가 없어 휘이익휘이익 차가운 바람이 몰아치는 미코노스에서 다시 사흘을 기다리기로 한다. 아무것도 할 일이 없고 또 할 기분도 나지 않는다. 호텔 방에 처박혀 그저 창밖 풍경만 물끄러미 바라볼 뿐이다. 어쨌든 너무 춥다.

추위를 견디다 못해 호텔 주인에게 파라볼라 안테나처럼 생긴 낡은 전기 히터를 빌려서(다른 사람한테는 아무 말 마세요. 다들 추위에 떨고 있으니까. 당신들한테만 살짝 빌려주는 거예요) 그 앞에서 덜덜 떨며 밤을 지낸다. 어시장처럼 스산하고 습한 바람이 창틈으로 끊임없이 들어온다.

호텔에 틀어박혀 있는 사람은 우리 외에도, 네덜란드 배낭족 여자 두 명과(두 사람 다 아널드 슈워제네거의 상대역을 해도 좋을 만큼 건장한 체격) 기품 있고 조용한 프랑스 노부부, 그리고 국적 불명의 젊은 남자(이 사람은 이틀이나 계속 새벽 4시에 호텔로 돌아와 문을 열어달라며 소란을 피웠는데, 호텔 주인이 일어나지 않자 손님 중 누군가가 투덜거리며 문을 열어주었다. 아니, 이렇게 바람이 몰아치는 날 밤에 도대체 어디서 무얼 하다가 그 시간에야 돌아오는 것일까?) 그리고 칠레 여권을 가진 수수께끼의 중년사내가 있다. 그는 별로 말이 없는 사람으로 혼자서 조용히 스튜를 떠먹는다. 그레엄 그린의 소설에 등장할 것 같은 느낌이다. 대충 이런 사람들이 강풍이 몰아치는 미코노스에 발이 묶여 나지막한 언덕 위의 호텔에서 허송세월을 하고 있다.

날씨가 이 모양이니 비행기가 뜨지 않는 것은 어쩔 수 없는 일이라 치고 거기에 대해서는 체념한다. 문제는 비행기가 뜰지 안 뜰지 예측할 수 없는 상태가 하염없이 계속되는 점이다. 항구 근처에 있는 올림픽 항공 사무실에 가서 오늘은 비행기가 뜨냐고 물어봐도 도무지 말이 안 통한다. 한결같이 "그걸 제가 어떻게 압니까"라는 식이다. 할 수 없이 짐을 챙겨 20분 정도 떨어진 거리에 있는 공항으로 직접 가본다. 공항 로비에 앉아 두 시간이고 세 시

간이고 비행기가 뜨는지 안 뜨는지 발표를 기다린다. 그리고 오늘
도 역시 비행기가 뜨지 않는다는 사실을 확인하고서야 다시 짐을
들고 마을로 돌아온다. 이런 짓을 사흘이나 계속한다. 말할 필요
도 없이 이렇게 되면 심신이 몹시 지친다. 공항에서 항공회사 담
당 직원을 붙들고 물어봐도 정확한 답변을 듣지 못하기는 마찬가
지다. 그들 역시 어떻게 될지 모르는 데다 하도 많은 사람들이 물
어보니까 그저 어쩔 줄 모르고 당황할 뿐이다. 내가 보고 들은 바
로는 그리스 사람들은 쉽게 당황하는 인종이다. 어떻게든 사태를
잘 수습하려는 의지는 있지만 조금만 사태가 복잡해지면 혼란을
일으켜 우왕좌왕하며, 어떤 때는 화를 내고 또 어떤 때는 낙담한
다. 이런 점은 이탈리아 사람들과 정반대이다. 이탈리아 사람들은
사태를 제대로 처리하려는 의지가 희박하기 때문에 뜻대로 되지
않더라도 전혀 혼란에 빠지거나 당황하지 않는다. 어느 쪽이 더
낫다고 생각할지는 각자의 취향에 따라 다르겠지만.

상황이 이렇다 보니 사흘이나 공항 로비에서 하는 일 없이 시간
을 보냈다. 공항에서 만난 몇몇 일본 사람들과 정보를 교환하기도
한다. 한 사람은 잡지사의 촬영팀을 마중 나온 코디네이터인데 그
는 올지 안 올지 모르는 아테네발 비행기를 마냥 기다리고 있다.
불쌍한 생각이 들어 손에 들고 있던《포커스》최신호를 준다(내가
왜 그 잡지를 갖고 있었는지는 설명하자면 얘기가 길어지므로 생
략한다). 다른 두 사람은 관서지방 사투리를 쓰는 여자다. 아테네
에서 탈 비행기 시간은 이미 정해져 있는데, 여기서 비행기가 뜨
지 않으니 어떻게 해야 좋을지 모르겠다며 발을 동동 구른다. 애

가 타기도 할 것이다. 여자 두 사람이 여행할 경우 대부분 그렇듯이, 이 팀도 한 사람만 대변인처럼 조잘거리고 나머지 한 사람은 그저 생글거리고만 있다. 한 명은 약간 야위었고 한 명은 통통한 편이다.

나흘째 되는 날 아침에서야 겨우 바람이 잦아들었다. 5월 2일 토요일이다. 산들바람조차 불지 않아 바다는 거울처럼 맑고 잔잔하다. 바람은 한번 잦아들면 언제 그랬냐는 듯이 완전히 사라진다. 중간이란 것이 없다. 우리는 다시 짐을 들고 공항으로 가서, 비행기라기보다는 불하받은 초구식 잠수함처럼 생긴 쌍발기를 탄다. 승객은 전부 여덟 명뿐이다. 그리스 국내선 비행기를 처음 본 분들은 그 고철 덩어리 같은 비행기가 과연 하늘을 날 수 있을지 의심스러울 것이다. 하지만 걱정 없다. 제대로 날아간다. 그리스 국내선을 독점하고 있는 올림픽 항공은 사고가 적기로 유명하다. 그러나 내 개인적인 의견을 말하자면 그것이 곧 올림픽 항공사의 기술적 우수성을 증명하는 것은 아닌 것 같다. 이 항공회사는 날씨가 조금만 나빠도 바로 비행을 취소하기 때문이다. 게다가 툭하면 파업을 일으킨다. 따라서 비행기가 뜨지 않기로 유명하다. 사정이야 어찌되었든 사고가 없는 것은 대단한 일이기는 하다.

*

크레타에 도착한다. 이라크리온을 그냥 지나쳐 우리는 버스를 타고 남해안으로 향한다. 나는 전에 한 번 크레타 섬에 가본 적이 있어 그때 크노소스 궁전을 본 데다, 다시 보고 싶을 만큼 대단한 것도 아니어서(애당초 나는 유적에는 그다지 흥미가 없다) 전부 그냥 통과하고 곧장 남쪽으로 향한다. 크레타 섬의 남해안은 반대편이 아프리카이고 계절도 이미 5월이므로 우리는 내심 신나게 수영이나 하려고 생각했는데, 이번 여행의 대부분이 그랬듯이 우리는 뜻밖의 복병을 맞닥뜨리게 되었다. 막상 와서 보니 5월의 크레타는 5월의 에노시마[江島]와 기온상 별 차이가 없는 것이다. 그렇다면 대체 무엇 때문에 이렇게 멀리 떨어진 크레타까지 왔단 말인가? **대체 무엇 때문에 크레타까지 왔단 말인가?**

어쩔 수 없는 일이다. 이미 와버렸으니.

이라크리온에서 탄 버스는 산을 넘고 계곡을 지나 포도밭과 올리브 밭밖에 없는 평원을 가로질러, 해질 무렵이 가까워서야 아기야 가리니라는 조그마한 항구에 도착한다. 가이드북에 따르면 이 아기야 가리니는 보석처럼 아름다운 항구 마을이라는데, 그 표현에 대해 우리는 얼마간 의문을 갖지 않을 수 없었다. 우리들 눈에 비친 아기야 가리니는 초라한 이류 관광지였기 때문이다. 아니, 이런 표현은 좀 심할지도 모르겠다. 왜냐하면 이런 식으로 말하면 크레타 섬에 있는 마을 대부분이 초라한 이류 관광지가 되어버리기 때문이다. 그러나 며칠 동안 크레타 섬의 마을들을 이리저리 돌아다니다 보면, 이런 '초라한 이류 관광지' 같은 분위기에 점점 익숙해지며 마음도 한층 편해진다. 이것이 바로 크레타 섬의 좋은 점이다. 이 섬은 적어도 유행만 좇는, 수익에만 눈이 어두운 섬이 아닌 것이다.

아기야 가리니에는 저녁나절에나 도착하리란 걸 알고 있었으므로 호텔은 미리 예약해 두었다. 그것도 목욕탕이 딸린 번듯한 호텔에서 이틀을 묵기로 했다. 우리는 벌써 삼주일이나 제대로 된 욕조에 들어가지 못했으므로 여행사의 존에게 부탁하여 욕조가 딸린 그럴듯한 호텔을 예약한 것이다.

그러나 항구에서 언덕길을 5분 정도 올라간 곳에 있는 그 호텔에 도착해 보니, 로비는 어두컴컴한 데다 사람은 그림자도 보이지 않고 해머로 뭔가를 부수고 있는 듯한 소리만 꽝꽝 울려 퍼지고 있었다. 문득 몹시 불길한 예감이 들었다. 몇 번이나 벨을 누른 후에야, 예순 살 정도로 돼 보이는 머리가 벗겨지고 몸집이 작은 아저씨가 나와 "구텐 아벤트"라고 말한다. 이 아저씨는 그리스어하고 독일어밖에 할 줄 모르는 사람이었다. 게다가 내 그리스어 수준은 간신히 기본적인 말이나 할 정도이고, 독일어는 대학에서 잠깐 배웠으나 그나마 쓸 기회가 없어 다 잊어버렸기 때문에, 할 수 없이 대충 이 나라 말 저 나라 말로 의사소통을 한다. 이 아저씨의 말을 요약하면 대략 다음과 같다.

(1) 미안하지만 지금은 공사 중이라서 온수가 전혀 나오지 않는다.

(2) 원래는 이미 끝났어야 하는데 나로서도 뭐가 뭔지 알 수 없는 이유로 아직까지도 끝나지 않았다. 이것은 내 책임이 아니며 어디까지나 공사하는 사람들 책임이다(그러니까 불평을 하면 곤란하다).

(3) 그러나 앞으로 세 시간이면 끝난다니까 조금만 기다려라.

아이고, 정말 일이 잘 안 풀릴 때는 무엇 하나 제대로 되는 것이 없다. "진짜 앞으로 세 시간 후면 공사가 끝나는 거죠?" 나는 확인한다. "걱정 말아요, 인부들이 그렇게 말하니까." 아저씨는 싱글거리며 말한다. "그러니까 근처의 타베르나에서 식사라도 하고 와요. 돌아와 잠시 쉬고 있으면 틀림없이 온수가 나올 거요.” “글쎄 과연 그럴까.” 나도 그렇지만 아내도 미덥지 않은 눈치다. 하지만 이미 숙박비를 선불했으니 이제 와서 호텔을 바꿀 수도 없는 노릇이다. 평소에 안 하던 예약까지 한 결과가 이 모양이다. 이런 경우 대부분의 부부가 그렇듯이 나와 아내는 불운의 책임을 서로 상대방에게 전가했으나, 이윽고 그럴 기운도 없어 적당히 체념하고 가까운 타베르나에 가서 저녁을 먹는다. 이 섬에서 수확한 포도로 빚은 포도주를 마시고, 유채 비슷한 야채 샐러드와 죽, 오이, 작은 도미 그리고 스터프드 토마토를 먹는다. 이 요리들은 매우 맛있고 게다가 무척 쌌다. 식사를 마친 후 항구를 어슬렁어슬렁 산책하다가 9시쯤 호텔로 돌아왔다. 그러나 우리가 직감적으로 (또는 경험적으로) 예상했던 것처럼 9시가 되어도 온수는 한 방울도 나오지 않는다.

로비로 갔더니 젊고 성실해 보이는, 그러나 약간 마음이 약해 보이는 독일인이 이미 아저씨에게 항의하고 있었다. 이 독일인은 자기처럼 성실한 인상의 아내와 어린 아기를 데리고 여행하는 중이었는데, 나중에 알고 보니 호텔에 투숙객이라고는 그들과 우리뿐이었다. 내가 어떻게 된 상황이냐고 묻자 그는 영어로 설명해주었다. 공사가 전혀 끝나지 않는다는 것이었다. 아저씨를 따라 지하에 있는 보일러실에 가보니, 인부 세 사람이 요란스런 소리를 내며 뭐가 뭔지 알 수 없는 일을 하고 있었다. “보시다시피 이렇게 열심히 일하고 있다”라고 아저씨는 설명하지만 아무리 설명을 들은들 무슨 소용이 있단 말인가. 우리가 원하는 것은 온수였다.

"9시까지는 다 끝난다고 하지 않았습니까?" 나도 항의한다. "분명히 그랬잖아요?" 독일인도 거든다. 그러자 이번에는 아저씨가 공사하는 인부들에게 "9시까지는 끝난다고 하지 않았는가?"라며 항의한다. 인부는 도통 알아들을 수 없는 말로 자기가 오히려 화를 낸다. 도무지 이야기가 결말이 나지 않는다. "그럼 확실하게 몇 시쯤이면 온수가 나오겠습니까?"

"12시"라고 아저씨가 말한다. "저 사람들이 12시에는 반드시 나온다고 하니까."

과연 그럴까 하는 의심이 든다. 독일인도 그런 모양이다. 그리스 사람이 밤 12시까지 일을 하다니 그게 어디 있을 법한 일인가?

이튿날 아침에 일어나 보니 역시 예상했던 대로 온수는 나오지 않았다. 온수가 나온 것은 그 다음 날, 그러니까 우리가 떠나는 날 아침이었다. 나는 찬물로 수염을 깎다가 얼굴에 상처를 내고 말았다. 아내는 목욕도 못한다며 계속 투덜거리고 물론 나도 몹시 불쾌하다. 그러나 그리스에 있다 보면 자연스럽게 체념이란 것을 배우게 된다. 전혀 해수욕을 할 수 없어도 목욕탕에 온수가 나오지 않아도 호텔 주인이 전혀 반성의 기미를 보이지 않아도, 어떻게 할 도리가 없으므로 체념하는 수밖에 없다.

달리 할 일이 생각나지 않아서 버스를 타고 가까운 해변으로 놀러 갔다. 프라키아스라는 곳인데 아기야 가리니보다도 세 배쯤 초라한 촌락이다. 해변은 있지만 추워서 들어갈 수 없으니 있으나 없으나 마찬가지다. 언뜻 보기에도 돈이 없어 보이는 듯한, 완고한 인상의 배낭족들이 서른 명쯤 특별히 하는 일도 없이 해변에서 어슬렁대고 있다. 아무것도 할 일이 없는 것이다. 그들이 여기에 온 이유는 단지 크레타 섬에 프라키아스란 마을이 있다는데 거기나 가볼까, 하는 단순한 발상에서이다. 그런 일은 한가한 사람이나 할 수 있다. 나 역시 별로 남의 이야기나 할 처지는 아니지만.

여기서 다시 아기야 가리니에 있는 호텔로 돌아가야 하는데 우리를 태운 버스가 또 걸작이다. 운전사는 라디오에서 흘러나오는 가요에 맞춰, 기분 좋게 콧노래를 흥얼거리며 구불구불한 절벽 위를 겁도 없이 씽씽 달린다. 불안한데, 괜찮을까 하고 걱정했더니 아니나 다를까, 왼쪽으로 도는 커브 길에서 바퀴 한쪽이 절벽 밖으로 나가버렸다.

버스의 차체가 한쪽으로 기울었다. 나는 순간적으로 이제 죽었구나, 하고 체념했다. 그런데 다행히 어렵사리 중심을 잡아 무사히 목숨을 부지할 수 있었다. 차장이 "기사 아저씨, 큰일 날 뻔했잖아요"라는 얼굴로 운전사를 보았다. 운전사도 그 뒤 한 10분 동안 노래를 중단한 걸로 보아 몹시 위험한 상황이었던 게 분명하다.

고맙게도 도중에 다른 버스로 갈아타게 되었다. 30분 정도 고갯마루에서 기다리고 있자니 101이라고 쓰인 아기야 가리니행 버스가 올라왔다. 버스에 타고 있는 사람은 우리 부부와 온화해 보이는 영국인 노부부, 서른 살 전후의 나 홀로 여행자 독일인, 10대의 그리스인 두 명 그리고 섬 아줌마 한 사람이 전부다. 처음 한동안 열심히 달리던 버스의 분위기가 도중에 이상해졌다. 점심시간이 되자 차장과 운전사가 버스 안에서 술판을 벌인 것이다. 물론 운전을 하면서.

　운전사가 어느 작은 마을에서 아는 사람한테 포도주를 한 병 받은 것이 소동의 발단이었다. 운전사는 그 마을에서 차를 세우더니 차장과 함께 어떤 집으로 들어가 한 10분 정도 돌아오지 않았다. 우리는 그동안 버스 안에서 그들이 돌아오기를 진득하게 기다리고 있었다. 이윽고 운전사는 한 되짜리 병을 들고 돌아왔다. 문득 몹시 불길한 예감이 들었는데, 예상대로 그들이 손에 들고 온 것은 마을에서 나는 포도주 한 병이었다. 그 다음 마을에서 운전사는 또 버스를 세웠다. 이번에는 차장이 내려 치즈 만드는 집으로 들어가더니, 배구공만 한 크기의 둥근 치즈 덩어리를 사 가지고 왔다. 그런 식으로 버스 속에서 술판이 벌어진 것이다.

　제일 앞줄에 앉은 그리스 아주머니가 "이봐요, 기사 양반. 당신이 마시는 거, 그거 포도주지?" 하고 운전사에게 나무라듯 말했다. "물이에요, 물." 운전사는 처음에는 웃으며 얼버무렸지만 머지않아 "아줌마도 좀 마셔봐요"라며 잔에 포도주를 따르고 치즈를 잘라서 아주머니에게 내밀었다. 그리고 어찌어찌하다 보니 우리를 비롯한 승객 모두가 앞에 모여 앉아 포도주를 마시고 치즈를 우물거리는 사태가 벌어진 것이다. 차장은 술이 거나하게 취해서 사슴 가죽이라도 벗길 수 있을 만큼 예리한 나이프로 치즈를 잘라 승객들에게 나눠주었는데 버스가 흔들릴 때마다, 그 칼날 끝이 맨 앞에 앉아 있는 영국인 노부부의 코앞에서 왔다 갔다 한다. 그들은 서로 어깨를 기댄 채 어색한 미소를 띠며 식은땀을 흘리고 있다. 이제 운전사는 도로는 거의 보지도 않고 있다. 신이 나서 노래를 부르고 농담을 하며 하하하하 하고 웃고 있다. 길은 여전히 험악하고 구불구불 휘어 있다.

그러나 그날 먹은 포도주와 치즈는 이번 여행에서 먹었던 어떤 치즈나 포도주보다도 맛있었다. 이것은 과장이 아니다. 정말 믿기 어려울 정도로 맛이 있었다. 결코 비싼 포도주는 아니고 어느 시골 농가에서 직접 만든 포도주인데도 눈이 번쩍 뜨일 정도로 맛있는 것이다. 내가 지금까지 그리스에서 먹고 마신 모든 음식과 술들이 다 한심하게 생각될 만큼 기가 막힌 맛이었다. 깔끔하고 신선하며 깊은 온기가 있어 대지에 그대로 뿌리 내리고 있는 듯한 정겨운 맛이다. 이런 맛의 포도주는 레스토랑에서는 만나기 어렵다. 아무튼 우리는 잔뜩 배가 부른 상태로 아기야 가리니에 무사히 도착했다. 승객들은 안도하는 것 같기도 하고 만족하는 것 같기도 했다. 그리고 이런 버스에 또 한 번 타고 싶기도 하고, 다시는 타고 싶지 않기도 한 복잡 미묘한 기분으로 버스에서 내렸다. 모두들 차장과 운전사에게 악수를 청하고 어깨를 얼싸안으며 인사했다. 크레타라는 섬은 결국 이런 섬이다. 좋든 나쁘든 거칠고 세련되지 못한 섬이다. 사소한 일에 일일이 심각하게 신경을 쓰다가는 도저히 살아남지 못한다. 정말 그렇다.

*

그런데 술판을 벌였던 이 101번 버스를 우리는 이틀 후 우연히 다시 타게 되었다. 차장은 달랐지만 운전사는 같은 사람이다. 왠지 불길한 예감이 들었다. 그리스나 이탈리아를 오래 여행하다 보면 싫건 좋건 이렇게 불길함을 감지하는 능력이 생기게 된다. 저트로이의 카산드라처럼 우리는 불행한 일만 예감하게 되고 유감스럽게도 그 예감은 대개 들어맞는다. 혹시 올림픽 항공이 파업 때문에 운항하지 않는 건 아닐까, 라고 생각하면 그런 날은 영락없이 비행기가 뜨지 않는다. 이탈리아 열차가 두 시간 연착하지나 않을까 걱정하면 아니나 다를까 두 시간 늦게 도착한다(하기야 이두 가지 예는 확률적으로 볼 때 거의 예감이랄 수도 없지만).

그건 그렇고 101번 버스에 대한 불길한 예감도 보란 듯이 적중했다. 버스가 한창 달리고 있는 도중에 짐칸 뚜껑이 열려—차장이 제대로 닫지 않은 것이다—안에 실었던 손님의 짐 두 개가 도로로 굴러 떨어졌다. 버스는 100킬로미터나 되는 속도로 달리고 있던 터라 운전사도 차장도 짐이 떨어진 것을 눈치 채지 못했는데, 다행히 제일 뒷자리에 앉아 있던 배낭족이 발견하고는 소리를 질렀다. 간신히 버스를 세우고 후진하여 짐을 회수했다. 다행이다……라고 말해야 할 텐데 사실 그럴 기분이 아니다. 왜냐하면 그 짐 두 개가 모두 우리 것이었기 때문이다. 하나는 내가 짊어지고 있던 밀레의 대형 배낭이고 또 하나는 아내가 들고 있던 나일론 가방인데, 버스에서 내려서 살펴보니 밀레의 배낭은 땅바닥에 부딪혀 보기 좋게 구멍이 나 있다. 나는 차장에게 항의해 보지만 그런다고 해결방법이 있을 턱이 없다. 영어가 통하지 않으니 각자 공허하게 자기 말만 할 뿐이다.

다른 방법이 없어 나는 차장에게 배낭에 뚫린 구멍을 보여준다. 그리고 보디랭귀지로 말한다. **어떻게 할 거요, 구멍이 뚫렸다구요.** 차장은 어깨를 으쓱하며 양팔을 벌린다. 그러고는 문을 가리킨다.

여기가 열려 있었어요. 어이, 이봐 그건 말 안 해도 알아. **그러니까 자네 탓이라는 거 아냐!** 알겠어? 자네 잘못이라구. 나는 영어와 프랑스어와 일본어로 소리친다(화를 낼 때는 제법 일본어가 통한다). 하지만 무슨 말을 한들 시간낭비일 뿐이다. 길에서 만난 사슴에게 스페인어로 길을 묻는 것과 다름없다. "미안하지만 숲의 출구가 어느 쪽입니까?" 무슨 짓을 하고 무슨 말을 해도 결국 소용없는 일이다. 사슴에게 길을 묻는 내가 잘못이다. 나는 뭐라고 말을 하려다 그냥 삼켜버린다. 그러고는 허무하게 고개를 젓는다. 차장도 똑같이 고개를 저으며 다독이듯 내 어깨를 톡톡 두드린다. **참 어처구니없는 일을 당했군,** 이라는 듯이.

그런 곳이 크레타 섬이다. 몇 번이고 말하지만 사소한 일에 일일이 신경 쓰다가는 도저히 살아남지 못한다. 알렉시스 조르바라면 틀림없이 이렇게 말할 것이다. 이보게, 그 배낭의 구멍은 신이 잠깐 장난을 한 걸세. 하느님은 때론 이상한 짓도 하지만 전체적으로 보면 좋은 일을 많이 하지. 그러니까 잊어버리라고. 할 수 없이 나도 알란 베이츠 같은 얼굴로 배낭에 뚫린 구멍에 대해서는 잊기로 한다.

이것이 101번 버스의 빛과 그림자, 술판과 분실물에 얽힌 이야기다.

크레타 섬의 작은 마을과 자그마한 호텔

크레타 섬 산골짜기에 있는 작은 마을과 자그마한 호텔. 이곳에 있는 유일한 호텔이다. '그린 호텔', 영어로 **GREEN HOTEL**이라고 써 있지만 아무도 영어를 할 줄 모른다. 이렇다 하게 구경할 만한 것 하나 없는 마을이지만 그래도 싼 물가에 매력을 느껴 여행하는 배낭족들이(마치 설탕 냄새를 맡고 모여드는 개미처럼 그들은 정처 없이 물가가 싼 곳을 찾아 방황을 계속한다) 이 마을을 거쳐 지나갔는지, 호텔 식당의 책꽂이에는 그들이 읽다가 두고 간 책들이 청춘의 묘비처럼 즐비하게 놓여 있다. 모두들 다 읽은 책을 여기에다 놔두고 대신 읽고 싶은 책을 가지고 가는 것이다.

《그리스인 조르바》가 세 권이나 있다. 영어판이 두 권, 독일어판이 한 권. 그리고 시드니 셀던, 윈스턴 그레엄, J.G. 발라드, 잭 히긴스, 해롤드 로빈스, 독일어판 윌버 스미스의 서부 소설, 프랑스어판 허들리 체이스 등등. 스웨덴어, 네덜란드어, 이탈리아어를 비롯해 그 외 수많은 나라의 책들이 사이좋게 놓여 있다. 하나같이 초라하고 낡은 책들이다. 《빈티지 서버》《콜레트 선집》《버나드 쇼, 차일즈 바이런 프로페션》 등 조금 뜻밖이다 싶은 책도 있고, 심지어 《FBI 백서》(상당히 전문적인 자료이다)나 《미국의 노동조합》(사진까지 실려 있다)과 같은 책까지 있다. 대체 누가 이런 책을 크레타 섬까지 들고 왔는지 궁금하다. 《FBI 백서》와 《미국의 노동조합》은 같은 사람이 가져온 것일까? 모든 것이 수수께끼에 싸여 있다.

어쨌든 내가 관심을 가질 만한 책은 거의 없다. 배낭족들은 제대로 된 책을 읽지 않는 인종일까? 아니면 이 '그린 호텔' 식당 책꽂이에는 아무도 가져가지 않는 책들이 운하 밑바닥의 진흙처럼 그저 조용히 쌓이기만 한 것일까? 후자 쪽의 확률이 높을 것 같다(대체 누가 크레타 섬에서 콜레트를 읽을 것인가). 나는 먼지를 뒤집어쓰고 있는 그 시시한 책들 가운데서 스티븐 부룩스라는 영국 작가가 텍사스에 관해서 쓴 《홍키 통크 젤라토》란 르포르타주를 골라(알고 보니 제목만 재미있고 내용은 별 볼일 없는 책이었다) 방금 전에 다 읽은 《미션》(로버트 볼트가 쓴 같은 이름을 가진 영화의 원작, 미코노스의 매점에서 샀다)과 교환한다. 그리고 신초사에서 보내준 신조 문고의 신간 《코끼리 공장의 해피 엔드》(안자이 미즈마루·무라카미 하루키 저)도 함께 놓는다. 이렇게 많은 책들 중에 일본어로 된 책 한 권쯤 있어도 나쁠 것 없지 않은가. 크레타 섬 산골짜기에 있는 작은 마을, 자그마한 호텔 식당의 종말적이다 싶을 만큼 쓸쓸하고 지저분한 책꽂이에도.

호텔 방에는 열쇠도 없다. 혹시나 하고 열쇠는 없느냐고 물어보자 주인 아주머니는 잠깐 기다리라더니 어디선가 더러운 열쇠꾸러미를 가져온다. 이중 하나일 거예요, 라고 그녀는 말한다. 열쇠는 매우 조잡하게 생겼다. 한번 잠그면 다시는 열리지 않을지도 모른다는 '불길한' 예감이 내 뇌리를 스친다. 그런 예감이 모리스 라벨의 〈밤의 가스파르〉에 등장하는 해 질 무렵의 종소리처럼 뎅그렁뎅그렁 하고 먼 곳에서 기분 나쁘게 들려온다. 나는 필요 없다며 사양한다. 아마 열쇠를 사용하는 사람은 아무도 없을 것이다. 이 마을에서 방문 열쇠를 요구하는 인간은 구제불능의 변질자일 것이다.

도로를 가운데 두고 존재하는 작은 마을. 은행이 하나(크레타 은행이다)에 카페니온이 둘, 타베르나가 두 곳 있고 버스는 하루에 세 번 운행한다. 그리고 교회가 하나, 공동묘지가 하나, 또 무얼 만드는지는 모르지만 분명 만들고 있기는 하는 것 같은 작은 공장, 빵집과 정육점과 채소가게. 또 구멍가게와 전파사. ROOM TO LET(대여하는 방)이란 표찰이 걸려 있지만 인기척이라곤 전혀 없는 집이 있다. 작은 광장도 있는데 거기에는 물 마시는 곳이 있다. 스무 마리쯤 되는 사자의 얼굴이 쭉 늘어서 있고 그 사자들 입에서 각각 물이 나온다. 대충 이 정도의 마을이다. 5분만 걸으면 이 끝에서 저 끝까지 다 볼 수 있다. 관광객이라고는 우리와 촌스런 중년부부뿐. 그들과는 몇 번 길에서 마주쳤는데 그때마다 서로 부끄러운 표정을 짓는다. 우리도 그들도 이렇게 아무것도 없는 마을에서 왜 하룻밤을 지내야 하는지 그 이유를 상대방에게 설명할 길이 없기 때문이다.

무척 조용한 곳이기는 하다. 이 점만은 보증할 수 있다. 아침이면 마을 사람들은 당나귀나 말, 산양 같은 짐승들을 끌고 논밭으로 나갔다가, 해 질 무렵이면 그들을 데리고 돌아온다. 그래서 아침저녁으로 길에는 짐승들의 울음소리와 발자국 소리가 가득하다. 산양의 목에 걸린 방울 소리도 들린다.

아주 단순한 인생이다.

문학의 내적 필연성도 내적 필연성으로서의 문학도, 문학의 형태를 가진 내적 필연성도 내적 필연성의 형태를 가진 문학도, 문학적인 내적 필연성도 내적인 문학적 필연성도, 전혀 없다. 산양과 당나귀가 있을 뿐이다.

산양과 당나귀가 지나가고 나면 해가 진다. 특별히 할 일이 없

으므로 나는 두 군데밖에 없는 타베르나 중 한 곳에 간다. 다른 타
베르나(이야니스의 타베르나)에서 점심을 먹었으므로 저녁은 필
연적으로(비내적 필연성) 그곳으로 가는 것이다. 어느 쪽으로 가
나 나오는 음식은 그게 그거다. 손님도 우리뿐이다. 오랜만에 외
국인 손님이 왔네, 라며 주인 아저씨가 반갑게 맞아준다. 이 마을
에서 만든 포도주를 마시고 싶다고 하자 "그렇다면 맛있는 마블
로스(흑)가 있지요"라고 대답한다. 적赤이나 백白이나 로제 같은
말은 들었어도 흑포도주는 처음 듣는다. 일단 맛을 보았는데 정말
맛있다. 마치 약처럼 톡 쏘면서도 깊이 있는 분명한 맛이다. 직접
포도주를 빚는지, 포도주가 담겨 있는 지저분한 한 되짜리 병이
부엌 바닥에 길게 늘어서 있다. 이 포도주를 반 리터 주문한다. 그
리고 그릭 샐러드 한 접시와 수블라키 한 접시, 감자튀김 두 접시
도. 감자튀김은 겨울잠에서 깨어난 곰에게 나누어주고 싶을 정도
로 양이 많다. 거기다 레티나 포도주도 한 병 마신다. 이렇게 먹고
도 700엔이니 싸기는 무척 싸다.

식사를 마친 후 밖에 있는 의자에 앉아 느긋한 기분으로 저녁노
을을 바라보고 있으려니, 일곱 명 정도의 마을 아이들이 우리를
빙 둘러싼다. 대충 일곱 살에서 열네 살쯤 되는 아이들로 제일 나
이가 많은 리더격 여자아이는 꽤 예쁘고 영리해 보인다. 서로 옆
구리를 쿡쿡 찌르며 생글거리기도 하고 수줍어 하기도 하면서, 포
도주를 마시는 우리 모습을 바라본다. 춤을 추는 아이도 있다. 아
마도 일본 사람을 본 적이 없어 신기한 모양이라고 생각했는데 역
시 내 추측이 맞았다. 리더격 여자아이가 내 옆으로 오더니(결심

한 듯 가까이 와서 말을 걸기까지 18분이 걸렸다) 쿵후를 좀 해보라고 한다. 쿵후 할 줄 알죠? 물론, 이라고 나는 거짓말을 한다. 여자를 실망시키는 것은 내 신념에 위배되는 일이다. 그럼 조금만 해볼게, 라며 아주 조금만 흉내 내 보인다. 나도 부루스 리를 보고 따라 하기도 했던 것이다. 아이들은 '우우우, 역시'라며 만족한 얼굴로 집으로 돌아간다. 아마도 내일은 학교에 가서 친구들에게 자랑을 늘어놓을 것이다. "내 말 좀 들어봐. 어제 진짜 일본 사람이 쿵후 하는 걸 봤다"라고 말이다. 나도 가끔 남에게 뭔가 도움이 되는 일을 할 때도 있다.

호텔 방문에 열쇠가 없다는 얘기는 앞에서 했는데 문에는 열쇠뿐만 아니라 문고리조차 없었다. 덕분에 밤새도록 그 문이 바람에 흔들리며 내는 덜컹덜컹덜컹 하는 요란한 소리를 들어야 했다. 나는 그 소리를 들으면 왠지 베토벤의 〈에그몬트 서곡〉이 생각났다. 어쩌면 중학교 음악실 벽에 걸려 있던 베토벤의 초상화가 그런 절망적인 얼굴을 하고 있었기 때문인지도 모르겠다. 열쇠도 문고리도 없는 싸구려 호텔에 묵으며 밤새도록 덜컹거리는 문소리를 듣고 있는 듯한 얼굴을.

이튿날 이야니스의 타베르나에서 점심을 먹으며 레티몽으로 가는 버스를 기다린다. 옆 자리에는 나이를 먹은 데이비드 보위의 지쳐 있는 모습(다시 말해 최근의 데이비드 보위 같은)을 연상시키는 영국인 나 홀로 여행족이, 끈적하게 기름기가 떠 있는 쇠고기 찜 요리를 맛없다는 얼굴로 먹고 있다. 우리는 포도주와 샐러드만 먹는다. 버스가 와서 우리는 음식 값을 지불하고, 일주일 전부터 버리려고 마음 먹었으면서도 버리지 못했던 너덜너덜한 나이키 조깅화를(어찌된 영문인지 내가 그걸 버릴 때마다 누군가가 다시 주워다 주었다) 종이봉투에 넣고 둘둘 말아, 슬며시 테이블 밑에 놓은 채 버스에 올라탄다. 버스가 발차한다. 어휴, 간신히 버렸다고 생각했는데 그러나 이번에도 실패하고 말았다. 이야니스가 쫓아오며 버스를 불러 세운다. "키리오스(당신), 이거 두고 갔어요"라며 너덜너덜 다 떨어진 내 나이키 조깅화를 내민다. 그 조깅화는 아무도 잊어주는 사람이 없는 과거의 작은 실수처럼 나를 집요하게 따라다닌다. 할 수 없이 나는 "고맙습니다"라고 말하고 그 종이꾸러미를 받아 든다.

달리 무슨 말을 하겠는가?

이렇게 우리는 크레타 섬 산골짜기의 조그마한 마을을 떠났다. 앞으로 다시는 찾아오지 않을 그 마을을.

레티몽에 도착했을 때 나는 이번에야말로 성공하리라 생각하며 버스 좌석 밑에다 신발을 넣은 종이봉투를 처박아두고 내렸다. 그러나 밤이 지나고 날이 밝을 때까지 나는 내내 조마조마했다. 혹시 누군가가 호텔 방문을 노크하고 그 조깅화를 불쑥 내밀까봐. 하지만 다행히 아무도 오지 않았다.

1987년, 여름에서 가을

누군가가 우리를 그려주었으면 좋겠다는 생각이 든다.

고향을 멀리 떠나온 서른여덟 살의 작가와 그의 아내.

테이블 위의 맥주. 그저 그런 인생. 그리고 때로는 오후의 양지바른 곳을.

1987년, 여름에서 가을

헬싱키

1987년 초여름, 거의 1년 만에 일본으로 돌아왔다. 《상실의 시대》의 교정지를 보기 위해서다. 의심 많고 깐깐한 고단샤의 기노시타 요코(본인은 전혀 그렇지 않다고 주장하지만) 씨도 "아주 재미있다"고 말했다. 아아, 다행이다. 혹시라도 "이게 뭐예요, 그저 길기만 할 뿐 별로 재미없잖아요"라는 말을 듣지나 않을까 걱정했기 때문이다. 그리고 유럽에 체류하면서(좀 구태의연한 표현이지만) 완성한 폴 테로의 《월드 엔드》와 브라이언의 《위대한 데스 리프》의 번역 교정지도 점검한다. 1년치 출판물의 마지막 작업을 한꺼번에 해치우는 셈이다. 이 일이 직업이기는 하지만 그래도 할 일이 너무 많다. 여름 내내 온통 일에만 매달려서 지냈다.

책 세 권의 장정을 결정하고 편집자와 이런저런 사소한 부분도 협의를 끝내고, 이제 인쇄만 하면 되는 시점까지 빈틈없이 일을 마친 다음 다시 일본을 떠난다. 어쩌 일주일치 음식을 한꺼번에 만들어서 냉동실에 넣어두는 주부 같다. 9월 초에 일본을 떠났는데, 돌아와 있던 기간은 짧았지만 피곤한 일은 꽤 많았다. 인간관계며 감자덩굴처럼 줄줄이 생겨나는 사무적인 잡다한 일들로 머릿속이 뒤엉켜 있다. 맛있는 일본 요리를 당분간 먹을 수 없는 것은 괴롭지만 뭐, 어쩔 수 없는 일이다.

이번에는 핀에어를 타고 헬싱키를 경유하여 로마로 간다. 헬싱키는 처음이니까 5박 정도는 하고 싶다. 북유럽계 항공회사는 대충 다 좋아하지만 그중에서도 핀에어는 내가 특히 좋아하는 항공회사다. 빈말이라도 스튜어디스가 미인이라거나 몸매가 예쁘다고는 할 수 없지만 기본적으로 친절하고 딱딱하지 않아서 좋다. 모두들 여유 있는 표정으로 생글생글 웃으며 일한다. 아마도 건강한 사람만 골라서 입사시킨 것 같다. 일본 항공회사의 서비스도 대체적으로 좋지만 어떤 회사는 너무 형식적이라(마치 하늘을 나는 맥도날드 같다) 짜증이 날 때도 있다. 핀에어는 대체로 그와 대조적이라고 할 수 있다.

*

헬싱키 거리는 도쿄에서 온 사람이 보면 어딘가 텅 빈 것 같은 인상을 받는다. 도로 폭이 넓고 오토바이의 숫자가 극히 적다. 공원이 유난히 많으며 거리에 자동판매기는 한 대도 없다. 경제 효율을 생각하지 않고 만든 도시 같다. 그다지 규모가 큰 도시는 아니지만 도로가 넓어서 그런지 걸어서 다니면 꽤 지친다. 삿포로에서 걸어 다닐 때와 비슷하다고 할 수 있다.

그리고 이 도시에는 여성 근로자 수가 많다. 도시 어디를 가도 일하는 여성들의 모습이 눈에 띈다. 노동 인구가 적어서 그런지도 모르겠지만 버스나 도시 전철의 운전사는 거의가 여성이라고 해도 좋을 정도다. 젊은 여성에서 아주머니에 이르기까지, 모두 빨갛게 상기된 얼굴로 활기차게 일하고 있다. 인간은 실질적으로 근면해야 건강할 수 있다는 사상이 보편화되어 있는 나라인 듯하다. 그런 점에서는 로마와 엄청나게 다르다. 로마 사람들은 일부를 제외하면 모두 어떻게든 편안하게 인생을 살려는 것 같다. 기후도 로마에 비하면 비참할 정도다. 매일 구름이 무겁게 끼어 있고 차가운 비가 주룩주룩 내린다. 9월인데도 아침에 교외를 달리고 있노라면 손이 곱아온다.

추위보다 더 괴로운 것은 식사다.

레스토랑에 들어갔더니 계절별로 요리 메뉴가 달랐다. 여름에는 제법 요리 종류가 풍부하다. 예를 들면 9월에는 '발틱 헤링, 대구, 넙치, 흰색 송어, 연어, 화이트 피시, 토끼, 들새, 들오리, 버섯, 딸기, 월귤, 서양자두, 크랜베리, 양고기' 같은 것들을 먹을 수 있다. 상당히 호화스럽다. 그러나 여름이 끝나고 겨울이 찾아오면 지상은 눈과 얼음으로 뒤덮이게 되어 요리재료가 눈에 띄게 적어진다. 특히 11월이 되면 신선한 재료를 사용한 요리라고는 순록 고기와 명란젓 그리고 말코손바닥사슴 고기뿐이다. 말코손바닥사슴 고기라니! 사실 9월인 지금도 헬싱키 레스토랑의 요리는 결코 맛있다고는 할 수 없다. 로마 시장에 가득 쌓여 있던 터질 듯이 신선하고 싱싱한 채소를 생각하면, 미안한 말이지만 나는 도저히 핀란드에는 오래 머물 자신이 없다. 이런 곳에서 시든 양배추와 식초에 절인 청어를 먹으며 겨울을 나고 싶지는 않다. 매우 아름답고 느낌이 좋은 도시이기는 하지만 말이다.

*

그러나 추위와 식사를 제외하면 헬싱키는 느긋하게 휴식을 취하기에는 더없이 좋은 곳이다. 사람들은 친절하고 얌전하며 무엇보다도 사람 수가 적다. 일단 행렬을 볼 수가 없다. 영어도 어렵지 않게 통하고 말을 걸면 모두 생긋 웃어준다. 도둑도 없을 것 같고 경찰관도 거의 보이지 않는다. 길거리에서 어쩌다 보게 되는 경찰관 수는 로마의 5분의 1 정도밖에 안 되는 것 같다.

우리가 헬싱키 공항에 도착했을 때 기온은 섭씨 8도로 꽤 추웠다. 일본을 떠날 때는 티셔츠 한 장 차림이었으니 상당한 차이다. 일본으로 치면 대충 11월 말 기후로 트레이닝 셔츠 위에다 가죽 점퍼를 입으면 딱 알맞다. 벌써부터 이렇게 추우니 한겨울에는 어떨지 생각만 해도 마음까지 추워진다. 나는 유난히 추위를 타는 체질이다.

결국 날씨 때문에 밥 딜런의 콘서트에 가는 것을 포기했다. 마침 밥 딜런과 톰 페티 밴드가 헬싱키에 와 있어 가볼까 했으나, 콘서트 장소가 이름만 들어도 추운 '아이스 홀'이라서(이름을 참 잘도 지었다) 지레 겁을 먹고 그만두었다. 하기야 밥 딜런의 경우는 작년에 부도칸[武道館]에서 있었던 콘서트에 갔었으니까 별로 아쉬울 것도 없다. '아이스 홀' 이야기가 나온 김에 덧붙이면 '아이스 홀'은 아이스하키 등을 하는 핀란드의 부도칸 같은 시설이라고 한다. 그러나저러나 밥 딜런도 나이가 꽤 많은데 냉증에 걸리지나 않을지 걱정이다.

밥 딜런 콘서트에 못 간 대신 핀란드 필하모닉 오케스트라 연주를 들으러 간다. 핀란디아 홀이라는 아름다운 홀이다. 일본으로 말하면 중간 정도 크기의 홀이지만 분위기가 아늑해서 차분하게 음악을 들을 수 있다. 입장료는 42마르카(1천2백 엔 정도)다. 로비에는 바가 있어 그곳에서 셰리주를 마신다. 셰리주는 8마르카(240엔)다. 로비의 커다란 유리창 밖으로 아름다운 호수(어쩌면 바다의 후미인지도 모른다)가 펼쳐져 있다. 백조가 수면을 가로지르고 단풍이 곱게 든 숲에 가랑비가 소리도 없이 내린다. 어디선가 시벨리우스의 멜로디가 들려올 것 같은 북유럽 특유의 정취가 느껴지는 풍경이다.

그건 그렇고, 오케스트라의 첫 곡은 어떤 핀란드 작곡가의 현대음악인데, 현대음악이 대개 그렇듯이 공포영화의 사운드 트랙처럼 들린다. 곡이 좋고 나쁘고를 떠나 가슴에 와 닿지 않는 음악이다. 좀더 즐거운 현대음악이 있으면 좋을 텐데.

두 번째 곡은 모차르트의 두 대의 피아노를 위한 콘체르토로, 피아니스트는 TAWASTST JERUNA라는 핀란드인 남성과 HUIYINGLIU라는 중국인 여성 듀오 팀이다. 이 곡은 뭐랄까 몹시 처절해서 듣는 사람을 지치게 한다. 오래된 중고 볼보를 타고 사이드 브레이크를 당긴 채 언덕길을 올라가는 듯한 느낌으로 어찌나 무거운지 어깨가 결려온다. 음악은 여러 가지로 해석할 수 있으며, 모두가 비엔나풍으로 부드럽게 모차르트를 연주해야 한다는 법은 없지만, 그래도 이 연주는 너무하다는 생각이 든다. 이쯤 되면 곡을 해석하고 말고 할 문제가 아니다. 그러나 관객들이 성대한 박수로 환호하는 것으로 보아, 어쩌면 핀란드에서는 모차르트의 곡을 이런 식으로 연주하는 것이 일반적인지도 모르겠다.

그런데 세 번째 곡인 차이코프스키의 3번 교향곡에 이르자 오케스트라는 분위기를 싹 바꾸어 아주 멋진 음악을 들려주었다. 이 오케스트라가 방금 전까지 그렇게 끔찍한 소리를 내던 바로 그 오케스트라인가 하고 귀를 의심할 정도로 좋은 소리다. 소리에 넓이가 있고 깊이가 있고 표정이 있고 생활이 있고 마음이 있다. 나는 솔직히 차이코프스키의 곡은 별로 좋아하지 않지만 이렇게 멋진 연주로 들으니까 남들이 왜 차이코프스키를 듣는지 그 이유를 알 것 같다. 흔히들 음악에는 좋은 음악과 나쁜 음악밖에 없다는 말을 하지만, 나는 그것과는 별개로 음악에는 그 땅에 맞는 음악과 맞지 않는 음악이 있다고 생각한다. 즉 토지성이다. 이 오케스트라가 연주하는 시벨리우스의 곡을 한번 느긋하게 듣고 싶어졌다. 잘 연주하는 곡과 그렇지 못한 곡이 이렇게 분명하게 구분되는 오케스트라도 드물기 때문인지 신선한 느낌마저 든다. 어느 곡이든 웬만큼은 연주하지만 어느 것 하나 평균 이상은 못 되는 오케스트라보다 훨씬 호감이 간다.

이렇게 헬싱키에서 며칠을 보냈다. 추운 점만 제외하면 핀란드는 아주 느낌이 좋은 호감이 가는 나라다. 여름에 다시 한 번 오고 싶다.

마로네 씨네 집

로마에서 이번에는 셋집에 살기로 한다. 비록 빌린 집이지만 어엿한 단독주택이다. 친절한 우비 씨가 개인적인 인맥을 통해 구해 주었다. 우리 힘만으로는 제대로 된 셋집을 구하기 힘들었을 것이다. 이탈리아는 아주 사소한 일에도 연줄이 힘을 쓰는 나라로 연줄 없이 셋집을 구하기는 특히 어렵다. 왜냐하면 섣불리 모르는 사람에게 집을 빌려주었다가 집세도 내지 않으면서 나가지도 않고 버텨, 주인이 곤란을 겪는 경우가 꽤 많기 때문이다. 그런 이야기는 나도 자주 들었다. 외국에 나가 있는 1년 동안 집을 세놓았는데 돌아온 뒤에도 비워주지 않아, 할 수 없이 집주인이 불편한 아파트살이를 하고 있다는 둥의 이야기다. 잘은 모르지만 이탈리아에서 그런 일은 위법이기는 하나 상식적으로는 허용되는 범위 내의 일인 모양이다. 이 나라에서는 계약이 별로 힘을 발휘하지 못한다. 그리고 어쩌다 소송을 걸어 재판을 하더라도, 법원의 절차며 형식이 상상을 초월할 정도로 복잡해서 판결이 날 때까지 엄청난 시간이 걸린다. 그러다 보니 다 쓰러져가는 낡은 아파트라면 몰라도 번듯한 집은 집주인이 신원을 잘 모르는 사람에게 여간해서는 빌려주지 않는다. 정말 골치 아픈 나라다.

우리가 빌린 집은 로마 교외 고지대의 그런대로 고급스런 주택가에 있다. 담으로 둘러싸인 넓은 부지 안에 있는 집으로 자동문이 달린 삼엄한 수위실이 입구에 있어, 들어갈 때마다 수위가 얼굴을 확인한다. 신원이 불확실한 사람에게는 문도 열어주지 않는다. 따라서 치안 면에서는 일단 안심할 수 있다. 외교관이나 고급 비즈니스맨이니 하는 사람들이 많이 살며, 자동차도 BMW라든가 메르세데스벤츠, 아우디, 볼보, 사브, 레인지 로버 같은 외제 차가 많다. 그리고 대부분의 집에서 필리핀 가정부를 고용하고 있다.

우리가 빌린 집의 주인은 마로네라는 나폴리 출신의 이탈리아 사람이다. 이탈리아 외무성 고위직에 있는 사람으로 이 주택 단지에 집을 세 채나 가지고 있는데, 그중 한 채를 우리에게 빌려준 것이다. 마로네 씨는 파리에도 별장을 갖고 있다. 한마디로 부자인 것이다.

우리가 로마에 도착한 날 밤에 마로네 씨 일가는 우리를 바비큐 파티에 초대했다. 마로네 씨의 부인은 영국 사람이다. 옛날에는 꽤나 미인이었을 것 같은데 지금은 몸에 군살이 많이 붙어 있다. 마로네 씨 부부에게는 10대 초반의 딸이 둘 있다. 데보라와 파우리나라고 하는 두 딸들은 매우 예쁜 소녀다. 이탈리아인의 명랑하고 활달한 피와 영국인의 내성적이고 침착한 피가 적절하게 섞인 느낌이다(그 반대라면 어떻게 손쓸 도리가 없지만). 이 나이의 여자애들답게 무척 수줍어 하면서도 한편으로 호기심도 왕성해서 옆집에 일본인 부부가 이사를 왔다는 사실에 무척 흥미 있어 하고 있다. 자매는 아주 사이가 좋아서, 언제나 둘이서 소곤소곤 비밀 이야기를 한다.

마로네 씨 집에는 암캐 마드와 수고양이 진이 있다. 마드는 조금 낙천적인 개이고 진은 약간 까다로운 고양이다. 마드보다는 진이 품격이 있다. 그러나 새끼 시절부터 함께 자란 덕분에 마드와 진은 개와 고양이치고는 사이가 좋다. 우리와도 곧 친해져서 집에도 놀러 오게 되었다.

우리는 결국 이 집에서 약 열 달을 살았다. 전망은 그다지 나쁘

지 않지만 해가 잘 안 들고 습기가 차서 눅눅한 집이었다. 언덕 경
사면에 있는 북향집이라서 겨울에는 하루 종일 볕이 전혀 들지 않
았다. 비가 조금만 와도 벽에 곰팡이가 슬었고 침대와 이불은 항
상 싸늘했다. 더러는 비가 새기도 했다. 집 앞 도로는 늘 검고 축
축했다. 난방설비도 불충분하여 겨울에는 뼛속까지 얼어붙는 듯
했다. 아내는 이런 음습한 곳은 싫다며 하루라도 빨리 이사가고
싶어했지만 앞에서도 얘기했듯이 마땅한 집을 찾기란 여간 어려
운 일이 아니었다. 나도 틈나는 대로 여기저기 부동산을 돌아다니
거나《주택 정보》같은 책을 들춰보기도 했지만 유감스럽게도 쓸
만한 집은 하나도 눈에 띄지 않았다. 그래서 로마에서의 생활을
끝낼 때까지 마로네 씨 집에서 살 수밖에 없었다. "이런 집에 있
어 봐야 신통한 일이 생길 리가 없어"라고 아내는 예언했는데 어
떤 의미에서 그 예언은 적중했다.

　나는 이 집에서 지내는 동안 책을 몇 권 번역하고《댄스 댄스 댄
스》라는 장편소설을 완성했다. 일과 관련해서는 매사 순조롭게
진행되었다고 할 수 있다. 마흔 살을 코앞에 두고 그런대로 만족
할 만큼의 일은 했으니까. 그러나 그 외의 면에서는 여러 가지로
힘겨운 일이 많았다.

아테네 마라톤과 티켓을 다행히 환불할 수 있었던 일 1987
년 10월 11일

　10월 8일에 로마에서 아테네로 이동한다.

내가 아테네로 가는 데에는 두 가지 이유가 있다. 하나는 10월 11일에 개최되는 아테네 마라톤에 참가하는 것이고, 또 하나는 올봄에 아테네 에이전트의 실수로 타지 못했던 올림픽 항공의 티켓(아테네 로마 간 두 장, 4만 7천 엔 정도)을 환불하는 일이었다. 공항 카운터에 티켓을 준비해 놓았다고 해서 가보았으나 말과는 달리 전혀 준비되어 있지 않았던 것이다. 덕분에 정규 항공권을 다시 사야 하는 수난을 겪었다. 전화로 항의를 했지만 결론이 나지 않아 마라톤에 참가하는 김에 직접 찾아가서 담판을 짓기로 마음먹었다.

먼저 마라톤 이야기부터 하자.

아테네 마라톤은 마라톤 촌에서 아테네 시내까지 42.195킬로미터, 다시 말해 오리지널 마라톤 코스를 달리는 경주로 올해가 5회째이다. 대회로서의 전통은 그다지 깊지 않으나 당연한 일이지만 유서만큼은 그 어느 마라톤에 뒤지지 않는다. 하기야 2천 몇 백 년 전까지 거슬러 올라가니 그럴 만도 하다.

그런데 나는 이 아테네 마라톤의 기원에 대해서 전부터 의문 나는 점이 있다.

첫 번째는 마라톤 촌에서 아테네까지 승리를 알리기 위해 전령이 달렸다고 하는데 그 무렵에는 말이 없었단 말인가, 하는 점이다. 아마 그랬을 것이다. 만약 말이 있었다면 굳이 전령을 달리게 할 필요가 없을 테니 말이다. 그러나 알렉산더 대왕 시대에는 말이 있었던 게 틀림없다. 나는 예전에 역사책에서 말을 탄 알렉산더 대왕의 그림을 본 적이 있다. 그렇다면 그리스 역사의 어느 시점에선가 말이 유입되었다는 이야기다. 그것이 언제인지 한번 조사해 봐야겠다고 생각하면서도 하루하루 잡무에 쫓기다 보니 아직 실행에 옮기지 못하고 있다. 이처럼 '그러고 보니……' 라는 식으로 생겨나는 의문은 대부분 해결하지 못한 채로 끝나기 쉽다. 왜 일본의 파발꾼은 말을 타지 않았는가? 또 왜 일본에서는 마차가 발달하지 않았는가? 이것도 내게는 오래된 수수께끼다. 세상에는 모르는 일들이 꽤 많다.

마라톤 전설에 관련된 두 번째 의문은, 장거리를 달리는 전령이 직업이었던 전문 주자가 42킬로미터를 달린 정도로 죽은 점이다. 지금은 아마추어 주자도 42킬로미터를 거뜬하게 뛰지 않는가? 마라톤에서 풀코스를 달리고 사람이 죽었다는 이야기는 별로 들어본 적이 없다.

이 의문에 대한 대답은 최근에서야 판명되었다. 마라톤에서 아테네까지 달리고 죽었다는 그리스인은, 그 전날 아테네에서 스파르타까지를 왕복으로 달렸다는 것이다. 그는 페르시아와의 전쟁에 지원을 요청하는 그리스 측의 친서를 지참하고 스파르타로 향했다. 그러나 고집스런 스파르타인이 매정하게 거절하자 그 답변을 들고 서둘러 아테네로 돌아갔다가, 그 길로 또 마라톤 전장으로 달려가 승패를 확인하고, 다시 아테네까지 전속력으로 달려온 것이다. 이쯤 되면 죽을 만도 하다는 생각이 든다. 나는 전에 아테네에서 스파르타까지 버스를 타고 간 적이 있는데, 산을 넘으면 또 산이 나타나는 식으로 산이 끝없이 계속되는 길에 넌덜머리를 낸 기억이 있다. 펠로폰네소스 반도에 들어서면 평지는 거의 없고 산세도 험악하다. 버스를 타고 가는데도 지칠 정도니 그런 길을 뛰어서 왕복했다면 죽을 만도 하다 싶다. 잘은 모르지만 편도 250 킬로미터는 될 것 같다. 1년에 한 번씩 이 길을 달리는 대회가 개최되고 있는데 안타깝게도 지금 나는 그 레이스에 참가할 만큼 건강하지 못하다.

그건 그렇고 이번에 내가 출전한 마라톤 대회의 정식 명칭은 '국제 아테네 평화 마라톤'이다. 이 대회는 그리고로스 라브라키스라는 유명한 육상 선수를 기념하여 개최하는 국제경기다. 이 라브라키스 씨는 선수생활에서 은퇴한 후 국회의원이 된 사람이다. 평화주의자로서 당시의 군사 정권에 저항하며 1963년에는 평화를 위한 마라톤 대회를 개최했다. 그런데 달리는 도중에 체포되어 폭행을 당하고 그 다음 달에 테사로니키에서 살해당했다. 대회의 팸플릿에는 다음과 같은 그의 말이 인용되어 있다.

"평화를 위한 삶은 아름답다. 평화를 위한 죽음은 고귀하다." 현대의 일본인은 이런 말은 하지 못할 것이다. 말하지 못한다는 것 자체가 평화를 의미한다고도 할 수 있다. 그러나 아무튼 이런 말은 절대 하지 못한다. 물론 나도 마찬가지다.

여하튼 이런 훌륭한 명분 아래 개최되는 대회다. 평화와 마라톤이 무슨 관계가 있느냐고 물으면 분명하게 대답하기는 곤란하지만 내 개인적인 감상을 말하자면 사람은 장거리를 뛰다 보면 매우 평화로운 기분이 되는 것 같다. 어느 정도 이상을 뛰고 나면 이런저런 생각을 하는 것이 귀찮아지고, 에라 모르겠다 아무튼 끝까지 달려나 보자는 생각이 든다. 아마도 평화란 그런 원칙 위에 성립

하는 것 같다.

내가 생전 처음 42킬로미터를 뛴 것이 바로 이 코스였다. 벌써 6년 전 일이지만 그때는 지금과는 반대로 아테네에서 마라톤까지의 코스를 나 혼자서 달렸다. 교통이 혼잡해지기 전에 아테네를 벗어나야 했기 때문이다. 아침 5시에 아테네를 떠나 정신이 아득해질 것 같은 한여름 더위 속을 죽을 힘을 다해 달려 마라톤에 도착했다. 그로부터 6년 후, 이번에는 가을 햇살 아래에서 마라톤에서 아테네까지 달린다. 아테네에서 마라톤까지의 구간에 비하면 마라톤에서 아테네까지는 오르막길이 많다.

출발 지점에서 일본인 단체 참가자들을 만났다. 저 머나먼 일본에서 마라톤에 참가하기 위해 아테네까지 단체로 올 정도니 일본도 꽤 부자 나라가 되었다. 그러나 너무 멀어서인지 아니면 비용이 너무 많이 들어서인지, 단체라고는 해도 고작 일곱 명뿐이다. 여성이 두 명, 70대 정도의 노인이 네 명, 젊은 남자가 한 명. 그저께 그리스에 도착했다고 한다.

"도착한 지 이틀밖에 안 지났으면 시차 때문에 힘들지 않습니까?" 내가 노인들에게 물어보니 그들은 "우린 종종 외국에서 달리기 때문에 시차 같은 건 상관없어요." "졸리면 자고 안 졸리면 깨어 있고 되는 대로 하고 있소"라고 한다. 정말 대단한 사람들이다.

그러나 막상 달리는 동안에는 일본 사람을 한 명도 만나지 못했다. 내 주위에는 온통 유럽 사람투성이였다. 나는 장기간 외국을 여행할 때도 고독하다고 느끼는 적이 별로 없는데 이때만큼은 절실하게 고독했다. 아아, 나는 지금 이방인이다, 고독하다, 라는 생각이 저절로 들었다. 내 주위를 여러 나라의 주자들이 달리고 있었다. 그리스인도 있고 이탈리아인도 있다. 세계에서 가장 한가하다는 캐나다인도 있고 독일인(이 지구상에서 독일인을 볼 수 없는 곳이 과연 있을까?)도 눈에 띈다. 똑같은 유니폼을 차려입고 즐겁게 달리는 프랑스인, 유난히 우호적인 북유럽인, 까다로운 표정으로 묵묵히 달리고 있는 영국인 등. 동양인이라고는 사방을 둘러보아도 나 혼자뿐이다. 물론 여행을 하다 보면 난생 처음으로 일본 사람을 본다는 마을을 지나치기도 하지만 그런 곳에서는 혼자 있어도 그다지 고독하다는 느낌은 들지 않았다. 그런데 이상하게도 외국인들에 둘러싸여 마라톤 코스를 세 시간 이상 달리다 보면 때때로 숨이 막힐 정도로 고독해지는 것이다. 왜 그럴까.

마침내 완주하여 아테네의 올림픽 스타디움에 골인했다. 기록은 여전히 별로 신통치 않았고(세 시간 사십 몇 분) 달리는 도중에 젖꼭지가 셔츠에 쏠려 피가 나왔지만(보기에도 흉한 데다 몹시 아프다) 아무튼 열심히 잘 뛰었어, 라고 자신을 격려하며 캔맥주를 따서 축배를 든다. 일본에서 가지고 온 내가 아끼는 나이키 에어도 분투해 주었다.

이 아테네 마라톤은 그다지 대대적인 대회가 아닌, 가정적인 대회이므로 관심 있는 분은 참가해도 좋을 것 같다. 무엇보다도 코스 자체가 의미 있을 뿐만 아니라 골인 지점이 올림픽 스타디움이라서 더욱 기쁘다. 단, 일본에서 출전하기에는 여정이 너무 길어 몸의 컨디션을 정상으로 유지하기가 무척 어려운 점과 그리스의 기름기 많은 음식 때문에 경주 전에 탄수화물을 충분히 섭취하기가 어려운 점이 문제다. 그리고 아테네 시내로 들어서면 공기가 나쁜 점도 빼놓을 수 없다.

이제 마라톤도 끝났고 항공권을 환불하는 일만 남았는데 이 일이 예상보다 복잡했다. 어느 나라에서나 마찬가지겠지만 한번 지불한 돈은 돌려받기가 쉽지 않다. 다행히 GNTO(그리스 정부 관광국) 직원이 열심히 거들어주었고, 나도 거의 오기로 이주일이나 시간을 허비해 가며 버틴 끝에 간신히 여행사로부터 돈을 돌려받았다. 아내와 나는 다시 축배를 들었다. GNTO라는 곳은 내가 아는 한 세계에서 가장 친절한 관청이다. 관광객의 입장에서 신속하게 일을 처리해 준다. 혹시라도 그리스에서 골치 아픈 일이 생기면 무조건 GNTO로 달려가는 것이 상책이다. 그러나 만약 이탈리아에서 골치 아픈 일이 생기면 깨끗하게 단념하는 것이 현명하다. 이탈리아에서는 한번 내 손을 떠난 돈은 200년이 지나도 절대로 다시 돌아오지 않는다. 설령 500년이 지난다 해도 이탈리아의 관청은 효율적으로 일하지 않을 것이 틀림없기 때문이다.

이 두 가지 일을 처리하고서 우리는 가을의 북그리스를 느긋하게 여행한다.

비 내리는 카발라

테살로니키에서 버스를 타고 세 시간 정도 달리면 카발라에 닿는다. 낡은 버스가 비틀거리며 힘겹게 마지막 산등성이를 넘으면 바다와 항구와 카발라 마을이 보인다. 카발라는 정확하게는 '카

바알 라' 라고 발음한다. 사방이 산으로 둘러싸인 조그마한 항구 마을로 그리스의 이런 항구 마을이 대부분 그렇듯이, 항구가 시작되는 언덕에는 오래되고 커다란 비잔틴 시대의 성이 자리 잡고 있다. 성벽의 포안砲眼에서는 녹슨 대포가 항구 쪽으로 포문을 향해 있고, 망루 가장 높은 곳에는 흰색과 바다색의 그리스 국기가 바람에 펄럭이고 있다. 항구에는 화물선이 몇 척 정박해 있고 어선이 하얀 꼬리를 늘어뜨리며 먼 바다로 나가려 하고 있다.

나는 항구도시인 고베에서 자랐기 때문인지 이런 지형의 장소에 오면 왠지 모르게 안심이 된다. 항구를 빙 둘러싸듯 상가가 형성되어 있고 그 바로 뒤부터 산비탈이 시작되어 꼭대기까지 집들이 항구를 내려다보듯 들어서 있다. 바다와 산 사이의 거리는 가까우면 가까울수록 좋다.

카발라는 네아폴리스라는 이름 아래 고대부터 항만도시로서 번성했다. 카발라에서 북서쪽으로 15킬로미터 정도 떨어진 곳에 존재했던 필리피라는 고대도시(알렉산더 대왕의 아버지인 필리포 2세가 이 도시를 만들었다)의 현관 역할을 했다. 또한 카발라는 성 바울로가 유럽에서 처음으로 기독교를 포교한 장소로서 널리 알려져 있다. 성 바울로가 트로이의 마을에 있을 때, 한 명의 마케도니아 남자가 꿈에 나타나 그를 위하여 기도하고 이렇게 말했다. "마케도니아로 이사하십시오. 그리고 우리들을 구원해 주십시오." 성 바울로는 눈을 뜨자 바로 짐을 정리하여 여행를 떠날 채비를 했다. 아메리칸 익스프레스 여행자 수표를 주머니에 쑤셔 넣고(농담) 두 제자와 함께 배를 타고 사모트라키 섬에 들렀다가 카발라에 상륙했다. 이렇게 해서 기독교가 유럽에 전해진 것이다.

그러나 아시아와 유럽의 접점이라는 지역적인 유리함 때문에 카발라 마을은 역사적으로 마치 현관 매트와 같은 취급을 당했다. 알렉산더 대왕이 죽자 로마 제국의 지배를 받았고 계속해서 노르만에 의해 온 시가지가 잿더미로 변했다. 그 후에는 비잔틴 제국에 편입되어 터키와 기독교군 전쟁의 최전선에서 싸우다가 결국은 터키에 정복당했다. 그리고 제1차 세계대전 이후에야 간신히 독립하는 기나긴 고난의 역사를 가졌다.

우리가 마을에 도착한 10월 18일은 카발라의 중요한 축제일이었다. 1919년 이날에 마을이 터키로부터 해방된 것이다. 그리스의 북쪽 마을은 이처럼 마을 하나하나가 독자적인 독립기념일을 갖고 있다. 그리스군은 피가 피를 부르는 격렬한 전투 끝에 서쪽에서 동쪽으로 차례차례 터키군에게서 마을을 탈환했기 때문이다. 이날 마을 사람들은 아침부터 옷을 잘 차려입고 교회로 가서 예수님에게 기도를 드리고 해방과 독립을 이룬 것에 대해 감사한다.

그리고 화려한 퍼레이드가 펼쳐진다. 저녁 무렵 우리가 마을 극장에서 한창 〈크라임 오브 더 하트〉를 보고 있으려니까 금관악기를 연주하는 밴드가 용맹한 행진곡을 연주하면서 극장 앞을 천천히 지나갔다. 그 바람에 우리는 한동안 대사를 제대로 듣지 못했다.

우리가 묵은 호텔 근처에 망치와 낫이 그려진 깃발을 내건 공산당 본부가 있고 그 1층에 조그만 카페가 있다. 나는 늘 그곳에서 아침을 먹었다. 특별한 이유가 있어서라기보다 가격이 쌌기 때문이다. 호텔 식당에서 아침식사를 하면 500엔이 들지만 그곳에서는 100엔이면 충분하다. 막 구워낸 티로 피타(치즈파이)와 걸쭉한 그리스식 커피가 100엔인데, 아침 6시부터 문을 연다. 부부와 30대 전후의 자식, 이렇게 셋이서 카페를 운영하고 있다. 손님은 대개 어부들과 공산당원들(인상착의가 그렇다는 것이지 확실하지는 않다)이다. 그 식당에서 포크너를 읽으며—그런데 포크너의 소설은 부르주아적인가 비부르주아적인가?—아침을 먹는다. 가끔 손님끼리 싸움을 벌이기도 한다. 어부 대 어부, 공산당원 대 공산당원 또는 어부 대 공산당원…… who knows? 아무튼 나는 이 카페에서 싼 아침식사를 한다.

카발라는 빵이 맛있는 마을이다. 다른 마을과는 빵의 종류도 많이 다르다. 공산당 카페에서 나와, 나는 비잔틴 시대의 구시가지 언덕길을 산책한다. 언덕 여기저기에 빵집이 있다. 창문으로 들여다보니 마침 주인이 아침 빵을 굽고 있다. 향긋한 빵 냄새가 코를 자극한다. 안으로 들어가자 초등학생 아이가 나와서 조금 있으면 새 빵이 나오니까 잠깐만 기다려 주세요, 라고 한다. 아빠, 엄마는 오븐 앞에서 땀을 흘리며 빵을 굽고, 할아버지와 그 아이가 빵을 파는 것이다. 아이는 책가방을 입구에 놓아두고 학교에 갈 시간이 될 때까지 가게 일을 거든다(늘 감탄하는 일이지만 그리스의 아이들은 정말 일을 잘한다. 이탈리아의 아이들은 일본의 아이들과 마찬가지로 일을 하지 않는다). 그는 가족 중에서 조금이나마 영어를 할 줄 아는 유일한 인물이라 그 점을 자랑스럽게 여기고 있다.

"굿 모닝, 왓 캔 아이 헬프 유?"라며 신이 나서 내게 말을 건다.

나는 할아버지가 정성스레 종이에 싸준 따끈따끈한 빵을 우물거리며 언덕길을 걸어 성까지 올라가, 아무도 없는 성벽 위에 서서 바다와 마을을 내려다본다. 그러고는 시끌벅적한 어시장을 지나 호텔로 돌아온다.

가끔씩 비가 내렸다. 비 오는 날 타베르나의 테라스에서 비를 바라보며 생선요리를 먹고 있으면 문득, 아아 정말 멀리까지 왔구나, 라는 생각이 든다. 왜 그럴까. 주변의 소리가 잦아들고 차가워진 백포도주 병이 땀을 흘리고, 어부들은 노란색 고무 비옷을 입고 일렬로 서서 엉켜 있는 선명한 색의 어망을 풀고 있다. 검둥개가 장례식 때 허드렛일 하는 사람 같은 몰골로 어디론가 종종걸음으로 달려간다. 웨이터는 따분한 얼굴로 흘깃흘깃 신문을 들여다보고 있다. 마술사처럼 묘한 모양으로 수염을 기른 깡마른 웨이터다. 나는 그릴에서 구워낸 전갱이를 먹으며 두 테이블 건너에 앉아 있는 나일론 점퍼를 입은 아저씨의 모습을 스케치한다. 그는 아주 무료한 듯한 표정으로 포도주를 반 리터 마시고 오징어와 빵을 찢어서 입에 넣는다. 이 행동을 순서대로 한다. 포도주를 마시고 오징어를 먹고 빵을 먹는다. 옆에서 고양이가 한 마리 그 모습을 빤히 올려다보고 있다. 나는 특별한 의미도 없이 그 아저씨를 스케치한다. 비 내리는 오후에는 정말 아무것도 할 일이 없다.

그렇다고 나쁘다는 건 아니다. 앞에는 항구가 있고 뒤에는 산이 있다. 호텔 방에는 포도주와 파파도플로스의 크래커가 있다. 그리고 나는 지금 생각해야 할 일이 거의 없다. 마라톤도 무사히 완주했고 항공권도 환불했다. 소설도 이미 완성했고 다음 소설을 시작할 때까지는 아직 약간의 여유가 있다.

카발라에서 페리보트를 타고

그리스에서 페리보트를 타면 군인을 종종 볼 수 있다.

그들이 어떤 목적으로 페리보트에 타고 있는지는 알 수 없다. 임지로 이동하거나 휴가를 받아 고향으로 가는 중인지도 모른다. 그들은 언제나 세 명에서 여섯 명 정도가 함께 이동한다.

배에 타고 있을 때 그들은 무척 즐거워 보인다. 마치 친구들끼리 1박으로 여행이라도 떠나는 고등학생처럼 그들은 조금 흥분해 있다.

젊은 군인들이다. 젊다기보다 소년이라고 해도 좋을 정도다. 어떤 군인은 턱수염을 기르고 있지만 그 때문에 오히려 앳돼 보이기도 한다. 군인이나 경찰이 아이처럼 보이는 것은, 바꾸어 말하면 내가 나이를 먹었다는 얘기다. 그건 그렇다 쳐도 그들의 눈빛은 정말이지 소년 같다.

그들은 군에서 그들에게 무엇이든 입히기 위해 마지못해 제공한 듯이 보이는 너무나도 초라하고 낡은 담요 같은 천으로 된 카키색 군복을 입고 검정 군화를 신고 있다. 모자는 접어서 어깨 견장에 끼우고 군복과 같은 색깔의 더플백을 메고 있다. 가슴에 달린 주머니에는 담뱃갑이 들어 있다. 그러나 미안한 말이지만 그 군복은 그들에게 전혀 어울리지 않는다. 몸과 옷이 따로 노는 것 같다.

그들은 세 명이서 페리보트의 갑판 난간에 기대어 카발라 항을 바라보고 있다. 항구에는 저녁 어둠이 밀려오고 고깃배들은 배 꼬리에 집어등集魚燈을 켜기 시작한다. 페리보트는 이제 몇 분만 있으면 출항한다.

한 군인은 키가 아주 작고 한 군인은 키가 아주 크고 나머지 한 군인은 그 중간 정도이며 오동통하다. 그런 세 사람이 함께 서 있으니까 아무리 봐도 군인으로는 보이지 않는다. 조화를 이루지 못하고 무방비한 느낌을 준다. 중간 키의 군인이 가슴팍 주머니에서 담뱃갑을 꺼내 담배 한 개비를 입에 물고는, 나머지 두 명에게도 권한다. 그리고 각자 담배에 불을 붙인다. 저녁 어둠 속에서 오렌지색 불꽃 세 개가 제각기 도형을 그린다. 그들은 담배를 피우며 매우 즐거운 듯 마냥 이야기꽃을 피운다. 아하하하 하고 소리 높여 웃기도 하고 얼굴을 찡그리기도 하고 손을 내젓기도 하고 멋쩍어 하기도 하고 상대방의 배에 가벼운 펀치를 먹이기도 한다. 말보로 담뱃갑이 비자 이번에는 키 작은 군인이 카멜 담배를 꺼내서 나눠 피운다. 바람이 불지 않아 담배연기는 조용히 하늘로 올라가면서 서서히 윤곽이 사라진다.

이윽고 선내 방송이 나온다. 티켓을 검사하므로 각자 선실로 돌아가라는 내용이다. 그제서야 그들도 갑판을 떠난다. 웃거나 가볍게 펀치를 날리는 장난을 하며 이등실 안으로 사라진다. 그 후 나는 그들을 다시는 보지 못했다.

*

세상에는 왜 이렇게 군인이 많은 걸까.

얼마 전에 그리스와 터키의 국경에서 작은 분쟁이 생겨 그리스 군인 한 명과 터키 군인 두 명이 죽었다. 내가 신문에서 읽은 기사에 따르면 그 발포 사건은 사소한 이유에서 비롯되었다. 사실 총을 쏠 만큼 대단한 일도 아니었다. 누군가가 경계선 이쪽으로 살짝 발을 들여놓았다거나 신경을 건드리는 말을 했다는 것 정도였다. 그런데 누군가가 총을 쏘았고 상대도 거기에 대응했다. 자동 소총의 탄환이 핑핑 오간 끝에 세 명의 군인이 목숨을 잃었다. 그리스는 터키 쪽에서 먼저 총을 쏘았다고 주장하고 터키는 그리스 쪽이 먼저 쏘았다고 주장한다. 그리고 두 나라의 국민은 각각 자국의 발표를 믿고 있다.

신문에는 죽은 그리스 군인의 사진이 커다랗게 실려 있었다(터키 신문에는 당연히 터키 군인의 사진이 실렸을 것이다). 열여덟이나 열아홉 살 정도의 잘생긴 젊은이였다. 사진 속에서 그는 군복을 입고 싱긋 웃고 있었다. 그 얼굴은 내게 페리보트에서 자주 보는 젊은 군인들을 생각나게 했다. 그들은 대체 무엇을 위해 죽은 것일까?

죽는 것은 늘 젊은이들이다. 그들은 아직 뭐가 뭔지도 잘 모르는 어린 나이에 그렇게 죽어간다. 나는 이미 젊지 않다. 그리고 여러 나라의 여러 마을을 여행했다. 다양한 사람을 만나기도 했다. 갖가지 즐거운 경험도 했고 불쾌한 일도 많이 겪었다. 그리고 이런 생각을 한다. 이유 여하를 막론하고 사람이 사람을 죽이는 것은 정말 어리석은 일이라고.

*

옆 테이블에 앉아 있던 중년 그리스인이 내게 텔레비전을 좀 봐요, 일본이 나와요, 라고 알려준다. 일등실 로비의 텔레비전 뉴스에서 도쿄 가부토 마찌 증권 거래소의 모습을 방영하고 있다. 굳은 표정의 사람들이 뭐라고 소리치며 손가락을 올리고 있다. 셔츠 소매를 걷어붙이고 전화통에다 대고 뭐라 뭐라 고함을 치고 있다. 무슨 일인지 나는 통 알 수가 없다. "money예요, money"라고 그리스인이 서툰 영어로 말한다. 그러고는 돈을 세는 흉내를 낸다. 아무래도 주식이 폭락을 한 모양이다. 그러나 그의 짧은 영어 실력으로는 자세한 상황까지는 내게 설명할 수 없는 모양이다(나중에 알게 된 일이지만 그것이 바로 블랙먼데이였다. 나는 이때 일을 떠올릴 때마다 스콧 피츠제럴드를 생각한다. 스콧 피츠제럴드는 튀니지를 여행하다가 1929년의 대폭락 소식을 들었다. 그리고 그는 그때의 상황을 '마치 먼 곳에서 들려오는 천둥소리처럼'이라고 묘사했다. 물론 블랙먼데이는 규모로는 1929년의 폭락에 비할 바가 못되지만, 뭐랄까 그 당시의 불안정한 공기를 나는 아직도 또렷이 기억하고 있다. 아마도 마침 그때 전쟁에 관한 생각을 하고 있었기 때문에, 주식의 폭락과 텔레비전 화면에 비친 사람들의 긴장된 얼굴이 내 눈에는 한층 어둡고 불길하게 비쳤던 것이리라).

뉴스는 일본 수상이 어쩌고저쩌고 하는 이야기로 바뀐다. 나카소네 수상이 퇴진하고 후계자 선정 문제로 정국이 혼란에 빠져 있던 시기다. 이윽고 다케시타 노보루[竹下登]의 얼굴이 화면에 등장한다. 아마도 다케시타 노보루가 수상으로 선정된 모양이다. 나는 다케시타 노보루라는 사람을 잘 모른다. 하지만 다케시타 노보루라는 사람이 화면을 통해 내게 준 인상을 한마디로 표현할 수는 있다. 이런 때, 영어에는 아주 편리한 단어가 있다. unimpressive.

뉴스가 끝나자 비디오 영화가 시작된다. 존 밀리어스의 〈젊은 용사들〉이다.

나는 저녁식사 대신 군용 나이프로 배를 깎아 먹고 파파도플로스 크래커를 우물거리고 물통에 담겨 있는 브랜디를 몇 모금 마신다. 그러고는 포크너를 읽는다. 배는 조용히 흔들리고 텔레비전에서 자동소총 소리가 들린다. 미국 소년들이 고향 마을을 침공한 쿠바 병사를 상대로 게릴라전을 펼치고 있는 것이다. 나는 책을 덮고 방으로 돌아가 잠자리에 든다.

이른 아침에 눈을 떴을 때, 배는 이미 레스보스 섬의 미틸레네 항구에 도착해 있었다.

레스보스

레스보스 섬은 '레즈비언'의 어원으로 알려진 섬이다. 일찍이 이 섬의 주인은 모두 여자였다는 이야기가 전해지고 있다. 그러나 현재의 레스보스 섬은 솔직히 말해서 그런 유래를 통해 상상할 수 있을 만큼 흥미 있는 섬은 아니다. 이렇다 할 특별한 것 없는 지극히 평범한 섬이다. 면적으로 말하면 그리스의 섬 중에서는 세 번째로 크다. 터키에 인접해 있기 때문에 국경수역을 경비하는 해군이나 연안 경비대 보트를 쉽게 볼 수 있다. 털털거리는 엔진 소리를 내면서 경비정이 조용한 항구로 들어온다. 보트의 갑판에서는 기관포가 둔하게 빛나고 있다. 하얀 세일러복을 입은 수병이 주변의 카페니온에 모여 커피를 마시고 있다. 바다 물결은 가을의 밝은 햇빛을 반짝반짝 반사시키고 있다. 아름다운 섬이지만 특별히 재미있는 일은 없다. 특히 비수기를 맞은 섬에서 관광객이 시간을 보내기는 아주 힘들다. 정말로 아무것도 할 일이 없다. 아름다운 해변은 섬의 곳곳에 있지만 10월 말에 아름다운 해변이 도대체 무슨 소용이 있겠는가? 노인들은 항구의 카페에 앉아서 하루 종일 바다를 바라본다. 그러나 우리는 아직 늙지 않았으므로 그 정도로 참을성이 있지는 않다.

택시를 타고 교외에 있는 미술관에 가보기로 한다. 안내책자에 상당히 괜찮은 미술관이 마을 근교에 있다고 써져 있었기 때문이다. 보나마나 별로 대수롭지 않은 시골 미술관일 테지만 달리 할 일도 없고 때로는 여유 있게 그림을 감상하는 것도 좋을 것 같아 결정했다. 날씨도 나무랄 데 없이 좋아서 조금 멀리 나가보기로 한다.

택시 운전사가 우리를 아무것도 없는 숲 속에 내려준다. 저어, 우리가 가고 싶은 곳은 미술관(무시오)이에요. 그러자 운전사는 여기가 무시오라니까요, 하고 말한다. 그러고 보니 숲 속 조금 깊숙한 곳에 돌로 만든 작은 오두막 같은 것이 있다. 저것이오, 하고 그는 말한다. 그 작은 오두막 앞에는 할아버지가 한 사람 의자에 앉아서 햇볕을 쬐고 있다.

우리들은 어쨌든 그 할아버지가 있는 곳으로 가본다. 여기가 무시오입니까? 하고 묻자, 그는 그렇다고 말한다. 그리고 입장권을 판다. 1인당 50엔. 손님은 우리뿐이다. 그는 우리에게 영어 팸플 릿을 준다. 이 미술관에서는 세오피로스라는 화가의 그림을 소장 하고 있다. 레스보스 섬 출신인 세오피로스는 독특한 터치로 그리 스의 풍경을 그렸다, 라고 팸플릿에 씌어 있다. 단순한 선과 밝은 색 채. 일종의 '순수한 예술'이라고 해도 좋을 것이다. 또는 민중예술 이라고 볼 수도 있다.

세오피로스는 그림을 그리면서 일생 동안 그리스의 각지를 끊 임없이 방랑했다. 조금 별난 사람이었던 모양인데, 알렉산더 대왕 과 같은 차림으로 여행하는 것을 특히 좋아했다. 돈에도 명예에도 전혀 관심을 갖지 않고 오직 방랑하는 인생을 사랑했다. 사람들이 비웃고 아이들이 돌을 던져도 마음에 두지 않았다. 오랫동안 아무 에게도 인정받지 못했으며 뒤늦게 사람들이 알아주었지만, 그 후 곧 죽었다. 그런 사람이다.

하지만 나는 첫눈에 그의 그림이 마음에 들었다. 보고 있기만 해도 가슴이 탁 트이는 것 같은 그런 그림이다. 오두막집에는 전 부 100점에 가까운 그림이 전시되어 있었는데 작은 집이라서 벽 이 온통 그림투성이였다. 공백이나 여백은 거의 없다. 그야말로 그림끼리 겹칠 듯이 빽빽하게 진열되어 있었다. 공연히 폼을 잡지 않는 그런 어수선한 상태가 세오피로스의 그림 분위기와 오히려 어울린다. 숲 속은 쥐 죽은 듯이 고요하고 이따금 새소리가 들릴 뿐이다. 고급스런 유리를 부드러운 헝겊으로 닦을 때처럼 뽀드득 하는 소리를 내며 우는 작은 새다. 장식 없는 창으로 쏟아져 들어

오는 오후의 햇살. 그 속에서 우리는 시간을 들여 한 점 한 점 차례로 그림을 본다. 보는 사람은 우리뿐이고 게다가 시간은 남아돌았다. 이따금 관리인 아저씨가 와본다. 경계하는 것은 아니고 그냥 잠시 살피러 오는 느낌이다. 손님이 그림을 마음에 들어 하는지 궁금하다는 듯이. 정말 훌륭하네요, 하고 말했더니 그는 기쁜 얼굴로 고개를 끄덕인다. 그리고 그림에 대해서 설명해 준다. 그리스어라서 잘 못 알아듣는데도 한참 동안 열심히 설명하고는 다시 햇볕을 쬐러 돌아간다.

축제 그림. 즐거운 그림이다. 옆으로 가늘고 긴 그림. 그림 속에는 전부 열한 명의 사람이 있다. 우선 왼쪽 끄트머리에 시장 부부가 있다. 수염을 기르고 허리에 칼을 찬 남자다운 인상의 시장과 어딘지 의심이 많을 것 같은 부인. 남편의 어깨에 손을 얹고 곁눈으로 흘깃 그를 보고 있다. 실제로 그림을 보면 알 수 있지만 세오피로스의 그림은 기술적으로는 치졸하다. 그러나 거기에 그려진 사람들의 시선은 모두 생생하다. 때문에 그의 그림에서는 생명력이 느껴진다. 진수성찬을 차려놓은 테이블을 사이에 두고 여섯 명의 남녀가 춤을 추고 있다. 세 명의 아가씨와 세 명의 청년. 무슨 까닭에서인지 아무도 별로 즐거운 표정이 아니다. 마치 기념사진을 찍을 때처럼 약간 긴장하고 있는데 그 모습이 왠지 신비롭게 보인다. 축제인 데다 맛있는 요리도 충분히 있고 젊은 남녀가 손을 맞잡고 춤을 추는 상황이니까, 좀더 즐거운 표정을 지어도 좋을 텐데.

그 뒤에서는 악사 두 명이 악기를 연주하고 있다. 한 명은 피리를, 한 명은 양의 창자로 만든 것 같은 백파이프 비슷한 악기를. 그들은 보기에도 프로다운 얼굴로 신경을 온통 음악에 집중시키고 있다. 그리고 마지막으로 소년이 한 명, 꼬챙이에 꿴 양을 불 위에서 굽고 있다. 이 소년의 얼굴에는 어딘지 모르게 충족감과 같은 것(그것은 어떤 종류의 충족감일까. 양을 솜씨 좋게 굽는 것에 대한? 아니면 축제에 동참하고 있는 것에 대한?)이 나타나 있다. 그런 그림이다. 대단한 그림은 아니지만 거기에서는 뭐랄까 진짜 생활의 냄새나 숨결을 느낄 수 있다. 일찍이 이런 사람들이 실제로 존재하여 노래하고 마시고 사랑을 하고 고뇌하고 싸우고 죽어갔다는 것을, 보는 사람으로 하여금 실감하게 하는 것이다.

그것은 어쩌면 미틸레네 교외의 작은 석조 미술관에서 그의 그림을 보았기 때문일지도 모른다. 그리고 그 미술관이 쥐 죽은 듯이 고요한 숲 속에 있었기 때문일지도 모른다. 도쿄의 미술관에서 같은 그림을 보았다면 나는 좀더 다른 감흥을 맛보았을지 모른다. 세오피로스의 그림은 정말이지 그 장소의 공기와 조용함에 잘 어울리는 그림이었던 것이다.

기분 좋은 멋진 오후였다. 세오피로스의 미술관 옆에는 피카소나 마티스, 레제, 블랙의 소장품을 모아놓은, 역시 자그마한 2층 건물의 미술관이 있어 우리는 그곳에서도 즐거운 시간을 보냈다. 이 미술관에도 우리 이외에는 아무도 없었다. 이곳은 개인 미술관이다. 설립한 사람은 레스보스 섬 출신으로, 1920년대에 파리로 진출하여 그래픽 예술책을 내는 출판사를 세워 성공했다. 그리고 유명해진 후에 고향 레스보스로 돌아와 자신이 수집한 소장품을 전시한 듯하다. 당시의 화가들과 친분을 맺고 그들의 작품을 모은 것이다. 상당히 높은 안목으로 고른 수집품이다. 대작은 아니지만 눈에 띄는 훌륭한 소품들이 많다. 이 미술관에는 경비원이 한 명도 없다. 입구 안쪽의 방에 여자가 한 명 있을 뿐이다. "안녕하세요" 하고 인사했더니 생긋 미소를 지으며 나와서 티켓을 팔고는 다시 안쪽 방으로 들어가 버린다.

밖으로 나와서 언덕을 조금 올라가 처음 눈에 띈 카페니온에 들어가 찬 맥주를 주문한다. 골이 띵할 정도로 아주 차가운 맥주였다. 조용한 오후, 따뜻한 빛. "레스보스 섬은 그리스에서 맑은 날이 많기로 유명합니다"라고 관광 팸플릿에 나와 있다. 순찰 보트가 항구로 들어오는 것이 보인다. 청과 백의 그리스 국기가 바람에 나부낀다. 마치 인생의 양지와 같은 하루.

누군가가 우리를 그려주었으면 좋겠다는 생각이 든다. 고향을 멀리 떠나온 서른여덟 살의 작가와 그의 아내. 테이블 위의 맥주. 그저 그런 인생. 그리고 때로는 오후의 양지바른 곳을.

페트라(레스보스 섬) 1987년 10월

미틸레네에서 페트라로 가서 하룻밤을 잔 것은 순전히 일시적인 기분에서였지, 딱히 무슨 필연성이 있었던 것은 아니다. 이렇다 하게 할 일도 없으니까 이쯤에서 다른 곳으로 옮겨보자는 단순한 이유에서였다. 미틸레네라는 마을은 그다지 볼거리가 많은 마을이 아니다. 미술관도 구경했고 항구도 싫증 나도록 보았다.

섬의 유일한 극장에서는 리타 헤이워스와 글렌 포드의 〈길다(Gilda)〉라는 오래전의 영화를 상영하고 있었는데, 이 영화는 작년에 아테네의 극장에서 본 작품이다. 따라서 미틸레네에서 하룻밤을 더 자더라도 아무 할 일이 없어서 버스를 타고 페트라에 간 것이다.

아무것도 할 일이 없는 상황은 우리처럼 비수기에 여행하는 사람들이 자주 부딪치는 문제이다. 가을과 겨울의 그리스는 무척 아름답고 멋진 곳이다. 여행자는 극히 적고 사람들은 친절하며 물가는 싸다. 호텔은 텅 비어 있고 어디를 가도 조용해서 느긋하게 있을 수 있다. 하지만 애석하게도 할 일이 없다. 여름 같으면 해변에서 해수욕을 즐길 수도 있고 여자 구경을 할 수도 있다. 일광욕을 하고 맥주를 마시고 그린 샐러드를 먹으며 흥청거리는 동안, 한 달이 그야말로 눈 깜짝할 사이에 지나가 버린다. 절대로 과장이 아니다. 정말 뭔가를 생각할 여유조차 없다. 여름의 그리스는 시끌벅적하고 복잡해서 어느 정도는 여행지답다. 그 대신에 아무 생각도 하지 않고 지낼 수 있다. 반면 비수기의 여행자들은 다음에 갈 장소와 할 일을 지혜를 짜내어 생각해야 한다.

지도를 보고 가이드북을 읽으며, 이 페트라라는 곳 말이야, 그리 나쁘지는 않을 것 같은데, 하고 내가 말한다. "거기에 가면 뭐가 있는데?" "글쎄." 하지만 여기 있어도 뾰족한 수가 없기는 마찬가지 아닌가.

미틸레네에서 페트라까지는 버스가 하루에 두 번밖에 다니지 않는다. 편도로 두 시간이나 걸리는 데다 특별히 재미있는 길도 아니다.

그건 그렇고 페트라라고 하는 해변 마을에 뭐가 있느냐 하면, 아무것도 없다. 해변 마을이니까 물론 바다는 있다. 그러나 앞에서도 말했듯이 10월의 해변에는 가봤자 아무 소용이 없다. 그 밖에는 마을이 내려다보이는 바위산 위에 성 처녀 교회라는 이름을 가진 교회가 있다. 이 교회는 꽤 정취가 느껴지는 곳이기는 하지만 특별히 감상을 말할 정도는 아니다. 아아, 바위산 위에 교회가 있구나, 제법 정취가 있구나, 하는 정도에서 끝난다.

그 외에 꼭 봐야 할 것은 아무것도 없다. 좁다란 마을 거리가 있고 그 바깥쪽으로는 끝없이 밭이 펼쳐져 있다. 이것이 전부인 마을이다.

아니, 정확하게는 그것뿐은 아니다. 이 마을은 농업 부인회의 활동이 활발하기로 유명하다. 버스에서 내리면 바로 앞에 농업 부인회의 사무소가 있다. 그녀들은 몇 년 전에 농가 여성의 경제적인 자립을 목적으로 모임을 발족시키고 집을 제공하여 민박을 운영하기도 하고 자연식품을 만들기도 하고 조그만 타베르나를 운영하기도 하며 착착 발판을 굳혀나가고 있다. 이런 일은 보수적이며 남성 중심인 그리스 사회에서는 드문 일이다. 레스보스 섬의 페미니즘 운동도 꽤 재미있다.

버스에서 내리자 매점 아저씨가 우리 쪽으로 성큼성큼 다가와 "구텐모르겐"이라고 말한다. 반듯하게 양복을 차려입은 정중한 아저씨다. 이런 사람은 대개 독일 말을 한다. "묵을 곳을 찾고 있습니까?"라고 그가 묻는다. 하지만 우리는 이미 농업 부인회를 통해 방을 구하기로 결정했던 터라 아저씨의 제의를 정중하게 거절한다. 미안하지만 우리는 벌써 묵을 곳을 정했다. 그러자 아저씨는 아쉽다는 얼굴로 돌아선다. 저 아저씨는 틀림없이 농업 부인회 때문에 피해를 보고 있을 테지, 하고 속으로 동정한다.

우리는 농업 부인회 사무소를 찾았다. 20대 중반 정도의 젊은 부인 둘이 의자에 앉아 있다. 눈매가 서글서글하고 친절해 보이는 여성들이다.

"헬로"라고 한 여성이 말한다. 그녀는 그런대로 알아들을 만한 영어로 말한다.

"오늘 밤 묵을 방을 찾고 있는데요"라고 내가 말한다.

그녀는 방긋 웃는다. "네에, 염려 없어요. 좋은 방이 있죠. 거기에 앉아서 잠깐만 기다리세요. 금방 사람이 올 테니까요."

우리는 의자에 앉아 《레스보스 섬의 역사》라는 사진집과 《세오피로스 화집》의 페이지를 팔랑팔랑 넘기며 구경한다. 처음부터 끝까지 그 책은—즉 레스보스 섬의 역사는— 전쟁 사진으로 꾸며져 있다. 우선 터키 점령 시대의 사진인데 모두들 터키풍의 옷을 입고 있으며 터키 군인은 있는 대로 폼을 잡고 기세등등하게 서 있다. 어떤 해에는 터키군이 반란을 일으킨 민간인을 압살한다. 대포 주위를 빙 둘러싸고 있는 낙관적인 표정의 영웅들. 팽팽하게 위쪽으로 치솟은 수염과 19세기적인 민족주의적 윤리의 광휘가 그들을 감싸고 있다. 패하고 후퇴하는 터키군. 독립. 만세. 축제. 평화. 민족의 존엄. 폭력.

그리고 또 전쟁. 발칸 전쟁. 제1차 세계대전. 또다시 발칸 전쟁.

진흙탕 속에서 썩어가는 무수한 사자들. 너덜거리는 전쟁터의 깃발. 허망한 승리. 왕과 군인과 정치가와 혁명. 진흙탕 속에서 썩어가는 민중들. 총을 닦는 젊은 병사. 병사를 배웅하는 여인들.

　제2차 세계대전이 발발한다. 끝없이 이어지는 전쟁. 나치의 가혹한 탄압. 용감한 레지스탕스. 공산 게릴라. 터프한 전쟁. 승리. 한없는 환희. 축제(그런 사진은 몹시 감동적이다). 그러나 그때부터 영국의 개입이 시작된다. 북그리스는 공산주의자들이 주도하는 레지스탕스가 많아 처칠에게 반항한다. 어째 에이젠슈타인의 영화 속 한 장면 같은 사진이다. 사회주의 리얼리즘. 전차에 깃발을 꽂고 모두 한결같이 몸을 앞으로 당당하게 내밀고 있다. 아주 적극적이고 낙관적이다. 뭔가를 확실하게 믿고 있다. 어떤 사진이나 사진 속의 인물들은 모두 가슴을 앞으로 내밀고 있다. 나쁘지 않다. '처칠은 물러가라'고 쓰인 깃발을 그들은 들고 있다.

　하지만 나는 알고 있다. 결국 그들은 처칠의 힘에 굴복했다는 것을.

　마침내 복잡한 내전 시대로 접어들려는 참에, 한 여자아이가 자전거를 타고 우리를 데리러 온다. 열 살쯤 되었을 작은 여자아이다. 특별히 예쁘지는 않지만 통통하고 야무지게 생겼다. 그리고 애교도 있다. 어째 나보다 야무진 게 아닌가 싶을 정도다.

　"안녕하세요. 페트라에 오시느라 고생이 많으셨죠? 오래 기다리게 해서 죄송합니다"라고 그 아이가 말한다. 아주 정확한 영어 발음이다. 장차 농업 부인회의 일원이 될 아이다.

　"좋은 곳이군, 조용하고." 나는 말한다.

"네, 정말 좋은 곳이죠. 그런데 어느 나라에서 오셨나요?"

"일본."

"어머, 정말 먼 데서 오셨군요. 그리스에 와보니까 어떠세요?"

"상당히 마음에 들어요." 나는 예의 바르게 대답한다.

"그것 다행이로군요. 우리는 외국 분들이 우리나라에서 즐겁게 지내기를 바란답니다."

"고마워요, 덕분에 아주 즐겁게 여행하고 있어요."

열 살짜리 여자아이와 이야기하고 있다는 생각이 들지 않는다.

"그럼, 우리 집으로 안내하겠어요" 하고 말하면서 아이는 자전거에 올라탄다. 우리는 그 뒤를 따라 걸어간다. 앞쪽에서 양이 다가온다.

"어머, 양이에요" 하고 그녀가 말한다.

우리는 양과 스쳐 지나간다.

아이의 집은 마을의 거리를 지나 한참을 더 간 곳에 있었다. 15분 정도는 걸은 것 같다. 엄청나게 많은 양과 염소와 소와 당나귀와 개가 지나간다. 인간보다 동물이 훨씬 많은 곳이다. 아이는 우리들 앞에서 힘차게 자전거 페달을 밟는다. 그러고는 이따금 우리를 돌아보며 생긋 웃는다. 너무 많이 걷게 해서 미안해요, 이제 거의 다 왔어요, 라고 말하는 것처럼.

군인 두 명과 당나귀를 탄 농부, 여자아이 두 명이 지나간다. 아이들은 신기하다는 듯이 우리를 빤히 바라본다. 우리가 빙그레 웃어 보이자 역시 웃음으로 답한다.

드디어 우리는 아이의 집에 도착한다.

아무것도 없는 곳이다. 사방으로는 끝없이 밭이 펼쳐져 있고 양과 소의 울음소리가 들려올 뿐이다. 여자아이가 안으로 모습을 감추자, 대신에 앞치마를 두른 어머니가 나온다. 어딘가 쓸쓸해 보이면서도 다부진 인상의 그리스 여인이다.

"잘 오셨어요"라고 그녀도 영어로 인사를 한다. 유창하지는 않지만 그렇다고 서툴지도 않다. 우리는 방값을 확인하고 내일 아침 식사를 부탁한다. 방값이 1천 8백 엔, 아침식사는 2인분에 500엔이다. 방은 그럭저럭 괜찮다. 그리스 민박치고는 좋은 편에 속한다. 포근한 침대, 온수가 나오는 샤워, 방에 놓여 있는 여러 가지 물건들이 모두 새것이다.

우리는 다시 마을로 돌아가 해변에 있는 타베르나에 들어간다. 일요일 오후라 그런지 타베르나는 마을 사람들로 가득하다. 파리가 득실거려 도저히 깨끗하다고는 할 수 없는 곳이지만 분위기는 따뜻하다. 손님들 대부분이 동네 사람인데도 외지인을 배척하는 느낌은 전혀 없다. 눈이 마주치면 모두 싱긋 웃어준다. 바람이 불어오면 옆 테이블에 있는 손님이 "클리오(춥군요)"라고 우리에게 말을 건다. 웨이트리스 아주머니도 웃는 얼굴로 친절하게 손님을 대하고 있다. 우리는 꽤 큼직한 가다랭어를 반으로 갈라서 그릴에 굽고 향초를 뿌린 생선요리와 샐러드, 콩요리, 쇠고기 스튜 그리고 포도주와 빵을 주문한다. 생선은 올리브 오일을 뿌리지 말고 구워달라고 부탁했다. 그렇게 하는 것이 더 맛있다. 매우 행복한 기분이 된다.

카페에는 세 명 정도 독일인 관광객이 있었는데 제법 싸늘한 바람을 맞으며 어스름한 햇살 아래 일광욕을 하고 있었다(그런 것을 일광욕이라 할 수 있다면 그렇다는 얘기다). 독일인은 여러 가지 특수한 능력을 갖고 있다. 하나는 뭐든 맛있게 먹는 것처럼 보이는 능력이고, 또 하나는 어느 계절에나 일광욕을 할 수 있는 능력이다. 우리는 비수기에 여행하는 동지로서 그들과 간단한 인사를 나눈다. 그런데 신기하게도 그들은 전혀 심심해 보이지 않는다. 정말 특이한 사람들이다.

그러고 나서 우리는 거리를 어슬렁거리며 산책을 하고 우조 공장을 기웃거리고 바위산 위에 있는 교회에 올라가 미사를 구경하고 그림엽서를 몇 장 사고 카페에서 뜨거운 커피를 마시며 바다로 떨어지는 저녁 해를 바라본다. 마치 부드러운 밀가루 반죽을 밀대로 납작하게 밀어 넓혀나가듯, 우리는 여러 가지 동작과 작업을 가능한 한 길게 늘리며 그럭저럭 시간을 보낸다. 어휴, 이제야 겨우 해가 졌다. 드디어 하루가 끝났다.

해가 저물자 사람들은 동물을 데리고 각자 집으로 돌아간다. 별이 선명하게 하늘에 점을 찍은 듯 반짝이기 시작한다. 어디선가 서글픈 소 울음소리가 들린다. 그리고 우리도 방으로 돌아온다. 나는 물통에 담아두었던 브랜디를 마시며 존 스타인벡의 《분노의 포도》를 읽는다. 그것이 비수기의 그리스에서 읽기에 어울리는 소설인지는 모르지만 달리 읽을 책이 없는 것이다.

아침에 딸랑딸랑 하는 양의 목에 걸린 방울 소리에 눈을 뜬다. 부인이 미틸레네 행 버스 시간에 맞춰 아침식사를 준비한다. 우리는 베란다 테이블에서 빵과 파운드 케이크와(북그리스에서는 이유는 모르겠지만 아침식사에 대개 파운드 케이크가 나온다) 삶은 달걀과 커피를 아침식사로 먹는다. 달걀은 아침에 낳은 것이라 아주 신선하다. 고양이 두 마리가 밥을 얻어먹으려고 다가온다.

식사가 끝나자 부인이 다가와 말을 건다. "우리는 오랫동안 오스트레일리아에 있었어요. 돈을 모으기 위해서 오스트레일리아에서 일했죠. 그리고 돌아와서 그 돈으로 이 집을 민박집으로 개축했어요. 아이들 교육은 그리스에서 시키고 싶었거든요. 그런데 큰아들이 어제 다시 오스트레일리아로 가버렸어요. 고등학교를 졸업했으니까 일을 찾으려구요."

아하, 그래서 어제는 그렇게 쓸쓸한 얼굴이었던 게로군, 하고 나는 이해가 된다.

"두 분은 일본 사람이죠? 오스트레일리아에서 일본 사람을 많이 봤어요. 머리가 좋은 사람들이죠." 그리고 그녀는 슬픈 표정으로 고개를 저으며 저 멀리 밭 쪽으로 눈길을 준다. 그 너머에 오스트레일리아가 보이기라도 하듯이. "또 오세요" 하고 그녀가 말한다. "여기는 조용하고 좋은 곳이에요. 다음번에는 오래 지내다 가세요."

나는 그러겠다고, 다음에는 여름에 오겠다고 대답한다.

"아이는 없나요?" 그녀가 문득 생각난 듯 묻는다.

우리는 없다, 라고 대답한다.

그녀는 우리를 찬찬히 바라보며 생긋 웃는다.

"하기야 두 분은 아직 젊으니까요."

우리는 짐을 정리하고 방값을 치른다. 돈을 받으며 그녀는 몹시 부끄러워하는 눈치다. 왜 그럴까. 아직 손님을 상대하는 장사에 익숙하지 않아서일까. 나는 우리를 안내해 준 여자아이에게 전해 달라며 일본에서 가지고 온 동전을 기념으로 준다. 그녀는 고맙다고 인사하며 손바닥에 놓인 그 동전을 지그시 바라본다. 안녕히 계시라는 말을 남기고 우리는 그 고요한 호수 같은 슬픔 속에 그녀를 혼자 남겨두고 길을 떠났다.

　이것이 페트라 마을에서 있었던 일의 전부다.

로마의 겨울

로마의 겨울은 너무 춥다. 밤에는 몸을 따뜻하게 하기 위해
브랜디를 홀짝홀짝 마신다. 그리고 추위를 견디기 위해
매일 아내와 온천 이야기며 하와이 이야기를 했다.
《댄스 댄스 댄스》에 하와이의 장면이 나오는 건 이런 이유 때문이다.
소설을 쓰면서 나는 무척이나 하와이에 가고 싶었다.

로마의 겨울

텔레비전, 뇨키, 프레트레

로마에서 텔레비전을 샀다.

사실은 사고 싶지 않았지만 어쩔 수 없이 사게 되었다. 텔레비전이 없으면 현실적으로 불편하다는 것을 점점 깨달았기 때문이다. 우선 날씨를 알 수가 없다. 그리고 세상이 어떻게 돌아가고 있는지 전혀 정보가 들어오지 않는다.

지금 우리가 살고 있는 집은 가구가 딸려 있는 집인데 그 가구에 텔레비전은 포함되어 있지 않은 것이다. 도쿄에 살았을 때에는 신문이나 텔레비전을 보지 않아도 전혀 불편하지 않았다. 그러나 이곳 로마에서는 그렇지가 않다. 정보가 넘치는 일본에서는 정보를 의식적으로 차단해야 하지만(그래도 정보는 어김없이 침투한다) 로마에서 그렇게 했다가는 정말 아무 정보도 들어오지 않는다. 게다가 이곳에서 우리는 완전한 이국인이며 정보가 들어오지 않으면 어쩐지 발가벗고 있는 듯한 기분이 드는 것이다. 그리고 또 한 가지, 이탈리아는 일본과 세상 돌아가는 방식이 엄청나게 달라서 어떤 일이 있을 때 예측하기가 어렵다. 이건 이러이러하니까 아마 이렇게 될 거야, 라고 짐작하거나 예상해도 그렇게 되지 않는 경우가 많다. 따라서 어느 정도 적극적으로 정보를 수집하지 않으면 황당한 일을 당할 수도 있다.

우선 올 가을의 로마 날씨는 두 손 두 발 다 들 정도로 불규칙하여 일주일 내내 비가 심하게 내리고, 하루에도 몇 번씩 우박이 쏟아졌다. 비가 너무 많이 와서 테베레 강이 범람했을 정도다. 뜰에 심은 스파게티용 바지리코도 봄에 이어 가을에도 다 죽고 말았다. 시장을 보러 갈 수조차 없다. 이런 계절에는 일기예보를 듣지 못하면 몹시 불편하다. 일본에 있을 때는 필요하면 전화로 일기예보를 들을 수도 있었으므로 텔레비전 없이도 전혀 불편하지 않았지만 이곳 로마에서는 그렇지가 않다.

다음은 뉴스인데 이것도 매우 중요하다. 왜냐하면 파업정보를 정확하게 알아두어야 하기 때문이다. 이 나라에서는 정말이지 걸핏하면 파업을 한다. 버스와 기차, 비행기, 청소차가 수시로 운행을 중지한다. 전면적으로 중지하지는 않더라도 운행 간격을 늘리는 등 툭하면 파업을 한다(얼마 전에는 외무성까지 파업했다). 그것도 일본처럼 버스 정류장에 '파업으로 인하여 오늘은 운행을……' 이라는 종이쪽지라도 붙어 있으면 좋으련만, 이 나라에서는 그런 친절은 기대하기 어렵다. 평소와 다름없는 얼굴로 태연하게 파업을 벌이므로 이용자가 불편을 겪을 수밖에 없는 것이다. 한번은 파업인지도 모르고 오지 않는 버스를 30분 이상이나 기다린 적도 있다. 지나가던 사람이 "오늘 파업이에요"라고 가르쳐주지 않았더라면 한참을 더 기다렸을 것이다. 파업이 아닐 때도 30분 정도 버스를 기다리는 일쯤은 보통이기 때문에 그때 하도 질려서 내키지는 않지만 텔레비전을 사기로 마음먹었다.

그렇다고 비싼 새 텔레비전을 사기는 억울해서 먼저 근처에 있는 중고 전기제품 가게에 가본다. 일본의 경우 대형 할인점 같은 곳에서는 2만 엔 정도면 작은 텔레비전을 살 수 있으므로 대충 그러려니 하고 갔는데, 예상외로 무척 비쌌다. 쓸데없이 덩치만 크고 촌스럽게 생긴 제품이 3만 엔이나 한다. 화상도 번져 보인다. 일본에서는 틀림없이 폐품처리 될 물건이다. 나는 예전에 이것보다 훨씬 더 화면이 선명한 텔레비전을 고쿠분지[國分寺] 역 근처 쓰레기 하치장에서 주워온 적이 있다. 할 수 없이 제일 싼 흑백 신제품을 사기로 한다. 뉴스와 일기예보만 들으면 되니까 색은 있으나 없으나 마찬가지인 것이다.

다행인지 불행인지 텔레비전을 산 직후부터 갑자기 파업이 활발해져서 텔레비전 뉴스는 연일 파업을 보도했다. 이것만으로도 텔레비전을 산 보람은 있었다고 할 수 있다.

이탈리아 텔레비전 프로그램 중에서 가장 재미있는 것은 뭐니 뭐니 해도 일기예보다. 일기예보만큼은 몇 번을 봐도 싫증이 나지 않는다. 이탈리아에 갈 기회가 있는 분은 꼭 일기예보를 보기 바란다. 가장 재미있는 점은 일기예보를 하는 사람의 다양한 표정과 동작이다. 내가 좋아하는 사람은 RAI · 1 채널의 아저씨로 이 사람의 표정이며 동작은 무척 설득력이 있다. 날씨가 좋으면 싱글벙

글 웃으며 신이 나 있지만, 비가 오거나 추운 날은 마치 자기가 잘
못해서 날씨가 이 모양이라 죄송하다는 듯이 어두운 얼굴로 방송
을 한다. 목소리도 착 가라앉아 있다. 이번 가을에 꼬박 일주일 동
안 비가 내렸을 때는 목이라도 매달지 않을까 걱정이 될 정도로
심각하게 낙담한 얼굴이었다. 한 손을 천장을 향해 들어 올리며
눈을 감고 고개를 저으면서 "여러분, 이 비구름은 말입니다……"
하고 예보하는 모습을 보고 있노라면, 평소 날씨에 민감하지 않았
던 사람도 안절부절못하게 된다. 아무튼 팔을 벌리기도 하고 어깨
를 으쓱거리기도 하고 공중에서 손을 휘휘 돌리기도 하고 고개를
갸웃거리기도 하고 짝짝 손뼉을 치기도 하고 두 손을 꼭 맞잡기도
하는 등(거의 수화에 가깝다) 화면 속에서 요란하게 움직이며, 보
는 사람의 정신을 쏙 빼놓는 이 사람의 일기예보는 코미디처럼 재
미있다. 그런데 이탈리아 사람에게 말했더니 "뭐가 그렇게 재미
있냐, 보통 그 정도는 하지 않느냐"고 되묻는다. 문화의 차이가
너무 큰 것 같아 이런 때는 좀 섬뜩하기까지 하다.

또 한 사람, 금발 머리카락을 놀라울 정도로 옆으로 풍성하게 부
풀린(순정만화에 흔히 나오는 그 머리 스타일이다) 미인 기상 캐스
터도 꽤 재미있다. 이 사람은 거의 움직이지 않고 텔레비전 카메라
를 향해 얌전하게 앉아 미소 짓는데, 조용한 대신 부풀린 머리로
기상도를 완전히 가리며 시청자에게 매우 많이 폐를 끼치고 있다.
하지만 미인인 데다 본인도 아주 즐거운 듯 일기예보를 전하고 있
으니, 그럼 됐지 뭐, 라고 생각하게 만드는 사람이다.

뉴스도 싫증 나지 않는다. 가령 대형 화재가 일어나 카메라가

현장을 비추고 있다고 하자. 소방대원들이 모두 진화 작업에 임하고 있다. 그런데 그들이 갑자기 호스를 든 채 잠시 동작을 멈추고 카메라 쪽을 보는 것이다. 심지어 싱긋 웃는 사람도 몇 명 있다. 나는 이런 장면을 처음 보았을 때 틀림없이 방송국 측에서 뭔가 실수를 한 것으로 생각했다. 하지만 어느 화재 현장에서나 아무리 긴급을 요하는 경우라도 카메라만 들이대면 모두 그쪽을 돌아보는 것이다. 그리고 몇 명은 거의 반사적으로 싱긋 웃는 듯하다. 만약 이런 일이 일본에서 있었다면 아마 심각한 일이 벌어질 것이다. 소방대원이 화재 진압 현장에서 물을 뿌리며 뒤돌아 싱글거리고 있는 장면이 텔레비전 화면에 비치기라도 했다가는, 아마 그는 경고 처분을 면하지 못할 게 틀림없다.

그리고 뉴스를 전하는 아나운서의 복장이 매우 화려하다. 빨간 와이셔츠에 노란 넥타이를 매고 파란 테 안경을 끼고(흑백 텔레비전이라서 색이 나타나지 않는데도 신기하게 알 수 있다) 머리를 바싹 깎아 올려 고깔을 쓴 것처럼 보이는 기자가 어떤 아저씨에게 마이크를 내밀고 "저, 미국의 파업에 대해서 한 말씀 부탁합니다"라고 말하는 듯한 느낌이다. 나는 여러 나라에서 텔레비전을 보았지만 이탈리아 텔레비전이 가장 싫증 나지 않는다.

그리고 이탈리아 텔레비전에서만 볼 수 있는 재미있는 장면이 또 한 가지 있다. '시계 비추기'이다. 말하자면, 시간이 남았을 때 그냥 오로지 움직이는 시곗바늘을 비추는 것이다. 남는 시간을 메우기 위한 노력이나 좀더 그럴듯한 화면을 내보내기 위한 노력은 아예 하지 않는다. 이 '시계 비추기'는 길 때는 5분이나 계속된다.

초침이 시계판을 다섯 번 돈다. 분침이 30도 이동한다. 나도 한가하던 참이라 팔짱을 끼고 바늘을 빤히 보고 있다. 초침이 소리 없이 1초, 1초 움직인다. 소리는 전혀 나지 않는다. 처음에는, 이게 뭔가, 하고 기가 막혔지만 보다 보니 의외로 이것이 점점 재미있어졌다. 이 시곗바늘이 화면에 비치면 이상하게 마음이 안정된다. 어쩌다 한동안 보이지 않으면 공연히 허전하다. 가만히 보고 있노라면 제행무상(諸行無常, 우주 만물은 항상 돌고 변하여 잠시도 한 모양으로 머무르지 않음—역주) 같은 느낌마저 든다. 일본의 텔레비전에서 이런 짓을 했다가는 엄청난 소동이 벌어질 것이다.

이탈리아에는 RAI·1에서 RAI·3까지 국영 텔레비전 방송국이 세 개 있다. 국영인데도 모두 광고를 내보낸다. 왜 국영 텔레비전 방송국이 세 곳이나 있는가 하면 각 방송국마다 정당 색이 있기 때문이다. 자세한 것은 잘 모르지만 RAI·1은 보수당계, RAI·2는 사회당계, RAI·3은 그 밖의 정당계인 듯하다. 따라서 방송국에 따라 뉴스 내용도 많이 다르다. 그러나 정치적 견해와는 관계없이 외국인이 보기에는 RAI·1에 나오는 여자들이 가장 화려해서 눈을 즐겁게 하는 것 같다. 지나치게 크고 번쩍거려 눈이 부시는 거추장스런 귀고리를 달고 있거나, 호피 무늬의 모피 원피스를 입고 있거나, 일부러 보란 듯이 보석이 잔뜩 박힌 안경을 발렌티노 케이스에서 꺼내는 등의 사소한 장면을 보는 것만으로도 지루하지 않다. 어떤 기준에서 그녀들이 출연하게 되었는지는 나로서도 알 길이 없다. 그녀들을 내보냄으로써 방송국에 어떤 이득이 생기는지도 의문이다. 그녀들은 특별히 눈에 띄는 미인도 아니고 그렇다고 젊지도 않다. 그러나 요란하게 치장한 점만은 모두 같다. 텔레비전 화면에서 향수 냄새가 느껴질 정도로 그녀들은 화려하다. 일본으로 말하자면, 도쿄 미나토 구[港區]의 어느 맨션에나 한 사람쯤은 있음 직한 정체불명의 그렇고 그런 부인 같은 분위기다. 그녀들이 텔레비전에 나와서 무얼 하는지 자세히 보면 실질적으로 하는 일은 거의 없다. 다만 번쩍거리는 차림으로 카메라를 향해 생긋 웃어 보이며 "다음 프로그램은 ……입니다"라고 말하는 것뿐이다. 굳이 이름을 붙이자면 '알림 캐스터'라고나 할까. 이런 여자들이 날마다 의상과 장신구를 바꿔가며 교대로 화면에 등장하는 것이다. 정말 우습기 짝이 없다.

*

맛있는 뇨키가 먹고 싶어서 기차를 타고 멀리 북쪽 볼로냐까지 간다. 나는 왠지 볼로냐라는 도시가 마음에 들어서 특별한 용건이 없을 때도 훌쩍 거기로 가서 사나흘 느긋하게 지내고 오기도 한다. 볼로냐에는 관광명소라고 할 만한 것이 거의 없어 관광객도 별로 오지 않는다. 마을의 규모도 산책하기에 딱 좋을 정도다. 북페어 같은 행사라도 있으면 모를까 보통 때는 호텔도 한가하다.

대개는 피렌체에서 내려 하룻밤을 묵고, 다음 날 다시 기차를 타고 볼로냐로 간다. 피렌체에서 볼로냐로 가려면 매우 험준한 산을 넘어야 한다. 피렌체와 볼로냐 간 고속도로는 커브와 터널이 많아서 운전을 좋아하는 사람이라면 실력을 발휘할 수 있는 곳이기도 하다. 세상에는 피렌체를 좋아하는 사람이 많지만 나는 솔직히 말해서 피렌체가 그렇게 매력 있는 도시라고는 생각하지 않는다. 역사 깊은 아름다운 도시이기는 하지만, 호텔은 비싸고 미술관은 늘 복잡하고 레스토랑의 음식도 사람들이 말하는 것만큼 맛있지도 않다. 특별히 언짢은 일이 있었던 것은 아니지만 그렇다고 특별히 좋은 인상을 받은 적도 없다. 레스토랑만 해도 나쁘지는 않은데 그렇다고 다시 가고 싶은 곳도 없다. 적어도 피렌체 시내에는 없다. 그래서 나는 피렌체에서 일찌감치 퇴장하고 볼로냐로 간다.

볼로냐에서는 쇼핑을 자주 했다. 로마와는 비교할 수 없을 정도로 쇼핑하기 편하기 때문이다. 점원들도 피렌체와 달리 매우 친절하고 상점도 그다지 붐비지 않는다. 천천히 물건을 고를 수도 있고 마음에 드는 물건이 없어서 그냥 나가도 싫은 내색을 하지 않는다. 로마에서 그랬다가는 점원의 험상궂은 얼굴을 각오해야 한다. 피렌체는 로마처럼 천박하지는 않지만 워낙 관광객을 많이 상대해서 닳고 닳은 구석이 있다.

밀라노에는 상점은 많지만 너무 많아서 오히려 돌아다니는 것만으로도 지쳐버린다. 구두나 양복을 사는 일 때문에 파김치가 되고 싶지는 않다. 인생에는 더욱 중요한 일이 얼마든지 있다. 이렇게 하나씩 제외하며 범위를 좁혀나가다 보면 볼로냐는 아주 제대로 된 '정상적인' 이탈리아의 도시다.

음식도 맛있다. 그것도 별로 유명하지 않은 보통 요리가 맛있다. 볼로냐에는 내 단골 레스토랑이 꽤 많다. 모두 가이드북에는 실려 있지 않은 레스토랑인데 우연히 들어갔다가 발견한 곳들이다. 싸고 맛있고 몇 번을 가도 맛이 그대로다. 일류 레스토랑처럼 주방장이 다른 곳으로 스카우트당하는 일도, 그래서 하룻밤 사이에 맛이 변하는 일도 없기 때문이다. 부부가 안쪽 주방에서 부부싸움을 하면서 조물조물 요리하는 그런 조그마한 레스토랑이다. 화려하지는 않지만 여러 번 먹어도 물리지 않는 맛이다. 팁도 받지 않는다! 나는 이곳에 오면 특히 뇨키를 즐겨 먹는다. 뇨키가 볼로냐의 명물요리는 물론 아니다. 그러나 추운 계절에 안개에 싸인 볼로냐 거리에서 따끈따끈한 뇨키를 후우후우 입으로 불어가며 먹는 느낌은 다른 어떤 요리와도 바꿀 수 없다. 뇨키란, 이보다 쉬운 요리가 있을까 싶을 정도로 간단한 요리이면서도 맛있는 뇨키와 맛없는 뇨키의 차이가 너무나도 분명한 음식이다. 진짜 서민 요리로서 신기하게도 정성을 들인 정도가 맛에 배어 나온다. 먹을 것 하나만 봐도 정말 좋은 도시다.

볼로냐에서 저녁 무렵 불쑥 대학 근처에 있는 극장에 들어가 〈시실리안(일 시칠리아노)〉을 보았다. 영화는 그저 그랬고 관객도 별로 없었다. 극장에서 나와 밤안개 속을 이 골목 저 골목 돌아다니다가 초라하지만 분위기는 나빠 보이지 않는 레스토랑을 발견했다. 입구에는 '오늘, 리 코니츠 출연'이라고 씌어 있었다. 반갑기도 하고 이런 곳에서 리 코니츠가 공연한다는 것이 의아해서 안으로 들어가 보니 1층은 아주 평범한 서민적인 레스토랑(오스테리아)이고 지하가 재즈 클럽인 것 같았다.

나는 리 코니츠의 라이브 콘서트에 한 번도 가보지 못했기 때문에 꼭 들어가고 싶었지만 입구에서 점원에게 물어보니 아쉽게도 당일권은 다 팔렸다고 한다. 볼로냐는 학생 도시라서(분위기가 교토와 비슷하다) 재즈 팬이 꽤 많은 모양이다.

*

12월 26일 일요일, 조르지오 프레트레가 지휘하는 성 체칠리아 오케스트라의 연주를 들으러 로마로 갔다. 연주 곡목은 명곡 베토벤의 교향곡 5번과 6번이다. 베토벤의 곡만 연달아 듣는 것이 조금 부담스러웠지만, 연말이기도 하니 베토벤의 곡을 한꺼번에 여러 곡 들어보는 것도 괜찮을 것 같아서 전날 바티칸 앞에 있는 성 체칠리아 홀까지 티켓을 사러 갔다. 티켓은 5천5백 엔, 3천9백 엔, 2천2백 엔이었는데 하필 제일 비싼 티켓만 남아 있다. 그것도 제일 앞줄 가장 끝자리이다. 그래서 아내와 둘이서 꽤나 망설인 결과, 연말이니까 할 수 없지 뭐, 하고 체념하며 티켓을 산다. 왜 그런지는 잘 모르겠지만 외국에서 생활하다 보면 자기도 모르는 사이에 점점 검소해진다. 도쿄에 있을 때는 1만 엔짜리 티켓도 선뜻 샀으면서도.

먼저 6번 교향곡 〈전원〉부터 시작됐는데 이 곡은 별로였다. 일요일은 평소보다 이른 시간인 저녁 5시 30분에 연주가 시작되므로 성 체칠리아 오케스트라 단원도 점심식사의 후유증이 남아 있는지(농담이 아니라 그런 일이 정말 있다. 이 나라에서는) 프레트레의 지휘가 단원에게 제대로 전달되지 않고 먼지처럼 주변에 떠다니는 것 같다.

휴식시간에 단원들이 늦게 먹은 점심을 소화시키고 포도주의 취기를 내모는 동안, 나는 자리에 앉아 폴 보울즈의 《SHELTERING SKY》를 읽는다. 그리고 모로코에 가고 싶다고 생각한다.

다음 교향곡은 5번, 이 곡은 6번과 달리 정말 멋있었다. 나는 옛날부터 이 5번 교향곡은 꽤 음침한 곡이라고 생각했었는데, 프레트레의 지휘로 들으니까 너무 자유롭고 시원시원하고 기품 있는 음악이어서 새삼스레 감동하고 말았다. 한마디로 말하자면 이론적이고 딱딱한 음악, 그러니까 드라마틱하고 정념적인 베토벤의 음악이 아니라 부드럽고 순수하고 고상한 슬픔이 감도는 신선한 베토벤의 음악이다.

그러나 프레트레는 지금까지 우리가 생각하고 있던 5번 교향곡에 대한 고정관념을 깨뜨리고 새로운 스타일을 제시하려는 것은 결코 아니다(예를 들면 지난번에 역시 로마에서 들은 틸슨 토머스가 지휘하는 베토벤 음악처럼). 다만 자기 자신 속에 있는 어떤 내재적인 음악을 자연스럽고도 성실하게 밖으로 표출한 것뿐이다. 듣고 있는 동안 이것이 고스란히 전해진다. 그리고 그것이 결과적으로 5번 교향곡이라는 틀 또는 제도를 넘어서 더욱 자유롭고 인간적인 음악을 탄생시킨 것이다.

그건 그렇고 프레트레의 지휘하는 모습이 매우 재미있다. 몸을 전혀 움직이지 않고 오케스트라를 지그시 바라보며, 가끔씩 목 윗부분만을 사용해서 지휘한다. 눈을 움직이기도 하고 눈썹을 치켜올리기도 하고 고개를 흔들기도 한다. 이런 동작만으로 청중에게 감정이 전해지다니 참으로 대단하다. 오랜만에 진심으로 감동할 수 있었던 훌륭한 콘서트였다.

로마의 연말 모습

크리스마스다.

크리스마스 전의 로마 거리 모습은 일본의 연말과 매우 비슷하다. 아니 너무 흡사해서 두려울 정도라고 해도 좋을 것이다. 일본과는 달리 거리에 징글벨 멜로디는 흐르지 않지만(고맙게도 음악은 전혀 들리지 않는다) 사람이 많고 가게가 붐비고, 자동차 때문에 혼잡하고 사람들의 표정이 어딘지 모르게 흥분되어 있다. 그리고 상점을 장식하고 산타클로스의 옷을 입고 고객을 끌어모으며, 선명한 색깔의 포장지에 금색 리본을 다는, 이런 휘황찬란한 점은 거의 같다.

연말연시에 선물하는 습관도 비슷하다. 크리스마스 선물이 반은 연말 선물을 겸하고 있는 것이다. 일본에서처럼 친한 친구나 가족끼리만 선물을 주고받는 것이 아니라, 고객이나 상사 등 신세를 졌던 사람들에게 주는 선물이 있다. 상점에 들어가면 과자나 식품을 가득 담아놓은 선물 세트가 가격별로 쭉 진열되어 있는데 그중에서 '5천 엔 정도의 선물 세트'라는 식으로 적당히 고른다. 내용보다는 금액에 맞추어 고르는 점도 일본의 연말 선물과 아주 비슷하다. 이상한 점에서 일본과 이탈리아는 정말 많이 흡사하다. 멋진 바구니에 넣고 셀로판과 리본으로 예쁘게 장식을 해서 무척 그럴듯해 보인다. 가격은 싸게는 5천 엔부터 비싸게는 3만 엔 정도이다. 사람들은 선물을 몇 개씩 구입하여 차의 뒷좌석에 가득 채우고 돌아간다. 나도 우리가 사는 집의 수위에게 크리스마스 선물로 와인을 주었는데, 수위가 네 명이라서 와인을 네 병이나 사야 했다.

내 경우에는 일시적으로 살고 있는 외국인이라, 특별히 비싼 물건을 줄 필요는 없다. 문제는 마음이다. 근처의 식품점에서 500엔짜리 와인 네 병을 사자 "선물용으로 포장할까요" 하고 묻는다. 그렇게 해달라고 하자 한 병 한 병 예쁘고 화려한 포장지로 싸서 리본을 묶어준다. 싼 와인이라고 해서 차별하지 않는다. 연말연시의 상점에는 연말 선물을 포장하는 담당 여직원이 따로 있어, 손님들이 구입한 물건을 쉬지 않고 착착 포장하고 리본을 묶는다.

그런데 워낙 복잡한 데다 이 사람들은 일본인과 같은 손재주가 없기 때문에 포장하는 데 상당히 시간이 걸린다. 하지만 원래 그런 것이려니 체념하고 가만히 기다릴 수밖에 없다. 이 나라에서는 화를 내는 것이 곧 지는 것이다. 어쨌든 잠자코 차례를 기다렸다가 포장한 와인을 받아 들고 돌아와 네 명의 수위에게 나눠준다.

이 정도 선물로 효과가 있을까 궁금하겠지만 분명히 효과가 있다. 그 후 일주일 정도는 우리에게 매우 붙임성 있게 대한다. 이렇게 즉시 행동으로 보여주는 점이 이탈리아인의 귀여운 점이라고도 할 수 있다. 새해가 되자 다시 원상복귀해 버렸지만.

우리가 올해 크리스마스에 다른 사람에게 준 인사성 선물은 이것뿐이었기 때문에 별로 번거롭지 않았지만, 보통 사람들은 거리에 나가 여러 사람을 위한 선물을 사는 것만으로도 완전히 녹초가 되어버릴 것이다.

일본의 연말 풍경과 조금 다른 점은 걸식자, 연예인, 비렁뱅이 같은 사람들이 거리에 넘치는 것이다. 물론 일본에 비하면 원래 이런 종류의 사람들 숫자가 많기도 하지만, 연말이 되면 어쨌든 놀랍도록 늘어난다. 길모퉁이를 돌 때마다 누군가가 접시를 들고 사람을 기다리고 있다고 해도 전혀 과장된 표현이 아니다. 유럽 사람은 일본에 오면 길모퉁이마다 있는 자동판매기 수에 놀라지만, 로마에서는 그와 비슷한 정도로 거리에 거지가 많다.

종류별로 보면, 가장 많은 것은 자식을 동반한 어머니 거지이다. 이 사람들은 원칙적으로 길가에 앉는다. 그리고 앞에 접시를 놓고 길 가는 사람의 무릎 근처에 손을 내밀며 "도와주세요, 도와주세요, 이 아이는 우유도 마시지 못해서 무척 배가 고프답니다. 부탁이에요. 내일 어떻게 될지 모르는 불쌍한 아이입니다"라고 말한다. 얼굴을 보면 대체로 집시들 같다. 그리고 분명 아이들은 모두 배가 고픈 듯한 얼굴이다. 여위고 때가 낀 것처럼 거무스름하고 눈이 쑥 들어가 있다. 이상한 말이지만 어느 모자나 모두 얼굴 생김이 매우 비슷하다. 애들의 나이는 조금씩 다르지만, 그 이외의 점에서는 어떤 전형적인 모자상을 하나 만들어서, 그것을 복사해 거리 여기저기에 뿌려놓은 것 같다고 해도 좋을 것이다.

이 집시 모자에게는 여러 가지로 수수께끼가 많다. 내가 아는 사람은 3년 전에 보았던 모자를 같은 거리의 길모퉁이에서 다시 보았는데, 그 3년 동안에 아이가 전혀 자라지 않았다고 했다. 물론 이것은 잘못 본 것일 테고 그녀는 아마 다른 아이를 데리고 있었을 것이다. 그러나 진짜 모자 사이는 아니고 조직적으로 '임대 갓난아기'를 서로 돌려가며 안고 다니는 예가 많은 모양이었다. 하지만 '그런 것 같다'는 것이지, 진상은 나도 잘 모른다.

아주 드물게 아이가 없는(혹은 빌리지 못한) 아주머니를 볼 수 있는데, 이런 사람은 텅 빈 우유병을 사람들 코앞에 들이대고는 "우유 값, 없어"라고 화난 듯한 목소리로 외친다. 고함친다. 마치 디킨스의 《두 도시 이야기》에 나오는 혁명시대의 파리 모습과 같은 풍경이다.

다음으로 많은 것은 지체 부자유자이다. 다리가 없는 사람, 그 외 몸의 일부가 없는 사람. 이런 사람은 그 없는 부분을 적나라하게 사람들에게 보이고 있다. 부재不在의 존재감存在感. 오랫동안 관찰해 보면 없는 부분이 많은 사람이 역시 거기에 비례해서 받는 돈도 많은 것 같다. 세상은 의외로 공정하게 기능하고 있구나, 하고 감탄하게 된다.

그러나 그런 사람들 중에는 정말로 몸이 불편한 것이 아니라, 돈 때문에 불구인 척하고 있는 사람도 있다. 비아 콘도티 가街 근처에 팔과 다리가 굽고 고개가 비틀어져서 언제나 침을 흘리고 있는 거지 소년이 있다. 나는 그의 모습을 볼 때마다 불쌍하게 여기고는 했는데, 어느 날 이 소년이 지폐를 세면서 빠른 걸음으로 서둘러 길을 걸어가는 모습을 목격하고는 기가 막혀서 말이 나오지 않았다. 입고 있는 옷도 똑같았으므로 틀림없을 것이다. 다만 불구처럼 행동한 그 몸짓이 연기였다면, 기꺼이 돈을 주고 싶을 정도로 훌륭한 연기였다.

그리고 오르간 연주자도 있다. 간혹 듣기 괴로운 소리를 내고 있는 사람도 있다. 길에서 종교화를 그리고 돈을 받는 사람. 이들은 며칠씩 인도에 색깔 있는 분필로 종교화를 그린다. 밤에는 밟히지 않도록 위에 비닐 덮개를 덮어둔다. 닐 영의 〈하트 오브 골드〉를 기타 치며 노래하는 장발의 청년(너무나 애처로워서 100엔을 주었다). 백파이프와 같은 것을 뿌앙뿌앙 하고 불고 다니는, 산에서 내려온 양치기. 원숭이를 데리고 다니는 사람(원숭이가 재주를 넘지는 않는다. 그냥 데리고 다닐 뿐이다). 이탈리아어로 "배가 고픕니다"라고 쓴 표찰을 목에 걸고 길에 앉아 있는 피곤한 얼굴의 외국인 청년. 아무런 말도 없이 묵묵히 손바닥을 내밀고 그저 "한 푼 줍쇼"만 연발하는 남자. 그런 여러 종류의 사람들이 마을에 넘쳐나고 있다.

그런데 이것은 신기하다면 참 신기한 일이다. 어째서 크리스마스 때만 되면 이렇게 갑자기 거지의 수가 급격하게 증가하는 것일까. 이런 파트타임 거지들은 평상시에는 도대체 무엇으로 생계를 유지하는 것일까, 이런 식으로 생각하다 보면 궁금증이 꼬리에 꼬리를 물고 생겨나서 머리가 혼란스러워진다. 정말 평상시에는 무엇을 하며 지내는 것일까?

일단, 그건 그렇다 치고 이렇게 많은 거지들이 모두 제대로 돈을 받을 수 있을까 하는 의문이 생겨나는데, 보고 있자니 제법 많은 사람들이 멈춰 서서 지갑에서 돈을 꺼내 접시에 넣어주는 것 같다. 유럽 사람들은 아마도 종교적인 이유 때문이겠지만 정말로 그런 작은 기부를 잘한다. 특히 크리스마스 때는 감정적으로 그런 경향이 강해져, 그런 심리를 겨냥한 거지도 자연히 늘어난다. 혹은 반대일지도 모른다. 거지의 증가는 세상 사람들에게 자선을 베풀도록 부추기는 것인지도 모르겠다. 그러나 어느 쪽이 맞든 수요와 공급이 상당히 절묘하게 균형을 잘 이루고 있는 것이다. 대체적으로 번듯하게 차려입은 부인 등은 1천 리라(100엔), 보통 사람들은 500리라(50엔) 정도를 준다. 나는 한번 시험 삼아 어린 여자 거지에게 15엔을 주었는데 "고맙습니다"라는 말은 들을 수 없었다. 보고 있으면—한가해서 비교적 찬찬히 보고 있다—그들은 어느 정도 접시에 돈이 모이면 그것을 재빠르게 어딘가에 챙겨 넣는다. 접시에 언제나 500엔에서 600엔 정도를 놓아두는 것이 돈을 많이 받는 요령인 모양이다. 그보다 많으면 길 가는 사람도 '제법 많이 받은 것 같은데 나까지 줄 필요는 없겠군' 하고 생각하고, 그보다 적으면 '다들 안 주는데 나라고 줄 필요가 있나' 하고 생각하는 것 같다. 세상에는 정말로 여러 가지 실제적인 철학이 있다. 거리에 서서 보고 있으면 뭔가 배우는 것이 있다. 도쿄에서는 길에 서서 가만히 뭔가를 보고 있으면 사람들이 이상한 시선으로 바라보는 경우가 많지만, 여기 로마에서는 그런 걱정은 없다. 모두 곧잘 멈춰 서서 뭔가를 지그시 바라본다. 아내가 막스 마라며 폴리니 상점의 쇼윈도 안에 있는 물건을 몹시 갖고 싶은 눈초리로 보고 있는 동안, 나는 길에 서서 거지의 모습을 관찰한다. 사람에게는 각각 인생의 방향성이 있다.

뭐 이런 이유로 여하튼 거리는 매우 복잡하다. 교통체증이 심해서 택시를 타도 좀처럼 앞으로 나아가지 않는다. 버스는 만원이다. 한번 밖으로 나가면 파김치가 되어 돌아오게 된다. 그것도 일본과 마찬가지다.

주인집 린 부인은 로마의 혼란스러운 모습에 아주 진절머리를 내고 있다. 그녀는 빈틈없는 전형적인 영국인이라서, 그런 혼란스런 상황을 도저히 참을 수 없는 것이다. 나는 크리스마스가 가까워지면 절대로 거리에 나가지 않아요, 하고 그녀는 말한다. 정말이에요, 미스터 무라카미. 그 상황은 누가 뭐래도 혼돈의 소용돌이 속에 있는 것과 같아요.

그녀는 일본인에게 호감을 갖고 있다고나 할까, 정확하게 말하면 여하튼 비로마적인 것에는 모두 호감을 갖고 있다. 우리와 만나면 그녀는 같은 북방 민족으로서의 연대감을 느끼는지, 늘 한숨을 쉬면서 이 Disorganized Country에 대한 푸념을 늘어놓는다. 그렇기는 해도 그녀의 남편은 나폴리 출신이므로, 그녀가 이탈리아에 대해서 불평을 하는 건 좀 이상하다는 생각도 든다. 왜냐하면 나폴리 출신과 결혼하고 세계의 혼란한 모습을 한탄하는 것은 곰과 결혼해 놓고 털이 많다고 푸념하는 것과 마찬가지이기 때문이다.

그런데 이 린 부인은 세상의 부정적인 부분을 전부 'Stupid' 라고 표현한다. 집 안의 어딘가가 고장 나서 내가 수리를 부탁하러 가면, 그녀는 언제나 슬픈 얼굴로 이탈리아 제품의 'Stupidity' 에 대해서 불평을 늘어놓는다. 수리공의 'Stupidity' 에 대해서 화를 낸다. 이 사람 말에 따르면 피아트는 'Stupid car' 이고 우체국은 'Stupid office' 이며(이 말에는 정말 동감한다) 길 가는 개는 'Stupid dog' 이다. 영국인은 확실히 조금 별난 것 같다.

폰테 미르비오 시장

오늘이 12월 22일이니까, 이제 슬슬 시장을 보러 가야 한다. 25일과 26일은 크리스마스 휴일로 모든 가게들이 문을 닫기 때문이다. 일본의 설날 연휴와 마찬가지다. 그동안에 먹을 식품을 사두지 않으면 아마 아사하고 말 것이다.

우리는 보통 때는 근처 슈퍼마켓에서 장을 보지만, 지금처럼 한꺼번에 많은 양의 생선과 식료품을 구입할 때는 대개 미르비오 다리(폰테 미르비오)에 있는 노천 시장으로 간다. 미르비오 다리는 황제가 무릎을 꿇고 교황에게 용서를 빌었다는 테베레 강에 걸려 있는 유명하고 오래된 다리인데, 자주 보다 보면 황제나 교황 같은 것에는 관심이 없어진다.

미르비오 다리에서 무솔리니 시대의 잔영이 남아 있는 플라미니오 다리까지는, 강을 따라서 우에노의 재래시장처럼 식료품과 의류를 파는 가게들이 죽 늘어서 있다. 채소는 신선하고 종류도 다양하다. 그래서 근처에 사는 주부들이 시장바구니를 들고 몰려든다. 여러 계층에 속한 다양한 인종의 주부들을 다 볼 수 있다. 모피 옷을 입고 하이힐을 신은 부티 나는 부인도 있고 추잡스러워 보이는 아주머니도 있다. 필리핀인 아주머니도 있고 아프리카 외교관 부인 같은 분위기를 풍기는 아주머니도 있다. 일본인 아주머니도 몇 명 본 적이 있다. 시장에 갈 때마다 늘 감탄하는 일이지만 세상에는 정말 여러 종류의 아주머니가 존재한다.

이 시장 근처에는 맛있는 음식가게들이 많다. 150엔(1천5백 리라)이면 제법 크고 따끈따끈한 피자를 먹을 수 있는 입식 피자집이 있다. "미레 첸퀘(1천5백)" 하고 외치면 딱 1천5백 리라어치의 피자를 잘라 오븐에 따끈하게 데워준다. 200엔 정도면 꽤 배부르게 먹을 수 있다. 그 옆에는 항상 노동자나 군인들로 북적이는 값싼 레스토랑이 있다. 웨이터의 눈초리와 매너가 몹시 나쁘고 가끔 가게 안에서 악취가 나기도 하지만 맛은 나쁘지 않다. 그런가 하면 이탈리아에서는 드물게 정통 안심 스테이크를 먹을 수 있는 멋진 레스토랑도 있다. 이곳은 조용하고 웨이터도 친절하고, 난로에서는 파닥파닥 불꽃이 타오르고 있다. 시장 입구에 있는 바르에서, 서서 마시는 커피도 향기롭고 맛있다. 어느 나라나 마찬가지지만 활기찬 시장 근처에는 반드시 맛있는 음식가게가 즐비하다. 니시키코지[錦小路]도 그렇고 쓰키지[築地]도 그렇다.

우리는 버스를 타고 폰테 미르비오까지 간다. 제일 먼저 생선가게에 들러 연어를 산다. 연어는 수입품이라(지중해에서는 연어가 잡히지 않는다) 결코 싸지 않지만, 우리에게는 상당히 이용 가치가 큰 생선이다. 연어 한 마리만 있으면 연어 생선초밥을 만들 수도 있고, 소금을 약간 뿌려 구워 먹을 수도 있고, 머리를 사용하여 국을 끓일 수도 있다. 고맙게도 몸통을 사면 머리는 거저 준다. 왜냐하면 이탈리아 사람들은 연어 머리를 요리에 사용하지 않기 때문이다. 그 맛있는 가슴 지느러미 부분도 버린다. 대개 1킬로그램에 3천 엔 정도인데, 손님이 원하는 만큼 잘라서 판다. 비늘을 떨어내고 내장을 꺼내고 머리를 자르고 그러고는 가로로 토막을 내서 무게를 달아 판다. 우리는 언제나 머리 쪽을 택한다. 그런데

살 때마다 머리 쪽이 남아 있는 연어가 많은 것으로 보아, 이탈리
아 사람들은 연어의 꼬리 쪽을 즐겨 먹는지도 모르겠다. 우리는
연어를 2천5백 엔어치 샀다.

생선가게 분위기는 세계 어디를 가나 다 비슷하다. 고무장화를
신은 성격이 고약해 보이는 아버지와 건강하고 씩씩한 느낌의 어
머니가 꾸려나간다. 배를 가른 뱀장어가 아직 살아서 꿈틀대며 도
망가면 어머니가 쫓아간다. "어서 오세요. 시뇨라, 물 좋은 도미
가 들어와 있어요"라고 외치는 기세등등한 목소리가 여기저기서
들려온다.

옆 가게에서 큼지막한 정어리 일곱 마리와 오징어 다섯 마리를
산다. 정어리는 많이 싼데 오징어는 약간 비싸다. 전부 합쳐 1천
4백 엔.

다음은 채소를 살 차례다. 무 세 개와 무청, 버섯 2킬로그램, 토
마토, 오이, 감자, 비에다, 시금치, 강낭콩, 바실리코 등등. 둘이서
두 손 가득 들어야 할 만큼 많은 양이다. 우리는 서서 커피를 마신
후 다시 버스를 타고 집으로 돌아온다. 이렇게 한꺼번에 식료품을
구입하려면 비록 힘은 들지만 신선한 식품을 잔뜩 살 수 있어 매
우 행복하다. 미코노스에서 지낸 두 달 동안 먹었던 형편없는 식
품들에 비하면 한겨울인데도 이렇게 먹을거리가 풍요롭다니, 이
탈리아는 낙원이자 별천지이다. 아무튼 모든 채소가 싱싱하다. 지
금쯤 헬싱키 사람들은 뭘 먹고 있을까?

집에 돌아오면 곧바로 사온 식료품을 손질한다.

나는 강낭콩 껍질을 까서 삶는다. 아내는 생선칼(일본에서 가져왔다)로 연어를 다듬는다. 우리는 도로가 매우 신선한 탓에 와사비를 푼 간장에 찍어 부엌에서 선 채로 먹는다. 이렇게 회를 우물우물 먹다 보면 밥이 먹고 싶어진다. 마침 어제 먹다 남은 찬밥이 있어, 연어 살과 매실 장아찌를 반찬으로 밥을 먹는다. 먹는 김에 오징어도 회를 쳐서 먹는다. 아주 부드럽고 맛있다. 배추절임 대신에 삶은 강낭콩을 먹는다. 그러다 보면 어느새 즉석 된장국까지 타서 부엌에 선 채로 간단하게 점심식사를 끝낸다.

이렇게 먹는 음식이 꽤 맛있다.

참고로 이날 저녁 메뉴를 보면, 연어와 정어리 초밥에 매실 장아찌를 넣은 김밥, 무청 소금절이, 강낭콩과 매실 장아찌 무침, 정어리 구이 등이었다. 사실 이런 날은 극히 드물고 보통은 파스타를 먹는다.

로마의 시장에서 파는 먹을거리는 전부 싱싱하다. 특히 토마토와 시금치와 콩은, 한입 베어 물면 채소 특유의 향긋함이 입 안 가득 퍼진다. 이탈리아 채소에 비해 너무 맛이 떨어져서 나는 도쿄에 돌아간 후 한동안 이 세 가지 채소는 먹지 못했다. 도쿄에 있는 이탈리아 레스토랑은 요즘 맛이 많이 좋아지긴 했지만 그래도 채소의 신선함만은 이탈리아 현지의 것을 따라가지 못하는 것 같다.

깊어가는 겨울

한 해가 거의 저물어가는 12월 17일부터 《댄스 댄스 댄스》라는 장편소설을 쓰기 시작한다. 장편소설을 쓸 때는 언제나 똑같은 패턴이다. '쓰고 싶다'는 어렴풋한 기분이 내 마음속에서 조금씩 자라서, 어느 날 '자, 오늘부터 쓰자'라는 확실한 결심이 서게 된다. 내 경우, 세밀한 구성이나 줄거리보다는 경계가 되는 이 시점을 중요시한다.

《상실의 시대》와 달리 《댄스 댄스 댄스》는 쓰기 시작하기 전에 우선 제목부터 정했다. 사람들은 이 제목을 비치보이스의 곡에서 따왔다고 생각하는 것 같은데, 사실은(어느 쪽이든 상관없지만) 더 델스라는 흑인 밴드의 옛 곡이다. 일본에서 출발하기 전에, 집에 있는 낡은 레코드를 다 모아서 직접 올디즈 테이프를 편집했었는데, 그중에 우연히 이 곡도 들어 있었다. 누가 들어도 단박에 알 수 있는 옛날풍 리듬 앤드 블루스 곡이다. 느긋하고 좀 거친 느낌이며 그 주위가 이상하게 거무스름하다. 그 곡을 로마에서 매일 아무 생각 없이 멍하니 듣고 있던 중에, 문득 제목으로 괜찮겠다는 영감이 떠올라서 쓰기 시작했던 것이다. 물론 비치보이스에게도 같은 제목의 곡이 있다는 것은 알지만(고등학교 시절에 자주 들었다) 직접적인 발단은 이 델스의 곡이다.

이 소설은 처음부터 끝까지 대개 순조롭고 기분 좋게 썼다고 할 수 있다. 《상실의 시대》는 나로서도 그때까지 써본 적이 없는 유형의 작품이었고, '이 소설은 도대체 어떤 식으로 받아들여질 것인가' 하고 이것저것 생각하면서 썼지만, 이 《댄스 댄스 댄스》는 그런 건 전혀 생각하지 않고 내가 쓰고 싶은 대로 마음껏 즐겁게 썼다. 구석구석 내 스타일의 문장이고, 등장하는 인물도 《바람의 노래를 들어라》《1973년의 핀볼》《양을 둘러싼 모험》과 공통된다. 그래서 오랜만에 자기 집 마당에 돌아온 듯 굉장히 즐거웠다. 이렇게 순수하게 쓰는 행위를 즐긴 적은 드물다.

그동안 로마의 겨울은 급속도로 깊어갔다. 이해 로마의 겨울은 예년보다 추운 날이 많았다. 집 안도 썰렁했다. 갖춰진 난방기만으로는 부족하여 석유 히터를 사왔지만, 히터 앞만 따뜻하지 방 전체 공기는 내내 썰렁했다. 습기를 머금은 축축하고 기분 나쁜 추위였다. 빨래도 이틀 동안을 널어놓아도 전혀 마르지 않았다. 게다가 마우리치오 폴리니의 콘서트 티켓을 사기 위해서 네 시간이나 찬 바람 속에서 줄을 서는 바람에 나와 아내는 둘 다 몸이 정상이 아니었다. 몸속까지 얼어버린 것이다. 로마에서 콘서트 티켓을 파는 방법은 정말 복잡다단하며 더구나 이치에 맞지도 않는다. 폴리니나 번스타인 같은 초일류 연주가인 경우에는 티켓을 사기 위한 번호표를 발행하고, 그 번호표를 받기 위해 또 번호표를 받아야 한다. 그리고 그때마다 줄을 서야만 하는 것이다. 그러다 보면 주최 측도 뭐가 뭔지 모르게 된다. 257번까지 번호표를 발행했으면서 티켓은 100매밖에 없는 경우도 비일비재하다. 일관성도 없고 친절하지도 않다. 게다가 사람들은 새치기도 하고 속이기도 하며, 연줄이 있는 사람은 뒤로 티켓을 입수하기도 한다.

그런데 유감스럽게도 그날 폴리니 씨의 연주는 그런 필사적인 노력에 상응할 정도로 훌륭한 것이 아니었다. 어딘가 초점이 맞지 않은 채로 전반이 끝나서 이것이 폴리니야? 하고 생각했는데, 다행히 마지막 리스트의 소나타만은 안개가 걷히듯 확실하게 연주했다. 이것은 그런대로 훌륭했다. 그렇지만 폴리니의 실력으로 본다면 훨씬 더 굉장한 음악이 나올 법도 했을 텐데. 들으면서 '이게 아니야, 틀림없이 더 잘할 수 있을 텐데'라는 마음이 절실했지만 그 감각을 정확하게 표현할 수가 없다. 그래서 뭐라 표현할 수 없는 욕구불만이 남았다. 어느 해였는지는 잊어버렸지만, 전에 도쿄에서 리히터의 연주를 들은 적이 있다. 그때 나는 걷는 것도 힘이 들 정도로 녹초가 되어 있었는데 음악을 듣고 엄청난 감동이 밀려와, 콘서트가 끝난 후에는 피곤함 따위는 전혀 남아 있지 않았다. 몸이 날아갈 듯 가뿐했다. 그 정도까지 바라는 것은 무리라고 해도, 추위 속에서 벌벌 떨며 줄을 서서 구입한 티켓인데 이런 정도로는 만족할 수 없었다. 물론 폴리니 씨가 줄을 서라고 강요한 것은 아니지만.

나는 너무 추워서 코트를 입고 책상에 앉아 워드 프로세서의 키보드를 계속해서 두드렸다. 시실리에서 《상실의 시대》를 쓸 때와는 정반대이다. 그때는 너무 따뜻해서 책상 앞에 앉으면 머리가 멍해졌다. 그런데 이번에는 너무 추워서 워드 프로세서의 키보드도 치지 못할 지경이다.

물론 따뜻한 것보다는 추운 편이 머리를 쓰는 작업에는 더 좋다. 그러나 이 집에서 보내는 로마의 겨울은 너무 춥다. 밤에는 몸을 따뜻하게 하기 위해 브랜디를 홀짝홀짝 마신다. 그리고 추위를 견디기 위해 매일 아내와 온천 이야기며 하와이 이야기를 했다. 일본으로 돌아가면 느긋하게 온천에 가서 매일 아침에서 밤까지 목욕하고, 그리고 한 달 정도는 하와이에서 보내야겠다고 아내는 선언했다. 멋지다. 생각만 해도 가슴이 뛴다. 하지만 나는 우선 소설을 마쳐야 한다. 일단 소설을 쓰기 시작하면 완벽하게 마무리 짓기 전까지는 일본에 돌아갈 수 없다. 일본에 돌아가면 일의 진행에 차질이 생기므로 어떻게든 여기에 머물며 일을 마쳐야 한다.

《댄스 댄스 댄스》에 하와이의 장면이 나오는 건 이런 이유 때문이다. 소설을 쓰면서 나는 무척이나 하와이에 가고 싶었다. 그래서 열심히 하와이를 상상하면서 썼다. 이랬었나? 이런 느낌이었지, 하고 기억을 더듬어 썼던 것이다. 그리고 그런 식으로 하와이의 장면을 쓰다 보면 아주 조금은 따뜻해지는 느낌이 들었다. 열대의 태양 아래서 뒹굴며 피나콜라다를 마시는 것 같은 기분이다. 글에도 그런 구체적인 효용이 있는 것이다. 물론 아주 순간적이긴 하지만.

일기에 따르면 이 시기에는 달러가 123엔까지 하락했다. 우리는 현금을 거의 달러로 가지고 왔기 때문에 솔직히 몹시 충격이었다.

그리고 대한항공 폭파 사건이 있었다. 2월에는 아내와 둘이 나란히 심한 감기에 걸렸다. 기침과 콧물이 몇 주씩이나 멈추지 않고, 머리가 멍하며 미열이 계속되었다. 그런데도 이상하게 일만은 순조롭게 진행되었다. 우리에게 처음부터 끝까지 정말로 힘든 겨울이었다. 우리가 유럽에서 보낸 약 3년 동안 이 겨울이 가장 끔찍한 시기였다. 이해 겨울에 있었던 좋은 일이라고는 소설이 완성된 것뿐이었다. 그래서 우리는 《댄스 댄스 댄스》라는 소설을 생각할 때마다 그 추웠던 로마의 마로네 씨 집이 생각난다. 그러면서,

맞아, 집 안에서 오버코트을 입고 이 소설을 썼었지, 하고 회상한다. 또 고양이 진과 개 마도, 그리고 폰테 미르비오 시장과 폴리니의 콘서트를 떠올린다.

런던

런던에 머물던 무렵에 대해서는 별로 쓸 거리가 없다. 거기에 있는 동안에는 줄곧 혼자서 소설을 썼기 때문이다. 지금 돌이켜 보면 어딘가 이상한 한 달이었다. 나는 그 한 달 동안 아무와도 말을 하지 않았다.

*

런던에는 말하자면 우연히 가게 되었다. 아내가 잠시 일본에 돌아가야 하는 사정이 생겼는데, 런던을 경유하게 되어 아내를 전송하는 김에 갔던 것이다. 런던에서는 3월 초부터 말까지 약 한 달간 머물렀다. 그렇지만 나는 그동안 거의 아무하고도 이야기하지 않고 쭉 방 안에만 틀어박혀 일을 하고 있었다. 장편소설을 쓰고 있을 때는 대개 그렇지만, 누군가와 말을 하고 싶은 마음도 별로 생기지 않았다. 그래서 내게 런던은 어디까지나 고독하고 과묵한 도시다. 그런 인상이 뼛속까지 배어 있다.

처음 며칠은 호텔에 묵고, 그 후 단기 임대주택으로 옮겼다. 실은 영국에 온 것은 이때가 처음이었다. 런던에 대해서 가장 놀란 것은 영어가 잘 통하지 않는다는 사실이다. 나는 미국식 영어에 익숙해서 영국식 영어가 처음 얼마 동안은 영 낯설었던 것이다.

이것이 같은 영어인가 하고 당황했던 적도 종종 있었다. 발음을 잘 알아듣지 못해 "Pardon me?"만 되풀이했다(그런데 영국인은 이럴 때 모두 "Sorry?"라고 말한다). 예를 들면 근처 슈퍼마켓 정육점에서 "로스트 비프 주세요" 하고 내가 주문하자, 판매하는 여자가 거기에 대하여 뭐라고 말한다. 그녀는 내게 무엇인가를 물어보는 것이다. 하지만 나는 무슨 말인지 전혀 알아들을 수가 없다. 사투리가 심한 데다가 말이 빠르기 때문이다. 내가 난감한 얼굴로 "Pardon me?" 하고 말하자 그녀는 한 번 더 반복한다. 그렇지만 말하는 속도가 여전히 빨라서 이번에도 도통 못 알아듣겠다. 내가 모르겠어요, 하고 말한다. 그러면 이상은 반복해 주지 않는다. 답답하다는 얼굴로 고개를 절레절레 흔들 뿐이다. 그리고 적당히 고기를 싸서 준다. 이런 일을 몇 번 겪은 후에는 이곳에서 로스트 비프를 사는 건 아예 포기했다. 이 상점뿐만 아니고 다른 장소에서도 몇 번인가 같은 일을 당했다. 이런 점은 미국과는 상당히 다르다. 미국 사람들은 자신의 말을 상대가 못 알아들으면, 대부분 정확히 알아들을 때까지 말의 속도와 표현을 바꿔서 몇 번이고 반복한다.

이런 식으로 뜻밖에 말 때문에 고생이 많았다.

방은 부동산을 돌아보고 찾았다. 몇 군데 소개받았던 방을 둘러보고 세 번째 본 방으로 결정했다. 처음에는 월드 엔드(세계의 끝)라는 황당한 이름을 가진 지역에 있는 공동주택(덧붙여 말한다면 내가 옛날에 번역했던 폴 세로의 《월드 엔드》라는 책은 이 지역이 무대이다. 재미있는 소설이니까 한번 읽어보기 바란다)을 보았는

데, 넓기는 했지만 내부구조가 답답해서 거절했다. 다음은 패딩톤
역 근처의 공동주택, 여기는 방 자체는 나쁘지 않았지만 지하라서
그런지 분위기가 어둡고 몹시 추워 보였기 때문에 사양했다. 세
번째는 세인트 존즈우드에 있는 스튜디오 형태의 방이다. 좁은 데
다 침대는 접어서 벽에 세워둬야 하는 방이었지만 장소가 좋고 밝
다. 지하철역에서도 리젠트 공원에서도 가깝다. 어차피 혼자 지낼
거니까 좁아도 괜찮을 것 같아 여기로 결정했다. 4층 65호실이고
창밖은 애비 거리이다.

나는 이 방에서 《댄스 댄스 댄스》라는 장편소설을 썼다. 카세트
라디오로 음악을 듣고 창밖의 애비 거리를 바라보면서 매일매일
워드 프로세서의 키보드를 두드리며 지냈다. 이곳은 굉장히 난방
이 잘된 아파트여서, 밖에서는 모두 코트를 입고 있는데 안에서는
티셔츠와 짧은 바지 차림으로도 땀이 날 정도였다. 이따금 창문을
열고 애비 거리로 고개를 내밀어 땀을 식혀야 했다. 일에 지치면
근처의 서점에서 사온 잭 런던의 《마틴 에덴》을 읽었다. 잔인할
정도로 강렬한 책이다. 강한 절망, 적극적인 자멸. 날씨는 대체적
으로 언제나 나빴다. 사흘 중의 이틀은 흐리고 수시로 가랑비가
내렸다. 나쁜 세계가 도래할 것을 예고라도 하듯 싸늘하고 우울한
비였다. 언제 내리기 시작했는지도 모르고 언제 그쳤는지도 모른
다. 아니, 밖을 걷고 있어도 지금 정말 비가 내리고 있는지 아닌지
조차 확실치 않은 것이 런던의 비다.

비가 내리지 않을 때를 포착하여 매일 리젠트 공원을 한 시간쯤
달렸다. 그 정도라도 몸을 움직여두지 않으면 머리가 이상해지므

로, 그렇게 되지 않도록 몸을 피곤하게 하는 것이다. 리젠트 공원은 비만 내리지 않으면 멋진 공원이다. 공원 안 연못가의 길을 달리고 나서 공원 주변을 한 바퀴 돈다. 동물원 근처에 다다르면 동물들 우리에서 후덥지근한 냄새가 난다. 하지만 그런 것도 멋지다. 그 담 안에 동물이 가득 있음을 실감할 수 있다. 생물이 살아 있는 냄새다. 사자며 늑대, 낙타 등이 고향에서 멀리 떠나와 거기에 살고 있는 것이다. 어떤 동물인가가 짖어대는 소리도 들려온다.

저녁 무렵에 일을 마치면 근처에서 장을 보고 간단한 요리를 만들어 먹는다. 나는 런던에서 지내는 동안 거의 외식을 하지 않았다. 솔직히 말하면 무얼 먹어도 맛이 없었기 때문이다. 물론 맛있는 레스토랑은 분명 있을 것이다. 그렇지만 이탈리아에서 지내다 오면, 런던에서 돈을 내고 레스토랑에서 식사하고 싶은 마음은 들지 않는다. 미안한 말이지만 직접 만들어 먹는 편이 더 맛있다. 식빵은 맛있었다. 요리라고 할 정도의 음식은 아니지만, 슈퍼에서 로스트 비프와 빵을 사와서 매일 로스트 비프 샌드위치를 만들어 먹었다. 가끔 카레를 만들기도 하고 토마토 소스를 만들기도 했다.

밤이 되면 기분전환을 하기 위해 영화나 콘서트를 보러 갔다. 지금 생각해 보면 그때의 런던 생활에서 추억거리가 되는 것이라고는 콘서트와 영화 정도밖에 없다. 왜냐하면 그 외에 한 일이라고는 소설을 쓰고 공원을 달리는 것뿐이었기 때문이다. 영화는 정말 많이 보았다. 브루스 로빈슨이란 젊은 감독이 만든 〈위드네일과 나〉라는 영국 영화는 확실하게 인상에 남아 있다. 일본에서 상영되었는지는 모르겠지만, 뻔뻔스럽지만 미워할 수 없는 위드네

일이라는 생활 파탄자 예술 청년과, 주인공이며 조금 심약한 '나'
와, 위드네일의 호모 아저씨가 서로 얽히며 엮어내는 코미디로 대
단히 재미있었다. 그리고 가르시아 마르케스가 각본을 쓴 라틴 아
메리카 서부극 〈A Time For Dying〉이라는 콜롬비아 영화도 보았
다. 무미건조한 영화였다. 〈인어의 노래를 들었다〉라는 제목의,
한마디로 소품 같은 캐나다 영화도 보았다. 이것은 분명 일본에서
도 상영되었던 것으로 기억한다. 특별히 미인이라고는 할 수 없는
사진가를 지망하는 평범한 여자가 직장 상사인 아름다운 레즈비
언에게 야릇하게 마음이 끌리게 된다는 이야기다. 그런데 끝에 가
서는 실망하고 만다. 그 상사를 따라서 일본 레스토랑에 갔는데
살아 있는 문어가 그대로 나오자 주인공이 기겁을 하는 장면이 아
주 우스꽝스러웠다. 아무리 일본인이라도 그런 건 먹지 않는다.

　그렇지만 뭐니 뭐니 해도 내가 런던에서 본 것 중에서 제일 마
음에 들었던 것은 〈POUSSIÈRE D'ANGE(천사의 가루)〉라는 프
랑스 영화다. 이 영화는 연출도 좋았고 배우도 연기를 잘해서 오
래간만에 마음껏 즐길 수 있었다. 보고 나서 그 길로 지하철역을
세 정류장 정도 걸어갔다. 그리고 디킨스의 〈리틀 도리트〉도 보았
다. 알렉 기네스가 나오며 디킨스의 작품임을 느끼게 하는 영화
다. 아주 긴 영화라서 요일에 따라서 1부를 하기도 하고 2부를 하
기도 한다. 전신에서 디킨스가 배어 나오는 것처럼 조금도 막힘없
는 알렉 기네스의 연기가 대단히 훌륭하다. 이 영화의 관객은 자
식을 동반하는 경우가 상당히 많았다. 영국인은 아마 성장에 필요
한 의식으로서 어린아이들에게 디킨스의 영화를 보여주는 모양이

다. 그리고 그 후에는 아마 반드시 원작을 읽게 할 것이다. 영국인과 디킨스의 문학 사이에는 이처럼 상당히 오래된 끈끈한 관계가 존재하는 것 같다. 일본에도 여기에 상응하는 국민작품이 있을까 하고 잠시 생각해 보았지만, 디킨스의 세계처럼 다면적인 넓이와 깊이가 있는 것은 생각나지 않았다. 이러니저러니 해도 디킨스는 확실히 재미있다. 아이를 데리고 갔지만 사실은 부모가 더 즐기는 것이다.

콘서트에도 자주 갔다.

아시케나지가 지휘하는 로얄 필의 콘서트도 들으러 갔다. 아들 보브카 아시케나지 군과 협연하는 것이었다. 아테네에서 한번 이 보브카 군의 연주를 들은 적이 있는데, 그때는 솔직히 별로 감동하지 않았다. 하지만 지금은 조금 나아졌을지도 모른다는 생각을 갖고 갔다. 곡목은 먼저 아버지가 지휘하는 코리올란 서곡, 그리고 보브카 군이 나와서 모차르트 론도와 프랑크의 〈교향적 변주곡〉을 부자가 협연하고, 마지막에 다시 아버지가 지휘하는 말러의 4번 교향곡이 이어졌다. 보브카 군의 피아노 연주는 여전히 별로였다. 잘하고 못하고를 말하기 이전에 매력이 없는 것이다. 호소하는 것이 없다. 그 영향을 받아서인지 아버지 아시케나지 씨의 지휘도 그다지 좋지는 않았다. 말러의 교향곡도 앙상블의 조화가 잘되지 않아 정신이 산란했다. 얼마 전에 로마에서 들었던 인발의 〈대지의 노래〉가 소름이 끼칠 정도로 대열연이었던 것에 비하면 압도적으로 격이 떨어진다. 긴장감이 없는 끈적끈적한 느낌의 말러였다. 다음 날 타임스의 콘서트 평에는 이런 글이 실려 있었다.

"내가 만약 블라디미르 아시케나지의 아들이었다면 무엇을 하고 있었을까? 미용사가 되었을지도 모른다. 다트 놀이라도 하고 있었을지도 모른다. 하지만 이것만은 말할 수 있다. 피아니스트만은 되지 않았을 것이다."

잔인하지만 재미있는 평이다. 2세란 정말 피곤한 역할이다.

퀸 엘리자베스 홀에서 코바세비치의 피아노 콘서트도 들었다. 베토벤과 슈베르트의 곡을 연주했는데, 슈베르트의 내림 나장조 소나타가 훨씬 좋았다. 몸의 피곤함이 싹 풀리는 듯한, 근래에 보기 드문 따뜻한 슈베르트 연주였다. 그런데 베토벤은 약간 지루했다. 그리고 내가 좋아하는 마리나와 ASMF의 콘서트에도 갔다. 바흐의 〈마그니피카트〉가 특히 일품이었다. 세세한 부분까지 구석구석 매우 깔끔하게 처리되어 있는 정말로 품격 있는 바흐 연주였다. 손톱도 깎고 귀도 깨끗하게 청소하고 머리도 감은 것 같은 느낌이다. 물론 개인적인 취향은 다르겠지만 어쨌든 훌륭한 연주이다. 그런데 이런 충실한 콘서트 연주를 싼 가격으로 매일 들을 수 있는 런던 시민이 부러웠다.

오페라는 차이코프스키의 〈에프게니 오네긴〉(프레니가 타이틀 롤을 불렀다)과 브리텐의 〈빌리 버드〉를 보았다. 둘 다 훌륭했는데 이미 다른 데서 썼기 때문에 여기서는 이만 생략한다.

런던에 있는 동안 재즈는 딱 한 번 들으러 갔다. 왜냐하면 그 친근감 느껴지는 블로섬 디어리가 재즈 클럽에 출연하고 있었기 때문이다. 'PIZZA ON THE PARK' 라는 이상한 이름의 재즈 클럽이었다. 하지만 이름에서 연상되는 것보다는 훨씬 멋진 곳이다. 모든 좌석이 예약제이고, 전화로 신용카드 번호를 말하면 테이블을 예약해 준다. 요금은 8파운드 50센트. 손님은 모두 밤시간을 즐기기 위해 잘 차려입고 온 중년의 커플들로서 혼자서 온 손님은 나뿐이었다. 그 때문에 웨이트리스는 신경이 쓰이는 듯 자주 내 자리로 와서 "즐거우십니까?" 하고 물었다. "예, 좋아요" 하고 싱긋 웃으며 대답하고 나면, 잠시 후 또 찾아와서 "어떠세요, 재미있으세요?" 하고 묻는다. 청바지 차림의 일본인 남자가 혼자서 블로섬 디어리를 들으러 온 게 아무래도 조금 이상했나 보다.

블로섬 디어리의 무대는 매우 매력적이었다. 나이도 상당히 먹었을 테고, 아무래도 전처럼 귀여운 소리를 내기는 무리가 아닌가하고 걱정했었는데, 기우에 지나지 않았다. 물론 옛날과 비교하면 소리의 탄력은 다소 줄었다. 그렇지만 그 대신 예술가로서는 한층 세련되어져서 첫 곡부터 마지막 한 곡까지 그 멋을 여유 있게 즐길 수 있었다. 연주 곡목은 대부분 오리지널로(이 오리지널이 심금을 울린다) 소위 스탠더드 넘버는 거의 없다. 피아노를 치면서 불렀는데 이 피아노 연주가 아주 괜찮았다. 너무 가벼워서 당장이라도 날아갈 것만 같은 이런 소리는 쉽게 낼 수 있는 소리가 아니다. 그런 건 재즈가 아니라고 말한다면 할 말은 없다. 하지만 블로섬 디어리의 음악은 원래 눈을 치켜뜨고 듣는 음악이 아니다. 말하자면 아주 고품질의 나이트클럽 음악이다. 단맛 쓴맛 다 겪은 어른의 음악인 것이다(요즘은 그런 어른이 적어졌지만).

피자와 와인도 맛있었다. 나는 시실리풍의 피자를 먹었는데, 이탈리아 피자와 비교해도 손색이 없었다. 가격은 10파운드다.

*

런던에 있는 동안에 딱 한 번 짧은 여행을 했다. 드디어 소설이 완성되었으므로 기뻐서 여행에 나선 것이다. 패딩턴 역에서 두 시간 정도 기차를 타고 바스(BATH)라는 온천 마을로 갔다. 바스는 그 이름이 나타내듯이 로마인들이 영국에 진주하던 시대에 발견했다는 오래된 온천 마을이다. 로마인은 이상하게 온천을 즐기는 민족으로, 세계 어디를 가든 가는 곳마다 장대하고 화려한 온천 시설을 만든다. 바스에는 지금도 그 시대의 오래된 온천 설비가 남아 있다. 그곳 자전거 대여점에서 자전거를 빌려 캐슬 쿰이라는 작은 마을까지 사이클링을 하기로 했다. 무척 아름다운 곳이라면서. 영국에 간다면 캐슬 쿰에 꼭 가보라고 누군가가 가르쳐준 것이다. 바스에서 캐슬 쿰까지는 확실히 아름다운 길(먼 옛날에 로마인이 만들었다는 곧은 길이다)이 계속되긴 하지만, 산과 언덕을 몇 개씩 넘어야 하는 힘든 노정이었다. 더구나 내가 빌린 자전거는 근본적인 문제를 갖고 있어, 한 시간마다 기어가 분해되어 버린다. 이런저런 일을 겪다 보니 영국 시골을 유유히 자전거를 타고 달리게는 되지 않았다. 게다가 땀투성이가 되어 저녁 무렵에야 간신히 캐슬 쿰에 도착했더니 숙소는 이미 만원이어서 다음 마을까지 가야만 했다.

그렇지만 이 여행은 매우 즐거웠다. 무엇보다 소설을 다 썼다는 해방감을 느낄 수 있었고, 드물게 매우 날씨가 좋았다. 그리고 때는 바야흐로 봄이었다. 열심히 페달을 밟아서 충분히 땀도 흘렸고 배도 고팠다. 캐슬 쿰의 인근 마을의 여관 '화이트 하트'는 불친절했지만 기분 좋은 여관이었다. 빈 방은 큰 방밖에 없었는데 혼자라고 말하니까 싼 값으로 해주었다. 호텔 팝(PUB)에서 저녁 무렵에 맥주를 마시고 식당에서 송어요리를 먹었다. 호텔 앞에 아름다운 시냇물이 흐르고 있었는데 거기서 방금 잡아 올린 더할 나위 없이 신선한 송어다. 그것을 얇게 썬 아몬드와 함께 쪄서 먹는 것으로 정말 굉장히 맛이 있었다. 화려하지는 않지만 알찬 맛이었다. 팜 선데이 전날이자 토요일이었기 때문에 호텔 식당은 외출복을 입은 선량해 보이는 가족들로 가득 차 있었다. 그래서 나는 하마터면 저녁식사도 하지 못할 뻔했다. 이 마을에 레스토랑이라고는 여기 하나밖에 없기 때문이다.

돌아오는 도중, 버스에 도착하기 직전에 드디어 자전거가 완전히 분해되어 버렸다. 문자 그대로 산산조각이 나버린 것이다. 왕과 그 부하들이 전부 매달려도 그 자전거를 수리하기란 불가능했다. 그래서 나는 그 자전거를 어깨에 메고 마지막 5킬로미터를 걸어야 하는 지경이 되었다. 아이고 아이고, 어휴 어휴.

하지만 어쨌든 아주 행복한 여행이었다.

*

나는 우체국에 가서 출력한 소설 원고를 도쿄로 보내고 나서(원고를 보내면서 악명 높은 이탈리아의 우편 체계를 피하고 싶었던 것도, 일부러 런던까지 온 이유 중의 하나다) 3월 말에 혼자서 로마로 돌아왔다.

1988년, 공백의 해

《상실의 시대》가 백 몇 십만 부나 팔리고 나자,

나는 굉장히 고독했다. 그리고 내가 많은 사람들에게 미움을 받고 있는 것처럼 느꼈다.

왜 그랬을까? 표면적으로는 모든 일이 잘되어 가는 것처럼 보였지만

실제로는 그때가 내게는 정신적으로 가장 힘든 시기였다.

1988년, 공백의 해

1988년, 공백의 해

처음에도 이야기했듯이 나는 이 책(말하자면 《여행기》)을 내기 위해 스케치 같은 단편적인 글을 조금씩 써두었는데, 1988년에는 그런 스케치를 단 한 장도 쓰지 못했다. 쓸 마음이 생기지 않았던 것이다. 그해 초에는 《댄스 댄스 댄스》를 쓰느라 매우 바빴고, 다 쓰고 난 후 한동안은 허탈감에 빠져 있었다.

그리고 일본에 돌아오자 그 허탈감은 곧 혼란스런 무력감으로 바뀌었다. 그해가 거의 저물 때까지 나는 아무것도 쓸 수 없었다. 말하자면 공백의 해였다.

그러나 이 책은 내 행동을 단계적으로 기록한 것이므로 1988년 4월부터 10월까지 일어났던 일에 대해서 아주 간단하게나마 써두는 편이 좋을 것이다. 4월에 나는 일본으로 돌아와서 이미 인쇄소에서 보내온 《댄스 댄스 댄스》의 최종 원고를 점검했다. 그리고 TBS 브리태니커에서 《스콧 피츠제럴드 북》이라는 피츠제럴드에 대한 글과 번역을 모아 책을 내고 운전면허를 땄다. 그때까지는 면허가 없어도 크게 불편하지 않았지만, 가을에 자동차로 터키를 일주할 계획을 세웠기 때문에 큰맘 먹고 결심했던 것이다. 게다가 유럽에서는 자동차가 없으면 어디를 가나 굉장히 불편했다. 매일 야마노테山手 선을 타고 교습소까지 왔다 갔다 한 결과 한 달만에 면허증을 손에 넣었다. 이렇게 해야 할 일들을 대충 마무리 짓고 나서야 간신히, 그렇게도 원하던 하와이로 가서 한 달가량을 멍하니 지냈다. 몸을 쉬게 하면서, 말 그대로 '따뜻하게 보낸' 여행이었다. 그만큼 로마의 겨울 추위가 뼛속까지 스머들어 있던 것이다. 나는 그동안 줄곧 혼다 어코드 렌트카를 빌려서 운전연습을 했는데, 한번은 후진하다 주차장 기둥에 부딪쳐서 오른쪽 테일 램프가 산산조각 나기도 했다.

그러나 아무리 몸을 따뜻하게 해도 냉기는 사라지지 않았다.

*

돌이켜보면 이해는 우리 부부에게 그다지 좋은 해는 아니었던 것 같다. 일본으로 돌아오자《상실의 시대》는 엄청난 베스트셀러가 되어 있었다. 줄곧 외국에 있어서 국내 사정을 잘 몰랐기 때문이기도 하지만, 오랜만에 일본에 돌아와 자신이 유명인이 되어 있는 것을 알고는 나는 뭐랄까, 어안이 벙벙해졌다. 신문의 베스트셀러 목록을 보면 어느 서점에서나《상실의 시대》가 1위였다. 고단샤[講談社] 사옥에는 빨간색과 초록색의 화려한 현수막이 걸려 있었다. 나는 볼일이 있어 때때로 에도가와바시[江戶川橋]에서 고코쿠지[護國寺]까지의 길을 지나가야 했는데, 그 현수막을 볼 때마다 너무 부끄러워서 늘 못 본 척했다. 그해 가을에 나온《댄스 댄스 댄스》도 순조롭게 베스트셀러가 되었다.

그렇지만—이런 말을 하는 것이 분수에 맞지 않고 오만하다는 것은 알고 있지만 그래도—나는 일종의 안타까움에서 벗어날 수가 없었다. 무엇이 안타까운지는 잘 모르지만 아무튼 어쩔 수 없을 정도로 안타까웠다. 어디를 가도 내가 있을 곳을 찾을 수 없을 것 같았다. 여러 가지 것들을 잃어버린 것 같은 기분이었다. 책이 50만 부 팔렸을 때 나는 물론 기뻤다. 자신이 쓴 책이 광범위한 사람들에게 받아들여졌다는 점은 작가로서 기쁘지 않을 수 없다. 그렇지만 솔직히 말하면 나는 기쁘기도 했지만 그 이상으로 깜짝 놀랐다. 나는 50만 명이나 되는 사람이 잘 상상이 되지 않았다. 독자로서도 상상할 수 없었을뿐더러 단지 '인간의 숫자'로서도 상상할 수 없었다. 10만 정도 사람이라면 나도 대충 상상이 간다. 하지만 50만이 되면 내 능력 밖의 일이 된다. 그 후로는 더 심해졌다. 100만, 150만, 200만, 그것들은 내게는 실체를 갖지 않은 단지 '거대한 숫자'에 지나지 않았다.

언론계에 있는 사람들에게는 그 정도 숫자의 사람은 별것 아닐 수도 있다. 그러나 나는 그렇지 않다. 생각하면 할수록 머리가 혼란스러웠다. 그래서 생각하지 않으려고 노력도 했다. 나는 지금까지 10년간 소설가로서 일단 끼니 걱정은 하지 않고 살아왔다, 그러니까 새삼스레 숫자 따위는 중요하지 않다, 팔리고 안 팔리고는 그때의 운이다, 하고 생각하려 했다. 그러나 거기에는 쉽게 무시할 수 없는 공기 같은 것이 생겨나 있었다.

매우 이상한 일이지만 소설이 10만 부 팔리고 있을 때는 나는 많은 사람들에게 사랑받고 호감을 받으며 지지를 얻고 있는 것 같은 느낌이 들었다. 그런데 《상실의 시대》가 백 몇 십만 부나 팔리고 나자, 나는 굉장히 고독했다. 그리고 내가 많은 사람들에게 미움을 받고 있는 것처럼 느꼈다. 왜 그랬을까? 표면적으로는 모든 일이 잘되어 가는 것처럼 보였지만 실제로는 그때가 내게는 정신적으로 가장 힘든 시기였다. 몇 가지 안 좋은 일, 재미없는 일도 있고 해서 마음이 상당히 냉랭해져 있었다. 지금 생각하면 결국 나는 그런 상황에 놓이는 것이 체질에 맞지 않았던 것이다. 그런 성격도 못 될뿐더러 그런 그릇도 되지 못했다.

그 시기에 나는 지치고 혼란스러웠고, 아내는 건강이 안 좋았다. 글을 쓸 마음이 생기지 않았다. 하와이에서 돌아와 여름 내내 번역을 했다. 자신의 글을 쓸 수 없을 때라도 번역은 할 수 있다. 다른 사람의 소설을 꾸준히 번역하는 일은 내게는 일종의 치유행위라고 할 수 있다. 이것도 내가 번역을 하는 이유 중의 하나이다.

*

8월에 아내를 일본에 남겨두고 나 혼자 다시 로마로 돌아갔다. 그리고 로마에서 발칸 반도를 거쳐 소아시아로 향했다. 신초샤[新潮社]의 새로운 잡지에 싣기 위해 아토스 산과 터키를 취재하고 기사를 쓰는 것이 목적이었다. 한 달 반이나 걸리는 여행이었다. 처음에는 나와 카메라맨 마츠무라[松村] 군 그리고 편집자 O군이 아토스 반도의 험한 산중턱을 비를 맞으며 기어 다녔고, 그 후에는 나와 마츠무라 군 두 명만 미쓰비시 파제르를 타고 한 달간 터키의 벽지를 돌아다녔다. 실제로 많은 일들을 경험했고 육체적으로

꿍장히 힘든 여행이었지만 온몸의 힘을, 한계를 느낄 때까지 소모
시켰던 덕분에 기분은 상당히 좋아졌다. 군살도 빠지고 얼굴도 시
커멓게 탔다. 그리고 로마로 돌아와서 그 다음 날 공항으로 아내
를 마중 나갔다. 10월의 일이다.

그렇게 해서 다시 로마에서의 생활이 시작되었다.

하지만 내가 회복된 것은, 즉 소설을 쓰는 사람으로서 제대로
회복할 수 있었던 것은 팀 오브라이언의 《NUCLEAR AGE》라는
소설의 번역을 마친 후였다. 내게 번역이란 일종의 치유행위라고
앞에서 말했는데, 조금 덧붙이자면 이 《NUCLEAR AGE》의 번역
작업은 내게는 그야말로 정신적 치료행위 그 자체였다. 번역을 하
면서 나는 몇 번씩 감동했고 용기를 얻기도 했다. 그 소설에 담긴
열기는 내 몸 저 깊숙한 곳까지 따뜻하게 해주었다. 그 덕분에 내
뼛속까지 스며들어 있던 냉기도 사라진 것 같다. 만약 이 작품을
번역하지 않았다면 어쩌면 나는 다른 방향으로 점점 흘러가 버렸
을지도 모른다.

이 작품을 번역한 뒤에 나는 다시 한 번 소설을 쓰고 싶은 생각
이 들었다. 내 존재를 증명하려면 살아가면서 계속 글을 쓰는 수
밖에 없다고 생각했다. 글을 쓰는 것이 무엇인가를 계속 잃고, 세
상에서 끊임없이 미움받는 것을 의미한다 해도 나는 역시 그렇게
살아가는 수밖에 없는 것이다. 그것이 나라는 인간이고 그곳이 내
가 있을 곳이다.

*

여기까지가 1988년 4월에서 10월까지 있었던 일의 줄거리이다.

1988년 10월, 나는 마흔 번째 생일을 3개월 앞둔 이 시점에서 다시 한 번 태세를 바로잡아야 했다.

그렇게 해서 나는 또 조금씩 스케치를 쓰기 시작했다.

1989년, 회복의 해

이런 말을 하면 안 믿을지 모르지만 이탈리아의 자동차에는 표정이 있다.

아무튼 타고 있는 운전자만큼이나 표정이 풍부하다.

그래서 주차 공간을 발견하면 운전자와 함께 자동차도 싱긋 미소 짓는다.

그러나 그 공간을 간발의 차이로 다른 차에게 빼앗기면 자동차도 덩달아 낙담한다.

눈을 내리깔고 낭패라는 얼굴이 된다.

1989년, 회복의 해

카나리 씨의 아파트

카나리 씨의 아파트는 로마의 스테파노 폴카리라는 길에 있다. 바티칸에서 걸어서도 금방 갈 수 있는 곳이다. 리소르지멘토 광장에서 성천사성[天使城]으로 향하는 길에 면해 있다. 지하철역에서도 가깝고 두 블록을 걸어서 콜라 디 리엔초에 가면 웬만한 물건은 다 살 수 있다. 청과물 시장도 가깝고 바티칸에 가면 바티칸 우체국이 있다(바티칸 우체국은 이탈리아 우체국이 아니라 바티칸 시국의 우체국이다. 우표도 다르고 이탈리아 우체국보다 훨씬 제대로 업무를 본다). 콜라 디 리엔초에서 곧장 15분쯤 걸어가면 포폴로 광장이 나오고, 성천사 다리를 건너면 바로 나보나 광장이 있다.

우리는 그때까지 살았던 교외 주택가의 불편한 교통 사정에 넌더리를 내던 터라, 조금 집세가 비싸더라도 이번에는 어떻게든 로마 중심지에 살기로 마음먹었다. 편리한 점만 생각하면 이 아파트는 무엇 하나 불평할 것 없는 장소에 있다. 어디든 걸어서 다닐 수 있는 곳이다.

우리가 이 아파트를 구하게 된 것은 순전히 우연이었다. 폴카리 길을 걸으며 이 동네에 살면 참 좋겠다는 이야기를 하던 차에, 우연히 단기간 임대한다는 가구 딸린 아파트 광고가 눈에 들어온 것이다. 오래된 파라초풍의 꽤 분위기 있는 건물로, 큼지막한 대문과 앞뜰이 있었다. 조용하고 햇빛도 잘 들 것 같았다. 전화를 걸어 문의해 보니, 마침 빈방이 딱 하나 남아 있다는 것이다.

그런데 그때 비어 있는 방이라는 것이, 빈말로라도 괜찮은 방이라고는 할 수 없는 지하실 방이었다. 실질적으로는 반지하지만, 솔직히 말해 정상적인 시민이 살 만한 공간이라고는 할 수 없었다. 벽 저 위쪽에 창문이 있고 그 창문으로 안제이 바이다의 흑백 영화에서처럼 빛이 어슴푸레하게 새어 들어온다. 올려다보니 길가는 사람들의 다리가 언뜻언뜻 보인다. 꼭 소니 클라크의 '쿨 스트러틴'의 재킷 사진 같은 광경이다. 이따금 매력적인 여성의 하이힐 신은 뒤꿈치가 보이기도 한다. 그런 뒤꿈치가 따각따각 경쾌한 소리를 내며 우리 머리 위를 지나간다. 이런 광경은 머리에 떠올릴 때는 그다지 나쁘지 않지만 매일 보다 보면 지친다. 전체적으로 이 지하실 생활은 별 볼일이 없었다. 아니 좀더 분명하게 말하면 비참한 일이 더 많았다. 낮에도 어두컴컴하고 방은 좁고 부엌 시설은 열악했다. 전기 레인지의 화력이 약해서 파스타조차 제대로 삶을 수 없었다. 물이 충분히 끓지를 않는 것이다. 할 수 없이 우리는 캠핑용 프로판 가스 풍로를 사용하여 파스타를 삶기도 하고 밥을 짓기도 했다. 부엌 바닥에 쭈그리고 앉아 요리를 하다

보면 어쩐지 난민이 된 것 같아 허탈한 기분이 들기도 했다. 내가 지금 이런 데서 무얼 하고 있나 하는 한심한 생각이 들었다.

비가 내리면 뜰 쪽으로 난 창문에서 물이 스며 들어와, 방이 몹시 습해졌다. 전기는 용량이 적어 다리미질이라도 할라치면 여지없이 탁 하고 차단기가 내려와 암흑 속에 갇히곤 했다. 게다가 이 차단기의 상태가 좋지 않아 한번 내려오면 다시 되돌리는 것이 보통 일이 아니었다. 이런 사정은 우리 옆방도 마찬가지여서(지하에는 방이 두 개 있었다) 그 방에 사는 미국인 부부는 툭하면 캄캄한 방에서 촛불을 켜놓고 지냈다. 그쪽 차단기 상태가 우리 것보다도 훨씬 심했던 것이다. 그들은 보스턴에서 온 품위 있는 중년부부로, 남편은 비즈니스맨 같았다. 아마도 업무상 로마에 살고 있는 것이리라. 당연한 일이지만 그들은 로마라는 도시의 모든 것을 증오했다. 나는 그들의 기분을 이해할 수 있었다. 이런 방은 미국에서는 빈민가에 해당된다.

우리가 인내심을 발휘하며 그 방에 살았던 건, 입지조건이 좋기도 했지만 그 이상으로 주인인 카나리 씨의 인간성에 끌렸기 때문이다. 카나리 씨는 무척이나 친절한 사람이었다. 나이는 70대 중반쯤으로 키가 후리후리하게 컸다. 옷차림은 어째 조금 깔끔하지 못했지만 아직 건강 상태는 양호한 듯, 매일 끔찍이도 아끼는 베스파를 타고 아파트 근처에 있는 사무실로 나온다. 파격적인 초록색 윗도리를 입고, 야구모자 비슷한 모자를 쓰고 다닌다. 카나리 씨의 직업은 사진가이다. 그는 예전에 일본에 있는 출판사의 일을 한 적이 있다고 한다. 쇼각칸小學館이란 출판사의 의뢰로 이탈리아 건축물 찍는 일을 했다며 사진집을 보여주었다. 꽤 오래전에 찍은 사진인지, 색은 약간 바랬지만 느낌이 좋은 사진이다. 사진 속에 있는 사람들의 차림새를 보니 60년대에 찍은 사진인 것 같다. 시력이 나빠져서 이제는 사진 일은 그만두었다고 한다. 아들이 둘 있는데 한 명은 리소르지멘토 광장 근처에 있는 은행에 근무한다. 이 아들이 아파트 관리를 돕고 있어, 이탈리아 말과 프랑스 말밖에 할 줄 모르는 카나리 씨는 무슨 일이 있으면 늘 아들을 통해 의사를 전달했다.

카나리 씨는 정말 좋은 사람이었다. 이탈리아 사람들 중에는 겉으로는 친한 척하지만 마음속으로는 딴 생각을 하는 사람이 비교적 많은데 카나리 씨는 사소한 부분까지도 성의를 갖고 우리를 대했다. 뭐든 고장 난 곳이 있으면 일일이 고쳐주고, 부족한 것은 사다 주었다. 물론 뜻대로 되지 않는 경우도 있었지만 적어도 이 사람은 친절한 마음씨를 가진 사람이었다. 내가 만난 이탈리아 사람 중에 상당히 괜찮은 부류에 속하는 사람으로, 교양이 풍부한 노인이라는 인상을 받았다.

나와 아내는 처음 만났을 때부터 카나리 씨가 마음에 들었기 때문에 이 끔찍한 지하방에서도 인내하며 산 것이다. 세상일이란 것이 그렇다. 어떤 좋지 않은 상황에 처했을 때도 거기에 관련된 사람에 대한 믿음이 있으면 대개의 경우는 참을 수가 있다. 반대로 그다지 나쁘지 않은 상황에서도 상대를 신뢰할 수 없으면 필요 이상으로 짜증이 나고 불안해진다.

카나리 씨는 우리가 사는 방 외에도 같은 아파트에 방을 또 하나 소유하고 있는데, 그 방은 지상에 있어 지하보다는 시설도 번듯하다. 내 생각에 아무래도 이 지하방은 애초에 사람이 살도록 지은 것은 아닌 것 같다. 본래는 창고 같은 용도로 사용하던 것을 언제부턴가 사람이 사는 방으로 개조한 것이다. 그래서 여러 가지로 설비가 엉성하고 허술해서 끊임없이 문제가 발생한다. 지상에 있는 방은 여기보다 훨씬 좋다. 그는 만약 지상의 방이 비게 되면 우리에게 우선권을 주겠노라고 약속했다. 지금 그 방에는 가족과 떨어져서 혼자 이 도시로 전근 와 있는 자동차 회사의 중역이 살고 있는데, 머지않아 임기가 끝나면 토리노에 있는 집으로 돌아갈 테니까, 앞으로 두세 달만 기다리면 될 것 같다는 것이다.

우리는 어두컴컴한 지하방에서 생활하며 피아트 회사의 중역이라는 그 사람이 토리노로 돌아갈 날만 기다렸다. 들리는 얘기에 따르면 그도 로마에 있기를 원치 않는다고 한다. 그 역시 하루라도 빨리 자기 집이 있는 토리노로 돌아가고 싶은데 회사 측이 자꾸 시간을 끌고 있다는 것이다. 어떤 이탈리아 사람에게 듣자니까 이탈리아에서는 그런 일이 종종 있는 모양이었다. 일본 회사처럼 '며칠 날짜로 어느 지점으로 전근을 명한다'라고 명확하게 발령을 내리지 않는다. 상사가 "자네 다음 달쯤 토리노에 돌아가게 될 걸세"라고 해서 그 말을 믿고 짐 정리까지 다 끝냈는데도 더 이상 구체적인 이야기가 없다. 기다리다 못해 상사에게 물어보자 "아 참, 내가 그런 말을 했었지"라든가, "으음, 그 건은 없던 일로 되었네"라고 대답하는 바람에 맥이 빠지는 일도 적지 않다고 한다. 그러니까 이탈리아 사람이 앞날에 대해 하는 말은 믿을 게 못 된다. 세 번 정도 같은 말을 들은 다음에야 천천히 준비를 시작하면 딱 좋다고 한다.

결국 우리는 계속해서 그 지하방에서 생활할 수밖에 없었다.

마침내 겨울이 오고, 그리고 깊어갔다. 옆방에 살던 미국인은 "하느님 감사합니다. 이제야 이 거지 같은 도시를 떠날 수 있게 되었어요"라는 말을 남기고 보스턴으로 돌아갔다. 너무 추워서 우리는 궁여지책으로 북이탈리아로 여행을 떠나기로 했다. 터키를 돌 때 밀라노의 미쓰비시 대리점에서 빌린 대형 미쓰비시 파제로를 돌려주지 못하고 계속 사용하던 터라, 그냥 그 차를 사용하기로 했다. 이탈리아 사람의 적당주의도 때로는 도움이 되기도 한다. 이탈리아에서 파제로는 대부분 여피족이 즐겨 탄다.

우리는 작은 마을에 묵으며 천천히 아우토스트라다를 북상하여 베네치아에서 며칠을 보낸 후, 크레모나와 제노바를 경유하여 리비에라 해안까지 갔다. 리비에라쯤이면 따뜻할 것으로 기대했으나 막상 와서 보니 허무하다. 따뜻하기는 한데 아무래도 긴장감이 느껴지지 않는다. 시실리에 있을 때와 마찬가지로 몸이 왠지 근질근질하다. 이건 어딘가 이상하다는 생각이 머리에서 떠나지 않는다.

결국은 리비에라에서도 허전한 마음을 채우지 못한 채, 파르마와 만토바와 페라라와 아시시를 거쳐 다시 로마로 돌아온다.

로마에 돌아와서는 여전히 전과 다름없는 지하생활을 해야 했기에 할 수 없이 다시 여행을 떠난다. 이번에는 밀라노까지 간다. 이래서야 집에서 보내는 시간보다 파제로 안에서 지내는 시간이 더 길게 생겼다. 마침 일본으로 돌아가야 할 일이 생긴 것을 다행으로 생각하며 일시 귀국했다. 일본에서는 얼마 전에 천황이 세상을 떠났다. 나는 드디어 마흔 살이 되었다. 그러나 당연한 일이지만 마흔 살이 되었다고 크게 달라지는 것은 없다. 그날을 경계로 갑자기 늙는 것도 아니고 머리가 좋아지는 것도 아니다. 좀 묘하다는 느낌만이 아주 조금 있을 뿐이다.

일본에 돌아와 보니 매스컴은 온통 천황의 죽음을 보도하느라 정신이 없다. 국상을 치른다며 전국의 경찰이 도쿄로 집결하여, 맨홀 뚜껑을 하나하나 열어서 검사하고는 봉인했다. 아마도 과격파의 테러를 봉쇄하기 위한 작업일 테지만, 이탈리아에서 돌아오자마자 이런 모습을 보려니 어쩐지 정신이 이상해지는 것 같아 영 이상했다. 우리는 일본에 있을 때는 대개 시부야 구에 있는 아파트에서 지내는데, 이번에는 도쿄에서 벌어지는 그런 미치광이 짓에 넌덜머리가 나기도 하고 걸핏하면 찾아오는 경찰관이 귀찮기도 하여, 신칸 선을 타고 규슈에 가서 이 소동이 잠잠해질 때까지 유후인[由布院] 온천에서 지내기로 했다. 이렇게 말하면 어폐가 있을지도 모르겠지만 규슈의 보통 사람들은 국상에 특별히 신경 쓰는 것 같지 않다. 도쿄에 있으면 온 세상의 관심사가 국상인 것처럼 보인다. 누구를 만나든 그 이야기가 나오고 모두 거기에 대해 각자 이러니저러니 의견을 말한다. 여러 가지 의견과 감상들이 작은 먼지처럼 공중을 떠다니며 파들파들 떨고 있다. 그런데 고맙게도 규슈에서는 그렇지가 않다. 천황의 '장례식'도 일상생활과는 별 관계가 없는 '먼 나라 이야기'라고 생각하는 듯하다.

그럭저럭 지내고 있는 중에 카나리 씨에게서 연락이 왔다. 드디어 피아트 회사의 중역이 토리노로 돌아가게 되어 지상의 방이 비는데 어떻게 하겠냐는 내용이었다. 그래서 우리는 다시 짐을 꾸려 로마로 향했다. 문득 떠돌이 신세 같다는 생각이 들었다. 유럽에 갔다가 지겨워지면 일본으로 돌아오고 일본이 지겨워지면 다시 유럽으로 가니 말이다. 그러나 곧 아무러면 어떤가, 이리저리 옮겨 다니면 안 된다는 법은 없지 않은가, 라고 마음을 고쳐먹는다. 정말이지 아리타리아항공의 회수권을 사고 싶은 심정이다.

*

카나리 씨한테 빌린 새 방은 1층에 있다. 정확하게 말하면 1층 반 정도의 높이다. 지하가 반지하라서 1층 부분이 반층 위로 올라와 있는 셈이다. 지하방보다는 물론 훨씬 밝고 방도 넓고 청결하고 부엌과 목욕탕의 기능도 훨씬 제대로 되어 있다. 세탁기도 있다. 그때까지 살았던 지하방에는 세탁기가 없어서, 우리는 반년 동안 손빨래를 해야 했고 덕분에 손은 물집투성이가 되었다. 우리는 대체적으로 새 방이 마음에 들었다. 방으로 들어가자 테이블 위에 '고명한 닥터 무라카미 씨에게'라고 쓴 카드가 꽂힌 호화로운 과일바구니와 꽃다발이 놓여 있었다(이탈리아 사람들은 습관적으로 직함에 이렇게 터무니없는 수식어를 갖다 붙인다. 왜 내가 닥터인지 알 수 없는 일이다).

나는 거실 구석에 책상을 놓고 그 위에다 워드 프로세서를 올려놓았다. 옆에는 히다치 라디오 카세트를 놓고 소형 CD 플레이어를 접속한다. 이렇게 해서 일단은 일할 자리가 마련되었다. 일본 집에는 대형 JBL 스피커가 있는데, 하고 아쉬워해 봐야 소용없는 일이다. 지하에서 살다가 지상의 방으로 이사한 후 처음 느낀 것은, 바깥 풍경을 볼 수 있다는 것이 얼마나 멋진 일인가, 하는 점이었다. 두 번 다시 지하에 살고 싶지 않다. 내 책상 옆의 창문을 통해 건너편의 고풍스런 7층짜리 아파트가 보인다. 그 아파트에는 무솔리니가 연설해도 좋을 만한 커다란 발코니가 있다. 아파트 옆에는 프로흐메리아(화장품 가게)가 있다. 로마에는 조금 과장되게 말하면 한 집 건너 있을 정도로 프로흐메리아가 많다. 프로흐메리아에서 일하는 여성들은 얼굴에 화장품을 덕지덕지 바르고 있다. 그녀들은 심심하면 밖으로 나와 동네 사람들과 한참 동안 수다를 떤다. 용케도 그렇게 오래 이야기할 거리가 있구나 하고 감탄할 정도이다.

그러나 이 창문으로 보이는 최고의 구경거리는 뭐니 뭐니 해도 불법주차 장면이다. 이 불법주차 장면만큼은 아무리 보고 있어도 싫증이 나지 않는다. 사실 이 근방에서 주차 공간을 발견하는 것은 하늘의 별 따기이다. 일단 집 근처에 차를 주차시키고 나면 다시는 차를 빼고 싶지 않을 정도로 주차난이 심각하다. 우리가 사는 아파트 앞에도 언제나 자동차가 꽉 들어차 있다. 주차시킬 공간을 찾아 하루 종일 차들이 동네를 배회한다. 따라서 드문 일이지만 때마침 나가는 차가 있으면 그 자리를 발견한 행운의 운전자는 아주 행복한 표정으로 재빨리 쓱 주차시킨다. 그런 광경을 구경하고 있으면 하루가 조금도 지루하지 않다.

이런 말을 하면 안 믿을지 모르지만 이탈리아의 자동차에는 표정이 있다. 아무튼 타고 있는 운전자만큼이나 표정이 풍부하다.

그래서 주차 공간을 발견하면 운전자와 함께 자동차도 싱긋 미소 짓는다. 그러나 그 공간을 간발의 차이로 다른 차에게 빼앗기면 자동차도 덩달아 낙담한다. 눈을 내리깔고 낭패라는 얼굴이 된다. 그런 표정 하나하나가 아주 생생해서 그냥 보고만 있어도 아주 재미있다. 이런 점은 일본의 자동차와 많이 다르다. 일본의 자동차에는 이상하게도 표정이 없다. 기쁘건 슬프건, 대부분 증권거래소의 일부 상장기업처럼 비슷비슷한 얼굴로 달리고 있다. 나는 도요다 마크 투나 닛산 글로리아, 마쓰다 카펠라 같은 차들이 도대체 무슨 생각을 하며 달리는지 짐작도 할 수 없다. 자동차에 표정이 있든 없든 무슨 상관이냐고 하면 할 말 없지만, 일본의 불법주차 광경은 보고 있어도 도무지 재미가 없다. 그보다도 아무 용건도 없이 빤히 보다가는 벤츠 S클래스에서 내린 사람에게 얻어맞을지 몰라 겁이 나기도 한다.

벤츠 이야기가 나왔으니 말인데, 과연 벤츠에는 어떤 표정이 있다. 그러나 한 종류의 표정밖에 없는 것이 벤츠의 무서운 점이다. 마치 고르고 13처럼 말이다. 한편 BMW는 절대로 웃지 않으며, 오페르는 무지막지한 철가면이다. 오페르 같은 차는 고속도로를 달리면서 중국의 판다를 생각하는 건 아닐까, 하는 생각이 든다. 나는 여성에 관해서는 그다지 싫고 좋고를 따지는 인간이 아니지만, 아무튼 오페르 같은 여자하고는 자고 싶지 않다. 그런 점에서 볼 때 이탈리아의 자동차는 정말 위대하다. 표정이 있다고나 할까, 혹시라도 길가에 서서 한쪽 다리를 들고 똥을 누지나 않을까 싶다. 이런 자동차는 사실 아무나 만들 수 있는 것이 아니다. 성능이야 어쨌든 나는 이탈리아 자동차의 그런 점을 좋아한다.

창문이 있으면 그런 광경을 멍하니 바라보면서 시간을 죽일 수가 있다. 일을 하다 피곤해지면 창가에 앉아 비발디의 목관 4중주를 들으며 다양한 거리의 풍경을 시간 가는 줄 모르고 감상할 수 있다. 역시 지상이 좋기는 좋다. 특히 로마의 봄날의 밝은 햇빛은 다른 어떤 곳의 빛과도 다르다. 투명하고 찬란하고 거리낌이 없다. 4월이 되면 벌써 밖에 나갈 때 선글라스가 필요하다. 밖에서 식사도 할 수 있다. 새로운 꽃이 피고 새로운 새들이 날아온다. 고양이들도 여기저기서 한가로이 몸을 쭉 뻗은 채 늘어져 있고, 성급한 여성은 벌써부터 소매 없는 블라우스를 입기도 한다. 이런 아름다운 로마의 봄날을 어떻게 지하에서 보내란 말인가.

우리가 사는 아파트에는 카메리엘(가정부, 잡일 담당)이 있다. 한 명은 리나라는 뚱뚱한 아줌마이고, 또 한 명은 키가 큰 흑인 청년이다(그의 이름은 모른다). 그들은 대개 오전 9시에 와서 오후 2시면 돌아간다. 리나는 시트를 교환하거나 구석구석 청소를 하고 흑인 청년은 주로 힘을 쓰는 일을 한다. 두 사람 다 인상이 좋고 일도 열심히 한다. 특히 리나는 마음씨 좋고 친절한 아줌마로, 일단 상대방이 마음에 들면 철저하게 부모 같은 마음으로 보살펴준다. 그래서 우리는 여행을 다녀올 때마다 이 두 사람에게 작은 기념품을 선물했다. 그러면 리나 아줌마는 매우 기뻐하며 아내를 꼭 껴안고 쪽쪽 소리가 나도록 키스를 한다.

때로는 지나치게 감정이 풍부한 게 아닐까 하는 생각도 들지만, 어쨌든 기뻐하니 우리도 좋다. 일본과 마찬가지로 이탈리아에서도 선물로 성의를 표시하는 일이 많다.

내 경험에 비추어 볼 때 이탈리아의 아파트는 시설도 중요하지만 카메리엘이 어떤 사람인가에 따라 살기에 좋고 나쁘고가 결정된다. 카메리엘이 불친절하고 일할 의욕이 없으면, 아무리 훌륭한 아파트라도 건물 전체의 분위기가 몹시 나빠진다. 집을 비우는 동안 그들이 우편물을 제대로 관리해 주지 않으면, 일일이 우체국까지 우편물을 가지러 가야 하는데 여기에 대해서는—뒤에서 자세하게 설명하겠지만—그야말로 지옥이 따로 없다. 어느 나라나 다 그렇겠지만 인재를 확보하고 좋은 인간관계를 갖는 것이 중요하다. 이런 점에서 우리가 살았던 포르칼리 거리에 있는 아파트는 관리가 철저하여 생활하기에 무척 편했다. 뭐든 고장이 나면 즉시 교체해 주었고 우편물도 잘 보관해 주었다. 이런 일은 로마에서는 거의 기적에 가까운 일이다. 이곳은 우리가 로마에서 제일 마지막으로 살았던 집이자 유일하게 정상적인 집이었다.

로마의 주차 사정

내친김에 로마의 주차 사정에 대해 좀더 자세하게 설명하자. 앞에서도 말했듯이 로마에서 주차할 공간을 발견하기란 결코 쉬운 일이 아니다. 조금 더 정확하게 표현하면 그것은 대략 '매우 어려운 일'과 '극히 힘든 일'의 중간쯤 되는 작업이다. 그리고 도쿄도 마찬가지지만 주차난은 해마다 점점 더 심각해지고 있다. 내가 처음 로마에 온 이후 3년 동안 이런 상황은 눈에 띄게 심해졌다. 즉

심한 정도가 '매우 어려운'에서 '극히 힘든' 쪽으로 기울고 있는 것이다.

애당초 이 거리 중심부에는 주차장이 거의 없다. 왜 그런가 하면 도시 자체가 좁기 때문이다. 좁은 데다가 건축물 규제가 엄격하여 현대적인 주차장 건물을 지을 수가 없다. 거리의 건물 대부분이 역사적인 건축물과 다름없으며 당연한 일이지만 역사적 건축물에 주차장이 딸려 있을 리가 없다. 내가 로마에서 아파트를 구하러 다닐 때 한번은 신축 아파트라고 하기에 가서 봤더니 1930년대에 세워진 건물이어서 깜짝 놀란 적이 있다. 그 건물을 신축이라고 할 정도니 더 이상은 말 안 해도 짐작이 갈 것이다. 그런 오래된 건물은 겉으로 보기에는 분위기도 있고 아름답지만, 기능적인 면에서는 도저히 좋은 점수를 줄 수가 없다.

지하에 주차장을 만들려고 해도 그것도 여의치 않다. 조금만 땅을 파고 내려가도 금방 이런저런 유적이 나오기 때문이다. 덕분에 로마 거리는 불법주차 차량으로 뒤덮이게 된다. 자동차를 타고 어딜 가고 싶어도 도무지 차를 세울 장소를 찾을 수 없다. 정체는 도쿄에 비해 그다지 심하지 않은데 주차 사정은 거의 절망적이다. 일단 집 근처에 주차 공간을 발견하면 다시는 차를 빼내고 싶지 않다고 한 말은 결코 과장이 아니다. 주차할 공간을 찾아 30분 정도 집 주위를 헤매고 다니는 경우도 있기 때문이다.

그러면 로마에서는 자기 차를 타지 않으면 될 것 아니냐고 생각하겠지만, 로마에서 자동차 없이 생활하기에는 나름대로 불편한 점이 많다. 첫째로 이 도시는 도쿄처럼 대중교통 수단이 발달해 있지 않다. 굳이 도쿄에 비교하지 않더라도 전 세계의 어느 주요 도시와 비교해도 뒤떨어진다. 지하철과 버스도 있기는 하지만 지하철은 짧은 노선이 두 개 있을 뿐이고 버스는 언제 올지 모르는 형편이다. 게다가 버스나 전철은 시끄럽게 떠들어대는 젊은이들로 언제나 만원이다. 이 패거리들은 예의도 없거니와 행동도 난폭하다. 그리고 이런 일은 일본에서는 상상도 할 수 없는 일이지만 로마의 버스는 가끔 길을 잘못 들어서기도 한다. 길모퉁이를 도는 것을 깜빡 잊어버리곤 하는 것이다. 로마의 도로는 일방통행 지옥이라서 한번 길을 잘못 들어서면 본래의 길로 돌아가기까지 엄청나게 시간이 걸린다. 손님들은 이게 어떻게 된 일이냐고 소동을 피워대고 운전사는 변명만 할 뿐 사과는 하지 않는다. 소란스러운 것은 물론이고 시간도 많이 걸리므로 정말이지 피해가 크다. 정류장에 서지 않고 그냥 지나치는 일도 수두룩하다. 아무리 정확하게 정차 버튼을 눌러도 운전사는 무슨 생각을 하는지, 정확하게 그것을 무시하고는 정류장을 그냥 쓱 지나쳐버린다. 그래서 늘 큰 소리로 "내립니다! 내려요!" 하고 소리쳐야 한다. 이런 실수는 특히 점심식사 후에 많다. 점심식사 때 포도주를 마신 운전사가 나른한 상태에서 운전하기 때문이다. 이 시간대에는 이 밖에도 다른 문제가 많이 발생한다. 언젠가 내가 기다리던 버스가 행방불명이 된 적도 있다. 어딘가로 홀연히 사라진 것이다. 일이 이쯤 되자 세상에 급할 것 없는 이탈리아 교통국 공무원도 얼굴이 새파랗게 질려서 버스를 찾아 동분서주했다. 아마 기사가 버스를 몰고 어딘가로 놀러 갔던 게 아닐까 싶다.

지하철은 이러니저러니 해도 제시간에 오며 정류장을 그냥 통과하는 일은 없다. 그러나 유감스럽게도 노선이 딱 두 개밖에 없는데다 차내에 소매치기가 많다. 그렇다고 택시가 많은가 하면, 웬걸 눈에 잘 띄지도 않는다. 사정이 이러니 불편하기 짝이 없다. 게다가 밤이 늦어지면 버스도 지하철도 거의 없다. 로마의 콘서트는 대개 밤 9시경에 시작해서 11시가 지나야 끝나는 것이 보통이다. 오페라의 경우는 끝나고 나면 거의 12시에 가깝다. 이렇게 되면 걸어서 집으로 돌아가든가, 아니면 미리 근처에 있는 호텔을 예약해 두어야 한다. 이런 이유에서 어느 정도 장기간 이 도시에 체류하려면 자동차가 필요한 것이다. 나는 도쿄에서 20년 가까이 생활하면서 자동차가 필요하다고 생각한 적은 거의 없었고 그래서 운전도 하지 않았지만, 로마에 온 이후로는 자동차가 없어서 곤란을 겪은 적이 많다. 로마 시민도 이런 한심한 상황에는 진저리를 치고 있으며, 신문에서도 어떻게든 개선하자고 캠페인을 벌이기도 하지만 뾰족한 방법이 없는 실정이다.

*

그건 그렇다 치고, 자동차는 각각 그 나라의 문화와 사정을 잘 나타낸다. 다시 말해 이탈리아의 자동차는 지극히 이탈리아적이라는 말이다. 이탈리아의 소형차는 좁은 길모퉁이에 주차하기 쉽도록 만들어져 있다. 이탈리아의 자동차는 작고 핸들 작동이 아주 매끄러워 좁은 장소에도 쉽게 주차할 수 있다. 최근에는 로마 시내에서도 대형 메르세데스벤츠나 볼보를 흔히 볼 수 있게 되었지만, 이런 차들은 로마에서 주차하기에는 적합하지 않다. 미국 차들은 말할 것도 없다(실제로 전혀 보지 못했다). 시내에 주차하기 편하기로 말하면 피아트 500(친퀘첸토)이나 126(첸토벤티세이)이나 우노나 또는 아우토비안치가 가장 좋다. 이런 차들은 이리저리 잽싸게 움직이며 금방 주차할 공간을 찾아낸다. 아무튼 피아트 500은 전장이 3미터 정도밖에 안 되니, 4미터짜리 골프와 비교해도 1미터가 짧고, 메르세데스 560에 비하면 무려 2.1미터나 짧다. 그야말로 로마에서 운전하기에 가장 적합한 차다. 게다가 다소 부딪치더라도 대수롭지 않다는 듯 태연자약하니 천하무적이라 할 수 있다.

피아트 500의 이점은 인도에 주차할 수 있는 점이다. 차도에 주차할 공간이 없으면 횡단보도를 통해 인도로 올라와 거기에 주차할 수 있는 것이다. 그런 행위가 불법인지 아닌지는 잘 모르겠으나 아마도 합법적인 행위는 아닐 것이다. 그렇다고 위반 딱지를 떼는 장면을 목격한 적도 없다. 차체가 작고 그다지 방해가 되는 것도 아니니 관대하게 봐주는 것 같다. 이 차는 곁에서 보기만 해도 참으로 편리해 보이는 자동차다. 고속도로를 달리기에는 좀 위험하지만, 로마 시내에서 이동하기에는 더없이 좋은 차다. 메르세데스 560이나 볼보 760(이 차는 전장 4.85미터이다)을 갖고 있는 사람들은 이른바 로마의 여피족인데, 이들이 레스토랑 앞에서 주차할 공간을 찾아 헤맬 때 피아트 500의 운전자가 보란 듯이 인도에 매끄럽게 주차시키는 장면을 보는 것은 매우 기분 좋은 일이다. 하기야 이런 일은 인도가 넓은 로마에서나 가능하지 일본에서는 생각할 수도 없는 일이다.

로마 사람들은 종렬주차 하는 솜씨가 특히 뛰어나다. 나는 아내가 시장을 보는 동안 길에 서서, 차들의 종렬주차 하는 모습을 구경하는데 이것도 로마 생활에서 빼놓을 수 없는 즐거움이다. 만약 로마에 가시는 분이 있다면 나는 콜로세움이나 바티칸 미술관보다 이 종렬주차 광경을 구경하라고 권하고 싶다. 말이 필요 없을 정도로 재미있다. 이탈리아 사람들에게도 이 주차 광경은 꽤 재미있는 구경거리인 듯, 내가 서서 구경하고 있으면 걸음을 멈추고 함께 구경하는 사람이 종종 있다.

자동차 한 대가 겨우 들어갈까 말까 한 공간이 있을 때면 정말 흥미진진하다. 얼마 안 있어 차 한 대가 다가온다. 운전자가 속도를 점점 늦춘다. '들어갈 수 있을까?' 하고 가늠해 보는 눈치다. 그러더니 한번 해보기로 마음먹었는지 조금 앞쪽에 차를 세우고는 후진 램프를 켜며 서서히 후진한다. 이때쯤이면 사방에서 구경꾼이 하나 둘씩 모여든다. 대개는 한가로워 보이는 아저씨들이다. 나처럼 아내가 시장을 보는 사이에 멍하니 시간을 보내느라 구경하는 사람도 있다. 일본에서는 팔짱을 낀 채 공사 현장을 물끄러미 바라보는 한가한 아저씨들을 흔히 볼 수 있는데 대충 그 분위기와 비슷하다. 운전자는 대부분 아우토비안치 Y10을 타고 상점가에 쇼핑하러 나온 보통 부인들인데 이 사람들의 운전 솜씨가 기막히게 좋다. 익숙한 손놀림으로 매끄럽게 차의 꽁무니를 밀어 넣고 끼익끼익 하며 재빨리 몇 번 방향을 튼다. 그러고는 아슬아슬하게 쏘옥 들어가는 것이다. 이런 경우는 "브라보!" 소리가 저절로 나온다. 특별히 솜씨가 좋을 때면 박수를 치는 사람도 있다. 모두 고개를 끄덕이기도 하고, "페르헷트(최고)!"라고 환호하기도 한다. 이탈리아 오페라의 아리아를 들을 때와 같다. 부인도 생긋 웃으며 기꺼이 칭찬을 받아들인다. 재미있는 나라다.

반대로 주차 솜씨가 서툰 사람은 노골적으로 바보 취급을 당한다. 물론 서툰 사람도 많다. 서툰 사람은 정말 철저하게 서툴다(서툰 부인은, "어이 아줌마, 집에 가서 파스타나 삶아!" 하고 조롱을 당한다). 한번은 별로 좁지도 않은 곳에 주차를 하려다, 앞에 있는 메르세데스벤츠의 범퍼와 뒤에 있는 시트로엥의 범퍼를 쾅쾅쾅 세 번씩이나 박는 사람을 본 적이 있다. 일본에서 이런 일이 생겼다면 사지가 멀쩡한 채로 집에 돌아가기는 어려울 것이다. 아무리 이탈리아라고 해도 저쯤 되면 그냥 넘어가지는 못할 것으로 생각했는데, 당사자는 아주 태평한 성격인 듯 콧노래를 부르며 시치미 뚝 떼고 어디론가 사라졌다. 이탈리아 사람들은 대개 범퍼는 부딪치기 위해 있는 것쯤으로 생각하기 때문에, 범퍼를 박는 일에는 일본에 비해 훨씬 관대하다. 아무리 그래도 남의 차를 박는 건 결코 칭찬받을 일은 아닐뿐더러, 범퍼를 박고 미안하다는 말로 끝낼 수 있는 것은 기껏해야 한두 번 정도이다. 앞뒤로 세 번씩이나 박고도 말없이 사라지는 건 좀 심하다는 생각이 든다.

언젠가는 시실리에서 상대방의 범퍼를 들이받아 바닥에 떨어뜨린 사람이 있었다. 그 장면을 본 사람은 나와 아내밖에 없었다. 그도 남의 차의 범퍼를 부숴놓았으니 조금은 켕겼는지 우리 쪽을 보며 "무슨 범퍼가 이렇게 약해 빠졌담, 하하하"라고 중얼거리며 황급히 사라졌다.

이중 주차도 빼놓을 수 없는 구경거리이다.

로마의 도로는 주차된 차들로 빈틈이 없으므로 궁여지책으로 거기에다 이중으로 주차하는 사람이 나온다. 심한 경우는 삼중 주차도 있다. 원칙적으로 이중 주차는 차를 세워두고 잠시 일을 보고 오거나, 그 앞 레스토랑에서 밥을 먹고 있다가 여차하면 바로 뛰어나와 차를 빼주거나 할 때 어쩔 수 없이 하게 된다. 따라서 그런 이유에서 이중 주차를 한 경우에는 이중 주차를 당한 사람도 별로 불평은 하지 않는다. 피차 마찬가지이기 때문이다. 하지만 이탈리아 사람이 하는 일이므로 일이 원칙대로 진행되지 않는다 (진행될 리가 없다). 이중 주차를 한 채 어디론가 사라져서는 기다려도 기다려도 오지 않는 인간들이 꽤 많다. 그렇게 되면 이중 주차를 당한 차는 꼼짝달싹 못하는 난감한 상황이 된다. 속수무책이다. 그래서 애꿎은 클랙슨만 눌러대는데 이 소리가 시끄러워서 도무지 견딜 수가 없다. 밥 먹을 때 주변에서 끊임없이 빵빵 소리를 울려대면 불쾌하기 짝이 없다. 그러는 중에 이중 주차를 한 사람이 돌아온다. "이것 참 미안하게 되었습니다" 하고 사과하는 사람도 있지만 아무 말 없는 경우도 있다(대개는 사과하지 않는다. 로마와 사과는 거리가 멀다). 참다 못해 불평을 하는 사람이 있으면 한바탕 싸움이 벌어진다. 일본 같으면 멱살을 잡을 상황이다. 하지만 이 싸움은 어디까지나 말싸움일 뿐이라서 험악한 분위기는 연출되지 않는다. 가끔은 치고받는 싸움이 있을지 모르지만 적어도 내 눈에 띈 적은 없다. 그래서 곁에서 보기에는 꽤 재미있다. "왜 이런 데다 차를 세워두는 거요, 다른 사람이 불편을 겪을 거란 생각이 안 들어요?"라고 피해자가 불평을 하면, 가해자는 "아무튼 돌아왔으니까 그렇게 화를 낼 것까지는 없잖소"라고 받는다. 전혀 기죽지 않는다. 이러니 싸움이 되지 못한다. 더구나 다음 번에는 가해자와 피해자의 입장이 바뀔지도 모르므로 싸움은 전혀 심각해지지 않는다. 각자 하고 싶은 말만 하고는 차를 타고 가버린다.

딱 한 번 콜라 디 리엔초 거리에서 이중 주차 때문에 차를 빼내지 못하고 20분 정도 기다린 젊은 여자가, 휘파람을 불며 나타난 상대 남자에게 몹시 화를 내는 장면을 본 적이 있다. 그러자 남자는 태연한 얼굴로 대답했다. "그래, 이중 주차는 내 잘못이라고 인정하지. 하지만 당신의 그 말투도 나 못지않게 나쁘다구."

재미있는 나라다. 싫증이 나지 않는다.

언젠가는 이중 주차한 피아트를 남자 네 명이 달라붙어서 들어올려 차가 빠져나갈 공간을 만드는 것을 본 적도 있다. 그러나 볼보쯤 되면 이렇게 하기도 어려울 것이다.

란치아

이번에는 아무튼 이탈리아에서 차를 한 대 사려고 생각했다. 그다지 좋은 차는 아니더라도 마음 편하게 유럽을 여행할 수 있는 정도의 차를 원했는데, 별로 크지 않은 이탈리아 차가 좋을 것 같았다.

나는 구형 아우토비안치 112가 귀여워서 마음에 들었지만 아내는 피아트의 열렬한 팬이었다. 둘 다 시내에서 타기에는 문제가 없지만 아우토스트라다를 달려 긴 여행을 할 때를 생각하면 역시 좀 무리일 것 같고 더구나 두 차종 다 새 차 생산이 중지된 상태였다. 여러 가지로 궁리한 끝에, 나는 내 취향에 맞는 란치아의 델타 1600GTie라는 차를 사기로 했다. 이 차는 사이즈도 작고 엔진이 꽤 강력한 반면, 겉모양이 시선을 끌지 않아 내 희망사항을 만족시켜 주는 차였다. 디자인도 깔끔해서 거부감이 없다. 델타 시리즈의 제품 중에서는 중급 정도의 모델이다. 가격은 일본 돈으로 200만 엔 정도지만, 내 경우 세금이 없는 외국인 넘버로 살 수 있으므로 이탈리아에서 지불하는 가격은 150만 엔 정도이다.

이 차를 사는 데는 생각보다 많은 노력과 시간이 들었다. 우선 여러 가지 서류가 필요했다. 게다가 피아트 본사에 있는 란치아 판매원에게 직접 갔으나 영어가 통하지 않아서 결국 우비 씨의 도움을 받게 되었다.

우선 란치아 판매원에게 란치아 1600GT를 사고 싶다고 말한다. 머리는 벗겨졌지만 혈색은 좋은 아저씨다. 파스타를 무척 좋아할 것 같은 전형적인 이탈리아 사람의 얼굴이다. 지금 1600은 재고가 없으며 토리노의 본사에 주문하면 출고되기까지 두 달은 걸릴 것이라고 한다. 이탈리아는 지금 경기가 좋아서 자동차 수요가 엄청나게 늘어나 물량이 많이 딸립니다. 더구나 1600GT는 스포츠카 타입이라 본래 많이 만들지도 않기 때문에 주문한 물건이 여기에 도착하려면 아무래도 그 정도 시간은 걸립니다, 라고 아저씨는 말한다. 무슨 말인지는 알겠지만 우리는 두 달이나 기다릴 수가 없다. 대금을 현금으로 지불할 테니 어떻게든 차를 조달해 달라, 지금 당장 차를 구할 수 있으면 사지만 그렇지 않으면 돌아가겠다고 분명하게 의사를 밝힌다. 이 나라에서는 이 정도로 강력하게 자기 주장을 하지 않으면 아무리 기다려도 자기가 원하는 물건을 손에 넣을 수가 없다.

그렇다면 아는 판매원에게 전화해서 재고가 있는지 알아보죠, 그런데 색은 어떤 색이 좋겠습니까? 라고 그는 말한다. 특별히 좋아하는 색은 없다. 흰색만 아니면 아무 색이라도 상관없다.

한참을 여기저기에 전화를 건 후에야 어렵게 1600GT 한 대를 구했다고 한다. 색은 그릿쵸 퀴르츠 메타르(메탈릭 다크 그레이)이다.

페르헷토, 만족스럽다. 해서 안 되는 일은 없는 법이다.

이름이 벤토리라는 이 판매원 아저씨는 일본 차에 대한 적개심에 불타는 사람이었다. 일본에서 이탈리아 차가 안 팔리는 것은 보호주의 때문이라고 한다. 나도 일본 시장에 그런 경향이 있다는 것은 부정하지 않지만, 그런데도 독일 차가 날개 돋친 듯 잘 팔리는 것을 보면 보호주의 때문만은 아니라고 생각한다. 다소 가격이 비싸도 품질이 좋고 서비스를 잘해 주면 제품은 반드시 팔리는 것이다. 이렇게 말을 할까 하다가 이탈리아 말도 못하고 일단 그런 말을 꺼내면 얘기가 길어지므로 적당히 대답하며 듣고 흘려버렸다. 아무튼 우리는 이번에 란치아에서 나오는 데드라라는 새 차로 일본을 타도할 테니까 두고 봐요, 라고 그는 말한다. 나는 나중에 이 데드라라는 차를 전시장에서 보았는데 아주 볼품없는 차였다. 하기야 사람마다 취향이 다르긴 하겠지만.

차가 내 손에 들어오기까지 일주일이면 된다고 했으나 이런저런 이유로 결국 차가 로마에 도착하는 데 이주일하고도 며칠이 걸렸다. 그러나 여기는 이탈리아이므로 이 정도 늦어지는 것은 지연됐다고 할 수도 없다. 일본에서 이 수준의 차라면 어지간한 것은 내부분 표준 장비로 갖춰져 있을 텐데, 이탈리아에서는 사정이 다르다.

우선 파워 스티어링이 없다. 카 스테레오도 없다. 에어컨도 우측 백미러도 바닥 매트도 없다. 없는 것투성이다. 고작 해야 앞 좌석 창문이 파워 윈도로 되어 있을 뿐이다(믿을 수 없을 정도로 좁고 조작하기 힘든 곳에 조그만 개폐 스위치가 달랑 붙어 있다). 그리고 중앙 로크식인데 시험을 해보니 중앙 로크가 말을 듣지 않았다. 엔지니어에게 보이자 "아 참, 휴즈 넣는 것을 깜빡했군"이라고 한다. 이런 차를 가져가도 괜찮을지 점점 걱정스러워진다.

추가 요금을 지불하고 우측 백미러와 도난 경보기를 부착한다. 두 가지 합해서 가격이 2만 4천 엔. 경보기는 일본에서는 몰라도 이탈리아에서는 절대적으로 필요하다. 이런 차를 누가 훔쳐갈까 싶은 다 낡아 빠진 피아트에도 이 경보기가 달려 있다. 이게 없으면 이탈리아에서는 자동차라고 부를 수 없는 것이다.

카 스테레오는 위험 부담이 아주 커서 장착하지 않기로 한다. 거리에 차를 세워둔 채 잠깐 볼일을 보고 오면 그동안 카 스테레오는 반드시 도난당한다. 그래서 이탈리아의 운전자들은 차에서 내릴 때에는 아예 카 스테레오를 빼서 들고 다닌다. 나는 일일이 그런 귀찮은 일을 하고 싶지 않아서, 카 스테레오는 부착하지 않았다. 카 스테레오를 들고 거리를 걷고 싶지는 않다.

경보기를 장착하는 방법.

경보기는 물론 도난을 방지하기 위한 것이다. 우선 차의 엔진을 끄고 밖으로 나오기 전에 경보기 스위치를 켠다. 그리고 30초 내에 차 밖으로 나와 문을 잠근다. 그렇게 하면 경보기는 울리지 않는다. 차에 탈 때는 훨씬 복잡하다. 문을 열고 들어가 6초 이내에 경보기를 해제시켜야 한다. 그런데 이 경보기 스위치가 터무니없이 눈에 잘 안 띄는 곳에 달려 있다. 하기야 알기 쉬운 곳에 붙어 있으면 도둑이 금방 해제해 버릴 테니까 그건 그 나름대로 문제가 되겠지만. 아무리 그래도 과장이 아니라 정말로 찾기 어려운 데 있다. 냉장고 뒷부분의 좁은 공간으로 손을 집어넣고 더듬더듬 플러그를 뽑는 식이다. 이 동작을 문을 연 후 6초 이내에 잽싸게 해치워야 한다. 마치 '스파이 대작전' 같다. 진땀이 다 난다. 어쩌다 실패라도 할라치면 거짓말처럼 부웅부웅부웅 하는 요란한 소리가 사방에 울려 퍼지는 꼴을 당한다. 이탈리아에서 차를 운전하는 것은 정말이지 보통 일이 아닌 것이다.

다음은 차의 인테리어 디자인. 의외로 빈약한 부분으로 이런 말하기는 좀 뭣하지만, 내장은 서니나 카롤라 급의 일본 차가 훨씬 깔끔하게 처리되어 있다. 란치아는 플라스틱 이음매 부분도 까칠까칠하고 고급스런 느낌이 전혀 들지 않는다. 마세라티 같은 차는 내장이 무척 훌륭하지만 이탈리아 차라도 대중적인 차의 경우는 문제가 조금 있다. 이렇게 적당히 만들어놓고 보호주의가 어쩌고 저쩌고 할 입장인가 하는 생각이 든다. 특별히 란치아 차를 좋아하는 사람을 제외하면 일본 소비자의 대부분은 굳이 비싼 돈을 들여 이런 차를 사지는 않을 것이다. 같은 가격으로 비교도 안 되게 좋은 일본 차를 살 수 있으니 당연하지 않은가.

내장에 대해 이러쿵저러쿵 불평을 한 후, 연료계를 들여다보니 연료가 전혀 들어 있지 않다. 바늘이 0에 가깝다. "연료가 얼마 안 들어 있으니까 조금 가다가 바로 넣으세요. 너무 많이 달리면 금방 바닥날 테니까요"라고 공장 사람이 태연하게 말한다. 농담도 분수가 있지, 시계를 보니 벌써 1시가 넘었다. 주유소가 문을 닫을 시간이다. 자동식 셀프서비스 주유소가 있기는 하지만, 어쨌든 지금부터 눈을 크게 뜨고 주유소를 찾아야만 하는 것이다. 정말 너무하다. 친절함이라고는 눈곱만큼도 없다.

다행히 휘발유가 떨어지기 전에 그럭저럭 셀프서비스 주유소를 발견하여, 일단 1만 리라(1천 엔)어치 휘발유를 넣었다. 이제 됐다. 비아레 만초니 거리에서 담 쪽의 지하도로 들어가, 포포로 문 옆을 지나고 테베레 강을 건너서, 콜라 디 리엔초를 지나 리소르지멘토 광장으로 갔다가 집으로 돌아온다. 한창 혼잡한 점심시간이다. 그리고 정오가 되기 전부터 로마에는 세찬 비가 쏟아지고 있다. 덕분에 새로 산 차가 흙투성이가 되었다.

차의 상태는 아주 좋다. 이제 막 뽑아낸 따끈따끈한 새 차답다. 액셀러레이터를 밟으면 엔진이 트위이이이이 하는 기분 좋은 소리를 내고 핸들은 가볍게 꺾인다. 브레이크도 오차 없이 말을 잘 듣는다. 서스펜션이 조금 딱딱하기는 하지만 느낌은 좋다.

란치아 델타 1600GTie, 이 차가 내가 처음으로 산 기념할 만한 차이다. 과연 앞으로 문제없이 잘 굴러가 줄지 궁금하긴 하지만.

로도스

5월 말에 그리스 정부 관광국의 초대를 받아 그리스의 로도스 섬에 갔다. 식비며 교통비 등을 상대가 부담하는 형식으로. 조건은 그리스의 사진을 찍어서 가을에 도쿄에서 개최되는 사진전에 참가하는 것이었다. 그리스 국내의 어디를 가든 무슨 사진을 찍든 상관없었다. 나 말고도 열 명 정도가 의뢰를 받았다고 한다. 나는 귀찮은 일은 딱 질색이기 때문에 사진을 즐겨 찍지는 않지만, 아내가 찍은 것이라도 괜찮다고 하기에 받아들였다(단, 아내는 앵글이나 광선, 그림자 같은 것에 대해서는 이러쿵저러쿵 까다로우면서도 필름은 바꿔 넣지 못하는 사람이다). 참가자에게는 항공권과 일주일치 경비가 나오는데, 우리는 이미 유럽에 있으므로 그 대신에 로도스에 주방이 딸린 호텔에 반달쯤 공짜로 묵게 해준다는 것이다. 우리는 이 조건이 대단히 고마웠다. 로도스에 가서 느긋하게 에게 해의 초여름을 즐기려고 생각했다.

우리는 로도스에 두 번째 오는데(나는 세 번째) 전번에는 12월에 왔었다. 어차피 비수기라서 호텔도 레스토랑도 상점도 90퍼센트 정도는 닫혀 있었고, 관광객도 거의 볼 수 없었다. 날씨도 별로 좋지 않았다. 매일같이 촉촉히 비가 내렸다. 로도스의 겨울비는 정말 소리 없이 내린다. 그리고 그 직전까지 여기서 EC 수뇌회담이 개최되어 콜 수상이니 대처 수상이니 미테랑 대통령 같은 사람들이 머물렀기 때문에 온통 경찰투성이였다. 경비를 하고자 그리스의 모든 경찰이 이곳에 집결해 있는 것이다. 하지만 그들도 일을 마치고 우리와 엇갈리다시피 하며 섬에서 나갔다. 로도스는 축제 다음 날 같은 분위기였다. 우리가 묵은 호텔은 중요 인사들을 접대하느라고 피곤했는지 종업원들이 모두 몹시 지쳐 있었다.

겨울이라고는 해도 로도스는 바람이 그다지 강하게 불지 않고 미코노스보다 훨씬 포근해서 지내기도 좋다. 결코 따뜻한 편은 아니지만 추운 정도가 다르다. 녹음이 많아서 경치도 그런대로 분위기가 있다. 비교적 여성적이며 온화한 섬이다. 우리는 이 섬이 꽤 마음에 들었지만 그래도 계절적으로 너무 쓸쓸했다. 그래서 다음에는 여름에 다시 오려고 생각했던 것이다.

*

로도스 공항의 바제트 렌트카 카운터에서 검은 피아트 우노를 빌린다. 우노는 단순하면서도 기능이 좋아서 내가 좋아하는 차인데 하필이면 내가 빌린 차가 상당히 문제 있는 차였다. 스몰 라이트가 켜지지 않았고, 점화 플러그가 낡아서 좀처럼 시동이 걸리지 않았으며, 사이드 브레이크가 거의 말을 듣지 않는 상태였다. 언덕길에 세워두고 잠깐 일을 보고 돌아왔더니 세워놓은 곳에 차가 없었다. 이상해서 사방을 둘러봤더니 언덕 밑의 철조망에 처박혀 있었다. 이런 차를 손님에게 대여하는 걸 보면 참 대단하다 싶다. 너무하지 않느냐고 따지러 갔더니 "아이고, 미안합니다"라며 선선히 다른 우노와 바꿔주었다. 바꿔준 것까지는 좋았는데 새로운 차도 전의 것과 거의 마찬가지 수준이었다. 점화 플러그의 상태도 그렇고, 여러 가지 경고 램프가 차가 흔들릴 때마다 켜지기도 하고 꺼지기도 한다. 사이드 브레이크는 확실히 성능이 괜찮았지만 이번에는 주 브레이크를 밟을 때마다 병아리를 목 졸라 죽이는 것 같은 비통한 소리가 난다. 당연한 일이지만 굉장히 신경이 쓰인다. 어느 모퉁이 바로 앞에서 브레이크 패드 같은 것이 퍽 하고 떨어져 나가기라도 하면 어떡하나 하는 공포가 늘 따라다닌다. 이럴 바에는 차라리 사이드 브레이크가 말을 듣지 않는 차가 나았을지도 모르겠다.

그렇지만 달리 방법이 없으므로 이 고물 피아트를 운전하며 섬 안을 돌아다니게 되었다. 한번은 닛산 체리를 탄 아저씨가 길에서 우리를 불러 세운 적이 있다. 무슨 일인가 했더니 "너는 왜 일본인이 그런 피아트 같은 별 볼일 없는 차를 타고 다니냐? 나는 계속 닛산을 타고 있는데 세상에서 이렇게 좋은 차는 다시 없을 것이다. 잘 달리고 고장도 없고 연비도 좋다"며 일장 훈계를 했다.

로도스는 차로 달리기에는 딱 알맞은 크기의 섬이다. 섬을 한 바퀴 도는 도로는 해안을 따라 나 있어서 매우 전망이 좋고 한산하다. 적당한 해변이 있으면 수영도 할 수 있고 느낌이 괜찮은 음식점이 있으면 그곳에서 카라마리(생선) 튀김과 샐러드를 먹을 수도 있다. 맥주를 마시고 운전했다고 해서 뭐라고 말할 사람은 아무도 없다.

시간적으로 여유가 있었으므로 섬을 구석구석까지 돌았다. 그러다가 마음에 드는 레스토랑을 발견했다. 에프터 비게스(일곱 개의 폭포)라는 곳으로, 이 집은 린도스로 가는 도중에 오른쪽으로 꺾어진 산속에 있다. 여기는 매우 독특한 레스토랑으로 아름다운 계곡을 따라서 테이블이 놓여 있어, 웨이터는 요리를 가지고 이 바위에서 저 바위로 깡충깡충 뛰어다니며 음식을 나른다. 그릴 요리가 특히 인기가 있어서 주방 굴뚝에서는 고기와 생선을 굽는 연기가 뭉게뭉게 피어오르고 있다. 아주 좋은 냄새다. 그리고 여기에는 공작새가 많다. 왜 이런 곳에 공작새가 있는지는 잘 모르지만 여하튼 한 다스 정도의 공작새들이 숲에 정착해서 살고 있다. 레이먼드 카버의 단편소설 〈날개〉에 반야생화한 공작새 이야기가 나오는데 이곳에 와보고 나도 그 이야기의 분위기를 잘 이해할 수 있었다. 공작새들이 나뭇가지에 올라앉아 식탁의 손님을 내려다보면서 그 소설에 나오는 대로 "메오 메오!" 하고 크게 울어댄다. 그러고 보니 카버 씨도 로도스에 온 적이 있다. 그는 상당히 이 섬을 좋아한 듯 로도스를 소재로 시도 몇 편인가 썼다. 어쩌면 그도 이 에프터 비게스에 와서 공작을 보고 그 이야기를 생각했을지도 모르겠다. 문득 그런 생각이 들었다. 그런저런 생각을 하느라 요리의 맛이 어땠는지는 완전히 잊어버렸다. 나쁘지 않았다는 기억은 있지만.

우리는 겨울에 왔을 때도 이 에프터 비게스에 들렀는데, 그때는 레스토랑의 문이 닫혀 있었고 공작새들만 수비대처럼 근처를 배회하고 있었다. 우리가 앞으로 다가가면 공작새들은 일제히 날개를 퍼덕이며 "메오 메오!" 하고 위협했다. 그때도 색다른 곳이라고 생각은 했지만 여름철에도 상당히 특이한 곳이었다. 만약 로도스에 갈 기회가 있다면 '에프터 비게스'에 꼭 한 번 들러보기 바란다. 무척 재미있는 곳이다. 이곳을 기점으로 하여 아름다운 계곡을 따라 산속을 하이킹할 수도 있다. 로도스에는 풍부한 샘이 있어, 그리스의 섬 중에서는 예외적이라고 해도 좋을 만큼 물과 녹음이 풍성한 곳이다.

*

옛 시가지(old city)에는 음식점들이 줄줄이 늘어서 있다. 항구 근처라서 신선한 생선류를 먹을 수 있는 곳이 많다. 비싸고 고상한 음식점도 있고 싸고 서민적인 음식점도 있다. 나는 고상한 음식점을 그다지 좋아하지 않기 때문에 싼 음식점을 돌면서 맛있는 곳을 찾아다녔다. 옛 시가지는 그런 노력이 제대로 보상받는 곳이다. 이름은 잊어버렸지만 중심지에서 가까운 골목길을 하나 들어간 곳에 매우 맛있는 냄새가 나는 생선구이 가게를 발견했는데, 일본으로 말하자면 골목길 안의 선술집이나 꼬치 안주집 같은 느낌의 음식점이다. 입구에 들어서면 바로 큰 숯불 석쇠가 있고, 그 석쇠 아래에는 언제나 이글이글 타는 숯이 들어 있다. 그 앞에서는 러닝셔츠 바람의 아저씨가 와인을 홀짝홀짝 마시면서 생선이 어느 정도 구워졌는지 살피며 꼬챙이를 뒤집어놓고 있다. 그 옆에는 신선한 생선을 넣어놓은 진열장이 있다. 진열장 앞에서 손님이 "이것을 주세요" 하고 고르면 아저씨는 그 생선을 굽는다. 음식점은 세 사람이 경영하고 있다. 영어를 할 줄 모르는 숯불구이 담당 아저씨와 영어를 하는 웨이터 아저씨와 안에서 샐러드 따위를 만드는 아주머니, 이렇게 세 사람이다. 겨울철에 왔을 때는 영어를 할 줄 아는 웨이터 없이 둘이서 하고 있었는데 관광철이 되자 한 명이 늘어났다. 이들 세 사람의 관계는 잘 모르지만, 어쨌든 이 집의 숯불구이 생선은 매우 맛있다. 생선은 뭐니 뭐니 해도 숯이 충분한 상태에서 굽는 것이 가장 좋다. 가격도 싸다. 방금 잡아 올린 낙지 한 마리와 작은 오징어를 세 마리 구워 먹고 샐러드와 감자 튀김를 먹고, 레치나 와인을 한 병 마시고, 그냥 주는 빵까지 배가 부르게 잔뜩 먹고도 1천 5백 엔 정도이다. 게다가 몇 번 가니까 덤으로 복숭아까지 후식으로 주었다. 이 가게에 갈 때는 휴대용 간장을 가지고 가면 아주 좋다. 갓 구운 생선이나 오징어에 레몬즙을 충분히 뿌리고 가져온 간장을 몰래 살짝 뿌리면(물론 당당하게 해도 되지만) 정말 무지무지하게 맛있다.

이 생선구이 가게에는 근처에 사는 사람들이 각자 생선을 가지고 오기도 한다. 숯불로 굽기 위해서다. 굽는 요금을 지불하는지는 나도 모르겠다. 그렇지만 내가 본 바로는 아무도 돈 같은 것을 지불하지는 않았다. 아마도 서비스 차원에서 하는 것이리라. 세상 돌아가는 이야기를 주고받으며 고기를 굽고, 맛있게 구워지면(정말로 맛있게 보인다) "자 그럼" 하고 돌아간다. 그리고 집에서 가족끼리 그것을 먹는 것이다. 그러고 보면 일본에서도 옛날에는 남에게 받은 생선이 있으면 근처 생선가게에서 서비스로 잘라주기도 했다. "이거 미안합니다" 하고 가지고 가면 "뭘요, 괜찮아요"라며 척척 잘라주었다. 그것과 같은 이치다. 그리스에서는 이 외에도 근처 주민들이 오븐이 필요할 때는 빵집의 화덕을 빌리기도 한다. 내 생각에는 빵에 요리 냄새가 배어 맛이 떨어지지 않을까 걱정되는데, 여기 사람들은 그런 작은 일에는 별로 신경을 쓰지 않는 듯하다. 대범한 것이다. 나는 그다지 대범한 사람이라고는 할 수 없지만, 이런 일에 대범한 것은 매우 좋은 일이라고 생각한다.

*

우리가 묵은 호텔의 지배인이 나와 아내를 호텔 레스토랑의 저녁식사에 초대했다. 정부 관광국 쪽에서 일본인 작가가 그곳으로 가는데 잘 부탁한다고 한 모양이다. 지배인은 스파누디스 씨라는 30대 초반 정도의 사람이다. 상당히 큰 호텔이므로 이 나이에 지배인이 되는 것은 이례적인 발탁이 아니었을까 싶다. 그는 아버지의 직장 문제로 이집트에서 태어났고, 파리의 대학에서 공부한 덕분에 4개 국어를 유창하게 말하는 국제적인 인텔리였다. 그리스적인 여피족이라고 해도 좋을 것이다. 우리를 위해 준비한 요리도 정통 그리스 요리에서부터 특별히 만든 일본식 새우튀김까지 상당히 정성을 들인 호화로운 것이었다.

그러나 이 스파누디스 씨는 식사하는 동안 내내 우울한 표정이었다. 아무래도 호텔의 영업 실적이 좋지 않은 모양이다. 로도스에 오는 사람들은 영국인이 제일 많고 다음이 북유럽 사람과 독일 사람순입니다, 하고 그는 말한다. 그중에서도 돈 있는 영국인 노부부가 주류를 이루고 있었지요. 그런데 얼마 전에 영국의 세금 제도가 바뀌어서 연금에 세금이 붙게 되자 영국인의 발길이 뚝 끊어지고 말았습니다. 로도스 사람들은 가만히 있어도 관광객은 온다고 믿고 있었기 때문에 지금까지 기업 차원에서의 노력은 약간 게을리하고 있었습니다. 그러다 보니 다시 찾아오는 관광객의 수가 조금씩 줄어들고 있습니다. 안타깝게도 한 번 왔던 사람에게 다시 오고 싶은 마음을 갖게 하지 못했던 것이지요. 어중간하게 개발되어 소박함은 사라지고, 그렇다고 세련되지도 않은 어려운 상황에 처해 있는 겁니다. 그래서 로도스에는 한 번 갔으니까 이제 더 이상 갈 필요 없다는 사람이 늘어나고 있습니다. 게다가 다른 나라들도 관광산업에 본격적으로 나서기 시작한 것입니다. 관광산업에 제대로 자본을 투자하면 반드시 그만큼 되돌아온다는 것을 다른 국가에서도 깨닫기 시작한 것이죠. 더구나 외화가 현금으로 들어오니까요. 터키나 튀니지, 스페인, 유고슬라비아 같은 나라들이 그렇습니다. 그런 나라들은 일단 물가가 쌉니다. 옛날에는 그리스도 물가가 싸다는 이유로 외국인 관광객을 끌어들였습니다만, 최근에는 그렇지도 않아요. 싸다는 점에서는 그런 관광 후진국들에게 우리는 도저히 대적할 수 없습니다. 특히 독일인들이 그런 쪽에 민감한 경향이 있습니다. 굳이 그리스에 가지 않더라도 유고에도 아름다운 해변은 있지 않느냐는 식이지요. 그래서 로도스에 오는 관광객의 수는 한계점에 달했다고 할까, 점차 상황이 악화되고 있다고 해도 좋은 형편입니다. 그런데도 호텔만 마구 세웠기 때문에 당연한 결과로 침대가 남아돌게 된 것입니다. 60퍼센트 정도밖에 사용되지 않고 있어요. 엄밀히 계산하면 그래 가지고는 수지가 맞지 않습니다. 신중하게 생각해야 할 문제입니다.

관광은 정말로 힘든 사업입니다. 경쟁도 심해졌지만 그뿐 아니라 조그만 일에도 엄청난 타격을 받을 수가 있습니다. 예를 들어 미국인을 겨냥한 테러가 있다고 하면 미국인들의 발길이 뚝 끊기는 겁니다. 전염병이 돌아도 지진이 있어도 정세가 불안정해도 손님은 오지 않습니다. 바다가 오염되면 아무도 수영하러 오지 않습니다. 체르노빌 원폭 사고의 영향도 있었습니다. 우리는 항상 위험을 등에 업고 살아가고 있는 것입니다. 힘들어요. 정말 힘듭니다. 위통이 일어날 지경입니다.

당신들은 그리스는 관광자원이 풍부하니까 관광에 중점을 두어 나라를 발전시키면 된다고 말합니다. 하지만 국가를 그런 식으로 만들면 매우 위험합니다. 방금 전에도 말씀드렸듯이 사소한 우발적인 상황변화에도 국가재정이 흔들릴 수도 있기 때문입니다. 우리는 그보다 생산을 중심으로 하는 안정된 국가를 만들고 싶습니다. 그래서 우리가 이번의 통합 유럽 시장에 참가하는 것은 좋은 일이라고 생각합니다. 처음에는 여러 가지 힘든 일도 많을 것입니다. 독일이나 프랑스, 영국 등에 비하면 우리나라의 경제는 비교가 되지 않을 정도로 빈약하니까 일시적으로는 큰 타격을 받게 될지도 모릅니다. 인플레가 될지도 모릅니다. 그런 이유로 통합 시장 참가에 반대하는 사람도 있습니다. 하지만 나는 그렇게 생각하지 않습니다. 장기적으로 보면 이것은 좋은 선택입니다. 우리는 유럽 공동체의 일원으로서 살아가야 합니다. 결코 평탄한 길이 아닌 것은 확실합니다만.

*

우리는 음음 하고 고개를 끄덕이면서 스파누디스 씨의 이야기를 듣고, 새우튀김을 먹었다. 섬에서 생활하는 것도 보기에는 편한 것 같지만 여러 가지로 힘든 일이 많은 모양이다. 우리로서는 여러 가지 문제가 말끔히 해결되어 스파누디스 씨가 싱글벙글 웃으며 밝은 이야기를 할 수 있는 날이 오기를 바랄 뿐이다.

힘들다 힘들다 해도 사람을 부리는 것처럼 힘든 일도 없습니다, 하고 스파누디스 씨는 말한다. 호텔 경영은 성실하게 일하는 사람을 얼마나 확보할 수 있는가에 달려 있습니다. 그런데 그게 쉽지가 않아요. 성실하게 일하지 않는 사람이 너무 많아서 머리가 아플 정도입니다.

스파누디스 씨는 우리에게 항상 과일이며 와인이며 통조림 같은 것을 서비스해 주는 등 신경을 많이 써주었다. 늘 생각하는 일이지만 그리스인은 정말 진지한 사람들이다. 특히 지식층의 사람들은 언제나 뭔가를 진지하게 생각하고 있다. 지나치게 생각을 많이 해서 점점 어두운 세계로 빠져들어 버리는 경향도 없지 않아 있다. 영광스러운 역사를 가진 그리스인이라는 사실에 자부심을 가지면서도 현실적으로 국가가 안고 있는 문제를 생각할 때마다 그들은 분열적으로 암울해져 가는 것 같다. 이탈리아인들처럼 무턱대고 자신에게 편한 것만 생각하며 재미있고 즐겁게 살아가자, 는 식으로는 생각할 수 없는 것이다. 그런 점은 안됐다는 생각이 든다. 그리고 보면 조르바(《그리스인 조르바》를 말함—역주)도 언뜻 보기에 마음 편하게 사는 것처럼 보이면서도, 꽤 철학적이다.

하루키 섬으로

하루키 섬으로 가기로 한다. 만약 당신과 같은 이름을 가진 작은 섬이 에게 해에 있다면 당신도 한번쯤 그곳에 가보고 싶지 않을까?

정확히 말하면 하루키 섬은 HARUKI 섬은 아니다. 영어식으로 표기하면 KHALKI가 된다. KHA는 대개 카와 하의 중간(징기스 KHAN의 KHA이고), 루는 R이 아니라 L이다. 그렇지만 그리스인의 발음을 들으면 정상적으로 발음한 일본어의 '하루키'에 굉장히 가깝고, 내가 일본어로 '하루키'라고 해도 아무 문제 없이 통한다. 그러니까 나와 같은 이름의 섬이라고 해도 별문제 없을 것 같다.

하루키 섬은 에게 해의 터키 연안을 따라서 펼쳐지는 도데카네스 군도의 열세 개 섬 중 하나이다. 도데카네스란 그리스어로 '열두 개의 섬'이란 뜻인데, 이 군도에는 사람이 살고 있는 섬이 전부 열세 개 있다. 영어에서는 13이라는 숫자를 싫어해서 열세 개째인 것을 '빵집의 덤(Baker's dozen)'이라고 하는데 이 도데카네스가 바로 그런 것이다. 열세 개째에 해당하는 것이 카스텔리초라는 섬으로, 이 섬은 다른 열두 개 섬이 동맹을 결성하여 대터키 독립전쟁에 나설 때 조금 늦게 열두 개 섬 동맹에 가담했기 때문에, 혼자만 빵집의 덤이 되어버린 것이다.

그런데 이 하루키 섬은 도데카네스 중에서도 로도스 섬에 가장 가깝고, 따라서 당연하지만 로도스에서 가는 것이 가장 빠르다. 섬에는 공항이 없기 때문에(공항은 고사하고 버스 정류장도 없다) 배로 가는 수밖에 없다. 가는 방법은 두 가지이다. 우선 로도스 마을의 항구에서 크레타행 대형 선박을 타고 가는 방법이 있다. 이 배는 도중에 하루키 섬에 들러서 가기 때문에 거기서 내리면 된다. 다만 일주일에 두 편밖에 없어서 조금 불편하다. 또는 로도스 마을에서 서쪽 해안을 따라서 45킬로미터 정도 남쪽으로 간 곳에

있는 스카라 카미로스라는 작은 항구에서 소형 선박을 타고 건너
는 것도 가능하다. 스카라 카미로스까지 가기가 꽤 힘들긴 하지만
여기서는 배가 매일 출항한다.

우리는 이 스카라 카미로스까지 가서 배를 타기로 했다. 지도에
서 보면 이 스카라 카미로스는 마을처럼 보이지만, 실제로 가보면
전혀 마을 같은 것이 아니다. 그곳에는 단지 작은 선착장이 덜렁
있을 뿐이다. 선착장 외에는 빈 터와 같은 주차장과(여기에 차를
두고 배를 타고 간다) 생선을 먹을 수 있는 음식점이 세 개 있는데
인가는 아무리 둘러봐도 전혀 보이지 않는다. 배를 기다리는 손님
은 타베르나에 앉아서 와인이나 맥주를 마시면서 볕을 쬐고 있다.
여기서는 볕을 쬐는 것 외에는 달리 할 일이 없다. 관광객의 모습
이라곤 거의 찾아볼 수가 없다. 일용품을 사기 위해 로도스에 온
듯한 하루키 섬 주민들만 무덤덤한 표정으로 자기 집에 돌아가는
정도이다.

일요일만 빼고 하루키행 배는 오후 3시에 이 스카라 카미로스
항구를 떠났다가 다음 날 오전 7시에 돌아온다. 배는 두 척 있다.
한 척은 '하루키호', 다른 한 척은 '아프로디테호'이다. 이 두 척
의 배는 전혀 다른 사람이 경영하고 있는데, 무슨 이유에서인지
같은 장소에서 같은 시간에 떠나고 있다. 둘 다 오후 3시에 출항
해서 오전 7시에 돌아오는 것이다. 시간을 달리하면 이용객도 편
리하고 쓸데없이 손님 끌기 경쟁을 하지 않아도 될 텐데, 이 배들
은 정확히 같은 시간에 운항하고 있는 것이다. 정말이지 이해할
수가 없다.

'하루키호'는 '아프로디테호'보다 조금 더 아름다운 배로, 그나마 관광객을 위해 어느 정도는 노력을 기울인 것 같은 느낌을 준다. 객실도 청결하고 갑판도 넓다. 편도 요금이 650드라크마이다. '아프로디테호'는 승객 외에 야채며 일상 잡화 같은 화물도 싣는다. 차도 실을 수 있다. 요금은 500드라크마. 우리는 '하루키호'를 타기로 했다. 이름에 끌리기도 했지만 가장 큰 이유는 선장이 스가와라[菅原] 씨와 닮은 사람이었기 때문이다. 스가와라 씨는 독자들은 물론 모르겠지만, 전에 내가 살던 치바[千葉] 집의 담을 쌓아준 미장공이다. 매우 성실하게 일하는 친절한 아저씨여서 우리는 꽤 친하게 되었다. 이 정원에는 라일락이 어울려요, 라고 말하고는 일부러 라일락 나무를 가져다 심어주고 우리가 없을 때에는 물을 주러 오기도 했다.

이 그리스인 스가와라 씨도 매우 친절한 사람으로, 우리가 출발 시간 전에 가자, 올라오라면서 배의 주방에서 커피를 끓여주었다. 그러고는 섬에서 묵을 곳이 없으면 배의 벤치에서 자도 괜찮아요, 하고 말했다. 아주 순박한 섬인 모양이다.

전부 해봐야 손님 열 명에 승무원 세 명. 이래서야 연료 값이라도 나오는지 남의 일이지만 걱정이 되었다. 어쨌든 배는 3시에 출발한다. '아프로디테호'도 그 후에 곧 출항한다. 두 척의 배는 속도도 항로도 서로 합의라도 한 듯 똑같았다.

배는 작은 무인도 사이를 이리저리 빠져나간다. 스가와라 씨는 조종실에서 아주 진지한 얼굴로 조종대를 잡고 있다. 6월 초의 바람은 아직 서늘하지만 햇빛은 따뜻해서 기분 좋다. 가루를 뒤집어 쓴 듯한 하얀 바위에 포도색 파도가 밀려와서 소리도 없이 하얗게 부서진다. 언제 보아도 아름다운 광경이다. 배 위 갑판에 벌렁 누워 엔진 소리를 들으면서 시간의 흐름에 대해 생각하다가(생각해 봐야 별수 없는 일이지만 왠지 자꾸 생각하게 된다) 꾸벅꾸벅 잠이 들었다. 눈을 뜨고 보니 벌써 앞에 하루키 섬이 보였다.

하루키 섬은 아주 작은 섬으로, 마을이라고 부를 수 있는 곳은 단 한 군데밖에 없다. 나머지는 산과 거친 땅뿐이다. 길도 변변치 않다. 길이 없기 때문에 차도 거의 없다. 배와 당나귀가 이 섬의 주요 교통 수단이다. 통통통통— 하는 어선의 엔진 소리가 이 섬의 거의 유일한 소음이다.

마을은 항구를 둘러싸듯이 펼쳐져 있다. 항구는 언덕에 둘러싸여 있는데 절구처럼 생긴 그 완만한 경사면을 따라서 집들이 어깨를 맞대듯이 모여 있는 모습이 무척 아름답다. 모든 집들이 사각에다 하얗고 그 위의 불그스름한 색조의 지붕은 완만한 삼각형이다. 하얀 벽에는 세로로 긴 창문이 규칙적으로 늘어서 있다. 건물이 거의 같은 형태로, 일본의 집들처럼 각각 제멋대로의 모습과 색상이 아니다. 하얀 벽, 빨간 지붕, 사각형, 세로로 긴 창. 창틀과 덧문과 문의 색상만 집집마다 다르다. 코발트 블루나 선명한 녹색이나 토마토 같은 빨강이나 사몬 핑크로 칠해져 있다. 멀리서 보면 과자상자들이 늘어서 있는 것처럼 보인다. 아름다운 교회가 있고 매우 훌륭한 석조 시계탑이 있다(15분 늦다). 집들 위에는 새파란 하늘이 펼쳐지고 짙푸른 조용한 바다에 집들의 모습이 살짝 비치고 있다.

그것이 하루키 섬이다. 나는 이 섬이 첫눈에 마음에 들었다.

하루키 섬에는 몇 군데의 민박과 호텔이 한 개 있다. 민박은 선착장 바로 앞에 있고, 호텔은 그곳에서 항구를 따라 10분 정도 걸어간 곳에 있다. 배에서 내리자 작은 여자아이들이 몇 명 다가와서 "Room?" 하고 수줍은 듯 묻는다. "Yes" 하고 말하자 생긋 웃으며 자기 집으로 데려간다. 가격은 대개 더블 침대 방에 1천 엔 정도. 불결하다고 할 정도는 아니지만, 그렇다고 청결하지도 않다. 지극히 평범한 그리스의 민박이다.

항구 앞에는 음식점이 세 개 나란히 있다. 그리고 가판점이 하나 있어, 곱추 청년이 의자에 앉아서 신문을 팔고 있다. 각종 잡화를 파는 작은 상점이 있고 빵집 같은 것이 있다(그랬던 것 같은데 확신은 없다). 그 외에 가게라고 할 수 있는 것은 아무것도 없다. 우리들이 어슬렁어슬렁 걷고 있자니 스가와라 씨가 와서, 이봐요? 뭐라도 한잔 합시다, 하고 말했다. 그래서 나와 아내는 스가와라 씨와 함께 타베르나에 들어가 맥주를 마셨다. 스가와라 씨는 하루키 섬의 주민이다. 이 섬에 집이 있고 부인과 자식이 있다. 배는 자기 소유이다(틈만 나면 배를 닦고 있는 것으로 보아 아마도 그럴 것이다).

여기 인구가 3백 명이라고 가르쳐준 사람도 스가와라 씨다. "하지만 옛날에는 이곳에도 2만 명 정도가 살고 있었지" 하고 그는 말한다. "모두가 스폰고 채집가였어."

"스폰고?"

"응, 스퐁고."

잘 들어보니까 스퐁고란 해면을 가리키는 것이었다. 말하자면 스펀지이다. 이 주변의 섬 주민들은 대부분 해면 채취 전문가로서, 이것이 예전에는 상당히 큰 돈벌이가 되었다고 한다. 그러나 인공 스펀지가 생기고 해면이 옛날만큼 채취되지도 않아 생활이 곤란해지자(바위투성이의 좁은 섬은 농사에도 적합하지 않다), 모두가 미국으로 이민을 가버렸다고 한다. 섬에 남아 있는 사람들은 대부분 어업에 종사하고 있다. "미국에 간 사람들은 거의가 플로리다에서 해면을 채취하고 있지" 하고 스가와라 씨는 말한다. 플로리다에 타폰 스프링이라는 마을이 있는데, 그곳에 하루키 섬 출신들이 모여 공동체를 이루어 살고 있다고 한다. 이 섬 사람들은 자부심이 강한 해면 채취 전문가인 것이다.

스가와라 씨는 우리들에게 맥주를 사주었다.

우리가 먹은 만큼 돈을 지불하려고 하자, 웨이터가 고개를 흔든다. "됐어요, 그냥 두세요. 이 선장님은 조금 머리가 이상한 사람이니까요" 하고 말하고는 씩 웃는다. 고맙게 얻어먹기로 했다.

그리고 나서 우리는 작은 언덕을 넘어 해변까지 걸었다. 언덕의 경사진 길을 올라가면, 돌로 지은 집들이 양쪽으로 늘어서 있는데 거의가 폐옥이다. 어떤 집은 문이 굳게 닫혀 있다. 아마도 그 집주인은 정기적으로 플로리다에서 돌아오는 사람으로, 집을 비우는 동안은 장기적으로 잠가두는 모양이다. 또 어떤 집은 반쯤 부서지고 뜰에는 잡초가 무성해 있다. 인기척이라고는 없다. 버려진 채 방치되어 있다. 마을 변두리에는 그런 죽은(또는 가사 상태의) 집들이 늘어서 있다.

해변에서 돌아오는 길에 시계탑 근처의 언덕길에서 어떤 할머니와 스쳐 지나가게 되었다. "안녕하세요" 하고 인사하자 할머니는 기쁜 듯이 싱긋 웃고는, 앞치마 주머니에서 무화과를 꺼내 나와 아내에게 두 개씩 주었다. 걸쭉하게 즙이 많은 무화과였다. 하루키 섬은 매우 평화로운 섬이어서, 타지에서 온 사람이 있으면 모두 친절하게 이것저것 준다. 이런 분위기는 지금은 그리스에서도 진짜 시골이 아니면 남아 있지 않다.

그리고 하루키 섬에 대해 기억나는 것은 새벽녘에 닭이 엄청나게 크게 우는 소리에 눈을 뜬 일이다. 이렇게 무지막지한 닭 울음소리는 처음 들었다. 아무튼 섬 안의 모든 닭들이 아직 날이 밝기도 전에(시계를 보니 4시 45분이었는데 그리스는 서머 타임이므로 실제로는 4시 전이다. 완전히 어둡다) 일제히 "꼬끼오!" "꼬꼬댁 꼬꼬댁!" 하고 목청을 높여 울어대는 것이다. 어지간히 폐활량이 큰 닭들인 모양이다. 마치 파리 코뮌처럼 굉장한 소동이었다.

우리는 그날 아침 배를 타고 로도스로 돌아왔다. 스가와라 씨가 배를 몰고 우리는 또 갑판에서 잠을 잤다. 승객은 전부 열 명이었다. 결국 우리는 하루키 섬에 하룻밤 머물렀을 뿐이다. 매우 느낌이 좋은 섬이고 좀더 오래 머물 수도 있었지만, 동시에 그만 돌아가도 좋겠다는 느낌도 들었다. 하루키 섬은 매우 소박하고 조용한 섬이었다. 그곳에는 친절한 선장 스가와라 씨가 살고 있고 차 대신에 당나귀가 활약하며, 해면 채취가들이 남기고 떠난 텅 빈 집들만 늘어서 있으며, 우연히 스쳐 지나가던 할머니가 싱긋 웃으며 무화과를 주었다. 나쁘지 않다. 나는 나와 같은 이름을 가진 섬이 그런 곳이라는 사실에 만족하고 안심도 했다.

그래서 우리는 다음 날 아침에는 로도스로 돌아왔다.

카르파토스

로도스 섬에 있는 동안 거의 신문을 읽지 않았다. 아침에 일어나면 해변으로 나가 일광욕을 하고, 구시가지를 산책하거나 베란다에 앉아서 하루 종일 책을 읽었다. 《감정 교육》과 《장미의 이름》 등 가지고 온 책들을 닥치는 대로 읽었다. 이런 생활을 하다 보면 신문을 읽고 싶은 생각이 들지 않는다. 세상이 어떻게 돌아가든 알 바 아니라는 배짱이 생긴다.

6월 6일, 오랜만에 신문을 사서 읽었다. 우리는 기분전환 삼아 카르파토스 섬으로 짧은 여행을 떠나려고 로도스 공항으로 갔다. 그리고 비행기를 타기 전까지 남는 시간에 매점에서 《헤럴드 트리뷴》을 사 읽은 것이다.

그런데 이 6월 6일자 신문은 거의 숙명적이라 해도 좋을 만큼 무거운 기사로 메워져 있었다. 먼저 북경에서 인민해방군에 의해 2천 명 정도로 추정되는 학생과 시민이 사살되었다는 기사가 실려 있었다. 장갑차가 천안문 광장에 친 텐트를 깔아뭉개고 여학생의 가슴에 총검을 찔렀다. 각지에서 내전이 일어날지도 모른다고 그 기사는 전하고 있었다. 그리고 이란에서는 며칠 전에 호메이니옹이 죽었다. 그의 죽음을 애도하는 사람들의 물결이 테헤란의 거

리를 메우고 몇몇 사람은 인파에 밀려 압사하기도 했다. 소련에서
는 가스 송유관이 폭발하는 바람에, 그 근처를 지나던 열차가 화
염에 싸여 5백 명이 넘는 승객이 죽었다. 사체는 심하게 훼손되어
신원조차 확인할 수 없다고 한다. 세계는 피로 물들고 여기저기서
사망자가 속출하며 요란하게 움직이고 있었다. 내가 날마다 로도
스 해변에서 버찌를 먹으며 일광욕을 하고 있는 동안에.

북경에 관한 기사는 읽으면 읽을수록 기분이 침울해졌다. 도저
히 구제할 여지가 없는 이야기였다. 만약 내가 스무 살이고 학생
이며 북경에 있었다면 나 역시 그 장소에 있었을지도 모른다. 나
는 그런 상상을 해본다. 그리고 나를 향하여 날아오는 자동소총의
탄환을 상상한다. 그 탄환이 내 살을 뚫고 들어와 뼈를 부수는 감
촉을 상상한다. 공기를 찢는 피융 하는 소리를 상상한다. 그러고
는 천천히 찾아오는 어둠을 상상한다.

하지만 나는 그곳에 있지 않다. 나는 로도스 섬에 있다. 여러
가지 사정이 나를 이곳으로 오게 했다. 해변의 의자에 드러누워
일광욕을 하면서, 버찌를 먹고 플로베르의 소설을 읽는 내가 여기
에 존재하고 있다. 일종의 기정사실로서.

*

그리스의 섬에 대해서 이야기하자.

카르파토스 섬은 아무리 좋게 보려고 해도 사랑스럽고 가련한
섬이라고는 할 수 없다. 로도스가 숲과 아름다운 해변으로 이루어
진 밝은 양성의 섬이라고 하면, 카르파토스는 거친 느낌의 황량한

섬이다. 붙임성이라는 것이 없다. 산은 험준하고 그 위로는 언제나 손님용 방석 같은 두꺼운 회색 구름이 떠 있다. 바람은 세게 불고 파도는 거칠다. 땅은 바위투성이로 녹음이라고 할 만한 것은 거의 보이지 않는다. 바위에 매달리다시피 자라난 빈약한 수목은 바람 때문에 가지가 모두 같은 방향으로 휘어져 있다. 평지는 거의 눈에 띄지 않는다. 섬이 온통 울퉁불퉁하다. 비행기에서 아래를 내려다보는 것만으로도 어이휴, 내가 이런 섬에 왜 왔나 싶은 기분이 들었다. 솔직히 말해 이대로 방향을 돌려서 로도스로 돌아가고 싶은 생각마저 들었다. 하지만 그럴 수도 없는 노릇이다.

카르파토스의 인구는 7천 명이라고 택시 운전사가 가르쳐주었다. 하지만 말이죠, 여름이 되면 1만 5천 명 정도가 미국에서 돌아온답니다.

돌아온다고?

모두들 일을 하러 미국에 가 있거든요. 여기서는 일자리를 구할 수가 없으니까요. 그래서 7, 8월에 여름휴가를 받아 고향을 찾는 것이죠. 돈을 듬뿍 벌어 가지고 말입니다. 그래서 이 섬의 사람들은 제법 유복합니다. 미국에 있는 가족들이 돈을 부쳐주니까 관광업에 아등바등 매달리지 않아도 되죠. 여름에는 고향으로 돌아오는 귀성객들을 맞는 것만으로도 바쁘기 때문에, 관광객이 오는 것도 그다지 달가워하지 않는 눈치예요.

정말 카르파토스는 관광업에 열을 올리는 섬이라고는 할 수 없었다. 호텔도 그리 많지 않고 관광시설도 잘 정비되어 있지 않다. 대충 꾸려나가는 느낌이다. 로도스 같은 섬에 비하면 사람들의 인상도 좋지 않다. 화가 난 듯한 인상의 사람들이 많다. 잘 오셨습니다, 라는 느낌이 별로 없다. 미소도 짓지 않는다. 도로 사정도 상상을 초월할 정도로 터무니없이 엉망이다. 거기에 비해 차는 고급차가 많다. 메르세데스벤츠나 BMW, 아우디 같은 차들을 쉽게 볼 수 있다. 그것도 번쩍번쩍하는 새 차들이다. 돈이 있는 건지 가난한 건지 알 수 없는 섬이다.

그러나 아무튼 이민하는 사람이 많은 덕분에 영어 하나는 잘 통한다. 그것도 유창한 미국식 영어가 여기저기서 떠들썩하게 들린다. 도로 공사장의 인부 아저씨가 동료에게 "헤이 퍽큐, 맨!"이라고 말하는 걸 들으면 "도대체 여기가 어딘가?" 하는 생각이 문득 든다. 이상한 섬이다.

영어뿐만 아니라 이탈리아어도 통한다. 이 섬도 로도스와 마찬가지로 무솔리니 시대에 약 30년간 이탈리아의 지배를 받았기 때문이다. 이탈리아는 이·터 전쟁 당시 트리폴리와 터키를 연결하는 보급선을 차단하기 위해 도데카네스 제도를 점령했는데, 전쟁이 끝난 후에도 그대로 점령하고 있는 것이다. 그래서 예를 들면 렌터카 사무소의 가트리스는 이탈리아와 그리스 혼혈이다. 이 사람 역시 웃는 낯을 볼 수 없는 무뚝뚝한 남자인데, 내가 이탈리아의 어느 거리에서 찍은 가트리스의 사진을 보고 있었더니(사진은 렌터카 사무소의 벽에 걸려 있었다) 느릿느릿한 붙임성 없는 목소리로 자신이 태어나게 된 경위를 이야기했다.

가트리스의 아버지는 이탈리아 군인으로 이 카르파토스 섬에 주둔하고 있었다. 원래는 밀라노에서 과자를 만드는 사람이었다.

이탈리아 사람이 이런 촌구석에서 여자도 없이 지낼 리가 없었다. 어느새 이 섬 아가씨와 사랑에 빠졌다. 그런데 제2차 세계대전에서 이탈리아군이 연합군에 항복하자 이탈리아군은 귀국하게 되었다. 하지만 가트리스의 아버지는 아가씨와 헤어지기가 싫어 그만 탈영을 하고 말았다. 이탈리아군은 온 섬을 뒤졌지만 아가씨가 꽁꽁 숨겨준 가트리스의 아버지를 찾아낼 수 없었다. 시간이 흘러 모두 포기하고 이탈리아로 돌아가자 가트리스의 아버지는 우여곡절 끝에 마을 사람들의 축복을 받으며 결혼했다. 그리고 머지않아 두 사람의 파란만장한 사랑의 결실로서 가트리스가 태어났다. 성장한 가트리스는 땀 냄새가 물씬 풍기는 러닝셔츠를 입고 수염을 짙게 기른 무뚝뚝한 아저씨가 되어, 다 낡아 빠진 렌터카를 관광객에게 빌려주는 일을 하고 있다. 역사란 도대체 무엇일까, 어떤 의미를 갖는 것일까?

나는 알 수가 없다.

카르파토스에는 '에이비스'나 '허츠' 같은 대형 렌터카 사무소는 없다. 가트리스 같은 시골 렌터카 사무소 두세 곳이 반은 놀다시피 영업하고 있는데, 자동차 수도 적을뿐더러 성능도 좋지 않다. 도로가 너무 형편없는 탓이다. 공항과 몇 개의 마을을 연결하는 도로는 번듯하게 포장되어 있지만, 그 외의 도로(즉 섬의 대부분의 도로)는 최악의 길이다. 당나귀조차도 낯을 찡그릴 것 같은 도로이다. 번쩍번쩍하는 새 차를 끌고 와서 섬을 한 바퀴 돌았다가는 그대로 고물차가 될 정도로 엉망이다. 그래서 자동차는 모두 똥차다. 우리는 할 수 없이 1만 드라크마를 내고 낡아 빠진 구형 오펠 코르사를 빌렸다(다른 섬에 비하면 대여금이 상당히 비싼 편이다). 그런데 운 좋게도 이 오펠은 겉보기에는 한심한데 비교적 정상적으로 달렸다. 아마도 가트리스가 매일 정성스레 정비를 하는 덕분인 것 같다. 우리는 그 오펠을 타고 바위투성이 산을 넘어 키라 파나기아라는 해변으로 갔다.

길은 엉망이었지만, 이 키라 파나기아는 아주 매력적인 해변이었다. 교통편이 불편해서 찾아오는 사람도 적다. 해변까지는 배로 갈 수 있는데 그 배가 일주일에 두 번밖에 운행하지 않으므로, 울퉁불퉁한 길을 렌터카나 오토바이를 타고 자기가 알아서 찾아와야 한다. 드넓은 해안에 해수욕을 하는 사람이라고는 열 명 정도에 불과했다. 여자들은 모두 상반신을 드러내놓고 있었고 몇몇은 알몸이었다. 태양은 한없이 뜨겁고 파란 바다는 차고 투명하다. 30분 정도 마음껏 해수욕을 즐기고는 비치에 누워 잠을 잔다. 아주 기분이 좋다. 잠들 때 다시 한 번 천안문 사건을 생각한다. 그러고는 내가 세상 끝에 혼자 덩그러니 남겨진 듯한 기분이 된다. 아니, 어쩌면 나는 이미 세계의 끝에서 아래로 굴러 떨어졌는지도 모른다.

카르파토스에서 관광객이 할 만한 일은 그리 많지 않다. 날씨가 좋으면 아름다운 해변에서 뒹굴며 지내면 되지만, 이 섬의 날씨는 매우 불안정하다. 날씨가 좋지 않으면 배를 타고 올림포스 마을에 가는 수밖에 없다. 올림포스는 남북으로 길쭉한 섬의 북단 근처에 있는 고립된 마을이다. 가이드북에 따르면 이 마을은 너무 오랜

세월 고립되어 있어서 몇 세기 전의 습관과 언어와 생활양식이 고
스란히 보존되어 있다고 한다. 여자들은 아직도 민속 의상을 입고
풍차를 사용하여 보리를 찧으며, 남자들은 카페니온에 모여 민속
악기를 연주한다. 이 마을에 가려면 섬 북단에 있는 디아파니라는
마을까지 배를 타고 가서, 거기서부터는 버스를 이용하는 것이 가
장 편리한 방법이다. 하지만 우리는 이 배편과는 시간대가 맞지
않았다. 그래서 렌터카를 이용해서 가볼 생각이었는데 차를 빌릴
때 가트리스는 곱지 않은 시선으로 보며 못을 박았다. "이 차로
올림포스까지 가면 안 돼요." 그는 카르파토스의 지도를 가지고
나와 굵은 손가락으로 그 한가운데께를 꾹 눌렀다. "여기까지는
그런대로 길이 괜찮지만, 그 다음은 극단적으로 나빠지니까 가면
안 돼요."

　그러나 나는 '쳇, 무슨 상관이야, 올림포스까지 가고야 말겠어'
하고 마음속으로 생각했다. 혹시라도 차가 고장 날까봐 과장해서
겁을 주는 것으로 넘겨짚었던 것이다. 그러나 우리는 결국 도중에
서 올림포스로 가려는 계획을 포기해야만 했다. 가트리스가 손가
락으로 가리킨 곳까지 가는 것만으로도 녹초가 되었다. 해안을 따
라서 나 있는 길은 좁은 데다 바위와 웅덩이가 많아 까딱 잘못하
다가는 벼랑 아래로 굴러 떨어질지도 모르는 아찔한 길이었다. 여
기저기 굴러다니는 커다란 돌을 어쩌다 잘못 밟기라도 하면 그 돌
이 튕겨 차 바닥에 부딪쳐서 몇 번이나 엔진이 꺼졌다. 딱딱하고
마른 노면에 흩어져 있는 자갈 때문에 커브 길에서는 덜컹덜컹 차
꼬리가 흔들렸다. 해안가 길을 벗어나 산속으로 접어드니 이번에

는 짙은 안개가 우리를 기다리고 있었다. 3미터 앞도 보이지 않는다. 지금까지 온 길을 '그런대로'라고 한다면, 앞으로 가야 할 '극단적으로 나쁜' 길이 어느 정도인지 대충 짐작이 갔다. 이런 사정으로 우리는 끝내 올림포스 마을에는 가지 못했다.

나중에 우리는 올림포스 마을까지 택시를 타고 갔다는 그리스 사람을 만났다. 그의 얘기에 따르면 "나는 올림포스에 도착할 때까지 거의 눈을 감은 채 줄곧 하느님께 기도했습니다. 그렇게 무서웠던 적은 평생 처음입니다"라고 한다. 꽤나 험악한 길이었던 모양이다.

그러다 보니 카르파토스에서는 정말 할 일이 없었다. 타베르나의 요리도 몇 가지 맛을 보았지만 그다지 맛있다고는 할 수 없었다. 그래서 우리는 호텔 근처에 있는 '세븐 일레븐'이란 카페에서 (믿지 않을지 모르지만 정말 그런 이름이다) 한가롭게 햇볕을 쬐며 맥주를 마시고 책을 읽었다. 이 카페는 이름은 진부하지만 요리 맛은 나쁘지 않았다. 수블라키도 맛있었고 프라이드 포테이토는 상당한 수준이었으며 정통 햄버거도 먹을 수 있었다. 그리스에서 햄버거를 주문하면 대개는 이름만 햄버거지 보기만 해도 식욕이 떨어지는 끔찍한 것이 나오는데, 이 카페의 햄버거는 제대로 된 미국식이었다. 고기는 쫄깃쫄깃하고 양파와 토마토까지 들어 있다. 빵도 틀림없는 햄버거용 빵이고 머스터드 소스도 제구실을 톡톡히 하고 있다. 이것도 어쩌면 미국으로 이민 간 사람들 덕분인지도 모르겠다. 가격도 그런대로 쌌다. 맥주 세 병에 수블라키, 햄버거, 프라이드 포테이토가 1천 엔이 조금 넘는다. 우리는 하루에 두 번씩 이 카페에 갔다.

대충 이런 식이었기 때문에 내가 카르파토스에 대해 기억하는 것은 그리스와 이탈리아의 혼혈로서 렌터카 사무소를 경영하는 무뚝뚝한 가트리스와 '세븐 일레븐'의 맛있는 햄버거 정도이다. 그리고 유난히 핀란드인 관광객이 많았던 것도 빼놓을 수 없다. 이상하게도 이 섬은 핀란드인에게 매우 인기가 있다. 관광객을 가득 실은 헬싱키발 보잉 727이 쉴 새 없이 날아온다. 레스토랑에도 호텔에도 꼭 핀란드어 설명서가 있다. 왜 핀란드 사람들이 이 섬을 특히 좋아하는지 알 수가 없다.

이런 카르파토스 섬에 다시 한 번 가고 싶은가, 라는 질문을 받는다면 "지금은 별로 그러고 싶지 않다"라고 대답할 것이다. 카르파토스 섬에 사는 사람들에게는 미안하지만.

선거

그리스에서는, 선거 때 투표하는 것은 국민의 권리이자 동시에 의무라고 헌법에 명시되어 있다. 따라서 정당한 이유 없이 투표하지 않은 자는, 위법 행위를 한 것으로 취급하여 법률에 따라 처벌을 받는다. 이 점이 일본의 선거와 그리스 선거의 가장 큰 차이점이다.

이런 강제적인 투표 제도가 과연 선거의 존재방식으로서 정당한지 어떤지 나로서는 판단하기 어려운 일이다. 그러나 곰곰이 생각해 보면, 특히 선거에 관해서는 그리스가 일본보다 훨씬 오랜 역사를 가지고 있으므로 내가 뭐라고 말할 입장이 아닌 것 같다.

아무튼 그리스에서는 선거권이 있는 국민은 누구나 반드시 선거장에 가서 투표를 해야 한다.

그리고 이건 좀 골치 아픈 문제이지만—투표는 반드시 자신의 출생지에서 해야 한다. 즉 데살로니카에서 태어나 아테네에 살고 있는 사람은, 투표를 하려면 데살로니카의 자신이 태어난 촌이나 읍으로 돌아가, 그곳 투표장에서 투표해야 한다.

나는 이 법률의 취지와 목적을 이해하기가 어렵다. 그렇지 않은가. 아테네에서 투표를 하든 데살로니카에서 투표를 하든, 한 표를 행사하기는 마찬가지인데, 왜 힘들게 굳이 고향으로 돌아가서 투표를 해야 한단 말인가. 아마도 인구가 도시에 집중됨으로써 표의 격차가 생기는 것을 막으려는 법인 것 같은데, 그렇다면 다른 제도를 만들어 표의 격차를 줄이는 편이 빠르지 않을까. 나는 몇몇 그리스 사람에게 이 점에 대해 물어보았지만, 수긍이 갈 만한 대답은 별로 듣지 못했다.

이 귀성 투표 제도에서 가장 문제가 되는 것은 말할 필요도 없이 교통 혼잡이다. 당연한 일이다. 전 국민이 일제히 고향으로 돌아가는 셈이니, 그 전후 해서는 버스도 전철도 비행기도 도로도, 모든 교통 기관이 초만원이 된다. 지정석은 한 달 전에 이미 다 팔린다. 자유 여행자들이 아무것도 모르고 이런 때 그리스에 왔다면 그건 정말 비극이다. 아무 데도 가지 못하고 꼼짝없이 한곳에 묶여 있을 수밖에 없다.

1989년 6월 18일은 그리스에서 총선거가 있는 날이었다. 전에도

(1987년) 선거 때 그리스에 있었는데, 그때는 통일 지방선거였고 이번은 국회의원 총선거이다. 이번 선거가 훨씬 열기가 더하다. 할 수 없이 우리는 이 기간 동안 시골에 가 있기로 했다. 도시에 있어 봐야 선거 기간에는 상점도 전부 문을 닫으므로 아무것도 할 수가 없다. 우리는 공공 교통 기관을 피해, 아테네 공항 데스크에서 렌터카를 빌렸다. 그러고는 선거 기간 내내 펠로폰네소스 반도를 느긋하게 돌아다녔다. 아니 아니, 그렇지 않다. 정확하게 말하면 **느긋하게 돌아다녔다**기보다는 **느긋하게 달릴 수밖에 없었던 것**이다. 이 두 표현 사이에는 상당히 큰 차이가 있다.

펠로폰네소스는 산이 험한 곳인 데다 로도스에서 피아트를 타고 다니다 혼쭐이 난 경험도 있어, 이번에는 안심할 수 있는 일본 차를 빌리려고 '인터 렌트'에 가서 닛산 체리(아마도 일본에서는 닛산 펄사라고 할 것이다)를 빌렸는데 알고 보니 순 엉터리 차였다. 겉보기에는 번쩍번쩍 그럴듯한데, 정비 불량도 이만저만한 정비 불량이 아닌 것이다. 고속도로에서 100킬로미터 정도 속도를 냈더니 차체가 부들부들 떨려서 핸들을 꽉 붙잡고 있어야 했다. 험악한 산길로 접어들면 상황은 훨씬 더 비참했다. 오르막길에서 기어를 내리고 액셀러레이터를 있는 힘껏 밟아도 부릉부릉 떨기만 할 뿐 전혀 힘을 내지 못한다. 계속 속도가 떨어져서 버스나 대형 트럭에게 길을 내주어야 했다. 이런 한심한 체리를 몰고, 선거전으로 뜨거워진 펠로폰네소스 반도를 일주일쯤 한가롭게 돌아다녔다.

이번 총선거는 그리스의 정치 체제가 싹 바뀔지도 모르는 중요한 선거였다. 우선 그리스의 리쿠르트 사건이라고 할 수 있는 대大오직 사건汚職事件으로 전 그리스 사회주의 운동(PASOK)의 파판드레우 정권이 궁지에 몰려 있었고, 더불어 이미 팔순에 가까운 파판드레우 수상이 긴 세월 동고동락한 부인을 버리고 스튜어디스 출신인 젊은 애인과 동거를 하는, 그리스 사람들의 윤리의식으로는 거의 용납할 수 없는 스캔들이 뒤엉켜 그리스는 두 진영으로 갈라져 있다. 만약 PASOK가 정권을 잃는다면 파판드레우가 체포될지도 모른다는 추측도 난무하고 있다. 그렇게 되면 정치 체제는 말할 것도 없고 경제 정책과 외교 정책도 모조리 바뀌게 된다. 여론 조사에 따르면 야당인 신민주주의당(ND)이 승리를 거둘 것 같기는 하지만, PASOK도 막판에 기세를 몰아가고 있어 사태가 어떻게 진전될지 알 수 없다고 한다. 말하자면 모두가 흥분해 있는 것이다.

그러나 그리스의 정세가 어떻게 바뀌든 여행자와 직접적인 관계는 없으므로 우리는 한가로이 여행을 계속한다.

귀성 투표라고는 하지만 그렇다고 온 국민이 전부 고향으로 돌아가는 것은 물론 아니다. 고향에서 아주 멀리 떠나와 있으며 일을 쉴 수 없는 사람도 많이 있다. 예를 들어 경찰이나 호텔 종업원 같은 사람들이 고향으로 돌아간다며 일을 하지 않는다면 사회 기능이 완전히 마비된다. 그런 사람들은 구청에 가서 고향에 갈 수 없는 사유서를 제출해야 한다. 그러면 선거에 갈 수 없다는 증명서를 발급해 준다. 다만 그 증명서를 받으려면 본인이 자기가 태어난 고향에서 200킬로미터 이상 떨어진 곳에 있으며, 지금 현재 일을 하고 있음을 증명할 수 있는 서류가 반드시 필요하다. 정말

까다롭다. 한마디로 선거라고 하지만 나라마다 다른 점이 꽤 많다. 우리는 지극히 당연한 개념으로 '의회 민주주의'라는 말을 사용하는데, 그렇게 간단하게 하나의 장르로 묶어도 괜찮은 건지 모르겠다.

일본 같으면 이런 성가신 일은 도저히 할 수 없을 것이다. 온 국민이 고향으로 돌아가야 한다면 추석과 신년 연휴를 합친 것 같은 대혼란이 벌어질 것이다. 우선은 교통 기관이 완벽하게 펑크를 낼 것이다. 그리고 고향에 돌아가고 싶지 않은 사람도 꽤 많을 것이다. 비단 일본뿐만 아니라 그리스에도 그런 사람은 분명히 있을 것이다. 부모와 싸워 두 번 다시 얼굴도 보고 싶지 않은 사람이나, 옛날에 이웃집 아가씨를 임신시키고 줄행랑친 죄가 있어, 고향에 돌아가면 상대방 가족에게 맞아 죽을지도 모르는 사람이 있을 수 있다. 또는 그냥 단순히 '고향이란 멀리 있어 그리운 것'이라고 시적으로 생각하는 사람도 있을 것이다. 그런 사람들은 선거 때마다 고향으로 돌아갈 생각에 몹시 우울해질 것 같아서 남의 일이지만 걱정이 된다.

그리고 그렇게 가족이나 친지가 한꺼번에 몰려오면, 고향에 있는 사람은 그들을 집에 묵게 하는 것만도 보통 일이 아닐 것이다. 식사는 물론이고 이부자리도 준비해야 한다. 그런 일들에 대해 여러 가지로 궁금했지만 거기까지 자세하게 물어볼 여유가 없었다.

그리스인은 일반적으로 정치 마니아라고 해도 좋을 만큼 선거에 열을 올리는 국민이라서 그 정도의 불편함쯤은 별문제가 안 되는지도 모른다. 어쨌든 선거 때마다 여러 명이 목숨을 잃는 그런 나라다. 그 열기는 옆에서 보기에 놀랍다고 할까, 기가 막힐 정도로 굉장하다. 그러나 반대로 말하면 그리스 사람들은 그럴 수밖에 없을 정도로 심각한 정치적 갈등을 겪어온 국민인 것이다. 몇 세기에 걸쳐 터키의 지배에 몸부림치다 간신히 독립하자, 발칸 재편성으로 분쟁의 소용돌이에 휘말렸다. 그 분쟁이 일단락되자 이번에는 파시스트 국가의 침략을 받아, 레지스탕스 운동을 했다. 그리고 이 전쟁이 끝나자 동족끼리 피를 흘리는 비참한 내전을 겪었고, 그 후에는 암울한 군사 정권 시대가 계속되었다. 이외에 키프로스 분쟁에도 휘말리는 등 그럭저럭 평화를 누릴 수 있게 된 것은 고작 최근 20년 정도의 일이다. 그렇기 때문에 그리스의 선거는, 일본인이 선거라는 단어에서 연상하는 것과는 그 양상이 크게 다르다. 훨씬 치열하고 공격적이다.

펠로폰네소스 반도에는 투표를 하기 위해 자기 차를 몰고 귀성하는 사람들이 많은데, 이 사람들이 타고 있는 차에는 대개 차 주인이 지지하는 정당의 포스터가 덕지덕지 붙어 있다. 그리고 모두들 차창 밖으로 각 정당의 깃발을 내밀고는 팔랑팔랑 흔들어댄다. 자신의 의사를 분명히 밝히는 것이다. 그래서 길에 서서 각 정당을 지지하는 차의 수를 세어보면 어느 정당이 어느 정도 지지를 받고 있는지 한눈에 알 수 있다. 부동표는 일본에 비하면 훨씬 적은 것 같다. 나도 15분 정도 세어보고, 아아 이번에는 야당인 ND가 승리하겠구나,라고 금방 알 수 있었다. 대충 6대 4의 비율로 ND가 PASOK를 앞지르고 있었다. 선거의 결과도 대충 그와 비슷했다.

차뿐만 아니라 집집마다(물론 다 그렇다는 이야기는 아니다) 붙어 있는 포스터를 보면, 이 집은 ND 지지파, 이 집은 PASOK 지지파라는 것을 알 수 있다. 카페에도 이 카페는 ND 지지, 이 카페는 PASOK 지지, 하는 식으로 색깔이 분명하다. 일본에서 이렇게 하면 꽤 골치 아프겠다는 생각이 든다. 깃발의 색을 확인하지 않으면 찻집에도 마음대로 들어가지 못할 테니 왜 불편하지 않겠는가.

정당 버스라는 것도 있다. 이 버스는 일본에서 추석이나 연말에 임시로 운행하는 귀성 버스와 비슷한데, 요금이 무료인 점이 다르다. 무료인 이유는 정당이 버스를 전세 내어 각기 자기 정당을 지지하는 사람들을 태우고 고향으로(즉 투표장으로) 데려다 주기 때문이다. 그렇기 때문에 원칙적으로는 PASOK 버스에는 PASOK를 지지하는 사람들이 미어지게 타고 있고, ND 버스에는 ND를 지지하는 사람들이 미어지게 타고 있다. 당연히 접대용 우조도 나올 테고 모두들 한껏 흥이 올라 있으니 몹시 떠들썩하다. 모두 창문 밖으로 얼굴을 내밀고는 와아 와아 소리를 질러대고 클랙슨을 끊임없이 울려댄다. 연도에도 사람들이 늘어서 있다가 자기가 지지하는 정당 버스나 차가 지나갈 때마다 환호한다. 하기야 어떤 그리스 사람 말로는 PASOK 버스를 타고 와서 ND에 투표를 하는 (또는 그 반대) 사람도 있지만 '거기까지는 조사하지 않는다'고 한다. 그야 그렇겠지.

6월 17일자 신문에 따르면, PASOK 집행부의 코스터스 라리오티스 씨는 《에레프세로스 티포스》라는 아테네의 보수계 일간지가 내건 선거 결과 내기에 응했다고 한다. 신문 제1면에다 "이번 선거에서는 ND가 확실하게 과반수(즉 151 의석)를 따낼 것이다. 못 믿겠으면 그럴 수 있는지 없는지 2천만 드라크마를 걸고 내기하자"라고 PASOK에게 도전장을 던졌다. 라리오티스 씨는 《에레프 세로스 티포스》지는 오랜 세월에 걸쳐 PASOK의 불구대천의 숙적으로서, 이렇듯 오만하기 짝이 없는 도전은 도저히 간과할 수 없다"며 들고일어난 것이다. 이런 일이 법률적으로 허용이 되는지는 나도 잘 모르겠지만 신문에 당당히 기사가 실리는 것을 보면 특별히 금지하고 있지는 않은 것 같다. 그러나 우리 감각으로 볼 때, 신문과 정당이 선거 결과에 대해 당당하게 거금을 걸고 내기를 하는(2천만 드라크마는 약 1,750만 엔) 것은 언어도단이다. 뭐 재미있다고 하면 재미있는 일이긴 하지만.

결과적으로 말하면 내기에서는 PASOK 측이 승리했다. 선거에서는 ND가 승리하였지만 과반수인 151 의석을 차지하지는 못한 것이다. 나는 이 선거 후, 바로 그리스를 떠났기 때문에 라리오티스 씨가 2천만 드라크마를 받았는지는 확인하지 못했다.

아무튼 세상에서는 이렇게 후끈후끈 열기로 가득 찬 선거전이 전개되고 있는 것이다.

우리는 투표 당일인 일요일에는 나프플리온 언덕 위에 있는 호텔에 묵었다. 우리가 이 도시에 온 것은 이번이 세 번째다. 안정된 분위기의 도시로 그리스에서 내가 가장 좋아하는 도시 중의 하나다. 낮에는 근처에 있는 토로라는 북적거리는 해수욕장에 가서 두 시간 정도 수영을 했다. 그러고는 인적이 드문 곳의 돌출부에 있

는 조그만 교회까지 벼랑을 따라서 좁은 길을 산책했다. 교회는
곶을 오가는 어선을 지키기 위한 것이었다. 밤새도록 계속 불을
밝히고 있다. 건장한 체구의 할아버지가 혼자서 그 무인 교회를
관리하고 있었는데, 우리는 그 할아버지와 잠시 이야기를 나누었
다. 이야기라고는 하지만 서툰 이탈리아어와 그리스어에 손짓 발
짓을 섞어가며 그럭저럭 의사소통을 한 정도이다. 나는 젊었을 때
는 내내 전쟁터에 나가 있었어,라고 할아버지는 말한다. 알바니
아와 불가리아에서 이탈리아군과 싸웠지. 그때 다리에 총을 두 방
맞았어. 그 다음에는 독일군이 왔는데 그때는 가슴에 한 방을 맞
았지. 바로 여기야. 독일군은 전쟁 중에 그리스 사람을 2만 8천 명
이나 죽였어. 그놈들은 이탈리아군보다 더 잔악했다구. 그래서 우
리는 빨치산이 되어 싸웠지. 그 다음에는 미군과 붙었고 내전도
있었지. 계속 전쟁뿐이야. 게라, 게라(전쟁). 미국 놈이 나빠. 그놈
들은 돼먹지 않은 짓만 하거든. 히로시마를 보라고, 나가사키는
또 어떻고. 전쟁 이야기가 나오자 할아버지는 열변을 토했다. 마
치 전쟁이 지금까지 계속되고 있는 듯한 말투였다. 우리는 100드
라크마를 헌금하고 교회를 나왔다.

저녁 무렵에는 베란다에 나와, 해 저무는 바다를 바라보며 어제
사다 놓은 포도주를 마셨다(앞에서도 말했듯이 선거 당일에는 레
스토랑이나 카페에서 알코올류를 팔지 않으므로). 선거 전날까지
는 클랙슨 소리며 언쟁을 벌이는 소리며 싸우는 소리며 확성기 소
리로 떠들썩하던 도시도 투표 당일이 되자 언제 그랬냐는 듯 잠잠
해졌다. 여느 때보다 훨씬 조용하다. 이제 투표도 끝나고 개표 결

과만 기다릴 뿐이므로 더 이상 야단법석을 떨 만한 일이 없다. 광장에서 축구를 하며 놀고 있는 아이들의 환성만이 들려온다. 이윽고 하늘에는 하나 둘씩 별이 반짝이기 시작하고 바다 위에서는 배의 불빛이 깜빡거린다. 시곗바늘은 9시를 지나고 시원한 바닷바람이 불어올 무렵, 그제야 사람들이 항구 어귀로 나와 한가롭게 산책하기 시작한다.

그리스에 오래 있다 보면 때때로 역사의 중압감에 짓눌려 있는 이 작고 아름다운 나라가 참으로 딱하다는 생각이 든다. 물론 동정하는 것은 옳지 않을지 모르지만 그래도 나는 나도 모르게 서글퍼지는 것이다. 한밤중에 ND의 승리가 확실해지자 마치 총격전이라도 벌어진 듯 요란한 폭죽 소리가 들려왔다. 이제 남은 것은 그리스 전역에 뿌려졌던 수천만 장의 선거 포스터와 깃발뿐이었다. 그 후 한동안은 어느 마을에 가더라도 깃발과 포스터 조각이 바람에 날려 춤을 추고 있었다.

이탈리아의 몇 가지 얼굴

이 나라에는 적당주의자도 많지만(정말 많다)
일부 사람들은 정말 성실하고 빈틈없이 일한다.
그들은 혼자서 묵묵히 좋은 물건을 만들고 있다.
그리고 그들이 만든 물건에는 생활의 깊은 맛이 배어 있다.
그런 부분이, 이러니저러니 불평을 늘어놓으면서도 부정할 수 없는
이탈리아의 매력이자 저력이다.

이탈리아의 몇 가지 얼굴

토스카나

실제로 살아보면 알 수 있는 일이지만 이탈리아는 그리 큰 나라는 아니다. 로마는 장화형 반도의 대충 한가운데쯤에 위치하는데 거기서부터 북쪽 끝인 오스트리아와 국경을 이룬 곳까지, 또는 남쪽 끝인 레조디칼라브리아까지 대략 700킬로미터가 조금 넘는 정도이다. 아우토스트라다로 달리면, 하루에 끝에서 끝까지 달릴 수 있다.

그러니까 나는 거의 이탈리아 전국을 여행한 셈이다. 물론 구석구석까지는 돌아보지 못했고, 들르지 않은 주요 도시(예를 들면 나폴리, 토리노)도 있지만 대부분의 지방을 둘러봤다. 그중에서 가장 마음에 들었던 곳은 역시 토스카나 지방으로, 좀더 구체적으로 말하면 키안티 지방이다. 이곳 같으면 집을 사서 살아도 좋겠다는 생각이 든다. 하지만 생각만 할 뿐 사지는 않는다. 오랜만에 왔더니 가구가 몽땅 없어졌더라는 등의 일을 겪고 싶지 않기 때문이다. 정말이다.

반대로 별로 살고 싶지 않은 곳은 시실리다. 뿌리를 내리고 그 땅에 뼈를 묻을 생각이라면 몰라도, 솔직히 말해서 외지 사람을 쉽게 받아들이는 곳이 아니다. 같은 이유로 칼라브리아(구두 모양의 발끝 부분)도 별로 내키지 않는 곳이다. 반대로 북부에는 아름답고 좋은 도시가 많지만 도시로서 너무 빈틈없는 경향이 있어, 장기간 살게 되면 일본인의 감각에는 맞지 않는 부분이 생겨날 것 같다. 기후상으로도 겨울은 견디기 힘들다. 기후가 좋기로는 로마가 최고이지만, 거기는 상당히 문제가 많은 곳이다.

이렇게 하나하나 제외하다 보면 키안티가 남는다. 이곳은 뭐니 뭐니 해도 경치가 아름답다. 완만한 녹색 언덕이 계속 이어지고 그 경사면에는 포도밭이 펼쳐져 있다. 교통량도 적고 구불구불 아름다운 길이 끝없이 계속된다. 로마에서 출발하여 A1 고속도로를 달려 이곳까지 오면 마음이 차분하게 가라앉고 안심이 된다. 탁 트인 느낌이 들고 공기도 좋다. 사람들의 태도도 어딘가 모르게 부드럽다. 도회지가 그리워지면 많은 시간을 들이지 않고 피렌체나 시에나로 갈 수 있으며 포도주와 요리도 흠잡을 데 없이 맛있다.

포도주를 한꺼번에 많이 살 수 있는 것도 내가 토스카나에 잘 가는 이유이다.

이곳저곳 포도밭을 돌아다니며 산지에서 직판하는 포도주를 몇 박스씩 사 들고 돌아온다. 로마에서 포도주를 일괄 구매하려면 남쪽에 있는 프라스카티가 가장 가깝지만, 깊이 있는 맛의 키안티 포도주에 한번 맛을 들이면 프라스카티 포도주는 아무래도 시골 맛 같다는 느낌이 든다. 물론 프라스카티에는 프라스카티 나름의 매력이 있지만 어차피 차를 타고 갈 바에는 조금 멀리 가더라도 역시 키안티로 가게 된다.

그렇다고 내가 뭐 포도주에 정통한 사람은 아니다. 오히려 전혀 지식이 없는 편이다. 어느 지역의 어느 비탈에서 어느 해에 딴 포도가 어떻다는 둥 일일이 따지는 것은 내게는 귀찮은 일일 뿐이다. 그러나 토스카나에 가서 이곳저곳 양조장을 돌며 맛보는 동안, 적어도 포도주의 세계가 얼마나 깊이 있는가 하는 점은 알게 되었다. 양조장 아저씨가, 이 포도주는 저쪽 밭에서 딴 포도로 담근 것이고, 이 포도주는 이쪽 밭에서 딴 포도로 빚은 것이라며 각각 맛을 보여주는데, 신기하게도 바로 옆의 밭에서 딴 포도로 만든 포도주라도 역시 맛이 다르다. 그리고 어느 쪽이 맛있느냐고 물으면 한심하지만 모두 맛있다고 대답할 것이다.

내가 좋아하는 포도주, 기본적으로는 약간 강렬한 느낌의 독한 맛이 나는 적포도주이다. 한 모금 입에 물고 좀 떫은가 하고 생각하는 순간 향긋한 맛이 배어 나오는, 안정된 느낌의 포도주이다. 말로 표현하기는 어렵지만 실제로 마셔보면 금방 알 수 있다. "으음, 바로 이 맛이야." 이 한마디로 족하다. 이런 수준으로 이야기하다 보면 광고 문구가 나설 자리가 없다. 키안티의 포도주 양조장을 돌아다니는 보람은 이런 점에 있다. 포장보다 내용물이 중요한 것이다(레스토랑에서 이렇게 하기에는, 너무 잘난 체하는 것 같기도 하고 돈도 많이 든다).

키안티 지방은 북으로는 피렌체, 남으로는 시에나 사이에 위치하는 지역이다. 막연하게 어떤 지역을 일컫는 총칭이 아니고, 어디서부터 어디까지라고 선이 딱 그어져 있다. 옛날에는 키안티라고 하면 라다, 가이오레, 카스테리나의 세 마을을 연결하는 군사동맹의 이름이었다. 그러나 지금은 특정 포도주를 생산하는 지역의 명칭으로 알려져 있다. 여기에서 생산되는 포도주를 일반적으로 키안티 클라시코라고 부르는데 그렇다고 여기에서 빚어진 포도주가 전부 키안티 클라시코는 아니다. 그 성분이며 만드는 법이 엄격하게 법률로 정해져 있어, 그 법률에서 조금이라도 벗어나면 키안티 클라시코라는 이름으로 부를 수 없다(이탈리아 사람들은 먹고 마시는 일에는 매우 열심이며 동시에 진지하다). 면적은 약 430평방마일이다.

이 지방에는 좋은 여관이 많다. 규모가 큰 호텔은 아니지만, 일본식으로 말하자면 '정취가 있는 지방 여관' 같은 느낌의 여관이 많다. 가격도 별로 비싸지 않다. 이탈리아의 호텔은 시설에 비해 가격이 비싼 곳이 많아 실망하는 일이 많은데 이 지방에서는 그런 일이 한 번도 없었다. 분위기도 좋고 설비도 제대로 갖춰져 있다.

이 지방 여관의 특색으로는 포도주 양조장(이탈리아식으로 표현하면 패토리아)을 개조하거나 농가를 개조한 건물이 많은 점을 들 수 있다. 패토리아에서 포도주를 구입하러 오는 상인을 묵게 할 목적으로 시작한 여관도 있다. 그런 곳에서는 자기네 패토리아에서 생산하는 포도주 맛에 어울리는 요리를 내놓는 식당도 경영하고 있다. 그리고 말할 필요도 없겠지만 그런 요리는 무척 맛있다. 포도주의 맛을 돋보이게 하기 위해 강하지 않은 품위 있는 맛을 가진 요리가 나온다. 이 점은 어느 나라에서나 마찬가지인데 (술을 잘 드시는 분은 이해하리라 생각한다) 술맛을 돋보이게 하는 것은 좋은 재료와 그 장점을 해치지 않는 약한 양념이다. 토스카나에는 그런 맛이 살아 있다. 이 지방의 요리에 비하면 로마의 요리는 내게 너무 맛이 강하다.

이 책은 여행 안내서가 아니므로 일일이 이름을 말하지는 않겠지만 내가 묵었던 여관만 해도 인상에 남는 멋진 여관이 여러 곳 있다. 대부분 객실이 몇 안 되는 작은 여관이다. 가이드북에도 실려 있지 않은 곳이 많다.

그런 여관의 주인에게 "이 근방에서 맛있는 포도주를 살 만한 곳이 있습니까?"라고 물어보는 것도 좋다. 때때로 운 좋게 알려지지 않은 훌륭한 양조장을 소개받는 경우도 있다. 한번은 이름도 들어본 적이 없는 작은 마을의 여관에 묵었는데(이곳은 요리도 최고였다. 포도주 세 종류와 파스타 두 종류, 메인 디시 두 종류, 디저트 두 종류로 구성된 정식 코스가 고스란히 배 속으로 들어갔을 정도니까), 어디 맛있는 포도주를 파는 패토리아가 없겠느냐고 물었더니, 주인은 나에게 "얼마나 살 생각이냐"고 물었다. 한 다스 정도라고 대답하자, 주인은 그 정도면 괜찮겠다면서 어떤 작은 포도주 가게를 가르쳐주었다.

"본래 소매는 하지 않지만 아마 그 정도 양이면 팔 겁니다. 인노첸티라는 집인데 프랑코가 소개해서 왔다고 하세요. 사실은 우리 부모님 집 바로 옆집이거든요. 그는 낮 동안은 포도원에 나가 있으니까 저녁때나 돼야 집에 돌아올 거예요. 7시쯤 가보세요."

그는 이렇게 설명하며 인노첸티 씨 집 약도를 그려주었다.

"아주 좋은 사람이에요. 벌써 몇 대째 계속 포도주를 만들어온 집안이죠. 아무튼 열심입니다. 매일매일 포도밭을 돌아다니며 머릿속에는 온통 포도 생각밖에 없어요. 집에는 거의 붙어 있질 않아요. 포도원을 여러 개 갖고 있어 무척 바쁩니다."

7시에 인노첸티 씨 집에 가보니 아니나 다를까, 그는 포도원에서 이제 막 돌아온 참이었다. 아주 평범한 집이라서 포도주를 빚는 집이라는 말을 안 들었더라면 보통 집으로 생각할 정도였다.

인노첸티 씨는 머리가 벗겨지기 시작한 온화한 성품의 사람으로 지방 사립대학 교수 같은 느낌이었다. 프랑코의 소개로 포도주를 사러 왔다고 말하자 그는 아주 애석한 표정을 지었다. 처음에는 포도주를 팔기 싫어서 그러나 싶었는데, 얘기를 들어보니 그가 자부심을 갖고 만든 회심의 역작 포도주가 다 팔리고 없어서, 우리에게 맛을 보이지 못하는 것이 안타까웠던 것이다.

"제일 좋은 밭에서 딴 제일 좋은 해에 빚은 포도주였거든요." 인노첸티 씨는 설명한다. "그런데 다 팔렸어요."

그는 마치 한 달 전에 사랑하는 아내를 잃은 사람처럼 말한다. 그래서 우리는 제일 좋은 포도주를 사지 못하는 건 섭섭하지만 두 번째로 좋은 것이라도 상관없으니 팔라고 했다. 그러자 인노첸티 씨는 고개를 끄덕거리며 우리를 지하에 있는 술 창고로 안내했다. 지하실은 밖에서 보기보다 꽤 넓었다. 집으로 돌아와 거기서 잠시 일을 하고 있던 참인 듯 카세트에서 오페라가 흘러나오고 있었다. 베르디의 아리아를 들으며 인노첸티 씨는 매일 포도주 빚는 일에 심혈을 기울이는 모양이다. 지하실은 습기가 차 있고 약간은 곰팡이 냄새도 난다. 여러 가지 낯선 기계들이 있고 술통이 쭉 늘어서 있다.

"우선 맛을 보시죠." 그는 말한다. 그는 우리에게 지하실을 한 바퀴 구경시킨 후, 뒤뜰로 안내했다. 뒤뜰에서는 해 저무는 토스카나 들판이 한눈에 내려다보인다. 멋진 풍경이다. 언덕이 보이고 여기저기에 호수가 점점이 산재해 있다. 구름이 길게 뻗어 있고 저 먼 언덕 위에는 중세의 성벽이 보인다. 그리고 밭과 포도원이 끝없이 펼쳐져 있다. 저곳이 우리 포도원이라며 자신의 포도원을 가리키는 그의 표정이 매우 행복해 보인다. 상당히 기분파 포도주 장인인 듯싶다. 시음할 때도 찔끔찔끔 맛을 보게 하는 것이 아니라 각기 다른 종류의 포도주가 한 병씩 나온다. 그러고는 커다란 포도주 잔에 찰랑찰랑 넘칠 정도로 포도주를 따라준다. 맛도 있거니와 애써 만든 포도주를 남기기도 아까워 결국 세 병을 전부 비우고 말았다.

그의 말에 따르면 그가 빚은 포도주는 이탈리아 국내에서는 시판하지 않는다고 한다. 대부분을 캘리포니아나 오스트리아로 수출한다. 외국 회사와 계약을 맺어 생산하는 것이다. 이탈리아 국내에서 시판하려면, 등급 검사를 받아야 하고 세금도 내야 하며 판매 루트도 확보해야 하는데, 인노첸티 씨처럼 개인적으로 포도주를 만들고 있는 사람에게 그런 절차들은 꽤 성가신 일이다. 그래서 대부분은 계약제로 외국에 수출하고 나머지는 개인적으로 친분이 있는 사람들에게 조금씩 파는 것 같다.

우리가 시음한 인노첸티 씨의 포도주는, 포도주를 빚은 당사자가 마니아인 만큼 상당히 제대로 된 맛이 나는 포도주였다. 확실히 말해 이 지방에서 살 수 있는 이런저런 키안티 클라시코 리제르바 따위는 도저히 흉내 낼 수 없는 맛이었다. 맛이 서서히 고조된다. 뒷맛이 아주 좋고 혀끝에 남은 맛이 자연스럽게 살며시 사라진다. 이것이 두 번째로 좋은 것이라면 제일 좋은 포도주는 과연 얼마나 굉장한 맛일까 궁금하다.

계속해서 다른 종류의 적포도주를 따라준다. 이 포도주는 아까 것보다 훨씬 포도의 맛이 살아 있고 부드럽다. 모차르트의 음악에 비유하면 약간 무리가 있을지 모르지만, 전자가 부다페스트 현악 4중주단이 연주하는 콰르텟이라면, 후자는 피에르 랑팔과 아이작 스턴이 연주하는 플루트 콰르텟 같은 느낌이다. 취향과 그때의 기분에 따라 다를 뿐이지 우열을 가리기는 어렵다. 하지만 한 병만 고르라고 한다면 나는 전자를 선택할 것이다. 그 포도주의 강도 높은 공세는 어중간한 것이 아니기 때문이다.

그리고 또 한 가지 빠뜨릴 수 없는 것이 인노첸트 씨의 빈 산토이다. 보통 빈 산토는 디저트용 포도주로 마시는데, 깊이 있는 맛의 빈 산토는 그냥 포도주로서도 충분히 즐길 수 있다. 인노첸티 씨의 빈 산토 역시 맛이 훌륭했다. 쓴맛과 단맛 두 종류가 있는데 나는 쓴맛 쪽이 좋았다(인노첸티 씨 말로는 단맛 나는 쪽의 맛이 더 오서독스하다고 한다). 내가 이 빈 산토도 맛이 훌륭하다고 하자 인노첸티 씨는 다시 슬픈 얼굴이 되었다. 팔고 싶지 않은 건가, 하고 생각했더니 "실은 이 빈 산토는 가격이 좀 비싸거든요"라고 말한다. 얼마나 하느냐고 겁을 집어먹고 물었더니 "한 병에 1천 엔 정도 합니다"라는 것이다.

그럭저럭 두 시간 정도 잔을 기울이며 토론을 하다가, 결국은 포도주를 열여덟 병이나 샀다. 열여덟 병의 가격은 약 1만 엔이었다. 아무리 세금이 안 붙는다고는 해도 엄청나게 싸다. 그 자리에서 술통에 담겨 있던 포도주를 병에 따라, 코르크 마개로 막고 라벨을 붙여 박스에 넣어준다. 그는 그 작업을 하는 동안 내내 싱글거리고 있다. 이방인이 자기가 만든 포도주의 맛을 인정해 준 것이 무척 기쁜 모양이었다. 이렇게 어리석을 정도로 '외길 인생'을 걷는 장인 기질을 가진 사람을 종종 만날 수 있는 것도 이탈리아의 좋은 점이다. 이 나라에는 적당주의자도 많지만(정말 많다) 일부 사람들은 정말 성실하고 빈틈없이 일한다. 그들은 혼자서 묵묵히 좋은 물건을 만들고 있다. 그리고 그들이 만든 물건에는 생활의 깊은 맛이 배어 있다. 그런 부분이, 이러니저러니 불평을 늘어놓으면서도 부정할 수 없는 이탈리아의 매력이자 저력이다. 일본의 획일주의적인 사회와는 다른 근성이 있다. 결국 일부러 토스카나까지 포도주를 사러 간 보람이 있었다는 이야기다.

치구정雉鳩亭

키안티 지방에서 여러 여관에 묵으며 돌아다닌 결과 가장 인상에 남는 곳은, '치구정(가명)'이라는 곳이다. 이름을 밝히기가 아까워서 가명을 쓰는 것은 아니다. 이 여관에는 본래 이름이 없다.

그러나 이름이 없으면 글을 쓰기 불편하므로 아쉬운 대로 '치구정'이라 부르기로 한다.

'치구정'의 객실은 전부 해봐야 서너 개밖에 없다. 정말 조그만 여관이다. 묵을 수 있는 사람 수는 고작 일고여덟 명 선이다. 그러다 보니 휴가철에 묵으려면 당연히 일찌감치 예약을 해야 한다. 휴가철이 끝나면 아예 문을 열지 않는다. 이른바 취미 삼아 그 집 부인이 혼자서 경영하는 여관이다. 힘을 써야 하는 일은 동네 사람을 잡역부로 고용하지만 집 안의 자질구레한 일은 전부 그녀 혼자서 처리하고 있다. 그런데도 청결하고 구석구석까지 깨끗하게 손질이 잘되어 있는 여관이다. 아무리 결벽증이 심한 사람이라도 전혀 흠을 찾아낼 수 없을 정도이다. 방 안의 가구도 오래된 농가에 어울리는 고풍스런 것들이며 큼지막한 침대에는 포근한 새털 이불이 깔려 있다. 게다가 아주 맛있는 아침식사까지 포함해서 숙박비는 두 사람에 1만 엔을 조금 넘을 뿐이다. 남의 일이지만 이렇게 장사를 해서 수지 타산이 맞을까 걱정될 만큼 양심적인 여관이다.

'치구정'은 키안티 지방 안쪽 깊숙한 곳의 포도원 한가운데에 있다. 꽤나 찾기 어려운 장소인 데다 간판도 없다. 전화로 예약을 하자 주인 아주머니가 오는 길을 설명해 주었지만, 무엇보다 포도원 한가운데 있고 표지가 될 만한 것이 하나도 없는 곳이라 찾아가기까지 너무 고생을 했다. 마땅한 교통 기관도 없어 자동차로 가는 길 외에는 다른 방법도 없다. 포장된 큰길에서 벗어나 좁은 비포장 도로로 들어선다. 그런데 이 길이 워낙 울퉁불퉁해서 계속 피어오르는 먼지 때문에 차는 금방 하얗게 변신을 한다. 이런 길을 1킬로미터 정도 달린다. 그리고 다시 더욱 좁은 농로로 접어들어 한동안 달리면 포도원 한가운데에 농가를 개조한 건물이 보인다. 그것이 바로 '치구정'이다. 오래된 돌로 지은 농가가 야트막한 언덕 위에 서 있다. 사방은 온통 포도밭이다. 깊이 숨을 들이마시면 여름의 포도 잎사귀의 싱그러운 내음이 느껴진다. 주변은 아주 조용하다. 숲에서 이따금 새소리가 들리고 멀리 있는 포도원에서 희미하게 트랙터의 엔진 소리가 들려온다.

차를 세우자 개 두 마리가 먼저 요란스럽게 짖으며 달려 나왔다. 한 마리는 신경질적이고 털이 북실북실한 발바리이고, 또 한 마리는 아주 붙임성 좋은 새끼 강아지 사미이다. 드디어 여관 주인이 나온다. 40대 중반 혹은 후반의 인상 좋은 부인으로 이탈리아인이 아니라는 것은 한눈에 알 수 있다. 나중에 안 사실이지만 그녀는 스위스인이었다. 여관에 묵고 있는 미국에서 온 일본인 여자와 그녀의 남편인 미국인 청년이 뒤따라 나왔다. 그는 일본 말을 유창하게 해서 우리는 이곳에 있는 동안 그들과 줄곧 일본 말로 얘기를 나누었다. 입구 앞의 대들보 위에는 제비가 둥지를 틀었는데 어미 제비가 열심히 모이를 나르고 있었다.

본래 이 스위스인 부인은, 여기에서 여관을 할 생각은 전혀 없었다고 한다. 남편이 스위스인 변호사이고 10대 후반의 딸이 한 명 있다. 생활은 전혀 곤란하지 않다. 그녀는 첫눈에 이 집이 마음에 들어 별장용으로 샀는데, 그때까지 이 집이 여관으로 사용되던 것을 까맣게 몰랐다. 파는 사람도 그런 말은 한마디도 하지 않았다.

그런데 이 여관이 '토스카나의 매력적인 작은 여관'으로 미국의 어느 가이드북에 소개되어 있으니(사실은 나도 그 책을 읽고 이곳에 대해 알았다) 웃기는 일이다. 부인이 휴가를 보내러 이곳에 오자마자 방을 예약하고 싶다는 전화가 걸려왔다. "얼마나 놀랐는지 몰라요"라고 부인은 말한다. 하긴 깜짝 놀랄 만도 하다. 휴가를 얻어 토스카나의 별장에 와서 기분 좋게 자고 있는데 한밤중에 느닷없이 뉴욕에서 국제전화가 걸려와 "8월 7일에 2인실을 예약하고 싶다"고 한다면 누구라도 놀라지 않을 수 없을 것이다.

그런데 이 부인의 대단한 점은 국제전화를 걸어온 상대에게 "사정은 잘 모르겠지만 오고 싶다면 오세요"라고 대답한 것이다. 친절하다고 할까, 태평하다고 할까, 사람이 좋다고 할까, 보통 사람이라면 여간해서는 할 수 없는 일이다. 이런 식으로 그녀는 초보 여관 운영자가 되었다. 그래서 이 '치구정'에는 간판은 물론 이름조차 없는 것이다. 하물며 광고는 말할 것도 없다. 원칙적으로 이곳은 어디까지나 개인의 별장으로서, 주인이 호의를 베풀어 묵게 하는 것이다. 이런 여관은 좀처럼 찾아보기 힘들다.

다만 이것은 미국인 커플도 같은 생각이었지만 그녀 혼자서 고군분투하여 운영하는 상황이기 때문에, 지금이야 그럭저럭 유지되고 있지만 언제까지 계속될지는 아무도 모른다. 게다가 스위스인은 이탈리아인과 달리 뭐든지 열심히 하기 때문에 보기에 딱할 정도다. 청소는 구석구석까지 잘되어 있고 늘 손님에게 신경을 써준다. 그렇게 꼼꼼하게 신경 쓰지 않아도 좋을 텐데 하는 생각이 절로 들 정도이다. 남을 무척 배려하는 사람이다 보니 그만큼 자신이 피곤할 것이다. 이탈리아 사람 같으면 60퍼센트 정도의 힘으로 움직일 것을, 이 사람은 80퍼센트의 정성을 들여 움직인다. 그런데 이런 분위기가 오히려 아마추어라는 느낌을 주어 신선해서 좋았다.

함께 묵었던 미국인 커플은 이탈리아를 좀더 돌아다닐 예정이었으나 이 여관이 마음에 들어 하나 둘씩 취소하고 '아무 데도 가지 않고 이곳에만 있다 가겠다'라는 상황까지 되었다. 우리도 이곳이 너무 마음에 들어 조금 더 여유 있게 있고 싶었지만, 그때는 다른 예정이 있었기 때문에(다음 날까지 우디네라는 북부의 마을에 도착해야만 했다) 안타깝게도 1박으로 끝내고 출발할 수밖에 없었다. 일주일 후에 다시 하룻밤 자고 싶다고 하자 예약이 꽉 찼다고 했다. 주로 어떤 사람들이 오는지 물었더니 대부분이 스위스 사람이라고 했다. 그녀가 스위스 사람이라 그런지 이곳 손님은 스위스 사람이 많다. 우리들이 갔던 때도 스위스 번호판을 단 메르세데스벤츠가 두 대나 여관 앞에 주차하고 있었다. 토스카나는 대체로 스위스인이나 영국인이 좋아하는 지역이다. 여름의 휴가철에도 이탈리아인 관광객을 이곳에서 보는 일은 드물다. 주행 중인 차의 국적 스티커를 봐도 대부분이 CH(스위스)나 D(독일), GB(영국), A(오스트리아)이다.

이 여관에 식당은 없다. 일손이 부족해서 거기까지는 도저히 감당할 수 없는 것이다. 그 대신 그녀는 근처에 있는 맛있고 싼 레스토랑을 소개해 준다. 차로 10분 정도면 가장 가까운 마을에 도착하는데 그곳에는 싸고 맛있는 레스토랑이 여러 곳 있다. 낮에는 라비스콘도라라는 숲 속에 있는 야외 레스토랑에서 세 종류의 파스타와 버섯과 쇠고기 요리를 먹었다. 밤에는 라 사롯 드 캔티라는 작은 식당에서 베체 테레 디 몬테필리 86년을 마시고, 포모도로 스톳츠키내와 여름 야채 무스와 가지 그라탕 아 라멘토차라는 것을 먹었다(참고로 아내는 여름 야채 무스와 리조트 아르 도라치노와 초콜릿 무스를 먹었다). 두 레스토랑 다 만족할 만큼 맛있었으며 가격도 적당했다. 재료도 매우 신선했고 요리도 정성스럽게 만들었으며 손님을 대하는 태도도 아주 친절했다. 무엇보다도 여유 있는 태도가 좋다. 특히 밤에 간 곳은 젊은 사람 둘이서 새롭게 시작한 레스토랑이었는데, 그래서 그런지 요리도 여러 가지로 궁리하여 새로운 시도를 한 흔적이 엿보였다.

저녁 무렵 여관 근처를 산책하려니 강아지 사미가 신이 나서 뒤쫓아왔다. 좁은 농로를 걸어가자 길은 깊은 숲 속으로 계속 뻗어 있다. 숲 속은 너무 조용해서 바스락바스락 낙엽 밟는 소리가 들릴 뿐이다. 부드러운 햇살이 녹음에 물들어 발밑에 어른거렸다. 바구니를 메고 버섯을 따러 다니는 아저씨를 만났다. "안녕하세요!"라고 우렁찬 목소리로 인사를 한다. 여관 주인 얘기로는, 이 숲 속에는 토끼며 멧돼지 같은 동물들이 많이 살고 있어서 밤이 되면 포도나 살구를 먹으러 온다고 한다. 그 정도로 깊은 숲이다. 사미는 저 앞으로 훌쩍 달아났다가는 다시 돌아와 우리가 있는 것을 확인하고는 다시 앞쪽으로 뛰어간다. 아주 평화롭고 조용하여 사람의 마음을 어지럽히는 요소는 아무것도 없다. 이런 곳에 살 수 있으면 좋겠다는 생각이 절로 든다. 이런 곳에서는 일도 잘될 것 같다.

아침이 되면 부인은 졸린 눈을 비비며 마을까지 차를 몰고 가서 아침식사에 쓸 재료를 사온다. 그리고 신선하고 푸짐한 아침식사를 마련해 준다. 빵집 아궁이에서 막 구워낸 크라상과 롤빵. 커다란 접시에 가지런히 담긴 여러 종류의 치즈와 햄. 막 낳은 달걀로 만든 스크램블 에그. 유리병에 가득한 생과일 주스. 커피. 프루트 칵테일. 뜰에서 딴 과일들. 애플파이. 나는 아침에 일어나면 바로 공복을 느끼는 체질이라 비교적 아침을 듬뿍 먹는 편인데도 이곳의 아침식사는 도저히 다 먹을 수가 없었다. 하지만 무척 맛이 있어서 부인에게 서양 배와 애플파이를 도시락으로 싸달라고 부탁했다.

여관을 나설 때, 여러 가지로 고마웠습니다. 아주 즐거웠어요, 라고 인사하자 부인은 무척 기쁜 표정이 되었다. 그러나 우리가 다음에 이곳을 다시 찾을 때도 그녀가 여전히 여관을 경영하고 있기는 어려울 것 같다. 왜냐하면 그렇게 훌륭한 아침식사를 준비하는 것만 해도 상당한 중노동이기 때문이다. 우리도 옛날에 한 7년쯤 장사를 해봐서 손님을 상대하는 일이 얼마나 힘든지 잘 안다. 손님이 기뻐하는 모습을 보는 건 참으로 보람 있는 일이지만 손님을 기쁘게 하기 위해서는 이만저만 고생을 해야 하는 게 아니기 때문이다.

이렇게 멋진 여관을 만나면 여행하길 잘했다는 생각이 절로 든다. 하기야 맥이 풀리도록 실망하여 여행의 피로가 한꺼번에 몰려오는 지독한 호텔과 여관도 세상에는 흔하지만.

이탈리아의 우편 사정

만약 이탈리아라는 나라의 특징을 40자 이내로 정의하라면, 나는 "수상이 매년 바뀌고 사람들이 큰 소리로 떠들며 식사를 하고 우편 제도가 극단적으로 뒤떨어진 나라"라고 대답할 것이다. 이 세 가지 조건을 동시에 충족시키는 나라는, 적어도 북반구에서는 이탈리아밖에 없을 것이다.

좌우지간 이탈리아의 우편 제도에는 문제가 있다. 아니, 문제가 있다는 정도를 넘어 한심할 지경이다. 어느 정도로 한심하고 열악한가는, 아마도 일반적인 상식을 가진 일본인은 상상도 하지 못할 것이다. 나는 일본에서 이탈리아로 편지를 보내겠다는 사람이 있으면 몇 번이고 입이 닳도록 충고를 한다. 이탈리아 우편 체제는 최악의 상황이니까 급한 용무가 있으면(아니, 있어도, 라고 해야 할까), 편지는 절대로 보내지 마십시오. 보내봐야 소용이 없으니까. 시간이 엄청나게 걸리고 아예 오지 않는 경우도 허다하니까. 그러니 만약 편지를 보냈어도 그것이 무사히 도착하리라는 기대는 하지 마십시오. 도착하든 말든 상관은 없지만 그냥 시간이 남아돌아서 쓴 편지만 보내십시오. 그리고 그 편지에 답장이 오지 않더라도 나를 예의도 모르는 파렴치한으로는 생각하지 마십시오. 왜냐하면 당신이 보낸 편지가 내게 도착하지 않았든가, 아니면 내가 보낸 편지가 그쪽에 도착하지 않았든가, 둘 중 하나일 테니까요.

내가 그렇게 입이 닳도록 강조하면 상대방은 그 자리에서는 잘 알겠다는 듯이 "어머, 그래요? 그렇게 심한가요"라고 말한다. 하

지만 모두 내 말 따위는 금방 잊어버린다. 어떤 의미에서는 우편
제도는 물이나 공기 같은 것이다. 우편물이 단시간에 어김없이 정
확한 주소지에 도착하는 나라에 사는 사람들에게는, 그렇지 않은
상황이 실감도 안 나고 이해하기도 어려울 것이다. 그래서 그런 충
고도 금방 잊어버린다. 그러고는 어느 날 느닷없이 전화를 걸어
"얼마 전에 편지로 부탁한 건에 대해 아직 답장을 못 받았습니다"
라고 한다. 내가 그런 편지 못 받았다고 하면 "벌써 삼주 전에 보
냈는데요"라며 아주 의외라는 듯이 말한다. 이런 일이 있기 때문
에 이탈리아에서는 우편물이 도착하는 데 시간이 많이 걸린다고
미리 말했잖아요, 라고 내가 아무리 말해도 상대는 여전히 이해하
지 못하는 눈치다. "정말입니까?" 하고 되묻기까지 한다. 이런 때
는 정말 말문이 막힌다.

그러나 생각해 보면 이 정도는 약과다. 그나마 상대방이 불만을
털어놓을 경우는 내가 편지를 받지 못했다는 사실을 알 수나 있다.
하지만 세상에는 말은 하지 않고 혼자서만 화를 내는 사람들이 분
명히 있다. 그런 사람들을 생각하면 마음이 무거워진다. 내 탓도
아닌데 말이다.

내가 갖고 있는 미국 가이드북을 보면, 제2차 세계대전 중에 미
군 GI가 로마에서 고향으로 보낸 편지가 1960년대가 되어서야 겨
우 도착했다는 에피소드가 실려 있다. 말도 안 되는 이야기라고는
생각하지만 결코 있을 수 없는 일은 아니다. 이런 이야기를 해도
이탈리아 사람들은 전혀 놀라지 않는다. 그런 이야기가 현실적으
로 있을 수 없는 일이 아니기 때문이다. '도착했으니 운이 좋은

편'이란 것이 그들의 한결같은 감상이다.

우편도 심하지만 전화도 심하기는 마찬가지다. 소리가 잘 들리는 날도 있지만 거의 들리지 않는 날도 있다. 또 걸릴 때도 있고 안 걸릴 때도 있다. 어쩌다 운 좋게 걸렸어도 소리가 제멋대로 커졌다 작아졌다 하고, 한창 대화를 나누는 도중에 뚝 끊기기도 한다. 어떤 회사의 이탈리아 지점에 근무하는 사람이 도쿄 본사와 전화 통화를 하던 중에 갑자기 전화가 뚝 끊어졌다(그들은 이런 경우 떨어졌다고 표현한다. 이런 일은 이탈리아에서는 그리 드문 일이 아니다). 급히 다시 걸었지만 상대방은 화가 머리 꼭대기까지 나서 상대조차 해주지 않았다고 한다. 아무리 사과하고 설명해도 일본 사람은 그런 일이 일상적으로 일어날 수 있는 상황을 전혀 이해하지 못하는 것이다. "자네, 정말 배짱이 두둑하군"이라며, 싫은 소리만 잔뜩 들었다고 한다. 이런 경우는 정말 안됐다.

소포도 예외가 아니다. 일본 음식이 먹고 싶을 거라며 일부러 보내주는 친절한 분이 계신데, 이게 제대로 도착하는 경우가 거의 없다. 옛날에 고립된 일본군 부대에 식료품을 보급해 주기 위해 과달카날로 향하는 수송선단이, 차례차례 미국 잠수함의 공격을 받고 침몰해 가는 기록영화를 본 적이 있다. 뭐 그 정도로 비참하고 심각하지는 않더라도 무척 한심한 상황이다. 대체 소포들이 어떤 경로를 통해 어디로 사라지는지 궁금할 때가 많다. 정말로 사라지니까 말이다.

경험에 비추어 말하자면, 이탈리아의 우체국 직원이 의도적으로 물건을 훔치지는 않을 것이다. 가령 우체국 직원이 '이거 일본에서 온 국수 아냐. 옳지 잘됐군. 오늘은 여기에 토마토 소스를 얹어서 먹어야지' 라는 생각을 할 것 같지는 않기 때문이다. 또는 우체국 직원이 일본 문학에 관심이 있어, 도쿄에서 날아온 문예지를 창구에서 슬쩍하여 나카가미 켄지[中上健次]의 연재소설을 열심히 읽을지도 모른다는 상상도(전혀 불가능한 일이라고는 할 수 없지만) 하기 어렵다. 물론 더러는 의도적으로 슬쩍하는 일도 있을지 모르지만, 그보다는 이탈리아의 우편 제도에 치명적인 구제불능의 블랙홀 같은 것이 있어, 여러 가지 물건들이 그 속으로 자연스럽게 빠져 들어간다고 생각하는 것이 사실에 가까울 것 같다.

아무튼 이 나라의 공공기관은 치명적으로 번잡하고 비능률적이고 불친절하고 관료적이다. 그런 데다 사소한 규제가 많고, 더구나 그런 규제가 즉흥적인 발상에 의해 반년마다 바뀌니 일일이 기억하기도 어렵다. 그러다 보니 도처에 제도적인 블랙홀이 생긴다(예를 들어 이탈리아 고속도로의 제한 속도는 해마다 바뀌기가 일쑤라서 아무도 정확하게 기억하고 있지 않다. 올해는 요일에 따라 제한 속도에 변화를 주었지만 교통경찰조차 미처 외우지 못해 즉시 폐지되었다. 정말이지 엉망진창이다).

가령 소포나 등기우편을 집배원이 배달하러 온다고 하자. 수취인이 없을 때는 일본과 마찬가지로 우편물 도착 통지서를 두고 간다. 그러나 이건 어디까지나 원칙적으로 그렇다는 것이지, 지켜지지 않는 경우도 허다하다. 일일이 벨을 누르거나 계단을 올라 현관 앞까지 가서 상대방에게 전해 주기가 귀찮은 나머지, 우편함에다 우편물 도착 통지서만 휙 던져 넣고 가는 인간도 있다. 좀더 심한 경우는 우편물 도착 통지서조차 두고 가지 않는다. 이런 경우 물건은 그냥 침묵 속에서 사라지고 만다. 그리고 무거운 물건이나 커다란 물건을 성실하게 배달하지 않는 것도 사실이다. 《문예춘추》는 두꺼워서 우편함에 들어가지 않으므로 대부분 받아보지 못했다. 그런 말단의 서비스는 집배원 개인 개인의 인간성에 따라 달라진다. 따라서 가끔씩 팁을 주어 기분을 맞춰줘야 한다.

그나마 우편물 도착 통지서가 있으면 그것을 가지고 우체국으로 직접 찾으러 간다. 그런데 갈 때마다 창구가 다르고, 일을 취급하는 직원에 따라 필요한 서류도 다르다. 이쪽으로 가면 저쪽으로 가라고 하고, 저쪽으로 가면 이쪽으로 가라고 한다. 이탈리아의 우체국은 늘 혼잡하다. 그래서 한번 가면 한나절은 허송세월하고 만다. 그런 후에 결국은 그 물건은 여기에 없습니다, 라는 쌀쌀맞은 소리를 듣는 게 고작이다. 그런 말도 안 되는 소리가 어디 있느냐. 우편함에 우편물 도착 통지서가 들어 있었고, 이 우체국으로 오라고 써져 있었다. 그런데 여기에 없다니 말도 안 된다. 반드시 어딘가에 있을 것이다, 라고 강력하게 주장하자, 상대방은 없다면 없는 겁니다. 뭔가가 뭐가 잘못된 겁니다, 라고 대답한다. 그리고 마지못해 다시 한 번 찾기 시작하더니 금방 찾아내고는 아아, 여기 있군요, 이거죠, 라며 건네준다. 죄송하다는 말도 미안하다는 말도 없다. 아아, 있군요. 그 한마디로 끝이다.

하지만 그런 일에 일일이 화를 냈다가는 이탈리아에서는 도저히 살지 못한다. 이런 일이 매일 반복되는 것이다. 아무튼 우편물은 그런 관료적인 블랙홀 속으로 속속 빠져 들어가고, 다시는 표

면으로 떠오르지 않는다. 〈레이더스〉의 마지막 장면처럼 창고 안
에서 수취인 없는 우편물이 산더미처럼 쌓여 말라비틀어지고 있
을 것이다(아아! 내 국수!).

이탈리아와 인접한 나라들의 경우는 어느 나라건 우편 제도가
아주 잘 정비되어 있다. 독일이나 오스트리아에서 부친 우편물은
나흘 후에는 어김없이 일본에 도착한다. 그리스만 해도 나흘 만에
정확하게 도착한다고는 할 수 없지만, 대충 이주일 정도면 반드시
도착한다. 프랑스도 동맹파업 기간 중이 아니면 심하지 않다. 영
국도 내가 경험한 바로는 정확하다. 일본까지 대개 사흘이면 도착
한다. 이탈리아만 이렇게 한심하다.

내가 이탈리아 사람들을 보며 두고두고 감탄하는 것은, 그들이
이런 끔찍하기 짝이 없는 상황을 조금도 개선하려 들지 않는다는
데 있다. 그런 노력조차 하지 않는다. 그들이 상황을 개선하려 하
지 않는 이유는, 첫째로 그래 봐야 시간낭비일 뿐 소용없다고 생
각하기 때문이며, 둘째로는 변혁을 지향하기보다는 다른 방법을
생각해 내는 것이 그들의 성격에 맞기 때문이다. 그런 점에 있어
서 가령 독일이나 영국이나 미국이나 일본과는 사고방식의 방향
이 전혀 다르다. 어떤 의미에서 이탈리아인은 아주 현실적인 사고
방식을 가진 국민이다.

요컨대 이탈리아 사람들은 공공 서비스라는 것에 대해 전혀 환
상을 갖고 있지 않다. 그런 것을 기대할 바에는 차라리 다른 방책
을 강구한다. 개인적인 연줄이나 가족을 소중히 여긴다. 맹렬하게
탈세를 한다. 탈세와 축구는 이탈리아인에게 있어서 가장 중요한

일이라 해도 무방할 것이다.

이탈리아의 연간 재정 적자는 약 1천억 달러에 달한다. 이 액수는 이탈리아 GNP의 약 11퍼센트에 상당하는 수치인데, 정부 추정에 따르면 만약 이탈리아 국민이 탈세를 하지 않고 정직하게 수입을 신고한다면, 적자의 75퍼센트는 메울 수 있다고 한다(《헤럴드 트리뷴》지). 그 정도로 모두들 맹렬하게 탈세를 하고 있다. 그들은 탈세한 덕분에 현금을 듬뿍 갖고 있어서 그 돈으로 값비싼 수입품을 산다. 그래서 수입은 쓸데없이 증가하고 국가의 재정 적자는 더욱 늘어만 간다. 경기가 좋으면 좋은 만큼 나라의 재정은 점점 적자 일변도를 걷게 되는 것이다.

그러나 이탈리아 사람들에게는 탈세가 죄악이라는 개념은 거의 없다. 그들에게 탈세는 자신을 지키기 위한 당연한 경제 행위이다. 한 치의 오차도 없이 성실하게 세금을 내는 사람은 바보 취급을 당한다. 어떤 이탈리아 경제평론가는 탈세야말로 건전한 경제활동의 기본이라는 극언까지 했다. 즉 탈세를 하여 개인이 돈을 지니게 되면 그 돈으로 불충분한 공공 서비스를 대행하게 된다는 얘기다. 공립학교의 질이 나쁘면 사립학교에 보내고, 우편 제도가 엉망이면(엉망인 정도가 아니다) 택배를 이용하고 팩시밀리를 사들인다. 기차가 제시간에 운행하지 않으면(운행하지 않는다) 자동차를 산다. 그렇게 하는 편이 비능률적이고 무력하고 부패한 정부기관이나 공공기관에 돈을 주어, 헛되이 쓰게 하는 것보다 훨씬 낫다는 이치다. 듣고 보니 일리가 있다는 생각도 든다. 아무튼 그것도 하나의 세계관이기는 하다.

그러나 다른 건 둘째 치더라도 이 나라의 우편 제도가 불성실한 것에는 넌덜머리가 난다. 예를 들면 한 달 전에 일본에서 부친 우편물이 일주일 전에 부친 우편물과 함께 도착하기도 한다. 어째서 그런 일이 벌어지는지 나는 도무지 짐작도 못하겠다. 일일이 배달하기가 귀찮아서, 어느 정도 모았다가 한꺼번에 가지고 오는 걸까. 게다가 그때그때의 기분에 따라 통관 요금을 받기도 하고 안 받기도 한다.

그렇다면 우편을 이용하지 말고 팩스를 이용하면 될 것 아니냐고 생각하겠지만 그것도 내 마음 같지가 않다. 얼마 전에 로마 중앙 우체국 팩시밀리 창구에 가서 일본까지 팩시밀리 송신을 부탁했더니, 일본과 이탈리아는 팩시밀리의 기준이 달라서 보낼 수 없다고 한다. 이건 또 무슨 뚱딴지 같은 소리인가. 각 나라마다 팩시밀리의 기준이 다르다는 말은 들어본 적이 없다. 다른 나라에서는 몇 번씩 아무런 문제없이 일본으로 팩스를 보냈다. 단지 귀찮고 하기 싫으니까 안 된다는 것이다. 그러나 창구에서 그런 말을 해봤자 결론은 나지 않는다. 이 나라에서는 창구 직원이 한번 안 된다고 하면 그 일은 절대로 안 되는 것이다. 어떻게든 그 일을 처리하고 싶다면 담당 직원이 바뀌기를 기다리는 수밖에 없다.

그리고 우체국 직원의 계산 능력이 얼마나 형편없는지도 말하지 않을 수 없다. 가령 일본으로 보내는 엽서 여섯 장과 편지 세 통 그리고 미국 친구에게 편지를 한 통 보낸다고 하면, 창구의 여자 직원이 카시오 전자계산기를 가지고 타닥타닥 계산을 한다. 숫자가 나온다. 어째 요금이 좀 비싸다 싶다. 그래서 확인을 요구한다. 그녀는 마지못해 다시 계산을 한다. 이번에는 다른 숫자가 나온다. 아까보다 훨씬 싸다. 그녀는 혼란에 빠진다. 그러고는 화를 내기 시작한다. 다시 계산을 한다. 그러자—아아, 어떻게 이런 일이—또 다른 숫자가 나온다. 그녀는 완전히 화가 치밀어 있다. 왜 일본 사람이 로마까지 와서, 그것도 하필이면 동양의 저 끝에 있는 나라에다 편지를 보내려 한단 말인가.

그녀는 네 종류의 숫자를 내 앞으로 내민다. 그러고는 원하는 요금을 내라고 한다. 물론 나는 가장 싼 요금을 택한다. 이건 실제로 내가 경험한 일이다. 내가 이 이야기를 하면 일본 사람들은 하나같이 사실을 과장하여 말한다고 생각한다. 하지만 그럴 리가 있겠는가. 이건 진짜 틀림없는 사실이다. 손톱만큼도 과장하지 않았다. 보태지도 빼지도 않은 사실이다.

이 이야기는 여기서 끝나지 않는다. 나는 집으로 돌아와 다시 한 번 그 요금을 계산해 보았다. 그랬더니 결과적으로 그녀가 제시한 네 가지 숫자 중에는 맞는 게 하나도 없었다. 내가 택한 가장 싼 요금보다도 실은 더 쌌던 것이다. 엽서 한 장을 보내는 데도 창구 직원에 따라 요금이 다르다. 똑같은 엽서를 똑같은 상대방에게 보내는 데도, 때에 따라 요금이 20엔에서 60엔 정도 차이가 나는 것이다. 휴우.

내가 관찰한 바로는 이탈리아 우체국 직원의 근로 의욕은(만약 그런 것이 있다면 말이다) 민망할 정도로 낮다. 거의 대부분의 직원이 하기 싫어 죽겠다는 표정으로 일을 하고, 그 대신에 군것질이나 동료와 잡담을 하는 데 온 정열을 쏟고 있다. 한꺼번에 치통과 생리통과 위경련에 시달리고 있는 듯한 심통 난 얼굴로 손님에게 우표를 내던지는 여자 직원이 ("봉죠르노" "……" "6백 리라짜리 우표 세 장과 1천 2백 리라짜리 우표 한 장 주세요." "……") 간식시간만 되면, "난 포테이토 피자!" 하고 외칠 때에는 전혀 딴 사람이 아닌가 싶을 정도로 희희낙락하는 귀여운 얼굴이 된다. 믿지 못하겠지만 정말이다.

그러나 이탈리아 우체국의 명예를 위해 한마디 덧붙이자면 우체국 직원 전부가 그런 것은 아니다. 한 직장에 한 명쯤은 성실하게 일하는 사람이 존재한다. 그나마 그런 사람이라도 없다면 아무리 이탈리아가 태평스런 나라라고 해도 국가로서 존속하기는 어렵다. 이런 사람이 창구에 앉아 있으면 절망적으로 여겨졌던 긴 줄이 금방 줄어든다. 그러나 안타깝게도 그런 사람은 지극히 적으며 또 이런 사람이 반드시 동료들에게 존경을 받는다고는 할 수 없다. 대부분의 경우, 저 사람은 자기가 좋아서 저렇게 열심히 하는 것이니까, 저 사람한테 맡겨두면 된다고 생각하는 것 같다.

그리고 휴가철이 다가오면 이탈리아의 우편 시스템은 심각한 마비 상태에 빠진다. 크리스마스 전, 부활절 전, 여름휴가 전에는 최악의 상태가 된다. 휴가가 되면 어디에 가자, 무엇을 하자, 라는 생각으로 머릿속이 가득 차 버린다. 물론 한창 휴가 중일 때는 모든 기능이 정지한다. 모두가 한꺼번에 죽어버린다(예를 들면 우리는 8월 5일에서 25일 사이에 우편물을 단 한 통도 받지 못했다). 휴가철이 끝나도 한동안은 업무가 잘 안 된다. 휴가 후유증이라는 이름을 가진 파스텔 색조의 구름이 사무실에 둥둥 떠다닌다. 관공서든 상점이든 어디를 가나 사람들은 각자 휴가에 대해 끊임없이 이야기하며 햇볕에 탄 모습을 자랑한다. 혹은 사무실에서 여유 있게 신문이라도 읽으면서 휴가의 피로를 푼다. 요컨대 이탈리아의 우편이 그나마 제 기능을 하는 것은 1년 중 매우 한정된 기간뿐이다.

하기야 아무리 이런 글을 써봐야 어차피 아무도 믿지 않겠지만.

이탈리아의 도둑 사정

심각한 우편 제도와 열차의 연착 그리고 이와 더불어서 이탈리아를 이야기할 때 빼놓을 수 없는 3대 화제의 하나가 도둑이다. 이탈리아의 도둑에 대해서는 이미 많이 알려져 있어서 '또 그 얘기야?' 하고 생각하는 사람도 있을지 모르지만 누가 뭐래도 나는 여기에 대해 하고 싶은 말이 많다.

*

미국에서 발행된 어떤 이탈리아 여행 안내책자의 'SECURITY(안전)'라는 항목에는 이렇게 써져 있다.

"이탈리아인은 훌륭한 호스트이다. 그들은 우호적이고 사교성이 풍부하고 성격이 밝고 쾌활하며 상냥하다. 대부분의 이탈리아인은 이런 멋진 사람들이다. 그렇지만 개중에는 무분별한 사람도 없지는 않다. 그리고 불행히도 그런 일부 사람들이 여행객들에게 이탈리아에는 도둑이 활개를 치고 있다는 인상을 심어주고 있다. 물론 나도 가방 날치기나 자동차 좀도둑에 대한 이야기를 들은 적이 있다. 하지만 그런 것은 세계 어디서나 마찬가지다. 나는 이탈리아의 거리가 도둑으로 가득 차 있다는 인상은 받지 않았으며, 또 이탈리아에서 뭔가를 잃어버린 적도 없다. 하지만 어찌되었든 주의하는 것이 상책이다. 가방에 주의할 것. 바지 뒷주머니에 보란 듯이 지갑을 넣고 다니지 말 것. 귀중품은 호텔의 귀중품 보관함에 맡길 것. 여행자 수표를 가지고 다닐 것. 차 안에 귀중품을 보이게 놓지 말 것. 말하자면 상식에 맞게 행동하라는 것이다. 이런 사소한 일에만 제대로 주의를 기울인다면 모처럼 하는 여행에서 기분 상할 일은 없을 것이다."

이 글은 정확한가?

아니, 정확하지 않다.

나는 책임을 지고 단언한다. 정확하지 않다. 지방도시나 작은 마을에서는 이 사람의 말도 어느 정도 맞을지 모른다. 가령 시에나나 모데나나 파르마나 트리에스테 같은 마을에서 이 사람의 말처럼 상식적으로만 행동하면 그다지 기분 나쁜 일은 당하지 않을 수도 있다. 사실 나도 그런 도시에서 불쾌한 경험을 한 적은 한 번도 없다.

그런데 로마는 다르다. 로마라는 곳은 이탈리아에서도 상당히 특수한 도시다. 이곳에서는 아무리 주의해도 아무리 상식적으로 행동해도 그것을 뛰어넘는 재난이 어김없이 닥쳐오는 것이다.

나는 3년 가까이 로마를 거점으로 하여 살면서, 이 도시에서 실제로 여러 가지 범죄를 목격했고 내가 직접 그런 재난을 당하기도 했다. 그리고 그것은 '상식적으로 행동만 하면' 피할 수 있는 간단한 종류의 일은 아니었다. 만약 로마에 오래 살면서 한 번도 범죄

(그 대부분은 물론 절도다. 미국의 경우와는 달라서 폭력범죄는 매우 적다)의 피해자가 되지 않았거나 혹은 그럴 뻔한 적도 없는 사람이 있다면, 그 사람은 어지간히 운이 좋거나 아니면 지나칠 정도로 조심성이 많던가 둘 중의 하나라고 생각한다.

내가 아는 사람이 어느 날 콜라 디 리엔초라는 번화가에 차를 세워두고 상점에 들어가서 쇼핑을 했다. 그리고 5, 6분 만에 나왔는데 차의 유리가 깨져 있고 카 스테레오가 없어졌다. 그는(이탈리아인이지만) 상식적인 사람이었으므로 차에서 나올 때는 도난당하지 않도록 언제나 카 스테레오를 꺼내서 들고 다니는 사람이었다. 그런데 그날은 말이 쇼핑이지 불과 5, 6분 동안의 일이다. 차를 세워둔 곳도 사람의 왕래가 끊이지 않는 번화가였다. 분명히 유료 주차장이고 담당 직원도 있어서 설마 괜찮겠지, 하는 생각에 잠깐 방심하고 그대로 둔 것이다. 그런데 그 짧은 사이에 어이없이 당하고 만 것이다. 주위 사람들은 범인이 대낮에 망치 같은 것으로 유리를 깨어 문을 열고 카 스테레오를 꺼내가는 모습을 보고 있었을 것이다. 하지만 누구 하나 뭐라고 말하지 않는다. 쓸데없는 일에는 참견하지 않는다. 이탈리아인들은 붙임성이 좋고 쾌활하고 친절한 사람들일지는 모른다. 그러나 자신에게 득이 되지 않는 일에는 굳이 나서지 않는 경향이 있는 것도 사실이다. 그런 의미에서 그들은 터프하고 현실적인 사람들이다. 그들도 물론 범죄가 나쁜 것이라고는 생각한다(아마도). 그러나 만약 누군가가 뭔가를 도난당했다고 하면 그것은 결국 도난당한 쪽이 어리석고 멍청하기 때문이라고 생각한다. 주의하지 않는 쪽이 나쁜 것이다.

따라서 알지도 못하는 타인을 위해서(물론 가족의 경우는 다르다) 굳이 어떤 행동을 해야 한다는 생각은 하지 않는다.

내 아내가 가방을 날치기당했을 때도 역시 그랬다. 우리들은 그때 나보나 광장 근처를 걷고 있었다. 평소에는 그렇게 관광객이 많은 곳에는 별로 가지 않는데, 그때는 도쿄로 돌아오기 전날이어서, 나보나 광장 정도는 봐두어야겠다는 생각에 산책하러 나간 것이다. 나는 조금 떨어진 곳에서 혼자 쇼윈도를 보고 있었기 때문에—아마 그래서 일이 벌어진 것이겠지만—아내가 날치기당한 것을 전혀 눈치 채지 못했다. 베스파를 타고 온 젊은 남자가 뒤에서 아내의 숄더백 끈을 잡아당겼다. 아내는 반사적으로 끈을 움켜쥐고 저항했다. 그런 상황이 30초 정도 계속되었다. 그렇지만 주변에는 몇 십 명이나 되는 사람이 있었음에도 불구하고 모두 못본 척 딴청을 피우고 있었다. 말려들고 싶지 않기 때문에 모른 척한 것이다. 그 후에 한동안 가방끈으로 줄다리기를 하다가 결국 끈이 끊어져서 남자가 가방을 가지고 사라진 후에야(그로부터 얼마 후 끈이 끊어지지 않아서 길에 질질 끌려가다 죽은 가엾은 일본 여성이 있었다. 로마의 트라스테베레에서 있었던 사건이다) 비로소 사건을 알아챈 척하고 아내에게 다가와서는 "큰일 날 뻔했군요" "우선 여기 좀 앉으세요" "경찰에게 연락할게요" "그 사람은 이탈리아 사람이 아니라 유고 사람이에요" 하고 각각 위로의 말을 했다. 그런 때 이탈리아인들은 정말 친절하다. 말은 돈도 안 들고 어려울 게 없기 때문이다.

솔직히 말해서 이 일은 우리에게 상당한 충격이었다. 그리고 실망도 했다. 왜냐하면 만약 내가 도쿄에서 소매치기를 만나 가방끈을 붙잡고 있는 여인을 보았다면, 특히 그것이 외국인이었다면, 나는 무슨 일이 있어도 도와주었을 테니까. 나는 특별히 정의감이 강한 사람은 아니지만 그 정도의 일은 할 거라고 생각한다.

게다가 또 우리는 몹시 운이 나빴다. 앞에서 설명한 것처럼 우리는 그 다음 날 도쿄로 일시 귀국할 예정이었기 때문에 아내의 가방 안에는 로마—파리 그리고 파리—도쿄의 항공권이 들어 있었다. 그것도 두 명분의 항공권이다. 여권과 신용카드 두 장과 여행자 수표까지도(그리 대단한 금액은 아니었지만).

우리들은 바로 경찰서로 갔다. 경찰서는 콰트로 폰타네 근처에 있다. 이곳 경찰서에는 도둑맞은 외국인이 도난신고를 하는 전용 창구가 있다. 그곳에 가보니 아직 이른 오전시간인데도 이미 많은 사람들로 북적이고 있었다. 거기에 온 사람들은 모두 물건을 도둑맞은 외국인 여행객으로서, 당연한 이야기지만 모두 낙담하고 흥분하고 잔뜩 화가 나 있었다. 대개가 유럽인이나 미국인이고 일본인은 우리뿐이었다. 그런 덩치가 큰 사람들 사이를 필사적으로 헤치고 나아가 도난신고 용지를 받아서 거기에 범행당한 장소와 빼앗긴 물건 등을 기입했다. 그런데 이것이 쉬운 일이 아니다. 내가 도난당한 현금 액수를 기입하자 무뚝뚝한 여경이 "이봐요, 금액 같은 건 기입하지 않아도 돼요. 그런 것이 남아 있을 리 만무하니까"라고 내뱉듯이 말한다. 그런 말을 들으니까 나도 화가 치민다. 이렇게 많은 사람들이 당신네 나라에 여행하러 왔다가 물건을 도난당하고 곤경에 처해 있는 마당에 그렇게 말하는 법이 어디 있느냐, 라고 버럭 소리라도 치고 싶은 심정이다. 그렇지만 호통을 친다고 일이 해결되지는 않는다. 이탈리아 관공서에서 화가 날 때마다 고함을 지르다가는 성대가 몇 개 있어도 모자란다. 묵묵히 용지에 기입하고 승인 도장을 받는다. 이 도장이 없으면 항공권도 여권도 재발행 받지 못하며 보험 처리도 되지 않는다. 이렇게 하는 데만 두 시간이 걸린다.

그리고 바로 일본 영사관으로 간다. 어쨌든 내일 출발해야 하므로 서두르지 않으면 시간에 댈 수가 없다. 영사관에 갔더니 즉시 증명사진을 찍어오라고 한다. 로마의 일본 영사관은 이런 종류의 도난에는 익숙해져 있어(매일 몇 건씩은 반드시 있다고 한다) 일 처리가 무척 빠르다. 근처에는 이런 사진을 전문으로 찍는 사진관까지 있다. 거기서는 단시간에 여권용 사진을 현상해 준다.

그리고 항공권. 이것이 골칫거리이다. 로마—파리 간은 아리타리아 항공이었기 때문에 아리타리아 사무실로 가서 사정을 설명한다. 도난당한 티켓은 무효로 하고 새로운 티켓을 발행하고 싶다고 말한다. 아리타리아 직원은 모두 친절해서, 그것 참 큰 봉변을 당하셨군요, 라며 동정한 후 "쿵후를 해서 무찌르지 그랬어요?"라고 시시한 농담까지 한다 "그런데 그 도둑은 이탈리아 사람이 아니에요. 유고 사람이에요"하고 덧붙인다(이탈리아 사람들은 도둑놈은 모두 유고 사람이라고 한다). 그런데 티켓은 재발행해 주지 않는다. 우리가 샀던 것은 정가의 티켓이고 컴퓨터에 이름이 입력되어 있으며 경찰의 도난 증명서도 있다. 바로 며칠 전에 산 것이니 상식적으로 생각해도 재발행을 해주지 않을 이유가 없다.

그런데도 안 된다고 한다. 왜 안 되는지 설명도 없다. 안 돼요. 할수 없어요. 죄송합니다. 이 말뿐이다. 왜 해주지 않는 걸까? 혹시라도 나중에 책임을 추궁당하기 싫은 것이다. 아무리 입씨름을 해도 결말이 나지 않아 일단 새로 파리행 티켓을 샀다. 재발행해 주지 않는다면 다시 사는 수밖에 없지 않은가. "여하튼 지금은 다시 사고 나중에 돌려받으세요" 하고 고집을 부린다. 나중에 아리타리아 본사에 가서 설명하며 따졌더니 "알겠습니다. 환불해 드리지요" 하고 말했다. 그러나 결국 그것을 돌려받는 데는 2년 반의 시간과 엄청난 노력과 강력한 연줄이 필요했다. 하기야 20세기 안에 돌려받은 것을 행운으로 생각해야 할지도 모르겠다.

그리고 나서 신용카드 분실신고를 한다(휴— 이제 지쳤다). 나는 아메리칸 익스프레스와 또 한 장 모 메이저 카드를 사용하고 있다. 선전하는 건 아니지만 아메리칸 익스프레스는 이런 경우 굉장히 대처가 빠르다. 스페인 광장에 있는 아멕스 사무실로 전화했더니, 알았습니다. 세 시간 후에 사무실로 와주십시오. 새 카드를 발급해 드리겠습니다,라고 대답한다. 설마, 이 로마에서 그렇게 빠르게 일 처리를 할 리가 없지, 하는 생각에 별로 기대도 하지 않고 세 시간 후에 가보니, 놀랍게도 정말 새 카드가 준비되어 있었다. 믿을 수가 없다. 정말 아멕스는 대단하다. 거기에 비해서 또 다른 모 카드 쪽은 전혀 일이 진전되지 않는다. 재발행하는 데 이래저래 한 달 가깝게 걸렸다. "예에, 날치기당하셨다고요? 로마에서요? 로마면 곤란한데요." 무슨 말인지 알 수 없는 대답만 한다. 농담이 아니다. 곤란한 건 이쪽이다. 외국에 와서 카드를 도난당했는데, 그것을 재발행하는 데 한 달이나 걸린다면 대체 어쩌란 말인가. 여행자 수표 재발행에 관해서도 아멕스는 빨랐지만 모 회사는 영 신통치 않았던 것이다.

그리고 여행 도난 보험을 들어놓았어도 이탈리아에서 도난당했을 때는 적용되지 않는 사례가 있다. 특히 유럽의 보험회사는 도난 보험 대상지역에서 이탈리아를 제외시키는 경우가 많다. 너무 사건이 많아서 도저히 감당할 수 없기 때문이다. 이탈리아 경찰서의 도난 신고증도 인정받지 못하는 경우가 많다. 엉터리이기 때문이다(정말로 엉터리다. 이쪽이 용지를 내밀면 제대로 보지도 않고 꽝 하고 도장을 찍을 뿐이다. 그렇게 하지 않으면 그 많은 도난 신고를 도저히 다 처리할 수 없기 때문이다).

이런 상황을, 앞에서 말한 관광 안내책자의 저자처럼 "세계 어디서나 마찬가지다"라는 표현으로 설명이 될 수 있다고 생각하는가? "상식적으로 행동하면 된다"라는 식의 쉬운 충고로 해결할 수 있다고 생각하는가? 나는 단연코 "웃기는 소리 하지 말라"고 말하고 싶다.

일본인 관광객들은 우선 집시를 조심하라는 충고를 듣는다. 집시는 익숙해지면 두려울 것 없다. 적어도 집시는 겉모습만 보면 알 수 있다. 집요하게 다가오면(그리고 수상하다고 생각되면) 뿌리치고 도망치면 된다. 이쪽에서 도망치면 뒤쫓아오지는 않는다. 두려운 것은, 겉모습만 보고는 알 수 없는 프로나 세미프로 범죄자이다. 로마에는 이런 범죄자가 득실득실하다.

지하철에서 나는 여러 번 소매치기를 보았다. 나 자신도 퍼뜩 뭔가 이상해서 보면 가방이 반쯤 열려 있던 적이 종종 있다. 그래서 지하철을 탈 때는 언제나 가방의 열리는 부분을 안쪽으로 해야한다. 중요한 물건은 상의 안쪽 주머니에 넣고 완전히 단추를 채운다. 레스토랑에 들어가면 가방은 언제나 무릎 위에 얹어놓고 있어야 한다.

날마다 이런 생활을 해야 한다. 뒤에서 베스파가 다가오면 날치기당하는 게 아닌가 휙 돌아보고(베스파를 보면 도둑이라고 생각하라는 것이 우리의 신조였다) 지하철을 타면 가방을 꽉 잡고 있다. 지하철 안에서 신문을 펼치고 있는 아저씨가 있으면 소매치기가 아닌가 하고 우선 의심부터 한다. 지하철에서 내릴 때 힘껏 밀면서 타는 남자가 있으면 주의하는 게 좋다. 레스토랑에서 식사를 하면서도 항상 힐끔힐끔 소지품에 신경을 쓴다. 자동차에서 내릴 때는 밖에서 보이는 곳에는 절대로 물건을 놓지 않는다. 5분에 한번씩은 지갑이 있는지 점검한다. 방에서 잠깐이라도 나올 때는 그때마다 덧문을 잠근다. 거동이 수상한 사람이 앞에서 걸어오면 길 반대쪽으로 옮겨서 걷는다. 하기야 로마에서 오랫동안 지내다 보면 특별히 의식하지 않아도 그런 버릇이 자연히 몸에 배게 된다. 물론 몹시 피곤한 생활이다.

나는 그리스에서 1년 가깝게 살았지만 도둑을 특별히 의식한 적은 없었다. 여러 가지 물건을 주변에 놓아둔 채로 있어도 잃어버린 적은 물론이거니와, 잃어버릴지 모른다고 생각한 적도 없었다. 미코노스에서 아파트를 빌려 살던 때에는 문도 잠그지 않았다. 가방을 놓아둔 채로 어딘가에 다녀와도 가방은 언제나 반드시 그 자리에 있었다. 물건을 잃어버리면 누군가가 가져다주었다. 그러나 로마에서는 카페 테이블에 팁을 놓고 갈 수도 없다. 누군가가 지나가는 길에 슬쩍 가지고 가버리기 때문이다. 나는 그런 팁 도둑을 목격한 후로는 점점 이 도시에서 살기 싫어졌다.

우리 부부가 파리에서 온 니시야마[西山] 씨와 함께 저녁 무렵 집 근처의 옥외 피자가게로 식사하러 갔을 때도 하마터면 가방을 잃어버릴 뻔했다. 뒤쪽 테이블에 앉아 있던 두 명이 특수한 도구(아무래도 신축성 있는 고리가 달린 막대기와 같은 것)를 이용해서 발밑에 두었던 내 숄더백를 질질 끌어당기려 한 것이다. 그런데 다행히 이 가방에는 책이며 카메라 같은 것이 들어 있어서 보기보다 훨씬 무거웠기 때문에 그 도구로는 끌어당길 수가 없어 쩔쩔매고 있었던 것 같다. 하지만 수법이 워낙 교묘했기 때문에 나는 전혀 눈치 채지 못하고 있었다. 아내가 뒷좌석의 두 명이 어째 이상하다고 나에게 주의를 주어서 무사할 수 있었다. 발밑의 가방을 보았을 때는 이미 그런 도구는 그림자도 보이지 않았고 다만 가방의 위치가 조금 뒤쪽으로 물러나 있었을 뿐이다.

그럭저럭하는 사이에 그 두 명은 쓰윽 자리에서 일어서더니 어딘가로 가버렸다. 그런데 그들은 사라지기 전에 근처에 앉아 있던 미국인 커플을 노렸던 것 같다. 30분쯤 뒤 그 미국인 커플이 계산을 하려고 했을 때, 여자가 자신의 가방이 없다는 것을 알아차렸고 한바탕 소동이 일어났다. 그들은 그 옆 테이블에서 식사를 하고 있던 이탈리아인 커플이 가방을 훔쳤다고 생각했던 모양이다. 그래서 얌전해 보이는 그 젊은 이탈리아인 커플에게 가방을 보자며 흥분했다. 미국인 남자는 얼굴을 붉히며 화를 내고 있었고, 이탈리아인 커플은 전혀 영어를 못하는 듯 둘이서 뭐가 뭔지 영문을 모른 채 멍한 표정을 짓고 있었다.

하도 딱해 보여 내가 그 미국인 남자에게 사정을 설명했다. 만약 당신들의 가방이 없어졌다면 범인은 이 사람들이 아니라, 아까 여기 잠깐 앉아 있던 얼굴색이 거무스름한 두 명의 짓인 것 같다. 거동이 수상했고 내 가방도 훔치려다가 포기한 것 같다, 라고.

미국인은 잠시 나까지도 의심하는 표정으로 노려보았다. 아마 나 역시도 이 도시가 교묘하게 꾸며놓은 함정의 일부가 아닌가 하고 의심한 것이리라. 그렇지만 끈기 있게 설명하자 나중에는 사정을 이해한 것 같았다. 조금 크게 한숨을 쉬고는 이탈리아인 커플에게 사과했다. 의심해서 미안합니다. 면목없습니다. 용서하십시오, 하고. 이탈리아인 커플도 사정을 이해한 듯 "괜찮습니다. 됐어요" 하고 대답했다.

가방을 잃어버린 여자는 의자에 앉은 채로 훌쩍훌쩍 울고 있고 남자 쪽은 시종일관 내뱉듯이 "퍽(Fuck)! 퍽!"을 연발하고 있었다 (사실 그래서 미국인인 것을 알았지만). 우리는 뉴욕에서 왔답니다, 하고 그는 말했다. 내일 미국으로 돌아가는데, 도둑맞은 여자 친구 가방 안에 여권이며 항공권이 다 들어 있어요. 하필이면 여행 마지막 밤에 이런 일이 생기다니 퍽! 그는 웨이터를 붙잡고 마구 화풀이를 했다. 이봐요, 이런 일은 가게에도 책임이 있다구요. 가게의 보안 상태가 엉망이라서 이런 일이 생긴 거라구요. 지배인을 불러와요, 하고 고함을 쳤다. 무척이나 성미가 급한 남자 같았다. 하지만 나는 그의 심정을 충분히 이해한다.

이윽고 지배인이 온다. 그리고 동정한다. 그는 매우 괴로운 듯한 표정이다. 비통한 얼굴로 고개를 흔들며 말한다. 정말로 유감입니다. 한심한 일입니다. 부끄럽습니다. 화가 나시는 게 당연합니다. 그 심정은 잘 압니다, 시뇨레. 그러나 훔친 사람은 분명 유고인입니다……. 요컨대 가게에는 책임이 없다는 것이다. 나는 이것을 이탈리아식 양동이 릴레이라고 부른다. 모두가 요령 있게 휙하고 몸을 피해 '책임'이라는 이름의 양동이를 받지 않으려 하기 때문에 언제까지고 불을 끌 수가 없다. 성미 급한 뉴욕 사람은 계속 호통을 치고, 이탈리아 사람은 두 손을 들고는 계속 고개를 흔든다. 그렇지만 아무리 그래 봐야 결말은 나지 않는다.

나도 작년 봄에 당신과 같은 일을 당했다, 라고 나는 그에게 말했다. 역시 귀국하기 전날 몽땅 털려버렸다고.

여자는 아직도 훌쩍훌쩍 울고 있다. 자기 가방을 도둑맞았다는 사실을 믿을 수가 없는 데다, 충격이 커서 눈물을 멈출 수가 없는 모양이다. 사고란 그런 것이다. 자신의 신변에 일어난 일이 아니면 얼마든지 쉽게 말할 수 있다. 나는 로마에서 만났던 어떤 일본인에게 아내가 가방을 날치기당했다고 말했다. 그러자 상대는 그야말로 업신여기는 듯한 표정으로 그런 건 잃어버린 쪽이 잘못입니다, 라는 식으로 대답하는 게 아닌가. 나는 조금 화가 났지만 말해 봐야 소용없기 때문에 아무 말도 하지 않았다(이탈리아인은 여러 가지 결점을 가지고 있기는 해도, 적어도 이렇게 오만하게 말할 만큼 무신경하지는 않다). 요컨대 모두들 다른 사람의 신변에 일어난 일에 대해서는 얼마든지 좋을 대로 말할 수 있다. 상식적으로 행동하십시오. 조심만 하면 걱정 없습니다. 하지만 누가 가방을 빼앗긴 이 미국인 여자를 나쁘다고 말할 수 있겠는가?

그녀로서는 로마에서 보내는 마지막 밤에, 아름다운 분수 앞의 멋진 피자가게에서 옆 자리의 의자 위에 잠시 가방을 놓아두었을 뿐이다. 만약 그곳이 그럴듯한 관광지였다면 나도 조금은 주의가 부족했던 게 아니었을까 하고 생각했을지 모른다. 그러나 그곳은 관광객 따위는 거의 없는 한적하고 조용한 주택가였다. 그래서 우리도 비교적 긴장을 풀고 식사를 즐기고 있었던 것이다.

나는 그에게 지금부터 해야 할 일에 대해 설명한다. 우선 경찰서로 가서 도난신고를 할 것. 그 신고가 없으면 아무것도 할 수 없다는 것. 그리고 영사관에 가서 여권을 재발급 받을 것.

퍽! 이봐요, 우린 내일 비행기 타야 한단 말이에요.

로마를 방문하는 사람을 진저리 치게 하고 질리게 하는 건 도둑이나 소매치기나 집시나 날치기나 물건 바꿔치기나 사기꾼이나 폭력배나 거스름돈을 속이는 판매원만은 아니다. 수탈을 목적으로 하는 그들 중에 택시도 꽤 큰 비중을 차지하고 있다.

내가 로마에 있는 동안 일본에서 몇 명인가 아는 사람이 왔었는데 공항에서 택시를 타고 바가지를 쓰지 않았던 사람은 한 명도 없다. 공항에서 중심지까지의 요금은 팁까지 합쳐서 많아야 약 5천 엔이다. 그런데 모두 최소한 1만 엔은 받는다. 심할 때는 3만 엔도 받는다. 나는 모두에게 "공항에서 여기까지 택시요금은 약 5천 엔이니까 만약 그 이상 요구하면 호텔 안내계로 가서 교섭을 부탁하라"고 미리 말해 두었다. 그렇지만 운전사도 바보는 아니기 때문에 호텔 입구까지는 가지 않는다. 무슨 이유를 대서라도 훨씬 전에 차를 세우고 돈을 받는다. 3만 엔을 빼앗긴 사람의 경우 말도 안 된다고 불평하자 "나는 총을 가지고 있소" 하고 위협했다고 한다. 황당하기 짝이 없는 이야기다. 그 이후로 나는 아는 사람이 올 때는 반드시 공항까지 마중을 나간다.

거리에 있는 일반 택시는 그렇게 심하지는 않다. 더러는 나쁜 사람도 있지만 대부분의 택시 운전사는 정직하고 친절하다. 붙임성도 좋다. 그야말로 성실한 서민이라는 느낌을 주는 아저씨가 많다. 그들도 악질적인 운전사 때문에 피해를 보는 희생자이다. 그러나 유감스럽게도 공항과 테르미니 역에 모여 있는 택시 운전사의 질은 상당히 좋지 않다. 자가용 불법영업은 말할 것도 없고 정규 택시도 말도 안 되는 요금을 받는 경우가 많다. 나도 몇 번인가 경험했는데 정상 요금을 받는 택시가 적다고 해도 좋을 정도이다. 공항과 테르미니 역에서는 가능하면 택시를 타지 않는 게 현명하다. 경험한 바로는 행선지가 유명한 호텔인 경우는 일이 심각해진다. 만약 테르미니 역과 공항에서, 당신이 정직하고 느낌이 좋은 운전사가 모는 택시를 타고 원하는 호텔에 도착했다면 그건 정말 엄청난 행운이다. 그리고 경험적으로 말해서 그런 행운은 몇 번 계속되지 않는다.

왜 로마의 경찰이 이런 악질적인 무리를 엄하게 단속하지 않는지 나로서는 전혀 이해가 안 된다. 어쩌면 로마를 방문하는 관광객에게 일단 경고하기 위해서(여러분 이 도시는 결코 호락호락한 도시가 아닙니다. 이제부터 이런 일이 계속해서 기다리고 있습니다. 아직 시작에 불과합니다. 주의하십시오) 일종의 통과의례적인 충격요법으로서, 친절을 베풀어 일부러 악질 택시를 공항과 역에 배치하고 있는지도 모르겠다.

물론 나라고 로마에서 나쁜 일만 경험한 것은 아니다. 이건 분명히 해두어야 할 것 같다. 즐거운 경험도 있었고 인정 많고 따뜻한 사람도(많다고는 할 수 없지만) 있었다. 어쩌다 그런 사람을 만나면 매우 안심이 되었다. 예를 들면 우리가 가방을 도난당한 날 밤, 우리들이 묵고 있는 호텔의 주인이 와서(그날 우리는 마지막 밤이므로 아파트를 나와서 호텔에 머물고 있었다) 바에서 칵테일을 대접하며, 로마에서 그런 일을 당하게 되어 진심으로 미안합니다. 유감스런 일입니다. 만약 돈을 빼앗겨 곤경에 처해 있다면 말씀해 주십시오. 필요한 만큼 호텔에서 빌려드리지요. 사양하지 마십시오. 일본으로 돌아간 후에 보내주시면 됩니다, 하고 말했다. 우리들은 다행히 현금은 거의 빼앗기지 않았으므로 그 호의에 대한 사례의 말만 해두었다. 하지만 이렇게 배려해 주는 사람을 만나자 이 도시도 그렇게 나쁘지만은 않구나, 하는 생각이 들었다.

그러나 다시 한 번 로마에서 살고 싶은가 하고 묻는다면, 나는 아니오, 라고 대답할 수밖에 없다. 여행하러 오는 거라면 몰라도 사는 것은 이제 질렸다. 바스터 그라체. 이 글을 쓰고 나서 열흘 후에 나는 로마의 아파트에서 철수하고 도쿄로 돌아가려 하고 있다.

로마에서 사는 동안 우리는 1년 내내 도둑에 대해 생각했던 것 같다. 어딘가로 여행을 떠날 때면, 돌아왔을 때 집 안에 있는 물건이 몽땅 없어져 있는 것은 아닌가 하는 걱정을 해야 했다. 그런 걱정을 하면서 하는 여행은 그다지 즐겁지 않다.

　물론 도쿄라고 도둑이 없는 것은 아니다. 방범에도 어느 정도는 주의를 해야 한다. 그러나 말할 것도 없는 일이지만 로마처럼 심하지는 않다. 도쿄에 살고 있는 사람들은 매일매일 도둑을 생각하면서 살지는 않는다. 나는 도쿄에 돌아와서 한동안 사람들이 뒷주머니에 큰 지갑을 넣고 다니고, 가방을 주위에 아무렇게나 던져두고 있는 것을 보면 깜짝 놀라곤 했다. 그러나 자연스럽게 익숙해진다. 아 그렇지, 여기는 도쿄지. 아무것도 걱정할 것 없지, 하고. 그것은 확실히 도쿄의 좋은 점이다. 도둑 걱정을 하지 않고 살 수 있는 건 좋은 일이다.

　그러나 어디를 가든지 그곳 특유의 문제점이 있게 마련이다. 로마는 로마 나름의 문제점이 있고, 도쿄는 도쿄 나름의 문제점이 있다. 그리고 도쿄의 문제점은 도쿄의 문제만이 갖는 성격으로 내 머리를 괴롭히고 진저리 치게 하고 지치게 한다.

　내가 외국에서 오래 생활하며 얻은 교훈은 대충 이 정도이다. 세계는 원칙적으로 그 문제의 질에 따라서 구별된다. 그리고 우리는 어디에 있더라도 그런 문제와 더불어 앞으로 나아가고 그런 문제와 함께 살아갈 수밖에 없는 것이다.

오스트리아 기행

그림엽서를 샀더니 비 오는 날의 잘츠부르크 그림이 있고,
뒤에는 "비가 많기로 유명한 잘츠부르크"라고 써져 있었다.
그림엽서에도 사용될 정도면 어지간히 비가 많이 내리긴 하나 보다.
아침마다 눈을 뜨면 비가 내리고 있다. 잘츠부르크뿐만 아니라
오스트리아는 어디를 가도 정말 비가 많이 왔다.

오스트리아 기행

잘츠부르크

전부터 여름에 열리는 잘츠부르크 음악제에 가는 것이 내 소원이었다. 계속 유럽에 살았으니까 마음만 먹으면 못 갈 것도 없는데도, 왠지 선뜻 실행에 옮기지 못하고 있었다. 가봐야 사람만 많을 것이라는 둥, 어차피 티켓도 사지 못할 것이라는 둥, 그런 귀찮은 생각이 앞서서 피했던 것이다. 나는 사람이 많이 모이는 장소를 좋아하지 않는다. 박람회나 올림픽이라든가 백화점 세일이라든가 판다곰이라든가 프로야구 결승전이라든가 디즈니랜드라든가 설날의 메이지 신궁[明治神宮]이라든가 추석의 에노시마[江島] 해안이라든가 벚꽃이 활짝 핀 우에노 공원[上野公園]이라든가, 이렇게 사람이 많이 모이는 곳은 '사람이 많이 온다'는 생각만으로 갈 마음이 없어지고, 간 적도 없다. 왜냐하면 그저 단순히 사람이 많이 모여 있는 것을 보고 싶지 않기 때문이다. 축제라는 이름이 붙어 있는 행사도 대개는 싫어한다. 싫어한다기보다 아예 증오한다. 그래서 음악은 듣고 싶지만 음악제라는 글자를 보는 것만으로도 '에

이, 그만두지 뭐' 하고 포기하게 되었다.

전에 일주일 정도 빈에 머물면서 무척이나 지루하게 시간을 보냈던 것도 잘츠부르크행을 주저하게 만든 원인 중의 하나였다. 다른 사람들은 어떻게 느끼는지 모르지만 내게 빈은 정말 지루한 도시였다. 음식도 맛없고 특별히 할 일도 없고, 정말 세상에 이렇게 재미없는 도시가 있을까 싶었다. 매일같이 동물원에 가거나 센부른 궁의 숲 속에서 다람쥐에게 먹이를 주면서 시간을 죽였다. 같은 오스트리아니까 잘츠부르크도 거기서 거기일 것이라고 생각했다.

이번 여행은 본래 잘츠부르크에 들르기 위해서 계획한 것은 아니었다. 독일 남쪽 지방을 여행하는 김에 짬이 나면 들러볼까 하는 정도였다. 그런데 오스트리아의 시골을 거쳐서 잘츠부르크에 도착할 즈음에는 우리도 이 나라가 꽤 마음에 들기 시작했다. 결국 반달 동안 여행하면서 남부 독일에서는 나흘만 머물고, 나머지는 오스트리아를 여기저기 돌아다니며 지냈다. 사람이든 나라든 첫인상만 가지고는 상대를 정확하게 보았다고 할 수 없다는 사실을 증명한 셈이다. 하지만 솔직히 말해, 오스트리아는 좀 지루한 나라이기는 하다. 이탈리아같이 재미있지도 않고 독일처럼 존재감이 있지도 않다. 아름답고 깨끗한 나라이지만 지루하다. 하지만 지루한 게 뭐가 나쁘냐는 식으로 바꿔서 생각하면 여긴 정말 좋은 나라다. 그리고 어느 나라나 마찬가지지만 도시보다는 시골의 작은 마을이 더 재미있다. 게다가 오스트리아의 가장 매력적인 점은 무엇보다도 안전하다는 것이다. 자동차 안에 짐을 그대로 두고 내려도 전혀 걱정하지 않아도 된다. 날치기나 소매치기, 잡시에 대해서도 신경 쓸 필요가 없다. 이것은 이탈리아에 살고 있는 사람에게는 천국처럼 느껴지는 상황이다. 우리는 이 나라에 와서 정말 오랜만에 마음을 놓을 수 있었다. 그리고 이런 것이야말로 사람답게 사는 환경이라고 생각했다. 간혹 뉴욕 같은 곳에 가서, 그런 자극적인 곳이 아니면 사는 재미가 없다고 하는 사람이 있는데, 나는 그렇게 생각하지 않는다. 누가 뭐라든 안심하고 살 수 있는 안전한 장소가 정상적인 장소다. 그런 점에서 오스트리아는 나무랄 데 없는 나라다. 자극이라는 것은 한 사람 한 사람이 제각기 자기 속에서 만들어가야 하는 것이 아닐까?

잘츠부르크까지는 자동차로 갔다. 그런데 이 잘츠부르크라는 곳은 온 도시가 하나의 미로처럼 되어 있어서 골목길은 구불구불하고 일방통행과 차량 진입금지와 막다른 길의 연속이었다. 언덕 위에 있는 호텔에 예약을 해놓았는데, 결국 그곳에는 가지 못했다. 카프카의 소설처럼 몇 번을 해보아도 같은 장소에 와버리는 것이다. 한 시간쯤 그러다가 포기하고는 호텔에 전화를 걸었다. "지금 어디어디에 있는데 그곳으로 가는 길을 가르쳐달라"고 하자 "도저히 전화상으로는 설명할 수 없으니까, 택시를 한 대 잡아서 호텔로 가자고 하고 그 뒤를 따라오라"는 대답이 돌아왔다. 그러나 우리는 몹시 녹초가 되어 있었고 그렇게 할 기운도 남아 있지 않았기 때문에, 그 호텔은 취소하고 도시 입구에 있는 큰 주차장에 차를 세워두고는 중심가의 작은 호텔에 묵었다. 음악제가 열리는 동안에 그 도시에서 예약 없이 호텔을 잡는 것은 불가능하다고 들었는데, 막상 가보니 그렇지만도 않았다. 싸지만 괜찮은 호텔이었다. 특별히 인상적이라고는 할 수 없지만 청결하고 산뜻하다. 1층에 있는 작은 맥주홀 같은 레스토랑도 서민적이어서 좋았다. 우리는 여기에서 2박을 하기로 했다.

이 호텔은 음악제의 중심 회장인 페스트슈필레에서 걸어서 5분 거리에 있었기 때문에 결과적으로 무척 편리했다. 거리에 붙어 있는 포스터를 보니, 오늘 밤에는 알렉시스 바이젠베르크의 피아노 연주가 있다. 입장권은 아직 남아 있다고 적혀 있다. 그래서 매표소에 갔더니 오늘 바이젠베르크의 연주는 취소되었고, 대신에 루돌프 부흐빈더의 연주로 대체되었다고 한다. 그래도 일부러 잘츠부르크까지 왔는데 그냥 돌아가기 억울해서 티켓을 샀다.

오페라의 경우는, 전날에는 베르디의 〈가면무도회〉(솔티 지휘) 공연이 있었고, 이틀 뒤에는 〈토스카〉(아바도 지휘)의 공연이 있다. 〈가면무도회〉는 원래 카라얀이 지휘할 예정이었는데, 아시다시피 카라얀이 갑자기 사망하는 바람에(거리에는 카라얀의 포스터가 그대로 붙어 있었다) 솔티가 대역을 맡게 되었다. 대역에는 본래 번스타인과 무티가 후보였는데, 번스타인은 〈가면무도회〉를 이제까지 한 번도 지휘해 본 적이 없다는 이유로, 그리고 무티는 카라얀의 대역을 맡는 것이 정신적으로 너무 부담이 크다는 이유로 거절했다고 한다. 그래서 솔티에게 돌아간 것이다. 시험 삼아 〈토스카〉 입장권은 있습니까, 하고 매표창구에 물어보았더니 "이보세요, 그 티켓을 지금 찾으면 어떡합니까?"라고 말하는 듯한 눈초리로 쳐다보았다. 그야 물론 그렇다. 그런 티켓이 지금 있을 리가 없다.

그러나 결과적으로 말하면, 이 부흐빈더의 피아노 연주는 상당히 재미있었다. 내 아내는 전에 도쿄에서 바이젠베르크의 피아노 연주를 들은 적이 있는데, 그녀 말에 따르면 "솔직히 말해 바이젠베르크보다 이 사람이 훨씬 재미있다"는 것이다. 물론 그건 한참 전의 일이니까 요즘은 바이젠베르크의 연주가 어떻게 바뀌었는지 알 수 없는 일이지만.

음악회장에 오는 사람들은 모두 아주 잘 차려입고 있다. 남성들은 대부분 연미복 같은 옷을 입고 있고, 대부분의 여성들은 어깨를 드러낸 이브닝드레스에 보석으로 치장하고 있다. 아무튼 있는 대로 멋을 내고 온다. 이탈리아의 콘서트에서는 이렇게까지 정식으로 복장을 갖춘 사람을 거의 볼 수 없기 때문에 처음에는 그 차이에 놀랐다. 나도 일단은 재킷 차림이기 때문에 그다지 튀지는 않아서 다행이다.

일본인 청중도 꽤 많다. 잘츠부르크 음악제를 중심으로 구성된 투어가 많기 때문이다. 사실 잘츠부르크에서 오페라를 보고 싶으면 일본에서 투어로 가는 것이 가장 편하다는 이야기도 들었다. 그렇게 하지 않으면 현지에서는 오히려 티켓을 구할 수 없기 때문이다. 앞쪽 자리에서 드레스를 입은 일본 아가씨들이 꺄악 꺄악 소란을 떨면서 사진을 찍자, 옆에 앉은 오스트리아 부인이 "조용히 좀 해요" 하고 야단을 치고 있다. 일본의 젊은 여자들은 흥분하면 목소리가 단숨에 몇 옥타브씩 높아진다. 왜 그런지 모르겠지만.

부흐빈더의 연주 프로그램의 첫 순서는 베토벤 피아노 소나타 작품 31번의 2와 3이다. 이것은 한마디로 말하면 정념적 장식이나 의도를 일단 걸러내고, 음부만으로 다시 구축해 나가는 느낌의 미니멀리즘적인 베토벤이었다. 그런 의미에서는 글렌 굴드의 연주와 일맥상통하는 부분도 있지만, 그래도 굴드와는 전혀 다르다. 굴드의 음악에서 볼 수 있는 장대한 우주를 여기서는 느낄 수 없다. 그렇지만 우주까지는 아니더라도 그 나름대로의 세계는 존재한다. 우주 같은 건 필요 없다,고 생각할 수만 있으면 이 연주도 상당히 '빠져들게' 만들며 재미도 있다. 이런 재미를 경험한 것은 2년쯤 전에 도쿄에서 발레리 아파나셰프의 피아노를 들은 이래 처음이다.

후반은 쇼팽과 리스트였다. 쇼팽은 스케르초 2번과 즉흥환상곡 그리고 소품이 또 하나 있었다. 리스트도 별로 들어본 적이 없는 소품 두 곡이었다.

이 쇼팽은 재미있었다. 도대체 전혀 쇼팽 같은 느낌이 아니고, 정말이지—문장으로는 충분히 전달할 수 없어서 미안하지만—기가 찰 정도로 웃겨서 음악회장에도 박수 소리가 요란했다. 영혼이 느껴진다거나 가슴을 흔들어놓는다거나 마음속에서 만감이 교차된다거나 너무나 아름다워 가슴이 아플 정도라거나 인간 존재의 본질에 육박한다거나 하는 그런 것과는 전혀 달랐지만 아무튼 정말 들어볼 만한 것이었다. 쇼팽이라면 모든 종류의 연주를 들어보았다고 큰소리 치는 사람도, 이 연주를 들으면 자기도 모르게 씩 웃게 될 것이다. 그 정도로 즐겁고 신선하고 따뜻한 연주였다. 이런 연주를 들으면 역시 유럽 문화권의 두터운 층을 실감하지 않을 수 없다.

연주가 끝나고도 박수 소리는 끊이질 않았고 사람들은 쿵쿵거리며 발을 구른다. 이 소리가 꽤나 요란하다. 옛날 바이킹들의 축제 같은 느낌이다. 세 곡 정도 앙코르 연주를 하는데, 그래도 청중들은 자리에서 일어날 생각을 하지 않는다. 이것은, 이렇게 말하면 미안하지만, 공짜로 얻은 것 같은 연주회였다. 끝난 후 맥주홀에 가서 맥주를 마시고 소시지를 먹고 호텔로 돌아왔다.

다음 날은 프란체스카나 교회에서 오르간과 플루트와 오보에 연주를 들었다. 이것도 상당히 분위기가 있어 좋았다(딱딱한 의자 때문에 엉덩이가 좀 아팠지만). 잘츠부르크에서는 하루에 5,6건 정도의 연주회가 있다. 그러니까 아침에 일찍 일어나면 공연 매표소에 가서 오늘의 공연이라는 일람표를 본다. 그리고 그중에서 자기가 보고 싶은 공연을 선택하면 되는 것이다. 유명한 인형극 오페라도 있는가 하면 옛 성의 넓은 홀에서 연주하는 실내악도 있고, 일주일에 한 번씩은 교회에서 모차르트의 레퀴엠이 연주된다. 이 정도로 공연이 많으면 일주일 내내 여기에 있어도 싫증은 나지 않을 것 같다. 운이 좋으면 취소된 오페라의 티켓을 정가로 살 수도 있다(물론 어디까지나 불가능한 일은 아니라는 정도의 가능성이지만).

그런데 이 도시는 비가 많이 온다. 내가 있었을 때에도 계속 비가 내렸다. 그리고 8월 초인데도 매우 추웠다. 모직 스웨터를 입고(너무 추워서 오스트리아에 와서 산 것이다) 그 위에 재킷을 입었는데도 추웠다. 하는 수 없이 몸을 녹이려고 음식점에 들어가서 국수가 들어 있는 따뜻한 수프를 먹곤 했다. 그림엽서를 샀더니 비 오는 날의 잘츠부르크 그림이 있고, 뒤에는 "비가 많기로 유명한 잘츠부르크"라고 써져 있었다. 그림엽서에도 사용될 정도면 어지간히 비가 많이 내리긴 하나 보다. 아침마다 눈을 뜨면 비가 내리고 있다. 잘츠부르크뿐만 아니라 오스트리아는 어디를 가도 정말 비가 많이 왔다. 매일 비만 보고 지냈던 것 같다. 언제나 자동차의 와이퍼를 삐꺽삐꺽 하고 움직였던 것 같기도 하다. 잘츠부르크에서 15킬로미터 정도 북쪽으로 올라가 독일과 국경을 이루고 있는 곳을 넘으면, 그쪽은 깨끗하게 개어 있다. 그런데 다시 남쪽으로 내려와 오스트리아로 오면, 여기는 비가 내리는 것이다. 영화 〈사운드 오브 뮤직〉을 본 사람은 오스트리아의 날씨가 언제나 맑게 개어 있는 줄 알겠지만, 그것은 완전히 20세기 폭스(영화사 이름)사적인 거짓이다. 우리가 갔던 계절이 원래 비가 많은 때여서 그랬는지 모르지만, 내리는 비의 양을 보면 일본의 장마철 이상으로 많았다.

비 때문에 계속 호텔에 틀어박혀 있어서인지, 오스트리아에서는 독서만 했던 것 같다. 가지고 갔던 이와나미[岩波] 문고의 《몽테크리스토 백작》 전 7권을 전부 읽어버렸기 때문에, 슈라드밍크라는 작은 마을의 조그만 책방에서 하멧의 《마르타의 독수리》를 사서(이 책방에서 내가 읽고 싶은 생각이 든 영어책은 이것밖에 없었다) 정말 오랜만에 다시 읽었다. 다 읽은 후에는 톰 울프의 《본파이어 오프 더 배니티(허영의 불꽃)》를 읽었다(이 책은 뮌헨의 책방에서 샀다). 알프스를 넘고 마을 여관에 묵고 맥주를 마시고 슈니첼을 먹고 창밖에 내리는 비를 보고 소의 목에서 딸랑거리는 방울 소리를 들으면서, 톰 울프의 재미있지만 조금은 거창한 소설을

읽는(왜 그렇게 거창하게 느껴지는지 잘 모르겠지만 아무튼 재미
는 있다) 일과를 되풀이하면서 매일을 보냈다.

　오스트리아에서 놀라기도 하고 감탄하기도 한 것은, 비가 주룩
주룩 내리는 데도 우산도 안 쓰고 비옷도 입지 않은 채 여유롭게
걸어다니는 사람이 많은 점이다. 이것은 어쩌면 기후에 맞춰서 사
람이 진화한 것인지도 모르겠다. 그리고 일본 마쓰다의 자동차가
정말 많은 점이다. 도요타나 닛산보다 마쓰다가 훨씬 많다. 왜 그
런지야 나도 모르지만.

　오스트리아에서는 매일 여러 가지 음식을 먹었는데, 요리 이름
이 각 지방마다 다른 데다 글자가 너무 많아서 무엇을 먹었는지
잊어버렸다. 물론 주문할 때마다 메뉴를 보고 그 음식 이름을 메
모하면 되는 일이었지만, 그것도 귀찮아서 도중에 그만두고 말았
다. 도대체

PRINZREGENTENTORTE

ARTISCHOCKENHERZEN

GESCHNETZELTE HÜHNCHENBRUST

SCHASCHLIKSPIESSCHEN

라는 식의 음식 이름을 일일이 수첩에 메모하면서 어떻게 밥을 맛
있게 먹을 수 있단 말인가? 나는 못한다. 대학 1학년 때의 독일어
강의가 생각나서 속이 거북해진다.

　내가 '아, 이건 정말 맛있다'고 생각해서 일부러 이름을 메모해
놓은 것은 **VOLLKORNROLLE**라는 음식이다. 이것은 크로켓 속
을 야채로 채워서 라비올리 같은 것으로 돌돌 말아 기름에 튀긴

음식이다. 맛이 진하지 않고 산뜻해서, 뭐 박수갈채를 보내고 발을 동동 구를 정도는 아니지만 아주 일품이었다. 다른 장소에서는 볼 수 없었으므로 그 지방 고유의 음식인지도 모르겠다. 그것을 또 한 번 먹기 위해서라도 잘츠부르크에 다시 갔으면 좋겠다.

알프스의 불상사

여행에는 이런저런 문제가 따르게 마련이다. 생각해 보면 그곳 사정도 잘 모르고 아는 사람도 없고 말도 잘 안 통하는 낯선 땅에서 이동하는 것이니까, 문제가 없는 게 오히려 이상하다. 그게 싫다면 여행 같은 건 하지 말고 가만히 집에서 비디오나 빌려다 보면 된다—**이런 말은 이론**이다. 이론이자 정론이다. 하지만 막상 실제로 자기에게 사고가 일어나면, 그렇게 생각하고 지나갈 수 있는 일이 아니다. 이론이나 정론 같은 건 눈 깜짝할 사이에 어디론가 사라지고 먼 배후의 풍경이 되어버린다. 그런 건 아무 소용도 없다. 눈앞에는 불합리한 현실에 위협을 느끼며 불확실한 미래에 직면해 있는 상처받기 쉬운 자아가 홀로 남아 있을 뿐이다. 이상한 일이지만(혹은 전혀 이상하지 않을 수도 있다) 사람은 타인의 신상에 일어나는 재난에 대해서는 비교적 쉽게 상상력을 발휘하면서(본래 그런 거야, 그런 일이 있을 수도 있지, 그 정도는 대비했어야지 등등) 그것이 막상 자신의 일이 되면, 그 정신적인 추구력은 한여름 오후의 늙은 개처럼 힘이 없어지는 경향이 있다. 예를 들어 당신은 내일 자기가 암 선고를 받는 모습을 상상할 수 있는가? 혹은 당신의 부인이 내일 어떤 남자와 도망을 치거나 은행으로부터 신용카드 자동이체 통장의 잔액이 500만 엔 모자란다는 전화를 받는 것을 상상할 수 있겠는가? 그때의 충격과 아픔을 당신은 자기의 일로서 상상할 수 있는가? 가능할 리가 없다. 그렇기 때문에 그 불상사가 실제로 적나라한 현실로서 자기 눈앞에 모습을 나타내면, 사람들은 그것이 말도 안 된다고 생각하고 불공평하다고 여기고 때로는 분노까지 느낀다. 그런 것이다. 나라고 예외는 아니다.

  문제가 발생한 것은 8월 6일 일요일, 오전 10시 전이었다. 우리는 독일 남단에 있는 오바멜가우라는 마을을 오전 9시에 출발하여, 숲 속에 있는 작은 국경을 넘어(경비원이 한 명 있다가 자동차의 서류를 확인하고는 통과시킨다) 오스트리아로 갔다. 오스트리아에 입국하자, 늘 그렇듯이 날씨가 이상해지기 시작하더니 당장이라도 비가 내릴 것처럼 하늘이 흐려졌다. 오바멜가우에서 로잇데라는 오스트리아의 마을까지는 35킬로미터 정도 매우 아름다운 산길이 나 있다. 별명이 치롤 가도이다. 지나다니는 차도 적고 조용하고 공기도 깨끗한 곳이다. 사방에 소 떼가 있고 간혹 호수도 보인다. 쓰레기 하나 떠 있지 않은 맑고 깨끗한 호수이다. 도로를 따라서는 간판이 하나도 보이지 않는다. 하우스 쿠쿠레 카레의 광고도 보이지 않고, 산토리 순생맥주의 광고도 없다. 파칭코 신장 개업 간판도 없다. "1초의 부주의, 평생의 상처"라는 표어 간판도 없다. 마을마다 끝이 뾰족한 탑이 있는 양파 모양의 멋진 교회가 있다. 일요일 아침이라 치롤 옷차림을 한 아저씨들이 그런 마을 교회로 모여든다. 여행자들은 등산복 차림으로 산을 향한다. 이 사람들은 비가 오든 뭐가 오든 전혀 개의치 않고 힘든 휴일을 즐긴다. 두터운 구름이 알프스 산의 봉우리에서 봉우리로 이동하며 산에 비를 뿌리고 있었다. 그곳에서는 문제가 발생할 기미는 눈곱만큼도 없었다. 좀 흐리긴 했지만 조용하고 평화로운 일요일 아침이었다. 폴 사이먼의 노래 가사는 아니더라도, 거기서는 어떠한 종류의 부정적인 말도 오가지 않았다.

그런데 내가 마지막 산을 넘고 저 아래로 로잇데 마을이 보이는 지점에서 기어를 바꿨을 때 갑자기 엔진이 딱 멈췄다. 이상하네, 기어가 들어가지 않았나 하고 생각하며 다시 기어를 넣고 액셀러레이터를 밟아도 전혀 반응이 없다. 푸웅 하는 맥 빠진 소리만 날 뿐이다. 무슨 일이 벌어졌는지 상상이 가지 않았다. 다만 지금까지도 그래왔듯이 불길한 예감만이 주위를 잔뜩 둘러싸고 있었다. 내리막길 도중이고 브레이크는 말을 들으니까 일단 언덕은 내려가 보자며 천천히 언덕을 내려와, 인가가 보이는 곳에서 차를 길 옆으로 세웠다. 그리고 다시 한 번 천천히 키를 돌려보았다. 셀모터는 움직인다. 그런데 엔진이 점화되지 않는다. 엔진을 끄고 5분쯤 지난 다음 다시 한 번 키를 돌려본다. 하지만 안 된다. 몇 번을 해도 점화가 되지 않는다.

차에서 내려서 보닛을 열어본다. 그리고 크게 숨을 들이쉬고는 셀모터는 움직이는데 엔진이 점화되지 않는 경우를 생각해 본다. 뭐였더라? 이그니션 코일로 높은 전압을 발생시켜서, 디스트리뷰터로 점화 플러그에 그 전압을 분배하고, 점화 플러그로 방전 불꽃을 튀게 해서 혼합하듯이 점화하는 것이다. 세세한 이론은 잘 모르지만 순서는 대개 이렇다. 그러니까 원인으로는 우선 플러그를 의심해 보아야 한다. 하지만 플러그는 모두 제대로 접속되어 있는 것처럼 보인다. 새 차니까 플러그가 낡아서 그렇다고는 생각할 수 없다. 다른 것도 대충 보았지만, 보이는 부분에서는 잘못된 곳을 찾을 수가 없다. 내가 생각해 낼 수 있는 것이라고는 이 정도뿐이다. 안 되겠다. 원래가 나는 기계에 대해서 통 모르는 사람이다. 그래서 일부러 여행을 떠나기 전에 란치아 지정 공장에서 정기점검을 받았고, 문제가 없도록 정비를 부탁했던 것이다. 그런데 왜 이런 일이 일어난단 말인가?

"어떻게 된 거야?" 하고 아내가 묻는다.

"나도 몰라. 엔진에 점화가 안 돼."

"갑자기 왜 그렇게 됐어?"

"글쎄, 나도 모르겠어. 이런 일은 생길 수 없는데 말이야. 여태까지 아주 잘 나갔고 이상한 데라곤 하나도 없었잖아. 그냥 기어를 2단에서 3단으로 올렸더니 갑자기 이렇게 됐지 뭐야. 정말 믿을 수 없는 상황이네. 더구나 새 차잖아."

"그러니까 이탈리아의 차는 사지 않는 게 좋다고 했잖아. 내 이럴 줄 알았다니까. 일본 차나 독일 차를 샀어야 됐는데. 그럼 이렇게 황당한 일은 없었을 것 아냐." 하기야 그럴지도 모른다. 안전하게 폴크스바겐 골프를 샀더라면 괜찮았을지도 모르겠다. 내가 란치아를 살 때, 이탈리아 사람을 포함한 많은 사람들이 이탈리아

차는 피하는 게 좋다고 충고했다. 그런데도 나는 호기심 때문에 이탈리아 차를 사버린 것이다. 도대체 어떤 차길래 그런가 하고. "이제 알겠지" 하고 아내는 말한다. "일요일 아침에 오스트리아의 산길에서 갑자기 엔진이 멈춰버리는 그런 차라는 걸 말이야."

말할 것도 없는 일이지만 아내는 상당히 화가 나 있다. 게다가 비까지 추적추적 내리기 시작한다. 아이구, 내가 왜 이런 고생까지 해야 하나, 하고 푸념이라도 하고 싶다. 이쯤 되면 이론이건 정론이건 필요 없다. 이렇게 심각한 일이 내게 닥쳤다는 사실이 좀처럼 믿기지 않는다.

그러나 언제까지 이러고 있을 수만은 없다. 아내는 그저 씩씩거리고만 있어도 되지만 남편은 해결책을 궁리해야만 한다. 그것이 세상사라고나 할까, 숙명인 것이다. 말해 봐야 소용없지만 참으로 불공평한 숙명이다.

우선 차에서 내려 지나가는 차를 세웠다. 그리고 사정을 설명했다. 멈춰 선 자동차는 볼로냐 번호판을 단 아우트비앙키 Y10이었다. 젊은 남자 두 명과 여자가 차에서 내려 보닛 속을 들여다보며 이러쿵저러쿵 말이 많았지만, 원인을 알 수 없기는 그들도 마찬가지였다. 그들은 근처 수리공장까지 태워주겠다고 했다. 그런데 가만히 보니 아우트비앙키에 어른이 네 명 타고, 그 사이로 고무보트며 빵빵하게 배가 부른 트렁크며 등산가방, 그 밖에 뭔지 모를 짐들이 한가득 쌓여 있었다. 이탈리아인들의 전형적인 바캉스 차림이다. 그런 곳에 어른 두 명이 어떻게 더 탈 수 있겠는가. 친절한 마음 씀씀이는 매우 고마웠지만 그 제의는 사양했다.

그러고는 근처에 있는 집의 초인종을 누르고, 그 집 부인에게 사정을 설명하며 전화로 오스트리아의 JAF 같은 것을 불러달라고 했다. 일요일 아침이라서 부인은 아직 가운 차림으로 아침을 준비하던 참이었다. 조금 있으면 수리하는 차가 올 거예요, 하고 그녀가 말했다. 나는 고맙다고 인사하고 차로 돌아왔다. 20여 분 지나니까 차가 왔다. 노랗게 칠한 미쓰비시 파제로였다. 차 안에서 사람 좋게 생긴 아저씨가 내리더니 "그류스 고트(안녕하세요)" 하고 오스트리아식으로 인사한다. "그류스 고트"라는 것은 왠지 오스트레일리아의 "굿 다이"와 분위기가 비슷하다. "무슨 일입니까?" 이 사람은 독일어밖에 할 줄 모른다. 그래서 나는 한 손에 사전을 들고 더듬더듬 독일어로 사정을 설명한다. 저기 언덕에서 갑자기 엔진이 섰다. 응응, 하고 아저씨는 끄덕인다. 그러고는 테스터로 뭔가를 체크한다. 15분 정도 이것저것을 해보더니 "전기 문제네, 이건" 하고 그가 말한다. "여기가 완전히 죽어버렸어. 이런 건 내가 어떻게 할 수 없으니까, 로잇데 마을의 수리공장까지 끌어다 주겠소. 하지만 오늘은 일요일이라 문을 닫았을 텐데. 아무튼 일단 가봅시다. 괜찮아요, 가보면 어떻게든 될 테니까."

그래서 파제로에 견인되어서 2킬로미터쯤 더 간 곳에 있는 로잇데 마을까지 간다. 생전 처음 견인이란 걸 당해 봤는데, 꽤나 비참한 기분이 드는 경험이다. 규모는 상당히 다르지만 갑자기 노르웨이 바다에서 고장 난 러시아의 원자력 잠수함이 생각나기도 한다. 로잇데 마을에 당도해 보니, 수리공장은 생각했던 대로 문이 닫혀 있었다. 여름 휴가철의 일요일 아침이다. 열려 있으면 그게 더 이상한 일이다. "어떻게 되는 거야, 도대체?" 아내는 묻는다. "그러길래 하필이면 란치아 같은 차를 갖고 싶어해서……." "자아 자아" 하고 아저씨가 이상한 낌새를 알아차렸는지 진정시키듯이 말한다. "여기 수리공장 주인은 내가 잘 아는 사람이니까, 특별히 봐달라고 부탁해 볼게요. 안심해요." 오스트리아의 JAF 아저씨는 굉장히 친절한 사람이어서, 일부러 그 공장 경영자의 집에까지 찾아가서 초인종을 누른다. 그런데 아무도 나오지 않는다.

"어디 여행이라도 간 게 분명해. 한동안 돌아오지 않을 게 뻔하다구." 아내는 계속 투덜거린다. 아내는 매사에 비관적인 편이다. 거기에 비해 나는 매사에 낙관적이다. 낙관적인 사람이 아니면 이탈리아의 자동차 같은 걸 살 리가 없다. 내가 아는 사람 이야기에 따르면, 일본에서 이탈리아제 새 차를 산 사람이 그 차를 타고 도쿄에서 교토까지 갔다. 그러고는 돌아와서 차를 판 영업사원에게 그 이야기를 하자 "당신 참 용기 있는 사람이군요. 어떻게 그 차를 가지고 교토까지 다녀왔어요" 라고 진지하게 감탄하더란다. 진짜로 있었던 이야기인지 어떤지는 모르지만(어쩐지 도시 전설 같다) 어쨌든 상당히 실감 나는 이야기다. 낙관적인 성격의 사람이 아니면 살 수 없다. 물론 용기도 필요하다.

"괜찮아. 어떻게든 돼." 나는 말한다.

"그렇다면 다행이지만." 아내는 말한다.

그렇다면 다행이지만, 하고 나도 생각한다. JAF 아저씨도 상당히 낙관적인 사람인 모양이다. "저어기, 지금은 없어도 조금 있으면 돌아올 거예요. 돌아오면 내가 차를 봐달라고 부탁해 줄 테니까, 당신들은 저쪽에 있는 카페에서 기다리고 있어요. 내가 데리러 갈게요"라고 말한다. 정말 친절한 사람이다. 이탈리아 같으면 이렇게 해주는 사람은 없다. 나는 이탈리아 사람이 친절하지 않다고 말하는 것이 아니다. 하지만 이것만은 확신을 가지고 말할 수 있다. **이탈리아라면 이렇게 해주는 사람은 없다.** 적어도 그들의 친절은(있다고 하더라도) 일요일에는 발휘되지 않는다.

"좋은 면을 보자구." 나는 말한다. "여기가 이탈리아가 아니라서 다행이야. 안 그래? 여기가 이탈리아라면 적어도 사흘은 발이 묶였을 거야." "하기야." 아내도 그 말에는 마지못해 동의한다.

한동안 로잇데 마을을 서성거렸지만 솔직히 재미라고는 전혀 없는 곳이다. 독일의 휫셴에서 인스부르크로 통하는 교통의 요지라서 차만 많이 다니고 시끄럽다. 일부러 이런 곳에서 묵는 관광객도 거의 없을 테니까 호텔 수도 적다. 30분가량 산책을 하고 아저씨가 말한 카페에 앉아서 그가 오기를 기다린다. 커피를 두 잔 마시고 한 시간을 기다렸지만 아저씨는 오지 않았다. 나는 맥주를 마시고 소시지를 먹으며 다시 한 시간을 기다렸다. 그래도 아저씨는 오지 않았다. 쌍둥이 노파가 들어와서 우리 옆 자리에 앉아 맥주를 마시고 나갔다. 쌍둥이 노파가 둘이서 맥주를 마시는 모습은 상당히 재미있는 광경이다. 그러고는 이 지방 젊은이가 두 사람 들어와서 맥주를 마시면서 당구를 한 게임 쳤다. 그래도 아저씨는 오지 않았다. 하는 수 없이 맛도 없는 커피를 또 시켜서 마셨다. 덕분에 자꾸 소변만 마렵다.

결국 아저씨가 온 것은 오후 3시가 넘어서였다. 우리는 그 어두운 카페에서 비를 바라보며 세 시간이나 기다리고 있었던 것이다. 그동안 아내는 철저하게 골이 나 있었다. 저런 차는 아예 버리고 갔으면 좋겠어, 그녀는 말했다. 자가용은 그렇게 쉽게 버릴 수 있는 것이 아니다, 라고 나는 그녀에게 설명했지만 그녀는 내 말 따위에는 전혀 귀를 기울이지 않는다.

"지금 공장 문을 열었거든" 하고 아저씨는 말한다. 어휴, 이제 겨우 좀 안심이 된다. 아저씨는 우리를 공장까지 데려다 준다. 거기에서 오스트리아 JAF의 견인 요금을 지불했다. 약 6천 엔이었다. 회원은 무료인데 회원증은 없겠지, 하고 아저씨가 안됐다는 듯이 말한다. 하기야 아깝긴 하지만 우리는 오스트리아 자동차 클럽의 회원이 아니다. 아저씨는 미쓰비시 파제로의 차체를 탁탁 두드린다. 역시 일본 차는 좋아, 하고 그가 말한다. 이탈리아 차는 안 돼. 일본 차로 바꿔요. 아 예, 고맙습니다, 하고 나는 말한다. 아, 예.

공장 주인은 60세쯤 된 아저씨였다. 과연 마을의 수리공장에서 40년간 일해 왔음 직한 완고한 느낌의 아저씨다. 이런 사람은 절대로 마이클 듀카키스를 지지하지 않는다. 브라이언 페리의 음악을 듣는 일도 없다. 시네세존에 가지도 않는다. 미쏘니의 스웨터도 사지 않는다. 그저 묵묵히 자동차를 수리할 뿐이다. 아저씨는 보닛을 열고 그다지 내키지 않는 얼굴로 안을 대충 훑어본 다음, 내 아들은 영어를 할 줄 아니까 그놈을 불러오겠소, 라고 말했다. 조금 있자 작년에 고등학교를 갓 졸업한 듯한 인상의 아들이 고물 피아트를 타고 나타났다. 금발 머리에다 늘씬하고 꽤 잘생긴 남자다. 멜빵 바지를 입고 있다. 일요일인데 불려 나와 귀찮다는 표정이기는 한데, 집에서는 아버지가 절대적인 권력을 가지고 있는 듯 불평하지는 않는다. 한창 놀 때에 안됐기는 하지만 나도 남의 사정을 봐줄 수 있는 여유가 없다. 대충 사정을 설명하자, 그는 응응, 알겠다며 수리를 시작한다.

그런데 아무리 해봐도 원인을 알 수가 없다. 여러 가지 부품을 뜯어내고 테스터로 체크하고 부품을 교환하고 아무튼 그로서는 할 수 있는 데까지 모든 것을 다 해보았지만, 무슨 짓을 해도 소용이 없다. 엔진은 여전히 전혀 움직일 생각을 않는다. 친구인 듯한 청년이 찾아온다. "너 뭐 하냐?" "아버지가 수리하라고 해서 보고 있어." "어디가 고장인데?" "그걸 잘 모르겠어." 대충 이런 대화를 주고받는 것 같다. 그러다가 점점 표정이 어두워진다. 그러나 아버지는 상당히 완고한 사람인 모양으로, 절대로 자식을 도와주지 않는다. 혼자서 하게 내버려둔다. 내가 "어디가 문제예요?" 하고 물어봐도 아들은 "으응, 굉장히 어려워요"라고만 말한다. 두 시간가량 이렇게 하고 있는데도 도무지 나아지는 기미가 보이지 않는다. 결국 그는 포기한 모양으로, 아버지에게 가서 "아버지, 전 더 이상은 못하겠어요"라는 의미의 말을 했다. 아버지는 "알았다. 이젠 됐다, 내가 할 테니까"라는 식으로 중얼거린다. 하기야 너에게는 무리겠지, 라는 느낌도 있다. 그럴 거면 처음부터 당신이 하면 되잖아, 우리는 바쁘다구, 하는 생각이 들었지만, 뭐 어쩔 수 없다. 각 가정에는 그 나름대로의 방식이 있을 테니까. 아들은 친구와 함께 피아트를 타고 어디론지 가버렸다. 추적추적 비가 내리는 어두운 일요일 저녁에, 이 재미없기 짝이 없는 로잇데 마을에서 젊은이들은 도대체 무엇을 하며 노는 것일까? 그래도 뭔가 놀 수 있는 것이 있기야 하겠지. 젊을 때는 무엇을 해도 그런대로 재미를 느낄 수 있으니까. 아무리 촌스러운 마을이라도 적어도 자가용의 마그넷을 끼웠다 뺐다 하는 것보다는 흥미 있는 일이 있겠지.

지금부터 손을 좀 보겠지만 말이야, 이건 좀 시간이 걸릴지도 모르겠는데. 오늘 7시 정도나 내일 아침까지 걸릴걸, 하고 아저씨는 말했다. 그래서 우리는 일단 포기하고 로잇데 마을에 숙소를 잡았다. 정말 볼 데라고는 한 군데도 없는 마을이라서, 될 수 있으면 이런 곳에 묵고 싶지 않았고, 본래는 오늘 안에 아예 스위스를 빠져나갈 예정이었지만, 이렇게 된 이상 포기하는 수밖에 없다. 일요일에 문을 여는 수리공장이 있다는 사실만으로도 감사해야 할 판국이다.

우리가 묵은 곳은 마을에서 가장 큰, 오래된 호텔이었다. 아무튼 워낙 낡아서 걸어다닐 때마다 마루가 엄청나게 큰 소리를 내며 삐걱거리고(여기가 닌자의 집인가?) 건물 바닥이 약간 기울어져 있는지 욕실의 슬라이드 문은 가만히 내버려두면 끽 하고 열린다. 그래도 방은 꽤 넓었고 분위기도 그럭저럭 나쁘지 않았다. 이 호텔은 오래된 것이 자랑인 듯(아마 다른 자랑거리는 없을 것 같은 생각도 들지만) 로비에는 19세기 말부터 20세기 초에 걸쳐 이 호텔의 모습을 찍은 사진이 액자 안에 넣어진 채 쫙 진열되어 있었다. 그 당시에는 아직 자동차도 거의 없을 때라서 이 마을의 인상도 훨씬 목가적이다. 19세기의 오스트리아 아저씨들은 모두 수염을 기르고 있고 무척 건강해 보인다. 합스부르크 일가가 한창 좋은 시절의 오스트리아=헝가리 제국을 통치하던 시대의 일이다. 마을 광장에서 소방 훈련을 하고 있는 소방대 아저씨들의 모습도 보인다. 높은 건물의 창에 자랑스러운 듯이 매달려 있는 사람들도 있다. 긴 사다리를 놓고 지붕 위로 올라가려는 사람들도 있다. 모두들 포즈를 취하며 꽤나 즐거운 모양이다. 연대를 보니까 이 사진들을 찍은 얼마 후에 제1차 세계대전이 시작되었다. 이 사람들 중에서도 아마 몇 명은 전쟁에서 목숨을 잃었을 것이다.

아무튼 무척 배가 고팠기 때문에 호텔에 짐을 놓고 근처 레스토랑으로 식사하러 갔다. 맥주를 마시고 간 수프를 먹고 칠면조의 콜든 블루를 먹었다. 나는 원래 간도 칠면조도 별로 좋아하지는 않지만(피곤했던 탓에 잘못 시킨 것이다) 요리는 상당히 맛이 있었다. 아무튼 의자에 앉아서 밥을 먹을 수 있다는 것만으로도 고마운 일이었다.

"공장이 열려서 다행이야." 나는 포도주를 마시며 말했다.

"무사히 고쳐지면 좋을 텐데" 하고 저녁을 먹으면서 아내가 시큰둥하게 말했다.

*

다음 날 아침(이 날도 또 비가 왔다) 공장에 가보니 고맙게도 차는 제대로 고쳐져 있었다.

이것 때문이었어요, 하고 아들이 무표정한 얼굴로 잘린 코드를 내민다. 직경 1센티미터 정도 되는 굵은 비닐 코드다. 그 코드는 도끼로 찍은 듯이 비스듬하게 싹둑 잘려져 있다. "이그니션 코일에서 디스트리뷰터로 가는 코드예요. 여기에서 여기로요. 이게 잘려서 점화가 되지 않았던 거예요. 팬벨트에 말리는 바람에 잘린 모양이네요."

나는 잘 이해가 되지 않았다. 이렇게 굵고 단단한 코드가 팬벨트에 휘말린다고 그렇게 쉽게 잘리다니 그렇다면 그건 너무 심한 일 아닌가? 그리고 도대체 점검을 한 지 얼마나 되었다고 이런 사고가 생길 수 있느냐 말이다.

"이런 일이 자주 있나?" 나는 젊은이에게 물었다. 그러나 그는 아무 말 없이 어깨만 으쓱할 뿐이다. 정말 말이 없는 젊은이다. 그래서 "이런 일이 자주 일어날 리야 있겠어?" 하고 내가 스스로 답한다. 배선이 복잡해서 잘린 코드를 찾아내기 힘들었던 모양인데, 엔진이 점화하지 않았으므로 디스트리뷰터로 가는 코드를 점검하는 건 자동차 정비에서 초보 중의 초보 지식이고, 그런 건 보닛을 열고 두 시간 정도 살펴보면 금세 알 수 있는 일이 아닌가 하는 생각도 들었다. 아버지가 보기엔 아직도 한참 미숙한 아들일 것이다.

그래도 어찌 되었건 차는 고쳤고 남의 집안 일이야 내가 참견할 바 아니니까, 나는 고맙다고 인사하고 수리비를 지불했다. 2만 엔 가량이었다. 일요일에 일한 것이 안됐어서 아들에게도 팁을 약간 주었다.

"그러길래 좀 무리를 해서라도 벤츠를 샀어야 했어." 아내는 다시 투덜투덜 불평을 한다. "제발 그만 해. 벤츠는 땅 투기꾼이나 야구 선수들이 타는 거야" 하고 나는 말한다(땅 투기 하는 아저씨들과 야구 선수 여러분, 미안합니다. 이건 그냥 농담한 겁니다.

직업 차별 같은 건 아닙니다. 벤츠는 누가 뭐래도 훌륭한 자동차입니다. 내가 이런 농담을 한 건 순전히 벤츠를 살 수 없어서 심통을 부린 것뿐입니다).

"그래도 어쨌든 고장은 적잖아" 하고 아내가 말한다.

"이 차도 이제는 고장 안 나. 어제는 정말 특수한 사고였다구. 몇 번씩이나 일어나는 일이 아니야. 이젠 괜찮아. 상태 자체는 나쁘지 않으니까" 하고 내가 설명한다. 설명이라기보다는 아내에게 미움받는 덜 떨어진 내 친구에 대해 변명하는 것 같은 기분이다. "글쎄 어떨지." 아내는 차갑게 말한다. 마치 가벼운 주술이라도 거는 것 같다. 그렇다—대다수의 유부남들은 아마 잘 알고 있겠지만—아내가 대화의 마지막에 내뱉은 한마디는 대개의 경우 가벼운 저주인 것이다.

그날 오후 홀츠가우라는, 그림엽서에 나올 것처럼 목가적이고 아름다운 마을 근처를 달리고 있을 때, 아니나 다를까 운전 패널에 브레이크 경고등이 켜졌다. 오렌지색으로 무척이나 불길하게. 저주 때문이야, 하고 나는 생각했다. 아이고. 주유소에 들어가서 봐달랬더니, 손님 이거요, 란치아의 지정 공장에서 제대로 브레이크를 조정받아야 돼요, 라고 한다. 으으윽. 공장은 스위스 국경에 가까운 아르벨슈베르데라는 마을에 있어요. 거기까지 가야만 해요. 거기까지 가는 데는 별문제가 없지만, 그래도 오늘 중에 정비를 받는 게 좋을 걸요. 브레이크 고장은 무섭잖아요. "오스트리아 자동차 수리공장 투어네." 아내는 차갑게 내뱉는다. "매사에 좋은

면을 보자"고 나는 말한다. "이런 경험은 독일 차를 타면 하기 힘들어. 고장 없는 차로 안전하게 여행해 봐야, 그저 효율적으로 호텔에서 호텔로 이동하는 것뿐이잖아. 이탈리아 차를 타고 사회의 구석구석을 보고 다니자고." 그래, 누가 뭐래도 나는 낙관적인 사람이다.

이렇게 해서 우리는 다시 비에 젖은 소들과 양파 모양의 교회를 보면서 아르벨슈베르데까지 갔다. 아주 아주 말없이.

아르벨슈베르데의 수리공장에 대해 특별히 쓸 말은 아무것도 없다(덧붙이자면 우리 차는 그 후에 6천5백 킬로미터를 달린 시점에서, 어딘가 갑자기 나사가 빠지는 바람에 기어가 흔들거리게 되었다).

마지막에—여행의 끝

내게는 지금도 간혹 먼 북소리가 들린다.

조용한 오후에 귀를 기울이면 그 울림이 귀에서 느껴질 때가 있다.

막무가내로 다시 여행을 떠나고 싶어질 때도 있다.

하지만 나는 문득 이렇게도 생각한다. 지금 여기에 있는 과도적이고 일시적인

나 자신이, 그리고 나의 행위 자체가, 말하자면 여행이라는 행위가 아닐까 하고.

마지막에—여행의 끝

　겨우 회복된 란치아 델타로 다시 알프스를 넘어서 남쪽으로 이동하여 이탈리아로 간다. 정상적으로 움직이기만 하면 정말 재미있는 자동차이다. 사람들 말을 종합해 보면 이탈리아 차들은 많든 적든 그런 경향이 있는 모양이다. **정상적으로 움직이면, 무척 재미있다,**라는. 이 란치아 델타의 경우도 성능이 특별히 좋은 건 아니다. 속도를 늦추면 덜컹거리고 속도를 올리면 안전에 문제가 있다. 그러나 2단, 3단으로 붕 하고 엔진 회전을 올릴 때의 마약과 같은 쾌감은 말로 다할 수 없는 것이다. 나는 그다지 속도 내는 것을 좋아하지는 않지만, 그래도 이 느낌은 굉장하다. 엔진의 반응이 즉시 그만큼의 크기로 몸에 전해진다. 옳지 옳지 하며 머리라도 쓰다듬어주고 싶다. 그러나 움직이지 않으면 그냥 대형 쓰레기일 뿐이다. 원래는 슈발츠바르트에서 스트라스부르 쪽으로 빠질 생각이었지만, 도무지 차를 믿을 수가 없어서 포기하고 이탈리아로 돌아오기로 한 것이다.

　국경 검문소를 지나 빨강, 노랑, 초록의 삼색기가 휘날리는 이탈리아에 들어오자, 무의식중에 휴 하고 한숨이 나온다. 이상한 이야기지만 마치 내 나라에 돌아온 듯한 느낌마저 든다. 이제는 비에도 질렸고 음식의 버터 냄새도 역겨웠다. 물론 경치는 아름답지만, 아무리 아름다워도 매일매일 알프스하고 교회하고 호수만 보고 있노라면, 싫증이 나게 마련이다. 국경을 이루는 언덕을 넘어서면 햇빛의 질부터 확 바뀐다. 모든 사물이 밝게 빛나는 것처럼 보인다. 괴테가 《이탈리아 기행》에 오스트리아에서 이탈리아로 갔을 때 느낀 밝음에 대해 흥분해서 써놓은 부분이 있는데, 그 기분을 알 수 있을 것 같다. 이탈리아는 정말로 신의 은총을 받은 땅인 것이다. 따뜻하고 아름답고 게다가 풍요롭다.

독일이나 오스트리아에서 알프스의 국경을 넘어 이탈리아로 돌아오면 그 순간부터 주위 차들의 운전이 거칠어진다. 하지만 이 거친 운전에도 나름대로의 규칙과 경향이 있어서, 거기에 익숙해지면 점점 그것이 당연하게 느껴진다. 적어도 처음에 생각했던 것처럼 거칠게 느껴지지는 않는다. 더구나 나 같은 경우는 면허를 따자마자 유럽으로 가서, 초보운전 딱지를 달고 로마 거리를 운전하고 다녔으므로, 운전이란 건 원래 그런 거라고 당연하게 여기는 면이 있다(생각해 보면 무서운 일이다). 그렇기 때문에 나는 일본에 돌아와서 경험한, 도쿄에서의 운전이나 도메이[東名] 고속도로의 교통사정이 훨씬 힘들었다.

물론 이탈리아의 운전자들은 난폭하지만 운전자들의 얼굴이나 차의 움직임에는 제각기 표정이 있다. 그래서 움직임을 읽기가 쉬운 것이다. 10센티미터, 20센티미터 정도의 간격으로 휙휙 지나칠 수 있는—혹은 비켜주는—그런 부분이 있다. 그런데 일본에서는 그 표정을 읽을 수가 없다. 그래서 호흡을 맞출 수 없어 무척 겁이 났다. 한편 독일인들의 운전은 대개 계급사회적이며 아주 정석에 가깝다. 그래서 국경을 넘어 남쪽으로 이동하다가 알파나 피아트가 붕붕 하고 스치듯 옆으로 지나가는 광경을 보면, 아 이탈리아에 돌아왔구나, 하고 실감하게 된다.

텅 빈 듯한 바캉스 계절의 로마로 돌아와서 한동안 조용한 나날을 보냈다. 한여름의 로마에는 다른 계절에서는 찾아볼 수 없는 독특한 느낌이 있다. 거리를 지나다니는 사람도 드물고 달리는 차도 정말 적다. 이 계절만큼은 불법주차도 쉽게 할 수 있다. 어디라도 자기가 원하는 곳에 원하는 동안 차를 세워둘 수 있다. 사람도 차도 이 정도만 되면 로마도 참 살기 좋은 곳일 텐데 하는 생각이 든다.

우리 집 앞에 고물 피아트 몇 대가 벌써 몇 주 전부터 방치되어 있다. 한여름의 햇볕을 받으며 꼼짝 않고 서 있는 차들은 비와 먼지로 무참하게 더럽혀져 있다. 아이들 낙서에 희생된 차도 있고 타이어의 바람이 완전히 빠진 것도 있다. 와이퍼에는 광고지 같은 것이 끼여 있는데 종이가 벌써 누렇게 변색되었다. 아마도 그 차들은 평소에 부인네들이 쇼핑용으로 사용하는 차들일 것이다. 그런데 그 차들의 주인들은 더 큰 차를 타고 가족과 함께 긴 바캉스를 떠난 것이다. 그리고 버림받은 칭크에첸트들은 불평 한마디 없이(말하고 싶어도 할 수 없지만) 홀로 외로이 길바닥에서 기다리고 있는 것이다.

오후의 햇살은 머리가 핑 돌 정도로 뜨겁지만 그늘에 들어가면

서늘하니 기분이 좋다. 가끔 뜨거운 열기가 훅 하고 불어오지만, 그것만 빼면 일본의 여름보다 훨씬 지내기가 수월하다. 에어컨도 필요 없다. 점심을 먹고 나서 블라인드를 내리고 한 시간 정도 낮잠을 잔다. 그 시간에는 도시 전체가 조용하다. 저녁 전에 밖에 나가 길거리의 카페에서 그라니타(셔벗)를 먹는다. 이탈리아 하면 젤라토(아이스크림)지만, 나는 그라니타를 좋아한다. 차갑고 달지 않고 그러면서도 시다. 진짜 레몬으로 만들었기 때문에 제대로 된 신맛이 나는 것이다. 그리고 군데군데에 레몬 씨가 섞여 있다. 로마의 여름 하면 나는 레몬 그라니타가 생각난다.

햇빛이 지독하게 눈부셔서 거리를 거니는 사람들은 모두 짙은 선글라스를 끼고 있다. 그리고 해가 지면, 사람들은 테베레 강가를 산책하기 시작한다. 강에 떠 있는 배 위의 노점에서 식사하는 사람들의 모습도 보인다. 산탄젤로 광장에 만들어진 무대에서는 화려한 의상을 입은 라틴 재즈 밴드가 악기를 손보기 시작한다. 낮에는 축 늘어져 있던 개들도 겨우 생기를 되찾아 여기저기 종종거리며 뛰어다닌다.

이 시즌에는 시장도 식료품점도 모두 닫혀 있어서 먹을 것을 사는 일이 고역이다. 슈퍼마켓에 가도 냉동식품이나 건조식품, 아니면 깡통 종류밖에 없다. 머리카락이 자라서 이발소에 갈까 하고 찾아봤더니, 온 로마 시내를 뒤져도 열려 있는 이발소는 한 군데도 발견할 수 없었다. 이 나라에서는 이발소도 삼주 정도 휴가를 내는 것이다. 나중에 도쿄에 돌아가서 단골 이발소 주인에게 말했더니 자신의 처지가 무척이나 한심하게 생각되는 모양이었다.

"우리는 설날에 사흘 노는 것도 왠지 손님들에게 죄송한 생각이 드는데 대단하군요"라고 말하는 것이다. 이탈리아 이발사들이 그런 말을 들으면 틀림없이 자기 귀를 의심할 것이다.

이윽고 그런 여름도 지나고 사람들이 한두 명씩 거리로 돌아오기 시작했다. 차들도 늘어나기 시작해서 눈 깜짝할 사이에 도로는 차들로 메워졌다. 이중 주차를 지탄하는 클랙슨이 거리에 울려 퍼진다. 다시 평소의 로마 모습으로 되돌아온 것이다. 나는 창밖으로 그런 풍경을 보면서 단편소설을 몇 편 썼다. 간신히 소설을 쓸 마음이 되었다. 단편을 단숨에 끝내고는 번역을 몇 편 했다. 그러는 동안 우리가 로마를 떠날 날이 다가오고 있었다. 드디어 일본으로 돌아가는 것이다.

이렇게 해서 1989년 가을에 나의 해외에서의 생활은 일단 막을 내렸다. 지금까지는 계속 일시 귀국이었기 때문에 가재도구를 남겨두었지만 이번에는 전부 처분해 버렸다. 여기서 일단 끝낸다는 느낌이다. 일본을 떠난 것이 1986년 가을이었으니까 만 3년 동안 유럽을 이리저리 돌아다닌 셈이다. 사실은 한 군데에 확실하게 거처를 정하고 싶었지만, 이 책에서도 쓴 것처럼 마땅한 집을 찾을 수가 없어서 결국 워드 프로세서와 녹음기를 들고 남유럽을 이리저리 헤매게 된 것이다.

다양한 곳에 가서 다양한 사람들을 만났고 여러 가지 재미있는 경험도 했다. 감동도 했고 배울 것도 많았다. 하지만 솔직히 말해서 우리는 그런 유동적인 생활에도 이제 지쳐 있었다. 연고도 없고 어떤 조직에도 속하지 않은 채, 홀로 이국 땅에서 살아가는 것은 생각보다 훨씬 힘든 일이었다. 젊었을 때는 어떻게든 해나갈 수 있겠지만, 나는 이제 그리 젊지도 않다. 나는 서른일곱에 일본을 떠나 어느덧 마흔이 되어 있었다. 돌아갈 때가 된 것이다.

*

나리타[成田]로 향하는 아리타리아 항공기 속에서 나는 오랜만에 일본 잡지를 몇 권 집어서 읽었다. 그러나 그곳에는 기사가 단 한 가지밖에 없었다. 미야자키 쓰토무의 기사이다. 나는 질려버렸다. 아무리 잡지를 뒤적여도, 미야자키의 범죄에 관한 기사밖에 없는 것이다. 정말 황당할 정도로 모두가 같은 기사였다. 내가 일본을 떠날 때는 모든 잡지가 미우라 카즈요시와 다나카 가쿠에이의 기사로 도배를 하고 있었다. 일본은 온통 미우라와 다나카가 일으킨 스캔들로 들끓었다. 잡지라는 잡지는 모두 그들 두 사람의 뒤를 좇고 있었다. 미우라가 어딜 가서 무엇을 먹었는지, 미우라는 어떤 여자와 잤는지, 미우라는 어떤 소년이었는지, 다나카가 어느 쪽 손을 어떤 식으로 들어주었는지, 다나카가 누구와 만나서 무슨 말을 했는지. 그런 말초적인(그리고 분명히 아무 의미 없는) 정보가 언론에 의해 장소를 가리지 않고 살포되고 있었다. 그러나 지금은 그들에 대한 정보는 어디서도 찾을 수가 없다. 나는 그것이 정말 신기했다. 그렇게 깨끗이 잊어버릴 수 있다는 사실이 말이다. 나는 도쿄로 돌아와 다른 사람들에게 물어보았다. 미우라 카즈요시와 다나카 가쿠에이는 도대체 어떻게 된 것인가, 하고. 그러나 아무도 거기에 대해서는 알지 못했다. 알고 싶지도 않은 것 같았다. 글쎄요, 미우라는 재판이라도 받고 있는 게 아닙니까, 잘 모르겠네요. 다나카? 글쎄, 아직도 살아 있나?

*

확실히 3년 사이에 무척 많은 것이 변했다. 나 자신이나 나를 둘러싼 환경도 상당히 변했고 일본이라는 나라도 상당히 변했다. 그 결과, 이 3년 사이에 나와 일본이라는 나라 간에는 어떤 종류의 괴리감이 생겨나기도 했고, 동시에 친근감이 생겨나기도 했다. 하지만 거기에 대해 이러쿵저러쿵 결론짓는 일은 아직 시기상조라고 생각한다. 나도 그렇게 빨리 결론 내리고 싶은 생각은 없다.

다만 한 가지 내가 분명히 말할 수 있는 것은, 이 3년 사이에 일본 사회의 소비 속도가 믿을 수 없을 정도로 가속되었다는 사실이다. 오랜만에 일본에 돌아와서 가장 먼저 느낀 것이 그것이다. 나는 그 어마어마한 가속도를 보고는 정말로, 아무런 과장 없이 그저 망연자실해졌다. 나도 모르게 몸이 굳어버린 것이다. 그것은 내게 거대한 수탈기계를 연상시켰다. 생명이 있는 것과 없는 것, 이름을 가진 것과 갖지 않은 것, 형상이 있는 것과 없는 것―그 모든 사물이나 현상을 남김없이 삼켜서는, 무차별적으로 씹고 배설물로 내뱉는 거대한 흡수장치이다. 그것을 지탱하고 있는 것은 빅 브라더로서의 매스 미디어이다. 주위를 둘러보니 눈에 보이는 것이라고는 씹고 난 비참한 잔해와, 바야흐로 막 씹히려는 것들이 질러대는 교성이었다. 그래, 이것이 일본인 것이다. 내가 좋아하건 좋아하지 않건.

*

　나는 이탈리아에서 돌아왔다가 곧장 미국으로 갔다. 그리고 한 달 반가량 그곳에 있었다. 출판계약을 하기 위해서였다. 뉴욕에 간 것은 오랜만이었지만 특별히 어색함을 느끼지는 않았다. 그곳은 아마 그럴 것이라고 생각했던 대로였다. 물론 뉴욕 같은 곳에 살고 싶지는 않다. 하지만 반응이 직접적인 만큼 오히려 도쿄보다 덜 어색하게 느껴지는 부분도 있었다.

　뉴욕의 레스토랑에서 어떤 미국 작가와 만나 이야기를 했다. 그는 일본에 갔다가 얼마 전에 돌아온 사람이었다. "야, 일본 사람들은 모두 여피족이더라" 하고 그는 친구들에게 말했다. 나는 도무지 무슨 소린지 이해가 가지 않았다. 도대체 일본 사회의 어디가 여피 사회라는 것인가? 그래서 어디가 여피 사회 같더냐고 나는 물어보았다. 그는 이렇게 말했다. "예를 들어 JAL의 좌석은 이코노미보다 비지니스 클래스 쪽이 더 많아. 그런 비행기가 있다는 것이 믿겨져? 나는 믿을 수가 없어. 정말 웃기는 일이야. 알맹이라는 것이 없잖아. 그런 건 너무 깊이가 없는 사회라구." 그는 어떤 의미에서는 너무 윤리에 얽매여 있는 것이 아닌가 싶다. 그러나 그의 말에도 일리는 있다.

　금박을 두른 이 가짜 계급사회를 여피 사회라고 부른다면, 일본 사회는 지금 분명히 그런 방향을 추구하고 있는지도 모른다. 어떤 잡지에서 한 젊은 여자는 이런 말을 했다. 나는 BMW의 경우는 700시리즈를 타고 있는 남자하고만 데이트를 하겠다, 500까지는 그래도 봐준다고 해도 300시리즈 같은 것은 초라해서 싫다, 라고.

나는 처음에는 이 말들이 센스 있는 농담이려니 생각했다. 아니면 어떤 이중적인 의미를 담은 복잡한 메시지 같은 것이라고 생각했다. 그러나 그것은 농담도 메시지도 아니었다. 분명한 진심을 말한 것이다. 그 여자들은 진지하게 그렇게 말한 것이다. 이봐, 그것은 그냥 자동차일 뿐이잖아, 하고 나는 생각한다. 잠깐 실수해서 핸들을 잘못 돌리면 그대로 전봇대에 부딪쳐서 찌부러져 버리는 단순한 '물건'에 불과하다고. 그러나 그 여자들에게 그것은 단순한 물건이 아닌 것이다. 그것은 그녀들의 존재 위치를 명확히 나타내주는 중요한 공동 환상인 것이다.

나는 그것을 비웃을 수 없다. 나는 이제부터 이 땅에서 한 사람의 작가로서 한 사람의 인간으로서 책임을 가지고 살아가야 하는 것이다. 그것이 무엇보다 먼저 해결해야 할 과제이다. 그리고 나는 내가 이곳에서 어떤 종류의 발언 자격을 가지고 있는지조차 아직 판단하지 못하고 있다. 나는 내가 무엇에 대해 웃어도 되는지조차 모르고 있는 것이다.

*

일본으로 돌아와서 한동안 나는 거의 일을 할 수가 없었다. 왠지 머리가 멍해 있었다. 마치 중력이 달라진 것처럼 느껴졌다. 한 달가량 나는 하는 일 없이 멍하니 시간을 보냈다. 나는 내가 있는 곳에서의 내 자격에 대해 이것저것 생각했다. 매일 집 주위를 뛰고 책을 읽고 오랜만에 다른 사람들과 술도 마시고 농담도 하고 온천에도 갔다. 그러나 책상 앞에 앉아도 글이 떠오르지 않는다. 쓰기 시작했던 단편소설은 그대로 방치되어 있다. 아침에 일어나

워드 프로세서를 켜고 화면을 지그시 노려보지만 전혀 이미지가
떠오르지 않는다.

∗

유럽에서 보낸 3년의 의미는 도대체 무엇이었을까, 하고 나는
생각한다. 이런저런 일을 겪은 후 결국 본래의 위치로 돌아온 것
일 뿐 달라진 건 없지 않을까 하는 생각이 들 때도 있다. 나는 말
하자면 상실된 상황에서 이 나라를 떠났다. 그리고 마흔 살이 되
어 돌아온 지금도 여전히 그때처럼 나는 상실되어 있는 것처럼 보
인다. 무력감은 무력감으로서, 피폐는 피폐로서 그대로 남아 있
다. 두 마리 벌, 조르지오와 카를로는 지금도 어딘가에 몸을 숨기
고 있다. 그들이 예언했던 것처럼 그저 나이만 먹었을 뿐이고 아
무것도 해결되지는 않은 것이다. 하지만 이런 생각도 한다. 다시
한 번 본래의 위치로 돌아올 수 있었던 것만도 다행이 아닌가, 훨
씬 안 좋은 상황이 될 수도 있었다, 라고. 그렇다, 나는 낙관적인
인간인 것이다.

∗

나는 말하자면 자신의 중력을 안정시키기 위해 이 책을 썼다. 지
금까지 쓴 스케치를 모아 새로운 글을 덧붙여서 한 권의 책으로 만
들었다. 완성되기까지는 예상했던 것보다 훨씬 많은 시간이 걸렸
고 예정했던 것보다 훨씬 두꺼운 책이 되어버렸다.

글을 쓴다는 건 참 좋은 일이다. 적어도 나에게는 정말 좋은 일
이다. 처음에 가졌던 자기의 사고방식에서 무언가를 '삭제'하고
거기에 무언가를 '삽입'하고 '복사'하고 '이동'하여 '새롭게 저

장' 할 수가 있다. 이런 일을 몇 번이고 되풀이하면, 나라는 인간의 사고나 혹은 존재 그 자체가 얼마나 일시적이고 과도적인 것인가를 분명히 알 수 있다. 그리고 이렇게 해서 만들어낸 책 자체도 과도적이고 일시적인 것이다. 불완전하다는 의미가 아니다. 물론 불완전할지도 모르지만 내가 과도적이고 일시적이라고 한 것은 그런 것을 의미하는 게 아니다.

내게는 지금도 간혹 먼 북소리가 들린다. 조용한 오후에 귀를 기울이면 그 울림이 귀에서 느껴질 때가 있다. 막무가내로 다시 여행을 떠나고 싶어질 때도 있다. 하지만 나는 문득 이렇게도 생각한다. 지금 여기에 있는 과도적이고 일시적인 나 자신이, 그리고 나의 행위 자체가, 말하자면 여행이라는 행위가 아닐까 하고.

그리고 나는 어디든지 갈 수 있고 동시에 어디에도 갈 수 없는 것이다.

*

이 책의 제목은 서두에서도 언급한 것처럼 터키의 옛 민요에서 따왔다. 스케치를 써 모으고 있을 때부터 책으로 만들 때는 이 제목으로 해야겠다고 마음먹고 있었다. 우연이기는 하지만 사카이 타다야스 씨의 저서인 "먼 북소리, 일본 근대 미술사고日本 近代 美術私考"와 같은 제목이 되어버렸다. 어쩌면 다른 제목을 생각했어야 했는지도 모르지만 이 제목에는 나도 깊은 애정을 느끼고 있어서, 양해를 구하고 그대로 사용하기로 했다. 그리고 이 책은 기본적으로 잡지에 게재되지 않은 글들을 책으로 묶은 것이지만, 더러는 지금까지 잡지에 발표했던 글을 조금 수정해서 덧붙인 것도 있다.

읽는 기쁨, 번역하는 즐거움

3년간 유럽을 보고 배우고 즐기며 《상실의 시대》와 《댄스 댄스 댄스》
같은 명작의 산실을 엿볼 수 있게 하는 재미있고 감동에 찬 에세이.

《먼 북소리》는 무라카미 하루키가 1986년 가을에서 1989년 가을
까지 3년에 걸쳐, 그리스와 이탈리아를 중심으로 유럽에서 생활하
면서 쓴 에세이 또는 여행기이다. 하루키는 이 기간 동안 그의 대표
작이라고 할 수 있는 장편소설 《상실의 시대》와 《댄스 댄스 댄스》를
완성했으며, 그 외 번역 작품도 여러 권 발표했다.

하루키는 거의 전 작품이 30여 개국에서 번역 출판될 정도로 이
제는 명실공히 세계적인 작가로서의 위치를 굳히고 있으며, 일본의
권위 있는 일간지 《아사히 신문》에서 실시한 "지난 1천 년의 역사상
가장 뛰어난 문인"에 관한 여론조사에서 생존하는 문인 가운데 당
당히 1위를 차지하기도 했다. 그는 1979년 《바람의 노래를 들어라》
로 군조[群像]신인상을 받으며 데뷔한 이래, 24년 동안 10편의 장편
과 8편의 단편집, 그 외 약 35편의 에세이, 기행집, 대담집 등을 발
표했으며, 일본 내에서는 약 30여 권의 번역서를 발표한 번역가로
서도 잘 알려져 있다. 하루키는 우리나라에서도 폭넓은 독자층을

확보하고 있고, 그의 대부분의 작품들이 번역되어 쉽게 접할 수 있지만, 그의 주옥같은 번역서들은 일본어가 가능한 독자 외에는 접할 수 없는 점이 아쉬울 따름이다.

하루키의 다른 많은 작품들이 그렇듯《먼 북소리》도 역시 하루키 특유의 재치와 유머를 유감없이 즐길 수 있는 작품이다. 이탈리아와 그리스를 거점으로 하여, 유럽의 많은 나라와 도시를 돌아다니며 느낀 감상을 여행자의 시점에서뿐만 아니라, 그곳에서 사는 생활인으로서의 시점에서 스케치하듯 때로는 일기를 써 내려가듯 기록한 글이다.

작가 자신이 지금보다 훨씬 젊은 시절에 발표한 작품이라서, 데뷔작《바람의 노래를 들어라》에서 시작하여 비교적 최근 작품인《스푸트니크의 연인》이나《해변에 카프카》에 이르기까지 그의 작품을 연대별로 읽어온 독자들에게는 오랜만에, 한창 무르익던 젊은 날의 하루키를 접할 수 있다는 점에서 특히 매력적인 작품이다.

그는 머리말에서 "어느 날 아침 눈을 뜨고 귀를 기울여보니 어디선가 멀리서 북소리가 들려왔다. 아득히 먼 곳에서, 아득히 먼 시간 속에서 그 북소리는 들려왔다. 아주 가냘프게. 그리고 그 소리를 듣고 있는 동안, 나는 왠지 긴 여행을 떠나야 할 것 같은 생각이 들었다"라며 자신이 유럽으로 긴 여행을 떠나는 의미를 부여하고 있다.

잘 알려져 있듯이 매일 일정량의 글을 쓰고 일정 시간 달리기를 하고, 한가할 때는 음악을 듣는 등 물리적으로는 그다지 힘겨워 보

이지 않아서, 작가들이 흔히 말하는 뼈를 깎는 듯한 고통과는 거리가 먼, 누에고치에서 실을 뽑아내듯 술술 글이 써지는 천재 작가가 아닌가 하는 생각마저 들게 하는 하루키였으나, 이번 작품을 통해 작가로서 작품을 대하는 그의 내면세계까지 엿볼 수 있어 여간 소중한 글이 아니라는 느낌이 들었다.

그는 장편소설을 쓸 때면 항상 머릿속 어디에선가 죽음을 생각한다고 말했다. "소설을 쓰면서 나는 죽고 싶지 않다. 죽고 싶지 않다, 죽고 싶지 않다,라고 줄곧 생각한다. 적어도 이 소설을 무사히 끝마칠 때까지는 절대로 죽고 싶지 않다. 이 소설을 완성하지 않은 채 도중에 죽게 되는 것을 생각하면 나는 눈물이 나올 정도로 분하다. 어쩌면 이것은 문학사에 남을 훌륭한 작품은 되지 않을지도 모른다. 하지만 적어도 이것은 나 자신이다. 좀더 극단적으로 말하면 이 소설을 완성시키지 못한다면 내 인생은 엄밀하게는 내 인생이 아닌 것이다." "아침에 눈을 뜨면 우선 주방으로 가서 주전자에 물을 붓고 전기 히터 스위치를 켠다. 커피를 만들기 위해서다. 그리고 물이 끓기를 기다리면서 나는 이렇게 기도한다. '원컨대 저를 조금만 더 살려주십시오. 저에게는 시간이 조금 더 필요합니다' 하고."
나는 이 작품을 번역하는 동안 내내, 그의 말처럼 누구에게 하는 기도인지 대상도 불분명한 기도를 새벽마다 반복하는 하루키의 절박한 모습을 떠올리고, 어떻게 해야 하루키 작품의 멋과 맛을 그대로 살려내는 번역을 할 수 있을지 고심하며, 나 역시 거의 기도하는 심정으로 번역을 진행했다.

원서의 양이 500페이지나 되는 결코 적은 양이 아니어서 다소 읽기에 부담스럽게 생각될지도 모르지만, 일단 처음 책장을 넘기고 나면 전혀 길거나 지루하게 느껴지지 않는다. 전체적으로 밝고 유머가 넘치는 내용이라, 시종 미소 띤 얼굴로 킥킥 웃음을 터뜨리게 되는 건 예사이고 군데군데 자기도 모르게 폭소가 터져 나오게 되는 부분들이 복병처럼 숨어 있어, 일정 부분이 지나면 폭소가 터질 때가 됐는데, 라며 기대까지 하게 된다.

초단편소설 《밤의 거미원숭이》에서도 하루키는 어느 누구도 따를 수 없는 기발한 상상력과 넘치는 유머로 독자에게 시종 웃음을 안겨 주었는데, 《밤의 거미원숭이》가 주로 초현실적인 내용들인 데 비해 《먼 북소리》는 지극히 현실적인 내용이면서도 풍자만화를 읽는 듯한 느낌이다. 《해변의 카프카》처럼 무거운 주제의 소설로 처음 하루키의 작품을 접한 독자들은, 같은 저자의 작품이라는 사실이 믿어지지 않을지도 모르겠다. 또한 무라카미 하루키라는, 평범과는 거리가 멀어 보이는 작가도 생활하면서 부딪히는 작은 일들에 대한 감상은 나와 다르지 않다는 사실에 공연히 뿌듯해지며 그와의 거리감이 단숨에 사라지는 뜻하지 않은 덤이 붙는 작품이기도 하다.

번역을 하면서 하루키 특유의 톡톡 튀는 간결한 문체의 맛을 그대로 살리려 노력했으며, 장면 장면의 분위기를 최대한 살리기 위해 다소 거친 듯한 표현들도 여과 없이 그대로 살렸다.

《먼 북소리》를 손에서 내려놓은 지금, "내게는 지금도 간혹 먼 북

소리가 들린다. 조용한 오후에 귀를 기울이면 그 울림이 귀에서 느껴질 때가 있다. 막무가내로 다시 여행을 떠나고 싶어질 때가 있다. 하지만 나는 문득 이렇게도 생각한다. 지금 여기에 있는 과도적이고 일시적인 나 자신이, 그리고 나의 행위 자체가 말하자면 여행이라는 행위가 아닐까 하고"라는 하루키의 글이 떠오른다. 그리고 내 귓가에는 어디선가 둥둥거리는 북소리가, 나로 하여금 여행을 떠나도록 부추기는 듯한 북소리가 들려오는 것 같다. 감히 하루키처럼 뛰어난 글을 써야겠다는 분수에 넘치는 욕심은 없지만, 하루키와 같은 이름을 가진 그리스의 하루키 섬으로 훌쩍 떠나 《먼 북소리》의 여운에 푹 잠겨보고 싶다.

옮긴이 **윤성원**

이화여자대학교 교육공학과를 졸업하고, 한국외국어대학교 대학원에서 일본어교육 석사학위
를 받았다. 이화여자대학교 언어교육원, 중앙대학교 일본어교육원, 토론토 소재 고등학교 등에
서 일본어를 가르쳤다. 옮긴 책으로《태엽 감는 새》《바람의 노래를 들어라》《1973년의 핀볼》
《먼 북소리》등 무라카미 하루키의 주요작과 더불어, 아리카와 히로의《사랑, 전철》, 미우라 시
온의《바람이 강하게 불고 있다》, 마키네 마나부의《가모가와 호루모》등 젊은 일본 작가들의
개성 넘치는 작품, 그 외에《그로테스크》《토토와 함께한 내 인생 최고의 약속》《노란 코끼리》
《크게 보고 멀리 보라》등이 있다.

먼 북소리

1판 1쇄	2004년 1월 5일	1판 55쇄	2019년 2월 27일
2판 1쇄	2019년 9월 18일	2판 10쇄	2024년 4월 15일

지은이　　무라카미 하루키
옮긴이　　윤성원

펴낸이　　임지현
펴낸곳　　(주)문학사상
주소　　　경기도 파주시 회동길 363-8, 201호(10881)
등록　　　1973년 3월 21일 제1-137호

전화　　　031) 946-8503
팩스　　　031) 955-9912
홈페이지　www.munsa.co.kr
이메일　　munsa@munsa.co.kr

ISBN 978-89-7012-950-1 (03830)

* 잘못 만들어진 책은 구입처에서 교환해 드립니다.
* 가격은 뒤표지에 표시돼 있습니다.